Die Filialen von TransDime

Band 2:

Traumwelten und Albträume

Bibliografische Information der Deutschen Nationalbibliothek:

Die Deutsche Nationalbibliothek verzeichnet diese Publikation in der Deutschen Nationalbibliografie; detaillierte bibliografische Daten sind im Internet über dnb.dnb.de abrufbar.

© 2018 Andreas R. Schopfheimer

Herstellung und Verlag:

BoD – Books on Demand, Norderstedt

ISBN: 9783752849011

Kontakt zum Autor:

andreas-r-schopfheimer@gmx.de

< Prolog >

Frankfurt am Main, Filiale 88 - Monat 1

Lothar sah verstimmt auf, als sein Telefon einen Signalton für eine erhaltene e-mail von sich gab. Auch Barbara neben ihm stöhnte leise im Halbschlaf. „Schatz, du hast schon wieder vergessen, dein Handy stumm zu schalten. Es ist noch nicht mal hell draußen."

Er murmelte: „Nein, hab ich nicht vergessen. Das ist eine Firmen-e-mail; das muss ich mitbekommen. Wenn eine um *diese* Uhrzeit reinkommt, ist es in der Regel etwas Wichtiges."

Als er das Display entsperrte und den kurzen Text las, setzte er sich ruckartig hoch und stammelte fassungslos: „Was? Das... das kann doch nur ein Witz sein!"

Ein kurzes Fauchen und ein dumpfer Laut zeugten davon, dass Panther, die riesige schwarze Mischlingskatze von Barbara, die am Fußende des Bettes gelegen hatte, von Lothars Bewegung aufgescheucht worden war und jetzt verstimmt aus dem Schlafzimmer von Lothar davonschlich. Er ignorierte das und sagte, noch immer halbwegs verschlafen: „Die e-mail ist von Nick. Er schreibt, dass es einen Vorfall gegeben hat, der zur Folge hatte, dass sowohl Rebecca als auch er in Funktionsstufe Eins befördert worden sind.

Sie müssen sofort für zwei Wochen am Stück verreisen und werden sehr schwer erreichbar sein. Wir können aber schreiben und Videobotschaften senden. Er bittet uns, sich um das Haus zu kümmern und beruhigt uns, dass alles ansonsten in Ordnung ist. Ihnen wurde versprochen, dass diese Reise eher wie ein Erholungsurlaub ist und ihrer *Erbauung* dienen soll. Was sagt man dazu?"

Barbara war nun auch vollends wach geworden und hatte ihre Nachttischlampe eingeschaltet. „Ich sage, du putzt diese Woche das Bad, wenn Rebecca ausfällt. Sie wäre dran gewesen."

„Was, *das* ist alles, was dir dazu einfällt?" Aus dem Mundwinkel murmelte er noch zu sich selbst: „Mist, sie war schneller."

„Sollten wir uns nicht für sie freuen? Mann, wir haben zwei Stewards der Stufe Eins bei uns in der WG! Ist doch toll!" Barbara gab ihm ein Bussi auf die Wange und schaltete ihr Licht wieder aus.

Er gab noch zu bedenken: „Aber das kam so völlig ohne Vorwarnung! Was kann da bloß passiert sein? Nach nur zwei Jahren vorzeitig befördert zu werden, ist schon ein starkes Stück!"

Seine Freundin strubbelte ihm im Dunkeln durch die Haare. „Jetzt zerbrich dir darüber doch nicht den Kopf. Rebecca wäre sowieso für die 'Offenbarung' fällig gewesen nach ihren drei Dienstjahren. Wer hätte es mehr verdient als sie?"

„Ja, schon," gab er widerwillig zu, „aber Nick? Schon wieder ein Fall von vorzeitiger Beförderung in unserer schönen Haus-WG!"

„Wenn sie es dürfen, werden sie uns schon erzählen, welchen Umständen sie das zu verdanken haben. Nach allem, was ich bisher hier erlebt habe, bezweifle ich es allerdings. Das Seltsamste, was ich selbst bisher an den vielen seltsamen Dingen bei TransDime erlebt habe, kann sich mit einer simplen Beförderung nicht messen." Sie küsste ihn kurz ungezielt auf den Mundwinkel und drehte sich dann zur Seite, um weiter zu schlafen.

Lothar jedoch brauchte nach dieser aufwühlenden Nachricht noch eine ganze Weile, bis er wieder zur Ruhe fand. Das letzte Mal, als so etwas passiert war, hatte das einen tiefen Einschnitt in sein Leben bedeutet.

Er hoffte inständig, dass sich das nicht wiederholte.

Ein paar Straßen weiter öffnete sich in der Vierer-WG des Jahrgangs der Stewards, die jetzt genau ein Dienstjahr bei TransDime angestellt waren, eine Tür und eine

Frau in einem hellblauen Seidennachthemd und Flipflops trat auf den Flur hinaus, der zur offenen Wohnküche führte. Sie war groß, schlank und wie inzwischen alle Stewards ihres Jahrgangs gut durchtrainiert, weil die Anforderungen in diesem Job das eben mit sich brachten. Ihre langen blonden Haare fielen wirr über ihre Schultern und ihren Rücken und sie sah mit kleinen verschlafenen Augen, die im Morgengrauen blau schimmerten, nach dem Grund für die Geräusche, die sie eben gehört hatte.

Wie es sich herausstellte, war es ihr großer Kaffeevollautomat gewesen, der eine gemeinsame Anschaffung gewesen war und der beim Brauen der diversen Koffeingetränke stets eine nicht zu überhörende Lärmkulisse erzeugte. Sie waren eigentlich beim Aufstellen der WG-Regeln darin überein gekommen, zu nachtschlafender Zeit die Maschine nicht zu benutzen, um die anderen Bewohner nicht zu stören.

Als Jessica Mattis, wie die feminine junge Schönheit hieß, den Grund für die Ruhestörung sah, musste sie schlucken. Ihre Mitbewohnerin Tamara Schnyder, eine ebenso sympathische wie vorwitzige und lebenslustige junge Frau, saß mit geröteten Augen in einem übergroßen hellen T-Shirt und barfuß am kurzen Tresen, der die Pantry-Küche vom Wohn- und Essbereich abgrenzte. Ihre rotbraune Haarmähne zeugte wie die Jessicas davon, dass sie direkt aus dem Bett gekommen war, wohl weil sie aus irgendeinem Grund den Beschluss gefasst hatte, dass sie in dieser Nacht keinen Schlaf mehr finden würde und daher nun im Halbdunkel des Morgengrauens mit einem großen Becher dampfenden Kaffees vor sich ins Leere starrte.

„He, Tammy, was ist denn los? Hast du etwa geweint?", fragte sie mit ihrem charmanten österreichischen Akzent.

Sofort füllten sich Tamaras ausdrucksstarke Rehaugen wieder mit Tränen und sie fiel ihrer fast einen Kopf größeren Mitbewohnerin und Arbeitskollegin unerwartet um den Hals. „Ach Jessi, es tut mir Leid, ich wollte dich nicht wecken. Es ist nur, weil ich eine Nachricht bekommen habe, von Beckie..."

„Was ist mit Rebecca? Ist etwas passiert?" Sie hielt Tamara eine Armlänge von sich und sah in ihr attraktives Gesicht, das so unschuldig wirkte und alle Leute stets vom ersten Moment an verzauberte.

„Meine schlimmsten Befürchtungen sind übertroffen worden! Ich hatte dir doch erzählt, dass ich mir neulich Sorgen gemacht habe, weil Rebecca demnächst wahrscheinlich befördert wird. Ich werde sie dann viel weniger sehen und befürchte, ich könnte den Anschluss an sie verlieren, auch wenn Nick noch ein Jahr länger auf unserer Stufe stehen wird, bis auch er befördert wird." Sie wischte sich mit dem Handrücken wenig elegant quer unter der Nase durch.

„Ja, ich erinnere mich. Aber warum nimmt dich das so mit? Ist es etwa so weit bei ihr?" Jessica musterte ihre Kollegin mit fragender Miene.

„Ich habe eben eine Firmen-e-mail bekommen, in der sie mir schreibt, dass aufgrund besonderer Umstände sowohl sie *als auch Nick* mit sofortiger Wirkung auf Funktionsstufe Eins befördert wurden und umgehend auf eine lange Reise geschickt wurden, ähnlich wie bei einer, wo man wegen Traumatisierung auf Erholungsurlaub geschickt wird. Sie werden voraussichtlich zwei Wochen lang weg sein und sind nur über Firmen-e-mail und Videoaufzeichnung erreichbar. Oh Mann!"

„Und *das* hat dich so mitgenommen? Freust du dich denn gar nicht für sie?"

Tamara schüttelte den Kopf. „Nein, das ist es nicht. Ich hatte kurz nach dem Lesen so ein seltsames Gefühl, als ob sie mit einer großen Gewalt aus meinem Leben gerissen worden sind. So als seien sie gar nicht mehr da. Manchmal spürt man das doch, wenn einem nahe stehende Menschen im Geiste ganz nah oder auch weit entfernt sind. Weißt du, was ich meine?"

Jessica verzog ihre vollen Lippen ein wenig. „Ich weiß nicht... vielleicht interpretierst du zu viel in die Sache hinein. Du hast einfach Verlustängste und überreagierst deshalb. Glaube mir, sobald sie zurück sind, wirst du schon sehen, dass sich alles wieder einrenken wird."

„Ich hoffe, du hast recht. Gott, wie sehr ich das hoffe. Danke, Jessi. Willst du auch einen Kaffee?" Sie deutete zur Maschine hinüber.

Jessica seufzte. „Ach, was soll's? Jetzt kann ich sicher auch nicht mehr schlafen. Und die beiden Herren der Schöpfung bekommen das im oberen Stockwerk wahrscheinlich eh nicht mit, wenn wir die Maschine nochmal anwerfen."

FUNKTIONSSTUFE EINS:

Traumwelten und Albträume

< 1 >

Dimensionsfähre, Filiale 88 - Monat 1

Jetzt war es also soweit.
Rebecca und Nick war die sogenannte 'Offenbarung' zuteil geworden, das große Firmengeheimnis, dem alle entgegen fieberten, wenn sie auf Funktionsstufe Eins befördert werden sollten. Dies war ihnen gerade widerfahren und ihre Welt war in der Tat komplett auf den Kopf gestellt worden. Was das anging, hatten die Gerüchte, die in der untersten Funktionsstufe Null zwischen den Mitarbeitern kursierten, nicht übertrieben.
Es war ein Gefühl, als würde man das alles träumen und sich selbst über die Schulter zuschauen bei dem, was nun alles passierte.
Sie arbeiteten demnach nicht einfach nur für einen multinationalen Mega-Mischkonzern in marktführender Position, wie sie alle bislang angenommen hatten. Nein, ihr Arbeitgeber TransDime war weitaus mehr als das. Die Firma verwaltete vielmehr als graue Eminenz im Hintergrund mehr oder weniger die gesamte Erde. Doch nicht nur das, vielmehr betrieb sie in einer von vielen Paralleldimensionen das Reisen zwischen diesen und lenkte die Geschicke von vielen verschiedenen Versionen der Erde, von denen manche fast identisch, manche gänzlich verschieden von der ihnen bekannten Welt waren.
Es war für Nick und Rebecca wie die nächste Stufe dessen gewesen, was Kopernikus, Kepler und Galilei erkennen mussten, nämlich dass nicht die Erde der Mittel-

punkt des Universums war. Sie hingegen hatten sogar erfahren, dass ihre Realität nur eine von unzähligen war und ihre Erde in den Augen der Leitung des einzigen multidimensionalen Konzerns nur eine weitere unterentwickelte Kolonie, die es zu verwalten und zu bestellen galt wie einen globalen Acker. Wie lange das schon im Verborgenen so ging, konnten sie nicht einmal erahnen.

Und nun wurden sie bereits, kurz nachdem sie diese erschütternde Tatsache erfahren hatten, in einer Dimensionsfähre, die von einem unterirdischen Terminal aus startete, in eine andere Realitätsebene geschickt. Es war wirklich wie in einem verrückten Traum, dachte Nick, während er seine Augen nicht von der riesigen, absolut schwarzen Kugel lassen konnte. Sie hatte einen Durchmesser von etwa fünfzig Metern und schwebte auf der Stelle wie ein schwereloses UFO in der extra für sie angelegten Abflughalle, welche sie fast zur Gänze ausfüllte.

Als Rebecca und Nick das Innere des Transporters betraten, verspürten sie ein leichtes Kribbeln. Als sie Marie danach fragten, erklärte diese lapidar: „Ach, das ist so eine Art Energiefeld, das sich quer über die Eingangsöffnung spannt. Sie ist für feste Körper durchlässig, hindert aber die Luft im Inneren daran, nach Außen zu gelangen und umgekehrt."

Nick musterte den Rahmen der Tür, dessen Außenkante mit einer Reihe winziger, aber massiv wirkender, kegelförmiger Metalldornen besetzt war. Ob die dieses Feld erzeugten? Er sagte aufgeregt: „Wow, fast so wie eine Luftschleuse bei einem Raumschiff in einem Science Fiction Film. Aber wie funktioniert das nur?"

„Keine Ahnung, ich hab das blöde Ding nicht gebaut. Kommt ihr jetzt bitte?" Marie war wieder kurz angebunden und unwillig, sich weiter aufhalten zu lassen.

Im Inneren der Fähre nahmen sie eine Vielzahl an Details auf, die sich ihnen nach und nach offenbarten. Als erstes direkt die Schilder, die in mehreren Sprachen nach links zur breiten Treppe hoch aufs *Langstreckendeck* und nach rechts aufs *Kurzstreckendeck* verwiesen. Bezeichnenderweise war die erste und größte Schrift, in der alles hier bezeichnet war, in Esperanto geschrieben, der inoffiziellen Firmensprache von TransDime.

„Oh Gott, Nick, was tun wir hier bloß? Das ist doch verrückt! Gehen wir wirklich in dieses *Ding* hinein?" Rebecca klang so, als würde sie gleich einen Schock erleiden... oder in Ohnmacht fallen.

Nick meinte zaghaft: „Sieht ganz so aus. Das ist also der große Moment... der Moment der Wahrheit. Ich komme mir vor, als würde ich gleich durchdrehen. Kann das wirklich real sein? Ich meine, *passiert* das hier tatsächlich?"

Marie verdrehte genervt die Augen. „Wenn ich Kardon jemals wieder begegne, wird er es büßen, mir das hier aufgehalst zu haben. Zwei Stewards ohne jede Ahnung!"

Sie warfen einen kurzen Blick die etwa drei Meter breite Treppe nach oben hinauf, die wie die Böden auch mit einem Teppich in einem warmen Rot ausgelegt waren. Die glatten Wände hingegen waren in einem zarten Pastell-Cremeton gehalten und die hohen Decken durchgängig von weißen durchscheinenden Paneelen bedeckt, die ganzflächig ein warmes, diffuses Licht ausstrahlten, welches sehr angenehm war.

Der ebenso breite Gang nach rechts war nur etwa fünf Meter lang und ins Innere der Fähre hin gebogen, allerdings stärker, als Nick von den äußeren Ausmaßen der Kugel her angenommen hätte. Sie überwanden ihre Scheu und gingen tiefer hinein in die Eingeweide des seltsamen Fremdkörpers. Nach einer links gelegenen, zwei Meter breiten Schiebetür, die, ebenfalls auf Esperanto mit *Brücke* angeschrieben war, öffnete sich der Raum nach links hin ins Innere auf das gesamte Deck, während rechts die gewölbte Außenwand zu liegen schien. Diese war mit einigen Topfpflanzen leicht kaschiert, doch ansonsten war der Rest des Decks mit fast runder Grundfläche relativ gut zu überblicken. Die Einrichtung und das Ambiente des weiten, offenen Raumes flößten ihnen ein wenig mehr Vertrauen ein, sodass sie ihre Umgebung genauer betrachteten.

Nach vorne hin war eine gerade Wand vom Boden bis zur etwa drei Meter hohen Decke bündig durchgezogen. Hinter dieser Wand befand sich demnach die Brücke, auf der die Fähre gesteuert wurde. Die Wand schien aus einem einzigen großen Monitor zu bestehen, der die Sicht nach draußen vor der Kugel so gestochen scharf zeigte, als würde man geradewegs durch ein Fenster nach außen sehen. Dabei spielte es keine Rolle, ob man von vorne oder von der Seite aus darauf sah, was Nick bemerkenswert fand.

Den Großteil des Raumes nahmen drei Reihen von je etwa einem Dutzend cremefarbenen Reisesesseln ein, welche von den Ausmaßen, der Ausstattung sowie Polsterung her keinen Vergleich mit jedwedem Erste-Klasse-Platz in einem Flugzeug zu scheuen brauchten. Entlang der gebogenen Rückwand befand sich eine weitere Reihe mit einem weiteren knappen Dutzend Plätzen. Links und rechts dieser hintersten Reihe waren zwei kleine Tischgruppen mit je vier Sitzen gelegen, neben denen sich einige größere Apparate befanden, deren Funktion für sie nicht auf den ersten Blick ersichtlich war. Am entfernten seitlichen Ende, was auf einem Schiff wohl Steuerbord wäre, während sie am Backbordende das Deck betreten hatten, trennte eine Wand als Sichtschutz den Bereich mit den Toiletten ab, wie Marie ihnen eröffnete. Der Abstand zwischen den Reihen war fürstlich bemessen; hier musste sich niemand an anderen Leuten vorbei quetschen, wenn er während des Fluges seinen Platz verlassen wollte.

Was Nick aber gleich aufgefallen war, sprach er nun aus: „Dieses Passagierdeck ist etwa zwanzig Meter im Durchmesser. Ich hätte gedacht, dass es etwa doppelt so groß wäre, wenn man die Außenmaße der Kugel als Anhalt nimmt."

Marie, die Korrektorin, welche ihnen die vorzeitige Beförderung nach einem verpatzten Einsatz 'eingebrockt' hatte, winkte sie auf zwei freie Plätze mittig in der hintersten, gebogenen Sitzreihe und setzte sich neben Rebecca. Die drei überblickten somit das ganze Deck vor ihnen. Nick befühlte das ihm unbekannte Material der opulenten Sitze, das wie Kunstleder aussah, aber weder rutschig noch kühl in der Haptik wirkte.

Nun erklärte Marie ihnen geduldig: „Die Kugel hat tatsächlich fast fünfzig Meter Durchmesser, während der nutzbare Innenbereich nur etwa zwanzig Meter ausmacht. Der Rest des Innenraumes der Fähre wird von den technischen Systemen eingenommen, die den Antrieb und den Dimensionstransfer ermöglichen. Fragt mich nicht, was da drin ist, ich kann es euch nicht sagen. Über diese Technik weiß ich nichts."

„Dann ist nur ein kleiner Teil der Fähren für die Passagiere und Besatzung von innen aus zugänglich?", folgerte Rebecca.

Marie nahm ihr Ticket, auf dem auch das Firmenlogo von TransDime abgebildet war, um es ihnen vor ihre Gesichter zu halten:

Sie grinste die beiden Neulinge frech an: „Na, fällt euch was auf?"

Sie keuchten beinahe gleichzeitig auf, als die ungeheuerliche Erkenntnis sie überkam. Rebecca rief ungläubig: „Nein!"

Und Nick fügte hinzu: „Sie haben den Querschnitt der *Dimensionsfähre* als Firmenlogo gewählt? Wie unverschämt ist *das* denn?!"

„Ja, es war die ganze Zeit direkt vor eurer Nase, ohne dass ihr auch nur das Geringste davon geahnt habt, nicht wahr? Clever!" Marie führte nun aus, während sie mit dem Finger von oben nach unten alle Bereiche des simplen Diagramms antippte: „Während der schwarze Teil demnach die unbekannte und für uns unzugängliche Technik repräsentiert, die von der Zentrale auf Filiale 1 beigesteuert wird, stellt der kleine Kreis die fünf Decks dar, die das für uns nutzbare Innenvolumen der Fähren beherbergen. Das oberste Deck ist mit Technik zum Betreiben der Fähre, Umweltkontrollen, Steuerelektronik und so weiter vollgestopft. Dann als zweites kommt das Oberdeck für die Langstrecke, darunter das mittlere Deck für die Kurzstrecke, auf dem wir uns befinden. Direkt unter uns ist das Frachtdeck und die untere Wölbung wird wieder von Technik eingenommen, Wasseraufbereitung, Lufttanks, Filteranlagen und was es sonst noch so gibt in dieser Hinsicht. Soweit klar?"

„Ja, sehr raffiniert, das muss ich zugeben." Rebecca musste ebenfalls lächeln angesichts der Unverfrorenheit, mit der ihre Firma der gesamten unwissenden Menschheit mittels ihrem Logo diesen Sachverhalt unter die Nase rieb, wohl wissend, dass kein Außenstehender jemals auf die Idee kommen würde, was dieses Zeichen wirklich bedeuten könnte. „Aber wieso ist der Raum aufgeteilt wie eine Kugel in der Kugel? Von der Platzausnutzung ist das doch denkbar unpraktisch?"

Marie winkte ab. „Das hat irgendwas mit der Technik des Dimensionssprungs zu tun. Der nutzbare Teil muss mit einem speziellen Energiefeld umgeben werden, um die Passagiere und Fracht vor schädlichen Einflüssen während des Sprungs zu schützen. Die Form einer Kugel für dieses Schutzfeld ist am energiesparendsten. Außerhalb dieses Feldes, also im schwarz markierten Teil der Fähre, ist kein Überleben möglich. Davon abgesehen, dass dort sowieso niemand hinein gelangen kann, meine ich."

„Gut, das ist einfache Physik, dass die Form einer Kugel oft die idealste ist, für verschiedenste Zwecke." Rebecca nickte verstehend, auch wenn ihr die genauen Zusammenhänge nicht bekannt waren.

„Auch auf die Gefahr hin, das Offensichtliche anzusprechen", schaltete sich Nick nun ein, „aber eines würde mich doch interessieren: wie zum Teufel durchquert dieses Ding, in dem wir sitzen, die Decke des Raumes und darüber hinaus noch Dutzende Meter solides Grundgestein?"

„Wenn ich dir das schlüssig erklären könnte, würde ich bestimmt auf Filiale 1 leben, statt mich hier auf zwei- und dreistelligen Filialen mit Korrekturmaßnahmen zu beschäftigen. Ich weiß nur, dass es etwas mit dem Aussehen der Hülle zu tun hat. Sie ist beschichtet mit einer speziellen Form von... ich glaube ihr nennt es aus Mangel an besseren Alternativen 'Dunkle Materie' oder so ähnlich. Durch diese Form einer höheren Energie wird der Körper der Fähre empfänglich für Schwingungen, die seine Elementarteilchen aus der Phase bringen kann. Viel mehr weiß ich auch nicht darüber. Mich interessieren solche technischen Dinge nicht besonders." Marie winkte erneut ab, doch Nick und Rebecca sahen sich an, als hätten sie einen Geist gesehen.

„*Dunkle Materie!* Du nimmst uns auf den Arm!", rief er ungläubig aus.

„Nick, wenn ich euch ab jetzt noch irgendetwas erklären soll, müsst ihr damit aufhören, nach jedem zweiten Satz von mir irgend so was zu sagen. Die Menschen auf Filiale 1 sind euch und auch der Menschheit auf meiner Heimatfiliale mindestens um eintausend Jahre voraus. Da die Informationsfreiheit genauso hierarchisch verläuft wie alles andere zwischen den Dimensionen, kann das niemand mit Gewissheit sagen, oder auch wie es dazu gekommen ist. Gerüchte gibt es natürlich massenhaft und die meisten davon klingen wie eure sogenannten Verschwörungstheorien... von denen übrigens mehr einen wahren Kern haben, als euch lieb sein kann." Beim Beenden ihrer Ausführungen musste Marie nun doch wieder lächeln.

Nick beharrte: „Aber nach dem, was ich weiß, ist Dunkle Materie überhaupt nicht wahrnehmbar und mit den technischen Mitteln unserer Heimatfiliale nicht einmal nachweisbar. Wieso sollte sie auf der Außenhülle der Fähre dann schwarz sein? Und wieso sollte sie diese Wirkung bei Berührung mit normaler Materie haben?"

„Soviel ich weiß, stimmt alles, was du sagst, wenn es Dunkle Materie in natürlicher Form beziehungsweise Dichte wäre. Diese hier angewandte ist irgendwie aufkonzentriert oder verdichtet, so genau weiß ich das auch nicht. Wahrnehmen kannst du sie trotzdem noch immer nicht, deshalb siehst du sie als schwarze Erscheinung. Wie diese Technik funktioniert, kann ich dir nicht sagen. Es gibt so viele Gerüchte und Halbwahrheiten vom Hörensagen in den niederrangigen Filialen, dass man nicht sagen kann, was davon stimmen könnte und was davon reine Erfindung ist. Manche sagen, die Technik stammt aus einem der anderen Universen, andere behaupten, es ist aus einem abgestürzten Raumschiff geborgen worden. Manche glauben, es ist eine Mischung aus Beidem, dass die Menschen das von außerirdischer Technik oder von einem längst ausgestorbenen Volk technisch hochentwickelter Wesen entliehen haben."

Nick schmunzelte: „Solche Geschichten gibt es bei uns auch. Abgestürzte UFOs, längst versunkene Reiche, die uns weit überlegen waren... ich sehe schon, das werden wir wohl nie erfahren. Ich höre auf, zu fragen, Marie, versprochen."

„Oh, es geht los", bemerkte Rebecca, worauf Nick unwillkürlich nach vorne auf den großen Monitor sah. Der Raum sank aus ihrer Perspektive nach unten weg und dann war alles schwarz. Ihm fiel auf, dass es keinerlei Antriebsgeräusch in der Kabine gab. Man konnte nicht einmal das Summen einer Klimaanlage oder etwas in der Art vernehmen. Das verlieh der ganzen Sache einen noch unrealistischeren Anstrich.

„Ja, wir bewegen uns nach oben. Da wir fast auf der gesamten Reise mit keinen Fliehkräften rechnen müssen, wird der Start nicht großartig angekündigt, wie in einem Zug oder Schiff. Es geht einfach los." Marie deutete auf die dezent in der Polsterung versenkten Sicherheitsgurte. „Die hier braucht ihr nur während des Wendemanövers während der Mitte der Reise und während des Sprunges."

„Wendemanöver? Was meinst du damit?" Rebecca zog ein wenig beunruhigt ihren Gurt hervor, der als Fünf-Punkte-Gurt wie bei einem Rennwagen oder Fluggerät ausgelegt war, um ihn kurz anzuprobieren, wobei sich die Gurtlängen automatisch einstellten.

„Ich erkläre euch gleich alles Weitere. Jetzt genießt erst einmal den Anblick. Den Start finde ich immer am Schönsten." Marie lehnte sich zurück und fixierte mit ihrem Blick den Monitor am vorderen Ende der Kabine, zufrieden lächelnd.

Auf einmal tauchten viele Lichter vor ihnen auf, die allmählich immer weiter nach unten absackten und immer deutlicher Besiedlungsmuster in der Morgendämmerung bildeten. Erst von Straßenzügen und einzelnen Gebäuden, dann von Stadtvierteln und danach ganzen Städten. Rechts von ihnen stieg die Sonne strahlend hell, aber nicht blendend über den Horizont; wahrscheinlich wurde das direkte Licht durch einen Filter automatisch abgedunkelt, um die Passagiere nicht zu beeinträchtigen.

Sie schienen immer weiter senkrecht empor zu steigen, wobei ihre Geschwindigkeit auch stetig zuzunehmen schien, wenn man die rasch emporsteigende Sonne als Anhaltspunkt nahm. Man konnte allerdings keine Beschleunigung wahrnehmen. Nach ein paar Minuten glaubte Nick bereits den Großraum Rhein-Main mitsamt dem Flughafen gut überblicken zu können. Dann die nächtlichen Umrisse der verschiedenen Ballungszentren ringsum.

Als sie bereits die Erdkrümmung erkennen konnten und wenig später die gebogene Tag-Nacht-Grenze quer über Mitteleuropa hinweg, wurde es Rebecca offenbar mulmig zumute. „Wie hoch sind wir denn jetzt? Geht das noch lange so weiter?"

Marie machte große Augen, was ihre unwahrscheinliche und intensive Farbe wieder zur Geltung brachte. „Um Himmels Willen, was hat euch Kardon *überhaupt* erzählt? Irgendetwas?"

„Er hat uns lediglich versichert, dass du uns alle Fragen, die wir haben, beantworten wirst." Nick sah sie nur kurz an und verfolgte dann das spektakuläre Schauspiel auf dem Riesenbildschirm vor ihnen weiter.

„Und zwar bereitwillig, ohne zu murren und mit einem freundlichen Lächeln auf den Lippen", fügte Rebecca etwas bissig und gemein grinsend hinzu. Ihr war der Unwille immer noch anzumerken, den sie Marie gegenüber empfand, seitdem sie erfahren hatte, dass sie die 'Inspektorin' gewesen war, die Nick damals in seinem ersten Jahr sprichwörtlich aufs Kreuz gelegt hatte. Offenbar fühlte sie sich sowohl von ihrer größeren Erfahrung als auch von ihrer atemberaubenden Erscheinung unterbewusst bedroht.

„Soll ich dazu auch noch ein munteres Liedlein pfeifen?", war die schnippische Antwort darauf, worauf Nick lachen musste.

„Meine Damen, wir sind doch alle auf derselben Seite. Aber wie ist es denn jetzt, Marie? Wir sind ja bereits weitaus höher als die am höchsten fliegenden Passagiermaschinen je steigen. Kannst du uns also bitte aufklären?"

Von seiner höflichen Art milde gestimmt, lenkte Marie darauf ein: „Gut, es ist ja schließlich auch meine Schuld, dass ihr jetzt hier drin sitzt. Daher gebe ich euch jetzt schnell einen Crash-Kurs in transdimensionalem Reisen."

„Crash-Kurs? *Extrem* unglückliche Wortwahl bei dieser Flughöhe", warf Rebecca ein, steif auf ihrem Sitz verharrend und ein wenig unwohl nach vorne starrend.

„Du hast doch deine Kollegin vorhin gehört, Schatz", beruhigte Nick sie umgehend. „Dies hier ist die sicherste Art zu Reisen, die es gibt, hat diese Stephanie gesagt. Marie, erzähle uns bitte alles über diesen Flug, denn ein Flug ist es ja offenbar."

„Gut, zuerst einmal eine Frage: sagt euch der Begriff 'Lagrange-Punkt' etwas?"

„Ein Begriff aus der Astrophysik, glaube ich. Das sind bestimmte Punkte im Weltall, wo sich die Gravitationskräfte von zwei Himmelskörpern aufheben." Nick überlegte, was er darüber noch wusste.

Rebecca ergänzte, noch unsicher darüber, was dieses Thema mit ihrer Reise zu tun haben könnte: „Wenn ich mich nicht täusche, gibt es verschiedene dieser Punkte zwischen zwei betreffenden Planeten, Sonnen, Monden oder was auch sonst in Betracht kommt. Die kann man relativ einfach berechnen, soweit ich weiß.

Ich habe gelesen, dass sie am Lagrange-Punkt zwischen Sonne und Erde die Sonnen-Beobachtungssonde 'Soho' stationiert haben, weil sie dort sozusagen im Weltraum zwischen Sonne und Erde geparkt ist und immer freie Sicht auf die Sonne hat. Und das Weltraumteleskop Kepler hat man aus dem gleichen Grund am erdfernsten Lagrangepunkt des Erde-Sonne-Systems platziert, weil sie dort ebenfalls schön stationär ist und mit der Sonne im Rücken rund um die Uhr den Sternenhimmel beobachten und Planeten in anderen Sonnensystemen suchen kann."

„Das ist alles korrekt", bestätigte Marie anerkennend nickend, „für solche Forschungssonden sind diese Punkte ideal. Und für uns sind diese Punkte wichtig, weil der Wechsel von einer Dimensionsebene in eine andere ein energieintensiver Vorgang ist, der von Magnet- oder Gravitationsfeldern sowie Teilchenströmen von der Sonne negativ beeinflusst wird. Den Übergang in verschiedene Schwingungsebenen erreicht man darum umso leichter, je weniger man diesen Störfaktoren ausgesetzt ist.

Daher fliegen wir je nach Stellung des Mondes zur Erde den Lagrange- oder auch Librationspunkt L2, der ein Stück hinter dem Mond liegt, den L1-Punkt kurz vor dem Mond oder den L3-Punkt auf der dem Mond entgegengesetzten Seite an. Wenn etwa Halbmond ist, gibt es noch zwei weitere Punkte, die auf der Mondbahn genau um sechzig Grad versetzt vor oder hinter dem Mond liegen. Die Linientransporte handhaben das routinemäßig so."

Nicks Augen waren groß und rund geworden: „Wir... wir fliegen in den *Weltraum*?"

„Ja, das versuche ich euch doch gerade zu erklären. Wir sind auf einer 8er-Linie, springen daher auch immer um acht Filialen nach oben, von 88 nach 96 und dann nochmals von 96 auf 104 und so weiter. Für diese Sprünge fliegen wir bei Vollmond und an den Tagen davor und danach den L2-Punkt hinter dem Mond an."

Den beiden Neulingen stand der Mund weit offen bei diesen Erklärungen Maries. Sie sahen sich an, kaum fähig, das zu glauben, was ihnen gerade eröffnet wurde. Sie sollten zum *Mond* fliegen? Einfach so, als ob *nichts* dabei wäre?

„Wir fliegen zum Mond." Rebeccas Stimme war anzuhören, dass sie das nicht fassen konnte.

Nick warf ein: „Aber... aber das dauert doch mindestens eine Woche hin und zurück! Sollen wir etwa so lange hier herumsitzen?"

Marie schüttelte den Kopf. „Du machst einen Denkfehler bei deiner Annahme, aber ich erkläre euch das gleich. Wo war ich? Ach ja, bei den verschiedenen Linien, die bedient werden."

„Gibt es da eine Einteilung für die verschiedenen Linien? So eine Art Fahrplan oder Linienplan, meine ich?" Nick hatte sich ein wenig gefangen; sein Interesse war geweckt worden.

„Ja, irgendwann musste schließlich ein sinnvolles System eingerichtet werden, mit dem man die verschiedenen Dimensionen in einer vernünftigen Zeit erreichen kann. Es kann ja nicht jede Fähre wahllos jede Dimension ohne jede Ordnung ansteuern. Dazu bräuchtest du eine Unzahl von Fähren, die dann plan- und sinnlos doppelt und dreifach unnötige Sprünge durchführen würden und dadurch alles im Chaos enden würde."

Rebecca warf ein: „Aber die Besonderheit hier ist doch, dass man den räumlichen Faktor völlig ausklammern kann. Bis auf einen vernachlässigbaren Unterschied legen alle Fähren in etwa die gleiche Distanz zurück, um zu den Sprungpunkten zu kommen, oder? Dann ist die Flugzeit zu diesen Punkten und zurück zur Erde eigentlich nicht der entscheidende Faktor bei der Planung."

Marie keuchte auf: „Mädchen, bist du *gut*! Ich habe viel länger gebraucht als du, bis ich das in mein Denkmuster einbezogen habe. Ich sehe schon, du wirst dich in dieser für euch neuen Welt in kürzester Zeit zurechtfinden."

Geschmeichelt schlug Rebecca die Augen nieder: „Ach, komm schon!"

Nick hatte inzwischen das ausklappbare Informationsdisplay in seiner rechten Armlehne entdeckt, es aktiviert und auch geschafft, eine Seite mit dem betreffenden Thema aufzurufen. „Hier steht, der Punkt L1 befindet sich genau zwischen Erde und Mond, etwa 320'000 km von der Erde entfernt und gut 50'000 km vor dem Mond.

Der Punkt L2 ist über 440'000 km von der Erde entfernt und somit 50'000 km hinter dem Mond.

Der L3-Punkt ist gegenüber dem Mond, auf der abgewandten Seite innerhalb der Mondbahn sozusagen und 386'000 km von der Erde entfernt Das ist doch auch ziemlich genau die Entfernung zwischen Erde und Mond."

„Ja, das stimmt alles, ebenso wie die Punkte L 4 und L 5 um sechzig Grad versetzt genau auf der Mondbahn liegen. Du hast also das Infodisplay entdeckt. Dort kannst du alles Wissenswerte nachschlagen und auch recherchieren, um dir eine Vorstellung davon zu vermitteln. Du kannst damit auch Nachrichten nach Hause schreiben und per Firmenzugang weiterleiten, die dann bei der nächsten Gelegenheit übermittelt werden. Außerdem lesen, Filme ansehen und so weiter." Als Marie das Display erklärte, zog auch Rebecca ihres neugierig hervor und aktivierte es. „Die virtuellen Brillen zeige ich euch nachher."

„Oh, schön, das ist ein erfreulicher Fortschritt." Nick besah sich noch ein letztes Mal das Display und fuhr dann fort. „Je nach Stellung des Mondes auf seiner Umlaufbahn werden also die verschiedenen Lagrange-Punkte angesteuert, um keinen Gravitationseinflüssen und möglichst wenigen vom Erdmagnetfeld ausgesetzt zu sein, habe ich das richtig verstanden?"

„Genau. Und jetzt zum Fahrplan. Ausgehend von Filiale 1, wo in der Zentrale die Big Bosse sitzen, wie ihr sagen würdet, wurde ein streng logisch aufgebautes Zahlensystem für die erschlossenen Filialen vergeben. So gibt es zum Beispiel die 1er Linien, die tatsächlich von Filiale 1 ausgehend jede einzelne Nummer ansteuern bis hoch zur 10. Dann zurück zur 1 und wieder hoch bis zur 10. Die nächste 1er Linie bedient die Filialen 10 bis 20, dann 20 bis 30 und so weiter. Bis auf wenige Ausnahmen, wie zum Beispiel Filiale 2, wird das immer gleich gehandhabt.

Damit man nicht wochen- oder monatelang unterwegs sein muss, wenn man zum Beispiel von der 1 zur Nummer 108 reisen willst, gibt es natürlich noch andere Linien. Die 2er überspringt immer eine Nummer und hält sozusagen bei allen geraden Filialnummern bis 20. Dann geht die nächste 2er Linie von 20 bis 40 und so weiter. Das Gleiche ist noch für 4er Linien, 8er, 16er und sogar 32er Linien eingerichtet."

„Aha, ich verstehe. Das ist so, als würde man den den Dorfbus, den 1er, bis zur nächsten Haltestelle der Straßenbahn nehmen, der 2er Linie. Sobald man dann an der S-Bahn, der 4er Linie ankommt, kann man damit zum Hauptbahnhof der Großstadt fahren und dort den 8er, 16er oder 32er nehmen, wie einen Intercity oder ICE."
„Ein treffender Vergleich für die Verhältnisse auf eurer Filiale. Nur dass das Umsteigen in unserem speziellen Fall eben von der Zeitspanne der Wartezeit abhängt, bis in der nächsten Anschlussfiliale eine für uns passende TransDime-Fähre abfliegt. Durch die begrenzte Anzahl der zur Verfügung stehenden Fähren hat man eben nicht ständig direkten Anschluss auf die nächste passende Verbindung, die einen das entscheidende Stück näher an die gewünschte Zielnummer bringt. Dort stößt die Logistik an ihre Grenzen." Marie zuckte bedauernd mit den Achseln.
Rebecca meinte: „Deshalb gibt es so umfangreiche Wartesäle und ein kleines Hotel im Transitbereich, oder? Für die Leute, die länger auf ihren Anschluss warten müssen."
„Richtig, aber diese Einrichtungen müssen zum Glück nicht so oft in Anspruch genommen werden."
Nick stimmte ihr zu: „Genau, dafür gibt es die Langstrecken-Plätze, oder? Eigentlich eine irreführende Bezeichnung, da es ja Lang*zeit*-Plätze sind. Für Passagiere, die statt am Umsteigepunkt lange im Transferbereich warten zu müssen, genausogut ein Stück länger mit der Fähre weiterfliegen können und später an einem näheren Punkt umsteigen, wobei sie wahrscheinlich noch Zeit gespart haben."
Wieder nickte Marie und bestätigte ihm: „Ja, die Transportsysteme werden ständig mit jeder eintreffenden und abfliegenden Fähre überall auf den neuesten Stand gebracht, was die Belegung und Reservierungen angeht. Dadurch kann in den meisten Fällen, wenn man mindestens zwei Tage im Voraus bucht, ein zuverlässiger Reiseplan für dich errechnet werden, der dir die kürzest mögliche Reisedauer gewährt. Dabei wird der Verbleib in einer Fähre auf einem Langstreckenplatz stets dem längeren Aufenthalt an einem Umsteigepunkt vorgezogen, da du mit der ersten Variante deiner Zielfiliale ja immer ein Stück näher kommst, während du bei der zweiten nur in irgendeinem Transferbereich herum hockst, ohne etwas zu erreichen.

Manchmal ist es sogar zeitlich günstiger, wenn du zuerst in die 'falsche Richtung' reist, weil du dadurch eine schnellere Verbindung bekommen kannst. Oder wenn du 'zu weit' reist und dann ein Stück zurück bis zum Ziel. Aber das rechnet der Computer im Ticketzentrum für dich aus. Für dich selbst wäre das viel zu umständlich, bei all den Optionen und verzahnten Abflugzeiten die schnellste Alternative heraus zu finden, zumal du nicht weißt, wie es um die Belegung der Flüge steht. Das System 'parkt' dich auch nur für einen längeren Transferaufenthalt, wenn alle Langstreckenplätze auf dem Flug, der alternativ dazu ginge, bereits belegt sind."

„Das klingt wirklich gut durchdacht und organisiert. Und alle Flüge verlaufen stets nach dem selben Muster, egal wie weit man springt, ob nur eine Nummer weiter oder 32?" Rebecca hatte den Bogen wohl bereits heraus, wie Nick bei ihrer Frage erstaunt dachte.

„Ja, denn der technische Aufwand zum Ändern der Schwingungsfrequenz innerhalb eines Universums ist stets der Gleiche. Die Nummerierung ist ja auch von TransDime mehr oder weniger willkürlich gegeben worden und hat nichts mit natürlichen Gegebenheiten zu tun. Und bevor ich es vergesse: wir fliegen während der Reise mit ungefähr der normalen Erdbeschleunigung sozusagen nach 'oben', sodass wir gefühlt eine künstliche Schwerkraft hier drin haben. Die Beschleunigung drückt uns gegen die Flugrichtung nach unten und für uns fühlt sich das an wie die gewohnte Gravitation auf der Erde.

Nach der Hälfte des Fluges, nach einer knappen Stunde, wird der Antrieb abgeschaltet und die Fähre gewendet, was ein paar Minuten dauert. In dieser Zeit werden wir schwerelos und müssen angeschnallt sein. Dann geht es mit der gleichen Verzögerung von ungefähr 10 m/s^2 weiter, womit wir am Ziel, dem Lagrangepunkt, wieder stillstehen. Der Sprung an sich unterliegt wieder einer kurzen Phase der Schwerelosigkeit, ist aber völlig unspektakulär. Der Rückweg verläuft genauso: knapp eine Stunde beschleunigen, Wenden bei Null g und knapp eine Stunde bremsen mit normaler Erdschwere. Ihr seht, eigentlich sehr angenehm."

Rebecca sah Nick an und begann verträumt zu lächeln: „Mann, wir sind im Weltraum. Wir sind Astronauten!"

Nick konnte nicht anders, als ihr breites Grinsen zu erwidern. Marie verdrehte die Augen, peinlich berührt von diesem kleinen amateurhaften Ausbruch, als er verlauten ließ: „Jetzt verstehe ich so einiges besser. Die alten Raumkapseln vor über vierzig Jahren sind mit einer konstanten Geschwindigkeit zum Mond und zurück geflogen, die nur knapp über der Fluchtgeschwindigkeit der Erde lag. Daher haben sie auch etwa eine Woche benötigt. Wir hingegen beschleunigen ständig, um durch diese Beschleunigung eine Schwerkraft in der Fähre zu haben. Dadurch sind wir viel schneller als die Apollo-Missionen, wenn wir bei der Hälfte der Strecke umdrehen und dann die zweite Hälfte des Weges wieder bis auf Null herunter bremsen."

Zufrieden nickte Marie.

„Wie lange braucht man mit dieser Methode zum Mars?", wollte er dann von ihr wissen, worauf diese ein langes Gesicht machte.

„Woher soll ich das wissen? Die Fähren fliegen nur zu den jeweiligen Sprungpunkten und zurück zur Erde."

Darauf reagierte Rebecca fast schon erschüttert: „Du meinst, TransDime benutzt diese Technik *nicht* zur Erforschung des Weltraums? Das kann nicht dein Ernst sein!"

„Hatten wir uns nicht auf etwas geeinigt, was Kommentare dieser Art angeht?" Ihre Mentorin wurde nun ungehalten.

Nick schaltete sich ein: „Aber du musst doch auch zugeben, dass das sehr seltsam ist. Mit einem Gefährt wie diesem könnte man doch in kürzester Zeit die Entfernung zu den anderen Planeten im Sonnensystem zurücklegen und dann auch erforschen. Wieso sollte die Firma dies nicht tun wollen?"

„Das kann ich dir beim besten Willen nicht beantworten. Natürlich kommt bei jedem, der frisch eingeweiht wird, diese Frage früher oder später auf. Es hat jedoch den Anschein, als sei die Weltraumfahrt mit diesen Mitteln ein absolutes Tabuthema bei TransDime. Ich habe damals auch etwas in der Art gesagt und wurde entsprechend zurecht gewiesen. Daher kann ich euch nur raten, vergesst das gleich wieder, es geht hier für uns alle nur um Reisen in andere Dimensionen, nicht durch den Weltraum und auf andere Himmelskörper."

Rebecca sinnierte, ohne jemanden bestimmt anzusprechen: „Wenn ich mir vorstelle, dass auf anderen Planeten und Monden sicher viele Rohstoffe lagern, Edelmetalle und Mineralien... bei dem technischen Entwicklungsstand, den sie haben, müsste es für TransDime doch sicher möglich sein, solche Dinge gewinnbringend abzubauen. Beim Stand unserer Raumfahrt mit Raketen verstehe ich ja, dass alle sagen, es ist unbezahlbar, an Bergbau im Weltraum auch nur zu denken. Aber mit den Fähren hier oder anderen Gefährten, die man mit dieser Technik ausstatten könnte... ich kann mir nicht mal im Entferntesten vorstellen, was sie davon abhalten könnte, das Sonnensystem zu erobern."

Nick gab zu bedenken: „Es heißt doch immer, der Forschungsdrang ist die größte Triebfeder des Menschen. Aber selbst wenn die reine Erforschung, die doch schon spannend genug wäre, nicht rentabel für TransDime wäre, dann doch sicher die praktischen Nutzungsmöglichkeiten. Vielleicht haben sie es doch vor langer Zeit schon versucht und sind auf Probleme gestoßen, die uns jetzt gar nicht in den Sinn kommen. Es kann vielleicht am fehlenden..."

Marie unterbrach ihn, offensichtlich genervt von ihren Spekulationen: „Wenn TransDime die Fähren nicht für irgendwelche Forschungsflüge zu anderen Planeten benutzt, wird das sicher seine Gründe haben. Es ist nicht an uns, das zu hinterfragen."

Rebecca und Nick tauschten einige ratlose Blicke aus, dann sagte sie ergeben: „Gut, wir nehmen das so hin und werden dich nicht länger damit belästigen."

Im Stillen jedoch rasten Nicks Gedanken. Was sollte das für einen Grund haben, dass eine solche Organisation diese Möglichkeiten haben und keinen Gebrauch davon machen sollte? Nur, weil diese Art der Nutzung keinen unmittelbaren Profit für die Firma abwarf? Für ihn war das völlig unverständlich. Da musste doch noch mehr dahinter stecken! Nick nahm sich vor, bei passender Gelegenheit jemanden danach zu fragen, der eher eine Ahnung von dieser völlig absurden Firmenpolitik hatte.

Vielleicht war es sogar die Politik der Zentrale, die sich sagte, wozu riskante Unternehmungen zu weit entfernten Planeten oder Asteroiden auf sich nehmen, wenn man nur ein paar Stunden auf einer bekannten, risikolosen Route durchs erdnahe All fliegen musste, um einen hinreichend bekannten Himmelskörper erreichen zu können? Noch dazu einen, der vor Ressourcen praktisch überquoll? Deren Erzlagerstätten man wahrscheinlich nicht einmal zu suchen brauchte, weil man bereits von anderen Filialen her wusste, wo diese lagen. Und der einen unbegrenzten Vorrat an Biomasse aufwies, in Form von Pflanzen, Tieren und ja, so zynisch musste man sein, wenn man denken wollte wie ein Konzernleiter, menschliche Arbeitskräfte.

Wer an der Spitze eines so unvorstellbar mächtigen Unternehmens wie TransDime saß, dachte bestimmt auf diese Weise. Risikominimierung, Kosten-Gewinn-Verhältnis, Begriffe wie diese prägten die Vorgehensweise der Firma. Je länger Nick darüber nachdachte, desto weniger wunderte er sich über das vorherrschende Paradigma von TransDime.

Hinter ihnen füllte die Erde nun den gesamten Bildschirm aus, während sich die Nachtseite zunehmend weiter über den Globus ausbreitete. Somit schoben sie sich allmählich in den Erdschatten. Nick beugte sich zu Rebecca hinüber, die sich offenbar gerade genauso wie er intensiv gedanklich mit diesem Thema befasst hatte. Er flüsterte ihr etwas ins Ohr, worauf sie beinahe kindisch kicherte.

Dann wandte er sich nochmals an Marie: „Darf man eigentlich auch das Langstrecken-Deck besichtigen, wenn man nur Kurzstrecken-Tickets hat?"

Marie überlegte kurz und ließ sich eines ihrer Tickets zeigen. „Gute Frage, obwohl ihr doch auf eurem zweiten Teil des Fluges sowieso in der Langstrecke reist. Ich würde mich an eure Kollegin wenden, die gerade dort vorne am Gang steht. Sie kann euch da sicher weiter helfen. Ich glaube aber nicht, dass das ein Problem sein wird. Die TransDime-Fähren sind sehr großzügig ausgelegt, wie ihr seht. Es ist längst nicht so eng wie in einem der üblen Linienflieger oder Fernzüge auf eurer Filiale."

„Das stimmt, eher wie auf einem edlen Passagierkreuzer. Ich muss immer an den Salon auf unserem Hurtigruten-Schiff denken. Du nicht auch, Nick?" Rebecca sah sich um und entdeckte tatsächlich in der angegebenen Richtung Stephanie.

Nick bestätigte ihr: „Stimmt, alles ist komfortabel und großzügig, nirgendwo ist es beengt oder unbequem. Und für wie lange werden die Kurzstrecken-Sitze belegt?"
„Bis zu acht Stunden oder zwei Stopps. Ihr habt also das große Pech, auf dieser Etappe eurer Reise genau am Maximum der Kurzstrecke zu liegen. Aber wie du schon gesagt hast, auch hier lässt es sich aushalten. Ich würde dieses Deck mit einer geräumigen Luxusversion der Ersten Klasse im Jet einer hochwertigen Fluggesellschaft bei euch vergleichen und die Langstrecke mit der Miniversion eines Salondecks eines Kreuzfahrtschiffes. Von den Räumlichkeiten und der Ausstattung her, meine ich." Mit dieser Erklärung ließ es Marie bewenden und wandte sich wieder ihrem Sitzmonitor zu, um etwas zu lesen.

Rebecca war zu ihrer ehemaligen Kollegin gestoßen und hatte kurz mit ihr geredet. Sie kam nun zurück an ihren Platz und reckte einen Daumen auf ihrem Weg zu ihnen empor. Dabei wurde sie wie schon den ganzen Flug über von sämtlichen anderen Passagieren ignoriert. Die meisten der Leute, die gut die Hälfte der Plätze besetzten, waren mit dem Infodisplay oder dem Unterhaltungssystem über die klobige Brille zur virtuellen Umgebungsdarstellung abgelenkt. Andere Beschäftigungen wie das altmodische Lesen einer Zeitschrift, eines Buches oder einer großen, raschelnden Zeitung fanden ebenso statt wie auch das Hören von Musik über Kopfhörer.

„Alles in Ordnung. Sobald das Wendemanöver vorbei ist, dürfen wir uns oben umsehen. Ich habe Stephanie erzählt, dass wir für zwei Stationen hier sind und die ganze Nacht noch keine Minute Schlaf gefunden haben. Sie hat gemeint, dass sie auf dem Langstrecken-Deck meistens ein paar freie Schlafkabinen haben, da alle Passagiere oben unterschiedliche Tages-Nacht-Rhythmen haben und die Langstrecke für unseren Reiseabschnitt fast leer ist." Sie grinste ihn gewinnend an.

Marie sah sie ungläubig an. „Wie bitte? Euer *erster* transdimensionaler Sprung und ihr schleicht euch bereits in die Langstrecke ein, um ein schönes gemütliches Bett zu benutzen? Das gibt es doch nicht!"

„Ach, Marie, die Sitze hier unten sind doch auch sehr bequem für ein kurzes Nickerchen, meinst du nicht auch?" Frech lachte Rebecca sie an.

„Dabei habe ich gerade angefangen, dich zu mögen", erwiderte diese, konnte sich einen hochgezogenen Mundwinkel allerdings auch nicht verkneifen. „Beschwert euch dann aber nicht, wenn ihr noch viele Fragen habt und keine Zeit mehr, sie mir zu stellen."

Nick sah sie abschätzend an. „Bevor du uns in Frankfurt angerufen hast, um uns mitten in der Nacht für diese kleine Mission aufzubieten, hast du doch sicher vorgeschlafen, damit du fit bist?"

„Ja, tatsächlich, fast vier Stunden. Das tut echt gut, so ein ausgiebiges Nickerchen vor einem Nachteinsatz."

Rebecca stemmte die Fäuste in die Hüften. „Kann ich mir gut vorstellen. *Dumm nur*, wenn man als armer unwissender Steward nichts von deinen Absichten weiß und gerade erst eine halbe Stunde im Bett liegt, wenn der Anruf kommt, der einen aus dem besagten Bett holt."

„Soll ich mich jetzt etwa mies fühlen? Willst du mir ein schlechtes Gewissen machen?"

„Scheiße, ja! Nick und ich haben die ganze Nacht praktisch kein Auge zu gemacht. Ich finde, wir haben uns eine Mütze voll Schlaf verdient." Die beiden Frauen starrten sich gegenseitig nieder.

Nick ging dazwischen. „Ich denke, wir alle haben unsere Standpunkte klar gemacht. Es mag dich überraschen, aber ich habe tatsächlich noch weitere Fragen, die ich dir noch vor dem Wendemanöver stellen will. Eher allgemeinere Sachen, da wir unter Umständen in Zukunft ab und zu mal transdimensional verreisen werden."

„Da kannst du dir sogar sicher sein", bestätigte Marie ihm, wieder etwas freundlicher. „Gut, dann lass mal hören."

„Okay, zum einen, wie funktioniert das hier mit Bordverpflegung? Ich meine, sogar für die sogenannte Kurz*strecke* ist man ja bis zu acht Stunden an Bord. Wie sieht es da mit Essen und Trinken aus? Bringt die Stewardess etwas, so wie im Flugzeug?"

„Nein, da hinten entlang der Rückwand, links und rechts von unserer Sitzreihe seht ihr zwei Vierer-Tischgruppen hinter den kleinen Sichtblenden und Pflanzen, die die jeweils äußersten Sitze der Reihe hier räumlich von den Tischen trennen. Zwischen den Blenden und den Tischen befinden sich im toten Winkel jeweils zwei Essensautomaten, die ihr frei nach Belieben bedienen könnt. Sie haben eine wirklich vielfältige Auswahl an Speisen und Getränken parat und es schmeckt sehr gut, fast wie selbst gekocht." Die attraktive Französin zeigte auf die betreffenden Stellen.

„Klingt so ähnlich wie ein Replikator bei Star Trek", ließ sich Nick vernehmen, worauf Rebecca kicherte.

„Was ist ein Star Trek? Eines eurer Fast-Food-Restaurants wie McDonalds?", wollte Marie daraufhin wissen, was bei Rebecca einen als Husten getarnten Lachanfall auslöste.

„Herr Kardon hat nicht übertrieben, als er sagte, du gibst dir alle Mühe, um immer wieder so schnell wie möglich von unserer Welt zu verschwinden", stellte Nick fest, womit er Maries Unwillen erregte.

„Ach, lass mich doch in Ruhe! Ich kann mich nicht mit jeder kulinarischen Abart auf eurer Welt beschäftigen. Da ich ab jetzt für eure unselige Filiale 88 gesperrt bin, spielt das ohnehin keine Rolle mehr für mich." Leicht gekränkt wandte sich die Gescholtene ab von ihm.

Er war jedoch noch nicht fertig. „Und wie ist das mit dem Essen, wenn das Wendemanöver beginnt und ich bin gerade mitten am Speisen? Fliegt da nicht alles weg und quer durch die Kabine?"

„Du bekommst natürlich kein halbes Pfund Erbsen serviert, das sich dann in 387 lukullische Mini-Granaten verwandelt beim Null-G-Wenden. Es werden keine lockeren oder flüssigen Lebensmittel offen serviert, so weit denkt man hier auch voraus. Diese Art des Reisens findet schon viel länger statt, als ihr auch nur ahnen könnt.

Wenn es Erbsen gäbe, dann zum Beispiel als Püree oder in Kartoffelbrei eingerührt. Sämtliche Speisen sind so angerichtet oder garniert, dass sie gewisse adhäsive Eigenschaften aufweisen. Sie haften somit mehr oder weniger gut am Teller, ohne von der Konsistenz her allzu zäh oder pappig zu sein. Suppen und Getränke gibt es in geschlossenen Behältern." Marie gab sich nun doch etwas genervt, als wäre es total überflüssig, das alles überhaupt erklären zu müssen.

„Okay, schon verstanden. Und die Toiletten?"

„Sind ganz normale WCs, deren Benutzung einfach einige Minuten vor und natürlich während des Wendemanövers streng verboten ist, denn nur in unbesetztem Zustand schließt sich der Deckel des Lokus automatisch und versiegelt ihn. Wer sich nicht daran hält, bestraft sich nur selbst, soviel kann ich dir verraten. Die WCs an Bord sind selbstreinigend, wie auch die Duschen und Schlafkabinen. Du bist es nicht." Marie grinste fast schon boshaft.

„Ist dir das mit dem WC schon einmal passiert?", wollte Rebecca postwendend wissen, süffisant dabei grinsend.

„Du willst auf Teufel komm raus Ärger mit mir haben, oder?" Marie stand mit zorniger Miene auf, worauf sich auch Rebecca reflexhaft erhob.

Nick ging zwischen die Beiden, Rebecca einen warnenden Blick zuwerfend. „Ich bitte euch, wir wollen uns doch alle professionell verhalten, nicht wahr?"

Nachdem die beiden streitbaren Frauen sich wieder gesetzt hatten, hakte Nick nochmals nach: „Ist es denn kompliziert, diese Essens-Automaten zu bedienen?"

„Nein, für jemanden aus eurer Filiale und mit eurem technischen Verständnis sind die Bedienungsmenüs selbsterklärend. Mit den Infodisplays habt ihr euch ja auch gleich auf Anhieb zurecht gefunden. Ihr könnt übrigens an Bord der Fähren so viel essen und trinken, wie ihr wollt. Das ist beim Flug inklusive."

Rebecca war nun wieder die Sachlichkeit in Person, als sie wissen wollte: „Und beim Transit, wenn man Zeit bis zum Umsteigen verbringen muss? Wie kann man sich dann etwas zum Essen kaufen oder in eines der Hotels einchecken?"

„Sämtliche Dienstleistungen, die in den Transitstationen angeboten werden, sind mit euren Firmenausweisen der Funktionsstufe Eins oder höher beziehbar und werden eurem Spesenkonto belastet. So müsst ihr euch keine Gedanken darüber machen, auf welcher Filiale und in welchem Land ihr euch gerade befindet und wie die jeweiligen lokalen Bezahlungsmöglichkeiten sind. Das wird erst dann relevant, wenn ihr einen Fuß hinaus in die jeweilige Welt setzt. Aber das ist dann wieder eine ganz andere Geschichte."

„Das bringt mich auch gleich zur nächsten Problematik: wenn ich das recht verstanden habe, dürfen wir nichts Persönliches aus unserer Heimatdimension in eine andere bringen, die wir bereisen. Wie läuft das dann aber mit Kleidung, Hygieneartikeln und so weiter ab? Ich meine, du und diverse andere Leute haben ja auch eine Tasche dabei." Nick wies auf die gepolsterte Vorderseite der linken, voluminösen Armlehne, hinter der sich ein geräumiges Fach verbarg, in dem Maries alte, zerknautschte Lederreisetasche bequem Platz gefunden hatte. In der rechten Lehne verbarg sich ein Klapptisch und das Infodisplay, das an einem Schwenkarm ebenfalls ausklappbar verstaut war.

Nun staunte die Agentin aber doch: „Eins muss man euch lassen, ihr stellt genau die richtigen Fragen und relativ geordnet. An logischem Denken mangelt es euch jedenfalls nicht, soviel ist schon mal sicher. Alle Leute, die ihr hier seht, haben ihren eigenen Kram dabei, weil sie so wie ich eine längere Zeit unterwegs sind und nicht etliche Stunden oder sogar einen ganzen Tag in den gleichen verschwitzten Klamotten in der Fähre sitzen wollen. Ist ja auch verständlich, oder?

Es sieht so aus: Wenn ihr in eurer Heimatfiliale den Sicherheitsbereich der Funktionsstufe Eins und höher betretet, der zum Abreiseterminal führt, könnt ihr durchaus Gepäck mitnehmen, damit ihr auf der Reise etwas Frisches zum Anziehen und Artikel für den Hygienebedarf dabei habt. Auch für eventuelle längere Aufenthalte und Übernachtungen in Transitbereichen ist das ganz praktisch, wenn ihr euch dort nicht ständig neue Klamotten, Zahnbürsten und so weiter kaufen wollt.

Sobald ihr aber am Zielort ankommt, beginnt der Wechsel. Ihr bekommt in der jeweiligen Versorgungsstation dort, die ihr vorhin in eurem Transitbereich wahrscheinlich auch im Vorbeigehen gesehen habt, landesübliche Kleidung und alles andere für den täglichen Gebrauch ausgehändigt. Also alles, was nicht ohnehin schon im Hotel an eurem Reiseziel vorhanden ist. Und zwar in der Menge, die ihr für die voraussichtliche Dauer eures Aufenthaltes braucht, verpackt in einem dort gebräuchlichen Koffer oder anderen Gepäckstück. Ihr zieht euch etwas der empfangenen ortsüblichen Kleidung an und könnt damit dann die Zielebene betreten.

Eure persönliche Reisetasche für unterwegs wandert inzwischen in einen Spind, zusammen mit der Kleidung, in der ihr angekommen seid. Das liegt in eurer eigenen Verantwortung, dass ihr dafür sorgt, das nichts, und damit meine ich *rein gar nichts* aus eurer Heimatdimension in die Zieldimension eingeführt wird. Ihr bekommt sogar provisorische ortsübliche Firmenausweise angefertigt, während ihr euren eigenen zur Aufbewahrung abgebt."

„Und wenn jemand das vergisst, nennt man das eine Kontamination der Stufe Eins, nicht wahr? Das habe ich schon einmal erlebt." Nick schüttelte den Kopf. Jetzt wurde ihm einiges klar. Dass einem so erfahrenem Inspektor wie diesem Gronbladd ein so gravierender Fehler hatte unterlaufen können… tja, so durchdacht ein System auch sein mochte, es konnte dennoch aufgrund eines menschlichen Fehlers versagen.

„Wenn du das tatsächlich erlebt hast, dann bist du ein Glückspilz, denn so etwas ist in den letzten Jahrzehnten extrem selten geworden. Derjenige, der die Kontamination begangen hat, ist allerdings ein Pechvogel. Der wird nicht mehr viel zu lachen haben, nachdem sie ihn wieder zurück in seine Heimatdimension geschickt haben. Aber wenn es dich interessiert, kann ich ja kurz nachschauen, ob ich als Träger der Funktionsstufe Zwei etwas darüber erfahre." Pikiert über so viel Nachlässigkeit schüttelte Marie den Kopf, während sie ihr Infodisplay aktivierte und ein paar Daten eingab. Dann gab sie einen unartikulierten Laut des Staunens von sich.

„Oha, das wird ja immer besser. Dimensionspsychose! Das kommt so selten vor, dass ich schon dachte, es wäre ein Mythos, den TransDime in die Welt gesetzt hat, um arme kleine Dimensionsreisende vor dem Einschlafen zu erschrecken."

Nick warf ihr einen fragenden Blick zu, die Ironie ignorierend: „Wovon redest du da?"

„Dein Herr Gronbladd wurde nach seiner Rückkehr wegen auffälligen Verhaltens medizinisch untersucht und eine Dimensionspsychose bei ihm festgestellt. Das ist eine Art geistiger Verwirrungszustand, der durch winzige Undichtigkeiten in der Außenhaut der Fähre hervorgerufen werden kann. Passiert sehr selten beim Fliegen mit älteren Fähren und ist eigentlich nicht reproduzierbar. Es kann sein, dass es einen in der Fähre erwischt und fünfzig andere kommen ungeschoren davon. Man schätzt, dass das höchstens bei einem von ein paar Millionen Passagieren vorkommt und bei vielen sind die Symptome so schwach, dass es unentdeckt bleibt."

„Und das soll Gronbladd gehabt haben? Wie äußert sich das?" Nick kratzte sich ratlos am Kopf.

„Ich lese euch vor. Die Dimensionspsychose kann in verschiedenen Schweregraden auftreten. Die Vorstellung, dass es mehrere Realitätsebenen gibt, ist für das menschliche Gehirn ohnehin sehr abstrakt und komplex. Durch diesen noch nicht ausreichend erforschten Einfluss auf höhere Hirnfunktionen beim Dimensionstransfer kann der Betroffene in einen Zustand der Verwirrung geraten, der es ihm unmöglich macht, zwischen verschiedenen Dimensionen zu unterscheiden. Es wird von Fällen berichtet, in denen ein Reisender davon überzeugt war, in seiner Heimatfiliale zu sein, obwohl das nicht der Fall war. In anderen Fällen war er sich nicht einmal mehr der Tatsache bewusst, dass es verschiedene Dimensionen gibt. Im Lauf der Geschichte der Dimensionsreisen sind siebzehn dokumentierte Fälle bekannt. Gronbladd ist offenbar der jüngste und auch einer der mildesten dieser Fälle."

Rebecca wollte wissen: „Kann man ihm denn nicht helfen?"

Marie lachte auf: „Ach so, das habe ich noch gar nicht gesagt. Dieser Zustand ist nie von Dauer. In der Regel verliert sich die Wirkung dieser Psychose, die nur dem Namen nach eine ist, nach ein bis zwei Tagen wieder. Der Betroffene kann, sofern er noch nicht zurück in seine Heimatfiliale gereist ist oder sich ohnehin bereits auf der Rückreise befunden hat, als er sich das Leiden zugezogen hat, problemlos wieder in seiner Umgebung orientieren und sich selbst zurechtfinden."

Rebecca brummelte: „Ich dachte, diese Art zu Reisen sei sicher?"

Marie meinte leicht befremdet: „Das Risiko solch einer Psychose ist kleiner, als an einem Tag mit klarem blauem Himmel zweimal vom Blitz getroffen zu werden, okay? ... warum siehst du mich so seltsam an, Nick?"

„Mir kommt gerade eine alte Geschichte in den Sinn, von der ich einmal gehört habe. Kann das sein, dass so ein Fall schon einmal in der Filiale 88 vorgekommen ist?" Er dachte angestrengt nach.

Marie sagte eine Spur enttäuscht: „Hier ist nichts darüber verzeichnet. Wenn solche Fälle bei euch passiert sind, dann sind es keine öffentlich zugänglichen."

Einer Eingebung folgend, tippte Nick etwas in sein Infodisplay ein. Er keuchte laut auf und wirkte schockiert, sodass Rebecca sofort fragte: „Was hast du denn, Nick? Alles in Ordnung?"

„Oh Mann, das glaubt mir kein Mensch! Das *kann* nur so ein Fall von Dimensionspsychose sein." Er holte tief Luft und sammelte sich. „Ich habe das eigentlich eher im Scherz eingegeben, weil das bei uns als absoluter Unsinn und Mythos von Spinnern gilt. Marie, sagt dir der Begriff 'Taured' etwas?"

Sie überlegte kurz: „Meinst du das Land, die Hauptstadt oder die Sprache?"

Er starrte sie völlig entgeistert an: „Du... du *kennst* es tatsächlich?"

„Ja, ein kleines südeuropäisches Land in einer Filiale im neunten oder zehnten Universum. Ich kenne es nur aus Zufall, weil ich einmal in dieser Filiale war. Wieso ist das denn so wichtig?" Sie sah ihn immer ungeduldiger an.

„Es gibt bei uns einen Mythos, der als erfundene Lügengeschichte gilt. Mann, ich bin so ein Idiot! Auch damals ging es um einen Reisepass; deshalb habe ich die Geschichte mit Gronbladd und seinem Pass aus Pannonien wohl unbewusst für einen Fake gehalten, weil ich die Sache mit dem Mann aus Taured im Hinterkopf hatte."

Rebecca drohte ihm zornig: „Wenn du nicht sofort erzählst, was es damit auf sich hat..."

„Es soll sich in den Fünfziger Jahren des letzten Jahrhunderts in Tokio abgespielt haben. Wenn ich mich recht erinnere, wurde am Zoll des Flughafens ein europäischer Geschäftsreisender kontrolliert und die Zöllner wussten mit seinem Reisepass nichts anzufangen. Der sah zwar echt aus und hatte etliche Stempelungen von anderen Ländern, war aber ausgestellt worden von einem Land namens Taured. Der

Handlungsreisende war verwirrt und zornig, als man ihm sagte, sein Heimatland existiere nicht und verlangten von ihm, ihnen auf einer Weltkarte dieses Land zu zeigen.

Er zeigte auf Andorra und wurde noch verwirrter, als er den Namen auf der Karte las. Ihm war das völlig unverständlich; sein Land Taured liege genau dort und es existiere bereits seit über tausend Jahren, war seine Aussage dazu. Er hatte auch Geld in mehreren europäischen Währungen dabei sowie Geschäftspapiere und eine Hotelreservierung, doch keines dieser Dokumente hielt einer Überprüfung stand. Der Mann war inzwischen fix und fertig, schien aber davon abgesehen einen harmlosen Eindruck auf die Beamten zu machen.

Die Polizei von Tokio brachte ihn darauf in einem Hotelzimmer unter und ließ die Tür von zwei Beamten die ganze Nacht über bewachen. Am nächsten Morgen war er spurlos verschwunden, aus einem Zimmer im zehnten Stock und ohne sich öffnende Fenster. Das sind die Dinge, die man sich über dieses Ereignis erzählt."

Rebecca schüttelte nur den Kopf, abfällig bemerkend: „Und so einen Schwachsinn siehst du dir an? Kam das bei X-Factor oder... Moment!"

Rebecca riss den Kopf herum. „Marie, hast du gerade gesagt, es *gibt* dieses Land?"

„Ganz recht, daher wohl auch Nicks Vermutung. Wenn das ein TransDime Agent auf einer Mission war und ihn die Dimensionspsychose auf der Hinreise erwischt hat, kann sich das derart auf ihn ausgewirkt haben. Weshalb er seinen richtigen Pass bei so einer Reise dabei gehabt haben soll und auch noch beim Zoll vorzeigte, *kann* man gar nicht anders erklären. Als die Verwirrung nachließ, hat er wohl seinen Stabilisatorgürtel deaktiviert, um dem Polizeigewahrsam zu entkommen und zurück in seine Filiale zu gelangen, daher das Mysterium, dass er aus einem hermetisch abgeriegelten Raum spurlos entkommen konnte. Ist die einzige vernünftige Theorie, die ich dazu habe."

Nick sah Rebecca an. „Unsere Welt ist voller Wunder, was? Ich bin mal gespannt, wie viele wilde Geistergeschichten und Verschwörungstheorien sich in Zukunft noch für uns als wahr herausstellen werden."

„Das wäre jedenfalls ein Paradebeispiel für eine Kontamination der Stufe Eins in

Verbindung mit einer Dimensionspsychose. Ohne den Pass wäre der gute Mann wahrscheinlich einfach nur als leicht verwirrt durchgegangen. Ansonsten war er ja völlig unauffällig."

Rebecca steuerte auch noch eine Frage bei: „Sind wir deshalb auch bei der Einstellung so peinlich genau auf eventuelle Tattoos oder Ähnliches untersucht worden? Um in solchen brisanten Situationen eine größere Chance auf Unauffälligkeit zu haben?"

„Genau so ist es. Eine Tätowierung ist immer auffällig, vor allem dann, wenn das Motiv eine Modeerscheinung ist, die es auf der Zielwelt so nicht gibt und Aufsehen erregt. Denn das will niemand, der in einer anderen Realitätsebene unterwegs ist: Aufsehen erregen. Und bevor du anfangen musst, dich zu erklären wegen so einer Tätowierung, ist es besser, du hast erst gar keine. Ich habe gehört, dass es in eurer Filiale allmählich schwer wird, noch Nachwuchs für die Stewards zu finden, die dieses Kriterium erfüllen. Fahren bei euch alle jungen Leute zur See oder sitzen ab und zu im Gefängnis, dass sie sich tätowieren lassen?" Missbilligend schüttelte Marie den Kopf.

Nick lachte auf: „Mann, du weißt *echt* fast nichts über unsere Filiale, oder? Nein, es ist einfach nur eine blöde Modeerscheinung, die viele in späteren Jahren dann bereuen und mit aufwändigen Korrekturmaßnahmen wieder entfernen lassen. Ich glaube, es wird mit einem Laser weggebrannt oder so."

Sein Gegenüber verzog ihr Gesicht. „Verrückt, so was!"

Rebecca gab zum Besten: „Ich habe mal einen Cartoon gesehen, auf dem zwei Pfleger in einer Station eines Altenheimes ein paar Jahrzehnte in der Zukunft sind. Sie verständigen sich mit Sprüchen wie: 'Der mit dem Stacheldrahtkranz um den Bizeps kriegt neue Bettwäsche' oder 'Die mit dem Arschgeweih hat ihre Pillen noch nicht bekommen.'

Während Nick lachen musste, blieb Maries Gesicht regungslos, da sie die Situationskomik dieser Beschreibung aus Mangel an Kontext nicht erfassen konnte. Das wiederum war so komisch, dass beide noch mehr lachen mussten.

Es bimmelte einmal kurz und an den Rändern des Bildschirms, der die Erde nun ein ganzes Stück kleiner, aber immer noch in ihrer ganzen majestätischen Pracht zeigte, erschien die Zahl Fünf.

„Okay, noch fünf Minuten. Das habe sogar ich kapiert", bemerkte Nick findig.

Rebecca fiel noch etwas ein. „Ist dieser Transferbahnhof im Frankfurter TransDime Werk eigentlich der einzige dieser Art bei uns?"

„Nein, bei Weitem nicht", gab Marie freimütig zu. „Es gibt sogar eine ganze Reihe, aber nie mehr als eine bestimmte Anzahl pro Filiale, die aktiv betrieben werden, über alle Kontinente verteilt. Bei euch ist der Hauptsitz für Europa in Frankfurt, was von der zentralen Lage her Sinn macht. Daher steuern die meisten Fähren diesen Standort an. Nebenstellen wie in Schweden, England, Spanien oder Italien werden nur von Einer-Linien angesteuert und das bestimmt nur einmal am Tag. Eben gerade noch so oft, dass man noch irgendwie von dort aus weg- oder dort hinkommt, ohne am Ziel einen halben Kontinent durchqueren zu müssen."

„So wird Reisezeit beim Transfer durch Reisezeit am Zielort eingetauscht." Nick wog diese beiden Dinge gegeneinander ab.

Derweil fuhr Marie fort: „Je nachdem, wie die politische, wirtschaftliche oder sicherheitstechnische Gesamtsituation an den betreffenden Standorten ist, wird ein Transferort eingemottet, verlegt und später wieder reaktiviert. Die geschlossenen Transferanlagen werden allerdings so gut es geht in Schuss gehalten, damit sie bei Bedarf so schnell wie möglich wieder angesteuert werden können. Aber darüber kann ich euch nicht so viel erzählen, was eure Welt angeht. Ich kann euch aber versuchen, ein Beispiel zu geben. Hattet ihr auf eurer Welt das Tressaren-Regime im vereinigten Südamerika?"

Nick sah sie verständnislos an. „Das *was*?"

Versonnen hakte Marie dieses Beispiel ab. „Okay, also nicht. Die lange Mandarin-Depression in China? Hm, euren Gesichtern nach auch nicht. Etwas regional näher Liegendes für euch: hattet ihr den Nazionalsozialismus in Deutschland?"

Rebecca verdrehte die Augen; Marie wusste wirklich *rein gar nichts* über die Filiale 88, in der sie doch schon mehrfach eingesetzt worden war. Verärgert über soviel Ignoranz, versuchte sie angestrengt, höflich zu bleiben: „Von 1933 bis 1945. Sie haben gemäß der Geschichtsschreibung gemeinsam mit anderen verbündeten Ländern ganz Europa in einen schlimmen Krieg gestürzt, der globale Auswirkungen hatte. Wir haben es den Zweiten Weltkrieg genannt."

„Ein gutes Beispiel, fast genau wie bei uns. In dieser Epoche wird der Frankfurter Transferstandort der Filiale 88 bestimmt geschlossen und in eine sichere Ausweichlokalität verlegt worden sein. Nach Örebro, westlich von Stockholm gelegen, Leeds oder Toledo, beispielsweise. In diesen TransDime Niederlassungen in Europa waren oder sind aktive Anlagen für die Dimensionsfähren vorhanden, die in solchen Fällen dann den Haupttransferbetrieb übernehmen. Und da diese Standorte bei Inaktivität wie gesagt niemals komplett aufgegeben, sondern nur eingemottet oder wie gesagt im Sparbetrieb gefahren werden, sind diese auch heute noch da, würde ich behaupten. Bei euch sind sie sicher auch an diesen Standorten vorhanden." Marie winkte sie heran, damit sie sich anschnallten.

Rebecca meinte dazu: „Das macht durchaus Sinn. All diese Standorte sind zentral und verkehrsgünstig gelegen in ihren Ländern, nicht zu auffällig, aber dennoch so, dass die meisten Städte im Land von dort aus gut erreichbar sind."

Nick war skeptisch: „Und es ist nie einer dieser Standorte entdeckt worden? Von Außenstehenden, meine ich."

„Nein, sie haben wohl eine spezielle Methode, um die Anlagen zu versiegeln und zu verbergen. Diesen ausgeklügelten Mechanismus kann man im Notfall offenbar mit einem einzigen Knopfdruck auslösen, heißt es. Außerdem sollen die Eingänge vermint sein oder etwas in der Art, habe ich mal gehört. Wer versucht, einen Transferbereich gewaltsam zu öffnen, hat nicht einmal mehr Zeit, das zu bedauern. Er wird niemals erfahren, was ihn erwischt hat, wie die Amerikaner bei uns sagen."

„Bei uns sagen sie dasselbe. Und was geschieht denn dann mit denen, die versuchen, in den Transferbereich einzudringen?"

Marie seufzte: „Ja... *das* wüsste ich auch zu gerne. Es gibt wohl einige Leute, die das schon einmal miterlebt haben, aber offenbar wird jedem ein Maulkorb verpasst, der Augenzeuge einer solchen Aktion geworden ist. Man hört immer nur vage Andeutungen darüber.

Aber selbst wenn wider Erwarten tatsächlich einmal eine dieser Anlagen etwa durch Bauarbeiten entdeckt werden würde, was würde das schaden? Ohne das Wissen dazu, welchem Zweck sie dient, könnte sich niemand einen Reim darauf machen, solange nicht gerade eine TransDime Fähre darin parkt. Was niemals der Fall ist bei inaktiven Stützpunkten. Dafür gibt es einfach zu wenige Fähren, um sie in solch einer Weise ungenutzt zu lassen.

Soweit ich weiß, sind ständig alle verfügbaren Fähren im Einsatz. Da aber die Anzahl der entdeckten und von TransDime erschlossenen Filialen im Lauf der Jahre ständig zunimmt, müssen sie die Anzahl der Fähren sicher auch immer wieder erhöhen, damit der Linienverkehr nicht zu sehr ausdünnt."

„Das stimmt. Ich stelle mir gerade die dummen Gesichter von so ein paar Abrissunternehmern vor, die dort etwas Neues bauen wollen und zufällig auf den Zugang zu so einer Anlage stoßen. Die denken sicher, sie haben eine alte Nazi-Bunkeranlage, ein Geheimlabor oder so was in der Art entdeckt." Rebecca musste grinsen bei der Vorstellung.

„Ich glaube, ich hätte auch keine Ahnung, was ich da vor mir habe. Bis vor kurzem ging es mir ja genauso, da Herr Kardon uns eben herzlich wenig über den Zweck des transdimensionalen 'Bahnhofs' verraten hatte." Nick kratzte sich am Kopf und beobachtete, wie die eingeblendeten Ziffern mit einem minütlichen Klingelton, wie seit der Fünf-Minuten-Marke, nun von zwei auf eins wechselte.

„Gleich ist es so weit, Rebecca! Ich bin mal gespannt, wie es sich anfühlt. Sicher wie in einer Achterbahn oder einem Freefall-Tower." Nick zog die Fünf-Punkte-Gurte nochmals leicht nach, doch ihre automatische Straffung war eigentlich bereits perfekt eingestellt.

„Ihr werdet einfach für eine kurze Weile schwerelos. Macht doch kein solches Drama daraus!" Marie hatte offenbar kein Verständnis für ihre Lage.

Tatsächlich war der Übergang spürbar. Nach fünf im Sekundentakt eingespielten Tönen, während denen die rote Ziffer Eins auf dem Monitor zusätzlich blinkte, begannen sie urplötzlich zu schweben. Sie wurden kurz gegen ihre Gurte gedrückt und schwebten dann sanft zurück in die bequemen Polster der Sitze, als die Fähre die Drehung einleitete. Die anderen Reisenden waren offenbar alles alte Hasen, denn sie schenkten dem Phänomen keinerlei Beachtung.

Was Nick am Interessantesten fand, war der Ausblick auf den Hauptbildschirm, wo sich die Erde nun allmählich aus dem Sichtfeld bewegte. Wie in einer Zeitraffer-Aufnahme des Sternenhimmels rotierte dieser ein Stück weit über den Monitor, bis dann der Mond auf dem Bild erschien und sich langsam in die Mitte der Bildwand bewegte. Dann setzte die Gravitation erst sanft ein, bis sie wieder mit normaler Kraft wirkte. Es war in einem wirklich kurzen Zeitraum vorbei, sodass Nick beinahe enttäuscht war.

„Das war alles?"

„Nur keine Sorge, du wirst das noch ein paarmal erleben, bis du auf Filiale 108 ankommst. Vergiss das nicht, Space-Jockey." Rebecca sah ihn mit erhobenen Augenbrauen an. Sie hatte wie durch Zauberhand eine Spucktüte in der Hand, die sie prophylaktisch aus einem der Seitenfächer ihrer Armlehne geholt haben musste. Offenbar war aber bisher alles gut gegangen, obwohl er sie noch nie so kreidebleich gesehen hatte.

„Space-Jockey. *Sehr* witzig." Mit hochgezogener Augenbraue schnallte er sich los, als er Stephanie bereits um die Ecke des Flures in die Kabine treten sah und sie ihnen diskret zuwinkte.

Sie schlossen sich ihr an und gingen die Treppe hinauf, die wie alle Einrichtungen entlang der Außenwand der nutzbaren Kugel innerhalb der Fähre leicht gebogen war. Oben fanden sie sich auf der Steuerbordseite entgegen ihrer Erwartung in einem relativ unübersichtlich verbauten Deck wieder. Wenn das Hauptdeck unten wie das Pendant einer geordneten, durchgeplanten Plattenbausiedlung anmutete, war dies hier viel eher ein alter, organisch und fast chaotisch gewachsener Dorfkern.

Die rechte Außenwand verjüngte sich hier im oberen Deck nach oben hin wie bei einer leichten Dachschräge ein wenig stärker nach innen hin. Entlang dieser Wand befanden sich mehrere großzügig dimensionierte Sofas mit Tischen davor, die jeweils fünf Fluggästen Platz boten und durch größere Pflanzenkübel räumlich voneinander getrennt waren.

Es gab direkt neben der Treppe am vorderen Ende des Decks einen größeren Bereich mit verschiedenen Sitzecken und Tischgruppen, die neben diversen Essens-Automaten platziert waren, sowie zwei relativ geräumige Bäder mit Duschen darin. Entlang der geraden, fast durch das gesamte Deck hindurch laufenden Trennwand in der Mitte der Etage standen wiederum Pflanzen, welche die Atmosphäre ein wenig auflockerten und wohnlicher gestalteten. Auch fehlte der große Monitor, der eine ganze Wand einnahm und die Außenansicht der Sphäre zeigte. Stattdessen waren mehrere etwa metergroße Bildschirme unter der Decke aufgehängt so über das Deck verteilt, dass man von überall aus einen raschen Blick auf einen davon werfen konnte.

Am hinteren Ende des Oberdecks war ein zweiter Bereich mit Tischgruppen und weiteren Essens-Automaten angeordnet. Hier fanden sich auch mehrere WCs entlang der Außenwand. Das Deck war wirklich nur schwach belegt, wie die ehemalige Kollegin von Rebecca bereits erzählt hatte. Es fanden sich keine zehn Leute auf dieser für über dreißig Passagiere ausgelegten Etage für Langstrecken. Offenbar war TransDime das Konzept des Upgrades entweder zuwider oder beim nächsten Halt würden so viele Passagiere für die Langstrecke zusteigen, dass sich eine Vergabe für diesen Zeitraum in ihrer Sichtweise nicht lohnen würde.

Mitten durch das Deck reichend und beinahe seine gesamte Breite einnehmend, befand sich der Bereich mit den Schlafkabinen. Nick schätzte den von ihm eingenommenen Raum auf eine Breite von fünf und eine Länge von etwa fünfzehn Metern. Am Kopfende des Bereiches befand sich mittig eine breite Schiebetür, die Stephanie jetzt für sie öffnete. „So, dann wollen wir mal. Wenn ihr euch ausgeruht habt, geht ihr einfach wieder. Ich zeige euch den Öffnungs- und Verschlussmechanismus der einzelnen Bettenkammern. Gleich hier rechts vorne ist ein kleines WC, ansonsten sind hier rechts und links bis am Ende des Ganges die zehn Zugänge zu den Kammern."

Auch dieser schnurgerade Gang war bis zu seinem etwa zehn Meter entfernten Ende komplett mit dickem Teppich ausgelegt und diffus mit gedämpfter Stärke beleuchtet. Die breite Schiebetür der ersten Kammer links glitt auf eine kurze Eingabe der Stewardess auf, während sich gleichzeitig zwei Fächer unter dem Bett zeigten, wo sie ihre Schuhe und persönlichen Gegenstände wie ihre Reisetaschen verstauen konnten. Diese würden mit dem Schließen der Tür ebenso im Inneren der Kammer und somit vor fremdem Zugriff gesichert sein. Nicht, dass man sich an Bord dieses Gefährtes Sorgen um Diebstahl hätte machen müssen.

Ihnen wurden alle Funktionen und Bedienmöglichkeiten des Abteils demonstriert, das etwa zweieinhalb Meter lang und halb so breit war, komplett mit einer bequemen Matratze ausgekleidet und so hoch, dass man beinahe aufrecht darin stehen konnte. Es befand sich eine dünne Decke und ein breites Kopfkissen darin, das war aber alles an Inventar.

„Ist alles klar, Rebecca? Dann zeige ich dir dein Abteil, Nick."

Rebecca winkte ab: „Oh, nicht nötig, wir brauchen nur ein Abteil."

Auf Stephanies Gesicht machte sich ein Grinsen breit. „Rebecca, du altes Luder! Genauso wie früher! Na, dann will ich euch nicht länger aufhalten. Vergesst aber nicht, das Netz über euch zu spannen, sobald ihr liegt. Sonst treibt ihr bei Schwerelosigkeit bis unter die Decke und fallt beim Wiedereinsetzen nach unten. Dort drin ist das zwar keine besonders harte Landung, aber trotzdem unangenehm, wenn man alle ein bis zwei Stunden auf diese Weise geweckt wird."

„Okay, danke für den Tipp. Dann bis später." Rebecca war ein wenig peinlich berührt.

„Süße Träume, euch beiden!" Damit und mit einem verschwörerischen Zwinkern zog sich die blonde Frau aus dem Ruhebereich zurück, den sie hinter sich verschloss.

Rebecca schob schnell ihre wenigen Habseligkeiten in die Fächer unters Bett und sagte dann: „Kommst du, dann machen wir die Kabine zu?"

Er stieg auf die Matratze und ging in die Hocke, worauf Rebecca, die sich in der gleichen Position neben ihm niedergelassen hatte, die Schalttafel betätigte und somit den Zugang zur Schlafnische verschloss. Danach begann sie, sich umgehend bis auf die Unterwäsche zu entkleiden, um dann ihre Kleidung in eines der schmalen

Fächer über dem Kopfende des kleinen Raumes zu verstauen.

„Also gut, du 'altes Luder'. Was ist *genauso wie früher*? Das würde mich echt interessieren." Er brach in Gelächter aus, als er ihre betretene Miene sah angesichts seiner Imitation von Stephanie.

„Ach, Klappe! Hör doch nicht auf dieses Plappermaul. Komm lieber ins Bett, ich möchte endlich ein wenig schlafen. Mir fallen jetzt schon fast die Augen zu." Mit drängender Stimme gab sie diese ausweichende Aussage ab, worauf er schulterzuckend ihrer Forderung nachkam.

Tatsächlich zeigte sich auch bei ihm die Müdigkeit, sobald er in der Waagerechten war. Er war kaum noch fähig, das dünne, elastische Sicherheitsnetz einen guten halben Meter über ihnen an seinen drei Fixierungspunkten aufzuspannen und das Licht auf die Minimaleinstellung zu dämpfen, bevor ihm auch schon die Augen zufielen. Neben ihm weilte Rebecca bereits im Reich der Träume. Trotz der bahnbrechenden Erlebnisse, die ihnen im Lauf des letzten Tages widerfahren waren, schliefen sie tief und fest mehrere Stunden lang.

< 2 >

Dimensionsfähre, im Transit - Monat 1

Nick erwachte davon, dass er unsanft mit dem Kopf auf das Kissen fiel und dadurch Rebeccas mit der Handfläche nach oben gerichtete Hand, die genau unter ihm lag, ihm eine schmerzhafte Ohrfeige verpasste.

„Aua! Was soll das?" Er ruckte mit dem Kopf hoch und blieb sofort im Sicherheitsnetz hängen, das ihn federnd wieder hinab drückte.

Rebecca war durch den Kontakt ihrer Hand mit ihm ebenfalls erwacht. Müde murmelte sie: „Was ist denn los? Ich will noch weiter schlafen."

„Ich bin gerade vom Einsetzen der Schwerkraft geweckt worden. Du hast deine Hand unter meiner Backe geparkt und mir dadurch eine geklebt, als ich nach dem Hochschweben wieder runter gesegelt bin", beschwerte er sich, die schmerzende Wange reibend.

„Wirklich? Das ist ja mal witzig." Sie kicherte kurz, reckte sich dann und meinte leicht konsterniert: „Mist, jetzt bin ich auch wach."

„Was soll ich erst sagen? Das ist die zweit übelste Art, mitten während des Schlafens geweckt zu werden, gleich nach einem Wadenkrampf."

„Und was ist mit einem Kübel kalten Wasser, über den Kopf gegossen?"

Irritiert meinte er: „Gut, dann eben die dritt übelste Art."

Sie fuhr unbeirrt fort: „Und was ist mit einem Knallfrosch, der direkt neben deinem Bett gezündet wird? Oder mit einer glühenden Zigarre, die auf deinem Oberarm ausgedrückt wird? Oder einem Frosch, der auf dein Gesicht gesetzt wird? Oder..."

„Ich will in ein anderes Bett als dem, in dem du bist." Er musterte sie grimmig. „Und in eine andere Dimension."

Ihr Lächeln erstarb. „So was darfst du nicht mal denken, okay?"

Er merkte, dass er einen Nerv bei ihr getroffen hatte: „Ja, ist gut. Tut mir leid. Aber dir ist schon klar, dass wir nicht für alle Ewigkeit als Zweiergespann durch das Multiversum düsen werden. Du wirst einen Auftrag bekommen und eine Woche in Filiale 53 sein und ich einen anderen Auftrag und eine Woche in Filiale 99 oder so ähnlich. An den Gedanken werden wir uns gewöhnen müssen."

„Schon gut, du hast ja recht. Im Moment möchte ich aber noch nicht daran denken. Außerdem hast du Glück gehabt, dass du so schön durchgeschlafen hast. Ich bin pünktlich jede Stunde beim Einsetzen der Schwerelosigkeit erwacht und ein paar Mal ist mir so übel geworden, dass ich dir fast die wirklich schlimmste Art beschert hätte, wie man aus dem Schlaf gerissen werden kann." Sie knüpfte das Netz ab, öffnete das Fach mit ihrer Kleidung und begann sich in der relativ beengten Kabine anzuziehen.

„Wohin willst du?" Er beobachtete sie, unwillig, es ihr nachzutun.

„Ich werde mal schauen, ob ich irgendwo ein Handtuch auftreiben kann und zu einer Dusche komme. Was ist mit dir?"

„Nein, der Mann bleibt stinkig bis nach dem Umsteigen." Er zog die Decke wieder über sich. Sie verließ die Kabine und verschloss sie hinter sich.

Nick fing an, sich Gedanken zu machen über das, was sie jetzt in ihrem neuen Leben erwarten mochte und musste sich eingestehen, dass er sich keine so genaue Vorstellung davon machen konnte, wie es ihm lieb gewesen wäre. Ein wenig beunruhigte ihn das schon.

Und er würde ihr unbedingt Tabletten gegen Flugkrankheit besorgen müssen. Ob die auch gegen Übelkeit bei Schwerelosigkeit halfen, wusste er zwar nicht, er konnte ja aber auch schlecht beim Hersteller deswegen anfragen. Bestimmt verfügte TransDime selbst über etwas für solche Fälle in den Fähren.

Als er seine Gedanken kurz kreisen ließ, kam ihm noch ein weiterer Gedanke. Bei der Offenbarung in Kardons Büro hatte er die falsche Frage gestellt. Er hätte sich vielmehr nach Frau Kamov erkundigen sollen und was wirklich mit dem vermeintlichen Opfer seiner Notwehr-Attacke im Lagerhaus in Bremen passiert war. Er schrieb das dem Schock in dem Moment zu, dass er nicht diese für ihn viel drängendere Frage gestellt hatte. Man konnte aber auch verrückt werden, wenn man nur daran dachte, in welcher Lage sie sich im Moment befanden.

Als sich die Tür nach nur wenigen Minuten wieder öffnete, war er ein wenig überrumpelt und fragte Rebecca: „Hast du kein Glück gehabt?"

„Nein, stell dir mal vor, wir müssen in weniger als einer Stunde schon aussteigen. Wir haben demnach sechs Stunden geschlafen und fast die gesamte Reise verpennt. Den ersten Sprung, die fast zweistündige Rückreise zur Erde, die Landung dort auf Filiale 96, wieder zwei Stunden Flug zum Sprungpunkt hinaus und nochmal eine Stunde bis zum letzten Wendepunkt vor wenigen Minuten," zählte sie ihm aufgeregt auf.

„Als du mich so liebevoll und zärtlich wach geküsst hast."

Als er zu grinsen anfing, verdrehte sie die Augen. „Muss ich mir das jetzt die nächsten zehn Jahre lang anhören? Es war ein Unfall, klar? Nimm dir nächstes Mal bloß eine eigene Kabine!"

„Schon gut, war nur Spaß. Ich komme ja schon. Dann müffeln wir eben beide." Er rollte sich von der Matratze.

Marie wartete schon ungeduldig auf sie, als sie zu ihren Sitzen zurückkehrten. Das untere Deck hatte sich merklich gefüllt seit dem letzten Stopp, sodass keine zehn Sitze mehr frei waren.

„Da seid ihr ja endlich. Ich dachte schon, ich muss einen Suchtrupp losschicken."

Rebecca stöhnte auf: „Das Einzige, was du von unserer Welt angenommen hast, ist *dieser* lahme Spruch? Das ist echt traurig."

„Erzähl keinen Unsinn, der stammt von *meiner* Welt." Ungnädig winkte Marie die beiden heran, ohne diesen Disput fortzuführen. „Setzt euch lieber, wir werden nicht mehr lange unterwegs sein. Dann hat dieser Spruch eben einen Zwillingsspruch auf meiner Welt. Finde dich damit ab."

„Einen Zwillingsspruch?" Irgendetwas tat sich in Nicks Hinterkopf bei dieser Aussage. Er kam aber nicht darauf, was es war, das er versuchte, damit in Zusammenhang zu bringen.

„Ich sollte euch noch ein wenig aufklären über das, was euch beim Umsteigen erwartet im Transferbereich." Marie schien ihre Rolle als große Aufklärerin doch ernster zu nehmen, als sie zunächst gedacht hatten. Wenigstens schien sie hilfsbereit zu sein.

„Sind die Anlagen nicht alle gleich angelegt?" Offenbar hatte Rebecca das angenommen.

„Nein, es gibt keine zwei völlig identischen, aber wenn ihr gewisse Dinge beachtet, findet ihr euch überall zurecht. Zum Beispiel..."

Nick unterbrach die Französin: „Moment mal! Jetzt kommt mir gerade etwas in den Sinn, das schon die ganze Zeit seit unserer Einweihung in die wahre Natur von TransDime in meinem Unterbewusstsein an mir genagt hat."

„Und was soll das sein?" Offenbar war Marie mit ihrer Geduld bereits am Ende.

„Wenn es in vielen der anderen Dimensionen auf der Erde ähnlich zugeht wie in unserer Realität, dann gibt es doch auch eine Art Doppelgänger in den anderen Realitäten, eine andere Version von uns. Besteht da nicht das Risiko, dass wir unseren Gegenstücken über den Weg laufen könnten? Oder dass zum Beispiel gerade jetzt deine Doppelgängerin für deine Aktion bei uns zuhause ins Gefängnis geworfen wird?"

Marie starrte sie beinahe entsetzt an, dann sagte sie mit säuerlicher Miene: „Ich kann nicht fassen, dass Kardon euch *das* auch nicht gesagt hat. Unglaublich, dass er das *mir* in die Schuhe schiebt. Er muss wirklich richtig sauer auf mich sein."

„*Was* hat er uns nicht gesagt? Ich verstehe nicht so ganz, was das heißen soll." Nick war ein wenig ungehalten, weil er Maries Reaktion für Ablenkung oder Hinhalten hielt.

Sie indes seufzte ergeben und überlegte kurz. „Gut, machen wir es auf die direkte Art. Nehmt doch beide mal eure nagelneuen Ausweise der Funktionsstufe Eins heraus und betrachtet sie genau. Fällt euch irgendein Unterschied zu euren alten Exemplaren auf?"

Beide folgten ihrer Anweisung und musterten ihre neuen Dienstausweise zum ersten Mal genauer, woran keiner der Beiden bisher gedacht hatte bei der Fülle von neuen Erfahrungen und Eindrücken, die auf sie eingeprasselt war in den letzten Stunden. Im Gegensatz zum alten, der aus weißem Kunststoff gewesen war, war dieser hier in einem hellen Blau gehalten. Das Foto war bei beiden das gleiche wie jenes auf dem alten Ausweis. Dann fiel Nick oben rechts über seinem Namen das kleine Erdsymbol und die schwarze 88 daneben auf.

„Soll das hier heißen, dass wir aus Filiale 88 stammen?"

„Ja, genau, aber da ist noch etwas." Sie ermutigte die beiden Neulinge der Stufe Eins zur weiteren Betrachtung dieses für sie so wichtigen Dokuments.

Rebecca meinte vorsichtig: „Neben der schwarzen 88 für unsere Heimatfiliale sind noch in rot einige Zahlen in kleinen Kreisen aufgedruckt. 53, 77 und 119. Was soll das bedeuten?"

„He, meine roten Zahlen lauten 68, 97 und 133. Warum haben wir verschiedene Zahlen auf den Ausweisen?", wollte Nick wissen.

„Ihr könnt euch nicht denken, was sie bedeuten könnten?", ließ sich Marie mysteriös vernehmen.

„Nein, höchstens... aber wieso sollte das sein? Sollen diese Zahlen etwa Filialen sein, die wir nicht betreten dürfen?" Rebecca sah Nick mit einem unguten Gefühl an.

„Ganz recht, was auch einen guten Grund hat. Auf diesen Filialen gibt es tatsächlich Doppelgänger von euch, daher ist euch der Aufenthalt und vor allem das Durchführen von Missionen dort strengstens untersagt. Es darf nicht geschehen, dass ihr eurem Zwilling aus einer anderen Dimension begegnet oder diesen durch eine Mission belastet. Auf diesen drei Welten kann das passieren, wie gesagt."

Nick merkte mit gerunzelter Stirn an: „Ich hatte angenommen, dass es in allen anderen Realitäten andere Versionen von uns gibt."

„Von vielen anderen Menschen schon, doch bei euch ist das anders. Durch irgendeinen Umstand, der bei jedem individuell ist, gibt es in den meisten Filialen kein Pendant zu euch. Daher seid ihr auf fast allen bekannten Realitätsebenen einsetzbar, nur eben nicht auf denen, wo schon einer oder eine von eurer Sorte frei herumlaufen."

„Wir sind sozusagen Sonderfälle in diesem Universum? Das würde heißen, von fast allen Menschen gibt es in allen oder beinahe allen Parallelrealitäten ein Pendant, nur von uns fast nirgends?"

Marie lächelte eine Spur zynisch. „Das ist sogar eines der wichtigsten Einstellungskriterien bei der Suche von TransDime nach neuen Stewards, die dann eines Tages auf Funktionsstufe Eins befördert und transdimensional eingesetzt werden können. Von allen Bewerbern überprüft die Zentrale als Erstes, ob und wo überall ein zum Zeitpunkt der Bewerbung noch lebendes Pendant dieser Person existiert. Ihr glaubt gar nicht, wie viele Bewerber durch dieses Kriterium schon vor der Einladung zu den Einstellungstests aussortiert werden. Und je weniger Filialen einen Gegenpart von euch aufweisen, umso größer ist auch eure Chance auf eine Stelle. Der Rest muss natürlich auch stimmen, damit ihr genommen werdet, aber das wird dann durch die Tests entschieden."

„Das schockiert mich jetzt doch ziemlich stark", gestand Nick ihr ein. „Wir haben in der Tat schon so etwas in der Art herausgefunden, nämlich dass alle Stewards ein Erlebnis zu erzählen haben, bei dem sie früher irgendwann beinahe gestorben sind oder hätten sterben können. Bei vielen war es Zufall oder Glück, dass keiner von ihnen das Leben verloren hatte."

„Interessant, dass ihr selbst auch ohne die Aufklärung anderer so weit gekommen seid bei diesem Thema. Tja, dann wisst ihr ja jetzt Bescheid. Bei den meisten eurer anderen Versionen ist dieses gewisse Erlebnis anders verlaufen und hat dazu geführt, dass ihr in fast keiner Realitätsebene anzutreffen seid. Daher eure hohe potenzielle Verwendbarkeit innerhalb dieses Universums auf so vielen Realitätsebenen." Marie war offenbar neugierig geworden und fragte: „Was war bei dir das entscheidende Ereignis?"

„Ein Beinahe-Verkehrsunfall. Durch eine Regelverletzung als Fahranfänger bin ich einer Kollision entgangen, die den Fahrer hinter mir in seinem Auto zerquetscht hat. Bei Rebecca lässt sich das nicht so genau auf ein Einzelereignis zurück führen, da sie als ehemalige Leistungsturnerin so oft gestürzt ist, dass sie reichlich Gelegenheit hatte, sich dabei das Genick zu brechen." Nick sah zu seiner Freundin hinüber, die zustimmend und ernst nickte.

„Irgendwie ernüchtert mich das ein wenig, dass durch irgendeinen dummen kleinen Zufall, den ich in vielen anderen Paralleldimensionen begangen haben mag, mich das das Leben gekostet haben soll, so dass ich in so wenig anderen Welten tatsächlich noch existiere." Auch Rebecca wurde sehr nachdenklich.

„Was die Besuche in den anderen elf Universen angeht, braucht ihr euch hingegen keine Gedanken zu machen", führte Marie ihre Erklärungen überraschend weiter aus. „In denen existiert nämlich kein einziger Mensch, der auch in unserem Universum da wäre. Seltsam, oder?"

Nick sah sofort den Knackpunkt bei der Problematik: „Und wieso werden wir dann nicht alle grundsätzlich nur in anderen Universen eingesetzt, wenn sich dieser Faktor dort gar nicht erst ergibt?"

„Wegen der Instabilität, die dort für den Reisenden besteht. Sobald du aus der Fähre raus bist, musst du ständig den Gürtel tragen oder dich innerhalb eines Radius von etwa fünfzig Zentimetern von ihm entfernt befinden. Das heißt in der Praxis, du kannst ihn nicht einmal zum Duschen ausziehen und irgendwohin neben dich legen. Schwupps, würdest du in deine Dimension zurückgeworfen. Wenn du ihn nachts zum Schlafen ausziehen und neben dich legen würdest, könnte es ausreichen, dich im Schlaf auf die andere Seite des Bettes zu drehen und schwupps!" Sie schnalzte mit der Zunge.

„Schon verstanden. Es ist demnach sehr beschwerlich." Rebecca musterte ihre Kollegin finster.

„Davon abgesehen dauert die Transferreise in eine andere Dimension viel länger, weil dazu auch viel mehr Energie nötig ist und dazu nicht ein Lagrange-Punkt zwischen Erde und Mond angeflogen werden muss, sondern einer zwischen Erde und Sonne, um genug Störfaktoren auszuschalten." Als sie Nicks Gesicht sah, fuhr sie mit ironisch hochgezogenem Mundwinkel fort: „Ganz Recht. Dieser Punkt ist etwa anderthalb Millionen Kilometer von der Erde entfernt.

Der Flug dorthin mit einem g konstanter Beschleunigung dauert inklusive Wendemanöver einiges über sieben Stunden. Hin und zurück über fünfzehn Stunden, daher startet diese Verbindung auch nur von drei Realitätsebenen in unserem Universum und dort auch nur einmal täglich. Zusätzlich musst du von deiner Heimatfiliale aus erst einmal auf die Ebene kommen, wo ein Dimensionstransfer abfliegt. Und die Chance, dass du im anderen Zieluniversum dann auch direkt an der Ebene ankommst, zu der du schlussendlich reisen musst, ist auch nicht besonders hoch. So ein Transfer kann schnell mal mehrere Tage dauern. Es gibt dafür auch einen eigenen Typ der transdimensionalen Fähre, die nur mit Langstreckenplätzen ausgerüstet ist."

Als Marie endete, nickte Rebecca und nahm das Gesagte auf. „Das macht Sinn. Ein Inspektor, Agent oder wie auch immer wird also nur in eine andere Dimension geschickt, wenn es keinen anderen Weg gibt, diese Mission anders auszuführen. Gibt es denn solch extrem spezialisierte Agenten unter den Inspektoren?"

Marie bejahte das. „Ja, ziemlich viele. Und nicht nur das, auch für andere Einsatzgebiete, die vieles Reisen zwischen den Realitätsebenen oder gar Dimensionen erfordern, ist viel Personal vonnöten. In jeder Realitätsebene werden ständig neue Leute angeworben und ausgebildet, so wie ihr."

„Und deine Spezialität ist es, Pfeile durch andere Leute zu schießen?", wollte Rebecca unwirsch wissen.

Mit drohendem Blick fixierte Marie die andere Frau, eine stumme Warnung aussendend, es nicht zu weit zu treiben. „Unter anderem. Allerdings bin ich nicht so gut darin, wie es der eine oder andere Personalchef gerne hätte, wie ihr ja selbst miterlebt habt. Das geht jetzt aber in politische, wirtschaftliche und streng geheime Bereiche, die euch momentan nicht zu interessieren haben. Euch beide sehe ich eher nicht in dieser Funktion, aber ihr habt auf jeden Fall Fähigkeiten, die euch weit bringen können.

Ich kenne allerdings eine Person aus eurer Filiale, die zur Zeit trainiert wird, der geborene Killer. Jetzt schon besser als ich, obwohl ich bereits eine Weile ausgebildet bin und auf Funktionsstufe zwei."

Nick und Rebecca sahen sich bange an, beide die gleiche schreckliche Ahnung teilend, doch keiner von ihnen brachte es übers Herz, nach dem Namen dieses Naturtalentes zu fragen.

„Wir sind übrigens gleich da. Wenn ihr nach dem Aussteigen noch Fragen habt, was eure Weiterreise angeht oder sonst etwas, fragt einfach jemand vom Personal in der Transferanlage. Sie sind zuvorkommend und hilfsbereit. Am Zielort werdet ihr von mindestens einem Steward erwartet werden, wenn ihr den Sicherheitsbereich der Stufe Eins Plus verlasst. Und jetzt schnappt euch eure Sachen und geht schon mal Richtung Ausgang, denn das Aus- und Einsteigen muss zügig vonstatten gehen."

Marie nickte ihnen zum Abschied zu, schien aber noch etwas auf dem Herzen zu haben.

Nick hatte das bemerkt und fragte nach: „Ist sonst noch etwas?"

„Ja, tatsächlich. Rebecca, ich möchte von dir wissen, jetzt da wir uns ja wahrscheinlich nie wieder sehen werden: warum kannst du mich nicht leiden?" Sie musterte Rebecca abschätzig.

Diese seufzte und erklärte sich dann: „Also gut. Nick hat mir erzählt, dass ihr schon einmal zusammen gearbeitet habt und du ihn bei dieser Dienstreise verführt hast. Wir beide hatten uns zwar damals gelobt, dass wir eine offene Beziehung führen und auf Inspektionstouren Narrenfreiheit haben, doch nachdem ich dich jetzt gesehen hatte... ich meine, du hast bestimmt irgendwann einmal in deinem Leben in einen Spiegel geschaut. Und obwohl du nett zu sein scheinst, fällt es mir eben schwer, zu dir freundlich zu sein."

Nick staunte Bauklötze, als sie das so frei von der Leber weg gestand. Marie indes lachte. „Jetzt verstehe ich. Aber ich kann dich beruhigen: jetzt, nachdem *ich* euch beide zusammen erlebt habe, kann ich dir wohl bescheinigen, dass du dir um ihn in der Hinsicht keine Sorgen zu machen brauchst. Der Kerl ist verrückt nach dir. Das habe ich auch während unserer gemeinsamen Nacht gemerkt, dass er nicht mit dem Herzen bei der Sache war."

Protestierend begann Nick: „Wie kannst du nur behaupten, ich..."

Als er sich ertappt und beleidigt von ihnen umdrehte, grinsten sich die beiden

Frauen humorlos an.

„Dann noch viel Spaß euch Beiden. Jetzt aber raus mit euch!" Sie holte ihre eigene Tasche hervor und begab sich, ohne sich noch einmal umzusehen, zum Ausgang, zusammen mit einigen anderen Leuten.

Rebecca sah Nick mit hochgezogener Augenbraue an. „Na ja, sie ist dir nicht gerade zum Abschied um den Hals gefallen."

„Das kann dir doch nur recht sein", brummte er darauf. „Wie du siehst, hat sie mich nicht allzu sehr in ihr Herz geschlossen."

Danach ließen sie das Thema auf sich beruhen und begaben sich als zwei der letzten Passagiere zum Ausstieg. In Nicks Unterbewusstsein brodelte es dennoch, wenn er an Rebeccas heftige Reaktion auf Marie dachte. Ihm tat es gut, zu wissen, dass er ihr so viel bedeutete.

Sie standen ziemlich hinten in dem kleinen Pulk von Leuten, die hier die Fähre verließen. Rebecca reckte sich und flüsterte dann Nick zu: „Hast du den Mann da vor uns gesehen? Den alten kahlen Herrn mit dem Fleck auf dem Kopf?"

„Was soll mit ihm sein?" Nick gab sich uninteressiert.

„Nick, er sieht genauso aus wie Gorbatschow!"

„Ach, so ein Unsinn! Das wäre doch zu verrückt. Wie sollte der letzte Generalsekretär der Sowjetunion hierher kommen? Das würde ja bedeuten, dass er auch ein TransDime Funktionär wäre."

In diesem Moment wandte sich der Mann um und drehte ihnen ihr Profil zu.

„Oh mein Gott, das *ist* er! Ich werd' bekloppt, wir sind mit Michail Gorbatschow in einer TransDime Fähre geflogen." Rebecca konnte sich kaum noch beherrschen vor Aufregung.

„Und bei uns daheim stempeln sie alle diese Verschwörungstheoretiker als Spinner und Fantasten ab." Nick schüttelte ungläubig den Kopf. „Ich beginne gerade, einige Kapitel aus meinem Geschichtsbuch in einem ganz neuen Licht zu sehen! Zum Beispiel das Ende des Kalten Krieges und die Auflösung der Sowjetunion."

„Herr Kardon hat nicht übertrieben, als er sagte, unser Leben wird nie wieder so sein wie zuvor." Rebecca grinste ihn schief an.

Sie verabschiedeten sich noch von Stephanie und betraten dann den Transferbereich, um die Fähre zu wechseln und an ihren Bestimmungsort zu gelangen. Die historische Berühmtheit vor sich ließen sie unbehelligt; was hätten sie ihm auch sagen können? Außerdem wäre es sicher unangemessen gewesen, wenn Leute wie er jedes Mal von aufgedrehten Neulingen der Materie angesprochen würden.

„Dieses Kribbeln beim Durchqueren der Eingangsluke ist schon komisch, oder?" Rebecca tauschte einen kurzen Blick mit ihm aus.

Nick sinnierte: „Meine erste Vermutung war vielleicht gar nicht so falsch. Je nachdem, wie stark dieses unsichtbare Feld ist, kann es vielleicht sogar im Vakuum des offenen Weltraums die Luft im Innenraum der Fähre halten. Dann wäre das tatsächlich wie eine Luftschleuse, wenn man die Fähre im All öffnen müsste."

„Ein unangenehmer Gedanke, nur durch so eine unsichtbare, dünne Energiebarriere vor dem sicheren Tod durch Ersticken und Erfrieren getrennt zu sein. Ich hoffe nur, wir werden so etwas nie miterleben müssen." Rebecca fröstelte bei der Vorstellung daran.

Sie verharrten kurz in der Abflughalle, die in diesem Fall auch die Ankunftshalle war. Es dauerte in der Tat nur wenige Minuten, bis die hier wartenden Passagiere alle an Bord gegangen und sich der große Haupteingang der Fähre wieder geschlossen hatte, wie durch Magie einen lückenlosen tiefschwarzen Körper anstelle des Einstiegs hinterlassend.

Dann bewegte sich die Fähre irgendwann langsam nach oben. Nick hätte den Moment nicht benennen können, in dem er registriert hatte, dass die gigantische, Respekt einflößende Kugel begonnen hatte, sich zu bewegen.

Wie ein Phantom 'sickerte' das riesige Gebilde völlig geräuschlos durch die kuppelförmige Decke und hinterließ eine makellose Abflughalle.

Rebecca bemerkte leise, fast so als würde dieser Ort einem Ehrfurcht einhauchen wie ein Kirchenschiff in einer Kathedrale: „Marie hatte recht, diese Kuppel sieht anders aus als die bei uns."

Und wirklich offenbarten sich auch Nick Unterschiede in der Bauweise, als er die Kuppel in Augenschein nahm. Bei ihnen in Filiale 88 waren in die Wölbung Kassetten eingelassen, die sich nach oben hin verjüngten, ganz ähnlich wie beim Pantheon in Rom. Hier jedoch waren senkrecht aufsteigende, sich in der Mitte der Decke über ihnen treffende Träger sichtbar, die von waagerechten, ringförmig um die Kuppel verlaufenden Querträgern stabilisiert wurden. Es war ein nüchternes und funktionales Design, das musste aber nichts über diese Filiale hier aussagen.

Dimensionsfähre, Filiale 104 - Monat 1

Sie hatten sich die Zeit im Transferbereich vertrieben, indem sie in einem Imbiss eine Kleinigkeit gegessen hatten, wobei Rebeccas Magen nur allmählich wieder zur Ruhe kam nach den diversen Erlebnissen bei Schwerelosigkeit. Sie verglich die zahlreichen kleinen Unterschiede zu ihrem Transferbereich mit verschiedenen Einkaufspassagen in Großstädten in Deutschland, was Nick sehr treffend fand. Je nach Bauweise war immer alles ein wenig anders angeordnet, aber man fand doch meistens überall die gleichen Ladenketten, Fachgeschäfte und Gastronomie vor.

Sie versuchten krampfhaft, sich ihre Verwunderung über manche der Stilblüten der Passanten nicht anmerken zu lassen. Deren Kleidung, Frisur oder auch andere Aspekte ihrer Erscheinung wirkten zum Teil grotesk auf sie. Dazwischen aber erspähten sie auch etliche Personen, denen sie daheim auf der Straße begegnen könnten und sie keines zweiten Blickes würdigen würden, so normal sahen diese für sie aus.

Im Sanitärbereich des Motels, der sich als sehr sauber und modern erwies, hatten beide eine Dusche genommen und dann wurde es bereits Zeit für sie, sich wieder in die kugelförmige Abflughalle zu begeben. Dabei war das Umsteigen eigentlich keine aufwendige Angelegenheit gewesen.

Diesmal war das Erscheinen der schwarzen, riesigen Sphäre bereits nicht mehr so ein Schock wie beim ersten Mal, obwohl sie beide noch immer wie gebannt dem ungewöhnlichen Schauspiel beiwohnten. Die absolute Lautlosigkeit des gewaltigen Flugkörpers wirkte noch immer unheimlich und ein wenig bedrohlich auf Nick, wie er sich eingestehen musste.

Es stiegen weniger Leute aus und auch die Anzahl der Leute, die mit ihnen an Bord gingen, war marginal. Erleichtert suchten sie sich Sessel in der Langstrecken-Etage der Fähre, die sie zu ihrem Zielort bringen würde, und ließen sich nieder.

Nun saßen sie auf einer der bequemen Polstergruppen, deren Sitze jedoch genauso gut ausgestattet waren wie diejenigen auf dem Kurzstrecken-Deck, gespannt wartend auf den Abflug. Die Borduhr zeigte bald schon 0 Uhr an, worauf sich die Fähre völlig unspektakulär in Bewegung setzte.

Als sie diesmal ins Freie aufstiegen, wurden sie von hellem Tageslicht empfangen. Die Zeiteinteilung musste hier anders angeordnet sein als in ihrer Heimat, oder ein anderer Faktor, der ihm im Moment noch nicht klar war, sorgte für seine zeitige Verwirrung. Vielleicht konnte man bei dieser Art des Reisens auch ein Jet-Lag bekommen wie bei herkömmlichen Interkontinental-Flügen? Nick wurde klar, wie wenig sie noch über ihr neues Leben wussten.

Als sie weiter in die Höhe stiegen, ging Nick eine Frage durch den Kopf: „Wie kann es eigentlich sein, dass niemand diese riesige Kugel am Himmel sieht? Es ist doch schließlich taghell draußen!"

Neben ihnen saß eine blonde Frau Anfang Fünfzig mit stahlgrauen Augen und einem spitzen Kinn, die sich räusperte: „Verzeihen Sie bitte, dass ich mich einmische, aber ich konnte gerade nicht weghören. Sind Sie das erste Mal in einer TransDime Fähre unterwegs?"

Rebecca, die direkt neben der aufmerksamen Dame saß, bestätigte: „Ja, dies ist in der Tat unsere allererste Reise. Wir mussten gerade umsteigen und sind bis Filiale 108 an Bord. Für uns ist das alles noch ganz neu, wir sind noch nicht einmal richtig eingewiesen worden, was die Grundlagen dieser Reiseart angeht."

„Tatsächlich? Sie Armen! Ich werde Sie gerne aufklären, wenn Sie noch etwas wissen wollen. Jedenfalls, was mein bescheidenes Grundwissen darüber zulässt. Ich stamme übrigens zufällig aus Filiale 108 und bin auch gerade dorthin unterwegs." Sie nickte ihnen freundlich zu. „Adelheid Weber. Freut mich, Sie kennen zu lernen."

„Ganz unsererseits, Frau Weber. Mein Name ist Rebecca Paulenssen und das ist mein Kollege Dominik Geiger." Sie gaben sich kurz höflich die Hände, was Frau Weber allerdings mit einer sehr verspannten Miene tat.

„Dominik, was für ein progressiver Name! Aber in ihrer Realitätsebene sicher nicht ungewöhnlich, nehme ich an?" Nick fiel auf, dass sie eine sehr melodiöse Stimme hatte, als wäre sie eine trainierte Sprecherin oder Sängerin. Auch drückte sie sich sehr gepflegt aus, was Rebecca und ihn automatisch dazu bewegte, auf ähnlich hohem Niveau zu konversieren.

„Ja, das ist richtig. Wir stammen aus Filiale 88. Kennen Sie diese Welt?"

„Nein, leider nicht. Ich kenne zwar die Umstände, die in dieser Filiale herrschen, habe sie aber noch nie besucht. Ich verkehre nur zwischen drei verschiedenen Ebenen, das bringt meine Funktion mit sich." Frau Weber zupfte sich ihr Seidenhemd mit gerafftem Ausschnitt zurecht und meinte dann: „Wenn es Ihnen nichts ausmacht, werde ich mich zunächst einmal am Essens-Automaten versorgen. Der erste Teil meiner Reise hat zwölf Stunden gedauert, den verbringe ich meistens schlafend und entspannend. Nun habe ich einen gesunden Appetit entwickelt."

„Natürlich, das ist nur zu verständlich." Rebecca nickte ihr nochmals höflich zu, als ihre neue Bekanntschaft sich erhob und zur Essensausgabe ging.

Das ist nur zu verständlich!", äffte Nick sie leise nach. „Um Himmels Willen, wie vornehm du sein kannst!"

„Benimm dich, du Schelm!"

Sie sah nach vorne, als Frau Weber kurz darauf mit einem Tablett in Händen in Hörweite kam und sich zurück auf ihren Platz setzte. Dabei bugsierte sie die leicht nach unten gebogenen Enden des Tabletts geschickt in unauffällig platzierte Vertiefungen in der Tischfläche vor sich, in die sie bündig hineinpassten und so das Tablett solide verankerten.

„Guten Appetit! Das sieht aber lecker aus!", bemerkte Rebecca und betrachtete den großen Teller mit einer Rindsroulade, Kartoffelbrei an einer dickflüssigen Bratensoße und dem legendären Erbsenpüree, das sie nun in natura bewundern konnten.

„Ja, es schmeckt für gewöhnlich auch vorzüglich", versicherte ihnen die Veteranin im Dimensionsreisen, bevor sie sich mit sichtlichem Hunger über die ordentliche

Portion hermachte. Da sie dadurch fürs Erste noch ein wenig beschäftigt war, nutzte Nick die Gelegenheit, um in gesetzter Lautstärke mit Rebecca zu reden.

„Beckie, ich glaube, ich muss dir etwas sagen."

Sie wurde hellhörig: „Das klingt ja ernst. Worum geht es?"

„Das liegt mir jetzt schon eine Weile auf dem Herzen, doch nach unserer Begegnung mit Marie und deiner Reaktion auf sie muss es jetzt einfach raus. Ich muss dir gestehen, dass ich keine anderen Affären mehr gehabt habe, seitdem Tamara in unser Leben getreten ist und du sie sozusagen zu uns ins Boot geholt hast. Ich habe einfach das Gefühl, ich brauche das nicht mehr. Ich habe inzwischen mehrere Gelegenheiten einfach so sausen lassen, sogar ein Angebot von einer Inspektorin. Früher hätte ich nie so gehandelt. Was sagst du dazu?" Gespannt sah er ihr in die Augen.

„Du wirst mir das kaum glauben, aber mir geht es ähnlich. Nachdem Tammy und ich uns näher gekommen sind, als es für reine Freundinnen normal ist und wir unsere kleine Dreiecksgeschichte mit ihr am Laufen haben, bin ich einfach zufrieden, was das angeht. Anfangs dachte ich, es läuft alles weiter wie bisher, doch dann bin ich bei der ersten Gelegenheit während einer Dienstreise praktisch von der Bettkante des Herren geflüchtet, der mir Avancen gemacht hatte. Und seitdem ist bei mir ebenfalls Funkstille auf Reisen. Was bedeutet das für uns?" Sie legte ihre Hand auf seine und wartete auf seine Antwort.

„Vielleicht werden wir einfach reifer und brechen aus dem charakterlichen Muster aus, das TransDime früher einmal in uns erkannt hat. Ich fühle mich zur Zeit jedenfalls pudelwohl, mit dir als Freundin kann es nicht mehr besser kommen. Und Tamaras Beteiligung an unserer Seite ist eine schöne Sache, auch wenn ich für sie nicht so empfinde wie für dich." Er legte eine Hand auf ihre Wange, worauf sie den Kopf zur Seite legte und mit geschlossenen Augen lächelte.

„Wie es ihr jetzt wohl geht?"

Nick beruhigte sie: „Sie wird unsere Nachricht vielleicht schon bekommen haben. Und sie ist ein großes Mädchen, um sie müssen wir uns nicht sorgen. Wir waren schon länger am Stück getrennt, wenn sich unsere Dienstreisen ungünstig überlagert haben."

„Das stimmt, wenn sie ein wenig Zuspruch braucht, hat sie ja die anderen Leute in ihrer WG. Du hast recht, wir sollten uns keine Sorgen um sie machen müssen." Sie hauchte ihm einen Kuss auf seine Hand. „Wollen wir uns nochmal eine Kabine nehmen? Es ist schon weit nach Mitternacht."

Sie hatten tatsächlich wieder eine ganze Weile geschlafen, mehr oder weniger gut. Rebecca beklagte sich dabei erneut, dass sie bei jedem Einsetzen der Null-g-Phasen zuverlässig durch ihren revoltierenden Magen geweckt worden war. Zum Glück war bisher alles gut gegangen. Sie hatten sich anschließend im Bad erfrischt und kehrten danach zu ihren Plätzen zurück, gerade rechtzeitig vor einem Wendemanöver, um sich noch anschnallen zu können. Die dezent in den Polstern versenkten Fünf-Punkte-Gurte zogen sich auch hier automatisch straff und versprachen einen sicheren Halt in der Schwerelosigkeit.

Frau Weber neben ihnen hatte ihr Mahl längst beendet und das Tablett wieder zurück zur Essensausgabe gebracht. Sie blätterte ein wenig im Menu ihres Infodisplays herum, hielt aber inne, als sie sah, dass die beiden wieder da waren und sich rasch auf die Wende vorbereiteten.

„Willkommen zurück. Haben Sie etwas Schönes geträumt?"

„Ja, danke der Nachfrage." Weiter kam Rebecca nicht, denn nun setzte die Schwerelosigkeit ein. Es war wie das Gefühl auf einer Achterbahn, wenn sie den ersten steilen Anstieg erklommen hat und über die Kuppe des höchstens Punktes fährt. Wenn man beim Sturz in die Tiefe aus den Sitzen gehoben und gegen die Gurte gedrückt wird, während sich der Magen mit anhebt. Nur dass dieses Gefühl nicht nach ein paar Sekunden wieder verschwand, sondern anhielt. Ein wenig blass im Gesicht, sah Rebecca ihren Freund an und suchte seine Hand, um sie zu halten. Ihre Haare breiteten sich aus und schwebten ihr ins Gesicht, worauf sie versuchte, sie aus den Augen zu wischen.

Völlig unbeeindruckt kommentierte Frau Weber schmunzelnd: „Ah, der typische Anfängerfehler: mit langen offenen Haaren auf Reisen gehen. Keine Sorge, das kommt alles nach und nach von alleine. In kürzester Zeit werden Sie alte Hasen sein."

Beim Umhersehen fiel Nick auf, dass tatsächlich alle anderen Reisenden entweder kurze Frisuren, einen Zopf, Haarbänder und -spangen oder manchmal sogar Kopftücher trugen, um der unvermeidlichen Tendenz langer Haare nach chaotischen Verteilungsmustern in der Schwerelosigkeit Herr zu werden. Doch dann war alles so plötzlich vorbei, wie es begonnen hatte. Die Schwerkraft kehrte zurück, nicht ruckartig, sondern ganz allmählich innerhalb einiger Sekunden.

Neben ihm hörte er würgende Geräusche und sah, dass Rebeccas Magen der Belastung nun doch nachgegeben hatte und sie sich in eine der rasch aus einem Seitenfach hervor gezogene Spucktüte erbrach. Mitfühlend strich er ihr über die Schulter, bis ihre Krämpfe abebbten und sie nach einem Taschentuch fischte. Mehrere Passagiere, die weiter weg von ihnen saßen, sahen sich nach der Quelle der unliebsamen Geräusche um, als die Schwerkraft auch schon wieder einsetzte.

„Tut mir Leid, dass Sie das miterleben mussten, Frau Weber. Bitte entschuldigen Sie mich." Sie erhob sich rasch, um das Malheur in der Toilette zu entsorgen.

„Das arme Ding! Hat sie generell Probleme bei den Wendemanövern?"

„Ja, bisher jedes Mal. Zum Glück haben wir bei den meisten Null-g-Phasen in der Ruhekabine gelegen, doch sogar da raubt es ihr den Schlaf, wie sie mir gesagt hat", bestätigte Nick seiner Sitznachbarin.

Diese nickte mitfühlend, drückte dann auf den Rufknopf für das Kabinenpersonal und sogleich kam ein junger Mann bei ihnen vorbei. „Wie kann ich Ihnen helfen?"

„Unsere Sitznachbarin unternimmt ihre erste Reise und es hat sich leider herausgestellt, dass sie sehr empfindlich auf die Wendemanöver reagiert. Könnten Sie ihr bitte das Antipurgativ besorgen? Das wäre sehr hilfreich und alle Sitznachbarn hier wären Ihnen wirklich dankbar, wenn wir keinen Übelkeitsattacken mehr beiwohnen müssten."

„Selbstverständlich; ich werde gleich wieder da sein." Mit einem freundlichen Nicken machte sich der Steward auf, um das Verlangte zu besorgen.

„Warum hat uns niemand schon im Vorfeld gesagt, dass es an Bord ein Mittel dagegen gibt?" Nick schüttelte den Kopf. Sie hätten etwas gegenüber Marie erwähnen sollen, dann hätte sich Rebecca diese Tortur ersparen können. Wobei Nick sich fast sicher war, dass Marie das gemerkt hatte und ihr absichtlich nichts gesagt hatte, um Rebecca ihre Unfreundlichkeit auf diese Weise heimzuzahlen. Nun rächte sich somit im Nachhinein für Rebecca die Spannung, die zwischen den beiden Frauen geherrscht hatte.

Rebecca hatte sich rasch erholt, als sie zurückkam und warf nach dem Hinsetzen einen Blick auf das Anzeigengerät, um sich abzulenken. „Frau Weber, können Sie mir sagen, ob wir auf dem Display auch Informationen zu verschiedenen Realitätsebenen aufrufen können?"

„Wenn Sie Ihren Firmenausweis hier unten gegenhalten, wird der eingebaute RFID-Chip ausgelesen und Sie können sich zumindest Ihr Ziel ansehen. Außerdem werden Ihnen hier Daten und Nachrichten angezeigt, die während der Reise im Infonetzwerk für Sie aufgelaufen sein könnten. Spätestens in der Zielfiliale können Sie ziemlich rasch nach dem Transfer erfahren, ob Nachrichten für Sie vorhanden sind." Die nette Dame zeigte ihnen kurz, wie sie die betreffenden Informationen ansehen konnten.

Rebecca schien etwas zu überlegen und fragte dann zögernd: „Kann das überhaupt möglich sein, dass eine Nachricht aus meiner Heimatebene schneller am Zielort ankommt als ich in der TransDime-Fähre? Ich meine, wie sollte das funktionieren können?"

Frau Weber machte eine wegwerfende Handbewegung. „Ach, das ist ganz einfach, meine Liebe. TransDime hat eine Vielzahl von Informationsdrohnen in Betrieb. Diese befinden sich so lange an den Sprungpunkten, wie ihre Energieversorgung es zulässt. Sie springen in eine Realitätsebene und senden dann alle Informationen und Nachrichten, welche für diese Ebene bestimmt sind, über einen sehr leistungsfähigen Richtimpuls zur Erde. Das dauert vom Lagrange-Punkt Mond-Erde aus nur gut eine Sekunde, bis das Signal ankommt.

Im Gegenzug werden alle Nachrichten, welche an bestimmte andere Ebenen addressiert sind, von der Erde aus zur Drohne hoch gesendet, sobald deren Anwesenheit registriert wird. Wenn alles angekommen ist, schickt die Sonde noch ein Bestätigungssignal und vorliegende Nachrichten, dann springt sie direkt in die nächste vorbestimmte Ebene weiter. Sie verbringt nur eine halbe Minute in jeder Ebene, wodurch Nachrichten relativ schnell von einer Ebene in die nächste transportiert werden können, wie Sie sehen können. Manchmal sind es nur Minuten, im höchsten Fall aber ein paar Stunden. Und durch die versetzte Staffelung mehrerer dieser unbemannten Flugkörper wird noch eine weitere Verkürzung der Zeit erreicht, die von der Einreichung einer Nachricht bis zur Absendung vergeht."

Nick war baff vor Staunen: „Das hätte ich mir nie träumen lassen, dass da so eine aufwendige Logistik dahinter stecken könnte, nur um mit den anderen Ebenen Kontakt zu halten. Ich nehme aber an, bei Nachrichten in andere *Universen* ist auch hier ein größerer Aufwand nötig."

Ihre Sitznachbarin nickte bedächtig. „Das bringt die Natur der Dinge mit sich. Doch davon bekommen wir hier nicht viel mit, alle technischen Aspekte der transdimensionalen Geräte wie Fähren und Drohnen werden von den obersten Welten mit einstelligen Ziffern betreut.

Nichts desto trotz ist es für uns ein Segen, dass wir so schnell und unkompliziert mit den anderen Filialen kommunizieren können. Wenn Sie auf Reisen sind und eine Anfrage bezüglich einer Nachricht eingeben, können Sie diese eventuell bereits während der Reise erhalten. Die Fähre hält sich während des Fluges vom Sprungpunkt zur Erde und wieder zurück zum Sprungpunkt für fast vier Stunden in einer Realitätsebene auf. Da kann es gut sein, dass eine Drohne mit einer Nachricht für Sie in diesem Zeitraum in diese Ebene springt und das von Ihnen abgegebene Signal zur Abfrage ihres Firmen-email-Kontos empfängt."

„Kompliziert, aber ich kann mir ungefähr vorstellen, wie es abläuft. Ich rufe einfach mein email-Konto auf und wenn bei dem letzten Stopp eine Nachricht für mich aufgelaufen ist, kann ich diese dann abrufen?" Rebecca probierte es aus und wartete kurz. Tatsächlich erschien eine Nachricht für sie.

„Sieh mal, Nick, Tamara hat uns zurück geschrieben. Sie hat sogar eine kurze Videobotschaft angehängt. Wollen wir sie uns ansehen?" Erwartungsvoll musterte sie ihren Freund.

Er holte bereits die schlank designten, drahtlosen Kopfhörer aus der Einsparung in der linken Lehne und wandte sich nochmals hilfesuchend an ihre erfahrene Mitreisende. „Die muss man doch sicher so vernetzen können, dass wir beide die Botschaft gleichzeitig anhören können? Es ist von einer guten Freundin, müssen Sie wissen, und sicher von sehr persönlicher Natur."

Frau Weber zeigte sich gerne hilfsbereit. „Wenn Sie in ihr Menu gehen und dort und dort diesen Punkt anwählen, können Sie eine Anfrage an eine andere Sitznummer senden. Sie, Frau Paulenssen, müssen diese dann einfach hier bestätigen, dann kann Ihr Freund mithören."

„Vielen Dank, zu freundlich von Ihnen. Entschuldigen Sie uns kurz." Rebecca aktivierte ihre Kopfhörer ebenfalls und setzte sie auf, Nick gespannt ansehend: „Bist du bereit?"

„Ja, du kannst loslegen." Er erkannte das auf das ganze Display gelegte Bild einer Webcam, mit der Tamara ihre kurze Botschaft aufgezeichnet hatte. Sie wirkte etwas aufgeregt, aber auch besorgt.

„Hallo, Ihr Beiden. Vielen Dank für eure Nachricht; nett von euch, dass ihr an mich gedacht habt. Ich finde es zwar schade, dass wir uns jetzt eine Weile nicht sehen können, aber natürlich freue ich mich für euch, dass ihr beide gleichzeitig befördert worden seid. Bei dir war das ja sowieso fast klar, Beckie, aber welche Heldentat du vollbracht hast, Nick, dass du schon nach zwei Jahren die Offenbarung erfahren hast... aber bestimmt ist das alles streng vertraulich, nicht wahr?"

Sie unterbrach sich kurz und sammelte sich. Ihr hübsches Gesicht mit den sanft geschwungenen Zügen und dem sinnlichen Schmollmund drückte ein wenig Besorgnis aus. „Ich hoffe, es geht euch wirklich gut und ihr erholt euch von dem, was auch immer euch passiert ist. Ich weiß, dass es von jetzt an schwieriger wird, weil ihr mir viele Dinge nicht mehr offen erzählen könnt, die euch widerfahren und bewegen. Trotzdem hoffe ich, dass sich nichts zwischen uns verändern wird. Auch dass wir uns vielleicht nicht mehr so oft sehen können wie bisher, kann ich noch verschmerzen, solange ich die Gewissheit habe, dass ihr noch da seid für mich, wenn ich euch brauche."

In ihren großen, ausdrucksvollen Rehaugen sammelte sich ein wenig Wasser und ein paar einzelne Tränen kullerten ihre Wangen hinab, während sie versuchte, tapfer zu lächeln. „Ich werde mich jetzt wohl noch mehr ins Zeug legen müssen, damit ich den Anschluss an euch nicht verliere und so bald wie möglich auch die Funktionsstufe Eins erreichen kann. Herr Kardon hält offenbar große Stücke auf mich, wie er mir gestern beim ersten Teil des Bonusgespräches gesagt hat. Auch die morgige Präsentation meiner kleinen Münzsammlung, die im Lauf des letzten Jahres ordentlich angewachsen ist, wird ihn sicher davon überzeugen, dass ich bestes TransDime-Material bin. Was das betrifft, habt ihr ja absolut dicht gehalten. Zum Glück bin ich nicht auf den Kopf gefallen und habe mir einen Reim auf alles machen können, was Dr. Decker uns beigebracht hat in Sachen Wirtschaft. Wenn ihr mich fragt, bekleidet er garantiert eine Funktionsstufe bei TransDime, auch wenn er offiziell nur Gastunterricht gibt."

Sie pausierte kurz und wischte die Tränen weg. „Ich glaube, das war es schon fürs Erste. Wenn ihr angekommen seid und euch das anseht, würde ich mich sehr freuen, wenn ihr euch auch einmal meldet, falls ihr an eurem Zielort Internet habt. Ich weiß, es sollte mir nichts ausmachen, dass ihr für zwei Wochen weg seid, aber irgendwie fühlt es sich diesmal anders an, von euch getrennt zu sein. Nur so eine komische Ahnung, vielleicht wegen eurer Beförderung. Aber ihr seid ja nicht völlig von der Bildfläche verschwunden, auch wenn es mir im Moment so vorkommt. Als ob in meinem Herzen ein großer leerer Fleck ist, wo ihr beide sonst seid. Ach, ich weiß doch auch nicht! Ist nur ein dummes Gefühl von mir. Vergesst es einfach und macht euch keine Sorgen um mich, hier ist alles in Ordnung.

Denkt dran, euch zu melden, okay? Viele liebe Grüße!"

Sie spitzte die Lippen und warf ihnen mit geschlossenen Augen eine klassische

Kusshand zu, dann lachte sie bereits wieder, als sie nach dem Ausschalter für die Aufnahme griff. Was für eine Achterbahnfahrt der Gefühle musste sie beim Aufzeichnen dieser kurzen Botschaft durchlebt haben! Dabei waren sie doch gar nicht so lange weg. Wieso hatte das Tamara so sehr mitgenommen?

„Man könnte meinen, sie hat gespürt, wie weit wir wirklich von ihr entfernt sind. Als hätte sie einen siebten Sinn dafür; fast schon unheimlich. Und wie *traurig* sie gewirkt hat!" Nick zog seine Kopfhörer aus und verstaute sie wieder im dafür vorgesehenen Fach.

„Und wie *süüüß* ihre Nachricht war! Mann, wenn *sie* mal den Richtigen findet, wird sie sein Herz schmelzen wie Butter in der prallen Sonne." Rebecca musste seufzen angesichts der koketten Ausstrahlung ihrer Freundin.

Ihn wunderte es inzwischen nicht mehr, dass selbst Rebecca ihren Reizen ein Stück weit erlegen war, obwohl sie vor ihrer gemeinsamen Liaison mit Tamara zumindest seiner Meinung nach keinerlei bisexuelle Veranlagungen gezeigt hatte. Manchmal machte Rebecca auf ihn den Eindruck, dass das niemanden mehr überraschte als sie selbst. Doch was konnte man schon ausrichten gegen dieses zauberhafte Wesen mit dem Gesicht eines Engels und dem Körper eines Playboy-Centerfolds?

Rebecca nahm ihn bei der Hand und flüsterte: „Ich vermisse die Kleine schon jetzt. Ich glaube, dieser Aspekt unseres Lebens als frisch gebackene TransDimeler der Funktionsstufe Eins wird schwerer als gedacht."

Er sprach ihr Mut zu: „Komm schon, Beckie, wir drei haben uns schon länger als zwei Wochen am Stück nicht gesehen beziehungsweise nicht treffen können, wenn unsere Dienstpläne das verhindert haben. Die Zeit wird wie im Flug vergehen."

Sie war noch nicht überzeugt. „Ja, für uns vielleicht schon. Ich möchte ihr unbedingt eine Videobotschaft zurück senden, sobald wir angekommen sind. Das hat sie sich mit dieser kleinen Liebeserklärung an uns doch verdient!"

Nick grinste und schlug vor: „Vielleicht auf Esperanto, damit sie sich ein wenig mit unserer Botschaft beschäftigen kann, um sich die Zeit zu vertreiben."

Nun sah Rebecca ihn befremdet an. „Machst du Witze? Sie spricht das inzwischen besser als *du*! Kriegst du denn gar nichts mit von dem, was um dich herum vorgeht?

Tammy ist *das* Sprachgenie schlechthin!"

Er gab zu: „Ja, das ist mir schon ein Stück weit klar, ich habe ja auch schon mit ihr... wirklich, sie spricht es inzwischen *besser* als ich?"

„Als käme sie direkt von der Esperanto-Heimatwelt. Tamara ist in der Schweiz aufgewachsen und hatte in der Schule bereits Deutsch, Französisch, Italienisch und Englisch gemeistert. Als Hobby sozusagen hat sie noch vor dem Abitur auch die vierte Landessprache, Räto-Romanisch, erlernt, ein alter Bergdialekt aus der Südostschweiz, der so ähnlich wie Rumänisch ist, wenn ich mich nicht irre. Und seitdem sie bei TransDime ist, saugt sie ganz nebenher eine Fremdsprache nach der anderen auf wie ein Schwamm. Ingo Willfehr hat einmal gesagt, sie fordert andauernd neue Lernpakete für weitere Sprachen an. Sie ist offenbar mit dem regulären Steward-Job derart unterfordert, dass sie das auf diese Weise kompensiert."

„Echt? *Willfehr* hat das gesagt?" Nun hoben sich Nicks Augenbrauen.

„Offenbar hat Kardon persönlich zu ihm gesagt, dass es ihm vorkomme, als hätte Tamara eine Ausnahmegenehmigung von der alten *Turm-von-Babylon*-Geschichte. Genau das soll er tatsächlich gesagt haben. Sie ist offenbar schon jenseits der zehn Fremdsprachen, die sie allein hier bei TransDime im letzten Jahr neu erlernt hat."

Nick wurde nachdenklich. „Kein Wunder bei ihrer extremen Intelligenz. Das passt auch dazu, dass sie absolut akzentfrei Deutsch spricht. Und bescheiden, wie sie ist, hat sie das damals auf ihre Kinderstube geschoben. Dabei könntest du hundert Leute fragen und einer könnte ihre Herkunft aufgrund ihrer Aussprache *vielleicht* auf den süddeutschen Raum eingrenzen, wenn überhaupt."

„Weißt du noch, in ihrem ersten Monat, als Oliver sie mal blöd angequatscht hat bei ihrem ersten Gespräch? Dabei hatte er ihren Nachnamen nicht mitbekommen gehabt und sie hat ihn daraufhin mit Berliner Schnauze angeblafft und das danach auch konsequent durchgezogen. Es ging mehrere Wochen, bevor er mitbekommen hat, dass sie keine gebürtige Berlinerin ist. Dabei kommt er selbst aus dem Osten, ich glaube aus Meck-Pomm." Rebecca grinste von einem Ohr zum anderen.

Nick wurde unversehens davon angesteckt. „Stimmt, das war der Brüller! Wenn man das bedenkt, wie mühelos sie sich Sprachen, Dialekte und sogar Akzente aneignet, ist das ein riesiger Pluspunkt zu ihren Gunsten. Tamara kann sogar Englisch in verschiedenen Akzenten nachmachen, dass du dir fast in die Hose machst vor Lachen! Sie könnte man locker fast überall einsetzen und sie könnte sprachlich problemlos mit dem Hintergrund verschmelzen, ohne aufzufallen. Die perfekte Geheimagentin."

Sie wurden vom Steward unterbrochen, der an ihren Platz kam und mit einem kleinen Blister herum wedelte, in dem eine Reihe roter Pillen eingeschweißt waren. Nick winkte ihn heran: „Ach ja, hierher. Die sind für die bezaubernde junge Dame hier."

„Bitte sehr und gute Besserung." Ohne ein weiteres Wort verließ der Steward sie wieder und ließ eine ratlose Rebecca zurück, die sich das Medikament misstrauisch betrachtete.

„Was hat das zu bedeuten? Wozu sollen die gut sein?"

Frau Weber schaltete sich unvermittelt ein: „Das, meine Liebe, sind Pillen gegen die Raumfahrerkrankheit. Eine einzelne davon lässt Ihre Übelkeit bei Schwerelosigkeit für etwa einen Tag verschwinden wie weggeblasen."

Nick sagte interessiert: „Toll, und muss man irgendetwas beachten bei der Einnahme? Vielleicht..."

Ein leises Knacken ließ ihn innehalten. Als er sich umwandte, sah er gerade noch, wie Rebecca sich eine Tablette gierig von der Hand in den Mund warf und sofort mit einem Schluck Wasser aus ihrem Trinkbecher herunterschluckte. „Lies du den Beipackzettel, während ich mir die Dinger wie Smarties einwerfe. Hauptsache, sie helfen!"

Nick lachte. „Langsam, Miss Magentrauma. Eine reicht, du hast es doch gehört."

„Gut, dann hoffen wir mal das beste. Sei bloß froh, dass du damit keine Probleme hast."

Frau Weber meinte: „Ja, manchen macht es nichts, manche würgen wie ein Reiher bei der Jungenfütterung, wenn Sie mir den Ausdruck verzeihen. Ich selbst muss mir auch jedes Mal eine Pille dieses Antipurgativs einwerfen, bevor ich auf Reisen gehe. Vertrauen Sie mir, Sie wollten nicht mal auf dem selben Deck wie ich sein, wenn ich keine genommen hätte."

Nick musste ungewollt wieder lachen. „Das war jetzt mal erfrischend ehrlich! Ich könnte mit dir wetten, Beckie, dass man Tamara dazu zwingen müsste, angeschnallt zu bleiben. Die würde sonst wie ein Zirkusäffchen in der Manege durch das ganze Deck segeln während der Wendemanöver."

„Die Wette halte ich auf keinen Fall, da würde ich verlieren." Rebecca musste lachen angesichts der Vorstellung, zögerte dann aber kurz und überrumpelte Nick mit der Frage: „Was denkst du eigentlich, was wäre geschehen, wenn du und Tamara euch begegnet wären, bevor wir uns kennengelernt hätten?"

„Solche Fragen sind nicht gesund, das ist dir schon klar?" Er wurde sichtlich nervös.

„Es spielt doch keine Rolle, *was wäre wenn*-Gedankenspiele zu spielen. Ist es dir so unangenehm, darauf zu antworten?"

Nick sah ihr in die Augen. „Schön, wenn du es unbedingt so willst. Ich wäre ziemlich sicher mit ihr zusammengekommen. Und auf keinen Fall hätte ich Tammy widerstehen können, wenn die Initiative von ihr ausgegangen wäre. Wenn *du* dann aber auch noch ins Spiel gekommen wärst, hätte ich ein echtes Problem bekommen."

Sie war etwas betreten von dem ersten Teil seiner Aussage, fragte aber dennoch nach: „Was meinst du damit?"

„Wenn du annehmen willst, dass du und sie in diesem Szenario ebenfalls beste Freundinnen geworden und euch näher gekommen wärt, sodass wir unsere Dreiecksbeziehung unter anderen Vorzeichen gestartet hätten, nämlich mit Tamara und mir als Paar und dir als Nummer drei, wäre das nicht gut gegangen. Da bin ich mir sicher." Er wirkte sehr ernst.

Sie musterte ihn unverwandt mit gerunzelten Augenbrauen: „Mir fehlt hier etwas Kontext, glaube ich."

„Ist doch klar: ich hätte mich bestimmt in dich verliebt, obwohl ich mit Tamara fest zusammen gewesen wäre. Das hätte nur in einem Drama für alle Beteiligten enden können, egal welche Wendung die Ereignisse genommen hätten. Daher bin ich heilfroh, dass die Dinge so sind, wie sie gekommen sind."

Sie sah ihm so tief in seine braunen Augen, dass ihm ganz anders wurde. „Für dieses Bekenntnis würde ich dich am liebsten sofort flachlegen, du verdammter *Romeo*!"

„Das ist mein voller Ernst", fügte er noch hinzu. „Kein Grund, sich darüber lustig zu machen."

„Du bist ein Idiot, Dominik Geiger, aber ich liebe dich. Das *ist* mein voller Ernst." Sie sah über die Schulter.

Er folgte ihrem Blick. „Ob wir die ersten wären, die in der Toilette oder Dusche einer TransDime Fähre..."

Sie musste kichern. „Vergiss es, du Hengst. Frau Weber würde das sicher auffallen. Außerdem haben wir doch gerade erst sehr lustige praktische Erfahrungen mit dem Haltenetz in der Schlafkabine sammeln können."

Er seufzte. „Ja, das war eine heiße Sache, ich würde es aber nicht zur Nachahmung empfehlen. Gut, es wird wohl warten können."

„Wollen wir nicht lieber etwas essen? Eine Empfehlung haben wir ja bereits."

Er musste nicht lange überlegen. „Ja, gerne, wenn du dich wieder fähig dazu fühlst, Nahrung aufzunehmen. Sollen wir das Essen dann hierher bringen oder an einer der Tischgruppen essen?"

„Lieber drüben am Tisch. Der hat eine bessere Höhe dafür; ich mag es nicht, an so niedrigen Sofatischen oder im Stehen zu essen, das weißt du doch." Sie erhob sich und meldete sich höflicherweise bei Frau Weber ab, bevor sie den Essbereich aufsuchten.

Die Bedienung der Ausgabeautomaten war in der Tat kein Problem und nach nur wenigen Minuten saßen sie an einem von zwei Sechsertischen vor zwei Tabletts mit dampfenden Speisen und Getränken in verschlossenen Bechern. Rebecca hatte wirklich dasselbe genommen wie Frau Weber, während Nick eine Art Empanada mit Tomatenrisotto gewählt hatte. Nach dem obligatorischen quer probieren des jeweils anderen befanden sie alles als essbar und wohlschmeckend. Dabei war in der Auswahl sogar eine Reihe an Gerichten gewesen, die sie nicht kannten und die sie noch nie zuvor gesehen hatten. Auch die Bilder auf den Wahlfeldern und die kurze Beschreibung, um was es sich handeln sollte, hatten ihnen nicht bei der Identifizierung geholfen. Sie würden sich wohl im Laufe der Zeit auf einige Experimente einlassen müssen, wenn sie das vielfältige Sortiment durchprobieren wollten.

„Erstaunlich, dass man so gutes Essen aus einem Automaten bekommen kann. Das ist mal wirklich Fortschritt." Zufrieden verputzte Nick seine gesamte Portion.

Auch Rebecca hatte nichts von ihrer Mahlzeit übrig gelassen; die Pille gegen Übelkeit wirkte offenbar Wunder. „Ja, aber dennoch hat ein Quentchen gefehlt, um es als 'echtes' Essen durchgehen zu lassen. Ich würde sagen, es hat eher guten Kantinen- als Restaurantstandard gehabt."

In dem Moment ging beiden ein Gedanke durch den Kopf, worauf sie sich entgeistert anstarrten. Nick sprach es als erster aus: „Es schmeckt sogar verblüffend ähnlich wie Kantinenessen. Wie *unser* Kantinenessen bei TransDime. Aber..."

Sie überlegte noch einen Moment und schüttelte dann entschlossen den Kopf: „Nein, das wäre zu abwegig. Wir fangen an, uns selbst verrückt zu machen, Nick."

„Hast du schon mal in die Kantinenküche hinein gesehen? Ich jedenfalls bin immer nur bei der Essensausgabe gestanden und habe mir die fertigen Mahlzeiten auf den Teller geben lassen."

„Hör schon auf, das ist doch Unsinn." Ein wenig unwillig stand sie auf und führte ihr Tablett in die Rückgabestation ein, wo das Fach sich kurz vershcloss und sich danach wieder in leerem Zustand öffnete.

Nick tat es ihr nach und sie kehrten zurück zu ihren Plätzen. Frau Weber sah auf von ihrem Display, wo sie gelesen hatte. „Und, hat es Ihnen geschmeckt?"

„Ja, vorzüglich, danke sehr." Rebecca warf ihm nochmals einen missmutigen Blick zu.

Nick wagte einen Schuss ins Blaue und beugte sich vor, um Frau Weber nochmals anzusprechen: „Sagen Sie, auf diesen Flügen befinden sich doch sicher nur TransDime Angestellte?"

„Das bringt die Natur der Dinge so mit sich", bestätigte sie; offenbar hatte sie eine Schwäche für diesen Ausdruck. „Ausschließlich TransDime Mitarbeiter, ganz genau. Wieso fragen Sie?"

„Sie kennen sich wohl nicht zufällig mit dem Programm für die Betreuung von Mitarbeitern aus, die ein traumatisches Erlebnis gehabt haben und auf Betreiben von TransDime eine Art Rekonvaleszenz bekommen?" Er lächelte verlegen.

Sie strahlte ihn an: „Oh, selbstverständlich! Was wollen Sie denn wissen?"

„Nun, man hat uns gesagt, wir könnten uns bereits während der Anreise einen Zielort auf der Filiale aussuchen und uns auch ein wenig über die betreffende Filiale informieren. Da dies der erste Besuch in einem uns fremden Paralleluniversum ist, sind wir leider etwas unbedarft, was die Prozeduren dazu angeht."

„Zunächst, Herr Geiger, müssen Sie sich angewöhnen, zwischen Realitätsebenen und Universen zu unterscheiden. Sonst können Sie leicht missverstanden werden und es kommt durchaus auf den Unterschied zwischen beiden Begriffen an, je nachdem mit wem Sie darüber reden." Frau Weber sah ihn folgsam nicken und fuhr daraufhin fort: „Da Sie noch nie in einer anderen Filiale waren, wie Sie selbst gesagt haben, dient die Fassade als traumatisierter Ortsfremder dazu, ihre Unsicherheit angesichts der vollkommen fremden Umgebung zu erklären und zu kaschieren, was mit Ihnen beiden wirklich los ist. Für gewöhnlich funktioniert das anstandslos.

Man lässt Sie freilich nicht gänzlich ins kalte Wasser werfen, sondern gewährt Ihnen im Voraus Zugang zu gewissen Informationen, damit sie nicht komplett im Dunkeln tappen, was die Welt angeht, durch die Sie sich bewegen werden. Sie müssten diese Informationen auch bereits aufrufen können, wenn Sie im Anfragesystem des Infodisplays die Nummer der Filiale eingeben, in die Sie reisen.

Ferner werden Sie die Aufforderung erhalten, sich für eines der angebotenen Ziele zu entscheiden. Meist sind das eher abgelegene oder touristisch geprägte Orte – oder beides -, an denen viele Leute zur Erholung sind und Sie mit Ihrer Begleitung nicht so sehr auffallen werden. Ich nehme an, dass Sie weiterhin dazu angehalten werden, sich als Ausländer auszugeben und Ihre Muttersprache nicht zu gebrauchen, obwohl Sie mit Sicherheit ein Ziel im deutschsprachigen Raum aufsuchen werden. Sie sollen sich wenigstens von der Sprache und Kultur her so heimisch fühlen, wie es anhand der Umstände möglich sein wird."

Rebecca warf mit beeindruckter Miene ein: „Sie wissen sehr viel über diese Vorgänge, Frau Weber. Haben Sie selbst auch schon damit Erfahrungen gemacht?"

„Ich denke, das kann ich Ihnen bestätigen, ohne Geheimnisverrat zu begehen. Mehr werden Sie von mir dazu allerdings nicht zu hören bekommen. Dann versuchen Sie einmal, die Informationen zur Filiale 108 aufzurufen. Ich bin sicher, es wird Ihnen dort gefallen. Diese Ebene gilt als fast gleichwertig zur Filiale 88, was die Entwicklung angeht, wenn ich mich nicht irre. In vielen Gebieten sind sie etwas weiter als bei Ihnen, in manchen eher trivialen Belangen auf charmante und nostalgisch anmutende Weise nicht." Frau Webers Blick war nun der Realität entrückt; offenbar freute sie sich schon darauf, in ihre geliebte Heimat zurückkehren zu können.

Nick hatte es geschafft, einen Informationsartikel über Deutschland aufzurufen, der von seinem Aussehen her an einen typischen Wikipedia-Artikel erinnerte. Ihn wunderte noch der Verweis auf den Hauptartikel 'Deutsches Reich'. Als er diesen öffnete und die Landkarte ansah, stockte ihm der Atem. „Sieh' dir das mal an, Beckie! Das kann nicht sein, oder?"

Sie blickte fragend auf die Karte und meinte: „Ist das ein historischer Artikel? Für mich sieht das aus wie eine alte Darstellung aus der Kaiserreich-Zeit oder so."

Frau Weber schaltete sich ein: „Sie sollten vielleicht wissen, dass dies eine aktuelle Karte ist. So sehen die politischen Grenzen in der Gegenwart dieser Filiale aus. Und wir befinden uns dort auch noch immer in der Kaiserreich-Zeit. Friedrich der Fünfte, König von Preußen heißt der derzeit herrschende Kaiser. Die früher herrschenden Kaiser-, Königs- und Zarenhäuser haben hier überdauert, was an diversen Umständen liegt, die unsere Welt grundlegend von der Ihren unterscheiden."

„Alle Monarchien des 19. Jahrhunderts sind noch an der Macht? Demnach hat es im 20. Jahrhundert keine so umfassenden Kriege bei Ihnen gegeben wie bei uns. Faszinierend." Nick lauschte gebannt den Ausführungen ihrer Reisebekanntschaft.

„Das kann man so sagen, jedenfalls diese schrecklichen beiden oder drei Weltkriege haben bei uns nicht statt gefunden."

Rebecca berichtigte : „Es waren zwei Weltkriege."

„Ja, in *Ihrer* Filiale vielleicht. Aber weiter im Text, was unsere Geschichte angeht. Es gab vor einem Jahrhundert ein Attentat auf den Kaisererben in Bosnien, das aber fehlschlug. Das Aufkommen der sogenannten spanischen Grippe im Herbst 1914 hat dann allen Militarisierungstendenzen inklusive einem Kriegsausbruch, der kurz bevorstand, ein rasches Ende bereitet. Durch die damals schon hohe Mobilität von Fernreisenden verbreitete sich die Krankheit rasend schnell und infizierte die halbe Weltbevölkerung innerhalb von nur einem Jahr in mehreren Wellen. Zwanzig Prozent aller Menschen fielen ihr zum Opfer." Frau Weber sah betrübt zu Boden.

„Das klingt ja wirklich furchtbar; diese Krankheit hat demnach viel schlimmer gewütet als bei uns und auch einige Jahre früher. Auch wenn dadurch das Leid des Krieges verhindert wurde, ist es doch schlimm, wenn so viele Menschen durch eine Grippe-Pandemie wie diese sterben mussten." Rebecca zeigte sich gewohnt mitfühlend bei dieser Vorstellung.

„Ja, es gab damals keine einzige Familie auf der Welt, die nicht irgendein Mitglied oder nahen Verwandten verlor. Bei mir war es die Großmutter und mein Großonkel mütterlicherseits. Aber das war vor meiner Geburt, ich will daher nicht klagen. Andere Familien sind praktisch vollständig ausgelöscht worden. Und in den folgenden Jahrzehnten haben dann noch die Asiatische Grippe, die Hong Kong-Grippe und die Russische Grippe immer wieder zweistellige Zahlen an der prozentualen Weltbevölkerung dahin gerafft."

„Kaum vorstellbar, wie viel Leid das verursacht haben muss. Kein Wunder, dass die beiden Weltkriege nicht statt gefunden haben. Wer hätte unter solchen Umständen noch die Nerven dazu gehabt, in die Schlacht zu ziehen?" Nick konnte nur den Kopf schütteln angesichts dieser Vorstellung.

„Wenn Ihnen die Deutschlandkarte schon imponiert hat, dann rufen Sie einmal die Europakarte auf. Mal sehen, wie Ihnen die gefällt." Neugierig beobachtete Frau Weber ihre beiden neuen Schützlinge.

Nick tat wie ihm geheißen und sie sahen sich die seltsam anmutende Aufteilung der Landmassen zwischen den europäischen Staaten an.

Rebecca bemerkte: „Es sieht wirklich aus wie eine alte historische Karte des Europas von etwa 1900. Deutschland ist ja unheimlich groß hier, dafür vermisse ich andere Länder völlig. Polen und Finnland etwa."

Nick, der einen Schein in europäischer Geschichte hatte, erklärte aus dem Stehgreif heraus: „Finnland war damals unter russischer Herrschaft, Polen befand sich je zur Hälfte in russischem und in deutschem Besitz. Der halbe Balkan und Tschechien sowie die Slowakei gehörten dem Kaiserreich Österreich-Ungarn an. Albanien, Kreta, Teile von Griechenland und Bulgarien waren vom osmanischen Reich besetzt, ganz Irland unter Britischer Flagge. Das kann ja interessant werden. Ich bin mal gespannt, was uns dort noch so alles erwartet."

Frau Weber bemerkte noch, auf ihren eigenen Monitor schielend: „Das Deutsche Reich ist in der Tat noch in seinen Grenzen von etwa 1900, mit einem Reichsgebiet von etwa 540'000 Quadratkilometern, wenn ich mich aus der Schulzeit noch recht erinnere. Machen Sie sich doch am besten selbst ein Bild von Land und Leuten; aber gehen Sie nicht mit Fragen über die Grippezeiten hausieren, das ist mittlerweile ein sensibles Thema, beinahe schon ein Tabu für manche."

„Vielen Dank für den Tipp, das ist eine unschätzbare Hintergrund-Info, die uns vielleicht schon im Voraus den einen oder anderen faux-pas erspart hat." Rebecca schien froh darüber zu sein, dass sie diese kleine Einweisung noch vor der Ankunft erhielten.

„Und vermeiden Sie vor allem Anglizismen. Es ist kein Affront, fällt aber in hohem Maße auf, da das Reich bei uns nie unter anglo-amerikanischer Knute war wie bei Ihnen und eben auch nicht deren Subkultur aufgezwungen bekam." Frau Weber echauffierte sich ganz offensichtlich über diese Tatsache.

Nick rief nun versuchsweise sein email-Konto auf und rief erfreut: „He, ich habe tatsächlich eine Nachricht bekommen. Dort werden die vorgeschlagenen Reiseziele aufgelistet."

Während Nick die verschiedenen zur Erholung vorgesehenen Orte studierte, sah Rebecca ihrerseits bei sich nach und bemerkte enttäuscht: „Bei mir ist noch nichts."

„Vielleicht verschicken sie solche Nachrichten in alphabetischer Reihenfolge." Nick rückte sein Display auf seinem Schwanenhals ein wenig zu Rebecca herüber, damit diese sich ebenfalls die möglichen Ziele ansehen konnte.

„Wie wäre es mit Thann?"

„Ein Dorf im Elsaß am Rande der Vogesen? Nein, das können wir uns auch einmal bei Gelegenheit bei uns zu Hause ansehen, auch wenn es bei uns zu Frankreich gehört." Nick schüttelte entschlossen den Kopf.

„Aber wir könnten von dort aus schöne Ausflüge nach Mülhausen, Colmar, Basel und Freiburg machen." Offenbar schien Rebecca mit den Reizen des beschaulichen französischen Landstriches zu kokettieren.

„Es sollte schon etwas Ungewöhnlicheres sein. Ich komme doch aus der Ecke; für mich wäre es eher wie ein verdrehter Heimaturlaub. Wir sollten uns die Orte genauer ansehen, die etwas besonderes in unseren Augen sind. In Plön zum Beispiel war ich ja schon, das ist sehr schön und ruhig und trotzdem nah genug an allen angrenzenden Großstädten. Aber wie gesagt, dort war ich ja eben erst."

„Sieh mal dort, Reit im Winkel. Was hältst du von einem kleinen Naturtrip ins Voralpenland?" Sie schien offenbar bei der Auswahl auf den Süden fixiert zu sein.

Er machte einen Gegenvorschlag: „Oder da, Friedeberg in Oberschlesien? Ist zwar auch sehr weit ab vom Schuss..."

„Nein, das ist auch nicht das Richtige für uns. Da, Oldenburg bei Bremen, das ist näher am Wasser. Für mich zwar keine Weltreise von meinem Heimatort aus... weißt du, ich glaube, wir packen das völlig falsch an und ignorieren die Möglichkeiten, die uns dieses Umfeld hier bietet." Rebecca sah ihm weiter über die Schulter, als er innehielt und dann scharf die Luft einzog.

„*Das* ist es! Schatz, wir haben einen Gewinner." Er deutete auf der Karte darauf, was bei ihr aber nur Stirnrunzeln auslöste.

„Davon habe ich noch nie gehört." Sie starrte misstrauisch auf die obere rechte Ecke des Kartenausschnittes und die Fotos in dem Artikel.

„Das kannst du auch gar nicht, weil der Ort bei uns daheim gar nicht mehr existiert in dieser Form. Hier ist er in altehrwürdigem Glanz und in voller Pracht erhalten geblieben und wartet nur auf uns, damit wir es uns dort gut gehen lassen. Na, was sagst du? Sieh nur, wie abwechslungsreich die Landschaft dort ist und was wir im näheren Umland dort alles besichtigen können." Er wies auf einige Städte rings um ihre potenzielle Destination.

„Ich weiß nicht...", haderte sie noch.

Frau Weber fragte wie beiläufig: „Tun Sie sich schwer mit der Auswahl?"

Nick, dankbar für ihre Anfrage, beeilte sich zu sagen: „Ja, ein wenig. Können Sie uns etwas über das Seebad Kranz sagen?"

Sie musste nicht lange überlegen: „Aber ja doch, ein beschauliches und pittoreskes Örtchen, so hübsch gelegen und um diese Jahreszeit einfach traumhaft. Vor einigen Jahren war ich dort mit meinem Gatten, es war sehr schön. Die Strandpromenade ist ganz zauberhaft."

„Sieh' doch mal, Rebecca, diese Chance bekommen wir vielleicht nie wieder. Bei uns bräuchten wir ein *Visum*, um dorthin zu kommen. Wenn sie uns überhaupt dorthin lassen würden; soweit ich weiß, war die ganze Gegend lange Zeit ein militärisches Sperrgebiet. Und ich bezweifle, dass unsere heimische Version dieses Ortes genauso schön ist wie diese es sein wird. Gib dir einen Ruck, na los!" Erwartungsvoll wartete er auf ihre Antwort.

Sie besah sich ein weiteres Mal alle Bilder und meinte dann: „Ach, was soll's, von mir aus!"

„Sehr schön. Das wird sicher toll!" Begeistert gab er ihr einen Kuss und rief dann weitere Artikel und andere Informationen über ihr nun feststehendes Ziel auf, nicht ohne vorher jedoch ihre Auswahl an die Absenderadresse weiter zu leiten.

Filiale 108 konnte kommen.

< 3 >

Dimensionsfähre, im Transit - Monat 1

Sie sahen den Erdball stetig wachsen, entspannt auf ihren Sitzen verweilend. Aus dieser enormen Entfernung konnte man keinerlei Unterschiede zu ihrer eigenen Realitätsebene feststellen, was irgendwie beruhigend war. Die gute alte Erde schien es nicht weiter zu kümmern, was diese verrückten kleinen Menschen auf ihr so trieben. Für sie war die gesamte Menschheitsgeschichte nur ein Wimpernschlag, gemessen an ihrer Lebensspanne.

„Ich kann immer noch nicht glauben, wie unspektakulär diese Dimensionstransfers ablaufen. Einfach eine Sekunde lang Schwärze auf dem Monitor und das war's? Zack, und wir befinden uns in einer anderen Realitätsebene."

„Du wiederholst dich, meine Teuerste."

„Tu nicht so affig", schalt sie ihn.

„Ich versuche nur jetzt schon, meinen Umgangston an die hiesigen Gepflogenheiten anzupassen, wenn's beliebt. Aber was hast du denn von dem optischen Effekt her erwartet beim Transfer? Das Ende von Stanley Kubrick's 2001?" Er grinste selbstzufrieden über seinen Kommentar.

„Der Spruch war gut, zugegeben. Na ja, besser unspektakulär als zu spektakulär, nicht wahr? Die kurze Schwerelosigkeit während des Transfers ist wahrscheinlich für mich das Aufregendste überhaupt." Sie zog eine Schnute bei der Erinnerung daran.

„Dir sagt der freie Fall im Weltraum gar nicht zu, stimmt's?" Nick grinste weiter, wohl weil er das Gefühl hatte, sie ertappt zu haben.

„Ich mag meine Schwerkraft eben auf die traditionelle Art, mit 10 Meter pro Sekunde im Quadrat. Dagegen ist nichts einzuwenden." Sie verschränkte die Arme vor der Brust.

„Schon gut, du wirst dich im Handumdrehen daran gewöhnt haben. Und dank der Pillen gegen die Übelkeit wird es sich sicher in Zukunft besser reisen lassen." Er öffnete zum wiederholten Male die Datei über die Filiale 108 und blätterte darin herum, um noch weitere Details aufzuschnappen, die ihm interessant erscheinen könnten.

Rebecca meinte nach einem Moment des Sinnierens: „Ist dir eigentlich klar, was wir hier gerade erleben? Wir sind heute innerhalb von 24 Stunden fünfmal zur dunklen Seite des Mondes und zurück geflogen. Und wie krass der Mond aus so einer Nähe aussieht. Man konnte jeden Krater, jeden Berg und jede Tiefebene so wahnsinnig deutlich sehen... es war phantastisch, oder?"

Er sah kurz auf und befand: „Das stimmt, das war wie in einem Kinofilm. Auch wenn es die Rückseite des Mondes ist. Die Amerikaner nennen sie fälschlicherweise die dunkle Seite, weil sie nie der Erde zugewandt ist."

„Und wenn schon, jedenfalls war sie auch völlig dunkel", wandte sie ein.

„Weil Vollmond ist. Bei Neumond ist es die helle Seite des Mondes, aber immer noch die Rückseite." Als sie beleidigt ihre berühmte Schnute zog und ihn leise einen Klugscheißer nannte, grinste er und sah sich dann weiter die Daten über Filiale 108 an. „Und wenn ich so lese, was uns erwartet, wird es sogar noch phantastischer. Stell' dir vor, der Verbrennungsmotor hat sich hier nie durchsetzen können, weder Benzin noch Diesel. Das muss man sich erst mal vorstellen."

„Dann fahren alle Leute hier noch mit Pferdekutschen herum?" Rebecca grinste bei dieser Vorstellung.

„Nein, natürlich nicht. Sie sind direkt von der Dampfmaschine auf Elektromotoren umgestiegen, noch in der zweiten Hälfte des 19. Jahrhunderts. Wahrscheinlich haben sie einfach hundert Jahre vor uns den Finger aus dem Popo genommen und brauchbare Akkus oder andere Speichermedien für Strom und Wärme entwickelt. Oder sie fahren mit Brennstoffzellen, das kann auch sein, je nach Größe und Bestimmungszweck des Fahrzeuges." Er las weiter und gab einen unartikulierten Laut der Erleuchtung von sich, als er weitere Informationen fand.

„Für die Hochseeschiffahrt und auch Lastkraftwagen werden Wellenturbinen, die mit Erd- oder Biogas betrieben werden, zum Antrieb eines Generators verwendet. Auch in manchen Kraftwerken und für abgelegene Orte und Regionen wird diese Art der Stromerzeugung angewendet."

Rebecca sah auf die Erde, die sie ansteuerten und auf der inzwischen Mitteleuropa den Bildschirm ausfüllte. Auch Nick wandte seine Aufmerksamkeit wieder ihrem Anflug zu.

Als einzelne Konturen der Landschaft unterschieden werden konnten, studierten sie die Städte, Flüsse, Waldgebiete und Gebirge. Rebecca bemerkte es zuerst: „Es sieht einiges anders aus, als ich es in Erinnerung habe."

„Ja, es gibt mehr blau. Die Landschaft ist überzogen von kleinen schmalen Seen, überall, wo Flusstäler oder Gebirge sind. Das müssen massenhaft Stauseen und Staustufen sein, die es hier zur Stromerzeugung gibt."

Rebecca fiel etwas ein. „Wir haben immer noch nicht gefragt, wieso die Starts und Landungen unbemerkt bleiben können bei so einem großen Objekt wie dieser Sphäre, vor allem tagsüber."

Sie fragten bei Frau Weber nach, die etwas peinlich berührt war. „Ja, das ist so... ich muss gestehen, ich kenne mich mit diesen Dingen nicht so genau aus. Es ist ja auch so, dass uns das technische Wissen darüber auf unserer Welt vorenthalten wird. So wie ich es verstanden habe, muss es etwas mit dieser 'dunklen Materie' zu tun haben, in die die Sphäre gehüllt ist.

Es gibt wohl die Möglichkeit, diese so zu beeinflussen, dass sie als Resultat das gesamte Raumschiff sozusagen auf einer anderen Frequenz schwingen lässt als die der Realitätsebene, in der es sich gerade befindet. Man nennt das dann 'aus der Phase bringen'. Es ist so wie eine schwache Verschiebung der Dimensionsfrequenz, ohne den kompletten Transfer in eine andere Realitätsebene zu vollziehen. Da dieser Vorgang vermutlich weitaus weniger Energie benötigt als ein Transfer, kann man diesen auch hier auf oder in der Nähe der Erde durchführen. Nur für einen richtigen Transfersprung muss man eben zum Sprungpunkt im Weltall fliegen.

Je nachdem, wie stark man diesen Vorgang gestaltet, wird der gesamte Schiffskörper nicht mehr wahrgenommen. Im Normalzustand verschluckt er ja jegliche

Strahlung, auch sichtbares Licht, wodurch er schwarz wirkt für uns und auch auf keinem Radar oder Wärmebildsensor auftauchen kann. Wenn man ihn aber noch stärker aus der Phase bringt, verschwindet er komplett für das Auge. Das wird wohl tagsüber gemacht, wenn die Gefahr einer Entdeckung besteht. Ich fürchte, viel mehr kann ich Ihnen darüber nicht sagen."

Rebecca beruhigte sie: „Ich finde, das ist doch schon eine ganze Menge. Und interessant, dass es bei Ihnen wie bei uns auch 'dunkle Materie' genannt wird, weil den fähigsten Wissenschaftlern einfach kein besserer Begriff dafür in den Sinn kommt. Dieser Effekt hat sicher auch damit zu tun, dass die Fähre imstande ist, durch feste Materie hindurch zu gleiten."

Nick merkte an: „Der größte Teil von Materie besteht ohnehin aus Hohlräumen zwischen den Atomen. Die Atome selbst sind auch zwischen den Kernen und den Elektronenhüllen durch leeren Raum charakterisiert. Wenn man wirklich fähig ist, die Sphäre so zu steuern wie Sie beschrieben haben, wundert es mich gar nicht so sehr, dass man diese Verschiebung erreichen kann. Es klingt wie aus einem Science-Fiction Film, doch genau das ist es eben auch für uns. Wissenschaft, die für uns noch Fiktion ist, aber für jemanden mit einem technologischen Vorsprung von etlichen hundert Jahren ist es wissenschaftlicher Alltag."

Rebecca fügte hinzu: „Ja, das ist in etwa so, als wollte man einem alten Römer die Funktionsweise eines Kernreaktors erklären. Wo sollte man da anfangen?"

Frau Weber sah sie neugierig an: „Ach bitte, was ist denn ein Kernreaktor?"

Nick und Rebecca sahen sich an. Dann erkundigte sich Nick: „Jetzt drängt sich mir aber doch eine Frage auf. Ist es überhaupt erlaubt, sich mit anderen Mitreisenden über seine Heimatwelt zu unterhalten, wenn der Entwicklungsstand bei gewissen Fachgebieten derart unterschiedlich ist?"

Besorgt fügte Rebecca hinzu: „Wir sind in dieser Hinsicht leider noch gar nicht instruiert worden und ich befürchte, wir könnten einen gewissen Schaden anrichten, wenn wir etwas an Informationen weitergeben, das nicht auf eine andere Realitätsebene gehört. Ich meine, wer sind wir beide frischgebackene Funktionsstufe Eins-Träger schon, dass wir so etwas entscheiden können?"

Frau Weber lächelte wissend: „Ich sehe schon, Sie machen sich Gedanken und sind sich Ihrer Verantwortung im Umgang mit Wissen bewusst. Das ist sehr löblich, muss ich sagen. Können Sie mir trotzdem etwas über diesen Kernreaktor sagen? Wenn ich raten müsste, würde ich auf einen landwirtschaftlichen Gärbottich tippen, in dem Getreidekerne vergärt werden. Aber ich liege wahrscheinlich weit daneben, nicht wahr?"

„Sehr weit. Um es sehr verallgemeinert auszudrücken, es handelt sich um eine Form der Energieerzeugung, die sich den Prozess der Atomkernspaltung zunutze macht. Ist die Atomenergie bei Ihnen nicht etabliert?" Nick musste staunen bei dieser Vorstellung.

„Um Gottes Willen, nein! Atomenergie ist viel zu riskant, um sie sicher nutzen zu können. Es wurde im letzten Jahrhundert erforscht, aber verworfen, weil niemand sagen konnte, was man mit dem radioaktiven Abfall machen sollte, der bei dieser Form von unnatürlich hoher Anreicherung dieser Stoffe anfällt. Niemand wollte oder konnte politische Verantwortung dafür übernehmen, vor allem nicht die Monarchen." Frau Weber war das Entsetzen deutlich anzusehen.

„Tja, da waren Sie wohl vernünftiger als wir, was das angeht. Ich wünschte, die Menschen bei uns wären genauso weitsichtig und vor allem verantwortungsbewusst gewesen wie Sie." Rebeccas Miene drückte Bedauern aus.

„Wenn da etwas passiert, nicht auszudenken. Ganze Landstriche könnten verstrahlt und unbewohnbar werden. Und erst die Gefahr eines Missbrauchs als Waffe, das könnte apokalyptische Ausmaße annehmen. Ich will mir das gar nicht erst vorstellen. Was für ein Albtraum." Frau Weber sah in ihre ernüchterten Gesichter. „Aber lassen wir das lieber, ich sehe schon, Ihnen schlägt so eine Vorstellung auch auf den Magen. Freuen Sie sich lieber auf Ihren Aufenthalt hier und genießen Sie den schönen Sommer an der Ostsee."

Als sie den weiteren Anflug beobachteten, raunte Nick Rebecca zu: „Das verschafft einem ganz neue Perspektiven über die eigene Welt, nicht wahr?"

„Ja, ich bin ganz traurig darüber, wenn ich mir das überlege, in was für einer Welt wir eigentlich leben und wie es hätte sein können, wenn alle ein weniger vernünftig gewesen wären."

Nick gab zu bedenken: „Andererseits ist es schon ein wenig heuchlerisch, sich über die Anreicherung von radioaktiven Elementen aufzuregen und dann seelenruhig mit einem Gefährt zu reisen, dessen Außenhülle auch diesen Tatbestand erfüllt, nur eben mit dunkler Materie. Wobei wir über diese praktisch nichts wissen und den Erbauern der Fähren einfach blind vertrauen sollen."

Rebecca nickte ernst, schwieg dazu aber; offenbar behagte ihr dieser Gedanke ganz und gar nicht. Kurz darauf sagte sie, um das Thema zu wechseln: „Jetzt bin ich aber doch ganz schön gespannt, wohin es uns hier verschlägt. Frankfurt und die Mainmündung in den Rhein ist eben unter uns hindurch geglitten, demnach ist der TransDime Hauptsitz von Deutschland hier in einer anderen Stadt gelegen."

Nick sah es ebenfalls, dass sich ihre Fähre weiter nördlich und östlich hinabsenkte. Er glaubte, Erfurt zu erkennen, doch da sich hier die Bevölkerungsentwicklung erheblich von der ihren unterschied, konnte man das nicht genau sagen. Durch die diversen Pandemien waren immer wieder große Menschenmassen dahingerafft worden, wo in ihrer Realität stattdessen die Weltkriege für eine Ausdünnung der Bevölkerung gesorgt hatten. Ihm kam die Besiedlung unter ihnen auch bei Weitem nicht so intensiv vor wie er es von Satellitenbildern aus ihrer Heimat kannte. Dafür waren an zahlreichen Stellen etliche Windkraftwerke erkennbar, aber sie wiesen eine seltsame Form auf für seinen Geschmack.

„Dann lass mal hören, wie gut du in Geographie bist", neckte Rebecca ihn, während ständig neue Details sichtbar wurden.

„Das sieht wie der Raum Leipzig – Halle aus. Wenn das dort vorne die Saale ist, und so sieht es aus, dann werden wir dort vorne irgendwo in Leipzig landen. Würde auch Sinn machen, denn bei den Ausdehnungen, die das Deutsche Kaiserreich hier hat, ist Leipzig gewiss viel zentraler gelegen als Frankfurt." Er war sich mittlerweile sicher, dass es sich um die sächsische Metropole handelte, die sie ansteuerten. Der historische Stadtkern war bereits gut erkennbar wie auch der riesige Hauptbahnhof daneben und das massige, beeindruckende Völkerschlachtdenkmal ein Stück südlich der ausgedehnten Innenstadt. Ansonsten gab es auch viele bauliche Unterschiede, was aber nicht weiter verwunderlich war, wenn man bedachte, dass die Stadtplanung hier nicht mit der fast völligen Zerstörung im zweiten Weltkrieg zu kämpfen gehabt hatte.

Als die ersten Leute bereits aufstanden, um sich zum Ausgang des Langstrecken-Decks zu begeben, hielt Rebecca ihn noch zurück: „Warte noch kurz."

„Was ist denn?"

Sie sah ihn todernst an. „Mir macht eine Sache Sorgen, und zwar seit dem Moment, als Marie nachts auf dem Feldweg begann, Pfeile in ihre Verfolger zu schießen."

Er seufzte und musste widerwillig nicken, als er den Zusammenhang herstellte, den sie andeutete. „Ich ahne, was du sagen willst. Wir hätten vor Entsetzen erstarren müssen, einen Schock erleiden, irgendetwas in der Art. Doch statt dessen haben wir genau nach ihren Anordnungen gehandelt und konnten erfolgreich vom Tatort fliehen."

„Ja, genau. Das macht mir Angst. *Ich* mache mir Angst. Das bin doch nicht ich." Sie konnte nur den Kopf schütteln. „Ich habe mich für einen mitfühlenden, warmherzigen Menschen gehalten. Und jetzt das. Dazu kommt, dass wir alles, was uns seit diesem Vorfall von Herrn Kardon aufgetischt bekommen haben, einfach so hingenommen haben und uns in diese Fähren haben hinein verfrachten lassen."

„Hm, ja, es war beinahe ein Erlebnis, als ob man neben seinem eigenen Körper schwebt und sich selbst über die Schulter sieht bei dem, was man tut und erlebt. Das ist schon eine krasse Sache. Was glaubst du, ist das wirklich nur das Training, das uns derart hat spuren lassen, oder eine Kombination mit dem Schock des Erlebten?" Nick schien sich offenbar ebenfalls Gedanken gemacht zu haben, wie Rebecca erleichtert erkannte, als er seine Argumentation fortführte. „Das erklärt vielleicht einen Teil, aber sicher nicht alles von unseren Reaktionen. Ich denke, es hat sicher auch damit zu tun, dass das alles so unglaublich und phantastisch ist. Man könnte glauben, das könnte ebenso gut eine gigantische Täuschungsaktion sein, um uns aufs Glatteis zu führen, aber diese Illusion wäre viel zu aufwändig aufrecht zu erhalten, wenn es nicht echt sein sollte. Der ganze Transferterminal, die Abflughalle, die Sphäre... und dann die Phasen der Schwerelosigkeit. Vor allem die haben mich am

Ende überzeugt, dass das alles echt sein muss."

„Davon abgesehen habe ich im Gegensatz zu dir die schwarze Kugel tatsächlich gesehen, wie sie den Inspektor in Berlin hat verschwinden lassen. So etwas kann man nicht vortäuschen. Und trotzdem bleibt der schale Nachgeschmack, dass mit uns etwas nicht stimmt angesichts unserer Reaktionen auf das alles hier." Rebecca sah ihn unsicher an. „Wer weiß, was für Möglichkeiten sie haben, uns zu manipulieren, ohne dass wir es mitbekommen?"

„Ich finde, wir sollten das im Hinterkopf behalten und uns darüber weiter austauschen, sobald wir ungestört sind. Ich meine, richtig ungestört." Er zwinkerte ihr zu.

Sie nickte mit zusammengekniffenem Mund.

Frau Weber erhob sich nun ebenfalls. „So, da wären wir, meine Lieben. Vergessen Sie nicht, vorerst Esperanto zu reden, bis man Sie etwas anderes wissen lässt. Ich hoffe, Sie haben einen schönen Aufenthalt in unserer Filiale und vielleicht sehen wir uns ja wieder einmal, und sei es nur auf Reisen."

„Das wäre schön. Kommen Sie gut nach Hause", verabschiedete Rebecca sich und streckte ihr die Hand entgegen. Darauf nahm das Gesicht ihres Gegenübers einen peinlich berührten Ausdruck an.

„Oh nein, meine Gute, nach so vielen Pandemien gibt sich niemand auf unserer Welt mehr zum Gruß die Hand, egal aus welchem Kulturkreis. Das dürfen sie bei aller Höflichkeit nie vergessen, denn es gilt als Affront oder gar als Beleidigung, so als wollte man sagen: mal sehen, ob ich dich mit irgendeiner Krankheit anstecken kann.

Ich habe vorher nur aus Höflichkeit diese Geste erwidert, weil ich gemerkt habe, dass Sie nicht darüber Bescheid wissen. Außerdem kann uns während der Reise in der Dimensionsfähre ja ohnehin nicht viel passieren, was das Anstecken mit Bakterien oder Viren angeht." Sie verbeugte sich nur leicht und nickte gleichzeitig.

„Gut, kein Händeschütteln; ein wertvoller Tipp, um nicht aufzufallen. Das sollten wir hinbekommen", meinte Rebecca, bevor sie sich erhob, um sich zu strecken und zu recken. Nach der langen Sitzerei war sie ein wenig steif.

Nick tat es ihr nach und merkte, was für eine Wohltat es war, wieder auf den Beinen zu sein. Frau Weber war indes schon weit vor ihnen und drehte sich nicht noch einmal um. Warum sie allerdings so ein Gottvertrauen in die vermeintliche Sterilität des Innenraums dieser Fähre hatte, blieb ihm auch nach längerem Nachdenken ein Rätsel.

Sie nahmen ihr leichtes Gepäck und verließen als letzte die Sphäre. Die kugelförmige Halle sah der ihren in der heimischen Filiale 88 erstaunlich ähnlich, nur dass die Fliesen an den Wänden der unteren Hälfte schöner verziert waren und das Kassettenmuster in der oberen Hälfte raffinierter gestaltet. Als Nick einen Fuß auf den umlaufenden Balkon der Ankunftshalle setzen wollte, nahm er etwas aus dem Augenwinkel wahr und sah unwillkürlich nach unten in den Spalt zwischen Fähre und Halle.

„Sieh dir das an!" Er hielt Rebecca zurück und deutete unauffällig nach unten. Sie folgte seinem Fingerzeig und ihr Unterkiefer klappte auf.

„Nein!"

Auf einer großen Palette wurde gerade ein Riesenstapel Goldbarren aus dem Frachtraum direkt unter ihrem Deck heraus gefahren. Nick erkannte die Gabeln eines großen kräftigen Gabelstaplers, die in den Aussparungen der Palette steckten. Um die Barren aus reinem Edelmetall herum war kurz ein bläulich knisterndes Aufleuchten an der Stelle erkennbar, wo die Energiebarriere in der Luke liegen musste. Das fahle Leuchten wanderte an den Stapeln von Barren entlang, als diese über die Schwelle der Frachtluke gefahren wurden, so als würde die Oberfläche des Goldes eine Reaktion im ansonsten unsichtbaren Kraftfeld bewirken. Es war ein faszinierender Anblick, von dem sie sich regelrecht losreißen mussten.

Sie gingen rasch weiter, um kein Aufsehen zu erregen. Er raunte ihr zu: „Meine Güte, wie viel ist das wohl gewesen?"

Sie wisperte zurück, während sie auf den Ausgang zugingen: „Wenn du davon ausgehst, dass in dem Aktenkoffer, den wir damals von Nürnberg nach Frankfurt gefahren haben, leicht eine Vierteltonne hätte sein können, müssen das einige Tonnen gewesen sein. Wie viel kann so ein Gabelstapler eigentlich heben?"

„Ich weiß von einem bei uns auf dem Areal, der siebeneinhalb Tonnen locker schafft. Und das dort unten war ein *riesiger* Stapler, um einiges größer als der bei uns.

Dr. Decker hatte also Recht. Es dreht sich mehr ums Gold, als wir alle denken. Und nicht nur in unserer Filiale. Wobei bei uns in den westlichen Nationen kaum noch jemand die wahre Bedeutung dieses Metalls kennt." Nun traten sie in die Transferzone hinaus, wo immerhin ein paar Dutzend Leute unterwegs waren.

Noch leicht benommen von der Tragweite ihrer Entdeckung, nahmen sie die beiden Personen, die ein Stück vor ihnen ein großes Schild hochhielten, nicht sofort wahr. Erst als sie ihre Namen darauf erkannten, kamen sie wieder vollends zu sich.

Der eine war ein Mann Mitte Zwanzig, der ungefähr die Größe und Statur von Nick hatte. Seine rotbraunen Locken und Sommersprossen verliehen ihm ein sympathisches Aussehen. Eine randlose Brille betonte sein Gesicht mit markanter Kinnpartie und die hellbraunen Augen blickten sich aufmerksam um. Er machte einen lockeren und souveränen Eindruck auf Nick.

Seine etwa gleichaltrige Kollegin war einen halben Kopf kleiner, was allerdings durch ihre dunkelbraune schulterlange Lockenmähne kompensiert wurde. Diese umrahmte ein rundliches Gesicht mit spitz zulaufendem Kinn und Himmelfahrtsnase. Sie hatte dunkle Augen und auffällig dichte Augenbrauen für eine Frau, wirkte aber dennoch feminin und freundlich.

Beide sahen sportlich und durchtrainiert aus wie sie selbst auch, wenn man davon absah, dass sie von der Aufmachung her direkt aus den Achtziger Jahren von Nicks und Rebeccas Welt entsprungen zu sein schienen.

„Wenn das mal nicht zwei Stewards sind", ließ sich Rebecca lächelnd vernehmen.

Sie traten zu den Beiden und gaben sich zu erkennen. Erfreut verbeugte die Frau sich zu ihnen hin: „Willkommen auf Filiale 108! Das ist so aufregend, bitte entschuldigen Sie. Sie sind die ersten transdimensionalen Reisenden, die wir hier im Transferbereich begrüßen dürfen."

Nick erwiderte die dargebotene Geste: „Demnach sind Sie auch erst vor Kurzem auf Stufe Eins befördert worden?"

„Ja, letzte Woche erst. Aber verzeihen Sie nochmals, dass ich so amateurhaft aus dem Nähkästchen plaudere. Mein Name ist Josephine Jenbacher und dies ist mein Kollege Wolfram Zalau. Wir sind für Ihre Betreuung abgestellt worden."

„Sehr schön; mein Name ist Rebecca Paulenssen und das hier ist Dominik Geiger. Und machen Sie sich keine Gedanken, wir sind ja praktisch Kollegen über alle Grenzen hinweg. Auch wir sind eben erst befördert worden und dies hier war unsere erste Transferreise überhaupt. Wir waren ein wenig überrascht, weil wir Sie nicht schon hier unten erwartet haben. Uns wurde gesagt, Sie würden uns am Ausgang des Transferbereiches in Empfang nehmen." Auch Rebecca und Wolfram tauschten eine Verbeugung, bevor sie sich an die Formalitäten machten.

„Unser Chef dachte sich, dass es besser wäre, wenn wir Sie bereits hier unter unsere Fittiche nehmen." Josefine wirkte sehr engagiert.

Als sie in der Ankleidestation ihre Ausweise zum Auslesen ihrer Maße vorgelegt hatten, wurden sie zu einer kleinen Vitrine mit angeschlossenem Schalter geführt, wo sie sich noch mit Uhren und Schmuck ausstatten konnten, um so ein glaubhafteres Aussehen im Straßenbild abzugeben. Erstaunlicherweise gab es fast nur Digital-Armbanduhren, was wieder ein Flashback in die Achtziger Jahre bei ihnen erzeugte. Sie nahmen sich beide jeweils eine hochwertig aussehende Uhr und Rebecca noch ein schlichtes Goldhalskettchen mit einem Kreuz daran. Ein ganz ähnliches trug sie auch daheim ab und zu, wie ihm beim Quittieren des Schmucks auffiel.

Als sie danach darauf warteten, dass ihnen für die Dauer ihres Aufenthaltes ausreichend passende Kleidung ausgehändigt wurde, wollte Wolfram wissen: „Wie ist das denn so, mit einer transdimensionalen Fähre zu reisen, meine ich?"

„Haben Sie denn noch nie solch eine Reise unternommen?" Rebecca staunte über die Unbedarftheit ihrer Kollegen.

Josephines Miene trübte sich ein. „Nein, leider noch nicht. Wie gesagt, wir sind ja erst vor Kurzem aufgeklärt worden. Was für eine phantastische Sache, nicht wahr? Ich bin schon darauf gespannt, wie es sein wird, einmal in einer Parallelwelt zu sein. Ob sie sich in vielen Dingen von unserer unterscheiden wird?"

„Nun, da dies für uns auch das erste Mal ist, können wir Ihnen ja sagen, in welchen Dingen unsere beiden Ebenen sich voneinander unterscheiden. Es sei denn, es gibt in dieser Hinsicht Einschränkungen." Nick war immer noch vorsichtig.

Wolfram bestätigte sogleich auch seinen Verdacht: „Was das angeht, werden Sie beide gleich als erstes von unserem Personalchef kurz unterwiesen werden, bevor es ins Hotel geht. Morgen früh fahren wir dann gleich los zu unserem Zielort. Waren Sie schon einmal dort?"

„Nein, wir... wisst ihr was, wollen wir uns nicht duzen? Wir sind alle etwa gleich alt und haben auch ungefähr das gleiche Dienstalter hier bei TransDime. Es ist doch affig, wenn wir zwei Wochen gemeinsam verbringen, dass wir uns siezen wie alte Knacker." Rebecca lächelte ihre Stewards an, worauf diese sich kurz ansahen.

„Wenn das Ihr... euer Wunsch ist, gerne. Bitte nennt mich Sophie. Und ihn könnt ihr Wolf nennen. Wir werden allerdings nicht die vollen zwei Wochen bei euch sein, fürchte ich." Der Angesprochene nickte stumm lächelnd seine Zustimmung.

Nick fiel dazu ein: „Stimmt, ich war auch schon bei so einer Aktion und wurde nach einer Woche von anderen Stewards abgelöst."

Rebecca strahlte: „Dann ist ja alles klar. Zu ihm hier könnt ihr Nick sagen, so wird er von allen genannt. Ah, da kommen unsere Reisekoffer. Junge, das ist aber viel Gepäck!"

Sie nahmen die klobigen Koffer entgegen und begaben sich dann in die Abteilung mit den Umkleidekabinen. Nach einer kurzen Kleidertauschaktion kamen beide wieder in etwas altmodischer, aber durchaus passabler Kleidung zum Vorschein. Nick hatte bemerkt, dass er keine Jeanshosen erhalten hatte und auch keine T-Shirts, doch davon abgesehen hätte er mit diesen Klamotten auch durch die Frankfurter Innenstadt laufen können, ohne weiter aufzufallen. Cordhosen und Hemden unter einem Jackett waren nicht allzu ungewöhnlich. Die Halbschuhe wirkten solide und von einer Qualität, wie er sie zuletzt bei seinem Großvater gesehen hatte, der Schuhmachermeister gewesen war.

Rebecca trug wie auch Sophie ein hübsches, figurbetontes Kleid, das knöchellang und in einem kräftigen Rot mit weißen Pünktchen ebenso verspielt wie das grüne ihrer Kollegin war. Sie spielte die Verschämte und machte einen artigen Knicks, mit hinter hervor gehaltener Hand verborgenem Kichern. Dank der flachen hellen Sommerschuhe kam ihre überdurchschnittliche Größe nicht ganz so zur Geltung wie sonst.

Nick konnte seine Begeisterung kaum im Zaum halten. „Wow, du bist ja wie aus einem schönen alten Heimatfilm entsprungen. Zum Anbeißen!"

Rebecca zwinkerte ihm zu. „Ja, fehlt nur noch ein kleiner passender Sonnenschirm für den Strandspaziergang."

„Keine Sorge, den bekommst du im Hotel am Zielort." Als Nick und Rebecca gleichzeitig auflachten, schauten sich Sophie und Wolfram verdutzt an, beschlossen dann aber, die Angelegenheit auf sich beruhen zu lassen.

Wolf ließ es sich nicht nehmen, Rebecca das Gepäck abzunehmen. Sie trugen die sperrigen altmodisch gemusterten Koffer mit metallbeschlagenen Ecken zur nächsten Tür im Transferbereich, während Nick und Rebecca ihre kleinen Reisetaschen geschultert hatten. So erreichten sie gleich darauf den Bereich mit den Spinden und Schließfächern, wo sie – wieder unter Einsatz ihrer Firmenausweise – je ein Schließfach öffnen und ihr persönliches Gepäck von daheim bis zu ihrer Rückreise hier verstauen konnten. Ihre Fachnummer wurde dabei gespeichert und konnte an einem zentralen Terminal unter Einscannen des Ausweises jederzeit abgefragt werden, sollten sie sich bei der Rückkehr nicht mehr an ihre Fachnummer erinnern können. Auch die Fächer selbst konnten nur mit ihren Ausweisen geöffnet werden. So wurde gewährleistet, dass sie nichts aus ihrer eigenen Welt versehentlich in die andere Realitätsebene mitnahmen und damit eine sogenannte 'Kontamination' verursachen würden, wie es der ältere Inspektor Gronbladd so gedankenlos getan hatte.

„Bei euch gibt es wohl noch keine Reisekoffer mit Rollen oder Zuggriffen, oder?", wollte Nick nebenbei wissen.

„Nein, das wäre ja grotesk. Ein Koffer, den man auf Rädern hinter sich herzieht wie einen Bollerwagen? Ts!" Wolf machte ein Gesicht, als hätte man ihm eben etwas vollkommen Absurdes erzählt.

Rebecca zwinkerte Nick erneut verschwörerisch lächelnd zu, während sie den Transferbereich mit all seinen Läden, Restaurants, Imbissen und dem kleinen Motel durchquerten. Auch dieser Bereich sah dem ihrer Erde zumindest von der Bauart her recht ähnlich, so als wäre er ungefähr zur gleichen Zeit entstanden wie der auf ihrer Heimatfiliale 88.

Völlig unvermutet erklang eine Stimme hinter ihnen: „Frau Paulenssen! Herr Geiger! Na so was! Hallo!"

Sie zuckten zusammen, da sie nie im Leben damit gerechnet hätten, hier von irgendjemandem angesprochen zu werden. Ihre Überraschung wuchs ins Grenzenlose, als sie die junge Anwältin aus ihrer Filiale erblickten, die sie seit ihren ersten Tagen in der Firma betreut hatte.

Rebecca entfuhr es in völliger Entgeisterung: „Frau Pielau! Was tun *Sie* denn hier?"

„Da staunen Sie, was? Geschäftsreise. Aber Sie beide... ich muss Ihnen wohl zur Beförderung gratulieren! Wie sind die Umstände Ihres Aufenthalts denn, wenn ich fragen darf?" Neugierig musterte die zierliche blonde Frau ihre Kollegen.

Nick antwortete trocken: „Erholung nach einem traumatischen Erlebnis."

Die Juristin nickte mit gefasster Miene. „Die Sache mit Frau Delacourt, nicht wahr? Ja, da hat sie uns ganz schön was eingebrockt. Ich habe bereits Nachricht erhalten, was mich alles an Arbeit erwartet, wenn ich zurück ins Büro komme. Ich werde wohl bereits während des Transfers anfangen müssen, wenn das alles wirklich in zwei Wochen bereinigt werden soll. Aber ich will Sie gar nicht lange aufhalten. Angenehmen Aufenthalt und eine schöne Zeit!"

„Ja, vielen Dank und Ihnen gute Reise! Nett, ein bekanntes Gesicht hier zu treffen!" Rebecca musste ungewollt schmunzeln.

„Ja, das Multiversum ist klein", gab Frau Pielau beim Gehen über die Schulter zurück und entschwand versonnen lächelnd.

Wolf schüttelte nur den Kopf. „Was für ein Zufall, dass ihr gleich bei eurer ersten Reise jemand aus eurer Realitätsebene trefft."

Sophie bemerkte verwundert: „Sie war aber sehr kurz angebunden."

„Ja, sie ist nicht gerade die Königin des Plauderns", stimmte Rebecca zu. „Eine unserer Firmenanwälte. Aber vielleicht hatte sie es auch nur eilig, um ihre Fähre noch zu erwischen."

Sie erreichten am Ende der Transferebene eine Rolltreppe nach oben, die für sie völlig normal aussah und sich in nichts von einer ihnen bekannten unterschied. Diese fuhren sie nach oben und erreichten nach der nächsten Ecke den Kontrollpunkt, der das Ende der Sicherheitszone für Funktionsstufe Eins und höher markierte. Nach Durchleuchten der Koffer und dem Passieren des überwachten Metalldetektors waren sie nunmehr endgültig auf Filiale 108 angekommen.

Sie durchquerten eine weitläufige, hohe Lobby, die fast menschenleer war. Es war bereits früher Abend und die meisten Angestellten des hiesigen TransDime-Werks hatten vermutlich schon Feierabend. So blieb ihnen nicht viel anderes übrig, als ihre Koffer zur Aufsicht den Wächtern am Empfang zu übergeben und sich in Begleitung von ihren beiden Stewards beim Personalchef einzufinden.

Nach einer relativ langen Liftfahrt betraten sie einen schmalen Flur und steuerten sogleich eine Tür an, welche fast fugenlos in die holzverkleidete Wand eingelassen war. Eine ältere Sekretärin mit weißem Haardutt und dicker Hornbrille winkte sie hinein, während Sophie und Wolf auf einer Couch auf dem Flur Platz nahmen, um zu warten.

Drinnen erwartete sie ein weiträumiges Büro mit typischer Möblierung und einer Fensterfront im Hintergrund, die vom Boden bis zur Decke einen ungehinderten Ausblick aus großer Höhe auf die abendlich beschienene Altstadt und den dahinter liegenden, gewaltigen Hauptbahnhof von Leipzig unter einem wolkenlosen Himmel bot. Anhand der Lage und Höhe des Völkerschlachtdenkmals und des Turmes des Neuen Rathauses schätzte Nick, dass sie sich westlich der Altstadt und in über einhundert Meter Höhe in einem Büroturm befanden.

Ein Mann in den späten Vierzigern mit Stirnglatze, bulliger Statur und wachen blauen Augen in einem rundlichen Gesicht kam um seinen Schreibtisch herum und verbeugte sich erfreut vor ihnen. „Herzlich willkommen bei uns in Filiale 108! Ich hoffe, sie Beide hatten eine angenehme Reise, Frau Paulenssen, Herr Geiger."

„Ja, danke der Nachfrage." Rebecca nickte ihm respektvoll zu und sah dabei gebannt über die Stadt hinweg, die auch ihr sowohl vertraut als auch fremdartig erscheinen musste. Nick bemerkte am Rande, dass das City-Hochhaus, eines der höchsten Gebäude der Stadt, neben dem Hauptbahnhof gelegen, hier fehlte, dafür aber der in ihrer Realität schon riesige Hauptbahnhof aus dieser Perspektive noch größer und beeindruckender schien.

Was ihm am stärksten auffiel, waren die Dächer der Stadt. Es war bedeutend weniger Rot von Dachziegeln zu sehen, doch dafür schimmerten und spiegelten viele Dächer hell in der Sonne oder waren in einen dunklen glasigen Schimmer gehüllt, je nach seinem Blickwinkel auf diese. Wenn es hier keine Atomkraft gab, machte es natürlich Sinn, jede dafür geeignete Fläche mit Solarzellen zur Erzeugung von Strom und warmem Wasser voll zu pflastern. Konsequenter als hier konnte man dies wohl kaum durchführen.

„Wir freuen uns, hier zu sein", fügte Nick hinzu und ließ ebenfalls seinen Blick so unauffällig wie möglich über die Szenerie schweifen. Sollte einer von ihnen auch nur noch den Hauch eines Zweifels gehabt haben, dass sie nicht mehr in ihrem eigenen Bezugsrahmen weilten, waren diese nun verschwunden.

„Ich möchte mich kurz vorstellen: mein Name lautet Franz Johann Fischer. Seit etwa drei Jahren bin ich zum Personalchef dieser Filiale berufen und stolz darauf, diesen verantwortungsvollen Posten bekleiden zu dürfen. Sie müssen wissen, ich bin kein direkter Einheimischer in dem Sinne, sondern ein Nachfahre eines Schweizers in vierter Generation, der ebenso wie Sie aus der Filiale 88 stammt." Nach diesem Bekenntnis wies Fischer auf zwei Stühle vor seinem Schreibtisch, bevor er ihnen zwei Gläser Wasser anbot.

Nick meinte darauf ein wenig eingeschüchtert: „Das ist sehr interessant, Herr Fischer. Wie kam es dazu, wenn ich fragen darf?"

„Sie dürfen", meinte der Personalchef jovial, indem er ihnen das Mineralwassser einschenkte. „Mein Vorfahr Johann Heinrich Fischer war ein bekannter Politiker im schweizerischen Aargau, der unter anderem im Großen Rat des Kantons saß und auch eine Revolte anführte. Als er im Alter an Ansehen verlor, zog er sich aus dem öffentlichen Leben zurück und verschwand schließlich von einem Tag auf den anderen vor etwa einhundertfünfzig Jahren. Dieses spurlose Verschwinden war damals spektakulär und fand auch Erwähnung in historischen Dokumenten.

Was heute inzwischen unbekannt ist: mit ihm ging eines seiner zehn Kinder, das hier ein neues Leben begann. So kam es, dass hier ein Zweig der Familie Fischer Fuß fasste und auch hier eine einflussreiche Familie wurde. Meine Position habe ich mir allerdings hart erarbeitet, nicht ererbt, falls Sie das denken sollten."

Rebecca starrte ihn an. „Das ist faszinierend! Bereits in der Mitte des neunzehnten Jahrhunderts befand sich die Erde unter dem Einfluss von TransDime?"

„Beziehungsweise einer ihrer Vorgängerorganisatoren, doch davon darf ich Ihnen nichts erzählen. Was mich in einer sanften Überleitung zum eigentlichen Grund Ihres Besuches bei mir bringt."

Nick vermutete folgerichtig: „Sie sollen uns briefen über die 'dos' und 'don'ts' dieser Filiale."

„Exakt. Punkt eins vorneweg: Ich weise Sie ein über das Tun und Lassen, das hier angemessen ist, nicht dieser anglizistische Kauderwelsch von Ihnen; den interessiert hier niemanden, da wir nie unter der Fremdherrschaft der sogenannten Vereinigten Staaten von Amerika oder einem anderen anderssprachigen Staat standen. Da Sie der Nachricht Ihres Filialleiters gemäß recht überstürzt abreisen mussten, konnte er das nicht mehr selbst erledigen. Nun, so etwas kommt vor.

Punkt Zwei: geben Sie nicht zu viel preis von sich. Mit den beiden Stewards draußen können Sie gerne über allgemeine Unterschiede zu Ihrer Welt reden, ohne aber zu sehr ins Detail zu gehen. Wenn Sie nicht sicher sind, ob Sie im Begriff sind, sich dabei in eine Grauzone zu begeben, bleiben Sie im Zweifel lieber aus dieser. Sie sollen und dürfen sich am Ferienort und an touristischen Zielen in der Umgebung frei bewegen, aber nach Möglichkeit in Gesellschaft ihrer Stewards, um unnötiges Aufsehen zu vermeiden und stets Hilfe parat zu haben, wenn es darum gehen sollte, eine brenzlige Situation zu entschärfen, die durch Ihr Unwissen über die Gepflogenheiten hier entstehen könnte.

Punkt Drei: lassen Sie sich nicht über Gebühr in Gespräche mit Unbeteiligten verstricken, die zu Ungereimtheiten führen könnten. Oberflächliche Plaudereien übers Wetter mit dem Portier oder unverfängliche Tischgespräche im Hotel sind für Sie das Maximum an Kontaktaufnahme mit Einheimischen. Für die Außenwelt sind Sie ironischerweise US-amerikanische Touristen, daher werden Sie sich mit Außenstehenden auf Esperanto oder auf Englisch unterhalten, falls es sich heraus stellen sollte, dass jemand des Englischen mächtig sein sollte. Diese Tarnung habe nicht ich mir ausgedacht, sie ist Ihnen von der Zentrale zugewiesen worden und stellt so etwas wie eine Standardtarnung für Leute aus Ihrer Filiale dar. Zudem ist die Gegend, die Sie bereisen werden, zufälligerweise auch ein Touristenmagnet für amerikanische Touristen, weshalb auch immer.

Ansonsten gilt für Sie: halten Sie den Ball flach, das bedeutet, fallen Sie nicht zu sehr auf und spielen Sie Ihre Rolle. Sehen Sie es als eine kleine Übung für Sie als frischgebackene Stewards der Stufe Eins an, mit dem Bonus eines Erholungsurlaubs. Sind Sie der Meinung, dass Sie das hin bekommen?"

„Selbstverständlich. Wir werden uns hier wohl fühlen, davon bin ich überzeugt." Rebecca sah Nick mit einem vielsagenden Blick an.

„Schön, dann hoffe ich, Sie werden sich hier gut erholen und frisch und munter in Ihre eigene Filiale zurück reisen können, wenn es an der Zeit ist." Fischer gab Ihnen zwei Dokumente in grauem, kartonierten Einband mit einem hübschen eingeprägten Wappen. „Dies sind Ihre offiziellen Dokumente für den Zeitraum Ihres Aufenthaltes, die Sie als Bürger des Deutschen Kaiserreiches ausweisen. Sie werden jeder Überprüfung anstandslos standhalten, keine Sorge deshalb. Entgegen Ihrer Tarnung am Urlaubsort ist es einfacher, Sie bei einer Kontrolle als Landsmann auszugeben."

Staunend musterten die Beiden ihre temporären, täuschend echten gefälschten Ausweise. „Das ist bemerkenswert, dass TransDime es in so kurzer Zeit schafft, einen echt wirkenden Ausweis nach Lust und Laune herzustellen."

„Das macht die Übung, außerdem hatten wir ja einen vollen Tag Zeit dafür, nachdem uns Ihre Daten gleich nach Ihrer Abreise übermittelt wurden", erklärte sich Fischer, verbeugte sich zum Abschied leicht und entließ sie aus seinem Büro.

Draußen erhoben sich Sophie und Wolf auch sogleich, als sie ihre Kollegen erblickten. „Na, wie ist es gelaufen?"

Nick fasste zusammen: „Die Begrüßung war ganz freundlich. Als mir jedoch ein paar englische Begriffe heraus gerutscht sind, ist er etwas ungehalten geworden und hat uns recht streng gebrie... eingewiesen über unsere Rolle als Touristen. Er hat sich aber sehr kurz gehalten, sodass wir Einiges von euch aufschnappen müssen werden, während wir unterwegs sind. Herrgott, ich wollte schon sagen: learning by doing. Die vermaledeiten Amis haben echt ganze Arbeit dabei geleistet, unseren Wortschatz mit englischen Begriffen zu verseuchen."

„Das wird eine ganz schöne Umstellung für euch werden", meinte Sophie und schlug auch gleich vor: „Am Besten wird es sein, wenn wir auch untereinander gar kein Deutsch mehr reden, sonst rutscht euch noch im falschen Moment so ein blöder Begriff heraus und lässt einen Unbeteiligten in Hörweite stutzig werden."

„Genau, wir sollten unsere Tarnung so perfekt wie möglich gestalten." Nick hielt inne: „Hm, ob das vielleicht sogar ein Test von TransDime ist, um zu sehen, wie wir uns in einer solchen Situation schlagen oder unsere Tarnung durch eine Unachtsamkeit auffliegen lassen werden?"

„Nick sieht nämlich überall Tests und Überwachung von TransDime. Er ist richtig paranoid was das angeht", erklärte Rebecca grinsend, als sie sein betretenes Gesicht sah.

„Damit hat er vielleicht sogar recht", gestand Wolf ihm zu. „Ich wäre mir an deiner

Stelle gar nicht mal so sicher, dass da nicht doch etwas dran ist."

Nun war es an Nick, schadenfroh zu grinsen, während Rebecca ungläubig aufkeuchte: „Das ist ja... bist du dir da sicher?"

Sophie sprang helfend ein: „Das ist es ja: da kannst du dir nie ganz sicher sein. Wir wissen noch immer so vieles über die Firma nicht. Wir fangen ja erst an, im Ansatz zu verstehen, um was es überhaupt im Großen und Ganzen geht."

„Da hast du Recht." Auch Rebecca wurde nachdenklich.

Wolf warf ein: „Wollen wir euch Beide jetzt vielleicht im Hotel anmelden? Wir werden morgen früh sehr zeitig losfahren, damit wir die Reise an einem Tag ohne zu große Strapazen bewältigen können."

„Ja, toll. Dürfen wir uns die Stadt dann noch ansehen?" Nick war sofort Gewehr bei Fuß.

Bedauernd schüttelte Wolf den Kopf: „Leider nicht. Wir sollen euch ins Hotel bringen und ihr sollt dieses bitte nicht verlassen bis zur Abreise morgen früh. Wir selbst sind sogar mit Zimmern auf dem gleichen Stock wie ihr gebucht, obwohl wir beide in Leipzig wohnen. So habt ihr rund um die Uhr einen Ansprechpartner, falls etwas wäre. Ihr genießt sozusagen den Status eines Inspektors während diesem Aufenthalt."

„Ja, nur ohne dessen Freiheiten", stellte Rebecca zähneknirschend fest. Ihr passte das überhaupt nicht, woraus sie auch keinen Hehl machte.

Sie waren inzwischen beim Lift angekommen und fuhren mit diesem zurück in die inzwischen völlig leere Lobby, wo sie einen der Wächter am Empfang darum baten, ein Taxi zu rufen. Als sie auf dieses warteten, unterhielten sich die vier jungen Leute und angehenden Reisegefährten weiter.

Sophie wollte etwas zaghaft wissen: „Mir ist etwas bei euch aufgefallen. Sowohl hier in Leipzig als auch in Kranz ist lediglich ein Doppelzimmer für euch Beide gemietet. Ist das ein Fehler in den Informationen eures Personalchefs? Dann müssten wir nämlich noch auf die Schnelle ein weiteres..."

Sie verstummte, als Rebecca Nick an sich zog und ihn lange und leidenschaftlich küsste. Als er nach ein paar Sekunden ein Auge öffnete und nach links schielte, sah er die immer noch verblüfften Gesichter ihrer Kollegen. Dann ließ Rebecca von ihm ab und wollte wissen: „Reicht das als Antwort?"

Auf Wolfs Gesicht machte sich ein Grinsen breit: „Ihr seid ein *Paar*? Echt jetzt?"

„Aber... aber... wie kann das sein?" Sophie war völlig aus der Bahn geworfen worden von dieser Offenbarung. „Ihr seid Arbeitskollegen!"

„Das eine muss das andere nicht ausschließen, wie du siehst." Nick sammelte sich nach diesem kleinen, aber willkommenen Überfall von Rebecca.

„Das ist ja... ungeheuerlich!" Noch immer schien Sophie nicht glauben zu können, was sie da zu hören bekam.

„Wäre das bei euch eine unangemessene Verbindung, wenn zwei Stewards eine feste Beziehung miteinander haben? Offenbar habt ihr höhere moralische Standards, was Zucht und Ordnung angeht, als es bei uns der Fall ist. Wir müssen das unbedingt alles klären, bevor Nick und ich hier irgendetwas tun, was als unanständig gelten könnte." Sie sah ihren Freund verschmitzt an.

„Als erstes kannst du deinen Versuch, Nicks Zahnplomben in aller Öffentlichkeit mit deiner Zunge heraus zu lösen, auf diese Liste setzen. Mann o Mann, wird das eine lange Liste werden." Wolf grinste immer noch von einem Ohr zum anderen.

"Wolf, du Ferkel! So redet man doch nicht!" Empört musterte Sophie ihren Kollegen, der seine Heiterkeit einfach nicht verbergen konnte.

„Du siehst das alles zu verbissen, liebe Sophie. Die Beiden haben sich lieb und schämen sich nicht, das auch zu zeigen. Sie müssen nur lernen, wo sie das können, ohne einen Skandal zu verursachen." Wolf erhob sich, als ein cremefarbenes Auto mit einem Schild auf dem Dach vor der Tür der Empfangshalle zum Stehen kam. Der Rezeptionist reichte ihnen sowohl ihre als auch die Koffer der beiden heimischen Stewards, welche diese offenbar bereits vor ihrer Abholung in der Transferzone hier deponiert hatten.

Mit einer Spur Erleichterung registrierte Nick beim Einladen des Gepäcks in den Kofferraum, dass wenigstens die Taxis vom Erscheinungsbild her praktisch identisch mit denen in ihrer Dimension waren. Gut, es konnte ja nicht alles komplett anders sein, da sie nur auf einer anderen Realitätsebene der gleichen Dimension waren, wie er sich selbst im Stillen korrigierte.

Der Einstieg des leise summenden Elektroautos lag bequem hoch und wies auf einen doppelten Boden hin, unter dem sich bestimmt die Akkus oder andere Aggregate verbargen. Während Sophie ihrem Fahrer das Ziel angab, betrachtete Nick die anderen leise vorbei surrenden Wagen auf der breiten Straße neben ihnen. Sie setzten sich fast lautlos, aber zügig in Bewegung. Nick wollte von Wolf wissen: „Ist diese Automobil-Marke ein verbreitetes Modell?"

„Ja, Lohner-Porsche sind mit Daimler-Benz, Rapp und Opel die häufigsten Typen auf deutschen Straßen. Die ausländischen Marken wie Saab, Lancia und Citroën werden nicht so gerne gefahren, außer den Tesla und General Electrics aus den USA natürlich."

Nick verbuchte diese Information mit einem dankenden Nicken und genoss die kurze Fahrt bis zum Hotel in der Nähe des Hauptbahnhofs. Was er zu sehen bekam, erinnerte ihn an genug von seinem letzten Besuch in Leipzig, dass er nicht das Gefühl hatte, völlig fremd zu sein. Dennoch war auch Vieles unbekannt, da diese Version der Stadt nicht unter den umfangreichen, furchtbaren Zerstörungen der alliierten Bombardierungen im Zweiten Weltkrieg gelitten hatte. Nick versuchte sich einen Moment lang vorzustellen, wozu die Menschheit imstande gewesen wäre, hätten diese Kriege auch bei ihnen einfach nicht statt gefunden. All die Menschen, die bei ihnen daheim völlig sinnlos von den Faschisten ermordet worden waren oder unter Waffenfeuer sowie im Bombenhagel des Krieges zu Tode gekommen waren...

Aber anstelle dieser Ereignisse hatte die Reihe von Pandemien, die bei ihnen im Vergleich noch glimpflich abgelaufen waren, hier ungleich mehr an Leid und Tod eingefordert und so auf diese Weise die Menschheit in ihrer Entwicklung stark eingebremst. Daher war der Stand der Dinge hier nicht so extrem viel weiter als bei ihnen, wenn man davon absah, dass hier nicht mehrmals in den letzten hundert Jahren ganze Städte und Landstriche verwüstet worden waren und wieder hatten aufgebaut werden müssen.

Am Hotel Astoria unmittelbar neben dem Hauptbahnhof waren sie bereits vorbei gefahren, das konnte also nicht ihr Ziel sein. In ihrer Heimat war es eine Bauruine, hier war es ein exklusives, traditionelles Luxushotel. Nun, durch die kurze Vorwarnzeit hatten sie dort wohl keine Zimmer mehr bekommen können, ansonsten hätte Nick mit dieser vornehmen Adresse für ihre Unterbringung gerechnet.

Er verscheuchte diese müßigen Überlegungen, als sie vor einem eindrucksvollen Prachtbau anhielten und ausstiegen. Das Hotel Fürstenhof, vor dem sie jetzt standen, lag direkt am weitläufigen Richard-Wagner-Platz, der mit vielen Bäumen auch ein wenig Grün inmitten der Innenstadt bot und von dem aus Straßenbahnen in alle vier Himmelsrichtungen abgingen. Der historische Teil des Hotelkomplexes war zudem direkt an das altehrwürdige Pfarrhaus der Reformierten Kirche angebaut, die mit ihrem markanten Kirchturm im neoklassizistischen Stil aus den umliegenden Gebäuden herausragte.

Rebecca und Nick bewunderten kurz das Ambiente um sich herum, das von vielen Passanten, Radlern, elektrisch betriebenen Rollern, Automobilen und Straßenbahnen bestimmt wurde. Es war viel los auf dem Platz an diesem lauen Sommerabend, doch niemand beachtete sie weiter, während Sophie und Wolf ihre Koffer ausladen ließen und den Taxifahrer klimpernd mit ein paar Münzen bezahlten.

Dieser Vorgang erregte kurz Nicks Aufmerksamkeit, war jedoch bereits vollzogen, bevor er etwas Genaueres darüber mitbekam. Dann war auch schon ein Hotelangestellter in Dienstkleidung bei ihnen erschienen und lud all ihr Gepäck auf einen Rollkarren, den er durch die von einem seiner ebenfalls uniformierten Kollegen offen gehaltene Eingangstür ins Hotel hinein schob. Bevor er es sich versah, standen sie auch schon in der historisch gestalteten Lobby des Luxushotels und Wolf ging zum Empfang, um die Anmeldeformalitäten zu erledigen.

Sophie sah sich um und meinte: „Ein wundervoller Bau, findet ihr nicht auch?"

Die Lobby war mit Marmor gefliestem Boden, von dicken Säulen getragener umlaufender Stuckdecke und historisch wirkenden, massiven Holzmöbeln, von feinster handwerklicher Kunstfertigkeit, ausgestattet. Wolf kam bereits vom ebenfalls holzverkleideten Tresen zurück und hielt ihnen ein paar Schlüssel entgegen.

„Alles erledigt, hier ist euer Zimmer. Oberste Etage, höchste Kategorie mit Balkon. Ich muss sagen, in der eigenen Stadt an einer der feinsten Adressen zu residieren, hat auch etwas für sich."

Der Page, der mit ihrem Gepäck verschwunden war, trat zu ihnen. „Wenn Sie mir bitte folgen wollen, ich werde Sie zu ihren Räumen geleiten."

„Selbstverständlich." Auf Sophies freundliche Bestätigung hin betraten sie alle einen großen Lift, der sie ins oberste Stockwerk fuhr. Sie schritten einen langen Gang bis zu dessen Ende hinab, bogen um eine Ecke und erreichten am hinteren Ende des Hotelkomplexes ihre Zimmertüren.

„Dann wünsche ich den Herrschaften noch einen angenehmen Aufenthalt." Der Hotelpage schloss ihre Zimmer auf, ließ sich von Wolf ein Trinkgeld geben, bedankte sich nickend und zog sich respektvoll zurück.

„Dann macht euch erst mal ein wenig frisch", schlug Sophie vor. „Habt ihr Hunger?"

Sie betraten ihr Zimmer, das wahrscheinlich identisch mit denen ihrer beiden Stewards war. Nick steuerte sofort die Balkontür an, dicht gefolgt von den anderen.

Rebecca meinte: „Ja, durchaus. Was meinst du, Nick?"

Er hatte bereits den Balkon betreten und genoss den Blick über die Dächer der Stadt und auf die Kirche direkt neben ihnen. Auch hier war jede sichtbare Dachfläche, die nach Osten, Süden oder Westen wies, mit Solarpaneelen bedeckt. Interessanterweise war in dieser Version von Leipzig der Büroturm von TransDime, erkennbar am weithin sichtbaren Firmenlogo, das höchste Gebäude der Stadt, mit schätzungsweise fast zweihundert Metern. Auch die schlichte Firmenarchitektur war praktisch identisch mit der in ihrer Welt.

Dann sah Nick in den Innenhof des Hotels hinab und antwortete. „Ja, etwas Warmes, von Menschen zubereitetes Essen wäre toll nach dem Automaten-Essen in den Fähren, auch wenn es nicht schlecht war. He, da unten sind Stühle und Tische. Kann man da auch etwas essen?"

Wolf trat zu ihm an die hohe Brüstung. „Ja, das ist der Hofgarten, der gehört zum Hotelrestaurant. Wäre doch ein Jammer, an einem so schönen Sommerabend drinnen zu speisen, oder?"

„Wir zwei sind auf einer Wellenlänge." Nick schlug ihm kameradschaftlich auf die Schulter. „Sagen wir in einer Stunde?"

Sophie sah kurz auf ihre Uhr. „Gut, treffen wir uns vor eurer Tür."

„Meint ihr nicht, wir schaffen es alleine bis hinab in den Hof? Wir sind schließlich auch Stewards und das bringen wir gerade noch selbst zuwege." Rebecca gab diesen Kommentar schmunzelnd ab.

„Ich wollte euch nicht bemuttern. Wenn ich den Eindruck erweckt habe, tut es mir Leid. Ich..."

Lachend winkte ihre Kollegin ab. „Schon gut, ich habe nur Spaß gemacht. Ich bin ja genauso um meine Kunden bemüht, wenn ich als Steward im Dienst bin. Für mich ist es einfach ungewöhnlich, das einmal von der anderen Seite aus zu erleben. Dann um neunzehn Uhr im Hof unten?"

„Diese Zeitangabe gibt es hier nicht. Wir addieren nicht, sondern sagen nur die Stunden und morgens oder mittags." Wolf grinste wieder sein Lausbubengrinsen.

„Ich besorge einen Tisch für uns. Die Küche soll sehr gut sein hier."

„Hätte mich auch gewundert, wenn sie hier Currywurst mit Pommes servieren würden." Nick hob seinen Koffer auf die gepolsterte Bettbank am Fußende des breiten Doppelbettes und begann ihn zu öffnen.

„Dieses Gericht kenne ich nicht, muss wohl eine Spezialität aus eurer Welt sein. Dann bis nachher, um sieben Uhr. Wir haben die Zimmer rechts und links von euch, wenn etwas sein sollte." Sophie winkte noch kurz zum Abschied und schob Wolf vor sich her zur Tür hinaus.

Rebecca wuchtete ihren Koffer nun aufs Bett, um dessen Inhalt durchzugehen, wie Nick es bereits tat. Sie ordnete die Kleidung neu an und murmelte halb im Scherz: „Keine Currywurst mit Pommes? In was für einer Welt sind wir hier nur gelandet?"

„In einer ohne Weltkriege. Die Currywurst wurde kurz nach Ende des zweiten Weltkrieges von einer Hamburger Imbissbetreiberin aus der puren Not heraus erfunden, nicht, wie viele Leute glauben, im Ruhrpott oder in Berlin. Da diese Grundvoraussetzungen hier gefehlt haben, gibt es eben auch keine Currywurst."

Sie hielt inne, die schlichte, aber elegante digitale Armbanduhr mit silbernem Gehäuse in der Hand, die sie erhalten hatte. „Woher zum Henker willst du so was wissen? Ich könnte schwören, ich habe gehört, sie wurde von einer Berlinerin erfunden."

„Ach, hab ich irgendwo aufgeschnappt. Ist ja auch egal." Er zog seine Version des Zeitmessers ebenfalls aus und kontrollierte die Uhrzeit. Da es erst zehn Minuten nach Sechs war, hatten sie noch etwas Zeit. „Ich glaube übrigens, ich habe jedes Zeitgefühl im Moment verloren. Wir sind doch um sechzehn Uhr Bordzeit angekommen, also vier Uhr Nachmittags. Vielleicht bekommt man von diesen Reisen auch eine Art Jetlag?"

„Ich nehme an, sie haben hier keine Sommerzeit. Wir können ja nachher mal fragen, falls wir daran denken." Nick legte die Uhr beiseite und zog sein Hemd aus.

Sie war ebenfalls schon teilweise entkleidet. „Soll ich zuerst unter die Dusche oder willst du mitkommen?"

„Zusammen duschen wäre schön. Das haben wir schon eine Weile nicht mehr gemacht. Ist die Dusche hier groß genug dafür?" Er fand eine Art Geldbeutel mit zwei separat zu öffnenden Fächern, der verdächtig schwer und auch prall gefüllt war. Taschengeld für ihren Urlaub?

Rebecca ging ins Bad hinein und ihre Stimme erklang von drinnen: „Sieht ganz so aus. Wir können gleich loslegen von mir aus."

Neugierig geworden, öffnete Nick das Lederbehältnis und keuchte auf. „Beckie, komm mal schnell, das musst du dir ansehen!"

„Was ist denn?" Sie steckte ihren Kopf aus dem Bad, worauf er sah, dass sie bereits mitten am Ausziehen gewesen war.

Er grinste: „Ich habe die Reisekasse gefunden. Und so wie es aussieht, hast du auch genau so eine. Sieh mal hier hinein!"

Sie durchquerte den Raum und spähte in das erste von ihm geöffnete Fach der Geldbörse. „Hm, jede Menge Münzen in verschiedenen Größen. Aber was...?"

Er schüttete den Inhalt der Geldbörse vor ihr auf dem Bett aus, ganz vorsichtig, damit keines der Geldstücke von der Liegefläche herab rollen konnte. Sie betrachtete die Prägungen darauf. Die kleinsten Münzen darauf waren mit ½ Mark gekennzeichnet und winzig, vielleicht so groß wie ein Zwei- oder Fünf-Eurocent-Stück. Danach stiegen die Nennwerte auf eine, zwei und fünf Mark an. Eine Zwischengröße erregte ihre Aufmerksamkeit, worauf sie sie aufnahm.

„Drei Mark? Witzig... oh, ist die schwer für ihre Größe! Wow!" Sie hob probeweise noch ein Fünf-Mark-Stück an. „Deutsches Reich 2011... gut, das hat uns ja Frau Weber in der Fähre schon erzählt. Der Adler hier drauf sieht wenigstens noch so aus wie ein Adler. Und auf der Rückseite ist das Portrait von Kaiser Friedrich dem V."

„Auf dieser Drei-Mark-Münze ist ein Winfried König von Sachsen und sie ist von 1985. Diese hier zeigt Karl Georg Großherzog von Baden, von 1952. Ferdinand von Schaumburg-Lippe von 1973... die eine Mark und halbe Mark Münzen haben nur einen Adler und auf der Rückseite den Zahlenwert." Er stutzte beim Blick auf eine weitere Münze.

„Sieh dir diese beiden Markstücke an. Die sehen beide identisch aus vom Design, aber diese hier ist von 2012 und die andere von 1895. Das kann nicht stimmen. Die ist so blankpoliert, dass sie kaum von der anderen zu unterscheiden ist." Nick schüttelte den Kopf.

Rebecca vermutete staunend: „Sie müssen das Geldsystem all die Jahrzehnte über unverändert beibehalten haben. Ich habe ein paar dieser historischen Kaiserreich-Münzen in meiner Sammlung, die sehen genauso aus wie diese alten Markstücke hier. Und dieser Zweier von 1901 hat Kaiser Wilhelm II auf der Kopfseite. Das sind alles Münzen mit Neunzig Prozent Silberanteil und zehn Prozent Kupfer, damit sie härter werden und sich nicht so schnell abnutzen."

„Wahnsinn! Dann ist das hier tatsächlich das Klimpergeld für einen schönen Urlaub, für das Bierchen an der Strandpromenade oder den Kaffee in der Hotelbar." Nick füllte das Fach wieder mit den Münzen und verschloss es.

Rebecca merkte an: „Und du hast sogar zwei Fächer in dieser Geldbörse. Mal sehen, ob bei mir auch so eine im Koffer versteckt ist... ja, tatsächlich."

Als sie ihren eigenen, ebenso prall gefüllten Geldbeutel hervorzog, öffnete Nick das zweite Fach, um zu überprüfen, ob dort genauso viele Silbermünzen enthalten waren. Ihm stockte der Atem.

„Das hier ist demnach das Äquivalent zum Geldscheinfach." Er senkte den Geldbeutel vorsichtig aufs Bett hinab und leerte den Inhalt des zweiten Faches langsam aus, bevor Rebecca eine Frage stellen konnte. Auch ihre Augen weiteten sich.

„Du willst mich auf den Arm nehmen!" Vor ihnen waren etwa ein Dutzend gelblich glänzende Münzen verschiedener Größen auf das Laken gekullert. Nick betrachtete sie sich umsichtig.

„Ja, das sind die großen Stückelungen. Ich nehme an, eine ebenfalls neunzig prozentige Legierung, allerdings Gold statt Silber. Der Rest der Legierung ist wie früher auch hier Kupfer zur Härtung der Münze. Sieh nur den rötlichen Schimmer! Aber die sind alle neuer, ich sehe keine, die älter als etwa vierzig Jahre ist. Die kleinste hier hat zehn Mark Nennwert, ist aber kleiner als die halbe Mark aus Silber. Trotzdem ist sie schwerer als die halbe Mark, wenn ich sie in der Hand gegeneinander abwäge."

Sie beobachtete seinen Vergleich. „Gut, Gold ist ja fast doppelt so schwer wie Silber, von der Dichte her meine ich. Hier sind auch noch ein paar mit zwanzig Mark, die hier mit fünfzig und diese große hier mit hundert Mark Nennwert. Verrückt!"

„Bei uns sind die größten, die ich gesehen habe, Zwanziger. Die Seiten mit dem Adler sind von der Gestaltung her identisch mit den Silbermünzen, so wie ich das sehe. Und auch hier ist der Kaiser drauf, ein König, Fürst oder sonst ein anderer Adliger, je nach Herkunft der Münze, wie beim Silber. Meistens ist der Kaiser drauf, so wie ich das sehe. Mann, was das bei uns daheim wert wäre! Hier werden die Goldmünzen anstelle von Geldscheinen benutzt." Nick sammelte seinen kleinen Schatz wieder ein.

Rebecca hatte ihre Börse mittlerweile auch durchgesehen. „Ich glaube, es gibt auch andere Goldmünzen als die preußischen, nur sind die ziemlich selten, bei uns jedenfalls. Sieh dir das nur an! Das muss ihre Version einer Kreditkarte für ein Spesenkonto sein. Damit können wir es uns während des Urlaubs echt gut gehen lassen. Und da wir ohnehin nichts mit zurück nehmen können, werden wir den Rest davon bei unserer Abreise einfach mit dem Koffer wieder abgeben müssen."

„Finde ich gut, die Methode. Hier herrscht noch Ordnung und Ehrlichkeit, ansonsten würde das ja nie im Leben funktionieren. Und die Kaufkraft der Mark als Währung muss hier enorm sein, wenn die Münzen mit diesen Nennwerten noch immer offizielles Zahlungsmittel sind. Wir werden hier sicher um die zehnmal tiefere Beträge für eine bestimmte Ware oder Dienstleistung haben als bei uns in Euro. Aber mal was anderes: wollen wir jetzt endlich duschen gehen?"

Sie ging langsam wieder zum Bad, spielerisch einen Fuß vor den anderen setzend und kokett lächelnd über die Schulter schauend. „Worauf wartest du noch?"

Sofort war Nick wieder auf den Beinen und folgte ihr. Sie wollten schließlich rechtzeitig zum Abendessen fertig sein.

< 4 >

Leipzig, Filiale 108 - Monat 1

Sie hatten weniger Zeit im Bad gebraucht als vermutet und waren einiges vor sieben Uhr nach unten gegangen. Dennoch warteten Sophie und Wolf bereits an einem der hübsch gedeckten Tische mit Sonnenschirm im Hof auf sie. Als sie sich nach den Geldstücken erkundigten, erfuhren sie, dass der Wert der Münzen praktischerweise proportional zum darin enthaltenen Edelmetall vergeben war. Bei den Silbermünzen war pro Mark Nennwert fünf Gramm reines Silber enthalten, was bei der halben Mark zu zweieinhalb Gramm Feingewicht und der größten Münze zu fünfundzwanzig Gramm Feingewicht führte. Dazu kamen jeweils noch zehn Prozent Kupfer in der Legierung dazu, was zum Gesamtgewicht der Münzen führte.

Außerdem hatte es tatsächlich in den Siebziger Jahren des 19. Jahrhunderts bei den Goldmünzen eine Reform und Anpassung des darin enthaltenen Feingewichts an das Verhältnis des natürlichen Vorkommens von Gold und Silber gegeben. Da Silber etwa fünfzehnmal häufiger auf der Erde vorkam als Gold, war letzteres auch als fünfzehnmal wertvoller taxiert worden und bildete somit die Basis für Münzen mit großen Wertangaben.

Die kleinste Münze von zehn Mark enthielt folglich jetzt drei Gramm Gold und die größte in ihrer Börse mit hundert Mark Wert deren dreißig, was in der Tat in etwa der Kaufkraft von Tausend Euro bei ihnen daheim entsprach. Wie sie erfuhren, gab es auch noch zweihundert und fünfhundert Mark-Goldmünzen, die jedoch eher selten in Händen von Privatpersonen waren und mehr dem Zahlungsverkehr im groß-wirtschaftlichen Bereich zugeordnet waren. Die älteren Münzen, die etwas schwerer gewesen waren, waren nach der Gewichtsreform nach und nach aus dem Umlauf gezogen worden, aber noch immer gültig. Sie wurden auch sehr gerne angenommen, da sie wie gesagt mehr Edelmetall enthielten als die aktuelleren Münzen und zudem meist einen Sammlerwert hatten.

Diesen Aspekt ihres Aufenthaltes auf Filiale 108 hatten sie somit ausreichend erkundet und sich darauf eingestellt. Trotzdem war es für sie angenehm, dass auch hier Rechnungen ausgestellt und übers Bankensystem beglichen wurden, wie etwa ihre Hotelrechnung, die direkt an TransDime ging, wie Wolf ihnen abschließend versicherte.

Sie hatten das gute Essen der Hotelküche genießen können, bevor sie sich zeitig aufs Zimmer zurückzogen. Den Weckservice des Hotels hatten sie telefonisch für sechs Uhr morgens geordert. Entgegen ihrer Gewohnheit ließen sie den Fernseher ausgeschaltet, weil das zufällige Ansehen einer Nachrichtensendung noch am heutigen Tag für sie wahrscheinlich eine endgültige Überdosis an Informationen bedeutet hätte.

Rebecca hatte sogar gemeint, dass sie es sich genau überlegen sollten, den Fernseher überhaupt anzuschalten während ihres Aufenthaltes hier. „Schließlich sind wir zur Erholung und Entspannung hier und nicht, um uns die Sorgen einer ganzen anderen Welt auch noch aufzuladen. Mir reicht es schon, unsere eigenen Nachrichten anzusehen."

Womit sie ein Stück weit Recht hatte, wie er ihr zugestehen musste. Nachdem sie alle ihre Gedanken und Erfahrungen über diese ungewöhnlichste Reise ihres Lebens rekapituliert hatten, schliefen sie irgendwann ein, als die späte Abenddämmerung über die Stadt fiel.

Sie hatten sich noch während des Abendessens gestern für den Frühstückstisch heute morgen verabredet. Nick und Rebecca hatten nach dem Weckruf wohl etwas getrödelt, ohne es zu merken und waren leicht verspätet zum Frühstück erschienen, doch Sophie versicherte ihnen, dass das kein Problem war, da sie genug Zeit für alle Eventualitäten eingeplant hatten. Daher konnten sie ihre Bestellung aufgeben und zeitig die erste Mahlzeit des Tages beenden. Nick fiel dabei auf, dass die Auswahl auf der Frühstückskarte zwar eingeschränkt, aber nichts desto trotz sehr exquisit war. So hätten sie sogar Räucherlachs mit Meerrettichschaum auf Toast genießen können, wenn ihnen der Sinn danach gestanden hätte.

Kurz nach dem Frühstück brachen sie auf zum Hauptbahnhof. Da dieser nur wenige hundert Meter vom Hotel entfernt lag und sie eine Haltestelle direkt vor ihrer Nase hatten, verzichteten sie auf ein Taxi und fuhren mitsamt Gepäck einfach die eine Station mit der Straßenbahn. Für Nick war es wiederum beruhigend zu sehen, wie wenig sich diese Gefährte von denen in ihrer Realität unterschieden.

Der Hauptbahnhof selbst war dominiert von seiner gewaltigen Fassade, die etwa einhundert Jahre alt sein mochte. Sie schien Nick tatsächlich noch etwas breiter zu sein als die ohnehin schon riesige Version aus Filiale 88. Dies war wohl der hier stärker verbreiteten Elektromobilität geschuldet, wie er annahm, was auch einen höher frequentierten Bahnverkehr beinhalten mochte.

Die Fassade wurde durch zwei nach vorne heraus ragende Gebäudeteile, die hohe Hallen beinhalteten, in je drei etwa gleiche Drittel geteilt. Auf der Stirnseite beider dieser Hallentrakte war jeweils eine alte Uhr mit Ziffernblatt hoch oben an der Säulen- und Fensterfront der Hallen montiert. Was Nick gestern beim flüchtigen Betrachten des Kirchturmes neben ihrem Hotel nicht aufgefallen war, stach ihm jetzt auf einmal überdeutlich ins Auge.

Er hielt inne und rief schockiert: „Das gibt es doch nicht!"

Rebecca und auch ihre beiden Stewards erstarrten und wandten sich zu ihm um. Ein paar Passanten drehten ebenfalls die Köpfe, eilten dann jedoch gleich wieder weiter.

„Was hast du denn?"

„Ich weiß jetzt, warum wir ständig so ein Jetlag-Gefühl hatten und bei jeder Essensverabredung ein Pünktlichkeitsproblem hatten. Sieh dir doch nur das Ziffernblatt der Uhr dort an. Ich nehme an, das ist kein Witz, sondern euer voller Ernst, nicht wahr?"

Während Rebeccas Unterkiefer herunter klappte, sahen ihre Begleiter ihn verständnislos an. Sophie begann vorsichtig: „Was meinst du damit? Es hat uns wirklich nichts ausgemacht, dass ihr ein wenig den Schlendrian gehabt habt. Hauptsache, wir erwischen unseren Zug nach Berlin noch, was aber ebenfalls kein Problem darstellt."

„Das ist es nicht", erklärte Nick zögerlich. „Eure Uhren sind tatsächlich von der Zeiteinteilung etwas anders, als wir es gewohnt sind. Das hatten wir bisher nicht bemerkt, da fast alle Uhren, die wir gesehen haben, digital sind. Oh je, das wird eine ganz schöne Umgewöhnung für uns werden!"

„Soll das heißen, eure Tage sind nicht in zwanzig Stunden eingeteilt wie bei uns? Zehn Stunden für den Tag und zehn für die Nacht?" Wolf kratzte sich am Kopf. „Das ist eine Überraschung, muss ich zugeben. Dann hat eine Stunde bei euch nicht fünfzig Minuten?"

Rebecca musste nun lachen, als sie nochmals kurz auf die Uhr des Reichsbahngebäudes sah, die ihren Bahnhofsuhren verblüffend ähnlich waren, nur dass ihre Zifferblätter nur zehn Stundeneinteilungen und jeweils dazwischen fünf Minutenschritte hatten, womit man auf die Fünfzig Minuten pro Stunde kam. „Deshalb waren wir ständig zu spät! Uns haben zu jeder vollen Stunde zehn Minuten gefehlt. Kein Wunder!"

Nick fügte lächelnd hinzu: „Und deshalb hatten wir das Gefühl, wir haben so wenig Zeit im Bad gebraucht gestern, als wir vor dem Abendessen auf die Uhr gesehen haben. Bei zwanzig Stunden pro Tag und fünfzig Minuten pro Stunde ist jede Minute selbstverständlich viel länger als bei unserer gewohnten Zeiteinteilung. Dennoch sind wir zu spät zum Dinner erschienen, weil wir zehn Minuten vor der vollen Stunde dachten, wir seien überpünktlich und in aller Ruhe in den Hof hinab geschlendert sind."

„So etwas Verrücktes! Eine nicht-dezimale Zeiteinteilung macht doch keinen Sinn." Wolf konnte es kaum glauben. „Wie ist man denn bei euch auf eine andere Verteilung von Stunden und Minuten gekommen? Gleich erzählst du mir noch, bei euch hätte eine Minute keine hundert Sekunden!"

Nick und Rebecca sahen sich eine Sekunde lang verblüfft an und mussten dann loslachen. Rebecca erklärte schulterzuckend: „Das stimmt tatsächlich, so ist es bei uns! Es hat etwas mit der historischen Bedeutung von diversen, nicht-dezimalen Zahlen in unseren Kulturen zu tun. Eine dieser Zeitmessungen hat sich damals durchgesetzt, schon vor Jahrhunderten.

Tatsache ist, dass es in der Filiale 88 für viele Maßeinheiten wie Entfernung, Gewicht, Temperatur und ähnliche Sachen noch immer in verschiedenen Teilen der Welt Unterschiede gibt, die die Reise und den Aufenthalt dort komplizert machen. Leider hat sich bis heute nur in der Wissenschaft weltweit ein gewisser Standard durchgesetzt. Ich denke, wir können froh sein, dass sich wenigstens eine einheitliche Zeitmessung bei uns etabliert hat, auch wenn es aus eurer Sichtweise bestimmt die falsche ist."

Sophie sah hoch und meinte dann leicht angespannt: „Das ist ja alles sehr faszinierend, aber können wir das vielleicht nachher im D-Zug weiter erörtern? Der wird nämlich nicht auf uns warten, egal in welcher Zeiteinheit."

Wolf beschwichtigte: „Bleib ganz locker, Sophie. Du bist immer so überkorrekt, was solche Dinge angeht. Wir haben die Fahrkarten bereits gelöst, ein Reiseplan mit allen Umstiegen ist auch dabei, daher sollten wir keine Probleme haben. Der Zug kommt erst in zehn Minuten an und der Lokführer muss die Fahrtrichtung im Kopfbahnhof wechseln. Das gibt uns mehr als genug Zeit, um in aller Ruhe unsere Plätze zu suchen und einzunehmen."

„Schon gut. Du weißt, dass ich es hasse, hetzen zu müssen." Sie ließ sich zu einem Lächeln erweichen und übernahm die Führung. Sie überquerten die zweispurige Straße vor dem Bahnhof und betraten diesen über die Osthalle.

Drinnen herrschte geschäftiges Drängen, aber nicht so schlimm, wie Nick es zu dieser morgendlichen Pendlerzeit vermutet hatte. Alles schien einen Tick geordneter und disziplinierter abzulaufen als bei ihnen. In der Mitte der Halle stellten sie ihr Gepäck kurz ab und orientierten sich an der großen Anzeigetafel, die quer über der riesigen Halle aufgehängt war. Einer Eingebung folgend, wollte er, an Wolf gewandt, wissen: Wie viele Einwohner hat Leipzig eigentlich?"

„So an die zweihunderttausend, würde ich sagen. Wieso fragst du?"
Nick schluckte kurz, seine Ahnung nun bestätigt findend. „Und das Deutsche Reich insgesamt?"
Wolf kratzte sich kurz an seinem rötlichen Lockenkopf und schob die randlose Brille zurecht: „Gut fünfunddreißig Millionen müssten es inzwischen sein. Ist das bei euch anders?"
„Ja, wenn man die Größe unserer Version von Deutschland berücksichtigt, würde ich schätzen, dass bei uns die Bevölkerungsdichte mindestens doppelt bis dreimal so hoch ist. Was nicht unbedingt positiv sein muss, aber ich will mir da keine Wertung anmaßen." Nick nahm wie alle anderen ihrer kleinen Reisegruppe die Koffer wieder auf und machte sich auf zum entfernten Ende der Wartehalle, wo die insgesamt achtundzwanzig Gleise abgingen. Kurz vor Erreichen ihres Bahnsteigs erklang die sie betreffende Durchsage, gesprochen von einer melodischen weiblichen Stimme, welche im Minutentakt die Verbindungen ankündigte.
„Bitte Vorsicht am Gleis 24, es hat Einfahrt der D-Zug Nummer 317 auf der Fahrt von Nürnberg nach Stettin über Lutherstadt Wittenberg, Berlin-Ostkreuz, Angermünde, Prenzlau und Pasewalk. Die Wagen der ersten Klasse befinden sich im Abschnitt E, die der zweiten im Abschnitt D und C und diejenigen der dritten Klasse im Abschnitt B und A. Bitte halten sie Abstand von der Bahnsteigkante."
Rebecca sah Nick an und raunte ihm zu: „Diese Stimme kommt mir bekannt vor. Irre, wie einem die Sinne manchmal einen Streich spielen können, oder?"
„Du wirst lachen, aber ich habe es auch schon gedacht. Allerdings ist sie durch die Lautsprecher so verfremdet, dass man das ohnehin nicht mit Sicherheit sagen könnte. Oh, sieh dir mal unseren Zug an!"
Der D-Zug, der an ihrem Bahnsteig einfuhr und vor den Puffern am Gleisende ausrollte, sah einem der ersten deutschen ICE-Züge der frühen neunziger Jahre nicht unähnlich von der Grundform her. Nur dass diese Version in der oberen Hälfte bis zur Unterkante der Fenster schwarz lackiert war, in Schulterhöhe einen halben Meter breiten weißen Streifen und auf dem untersten halben Meter einen roten entlang der gesamten Seite trug.

„Die Flagge des Kaiserreiches auf dem Zug verewigt. Sieh an." Nick folgte den anderen zum Abschnitt E, wo sie in der ersten Klasse ein komplettes Viererabteil mit opulenten Sitzen, das für sie reserviert worden war, für sich in Beschlag nahmen. Nachdem sie ihr Gepäck in einem extra dafür vorgesehenen Freiraum zwischen Sitzen und Abteiltür verstaut hatten, machten sie es sich gemütlich. Kaum hatten sie sich halbwegs eingerichtet, als der Zug auch schon anfuhr und den Bahnhof verließ.

Sie nahmen rasch Fahrt auf, als sie sich auf das zweite Gleis von rechts auf einer vierspurigen Strecke einreihten, während links und rechts von ihnen etliche weitere Gleise abzweigten und in alle Himmelsrichtungen aus der Stadt führten. Die Waggons waren von der Federung her in etwa so bequem und leise wie die aktuellen Fernverkehrszüge der Deutschen Bahn, so dass man sich gut entspannen konnte, etwas lesen oder auch essen. Ein Servierwagen mit einer blonden Dame in schwarzem Jackett, weißer Bluse und rotem Rock kam vorbei und klopfte kurz an die Glasscheibe.

„Wünschen die Herrschaften etwas zu essen oder zu trinken?"

Sie erhielten alle einen Kaffee und eine Flasche Mineralwasser. Die Speisen und Getränke waren bei der Fahrt in der Ersten Klasse der Reichsbahn gratis, wie Nick und Rebecca erfuhren, während sie ihre Getränke in dafür vorgesehene Vertiefungen der Tische neben ihrem Platz kippsicher verstauten.

„Wie verhält sich das eigentlich mit den Reisemöglichkeiten hier bei euch? Dieser D-Zug ist vom Komfort her bereits vergleichbar mit unseren schnellsten und besten Zügen." Nick sah zum Fenster hinaus, wo Felder, Wiesen und Wälder in raschem Wechsel an ihnen vorbeirasten. „Meine Güte, wie schnell sind wir eigentlich?"

„Auf dieser Strecke etwas über zweihundert km/h, würde ich sagen. Diese D-Züge sind die zweithöchste Kategorie im Bahnverkehr hierzulande. Sie verbinden auf mittellangen Strecken die größeren Städte miteinander. Die RFVs sind die schnellsten und besten Züge bei uns. Diese Reichs-Fern-Verkehrszüge halten nur in den größten Städten und Metropolen im Reich oder sehr wichtigen Kreuzungsstädten und benötigen entsprechend wenig Zeit, um auf den Hauptstrecken in wenig Zeit große Entfernungen zurück zu legen. Nach einhundertachtzig Jahren kontinuierlicher Entwicklung ist das Bahnnetz heutzutage extrem gut ausgebaut und gut getaktet, sodass man auch immer einen passenden Anschluss hat."

„Und wie steht es mit den Elektroautos? Haben die eine große Reichweite? Ich meine, um auf der Autobahn mit einem Fernzug mithalten zu können." Rebecca sah ebenfalls nach draußen, als sie einen weiten Bogen auf der Strecke fuhren und der ganze Zug dabei wie in einer Steilkurve nach innen geneigt war.

„Was meinst du mit 'Autobahn'? Eine Reichsstraße vielleicht?", erkundigte Sophie sich interessiert.

Nick sah seine Freundin alarmiert an, dann fragte er vorsichtig: „Habt ihr hier irgendwo Straßen, die mehr als eine Fahrspur in jede Fahrrichtung haben und Auf- sowie Abfahrten, sodass diese Straßen keine Kreuzungen haben? Man kann auf sie nur seitlich auf sie hinauf und wieder hinab fahren und ansonsten kreuzen alle anderen Straßen sie über Brücken oder Unterführungen, damit der Autoverkehr auf diesen Straßen ungestört fließen kann. So etwas in der Art."

Wolf meinte: „Ja, ihr meint eine Ringstraße. Die gibt es in und rund um alle großen Städte, damit sich der Verkehr besser verteilt in den Städten. Ansonsten werden nur Reichsstraßen und Landstraßen zwischen den Städten benötigt. Für das Reisen selbst und den Güterverkehr gibt es ja die Bahn und die Binnenschifffahrt."

Nick warf Rebecca einen bedeutungsvollen Blick zu. Da sich hier der Bahnverkehr für die Fernstrecke und der Autoverkehr nur teilweise für den lokalen und regionalen Individualverkehr durchgesetzt hatte, gab es eben keine Autobahnen. Zudem hatte hier in diesem Fall ein gewisser Herr Adolf Schicklgruber gefehlt, der an entscheidender Stelle den Bau eines Autobahnnetzes forciert haben könnte. Faszinierend.

Der D-Zug wurde bereits wieder langsamer und überquerte einen breiten Fluss über einer filigran anmutenden Fachwerkbrücke. Das musste die Elbe sein, da sie nun von den Mittelgleisen auf die rechte Spur wechselten und kurz darauf im Bahnhof der Lutherstadt Wittenberg hielten. Als Nick auf die Uhr sah, waren seit ihrem Start in Leipzig nur fünfzehn der hier üblichen Minuten vergangen. Alle Achtung, dachte er und nahm sich gleichzeitig vor, sich auf die lokale Zeitmessung einzulassen, weil es nur umständlich wäre, jedes mal alles im Kopf umzurechnen und es darüber hinaus keinerlei praktischen Nutzen für sie haben würde. Die Zeit verlief auch hier linear und in der gleichen Geschwindigkeit wie in ihrer Realitätsebene, nur wurde sie eben anders gemessen.

Nick leerte seine Kaffeetasse und sah durch die Glasfront neben sich zum seitlich angeordneten Gang einigen Leuten beim Aussteigen zu und dann weiteren Passagieren, die frisch dazu gekommen waren, wie sie ihre Plätze suchten.

Eine große junge Frau mit schulterlangen, honigblonden Haaren und einem ebenmäßig gezeichneten, hübschen Gesicht passierte ihr Abteil. Als sie flüchtig hineinsah mit ihren blaugrauen Augen, trafen sich ihre Blicke mit denen von Nick und ihr Mund verzog sich zu einem warmen Lächeln.

Er zuckte zusammen, als in weniger als drei Meter Entfernung auf dem Hochgeschwindigkeitsgleis links von ihnen ein anderer Zug mit extrem hohem Tempo vorbeiraste. Nach nur wenigen Sekunden war der Spuk wieder vorbei und er sah zurück zum Gang, doch die Frau war bereits weiter gegangen.

„Hast du diese Frau eben auch gesehen?", wandte er sich an Rebecca.

„Die hübsche knackige Barbie, die dich eben so verspielt-verschämt angeflirtet hat? Na klar, als deine Freundin ist es mein Job, sie zu sehen. Und du, mein Guter, kannst dich heute Abend auf etwas..."

Er unterbrach ihre nicht ganz ernst gemeinte Eifersüchtelei, als ihm etwas aufging: „Beckie! Sie hat fast genauso ausgesehen wie Jessica! Ist dir das nicht auch aufgefallen?"

Rebecca ging in sich. „Meinst du? Gut, vom Typ her sah sie ihr schon ähnlich, obwohl... die Haare waren glatt und eine Spur länger, obwohl... hm, und die Farbe war

ein wenig anders, obwohl... Mist, du hast recht, sie sah fast genauso aus wie sie!"
Alarmiert wollte Sophie wissen: „Habt ihr etwas Auffälliges bemerkt, von dem wir wissen sollten?"

„Uns ist nur die verblüffende Ähnlichkeit von einer Frau hier im Zug mit einer unserer Steward-Kolleginnen daheim auf Filiale 88 aufgefallen. Bis auf ein paar kleine Unterschiede sah sie ihr wirklich zum Verwechseln ähnlich. Aber wahrscheinlich ist das unmöglich, oder? Ich meine, dass wir ausgerechnet hier auf eine Doppelgängerin einer unserer Arbeitskolleginnen treffen sollten. Sie ist gerade erst im zweiten Jahr und noch auf der Funktionsstufe Null, daher weiß sie nichts über die wahre Natur von TransDime und kann folglich nicht hier sein."

„Das schon, aber es kann durchaus sein, dass ihr tatsächlich aus Zufall ihrem Alter Ego aus dieser Filiale begegnet seid. Wie ihr wisst, kann jeder von uns in bis zu drei bekannten Filialen einen lebenden Doppelgänger haben und ist für diese Ebenen dann gesperrt. Jeder andere Steward kann allerdings einem Kollegen in einer anderen Version über den Weg laufen, wenn er sich dort befindet. Dagegen ist auch nichts einzuwenden, weil ihr euch in diesem Fall ja nicht kennt und kein Problem auftreten kann, sofern man den Kontakt zu diesem Doppelgänger meidet. Daher kann auch nicht viel passieren." Wolf schien nicht sonderlich beunruhigt.

„Gut, haken wir das als eine Kuriosität mehr ab, nachdem wir bereits Frau Pielau im Transferbereich in Leipzig über den Weg gelaufen sind." Rebecca sah wieder zum Fenster hinaus, als der Zug anfuhr, zurück auf die Mittelspur wechselte und rasch wieder sein hohes Reisetempo aufnahm.

Sie rasten weiter auf die Reichshauptstadt zu und kamen bereits nach fünfzehn Minuten Fahrt durch die ersten Vororte von Berlin. Entsprechend drosselte sich ihr Tempo ganz allmählich wieder, bis sie eine enge Rechtskurve beschrieben und dann um die Innenstadt herum einen weiten Bogen fuhren. Nick suchte in der fernen Silhouette der Stadt vergeblich den hohen Alexander-Fernsehturm mit der charakteristischen Kugel auf halber Höhe. Logischerweise war er nie erbaut worden, da es hier auch keine DDR gegeben hatte.

Wolf trank als letzter seinen sicher nur noch lauwarmen Kaffee aus und begann, seine dünne Sommerjacke anzulegen, bevor er das Wort an sie richtete. „Wir müssen gleich umsteigen, dann geht es für einige Stunden weiter in den hintersten Winkel des Reiches. Eigentlich müssten wir euch danken für eure Wahl des Erholungsortes. Es wird sicher ein schöner Aufenthalt."

Sophie zerrte bereits an ihrem Koffer und bedeutete ihren Schützlingen, sich ebenfalls zum Ausstieg bereit zu machen. Sie schien wirklich ein wenig hektisch zu sein, was derlei Dinge anging.

So verließen sie am Schlesischen Bahnhof Berlin den D-Zug und lauschten den Durchsagen über ihre Anschlussmöglichkeiten, bevor sie zusammen mit vielen anderen Reisenden durch eine Unterführung auf einen anderen Bahnsteig gelangten.

„Bitte Vorsicht am Gleis 8, es hat Einfahrt der Reichs-Fernverkehrszug Nummer 12 von Aachen nach Memel über Landsberg, Schneidemühl, Danzig und Königsberg. Die Wagen der ersten Klasse befinden sich in den Abschnitten A und B, die der zweiten Klasse in den Abschnitten C, D und E und diejenigen der dritten Klasse in den Abschnitten F und G. Bitte halten Sie Abstand zu der Bahnsteigkante."

Rebecca merkte auf, als sie sich alle zum Abschnitt B begaben, wo der Wagenstandsanzeige nach der Waggon mit ihren reservierten Plätzen zum Stehen kommen sollte: „Das ist ja die gleiche Stimme wie in Leipzig! Wie kann das sein?"

Auch Nick war das aufgefallen, er hatte es aber eigentlich als Zufall abtun wollen, dass die Stimme dieser Ansagerin derjenigen in ihrem Abfahrtsbahnhof sehr ähnlich war.

Wolf wollte wissen: „Das? Ach, das sind Banddurchsagen. Da bei der Reichsbahn praktisch nie irgendwelche Verspätungen oder Gleiswechsel in Bahnhöfen auftreten, ist für gewöhnlich keine Durchsage eines vor Ort arbeitenden Bahnangestellten nötig. Alle paar Jahre machen sie neue Durchsagen, wenn es nötig wird und etwas umgestellt wird. Der- oder diejenige nimmt für praktisch alle Bahnhöfe im Vorfeld die Durchsagen auf, die dann automatisch abgespielt werden. Ich kann mir vorstellen, dass diese Stellung sehr begehrt ist. 'Die Stimme der Reichsbahn' ist schließlich in einem großen Teil des Landes zu hören. Ich glaube, dass es tatsächlich nur eine Handvoll Sprecher sind, die alle Durchsagen für das gesamte Reich gemacht haben."

Während Nick ihren Zug bei der Einfahrt schon aus der Ferne beobachtete, meinte Rebecca: „Puh, da ist der Sprecher dann aber monatelang im Tonstudio gesessen und hat jeden Tag stundenlang eine Durchsage nach der anderen abgelesen."
„Das ist aber eine schicke Rakete", bemerkte Nick mit unverhohlener Begeisterung in der Stimme. Die Front des jetzt einfahrenden Reichs-Fernverkehrszuges lief so spitz zu wie bei einem der futuristischen Hochgeschwindigkeitszüge in Japan, von denen er schon Bilder gesehen hatte. Diese Rakete auf Schienen würde vom Frontdesign her sogar einem Kampfjet alle Ehre machen. Die farbliche Gestaltung der Seiten war identisch mit denen der D-Züge, wie er beim weiteren Vorbeirollen der ersten Waggons sah. Alle Fenster und Türen waren hier augenscheinlich absolut bündig und fugenlos in die Waggonwände eingelassen und sogar die Übergänge zwischen den Waggons waren so raffiniert mit einem flexiblen Material verkleidet, dass man nur an der Lage der Türen erkennen konnte, wo ein Waggon endete und der nächste anfing. Dafür hatte er mehrere Stromabnehmer auf den Dächern, auf jedem Waggon einen, wie es aussah.
„Der sieht sogar im Stand schnell aus", ließ sich Rebecca vernehmen, die wohl auch ein wenig beeindruckt war.
„Ja, der Stolz deutscher Ingenieurskunst. Den RFV haben wir auch nach Großbritannien, Spanien und Russland verkauft, auch wenn sie dort natürlich anders genannt werden. Auch durch die Schweiz, Österreich-Ungarn und Italien fahren sie. Mit diesem Modell wurde auch die Neigetechnik perfektioniert, die schon in den älteren D-Zügen zur Anwendung kam. Eine Gemeinschaftsentwicklung von Siemens, Tesla-Gramme und TransDime." Sophies Loblied klang wie aus einer Werbebroschüre abgelesen.
Als sie neben der betreffenden Tür darauf warteten, dass alle hier Aussteigenden sie passierten, fragte Nick nach: „Hast du gerade Tesla gesagt? So wie 'Nicolas Tesla'?"
„Ja, das war der Mitbegründer des Weltkonzerns Tesla-Gramme. Die stellen heute wahrscheinlich jeden dritten Elektromotor auf der Welt her." Sophie wechselte einen Blick mit Wolf, der wohl die Sorge ausdrücken sollte, ob sie nicht zu viel verraten sollte.

Er winkte ab. „Schon gut, war nur eine Frage. Bei uns gibt es die Firma Tesla auch, aber sie ist eher eine Randerscheinung auf diesem Markt, die ein paar wenige Elektroautos baut. Lasst uns unsere Plätze suchen. Ich bin schon gespannt darauf, wie es ist, mit diesem Geschoss zu reisen."

Wie auch beim ersten Teil ihrer Fahrt lief alles vorbildlich ab. Sie fanden ihre Plätze, wiederum ein Viererabteil in der ersten Klasse, welches sie für sich alleine hatten. Diesmal durften Rebecca und Nick am großen Panoramafenster Platz nehmen, um die Aussicht während der Fahrt genießen zu können. Da Berlin-Ostkreuz ein Durchfahrtsbahnhof war und weniger Zeit für den Halt benötigte als bei einem Kopfbahnhof wie in Leipzig, fuhr der Zug bereits an, noch bevor sie sich auf ihren Plätzen eingerichtet hatten.

Schon bald waren sie wieder auf dem Schnellfahrgleis in der Mitte einer vierspurigen Strecke und durchquerten die Landschaft in einem atemberaubenden Tempo. Diese Strecke stellte sogar die modernsten ICE- und TGV-Trassen in ihrer Heimat in den Schatten, wie Nick befand. Und ihr Tempo betrug sicher weit über dreihundert km/h, wie er vorsichtig schätzte.

Rebecca wollte unvermittelt wissen: „Wie ist es eigentlich mit weiten Reisestrecken bei euch? Habt ihr auch Flugzeuge?"

„Du meinst Luftschiffe? Ja, aber die werden wirklich nur für lange Strecken über Wasser benutzt, wenn man mit dem Zug und Schiff nicht so schnell vorankommt. Außerdem ist das Reisen mit dem Luftschiff derart teuer, dass es sich nur wenige leisten können. Für spezielle Aufgaben wie Rettungseinsätze und besondere Transporte gibt es auch Kipprotor-Flugzeuge, die senkrecht starten können. Aber die sind eher die Ausnahme und haben auch nur eine begrenzte Reichweite." Wolf zeigte sich ganz arglos.

Nick kniff die Lippen zusammen, bevor ihm etwas Unbedachtes herausrutschen konnte.

Rebecca war da argloser. „Klingt interessant. Wohin kann man denn mit diesen Luftschiffen fliegen?"

Sophie überlegte kurz: „Nach Amerika oder Australien zum Beispiel. Obwohl es bei zweihundert km/h dennoch eine Weile dauert, an die Ostküste der USA zum Beispiel über drei Tage. Aber immer noch besser als mit dem Schiff."

Nick stupste seine Freundin an, um ihr damit zu verstehen zu geben, dieses Thema ruhen zu lassen. Dann sagte er: „Eure Welt ist wirklich bemerkenswert. In vielen Dingen ist sie unserer sehr ähnlich, aber dennoch entdecke ich auch viele Unterschiede. Es fällt mir sehr schwer, darüber zu entscheiden, was ich euch von unserer Welt erzählen soll und was nicht. Herr Fischer ist da sehr deutlich gewesen, als er gesagt hat, wir sollen sehr vage bleiben bei dem, was wir euch erzählen.

Ehrlich gesagt bin ich mir nicht sicher, ob es euch bei uns gefallen würde. Von dem kleinen Einblick, den wir bisher gewinnen konnten, würde ich sagen, bei uns ist deutlich mehr schief gelaufen als bei euch. Dafür hat eure Welt viele Millionen Menschen bei den Grippepandemien verloren und wie es um die sonstige Bevölkerungsentwicklung steht, wissen wir auch noch nicht. Wie viele Menschen leben hier auf Filiale 108?"

„In ein paar Jahren zwei Milliarden, aber es sollen bald weltweit koordinierte Bemühungen ins Leben gerufen werden, um die Bevölkerungsexplosion einzudämmen. Was hast du denn?" Sophie sah Nick fragend an.

Rebecca antwortete für ihn: „Sophie, auf unserer Heimat leben fast siebeneinhalb Milliarden Menschen und ihre Zahl steigt derzeit jährlich um viel mehr, als euer Deutschland Einwohner hat. Wenn wir von Bevölkerungsexplosion reden wollen..."

Wolf war schockiert: „Das will ich mir gar nicht vorstellen. Überall, wo man hingeht, Menschen!"

Nick wiegelte ab: „So schlimm ist es auch wieder nicht. In Europa leben weit unter einer Milliarde, in anderen Ländern wie China oder Indien aber jeweils über eine Milliarde. Dort sieht es schon etwas anders aus. Unsere Welt verstädtert aber immer mehr. Seit kurzem leben mehr Menschen in Großstädten als auf dem Land. Ich möchte gar nicht weiter ins Detail gehen, welche Probleme das schafft. Bei uns sind auch die Machtverhältnisse ganz anders, weil es bei uns zwei weltumspannende Kriegsperioden gab, die unsere Filiale in einem ganz anderen Zustand hinterlassen haben, wenigstens politisch und gesellschaftlich."

Sophie meinte schaudernd: „Das klingt wie in einer schrecklichen Dystopie. Ich glaube nicht, dass wir das hören sollten."

Rebecca stimmte zu: „Wahrscheinlich hast du recht. Erzählt uns lieber noch mehr von eurer Filiale."

So hörten sie ihren Kollegen aus dieser Realitätsebene zu und erfuhren noch mehr über die Welt, in der sie nun weilten. Es war wirklich faszinierend, wie dieser Mix aus Gemeinsamkeiten und Unterschieden hier funktionierte. Die ethischen und moralischen Vorstellungen waren etwas antiquiert im Vergleich, was aber nicht unbedingt schlecht sein musste. Durch das Ausbleiben von diversen technischen Entwicklungen war eine völlig andere Infrastruktur im Energie-, Transport- und Handelswesen entstanden, die aber den direkten Vergleich mit ihrer nicht zu scheuen brauchte. Und das Nichtvorhandensein von aufgezwungenen ausländischen Einflüssen in ihrer Kultur war auch eine erfrischende Abwechslung für Rebecca und Nick.

Eine Globalisierung steckte hier noch in den Kinderschuhen, beschränkte sich somit noch auf den Austausch von Rohstoffen und Nahrungsmitteln mit den ehemaligen Kolonien, die bereits seit dem Ende der ersten Pandemie selbstständig waren. Im Lande selbst war das Handwerk noch gefragt und eine Automatisierung in den meisten Industrien nicht im selben Maß üblich wie auf Filiale 88. Dadurch herrschte kaum Arbeitslosigkeit und durch das Gold- und Silber-Geldsystem fand auch keine schleichende Enteignung der Bevölkerung von fleißig hin zu reich statt wie in Nicks und Rebeccas Heimat.

Als sie über einen großen Fluss fuhren, fragte Nick, welcher dies sei und erfuhr, dass das die Oder gewesen war. Darauf meinte er: „Dann fängt es jetzt für uns an, interessant zu werden. Ich jedenfalls war noch nie in Polen."

„Polen? Du meinst die russische Provinz östlich von Schlesien und Posen, nicht wahr? Aber dorthin fahren wir doch gar nicht." Sophie kam wieder einmal aus dem Staunen nicht heraus.

Rebecca formulierte es vorsichtig: „Sagen wir einfach, bei uns verlaufen die Grenzen ein wenig anders als hier. An den Gedanken muss Nick sich erst noch gewöhnen.

Nicht wahr, Nick?"

Auf den unausgesprochenen Vorwurf antwortete er umgehend: „Ja, tut mir Leid. Ich muss mich ab jetzt ein wenig mehr vorsehen mit solchen Äußerungen. Wir kommen aber wirklich schnell voran. Wie heißt unser nächster Halt?"

„Landsberg an der Warthe, eine hübsche Stadt im Osten von Brandenburg. Von hier aus führen wichtige Bahnstrecken nach Breslau und weiter nach Österreich-Ungarn." Wolf sah ihn forschend an, als ihm etwas aufging. „Du kennst diese Stadt gar nicht, oder?"

Nick druckste herum. „Für uns ist dies fast wie eine Reise in die Vergangenheit, weil durch die Kriege, die wir erwähnt haben, viele deutsche Gebiete an andere Länder abgetreten werden mussten. Wir freuen uns einfach, diese Version der Ereignisse erleben zu können, weil es für uns interessant ist, das als deutsches Staatsgebiet zu sehen. Wie es hätte sein können, wenn nicht bei uns die Kriegstreiber im letzten Jahrhundert die Oberhand gehabt hätten. So empfinde ich das, einfach gesagt."

„Ja, und bei uns wäre Nick für diese Aussage bereits als ein ewig gestriger Extremist abgestempelt und geächtet worden. Den Deutschen wird zur Last gelegt, beide Kriege begonnen zu haben. Sie haben beide auch verloren, womit uns das Recht zum Nationalstolz weitgehend aberkannt wird. Die politischen Mächte, die in unserem Deutschland zeitweise das Sagen hatten, vor allem während des zweiten Weltkrieges, waren allerdings extrem schlimm. Es war eine Diktatur, die die Deutschen verblendet hat, das deutsche Volk über alle anderen stellen wollte und anderen Völkern das Recht zu Leben abgesprochen hat. Es sind unvorstellbare Grausamkeiten in diesen wenigen Jahren begangen worden, die das Bild von unserem Land in der Welt für Jahrzehnte negativ geprägt hat. Viele sagen, dass es für uns sogar besser war, dass wir verloren haben. Auch das ist allgemeiner Konsens in unserer Welt.

Leider ist es nach diesen Weltkriegen nicht besser geworden, sondern eher noch schlimmer. Die ganze Welt wurde in zwei Hälften gespalten, ideologisch, politisch und wirtschaftlich. Diese beiden Welten haben sich mehrere Jahrzehnte lang gegenseitig belauert und versucht, dem anderen seine Überlegenheit zu beweisen.

Mitten durch Europa und auch durch Deutschland verlief eine Grenze, die die zwei Machtsphären in Ost und West voneinander trennte und damit auch die Menschen auf beiden Seiten. Sie haben ihren Konflikt unfairer weise in sogenannten Stellvertreterkriegen von armen Ländern in ehemaligen Kolonialstaaten für sie austragen lassen. Die eine Seite hat ein Land unterstützt und mit Waffen beliefert, die andere Seite das Nachbarland, das mit dem ersten Land im Krieg war. Leider dauert diese Praxis noch immer an, auch wenn die ursprüngliche Teilung der Welt in zwei Machtblöcke inzwischen überwunden scheint.

So, jetzt wisst ihr im Groben und Ganzen, wie es bei uns aussieht. Ihr verzeiht uns hoffentlich jede seltsame Bemerkung, die wir deshalb von uns geben. Wir haben uns diese Filiale nicht ausgesucht, sondern wurden einfach so mit einem Ticket in der Hand in die transdimensionale Fähre gesetzt. Ich bin sehr positiv überrascht von eurer Welt und mir gefällt es gut hier. Bitte sagt uns, wenn wir das übertreiben und uns um Kopf und Kragen reden."

„Beruhige dich, Beckie, niemand will uns irgendetwas absprechen. Ich glaube, mit dir gehen einfach ein wenig die Nerven durch. Ihr müsst wissen, wir hatten wirklich ein traumatisches Erlebnis, soviel stimmt auf jeden Fall", wandte Nick sich an ihre Begleiter, während er gleichzeitig einen Arm um Rebeccas Schulter legte, damit sie sich wieder fangen konnte.

„Ja, tut mir Leid. Wenn wir dann angekommen sind, möchte ich erst einmal gründlich ausspannen und ein wenig vergessen, was wir erlebt und durchgemacht haben."
Sie klang noch ein wenig mitgenommen, was Nick ihr nicht verdenken konnte.

„Gut, denn genau das werden wir tun. Und mach dich nicht verrückt wegen eurer Filiale oder unserer, niemand wird hier über euch urteilen. Wir sind wie ihr auch noch ziemlich überwältigt von der unerwarteten, brutalen Erweiterung unseres Horizontes. Ich glaube, wir alle müssen in Zukunft rigoros umdenken, was politische und ideologische Strömungen und Meinungen angeht. Das alles erscheint jetzt in einem völlig neuen Licht." Sophie nahm Rebeccas Hand und drückte sie Trost spendend.

„Du hast recht, an den Gedanken muss ich mich auch erst noch gewöhnen. Seht mich an, ich benehme mich hysterisch wie eine dumme Kuh!" Rebecca lachte und wischte gleichzeitig eine kleine Träne weg. Nick nahm sie in den Arm und hielt sie kurz. Dankbar lächelte sie ihn darauf an.

Wolf raunte leise Sophie zu: „Möchtest du ihre Filiale einmal besuchen gehen?"
Sie warf ihm einen kurzen Seitenblick zu und flüsterte leise mit entsetzter Miene: „Um Himmels Willen, Nein! Um nichts in der Welt."

Eine Weile danach meinte Rebecca, sie würde sich gerne einmal die Füße vertreten und durch ein paar Wagen des Zuges hindurch gehen. Ihre 'Reiseleiter' versicherten ihnen, dass das kein Problem sei, sie aber nicht zu lange wegbleiben sollten und ihre Fahrausweise mit sich führen sollten, um bei der Rückkehr in die erste Klasse keine Missverständnisse zu provozieren.

So schlenderten sie nach hinten, bis sie in einen wunderschön ausgestatteten Speisewagen kamen, der zwischen der ersten und zweiten Klasse lag. Ihnen war aufgefallen, dass es in der ersten Klasse offenbar nur Wagen mit Viererabteilen gab, keine Großraumwagen wie bei ihnen. Die an den vornehm wirkenden Speisewagen anschließende zweite Klasse war interessanterweise ähnlich aufgeteilt wie heimische ICE-Wagen, mit einem Teil Großraum- und einem Teil Sechserabteilen, ähnlich bequem wie auch in der zweiten Klasse, wie sie es kannten. Dann folgte ein Wagen, der von einem relativ einfach gestalteten Bistro eingenommen wurde, wo man an Stehtischen diverse Imbisse und Getränke zu sich nehmen konnte. Der Rest des Zuges war in der dritten Klasse mit Großraumwagen wie in einer Regionalbahn ausgestattet. Für sie war das eine interessante Erfahrung, da es bei ihnen ja keine dritte Klasse mehr gab. Doch auch hier schienen sich die nicht so betuchten Reisenden wohl zu fühlen, denn der Fahrkomfort des Zuges war der selbe wie in den vordersten Wagen. Sie glitten nahezu ohne Stöße oder Ruckeln über die Gleise.

Sie machten sich auf den Weg zurück zu ihren Plätzen und wurden tatsächlich vom Personal auf ihre Fahrkarten angesprochen, als sie in die erste Klasse überwechselten. Offenbar wurde hier großer Wert darauf gelegt, dass alles seine Ordnung hatte.

Als sie eine Weile darauf den Halt in Schneidemühl absolviert hatten, schlug Sophie vor, einen Happen im Speisewagen zu essen, was sie dann auch taten. Das Essen war leicht, aber vortrefflich zubereitet, wie man es sich auf einer langen Reise nur wünschen konnte. Auch der Übergang von der ersten in die zweite Klasse, die sich diesen Bereich hier teilten, war faszinierend für Nick, denn so konnte er auch einmal hautnah einen Eindruck von gutbürgerlichen Leuten gewinnen. Man sprach normales Deutsch, aber zum Teil in Dialekten, die er noch nie zuvor oder nur bei uralten Menschen gehört hatte. Zum Glück konnten sie es bei ihrer Tarnung vermeiden, durch ihren eigenen Dialekt aufzufallen, indem sie Esperanto sprachen.

Darauf angesprochen, enthüllte Wolf ihnen, dass Esperanto sich in ihrer Welt als internationale Universalsprache im Laufe von etlichen Jahrzehnten nach und nach durchgesetzt hatte, weil es relativ leicht zu erlernen war und als Kunstsprache allgemein anerkannt war. Niemand rief Animositäten hervor, indem er auf das Sprechen seiner eigenen Sprache bestand, vielleicht sogar gegenüber jemandem, dem es nicht recht war, in genau dieser Sprache sprechen zu müssen.

Unwillkürlich dachte Nick an viele Franzosen, Italiener und Spanier, die sich strikt weigerten, Englisch gegenüber Touristen zu benutzen, sogar wenn sie die Sprache sprechen konnten. Auch er hatte das schon erlebt und war danach froh gewesen, dass er auch anderer Sprachen wie etwa des Spanischen mächtig war.

Seitdem sie im Osten der Norddeutschen Tiefebene unterwegs waren, hatten sie stets weite Felder mit Windkraftwerken gesehen, die jedoch nicht weiß waren wie bei ihnen. Da hier fast kein Flugverkehr von Kleinflugzeugen in niedrigen Höhen herrschte, war das auch nicht nötig. So waren die für sie seltsam anmutenden Masten in unauffälligen, gesetzten Farbtönen gestrichen, die sich der Landschaft oder dem Hintergrund anpassten, meist in pastellartigen blaugrauen Schattierungen. Im Gegensatz zu den ihnen bekannten Konstruktionen waren an den hohen Säulen jedoch mehrere kleinere Propeller übereinander montiert, die sich genialerweise gegenläufig zum jeweils benachbarten Rad darüber oder darunter drehten. Da die Rotorblätter jeweils sechzig Grad versetzt zueinander montiert waren, griffen sie stets ineinander und konnten sich nie berühren. Nick zählte zunächst vier Propeller übereinander; erst später, als sie einmal dicht an einem 'Windpark' vorbeifuhren, sahen sie, dass es sogar fünf waren. Zudem waren sie paarweise an der Vorder- und Rückseite angeordnet, sozusagen Rücken an Rücken, woraus sich zehn Propeller pro 'Windturm' ergaben.

„Mich fasziniert die Anordnung bei diesen Generatorkraftwerken. Ich kann die Ausmaße aber nur schlecht einschätzen", bemerkte Nick gegenüber ihren Stewards. „Wisst ihr etwas darüber?"

„Klar, das europäische Modell der Windkraft-Dynamowerke ist standardisiert", antwortete Wolf, „der Mast ist etwa hundertfünfzig Meter hoch und die einzelnen Propeller haben einen Durchmesser von etwa dreißig Meter. Ihre Naben sind jeweils zwanzig Meter auseinander montiert. Der gesamte Mast dreht sich mit dem Wind und bewegt so alle Propeller auf einmal bei Richtungswechseln des Windes. Eine sehr effektive Konstruktion."

„Auf unserer Filiale steckt diese Technik noch in den Kinderschuhen. Vor allem haben die Politiker in einer Welle des Aktionismus die Landschaft mit diesen Windkraftwerken voll pflastern lassen, bevor die Infrastruktur an Starkstromnetzen dafür vorhanden war, um den erzeugten Strom überhaupt zu den Verbrauchern leiten zu können. Das Ganze ist ein einziges Ärgernis in unserer Version Deutschlands." Rebecca verdrehte genervt die Augen beim Gedanken an diesen energiepolitischen Schildbürgerstreich.

„Bei uns wird ein großer Anteil des hier erzeugten Stromes direkt an Werke in der Region geleitet, die Grundwasser oder auch das salzarme Meerwasser der Ostsee zur Elektrolyse und Wasserstofferzeugung verwenden. Wasserstoff ist ein hochdichter Energiespeicher für umweltfreundliche Brennstoffzellen und andere Anwendungen. So haben wir keinen hohen Leitungsverlust durch einen langen Transport des Stromes. Eigentlich eine gute Sache, wenn ihr mich fragt." Sophie nickte ihnen zu.

„Auf so was kommt bei uns natürlich keiner. Wen wundert's bei unseren Politikern?" Nun war es an Nick, die Augen gen Himmel zu richten.

In Windeseile war die flache Tiefebene der Neumark draußen an ihnen vorbeigehuscht und machte langsam dem küstennahen Gebiet der Pomerellen Platz. Der Wechsel von Ackerland, Wald und Wiesen blieb jedoch, als sie sich der beeindruckenden Hafenstadt Danzig näherten, einer der größten und prächtigsten Orte, die sie hier bisher zu sehen bekommen hatten.

Im Hauptbahnhof, dessen pittoreskes rotes Backsteingebäude mit vielen weißen Steinintarsien von einem hohen, ebenfalls aus Backstein erbauten Uhrenturm gekrönt wurde, fand ein Fahrtrichtungswechsel statt. Danach ging es wieder auf eine Hochgeschwindigkeitsstrecke, die sie in einem weiten Bogen durch die Tieflande von Ostpreußen führte.

Königsberg, Filiale 108 - Monat 1

Nach erstaunlich kurzer Zeit waren sie in der Hauptstadt von Ostpreußen angekommen. Was sie bis zur Einfahrt in den Hauptbahnhof von Königsberg von der Stadt gesehen hatten, hatte ihre Meinung von diesem Land und dieser Welt bestätigt. Da sie sich noch nicht weitergehend über die allgemeine politische, gesellschaftliche und wirtschaftliche Lage informiert hatten, konnten sie auch noch kein Urteil über negative Aspekte dieser Version ihrer Welt abgeben. Und zumindest Nick war sich nicht sicher, ob sie sich überhaupt eines anmaßen konnten, angesichts dessen, was sich auf ihrer eigenen, der Filiale 88, abspielte.

Sie stiegen aus und wechselten den Bahnsteig, um die letzte Etappe ihrer weiten Reise anzutreten. Und tatsächlich erklang wieder die gleiche Frauenstimme aus den Lautsprechern:

„Bitte Vorsicht am Gleis 3, es fährt ein der Samland-Ringexpress von Pillau. Dieser Zug endet hier und fährt um 14.53 Uhr zurück nach Pillau. Die Wagen der zweiten

Klasse befinden sich in Fahrtrichtung vorne, die der dritten Klasse am Ende des Zuges. Dieser Samland-Regionalexpress fährt ohne Halt bis Kranz, zur Weiterfahrt nach Pillau über Neukuhren, Warnicken, Padnicken und Fischhausen. Bitte halten Sie Abstand von der Bahnsteigkante."

„Wenn ich nur wüsste, woher ich diese Stimme kenne!" Rebecca war sich inzwischen sicher, dass das keine Unbekannte für sie war.

Bevor sie sich weiter mit diesem Rätsel befassen konnten, erreichte der Regionalexpress ihr Gleis. Für Nick und Rebecca war es eine angenehme Überraschung, dass man sogar in diesen Zügen eine Reservierung vornehmen konnte und die Leute tatsächlich auch bereitwillig Platz machten für sie, als sie um die Freigabe ihrer Plätze baten. Nick konnte sich nur noch dunkel aus frühester Kindheit daran erinnern, dass dies bei ihnen in Nahverkehrszügen noch möglich gewesen war.

Sie durchquerten weitere typische Landschaften mit abwechselndem Ackerland und Wald sowie Viehweiden, bis die Flora allmählich maritimer wurde. Nick, der weit im Landesinneren aufgewachsen war und gelebt hatte, konnte es nicht genau sagen, woran er dies erkannte, aber irgendwann hatte er das sichere Gefühl, dass das Meer nicht mehr weit sein konnte. Da sie nirgends mehr hielten, bis sie Kranz erreichten, verging die Fahrt auch sehr zügig.

Bevor sie es sich versahen, standen sie am kleinen Bahnhof des Badeortes, wo die Gleise endeten. Der Zug fuhr bereits zurück auf die Ringstrecke nach Pillau, als sie ein Taxi gefunden hatten, das sie direkt zu ihrem Hotel mitten an der Uferpromenade fuhr. Tief beeindruckt musterten sie das Hotel Monopol, das augenscheinlich eine lange Tradition hier am Ort hatte. Es sah sehr feudal aus mit seinen vielen Anbauten, den zwei kleinen Türmen an beiden Enden des Gebäudes und der vorgelagerten und voll verglasten Speisesaal-Terrasse zur Promenade hinaus. Von hier aus hatte man sogar einen eigenen Zugang zum Strand, wenn man die Promenade überquerte.

Nach der Anmeldung bezogen sie erst einmal ihre Zimmer. Nick warf sich gleich aufs Bett und meinte ermattet: „Endlich angekommen! Bin ich froh, dass wir uns für diesen Ort entschieden haben."

„Ja, das war eine gute Idee. Dieses Hotel ist bestimmt das beste im ganzen Ort. Sieh nur den Ausblick auf das Meer, den wir von hier oben aus haben." Rebecca trat an das Fenster, das sich bis fast zum Boden öffnen ließ und damit wie eine Balkontür wirkte, nur dass statt eines Balkons ein Geländer bis auf Hüfthöhe vor dem Fenster war.

Später trafen sie sich noch im Restaurant des Hotels, das die Glasfront zur See hin geöffnet hatte, wodurch eine milde Abendbrise vom Meer herüber wehte. Sie genossen ihr erstes fangfrisches Fischmenü dieses Aufenthaltes und unterhielten sich über verschiedene Diskrepanzen zwischen ihren Welten.

Sophie wirkte wie auch sonst stets stärker aus der Fassung gebracht als Wolf bei dem, was sie von ihren Kollegen erfuhr. „Aber das macht doch gar keinen Sinn! Wieso sollte jeder Haushalt ein eigenes Auto bei sich herum stehen haben?"

„Weil bei uns der öffentliche Schienenverkehr längst nicht so gut ausgebaut ist wie bei euch. Wir hatten auch am Anfang der Eisenbahnentwicklung eine Phase, wo jeder kleine Ort irgendeinen Bahnanschluss hatte, doch dann kam der Omnibus und das Automobil als Massenfortbewegungsmittel immer mehr in Mode und als sich jeder ein Auto leisten konnte, kaufte sich auch jeder eines. Im Laufe der Zeit wurden immer mehr kleine Nebenstrecken stillgelegt, sodass die Dörfer heute nur noch mit Bussen erreichbar sind. Habt ihr etwa keine Busse?"

„Doch, natürlich, aber nicht viele und auch nur für den sehr ländlichen Bereich, für abgelegenere Orte. Und ein großer Anteil der Linienbusse sind Trolleybusse mit Stromschienen. Auch auf Überlandstrecken sind sie ein gutes Fortbewegungsmittel." Wolf dachte nochmals über das Gehörte nach. „Bei euch fahren die Autos mit einem Verbrennungsmotor statt mit Elektroantrieb? Das ist doch ungeheuer ineffizient und dreckig."

„Vom Wirkungsgrad her stimmt das sicher, wenn man sich den Entwicklungsstand eurer Akkus und Brennstoffzellen ansieht. Bei uns haben sich diese Destillate aus Erdöl eben durchgesetzt und sind Teil eines der bedeutendsten Wirtschaftszweige der Welt. Es wurden sogar schon Kriege geführt um Gebiete, die große Erdölvorkommen haben. Auch der Umweltaspekt ist ein Problem bei uns, das ist richtig." Je länger Nick sich in dieser Weise erklären musste, desto absurder erschien ihm das selbst, was sich auf ihrer Heimatwelt abspielte.

Rebecca schien momentan genug davon zu haben. Ihr fiel ein anderes Thema ein: „Was mich interessieren würde: ihr achtet hier darauf, kein Verhalten an den Tag zu legen, das eine erhöhte Ansteckungsgefahr bei Krankheiten bedeuten kann. Wie aber ist das mit den TransDime Reisenden? Könnte es nicht sein, dass jemand aus einer anderen Realitätsebene einen hier unbekannten Keim einschleppt, der sich dann ungehindert ausbreiten und eine neue Pandemie verursachen könnte? Oder dass wir uns umgekehrt hier mit etwas anstecken können, was uns den Garaus macht oder was wir sogar in unsere Heimatfiliale einschleppen?"

Sophie wollte mit fragendem Gesichtsausdruck wissen: „Habt ihr denn nichts gegessen und getrunken auf eurem Transfer hierher?"

„Doch, natürlich, aber was hat das mit...?" Rebecca unterbrach sich und ihre Augen weiteten sich ungläubig. „Warte mal, willst du damit etwa sagen, dass wir mit dem Essen in der Fähre etwas eingeflößt bekommen haben, was dieses Risiko minimiert?"

„Ausmerzt, nicht minimiert", korrigierte Wolf ernst. „Diese Gefahr muss natürlich immer zuverlässig ausgeschlossen werden, deshalb überlässt die Filiale 1 da nichts dem Zufall, wie sie uns versichert haben."

Auch Nick war wie vor den Kopf geschlagen. „Das wird ja immer besser! Wie viele dieser kleinen Überraschungen warten wohl sonst noch auf uns? Ich persönlich hätte das gerne erfahren, bevor ich auf pharmazeutischem Weg von allen Bakterien und Viren befreit werde."

Sophies Miene hellte sich auf: „Nicht doch, ihr habt doch keine Medikamente bekommen! Das wäre hochgradig unethisch."

„Da hast du verdammt noch mal Recht! Das ist das allerletzte... Moment!" Als ihm bewusst wurde, was Sophie gesagt hatte, erstarb sein Protest. Er traute sich kaum zu fragen: „Wenn sie uns keine Medikamente zur Bekämpfung von Keimen gegeben haben, was denn dann?"

„Das hört sich jetzt vielleicht etwas futuristisch an...", begann Wolf ausweichend.

„Ich muss gestehen, dass uns auch nicht alle Details dazu bekannt sind, aber aufgrund dessen, was uns Herr Fischer dazu sagte, konnten wir uns durchaus ein Bild davon machen, wie das Ganze in etwa funktionieren soll."

Rebecca schluckte deutlich sichtbar und wurde etwas blass. „Oh Gott, was kommt jetzt?"

Eine Spur zu unbekümmert platzte Sophie damit heraus: „Ihr habt mit der Nahrung an Bord der Sphäre eine Dosis an mikroskopisch kleinen Robotern eingenommen. Diese bewegen sich mit dem Blutkreislauf und der Lymphe durch euren Körper, spüren gezielt schädliche Mikroorganismen auf und vernichten solche. Harmlose und für den Körper nützliche Organismen wie etwa die Darmflora werden dabei nicht angetastet. Diese Dinger sollen wirklich unglaublich winzig sein, im Nanometerbereich, wenn ich das richtig verstanden habe."

„Du willst mich doch verar… auf den Arm nehmen!", rutschte es Nick heraus.

„Eigentlich sind es vielmehr Fertigungseinheiten, die sich im Körper verteilen, die Sachlage an ihren Standorten analysieren und diese Nanoroboter dann direkt nach Bedarf mit vor Ort vorhandenen Rohmaterialien herstellen. Sie sollen sogar das Eisen und die Spurenelemente im Körper dazu verwenden, habe ich gehört. Dadurch durchlauft ihr auf zellularer Ebene einer ständigen mikrobiologischen Diagnose und jegliche Infektion wird wortwörtlich im Keim vernichtet." Wolf grinste über sein gelungenes Wortspiel.

Rebecca setzte zu einer Antwort an, hielt dann jedoch inne. Sie sinnierte: „Doch, das macht natürlich Sinn. Die Science Fiction-Romane sind voll mit diesem Konzept der fortschrittlichen Behandlungsmethode. Und da man auf einer Reise in eine andere Filiale automatisch für eine gewisse Zeit unterwegs ist, wirkt während der Reise diese Behandlung in beide Richtungen. Zum einen wird man von allem befreit, was man in eine andere Realität einschleppen könnte und zum anderen ist man bereits mit dem nötigen Schutz vor den hiesigen Erregern ausgestattet, bis man am Zielort eintrifft."

Nachdenklich meinte Nick: „Und wird davor bewahrt, bei der Rückreise ein ungewolltes Andenken in seine Heimatfiliale mitzubringen, wie gesagt. Schade, dass Ta-

mara nicht da ist. Die würde ausflippen vor Begeisterung, wenn sie das wüsste."
„Oder den totalen Horroranfall bekommen, je nach Gesinnung", widersprach Rebecca unwirsch. „Was wisst ihr Beide noch darüber? Das interessiert mich jetzt aber doch."
„Nun, bisher hat dieser Infektionsschutz wohl noch nie versagt, nach dem, was man uns erzählt hat. Er bleibt allerdings nur für eine gewisse Zeit wirksam, ein paar Wochen bis zu einem Monat. Dann hat sich die Reproduzierbarkeit der Nanoroboter erschöpft. Sie werden auf natürlichem Wege aus dem System ausgeschieden, ohne dass man davon etwas bemerken würde. Eigentlich ist alles daran so ausgelegt, dass es wie eine Perfektionierung des natürlichen Immunsystems wirkt und auch nicht zu stark in die normalen Abwehrprozesse eingreift. Nur eben dort, wo die weißen Blutkörperchen nicht weiter kommen, werden sie aktiv." Sophie beendete ihre Ausführungen und sah gespannt in die Runde.
Nick meinte darauf ein wenig ungehalten: „Rebecca, erinnere mich daran, einen Termin bei Herrn Kardon zu machen, wenn wir wieder zu Hause sind. Ich bin das, was die Briten 'not amused' nennen."
„Da sind wir schon zwei", pflichtete sie ihm mit finsterer Miene bei.
„Euch scheint das alles sehr zu beunruhigen", stellte Sophie blauäugig fest.
„Da kannst du aber einen drauf lassen", war Nicks verärgerte Antwort.
„Dabei hat es doch nur positive Auswirkungen. Offenbar verheilen sogar kleinere Wunden schneller dank dieser Nanobots, die gleichzeitig eine Infektion verhindern. Und du könntest nicht einmal ungewollt schwanger werden, solange du deine Dosis noch in dir trägst."
Rebeccas Kopf schnellte herum zu Wolf, der das geäußert hatte. „Was soll denn das jetzt heißen?"
Ein wenig verlegen druckste ihr Kollege nun herum. „Na ja, das ist sozusagen ein Nebeneffekt der Nanobots. Sie klassifizieren wohl männliche Spermien im Körper der Frau als Fremdorganismen und vernichten diese, bevor auch nur ein einziger davon eine Eizelle erreichen kann. Hat etwas mit den fremden Gensequenzen der Spermazellen zu tun. Da diese nicht denen des Körpers entsprechen, welche die

Nanobots beherbergen, werden sie automatisch als schädlich eingestuft und beseitigt."

Nick zog einen Mundwinkel hoch und musterte seine Freundin. „Wer hätte das für möglich gehalten? Hast du gehört, Beckie? Du kannst die Pille fürs Erste absetzen."

Nachdenklich gab Rebecca zurück: „Genau wie Herr Kardon vor unserem Abflug gesagt hatte. Daher seine dämliche Fragerei, ob wir ein Kind planen. Nick, das müssen unglaublich viele Nanobots im Körper sein, wenn sie tatsächlich hundert Millionen Spermien praktisch gleichzeitig abfangen können. Hast du dir darüber mal Gedanken gemacht?"

Sophie erklärte ruhig und sachlich: „Es gibt anscheinend eine Art Kommunikationssystem zwischen den Nanobots in einem Körper. Wenn alles in Ordnung ist, sind sie gleichmäßig verteilt in deinem Blut und der Lymphe. Wenn jedoch so etwas wie eine Wunde auftritt, durch die Erreger eindringen oder eben... ihr wisst schon... Babyalarm....dann werden die Nanobots an die Stelle gerufen, wo die Bedrohung auftritt und massieren sich dort."

„Und da die kleinen Nicks bis zu mehrere Tage unterwegs sind, bevor sie eine Eizelle erreichen, bleibt genug Zeit zu Abwehr der..." Rebecca brach ab, als sie Nicks Gesichtsausdruck sah.

„Wie war das? Die *kleinen Nicks*?"

Wolf lachte schallend los und Sophie blickte verschämt zu Boden.

Mit schlecht gespielter Verlegenheit grinste Rebecca ihren Freund an. „Upps, ist mir so 'rausgerutscht. Kommt nicht wieder vor."

„Ja, haha!" Grummelig gab Nick zu bedenken: „Du solltest dich lieber mal fragen, was passiert, wenn du vor Beginn einer Reise die gemeinsamen Freuden der Liebe mit mir genießt..."

„Was ich jedes Mal tue!", warf sie schnell augenzwinkernd ein, um ihn zu besänftigen. Die stärkere Wirkung hatte dieser Kommentar allerdings bei ihren Betreuern. Wolf grinste noch breiter und Sophie lief noch roter an als bei ihrem letzten unzweideutigen Ausspruch.

Er ging nicht darauf ein und fuhr ernst fort. „Rebecca, was geschieht, wenn du be-

reits eine befruchtete Eizelle in dir trägst, wenn du eine Reise unternimmst und dann die Nanobots zu dir nimmst? Oder sogar einen Fötus? Einen Embryo? Na?"
Sie erstarrte und ihr Antlitz spiegelte das nackte Entsetzen wider. Sie schlug ihre Hände vor den Mund und bekam wässrige Augen. „Oh Gott, meinst du etwa...?"
Wolf musste zögerlich eingestehen: „Ich bin mir nicht ganz sicher, inwieweit das Abwehrsystem die vermischte DNS in einer befruchteten Eizelle als körpereigenen Bestandteil erkennen würde. Es ist vielleicht möglich, dass sie im Frühstadium einen Fötus als Bedrohung einstufen würden und..."
Nick schüttelte den Kopf. „Diese Vorstellung ist ja schlimmer als jeder Horrorfilm! Wahrscheinlich würde man es nicht einmal bemerken, wenn sie den heran wachsenden Organismus abtragen würden."
Rebecca stand auf: „Da kannst du dir nicht sicher sein. Und vor allem: wann ziehen diese kleinen Biester die Grenze? Stell dir mal vor, jemand ist bereits hochschwanger und bekommt eine Ladung dieser Nanobots ab! Was würde passieren?
Ich glaube, mir reicht es für heute mit Überraschungen. Wenn das so weitergeht, brauche ich am Ende unseres Erholungsurlaubs Erholung, weil ich dann erst recht traumatisiert sein werde. Ich gehe ins Bett."
„Tut mir leid, wir wollten euch die Stimmung nicht verderben. Gute Nacht, ihr Beiden. Bis morgen." Wolf sah sie entschuldigend an.
Auch Nick hatte seine Tagesdosis an dramatischen Eröffnungen bereits überschritten. „Ja, bis dann."
Sie ließen ihre beiden verdatterten Betreuer zurück und gingen ohne Umweg direkt aufs Zimmer. Dort machten sie sich konsterniert schweigend fertig fürs Zubettgehen.
Als sie im Bett lagen, umschlang Rebecca ihn eng von hinten und sagte leise schluchzend: „Was passiert hier nur? Unser Traum wird immer mehr zu einem Alptraum. Wir sind mit winzigen *Robotern* ohne unser Wissen oder unsere Einwilligung vollgestopft worden. Wer weiß, was die alles in uns anrichten können!"
Nick wandte sich zu ihr um: „Ich bin mir nicht sicher, wie ich das bewerten soll. Vielleicht ist das wirklich nur eine allgemeine Vorsichtsmaßnahme, die für die Ma-

cher in Filiale 1 so selbstverständlich ist wie für uns das Aufkleben eines Pflasters. Sie haben sich wahrscheinlich nicht mal etwas dabei gedacht, als sie uns darüber nicht informiert haben. Und die Tatsache, dass sie das so offen kommunizieren, auch an Leute wie Sophie und Wolf, die das noch gar nicht direkt betrifft, scheint auch gegen jeden Hintergedanken dabei zu sprechen. Wir müssen uns wohl wirklich allmählich von unseren bisherigen Denkmustern verabschieden, was das angeht.

Wenn man weiß, dass man schwanger ist, darf man eben auf einem Flug einfach nichts von der Bordverpflegung zu sich nehmen. Oder man kann die Nanobots vielleicht sogar so programmieren, dass sie die DNA des Vaters berücksichtigen und ein ungeborenes Kind im Mutterleib nicht angreifen? Falls der Vater bekannt ist, meine ich. So genau kenne ich mich damit nicht aus, aber…"

„Das kann ja alles sein. Aber was ist, wenn das doch nicht nur zur Keimabwehr gemacht wurde? Wenn diese Nanoroboter noch andere Aufgaben haben, zum Beispiel uns kontinuierlich zu überwachen? Prinzipiell können sie uns das auch schon am ersten Tag in der Kantine ins Essen und Trinken gemischt haben. Der Gedanke macht mich verrückt." Sie zog ihn an sich.

„Für mich klingt das etwas unwahrscheinlich. Das wäre doch ein etwas großer Aufwand, nur um uns auszuspionieren. Und wenn es stimmt, dass die Teile nach ein paar Wochen den Geist aufgeben, müssten sie uns immer wieder neue verpassen. Da gäbe es doch wirklich einfachere und sicher auch billigere Methoden, um uns im Auge zu behalten." Er versuchte, das Ganze sachlich anzugehen, aber auch bei ihm blieben Zweifel.

Rebecca sagte leise: „Ich frage mich inzwischen wirklich, ob wir auf der richtigen Seite stehen. TransDime ist der heimliche Herrscher über die ganze Erde, wenn das alles wahr ist. Und sie bringen Leute um, die ihren Zielen im Wege stehen. Ich meine, wenn du es genau nimmst, arbeiten wir für eine Verbrecherorganisation. Die größte, die es jemals gegeben hat."

„Das ist richtig, wenn man es mit den Informationen, die wir bisher haben, betrachtet. Ich habe das Gefühl, wir müssen noch viel mehr darüber erfahren, was im Gesamten vor sich geht. Die machen das doch nicht zum Spaß.

Was mich viel mehr erstaunt, ist die Tatsache, dass wir beide noch nicht vollkommen durchgedreht sind. Diesen Erholungsurlaub nach einem traumatischen Ereignis haben wir jedenfalls nötig, aber wir nehmen trotzdem alles viel zu gleichmütig hin. Liegt das wirklich an unserer Ausbildung, dass wir bereits so abgestumpft sind?"

„Wir haben seit dem ersten Tag darauf hin trainiert, dass wir in eine Lage kommen können, in der wir körperliche Gewalt gegen andere Menschen anwenden müssen... oder Waffengewalt." Rebecca war offenbar ebenfalls nicht wohl bei dem Gedanken, dass sie nur aufgrund ihres Trainings derart gleichgültig gegenüber anderen geworden sein sollten.

„Ja, aber TransDime hat darauf geachtet, wer von uns mehr und wer weniger Bedenken beim Umgang mit Waffen gezeigt hat, von Anfang an. Du zum Beispiel konntest mit Schusswaffen nie besonders viel anfangen. Bei mir war das anders, weil ich bereits beim Bund damit regelmäßigen Kontakt hatte. Und diejenigen, denen das gelegen hat, haben sie auch gezielt ermutigt, während die anderen nur ihre Pflichtübungen absolvieren mussten."

Sie hauchte ihm einen sanften Kuss auf die Schulter. „Du denkst auch, dass die Killerin, das Naturtalent, von dem Marie gesprochen hat, unsere Ziska ist?"

Er zögerte mit seiner Antwort. „Mich würde es jedenfalls nicht wundern. Sie war solch eine Waffennärrin, dass das zu ihr gepasst hätte. Auch die frühe Beförderung, die Spezialausbildung und das praktisch spurlose Verschwinden auf Nimmerwiedersehen... das passt doch alles, oder? Vor allem vor dem Hintergrundwissen, das wir jetzt haben."

„Dann hätten sie aber auch mich als Nahkampfexpertin anheuern müssen, statt mich als normalen Steward die üblichen drei Jahre auf Stufe Null Dienst nach Vorschrift schieben zu lassen", gab Rebecca zu bedenken.

„Sie hätten es dir auf jeden Fall anbieten können, denn du bist eine der Besten in dieser Disziplin, das stimmt. Aber du siehst das alles nur als Sport, das ist bestimmt der Unterschied dabei. Zudem hast du noch viele andere Talente, sodass sie sicher weiter beobachten wollten, wie du dich entwickelst. Dich zu früh zu spezialisieren, wäre eine Verschwendung gewesen."

„Du schmierst mir Honig ums Maul." Geschmeichelt liebkoste sie seinen Nacken.

Mit überzeugtem Tonfall widersprach Nick: „Überhaupt nicht. Und du weißt das auch, dass du eine der besten Stewards bist, die sie derzeit haben. Sei nicht so bescheiden. Dir fehlt es nur ein wenig an besseren Nerven, wenn es ernst wird."

„Das war jetzt nicht nett. Ich hatte bisher erst eine wirklich brenzlige Situation zu meistern. Aber dafür habe ich ja jetzt dich. Ich möchte mir gar nicht vorstellen, dass ich jetzt auch alleine hier sein könnte."

Er widersprach ihr: „Komm schon, du bist eine starke Frau. Außerdem glaube ich, dass wir wirklich ein besonderer Härtefall sind. Alle anderen werden sicher in aller Seelenruhe von TransDime aufgeklärt, wenn sie auf Stufe Eins befördert werden. Sie werden in homöopathischen Dosen auf die Wahrheit vorbereitet und auf alle Fragen und Sorgen wird mit der größten Rücksicht eingegangen. Wir sind nur aufgrund der besonderen Umstände kopfüber in diese Lage gestoßen worden. Wie ich Herrn Kardon kenne, schätzt er uns so ein, dass es in Ordnung ist, weil er uns eben all das hier zu zweit zumutet. Wir ergänzen uns und geben uns gegenseitig Kraft und Trost."

„Du bist auch ein Spezialist. Nämlich darin, zur richtigen Zeit immer genau das Richtige zu sagen. Du weißt gar nicht, wie viel das wert ist."

Sie küsste ihn lange und intensiv und er erwiderte das aus tiefstem Herzen. Wenn sie Recht hatte damit, mochte der Halt, der ihre Beziehung ihnen gab, für TransDime vielleicht sogar ein wertvoller Aktivposten sein. Inwiefern sich das auf ihre Einsatzmöglichkeiten auswirken möchte, konnte er sich momentan aber nicht vorstellen.

So blieben sie noch eine ganze Weile wach und haderten im Dunkel der Nacht mit sich und ihrem Schicksal, bis dann doch die Müdigkeit ihren Tribut forderte.

< 5 >

Kranz, Filiale 108 - Monat 1

Am nächsten Morgen hatten sie sich wieder ein wenig gefangen und beschlossen, das Beste aus der Situation zu machen, da sie ohnehin nichts daran ändern konnten, was man mit ihnen gemacht hatte.

Sie trafen sich mit ihren Betreuern am Frühstückstisch und entschlossen sich dazu, erst einmal den kleinen beschaulichen Badeort umfassend in seiner Gänze zu erkunden. Da die Wetterprognose heute einen warmen, aber bedeckten Tag vorhergesagt hatte, erschien das als ein gutes Vorhaben. Ab morgen war wieder strahlender Sonnenschein angesagt, was dann eher zum Baden animieren würde als der zur Zeit bleigraue Himmel.

Ausgehend vom Hotel schlenderten sie die Promenade erst in die eine, dann in die andere Richtung entlang, jeweils bis zu deren Ende und dem Übergang in die schönen, heute nur schwach besuchten Badestrände. An einer Stelle führte ein großer hölzerner Steg mehrere hundert Meter weit aufs Meer hinaus. Für Ostseebäder keine untypische Erscheinung, aber dennoch ein idealer Platz für eine atemberaubende Aussicht.

Der leichte Seewind blies Rebeccas beiges Sommerkleid um ihre langen Beine herum und sorgte dafür, dass sie ihren breitkrempigen, leichten Hut festhalten musste, während ihr die Haare ins Gesicht geweht wurden. Sie drehte den Rücken zum Wind und grinste ihn fröhlich an, als ihre Blicke sich trafen.

Nick nahm dieses Bild in sich auf und nahm sich vor, dass er diesen kurzen Augenblick des Friedens und der Harmonie niemals vergessen würde. Schade, dass er kein Bild machen konnte, doch er hätte es ohnehin nicht mitnehmen können. Daher versuchte er einfach, sich das Bild seiner atemberaubenden Herzdame, dem Aussehen nach aus dem Jahre 1900 entsprungen, so gut wie möglich ins Gedächtnis zu brennen.

Er war mit einer dunklen Hose, einem leichten rot-schwarz-karierten Hemd sowie einer flachen Mütze bekleidet, was ihn ebenfalls wie aus einer längst vergangenen Epoche wirken ließ. Auch Sophie und Wolf waren wieder ähnlich gekleidet wie gestern, was das unbeschwerte Bild zweier junger Paare auf Erholungsurlaub perfektionierte. Bei diesem Wind war nun zu erkennen, dass auch Sophie allerhand zu bieten hatte, als sich ihr ansonsten lockeres Kleid an ihre Konturen drückte. Das schien auch Wolf nicht entgangen zu sein, doch er hatte mit den etwas rustikaleren Moralvorstellungen ihrer Filiale zu kämpfen, was ihm bei seiner Kollegin Steine in den Weg legte.

Nick konnte nicht widerstehen und fragte dennoch: „Du hast nicht zufällig etwas dabei, womit du ein Foto von uns machen könntest? Ich meine zur Erinnerung, auch wenn es uns wahrscheinlich nicht erlaubt ist, etwas aus dieser Welt in unsere mitzunehmen, und sei es auch nur eine kleine Bilddatei."

Wolf nickte wissend und erklärte: „Da hast du recht. Ich kann allerdings Fotos für euch schießen und diese bei mir auf dem PR im Büro speichern, bis du oder Rebecca zurück in eurer Heimatfiliale seid. Denn ab Stufe Eins ist es erlaubt, private Bilder nur für den Eigengebrauch innerhalb von TransDime zu verschicken. Ich würde sie dann einfach mit einem E-Brief an euch senden, wo ihr die Fotos dann an eurem Firmen-PR ansehen oder in eurem neuen Büro aufhängen könntet oder so was in der Art."

„Was ist ein PR?", fragte Nick mehr sich selbst als jemand Bestimmten.

„Persönlicher Rechner", erklärte Wolf kurz angebunden. „Und, wollt ihr ein Erinnerungsfoto?"

„Das wäre toll!", begeisterte sich auch Rebecca. „Komm, Nick, stell dich neben mich. Das ist echt genial, so ein Souvenir hier am Ende des Stegs mit der Ostsee im Hintergrund, auch wenn kaum ein Stückchen blauer Himmel zu sehen ist."

Wolf informierte sie: „An dieser Stelle ist die Ostsee übrigens so breit wie fast nirgendwo sonst. Bis zur Südspitze der schwedischen Insel Öland sind es von hier aus mindestens 250 Kilometer."

„Interessant. Das heißt, wir bekommen nirgendwo in der Gegend mehr Ostsee für unser Geld." Rebecca lachte und umfasste Nick an der Hüfte, um mit ihm für das Erinnerungsfoto zu posieren.

Wolf zog ein Smartphone hervor und hielt es quer vor sich, um ein Foto zu schießen, als Rebecca ihn auf die Wange küsste. Auf der ihnen zugewandten Rückseite des Gerätes erschien die Abbildung einer Irisblende, die sich öffnete und wieder schloss, um das Aufnehmen des Bildes zu signalisieren. Danach erschien für wenige Sekunden das aufgenommene Bild in Schwarz-weiß, bevor es wieder verschwand und einen neutralen gräulichen Hintergrund zurückließ.

„Was hast du denn da für ein... äh, Aufnahmegerät? Das kommt mir bekannt vor." Nick wies auf Wolfs Handy.

„Ein Mobiltelefon von Yota, wieso? Sag bloß, du kennst das?"

Rebecca staunte nicht schlecht: „Kennen? Wir haben genau so ein Yotaphone 2 an unserem ersten Arbeitstag als Diensttelefon überreicht bekommen. Das haut mich jetzt aber um, dass ihr in einer anderen Realitätsebene das gleiche Telefon benutzt wie wir."

„Soweit ich weiß, wurde es sogar bei uns entwickelt. Yota ist ein mächtiger russischer Elektronikkonzern und einer der führenden europäischen Anbieter auf dem Markt für Mobiltelefone mit Berührungsbildschirm. Und der Doppelbildschirm mit e-Papier auf der Rückseite ist extrem stromsparend." Sophie zog wie zum Beweis ein identisches Gerät, allerdings mit weißer Umrahmung, aus ihrer kleinen roten Lederhandtasche, die sie stets bei sich trug.

Die Tatsache, dass dieses Gerät gar nicht bei ihnen entwickelt worden war, sondern TransDime lediglich einen Technologietransfer in ihre Heimat durchgeführt hatte, schien die Existenz dieses ungewöhnlichen Gerät ein wenig plausibler für Nick zu machen. Er hatte sich schon mehrmals gegenüber Leuten erklären müssen, denen sein Handy bei einem Gebrauch in der Öffentlichkeit aufgefallen war und die ihn wie einen Marsmeschen angestarrt hatten, bevor die Neugier gesiegt hatte und sie ihn auf die ungewöhnliche Kombination von normalem und e-Paper-Bildschirm in nur einem Gerät angesprochen hatten.

„Schön, da haben wir ja mal etwas, was uns über alle Abgründe hinweg verbindet. Machst du noch ein Bild mehr von uns, Wolf?" Rebecca schien ebenfalls angetan von der Idee, dass Kollegen in anderen Dimensionen das gleiche Smartphone benutzten wie sie.

„Gerne. Wenn ihr euch beeilt, bekommen wir das Luftschiff auch noch auf den Hintergrund, das wäre doch eine tolle Sache, oder?"

„Das... was?" Wie ein Mann drehten sich Rebecca und Nick um und sahen empor. Beiden stockte der Atem, als in scheinbar weiter Ferne majestätisch ein riesiger zigarrenförmiger Körper leuchtend weiß scheinbar gemächlich über den Himmel nördlich von ihnen zog. Er sah den alten historischen Zeppelinen sehr ähnlich, war aber dennoch ein wenig moderner und schnittiger vom Design her, mit einem spitz zulaufenden Bug wie bei einer Gewehrpatrone. Aus dieser Distanz konnte man nur schemenhaft die Fenster der innenliegenden Kabine und die sechs stromlinienförmig ummantelten Triebwerke sehen, die den gasgefüllten Giganten der Lüfte seinem Ziel entgegen schoben. Anhand der Größe und des Abstands täuschte das Tempo, wie Nick sich dachte.

„Wow, das ist bestimmt das größte Luftschiff, das ich je gesehen habe. Und wie schnell es ist!" Nick war begeistert.

„Ja, der Fernzeppelin 2000 mit vierhundertundfünfzig Metern Länge ist schon ein Riese. Das muss die Linie Oslo – Minsk oder Oslo – Kiew sein. Bei günstigen Wetterverhältnissen erreichen die Dinger schon mal gerne hundertsechzig km/h." Wolf war die Faszination über diesen Giganten der Lüfte deutlich anzuhören.

„Das wären dann hundertneunzig km/h bei uns, nicht schlecht", stellte Nick nach kurzem Nachrechnen fest. „Bei den alten Luftschiffen war die Kabine hängend unter dem Auftriebskörper aufgehängt. Hier sieht es aus, als sei sie mitten im Schiff verbaut."

„Ja, neben der Verwendung von Leichtbaumaterialien, hochdichten Wasserstoffzellen und modernen aerodynamischen Erkenntnissen war eine Maßnahme zur Erhöhung der Geschwindigkeit und Reichweite die Verlegung der Passagierzelle nach innen. Sie liegt jetzt mittig im Schwerpunkt des Luftschiffes, umgeben von den

Auftriebszellen und Akkus der Motoren. Ich glaube, es können etwa hundertfünfzig Passagiere samt Gepäck mitfahren."

„Ihr füllt die Dinger immer noch mit Wasserstoff?" Rebeccas Augen wurden groß, dann starrte sie nach oben, als erwarte sie gleich eine Katastrophe.

Sophie sah sie fragend an. „Klar, oder kennst du ein Gas mit noch niedrigerer Dichte und mehr Auftrieb? Alles andere würde keinen Sinn machen."

„Lass gut sein, Beckie. Ich bin sicher, die *Hindenburg* hat hier ihre Dienste lange und gut verrichtet." Warnend sah Nick sie an.

Wolf nickte und runzelte die Stirn bei Nicks Bemerkung: „Ein Schiff diesen Namens gibt es nicht, aber die *Graf Zeppelin* wurde sogar komplett renoviert, generalüberholt und wird noch immer für Nostalgiereisen der gehobenen Klasse verwendet. Die Fahrkarten für solch einen Luxus sind für Normalsterbliche wie uns unerschwinglich und außerdem meistens für Monate im Voraus ausgebucht, heißt es."

Wolf dirigierte seine beiden Schützlinge ein wenig zur Seite des Steges, damit er das Luftschiff im Hintergrund neben ihnen aufs Bild bekam. Die beiden lächelten scheinbar unbekümmert und lieferten so eines der schönsten Erinnerungsstücke, das sie einst an diese Reise haben würden.

„Wow, ist echt toll geworden." Rebecca bewunderte die Aufnahme auf dem Farbdisplay des Telefons, als Wolf es ihnen präsentierte.

„Soll ich nicht auch noch eines von euch beiden machen? Ich möchte auch gerne ein so nettes Erinnerungsfoto von euch beiden haben." Nick zwinkerte Rebecca verschwörerisch zu, als er diesen Wunsch aussprach.

Sophie zögerte kurz: „Äh... na gut, warum nicht?"

Sie verstand und nahm Wolf ohne langes Zögern sein Telefon ab und begann die Aufnahme zu arrangieren. „Ja, stellt euch so zusammen wie wir eben. Wolf, leg deinen Arm um ihre Hüfte. Ja, genauso. Was für ein hübsches Paar ihr abgebt!"

Bei diesen Worten sah Sophie hoch und merkte, wie Wolf sie anlächelte. Rebecca rief: „Ja, jetzt beide ein wenig freundlicher in die Kamera sehen, bitte! Sehr schön!"

Sie tippte auf den Auslöser und machte zur Sicherheit gleich drei Aufnahmen.

„Das war's schon, danke." Rebecca händigte Wolf sein Telefon wieder aus und nickte ihm stumm zu. Er erwiderte die unmerkliche Geste und formte das Wort 'danke' mit seinen Lippen.

„So, und was machen wir jetzt?", wollte Nick tatendurstig wissen.

„Wir können die Waldstraße zum Anleger der Haffschifffahrtslinie nehmen. Die kurische Nehrung beginnt genau neben Kranz, müsst ihr wissen. Es ist gar nicht so weit zu Fuß. Den kurzen Bahnzubringer vom Hauptbahnhof aus zu nehmen, lohnt sich von hier aus gar nicht." Sophie hatte sich offenbar in der kurzen Vorbereitungszeit, die sie gehabt hatte, eingehend über die Gegend hier informiert. Was sie als guten Steward auszeichnete, wie Nick fand.

Sie nahmen ihren Vorschlag gerne an und spazierten durch den lichten Kiefernwald entlang einer gut ausgebauten Verbindungsstraße. Die kleine eingleisige Pendelbahnlinie, die nach einer Weile des Flanierens entlang des Weges vom Bahnhof her über einen Wall und eine kurze Fachwerkbrücke die Straße überquerte und dann neben ihr verlief, diente wohl dem Personen- als auch dem Güterverkehr. Der kleine Zug, der an ihnen vorbei fuhr, hatte jedenfalls neben zwei kurzen Personen- auch einen fensterlosen Güterwaggon angehängt, zwischen Lok und Personenwaggons.

Sie erreichten das Ende eines gewundenen Flussarmes, der zur Hälfte naturbelassen und zur anderen an den Ufern begradigt und ausgebaggert wirkte. Tatsächlich war neben der Haltestelle, wo die Linie endete, auch eine kleine Güterhalle zum Be- und Entladen des Zuges. „Dort vorne ist die Anlegestelle für die Binnenschiffahrt, die hier stattfindet. Hier findet sowohl Fischerei als auch Passagier- und Frachtschifffahrt in kleinem Umfang statt. Es können hier leider nur Boote mit geringem Tiefgang verkehren."

Als sie den Kanal an dessen Ende umrundeten und ihm über einen schmalen Uferweg um mehrere langgezogene Biegungen folgten, erreichten sie nach etwa zehn Minuten zu Fuß eine weite offene Wasserfläche. Es sah von hier aus wie das Ende einer Meeresbucht aus.

„Hier seid ihr schon an der Südwestspitze des Kurischen Haffs. Auch wenn es so aussieht wie offenes Meer, ist es doch von einer schmalen durchlaufenden Landbrücke, der Kurischen Nehrung, von der Ostsee getrennt und hat nur ganz im Norden einen schmalen Zugang zur See. Es ist durchgehend nur ein paar Meter tief und hat einen sehr tiefen Salzgehalt, wie auch die Ostsee hier." Auch Wolf wusste durch Fakten zu beeindrucken.

Sie besahen sich den weitläufigen Brackwassersee noch etwas und folgten wieder dem gewundenen Kanal durch den schmalen Streifen Marschlandes, wo ihnen ein kleines Fischerboot entgegen gefahren kam. Links und rechts von ihnen war der hier allgegenwärtige Kiefernwald, der rings um den Ort zu gedeihen schien.

„Kann man hier auch mit dem Schiff einen Ausflug über das Haff machen? Mir würde das gefallen." Nick sah sich interessiert um, als sie am Anleger angekommen waren, neben dem eine extrem breite Rampe ins Wasser führte.

Rebecca unterstützte seine Anfrage: „Ja, wir sind beide aus dem Westteil des Landes und kennen die Begriffe Haff, Nehrung und Bodden nur aus dem Erdkundeunterricht. Und mir würde eine Bootsfahrt auch Spaß machen."

„Gut, dann merken wir uns das vor", versprach Sophie. „Heute aber begnügen wir uns noch mit Kranz selbst, ihr sollt euch schließlich erst einmal akklimatisieren. Schön warm ist es ja trotz des bewölkten Himmels."

„Gibt es eigentlich besondere Regeln oder Einschränkungen für Badegäste?" Rebecca schien im Vorfeld schon einiges abklären zu wollen, da sie mit den Gepflogenheiten hier nicht vertraut war.

„Nein, nur die üblichen. Auf die aufgezogenen Flaggen am Strand achten, ob das Baden erlaubt und sicher ist, keinen Abfall am Strand wegwerfen, nicht rauchen am Strand... falls ihr raucht. Das soll es ja zuweilen noch geben, obwohl man sich das ohnehin als Normalverdiener schon lange nicht mehr leisten kann." Sophie zählte an den Fingern alles auf, was ihr spontan einfiel.

„Bekleidungsvorschriften?", gab Nick ein Stichwort vor.

„Natürlich, nur landesübliche Badebekleidung. Keine allzu aufdringliche zur Schau Stellung von Intimitäten am Strand oder im flachen Wasser. Euch Beiden muss man das ja leider sagen." Mit leicht strengem Blick musterte sie ihre Schutzbefohlenen.

„Das heißt keine heftigen Zungenküsse am Strand oder auf der Promenade?", fragte Rebecca neckisch.

„Nein, selbstverständlich nicht." Sophies Miene verfinsterte sich zusehends.

Nick hieb in die Kerbe: „Kein eng umschlungenes Herumwälzen im Sand oder anderes Gefummel?"

„Ihr wollt mich nur auf die Palme bringen. Glaubt ihr, ich merke das nicht?" Die süße kleine Brünette stemmte wütend ihre Fäuste in die Hüften, während Wolf hinter ihr sich stark beherrschen musste, um nicht laut loszulachen.

„Nein, wir müssen das fragen, bei uns ist das alles völlig normal", versicherte Rebecca ihr jovial lächelnd. „Bei uns gibt es sogar Nacktbadestrände."

Sophies Gesichtszüge entgleisten. „Nackt... um Himmels willen, nein!"

„Das heißt, auch kein mitternächtliches Nacktbad in der Ostsee für uns?" Nick machte eine enttäuschte Miene.

„Ihr werdet verhaftet, wenn man euch bei so einer Schweinerei erwischt. Macht mir bloß keinen Unsinn! Wozu habt ihr ein eigenes Zimmer? Wohl kaum, damit ihr trotzdem in der Öffentlichkeit Unzucht treibt!" Nun sprühten Sophies dunkle Glutaugen beinahe Funken vor Ärger.

„Ich glaube, das kann man hier doch gar nicht so eng sehen, wie du das darstellst. Vielleicht liegt es auch nur an dir. Kann es sein, dass du ein wenig prüde bist?" Nun schoss Rebecca aus allen Rohren.

„Ich und prüde?" Sophie drohte fast ohnmächtig zu werden. „Wie könnt ihr es wagen, mich so zu beleidigen! Ich bin doch nicht prüde!"

Nick bemerkte wie beiläufig: „Lass gut sein, Beckie. Es liegt wohl an den kulturellen Unterschieden, dass uns Sophie so verklemmt erscheint. Ich bin sicher, sie weiß was sie will und wird nicht als alte Jungfer sterben. Nicht wahr, Wolf?"

Wolf stand noch immer um Beherrschung bemüht neben seiner Kollegin und legte ihr unterstützend die Hand auf die Schulter: „Ich finde, ihr tut ihr ein wenig Unrecht. Du weißt doch genau, was du willst und wirst wohl kaum als alte Jungfer sterben, nicht wahr, Sophie?"

„Mein Kollege Lothar bei uns sagt dazu: ungebraucht in Originalverpackung zurück an den Hersteller." Nick grinste breit und deutete nach oben.

„Ich bin *nicht* verklemmt. Da, seht her!" Sie schnappte sich unversehens Wolf am Kragen und drückte ihm einen langen Kuss auf die Lippen, dann rauschte sie hoch erhobenen Hauptes davon, bis sie nach fünfzig Metern um eine Ecke an der Straße in einen Gehweg in das Waldstück Richtung Kranz einbog und außer Sicht geriet.

„Was war *das*?", fragte sich Wolf darauf, halb erstaunt, halb entzückt.

Nick feixte: „Da haben wir wohl einen Nerv getroffen bei der Guten. Du kannst uns später danken."

„Ich gehe ihr mal kurz nach und beruhige sie wieder. Ist schließlich nicht sehr professionell, zwei Kunden einfach so stehen zu lassen." Wolf machte sich auf, ihr hinterher zu eilen.

Rebecca sah Nick zweifelnd an. „Ob wir es nicht doch übertrieben haben?"

„Ach, das verträgt die schon. War doch witzig. 'Welten prallen aufeinander'." Nick sah sich ein wenig an der Anlegestelle um, als Wolf im Laufschritt hinter Sophie her eilte und nun auch in das Waldstück hinein lief.

Neben einem Kassenhäuschen zum Lösen von Fahrkarten gab es noch eine Hütte nebst Terrasse, die eine Art Kaffeehaus und einen Imbiss beherbergte. Da es aber noch zu früh für die Mittagszeit war und laut ausgehängtem Fahrplan demnächst auch kein Schiff anlegen würde, war entsprechend wenig los hier und nur einzelne, weit verstreute Spaziergänger waren zu sehen. Da die kleine Bahn Richtung Hauptbahnhof ebenfalls wieder abgefahren war, konnte man den Anleger momentan getrost als verwaist bezeichnen.

Eine junge blonde Frau mit einem großen Hut und einem langen gelben Kleid näherte sich ihnen mit gesenktem Kopf, offenbar in der Absicht, sie wegen irgend etwas anzusprechen. Nick sah zu Rebecca herüber: „Oh je, ich glaube, jetzt ist unsere Tarnung als amerikanische Touristen gefragt. Denk dran, kein Deutsch sprechen."

Sie nickte noch kurz, dann war die Frau mit gesenktem Haupt bereits an sie heran getreten: „Entschuldigen Sie bitte..."

Nick würgte sie gleich ein wenig ungalant ab: „Sorry, M'am, we don't speak German. Esperanto?"

„Ihr müsst mir nichts vormachen, Dominik." Die Frau hob ihren Kopf und das Gesicht, das bisher unter der Hutkrempe verborgen gewesen war, kam zum Vorschein, von schulterlangen, hellblonden Haaren umrahmt.

„Jessica!", entfuhr es Rebecca schockiert.

„Hallo, Rebecca. Ich habe nicht viel Zeit, um euch alles zu erklären, daher hört bitte genau zu: meerondu shakiel nefell nand."

Nick wollte gerade fragen, was das heißen sollte, als ihm ein wenig schwindelig wurde. Dann passierte etwas Befremdliches.

Die junge Frau, die ihrer Arbeitskollegin wie aus dem Gesicht geschnitten ähnelte, war verschwunden.

Rebecca neben ihm keuchte auf. „Wo... wo ist sie hin?"

Nick stammelte verblüfft: „Das gibt es doch gar nicht! Wie vom Erdboden verschluckt."

„Ich bin hier", erklang Jessicas Stimme hinter ihnen.

Beide zuckten erschreckt zusammen und fuhren herum. Tatsächlich stand die attraktive Blondine wenige Meter hinter ihnen und lächelte sie eine Spur verlegen an.

„Entschuldigt die kleine Demonstration. Ich musste das machen, um eure Aufmerksamkeit zu erregen und zu erreichen, dass ihr mich anhört. Wenn ihr euch auch fragt, was ihr für eine Rolle spielt in diesem Spiel, ob ihr auf der richtigen Seite seid und vor allem, was das für ein Spiel ist, dann kommt heute um Mitternacht zum Strand bei eurem Hotel und geht ein Stück weit ins Wasser, ich werde auf euch warten. Es gibt mehr als nur TransDime im Multiversum. Und nun seht bitte kurz hierhin."

Sie hielt einen Apparat hoch, der wie eine klobige Taschenlampe aussah. Ein mehrfarbiges, unregelmäßig pulsierendes Licht in Verbindung mit einem seltsam beruhigenden Brummton fesselte ihre Aufmerksamkeit. Nick kam sich vor wie im falschen Film.

„Das wird dafür sorgen, dass ihr niemandem von unserer Begegnung erzählen werdet. Folgt mir nicht und lasst euch nichts anmerken! Ich hoffe auf euer Kommen um Mitternacht." Sie sah sie mit ihren durchdringenden graublauen Augen an und

machte umgehend kehrt, im Gehen den seltsamen kleinen Apparat einsteckend.
Nick war wie erstarrt und wollte ihr dann hinterher rufen, doch Rebecca hielt ihn zurück, als sie seine Absicht erkannte. „Nicht! Ich glaube, sie hat das ernst gemeint."

„Aber... Mann, mir gehen gerade tausend Fragen durch den Kopf. Wie kommt sie hierher? Was will sie uns sagen? Warum diese Geheimniskrämerei? Und..."

„Beruhige dich! Und lass dir nichts anmerken, wie sie gesagt hat, sonst vermasseln wir es noch. Das kann unsere erste Chance auf Antworten von einer unabhängigen dritten Partei sein."

„Und was war das für ein komischer Apparat? Ich kam mir vor wie bei *Men in Black*, wenn Zeugen eines außergewöhnlichen Ereignisses einer Gedächtnislöschung unterzogen werden, um niemandem davon berichten zu können. Hat sie nicht genau so etwas in der Art gesagt?" Nick war außer sich.

„Wir sind hier nicht in Hollywood und sie hat uns auch nicht *geblitzdingst* oder wie auch immer das heißen mag, schließlich wissen wir noch alles von dieser Begegnung und haben nichts vergessen. Pst, da kommen Wolf und Sophie wieder." Als ihre beiden Stewards einer nach dem anderen wieder in ihr Blickfeld kamen, trat Rebecca in Aktion. Sie gebot ihm durch Gesten, sich abzuwenden und möglichst unauffällig zu geben.

„Sieh mit mir aufs Haff hinaus. Und jetzt nimm mich in den Arm und zieh mich an deine Seite. Es soll so romantisch wie möglich aussehen, sodass ihr Nahen eine Störung unserer Privatsphäre bedeutet." Ein wenig steif lehnte sie sich an ihn.

Er raunte ihr zu: „Wow, so kenne ich dich gar nicht. Du hast das Improvisationstalent eines Topagenten! Das ist es, was ich immer zu dir sage: du steckst so voller Möglichkeiten, dass du sogar mich nach zwei Jahren immer noch überraschst."

Sie sah unter ihrem Hut die paar Zentimeter auf ihn hinab. „Und ich vergesse immer wieder, dass wir uns jetzt schon fast zwei Jahre kennen. Ich muss gerade wieder an die Sauna in Nürnberg denken."

„Du hast so heiß ausgesehen, dass ich es mir nie verziehen hätte, wenn ich diese Chance nicht ergriffen hätte." Er streichelte ihr über die Wange.

„Aber du hast dir zu diesem Zeitpunkt bereits gute Chancen bei mir ausgerechnet, stimmt's?" Zart hauchte sie einen Kuss auf seine Hand.

„Wenn das schief gelaufen wäre, hättest du mir so übel den Hintern versohlt mit deinen Nahkampffähigkeiten, dass ich nie wieder hätte gerade laufen können. Es war schon ein Wagnis. Aber wer nichts wagt, der nichts gewinnt." Er nahm nun ihre Hand und hauchte ihr seinerseits einen Kuss auf ihren Handrücken. „Und du warst das Wagnis wert."

Sie zog ihn an sich und drückte ihn fest an ihren Körper. Dabei flüsterte sie fast in sein Ohr: „Ist das noch Improvisation oder legen wir hier gerade spontan einen innigen Liebesschwur ab?"

Mit fast brechender Stimme antwortete er ebenso leise: „Es ist beides. Und gerade das würde uns zu so einem verdammt guten Agentenpärchen machen. Mann, womit habe ich nur so eine tolle Frau wie dich verdient?"

„Hast du nicht, und das weißt du. Wie oft muss ich dir das noch sagen?" Der Schalk war ihr jetzt deutlich anzuhören, auch wenn er ihr Kinn noch immer auf seiner Schulter und den Geruch ihres Haares in der Nase hatte.

Er schmunzelte. „Ich möchte dich jetzt küssen. Und wenn wir unseren Kuss beenden, werden Sophie und Wolf in respektvollem Abstand ein Stück abseits von uns stehen und verlegen wegsehen, sobald wir sie bemerken. Was meinst du dazu?"

„Wenn diese Vorhersage auch nur halbwegs stimmt, bist *du* von uns beiden der Topspion." Ihre Lippen fanden sich und es war für sie wie am ersten Tag. In dieser Situation in einer fremden Welt waren sie alles, was sie im Moment hatten. Solange das so blieb, konnte sie nichts mehr aus der Bahn werfen.

Sie ließen langsam und mit geschlossenen Augen lächelnd voneinander ab und öffneten dann die Augen, während sie gleichzeitig ihre Blicke zur Seite lenkten. Und dort, knapp zehn Meter entfernt, standen die beiden TransDime Stewards wie erstarrt nebeneinander, sie mit geöffnetem Mund anstarrend. Sophie hatte beim Erleben dieser Szene unwillkürlich Wolfs Hand in ihre genommen, wessen sie sich jetzt bewusst wurde und ihn so eilig losließ, als hätte sie sich daran verbrannt.

Wolf warf ihr einen kurzen bedeutungsvollen Seitenblick zu und sagte dann verlegen zu ihnen: „Es tut uns... Leid... wir wollten euch nicht... stören."

Rebecca sah Sophie direkt an. „Erregen wir wieder öffentliches Ärgernis? Ist es verboten für zwei Menschen, Gefühle zu zeigen?"

„Nein, nein, wir wollten nicht..." Die Angesprochene verstummte und sah betreten zu Boden. „Ihr habt ja recht. Vielleicht bin ich etwas zu... konservativ, was das angeht. Es geht nicht ganz so steif und förmlich zu hier und ich möchte nicht, dass ihr einen falschen Eindruck von unserer Filiale bekommt."

„Das ist schön, weil ich bisher nämlich den Eindruck gewonnen habe, dass ihr uns um etwa fünfzig Jahre hinterher hinkt, was persönliche Selbstbestimmung angeht." Rebecca ging ihre Kollegin hart an, so dass sie fast ein wenig zu bedauern war.

„Das war nicht meine Absicht, dir diesen Eindruck zu vermitteln."

Nick sprang helfend ein: „Ach, lass nur, ist doch halb so wild. Wir haben ja gesehen, dass bei dir noch nicht alle Hoffnung verloren ist. Du bist durchaus temperamentvoll, wenn du mal die Deckung sinken lässt."

„Hm, danke sehr... nehme ich an?" Sophie war unsicher, was sie mir seiner Aussage anfangen sollte. Wolf war nicht zu beneiden, denn er hatte sich ganz offensichtlich eine harte Nuss ausgesucht.

„Wollen wir zurück in die Stadt? Hier passiert ja offenbar nicht viel im Moment. Kein Schiff in Sicht." Auch Rebecca schaltete sich nun in die Diskussion ein. Insgeheim zwinkerte sie Nick zu und machte eine ehrerbietende Geste, da er tatsächlich weitgehend richtig gelegen hatte mit seiner Prognose.

So schlenderten sie zurück durch das kurze Waldstück in den mondänen Badeort und fanden sich unversehens in der sogenannten Plantage wieder, einem kleinen Stadtpark, der aber so schön und abwechslungsreich angelegt war wie ein botanischer Garten, mit vielen kleinen Wegen, einem Weiher mit großen Felsen darin und einem hübschen Pavillon.

Danach schritten sie nochmals die Promenade in voller Länge ab, bevor sie sich auf den Rückweg ins Hotel machten. Nach einem kurzen Abstecher auf die Zimmer fanden sie sich zum Mittagessen an ihrem reservierten Tisch ein.

„Der Fisch hier ist so gut, den könnte ich jeden Tag essen", begeisterte Rebecca sich.

„Überhaupt ist die Küche hier so gut, dass man gleich merkt, in einer der besten Adressen im Ort untergebracht zu sein."

„Ja, aber das ist ja Standard bei TransDime. Bei uns lassen sie sich jedenfalls nicht lumpen, was das angeht. Ist das bei euch etwa anders?"

Nick antwortete auf Sophies verwunderte Frage: „Nein, auch bei uns wirst du stets in den besseren Hotels untergebracht, wenn du auf Geschäftsreise bist. Wenn man bedenkt, über welche Mittel und Ressourcen die Firma in Wirklichkeit zurück greifen kann, ist das für mich auch nicht mehr verwunderlich. Außerdem setzen sie das auch noch als Geschäftsspesen von der Steuer ab."

„Oh, das geht? Schön für euch!" Wolf schien das positiv zu finden, weshalb sich Nick zu einer Richtigstellung genötigt sah.

„Na ja, für die Firma ist das schon schön. Allerdings ist bei uns in finanzieller und fiskaler Hinsicht sehr viel in Schieflage. Ich will euch gar nicht mit Details langweilen, aber in den meisten Industrienationen ist die Gesetzeslage und Finanzregulierung inzwischen so weit gediehen, dass die kleinen und mittelgroßen Verdiener und Selbstständigen immer mehr ausgenommen werden und die Großindustriellen, Finanzinstitute und Superreichen immer mehr Vermögen anhäufen. Und die Masse der Bevölkerung, die sich den Buckel krumm schuftet, wird dumm gehalten und mittels gesteuerter Nachrichtenpropaganda und niederen Vergnügungen in Unwissenheit und damit bei der Stange gehalten."

Wolf sah ziemlich ernüchtert aus. „Je mehr ich über eure Filiale höre, desto mehr hoffe ich, dass ich niemals dorthin geschickt werde. Wie könnt ihr nur in solch einer Welt leben?"

„Die Leute kennen eben nichts anderes bei uns. Und was sollen sie schon machen, sich alle selbst umbringen?" Rebecca stocherte nun etwas lustlos in ihrem Reis herum. „Und wenn man es genau nimmt, gehören wir ja eher zu den Bösen als den Guten, da wir so gut verdienen."

„Das stimmt, TransDime zahlt gutes Geld, doch wir haben jetzt in Funktionsstufe Eins auch die Chance, endlich einmal tatsächlich etwas zu bewirken. Ich bin jedenfalls schon gespannt darauf, was wir noch alles erfahren werden über die tatsächliche Natur des Multiversums." Sophie war die Zuversicht und Hoffnung deutlich anzusehen.

„Nach der ersten kurzen Einweisung hat es sich so angehört, als ob wir nur Kolonien sind für die höher entwickelten Dimensionen und genauso ausgebeutet werden wie die europäischen Mächte im 19. Jahrhundert den Rest der Welt früher als Kolonien ausgebeutet haben. Für mich klang es jedenfalls nicht sehr ermutigend. Da muss noch einiges an Erklärungen nachkommen, damit ich ein besseres Bild von der ganzen Sache bekomme." Rebeccas Stimmung verdüsterte sich zusehends.

Nick legte ihr eine Hand auf ihren Unterarm. „Mit einem hast du auf jeden Fall recht, Beckie: wir wissen noch viel zu wenig darüber, um uns ein zuverlässiges Bild über die ganze Sache machen zu können. Aber vergiss nicht, wir werden sehr bald noch mehr Informationen bekommen. Dann wissen wir vielleicht, wo wir stehen und wo wir stehen wollen."

Als er ihr unmerklich zuzwinkerte und sie das als versteckten Hinweis auf ihre mysteriöse Verabredung heute Nacht mit der geheimnisvoll aufgetauchten Jessica deutete, lächelte sie wieder schwach. „Ach Nick, du kannst mich immer wieder mit ein paar wenigen Worten aufbauen, wenn ich niedergeschlagen bin."

Sie wandte sich an Sophie: „Müssen wir jetzt auf unser Zimmer gehen, wenn ich ihm einen kleinen Dankeskuss auf die Wange geben möchte?"

„Sei nicht albern." Unversehens wurde auch Sophie nun missmutig. Offenbar war dies offiziell zum Reizthema für sie geworden.

„Ich wollte nur sichergehen, Frau Gouvernante." Dann gab sie Nick das kleine Bussi, welches sie angekündigt hatte. Er meinte darauf nach einem Seitenblick: „Wenn wir in einem Comic wären, würde sich jetzt eine kleine schwarze Wolke über Sophies Kopf bilden und Blitze daraus hervor zucken."

Wolf lachte und drückte Sophie kurz mit dem Arm an seine Seite, was diese verwundert mit sich geschehen ließ. „Komm schon, Sophie, das war doch witzig. Ich weiß zwar nicht genau, was ein Comic ist..."

„Kennt ihr Wilhelm Busch?", fiel Rebecca ihm darauf ins Wort.

„Na klar, einer der witzigsten Verfasser von illustrierten Geschichten, den es je gab."

Auf diese Bestätigung von Sophie hin meinte Rebecca: „Na Gott sei Dank, wenigstens etwas Gemeinsames. Ein Comic ist so etwas Ähnliches wie diese Kunstform. Das hätten wir also geklärt."

Sie beendeten die Mahlzeit mit einem Espresso, der sich über alle Widrigkeiten der Dimensionen hinweg wohl auch hier in feudalen Touristenorten als abschließendes Getränk nach einer guten Mahlzeit etabliert hatte, und spazierten dann erneut lange am feinen Sandstrand entlang, diesmal in westliche Richtung.

Hier verlief die Ringbahn nach Pillau in relativer Nähe zum Ufer; ab und zu sahen sie einen der Züge vorbeifahren. Davon abgesehen war es aber auch an diesem Abschnitt des Strandes sehr hübsch, da meistens ein schmaler Streifen der allgegenwärtigen Kiefern die Sicht gegen die Siedlungen entlang der Küste abschirmte.

Schnell war auch der Nachmittag vergangen, während sie ihre Akklimatisierung offiziell abschlossen, wie Sophie es erklärte. Das Wetter wurde leider nicht mehr besser, aber es blieb immerhin trocken und war recht warm. Auch der nur schwache Wind war kein Grund zur Klage für sie.

Sie nahmen ein frühes Abendessen ein und setzten sich danach noch in die Bar, um weitere Unterschiede in den Werdegängen ihrer beiden Realitätsebenen auszuloten. Zuerst aber wurden Nick und Rebecca noch detailliert von ihren Kollegen über sämtliche Details und Erfahrungen ausgefragt, die sie ihnen über das Reisen in der Dimensionsfähre berichten konnten. Da Wolf und Sophie noch nicht zu dieser Art der Reise gekommen waren, war es nur natürlich, dass sie begierig alles darüber erfahren wollten.

Als dieses Thema erschöpfend behandelt worden war, begann Nick zögerlich, das delikateste Thema in dieser Filiale anzuschneiden: „Ich muss jetzt doch fragen, obwohl mir schon von einer Mitreisenden gesagt wurde, dass das beinahe schon ein Tabuthema ist bei euch: wie war das mit den Pandemien damals? Es interessiert mich aus dem Grund, weil das offensichtlich der Hauptgrund für die Verhinderung des Weltkrieges war."

„Von einem Weltkrieg weiß ich nichts", gestand Sophie, „aber unsere Zivilisation stand am Anfang des 20. Jahrhunderts tatsächlich am Scheideweg. Viele nationale

Animositäten und Rivalitäten drohten zu eskalieren und sich in offenen Feindseligkeiten zu entladen. Erste Anzeichen von Mobilmachungen der mächtigsten Länder Europas waren sichtbar, doch dann brach die Katastrophe über uns herein."

„Wir können euch natürlich auch nur erzählen, was wir darüber aus unserem Geschichtsunterricht und Aufzeichnungen wissen", gab Wolf zu bedenken. „Aber für uns war dies wohl der Anfang einer ganzen Reihe von weltumspannenden Krankheitswellen, gegen die es kein Mittel gab. Dabei erfolgte die Benennung jeweils nach dem Land, in dem der Ausbruch zuerst erfolgte. Somit war die Spanische Grippe im Frühherbst 1914 die Pandemie, die von der iberischen Halbinsel aus ihre weltweite Verbreitung fand."

Rebecca nippte ein wenig an ihrem Drink. „Für uns ist das kaum vorstellbar. Ich meine, auch bei uns waren das schlimme Ereignisse, doch mit weit weniger Kranken und Toten als bei euch, wenn ich das richtig verstanden habe."

Sophie nickte versonnen. Für sie war das wohl inzwischen selbst ein wenig abstrakt, nach so vielen Jahrzehnten. „Damals brach die gesamte Infrastruktur zusammen, für Monate. Wenn jeder zweite mit Grippe und hohem Fieber flach liegt und jeder fünfte sogar daran stirbt, ist niemand mehr da, der für die Strom- und Wasserversorgung sorgen kann. Keine Züge fahren mehr, keine Polizisten sorgen für Ordnung auf den Straßen, der Abfall verrottet vor den Häusern. Die Landwirtschaft liegt brach, das Vieh auf den Weiden wird nicht mehr versorgt. Und so war es mit allem. Vor allem die Nahrungsmittelversorgung muss kritisch gewesen sein. Ich möchte mir gar nicht vorstellen, was die Menschen damals durch gemacht haben."

„Und es hat sich wirklich so schnell verbreitet, dass alle Gebiete auf der Welt davon erfasst wurden?" Nick war schockiert.

„Nein, natürlich gab es abgelegene Regionen und Siedlungen, die das fast nicht betroffen hat. Aber alle Gebiete, die Anschluss an das Transport- und Reisenetz der Weltgemeinde hatten, haben unzählige Infizierte und natürlich auch Opfer zu beklagen gehabt. Auf lokaler Ebene war es meist eine Frage der Entschlossenheit der Bürger, sich gegen Außen abzuschotten, bevor die ersten Überträger den Virus auch in ihre Stadt brachten. Mancherorts herrschten belagerungsähnliche Zustände, mit

Bürgerwehren, die verzweifelt darum kämpften, noch verzweifeltere Kranke aus ihrem Ort fern zu halten, auch wenn diese um Hilfe flehten. Es müssen sich unzählige Dramen abgespielt haben zu dieser Zeit."

„Und nach etwa zwei Jahren war die letzte Welle dann abgeebbt? Bei uns war das so." Rebecca lauschte ihnen gebannt.

„Bei uns ging es leider über drei Jahre hinweg, vor allem in den Wintern. Als sich die Überlebenden erhoben und sich umsahen, war nicht viel von ihrer alten Welt übrig. Es galt, vieles neu aufzubauen und sich gegen künftige Ereignisse dieser Art zu wappnen. An Krieg dachte hier niemand mehr.

Kaum hatte sich die Weltbevölkerung von diesem schrecklichen Ereignis erholt, brach Anfang der fünfziger Jahre die Asiatische Grippe aus. Von China ausgehend, wütete dieser neue Grippetyp unter der erst allmählich wieder wachsenden Menschheit und raffte erneut mehr als jeden zehnten dahin, bevor er eingedämmt werden konnte. Es musste etwas geschehen, damit dies nicht immer aufs Neue passieren konnte, doch noch konnten sich die teilweise rivalisierenden Nationen der Welt nicht zusammenraufen und eine wirkungsvolle Organisation ins Leben rufen, die sich dieser Gefahr annehmen würde."

„Das klingt schon eher nach unserer Welt", rutschte es Nick mit Bitterkeit in der Stimme heraus.

„Leider bedurfte es erst noch einer dritten Influenza-Pandemie, der Hongkong-Grippe, die in den Sechziger Jahren dann nochmals jeden neunten Menschen auf dem Planeten tötete und die öffentliche Ordnung erneut für fast ein Jahr fast völlig lahmlegte. Erst dann waren die Kaiser und Könige der alten Führungsnationen soweit, sich mit den restlichen Ländern an einen Tisch zu setzen und sich Gedanken über die Zukunft unserer Welt zu machen. Böse Zungen behaupteten, dass das vor allem daran lag, dass dieser spezielle Grippetyp besonders heimtückisch in der Verbreitung gewesen war und es im Gegensatz zu den vorhergegangenen Pandemie-Erregern auch bis in die Herrschaftshäuser geschafft hatte. Erst als fast ganze Blutlinien der Monarchen ausgelöscht worden waren, erkannten sie, dass ein Virus vor niemandem halt macht und nicht zwischen Kaiser und Bettler unterscheidet."

Rebecca bedeckte ihren Mund vor Schreck. „Warum ist das überall so? Es muss immer auch erst die Mächtigen treffen, bevor sie sich mit den Problemen und Nöten der einfachen Leute befassen."

Sophie lächelte wehmütig nach Wolfs bissigen Ausführungen. „Jedenfalls wurde danach die WGO gegründet und die einzige Pandemie, die danach noch ausbrach, konnte eingedämmt werden, nachdem sie eine knappe Million Opfer gefordert hatte. Uns hat das alles als Menschheit in der Entwicklung natürlich um Jahrzehnte zurück geworfen. Wer weiß, wo wir heute stünden, wenn es diese schlimmen Krankheitswellen nicht gegeben hätte."

„Aber es hatte doch sicher auch schon davor viele solcher Ereignisse wie Pest oder Cholera gegeben, oder? Bei uns war das über viele Jahrhunderte so." Nun war Nick doch neugierig geworden.

„Klar, doch erst mit der Etablierung von schnellen und weit reichenden Verkehrsmitteln wie dem Dampfschiff, der Eisenbahn und dem Ekranoplan konnten sich solche Krankheiten dann auch weltweit in diesem Maß verbreiten."

Rebecca horchte auf: „Was für ein plan?"

„Ach, ihr habt bei euch keine Ekranoplans? Dann müssen wir unbedingt in den nächsten Tagen einen Ausflug machen. Wir zeigen euch dann eines, da werdet ihr schön staunen." Wolf zwinkerte Sophie verschwörerisch zu, worauf diese hinter hervor gehaltener Hand kicherte.

Nick und Rebecca besahen sich ihre leeren Gläser und beschlossen wohl in Gedanken gemeinsam, dass sie den Dingen ihren Lauf lassen sollten. „Wisst ihr, wir sollten vielleicht langsam zu Bett gehen. Diese Seeluft am ersten Tag macht doch extrem müde."

Rebecca verstand den Wink und pflichtete ihm bei: „Ja, auch wenn es so weit im Norden noch immer Abenddämmerung ist draußen, fühle auch ich mich todmüde. Ich denke, wir machen Schluss für heute und schlafen uns mal richtig aus."

Sophie sah nun tatsächlich eine Spur enttäuscht aus der Wäsche. „Schade, es war doch gerade so gemütlich."

Nick schlug vor: „Ihr könnt euch ja noch einen kleinen Absacker gönnen. Ich denke nicht, dass wir morgen früh allzu zeitig aus den Federn kommen werden. Genießt den schönen Abend noch, morgen soll die Hitzewelle ja anrollen. Dann können wir uns einen schönen Tag am Strand machen."

„Klingt gut. Dann sehen wir uns morgen." Wolf erhob sein fast leeres Glas zum Abschied und erhob sich dann, um für Sophie und sich noch zwei neue Drinks zu besorgen. Dies natürlich nur in besten Absichten und ohne jeden Hintergedanken, für eine aufgelockerte Stimmung bei ihr zu sorgen.

Sie stiegen schmunzelnd die Treppe hinauf. „Ist es nicht goldig, mal zu sehen, wie es den Stewards geht, wenn wir diejenigen sind, die umsorgt werden? Total witzig, oder?"

Nick stimmte Rebecca zu: „Ja, ich hoffe, sie unterhalten sich noch gut. Ein, zwei Gläschen können da manchmal Wunder bewirken."

Als sie in ihrem Zimmer waren, wechselte sie umgehend das Thema. „Und denkst du, wir sollen unseren kleinen Badeausflug bei Nacht noch machen? Das Wasser ist angenehm warm, es ist noch fast Vollmond und ausreichend hell..."

„Ja, so romantisch wie heute Nacht wird es nie wieder." Auch er vermied es, hier im Raum direkt über ihr geheimes Treffen zu reden.

Rebecca wollte etwas zaghaft wissen: „Denkst du denn, es könnte gefährlich werden, was wir vorhaben?"

„Nein, eigentlich nicht. Mir erschien auch das Haff heute Mittag sehr ruhig und friedlich zu sein." Damit gab er ihr zu verstehen, dass die Begegnung mit Jessica früher am Tag für ihn nicht beunruhigend gewesen war, was ihre Sicherheit anging.

Auch wenn das Ereignis ansonsten hochgradig verstörend für ihn war. Ihren Zaubertrick mit dem Verschwinden würde sie ihnen jedenfalls erklären müssen, ebenso wie die komische brummende Lampe, deren Wirkung sie ausgesetzt waren.

„Dann suche ich mir mal ein passendes Badekleid aus dem Koffer." Rebecca schien den gleichen Gedanken nachzuhängen wie er. Nun, in ein paar Stunden würden sie hoffentlich mehr erfahren.

Sie hatten sich ihre Badesachen direkt unter die Bekleidung angezogen und waren mit einem Badetuch in der Hand hinab zum Nachtportier gegangen. Der zeigte sich ihrem Ansinnen gegenüber aufgeschlossen, ihnen für einen ausgiebigen Strandspaziergang unter dem inzwischen fast vollen Mond die Tür aufzusperren und sie später wieder hinein zu lassen, wenn sie bei ihrer Rückkehr läuten würden. Sie waren nicht die Enzigen mit dieser Idee, wie er ihnen erklärt hatte.

Sie überquerten die fast verwaiste Strandpromenade und gingen die Treppe zum Sandstrand hinab. Tatsächlich spendete der abnehmende Mond, der südöstlich von ihnen über dem Land stand, ausreichend Licht, sodass es nicht ganz so unheimlich war, mitten in der Nacht in ein potenziell unbekanntes offenes Gewässer hinein zu steigen. Und da die Ostsee praktisch keine nennenswerten Gezeiten aufwies, war auch die Gefahr einer unerwartet einsetzenden Strömung aufs Meer hinaus nicht gegeben.

Ihre Kleidung und Tücher legten sie in einen der verwaisten Strandkörbe. Hier in der Dunkelheit würde sicher niemand ihre Sachen finden, geschweige denn stehlen. Nick bewunderte Rebecca in ihrem dunklen, konservativ geschnittenen Einteiler, der auf Hüfthöhe eine verspielte Rüsche ringsum hatte, der fast wie der Ansatz eines kleinen Rocks wirkte. Seine schwarzen Schwimmshorts waren da schon gewöhnlicher für seinen Geschmack. Er fasste sie bei der Hand und hielt einen Fuß in die sanfte, leise rauschende Brandung.

Das dunkle Wasser war auch zu dieser Stunde noch erstaunlich warm, sodass er sich sogleich weiter hineinwagte. Als sie bis auf Brusthöhe im sanft wiegenden, nur leicht salzig riechenden Meerwasser eingetaucht waren und nur noch ihre Köpfe aus den Fluten der Ostsee hinaus ragten, fragte Rebecca: „Meinst du, sie kommt?"

„Klar, wieso sollte sie nicht? Oder hältst du das für einen Test? Oder eine Falle?" Nick war sich nicht sicher, was er davon halten sollte.

„Bei unserem Wissensstand könnte es alles sein. Sie könnten nur versucht haben, uns weg zu locken, um zum Beispiel unser Zimmer zu durchsuchen oder Überwachungsgeräte darin unterzubringen, während wir hier vor uns hin dümpeln und auf eine Jessica warten, die vielleicht nie kommen wird." Rebecca war sich ihrer Sache überhaupt nicht sicher.

Nick sagte entschlossen: „Vor allem möchte ich mal wissen, wie sie das gemacht hat, dass sie vor unseren Augen einfach so verschwinden konnte."

„Ja, das war unheimlich", gestand auch Rebecca ein. „Diese seltsam klingenden Worte, die sie gesagt hat und auf einmal war sie hinter uns. Da könnte man ja fast an Magie glauben. Und dieses komisch summende Licht am Ende, was das wohl sollte?"

„Mich stört vor allem an diesem Treffpunkt eine Sache."

„Und was wäre das?", wollte Rebecca wissen.

„Du weißt doch auch von ihrem Trauma in der Donau, wo sie fast ertrunken wäre und dass sie seitdem eine richtig gehende Phobie vor offenen Gewässern hat. Wieso zum Henker sollte sie sich dann mit uns mitten in der Nacht in einem offenen Meer verabreden? Das macht für mich absolut keinen Sinn." Er musterte ihren angestrengten Gesichtsausdruck.

„Stimmt, daran hatte ich gar nicht mehr gedacht. Welche Erklärung kann es dafür geben?"

„Ganz einfach: ich bin nicht die Jessica, die ihr kennt."

< 6 >

Kranz, Filiale 108 - Monat 1

Zu Tode erschrocken fuhren die beiden herum und sahen tatsächlich ihre junge blonde Arbeitskollegin von der offenen See her auf sie zu schwimmen, statt vom sicheren Ufer aus hinein waten. Da sie ebenso groß wie Rebecca war, hatte sie auch schon Grund unter den Füßen, als sie zu ihnen gestoßen war.

„Oh Gott, willst du uns umbringen? Mein Herz hat eben für eine Sekunde ausgesetzt!", fuhr Rebecca sie leise, aber wütend zischend an.

„Tut mir Leid, ich musste mich zuerst noch versichern, dass wirklich alles ruhig ist und wir ungestört sind. Von mir aus können wir gleich loslegen." Sie wischte sich eine Strähne ihres kurzen, glatten Haares aus dem ebenmäßigen, attraktiven Gesicht.

„Ja, bitte! Und warum müssen wir uns ausgerechnet hier treffen?" Nick war ebenso ungehalten über ihr unerwartetes Auftauchen wie Rebecca.

„Hier können wir relativ sicher sein, dass wir sowohl unbeobachtet sind als auch nicht abgehört werden können. Und in eure Badesachen werden sie wohl keine Wanzen eingenäht haben. Ein Peilsender hingegen wird höchstens belegen, dass ihr ein nächtliches romantisches Bad im Meer genommen habt, was für ein glücklich verliebtes Pärchen wie euch keine Auffälligkeit ist." Jessicas klare helle Augen schimmerten im Mondlicht beinahe. Sie schien um einiges reifer und selbstbewusster zu sein als die junge Frau mit nur einem Dienstjahr bei TransDime, die sie beide kannten.

„Dann das Wichtigste zuerst: wer bist du? Du sagst, du bist nicht die Jessica, die wir kennen. Sag bloß nicht, du bist ihr Pendant aus dieser Filiale." Noch immer war Rebecca verstimmt.

Nun holte ihr Gegenüber ein wenig weiter aus: „Nein, ich bin ebenso wenig von hier wie ihr es seid. Aus welcher Filiale ich komme, bruacht euch momentan nicht zu interessieren. Ich gehöre einer netten kleinen Organisation an, die nicht unter der Kontrolle von TransDime steht. Wir versuchen vielmehr herauszufinden, welches Spiel sie in diesem allumfassendem Multiversum tatsächlich mit uns und allen anderen spielen, die sie unter ihrer Obhut haben, wie sie behaupten.

Meine Organisation macht sich das absolute Überlegenheitsgefühl der Lenker von TransDime in den obersten Filialen zunutze, indem es sozusagen Doppelgänger von Stewards aus anderen Ebenen sucht und diese anwirbt, so wie mich. TransDime achtet bei der Einstellung ihrer Stewards ja darauf, dass diese möglichst wenige Pendants in anderen Realitätsebenen haben.

Doch worauf die Firma nicht gekommen ist, ist die Möglichkeit, dass jemand genau diese Pendants aufspüren und zu Zwecken anheuern könnte, die den Zielen von TransDime entgegen wirken. Dann müssen sie nur noch versuchen, die betreffenden Stewards für ihre Seite zu gewinnen und schon haben sie potenzielle Doppelagenten, die sie nach Belieben agieren lassen können, während ihre Doppelgänger im Bedarfsfall sozusagen für sie einspringen. Alles klar soweit?"

Nick dachte einen Moment über das Gehörte nach. „Eigentlich ist es kein Wunder, dass TransDime sich so sicher fühlt und nichts von eurer Existenz ahnt. Sie haben schließlich das Monopol für die Reisen zwischen den Realitätsebenen. Braucht ihr die Doppelgänger dafür, um euch auch zwischen den Filialen austauschen zu können, indem ihr eure Agenten anstelle der Originale mit den Sphären reisen lasst? Da tun sich für mich aber viele Fragen auf."

Jessica sah nervös zum mehrere hundert Meter entfernten Steg der Promenade herüber, der jedoch völlig verwaist dalag, wie er so im Mondlicht ins Meer hinein ragte. „Nicht alles, was ihr von TransDime erfahrt, ist die Wahrheit. Zum Beispiel ist das Reisen mit den Fähren nicht ganz so perfekt, wie man euch glauben machen lassen will. Im Laufe der Zeit sind mehrere der Fähren verloren gegangen, und zwar spurlos. TransDime hat das als Unfälle abgetan und vertuscht, aber in Wirklichkeit hat unsere Organisation diese Fähren in ihre Gewalt gebracht. Dass ich euch das erzähle, ist hoffentlich schon einmal Vertrauensbeweis genug für euch."

Rebecca sah sie ungläubig an. „Ihr habt euch gleich mehrere dieser Dinger unter den Nagel gerissen? Und ihr benutzt sie auch?"

„Natürlich, das ist ja der Sinn der Sache. Seit etlichen Jahren bauen wir heimlich unser eigenes Netzwerk unter den TransDime-Mitarbeitern auf und versuchen so viele Leute wie möglich auf einflussreiche Posten zu hieven, damit wir einen besseren Überblick über die Gesamtsituation erhalten können. Das ist ein sehr langwieriger und mühevoller Prozess.

Alle Stewards werden von ihrem ersten Tag an von uns sorgfältig beobachtet und unter vielen Gesichtspunkten die Wahrscheinlichkeit berechnet, wie groß die Chance ist, dass diese es in der strengen Hierarchie von TransDime einmal zu etwas bringen werden. Alle mit Potential werden von uns beizeiten angesprochen, so wie ihr jetzt."

Nick unterbrach sie misstrauisch. „Mal langsam. Ich kann kaum glauben, dass du uns das alles erzählst. Wenn auch nur die Hälfte von dem stimmt, wäre das doch ein viel zu großes Risiko für euch. Wenn auch nur eine einzige der Personen, an die ihr heran tretet, beschließt, dies an TransDime zu melden, waren alle eure Bemühungen umsonst."

„Ganz so ist es nicht. Ihr steht bereits unter einem gewissen Einfluss, der dafür sorgt, dass ihr mit diesem Wissen nicht zu TransDime gehen könnt. Wir haben uns dazu entschlossen, euch zu kontaktieren, weil ihr beide gesunde Zweifel an dem zeigt, was euch gerade erst alles von TransDime eröffnet wurde. Offenbar schlägt die Konditionierung bei euch nicht so stark an wie bei anderen Stewards. Leider ist das nicht sehr häufig der Fall und wir mussten euch wie gesagt diese lange Zeit seit eurer Einstellung beobachten, bis wir sicher sein konnten, dass wir euch ansprechen konnten."

Rebecca merkte auf: „Hast du eben 'Konditionierung' gesagt? Was meinst du denn damit?"

„Ganz einfach: ihr werdet schon seit eurem ersten Tag bei TransDime, von euch unbemerkt, manipuliert und darauf programmiert, gewisse Verhaltensmuster an den Tag zu legen. Das bringt euch dazu, in verschiedenen Situationen wie zum Beispiel

Dienstreisen im Sinne der Firma zu handeln und euch nicht etwa von so unproduktiven Dingen wie Zweifeln oder Gewissensbissen leiten zu lassen, ganz zu Schweigen von ethischen Moralvorstellungen. Sie testen euch bereits bei der Einstellung auf die Empfänglichkeit dieser subliminaren Suggestion und wenden sie dann auch fleißig bei euch an, etwa über die Sprachlernprogramme oder bei den Unterrichtsstunden. Ist euch noch nie aufgefallen, dass eure Referenten nicht ein einziges Mal während der Schulungen selbst auf die Leinwand hoch sehen, die den Lehrstoff abbildet? Tja, jetzt wisst ihr Bescheid."

„Soll das heißen, wir werden sozusagen darauf hin trainiert, willen- und gewissenlose Befehlsempfänger von TransDime zu werden?" Nick wurde es flau im Magen.

„Nicht direkt. Natürlich sollt ihr noch frei denken und handeln können, ansonsten wärt ihr ja für nichts mehr zu gebrauchen. Es geht der Firma nur darum, wie ihr handelt und entscheidet, ohne das Gefühl zu haben, dies nicht frei zu tun." Jessica gab sich wirklich Mühe, ihnen ihren Standpunkt zu verdeutlichen.

Rebecca musste schlucken. „Jetzt bin ich sprachlos. Und du meinst also, wir haben trotz dieser Gehirnwäsche noch genug Grips übrig, um dich nicht sofort an TransDime zu verpfeifen?"

„Dafür hat diese kleine Lampe gesorgt, die ich euch heute morgen vor die Nase gehalten habe. Sie hat eine leichte Überlagerung eurer Konditionierung bewirkt. Ihr werdet keinem von unserer Begegnung erzählen können und sogar bei einer Befragung nichts davon preisgeben, als ob ihr euch nicht daran erinnern könntet. Ein netter kleiner Trick, der basierend auf den Mechanismen der eigentlichen Konditionierung entwickelt wurde. Ihr seht, wir haben auch Leute von höher entwickelten Filialen bei uns im Boot, die ihr Handwerk verstehen."

„Eine Sache interessiert mich. Wie konntest du vor unseren Augen verschwinden und hinter uns wieder auftauchen? Das war ein ganz schön beeindruckender Trick!" Nick brannte diese Frage unter den Nägeln.

„Das ist eine Art Notfallmaßnahme, die ich nur benutzt habe, um euch von meiner Ernsthaftigkeit zu überzeugen. Diese Lautkombination wurde entwickelt, um im Notfall einen entscheidenden Vorteil gegenüber anderen TransDime Agenten zu erlangen. Jeder, der von der Firma konditioniert ist und diese Worte hört, erstarrt für mehrere Sekunden und verliert für diese Zeitspanne jedes Wahrnehmungsgefühl. Ich bin dagegen immunisiert durch eine weitere Konditionierung. Ihr seht, hier findet eine Art Wettrüsten der sensorischen Art statt, von der TransDime nichts ahnt."

Rebecca schnalzte beeindruckt mit der Zunge. „Das heißt, wir waren einfach nur erstarrt, während du um uns herum gelaufen bist und so scheinbar wie aus dem Nichts hinter uns auftauchen konntest?"

„Exakt. Nicht schlecht, oder?" Jessica schmunzelte, als sei sie lediglich bei einem harmlosen Scherz ertappt worden.

„Aber warum wollt ihr ausgerechnet *uns* anwerben?", wollte Nick nun wissen.

„Anhand dessen, was wir während eurer Gespräche untereinander mithören konnten, sind wir zu der Überzeugung gelangt, dass ihr für uns potentielle Kandidaten seid." Jessica hob eine Hand über Wasser, um die sich anbahnende, unvermeidliche nächste Protestwelle gleich abzublocken. „Und damit ihr es wisst: wir haben uns lediglich in das Abhörsystem von TransDime eingeklinkt, das sie selbst in eure Heime installiert haben. Ja, ihr werdet seit Jahren ununterbrochen überwacht von eurem Arbeitgeber."

Nick murmelte ungläubig: „Dann hatte Tamara also die ganze Zeit über Recht mit ihrer Paranoia. Diese Schweine sind in unsere Privatsphäre eingedrungen und haben unsere intimsten Momente belauscht."

„Tamara Schnyder, eure kleine Freundin, mit der du zusammen in Bremen den Vorfall mit der verschwundenen Inspektorin erlebt hast?" Jessica horchte auf.

„Ja, wir hatten beide lange an dieser Geschichte zu knabbern. Bei ihr ging das sogar so weit, dass sie ein konspiratives Treffen mit mir abgehalten hat. Sie hat praktisch unüberwindliche Sicherheitsvorkehrungen getroffen, damit wir nicht abgehört oder gesehen werden konnten. Damals habe ich mich wie ein Spion gefühlt."

„Und jetzt kannst du sogar einer werden, wenn du willst. Ist das nichts?" Jessica zwinkerte ihnen zu. „Aber keine Sorge, dieses Treffen hier war nur so etwas wie ein vorsichtiges Herantasten, eine Art Vorwarnung, wenn ihr so wollt. In eurem Fall ist es so, dass eure Pendants von einer der Welten, auf denen sie noch leben, bereits angeworben wurden. Ihre Dienste haben wir auf jeden Fall schon zu unserer Verfügung, es wäre aber fantastisch, wenn ihr euch bei erneuter Anfrage ebenfalls dafür entscheiden könntet.

Das wird auf jeden Fall eine ganze Weile dauern, daher habt ihr auch genug Zeit, um euch das in Ruhe zu überlegen. Plaudert einfach nicht zu offen darüber, wenn ihr zu Hause im Bett liegt. Auch hier im Hotelzimmer würde ich nicht zu sehr darüber philosophieren. Eure Kleidung hingegen ist soweit sauber, wie gesagt sind nur ein paar Peilsender darin, keine Mikrofone."

„Jetzt fühle ich mich schon *viel* sicherer", sagte Nick mit vor Hohn triefender Stimme.

Jessica ignorierte das. „Das war es auch schon fürs Erste. Während eures Aufenthaltes hier werdet ihr nichts mehr von uns hören. Irgendwann in geraumer Zeit wird sich euch jemand von der Organisation zu erkennen geben und euch anfragen, wie es um ein Engagement für uns steht. Das kann Monate, aber auch Jahre dauern, abhängig davon, wie sich eure Karriere von jetzt an weiter entwickelt."

„Warte noch!", rief Rebecca. „Woher sollen wir wissen, dass das hier nicht ein Test von TransDime ist, ob wir loyal zu ihnen stehen oder empfänglich für solche Angebote sind? Deine ganze kleine Geschichte könnte genauso gut eine einzige große Lüge sein und wir würden vielleicht sogar unser Leben riskieren, wenn wir dieses Treffen nicht weiter melden."

„Auch das ist eine Möglichkeit. Ich habe keinerlei Beweise für das, was ich euch erzählt habe. Überdenkt einfach alles, was ihr bisher wisst und was ihr selbst gesehen habt. Dann könnt ihr euch entscheiden, ob ihr unserer Bewegung beitreten wollt oder nicht. Ihr könnt gerne versuchen, euren Betreuern von unseren Begegnungen zu erzählen. Wenn ihr feststellt, dass ihr das nicht können werdet, ist das für euch vielleicht ein ausreichend beeindruckender Hinweis für euch, dass ihr tatsächlich konditioniert seid. Für mich wäre genau dieser Umstand jedenfalls Beweis genug. Bedenkt dabei auch, es gibt uns schon etliche Jahre und bisher hat uns noch niemals jemand verraten. Auch das spricht für meine Argumente.

Wir zwingen niemanden, bei uns mitzumachen. Aber schweigende Duldung ist nicht zu viel verlangt, finde ich, auch wenn sie nicht freiwillig ist. Von TransDimes Geheimnis könnt ihr schließlich wegen eurer Konditionierung genauso wenig einem Außenstehenden etwas erzählen."

„Stimmt das wirklich?" Mit offenem Mund starrte Rebecca die junge Frau an, die sie mit diesen harten Fakten konfrontiert hatte.

„Was glaubt ihr wohl, warum noch nie irgend ein Sterbenswörtchen über TransDimes wahre Natur ans Licht gekommen ist, obwohl so enorm viele Menschen darüber Bescheid wissen?" Ohne ein weiteres Wort tauchte Jessica ab und verschwand.

„Wo ist sie hin?" Rebecca sah sich hektisch um, als die Möchtegern-Doppelagentin nicht mehr auftauchte. Nach einer Minute sagte sie mit widerwilliger Bewunderung: „Sie ist gut, das muss man ihr lassen."

Nick war noch immer wie vor den Kopf gestoßen: „Oh mein Gott, wie erniedrigend das ist! Sie haben uns programmiert wie lebende Roboter, unser Haus total verwanzt und haben so ziemlich alles mitgekriegt, was sich bei uns jemals abgespielt hat. Unsere intimsten Momente, ganz zu schweigen von unserer eigentlich geheimen Beziehung zu Tamara."

„Oh nein, Tamara! Du bist ein Vollidiot, Nick!" Rebecca fuhr ihn völlig entgeistert an.

Verblüfft fragte er: „Was soll denn das jetzt heißen?"

„Überleg' doch mal, was du ihr über Tamara erzählt hast. Du hast sie praktisch freiwillig für ihre Organisation angemeldet." Als er die Dringlichkeit in ihrer Stimme hörte, ging ihm erst auf, was sie meinte.

„Verd... du hast Recht, ich *bin* ein Vollidiot! Was habe ich mir dabei nur gedacht?" Er knirschte mit den Zähnen. „Und ihr wird das wahrscheinlich sogar gefallen. Sie sagt bestimmt nicht nein zu so einer Anfrage."

„Gut, noch ist sie ja erst seit einem Jahr auf Stufe Null. Das wird noch ein Weilchen gehen, bis sie ins Fadenkreuz dieser Leute geraten wird. Davon abgesehen hört diese Organisation sicher auch bei ihr schon seit ihrem ersten Tag mit wie bei uns auch. Wie sie gesagt hat, bespitzeln sie auf der Suche nach neuen Rekruten für ihre beschissene Rebellion alle Stewards ohne Ausnahme." Nick begann, in Richtung

Ufer zu waten.

Rebecca schloss sich ihm widerwillig an: „Das sollten wir als eine ernste Lektion nehmen. Ab jetzt kann alles, was wir tun, in Zukunft vielleicht einmal einen großen Einfluss auf viele andere Menschen haben."

Nick sinnierte daraufhin: „Das kann eine große Verantwortung bedeuten, aber vor allem auch eine schwere Last."

„Da hast du sicher recht. Unglaublich! Und wir dachten, wir hätten das große Los gezogen mit diesem Job. Stattdessen befinden wir uns jetzt in diesem Alptraum!"

„Wir dürfen den Kopf nicht hängen lassen, Beckie! Noch kann sich alles für uns zum Guten wenden. Wir sind ja noch gar nicht weiter eingeteilt worden für irgendein Spezialgebiet oder eine andere Verwendung. Zunächst einmal machen wir gute Miene zum bösen Spiel, okay?" Er war inzwischen bis auf Hüfthöhe aus dem Wasser und drehte sich um zu ihr.

Sie nörgelte: „Ich bin traumatisiert. Ich glaube, ich brauche einen Sonderurlaub, um den Kopf wieder frei zu bekommen."

Er lachte und umarmte sie spontan. „Wie wäre es mit einem lauschigen Badeurlaub an der kurischen Ostsee? All inclusive, mit Ausflügen und allem Drum und Dran."

Sie erwiderte seine Umarmung und lachte. „Da bin ich gerne mit dabei."

Er nahm sie bei der Hand und führte sie aus dem Wasser. Wie sie dabei bemerkten, waren sie nicht die Einzigen geblieben, die die schöne melancholische Vollmondstimmung zu einem romantischen Nachtspaziergang genutzt hatten und sich in dem Schatten des einen oder anderen Strandkorbes jetzt näher kamen. Verschmitzt lächelnd schlichen sie möglichst lautlos zu dem Korb, in dem sie ihre Kleidung und Badetücher versteckt hatten.

„Siehst du, so verklemmt sind die Leute hier doch nicht. Im Dunkeln ist gut Munkeln, das gilt wohl überall gleichermaßen." Als Nick ihr das beim Abtrocknen zuflüsterte, sah er, wie ein weiteres Paar auf Zehenspitzen barfuß durch den feinkörnigen Sand auf einen Strandkorb in ihrer Nähe zusteuerte, ohne sie im Dunkeln ihres Verstecks zu bemerken.

„Ich finde immer noch, dass das eine blöde Idee ist", erklang darauf eine ihnen vertraute Frauenstimme.

Nick und Rebecca sahen sich an und hielten sich beide unisono eine Hand vor den Mund, um nicht laut loszulachen.

„Ach, Sophie, jetzt zier dich doch nicht so. Genieße einfach den Augenblick, gut? Selbst wenn jetzt ein Schutzmann vorbei kommen würde, könnte er nichts sagen; wir tun ja nichts Verbotenes. Außerdem sitzt bestimmt in jedem dritten oder vierten Korb ein Pärchen wie wir." Auch diese männliche Stimme war ihnen mittlerweile vertraut.

„Wir sind aber kein Pärchen," kam postwendend die empörte Antwort. „Ich habe nur einen kleinen Schwips und wollte frische Luft schnappen in der schönen milden Mondnacht. Und du nutzt das schamlos aus, du Scheusal!"

Hastig beendete Nick seinen Abtrocknungsvorgang und wisperte heiter: „Das klingt wirklich wie aus einem alten Heimatfilm."

„Ich nutze überhaupt nichts aus! Wann habe ich jemals etwas Ungebührliches dir gegenüber geäußert oder unternommen? Du machst es mir wirklich nicht leicht, dir meine... Sympathie zu zeigen." Er schien am Rande der Verzweiflung zu sein und es schien ihm schwer zu fallen, seine Stimme im Zaum zu halten.

„Bitte, Wolf, du weißt, wie schwer mir das fällt. Ich bin ein anständiges österreichisches Madl und außerdem sind wir Kollegen. Da geziemt sich das nicht." Sophies Abwehr schien zu halten.

„Ich mache dir einen Vorschlag: du probierst es mal aus, und wenn es dir partout nicht zusagt, kannst du ja jederzeit ins Hotel zurück. Heute Mittag am Haffsteg war es doch auch ganz schön, oder?" Wolf zeigte eine Engelsgeduld, wie Nick anerkennend beim Anziehen feststellte.

„Ja, schon... also gut. Grundgütiger, ohne die paar Absacker vorhin an der Bar würde ich mich nie auf so etwas einlassen. Aber du bist doch schon ein Lieber." Als es darauf ruhig wurde und auch Rebecca in ihr letztes Kleidungsstück geschlüpft war, nahmen sie sich bei den Händen und schlenderten am Strandkorb vorbei, in dem ihre beiden Stewards saßen.

Da der Korb mit der Öffnung von ihnen abgewandt dastand, gaben sie vor, sie nicht entdeckt zu haben, als sie sie in nur wenigen Metern Abstand passierten. Zehn Meter weiter, im vollen Mondlicht, blieben sie dann stehen und wandten sich einander zu. Nick begann leise, aber doch gut hörbar: „Oh, Beckie, das war so wunderschön." Sie grinste und machte spontan mit. „Oh ja, Nick, ich habe so ein Glück, dich gefunden zu haben. Was würde ich nur ohne dich tun?"

„Bitte, lass uns nie auseinander gehen. Es ist so schön, mit dir zusammen zu sein. Du bist so feurig und leidenschaftlich, es ist wie ein Traum!" Ihr anschließender, lang anhaltender Kuss misslang ein wenig, da sie beide so ungehemmt grinsen mussten, doch die Scharade verfehlte im Halbdunkel ihre Wirkung nicht.

Sie ließ plötzlich von ihm ab: „Genug! Wenn uns jemand sieht! Rasch, lass uns auf unser Zimmer gehen und uns dort unsere Liebe zueinander ausleben. Ich möchte lange und leidenschaftlich von dir geliebt werden."

„Du machst mich zum glücklichsten Mann der Welt! Worauf warten wir noch?" Mit kaum noch unterdrücktem Lachanfall stolperten sie halb umschlungen die Treppe hoch und über die Promenade zum Hotel. Erst als der Portier sie auf ihr Klingeln hin eingelassen hatte und sie die Treppe hinaufgeeilt waren, konnten sie in verhaltenes Gelächter ausbrechen.

„Oh Gott, das war die schlechteste Darbietung eines Liebespaares seit Adam und Eva", japste Nick atemlos und erkundigte sich dann: „Meinst du, sie haben uns gesehen?"

„Wenn die beiden untertassengroßen Augäpfel von Sophie während unserer Kuss-szene ein Indiz dafür sind, würde ich sagen, ja. Ich habe heimlich zu ihnen herüber gespickt während unserer überschwänglichen Liebesbezeugung." Auch sie hatte sich noch nicht ganz gefangen nach ihrem Lachanfall.

„Dafür kommen wir bestimmt beide in die Hölle", mutmaßte er feixend beim Aufschließen ihrer Zimmertür.

„Unsinn, gönn' den Beiden doch etwas Anregung beim vorsichtigen und zurückhaltenden Erkunden ihrer Gefühle zueinander", schalt sie ihn und steuerte gleich das Bad an.

„Ja, bin mal gespannt, was sich da noch ergibt. Den Samen haben wir ja ausgebracht, vielleicht fällt er auf fruchtbare Erde." Auch er hängte sogleich seine Badehose zum Trocknen auf.

„Und jetzt nehmen wir noch schnell eine Botschaft für Tamara auf, wie wär's? Mir ist gerade so sehr danach. Wir haben sie echt vernachlässigt, seit wir hier sind."

Er wandte ein: „Lass uns das doch morgen Vormittag machen, bevor wir an den Strand gehen. Wir hatten es ihr ja versprochen, dass wir uns melden. Zum Glück hat dieses Multimedia-Terminal nicht nur Fernseh-, sondern auch Internet-Anschluss. Über den Firmenaccount sollte das Versenden problemlos gehen."

„Ja, gut, dann morgen. Ist auch netter bei Tag als im schnöden Lampenlicht. Ich merke gerade, dass ich ganz schön geschafft bin."

Am nächsten Tag strahlte die Sonne kräftig und heiß vom wolkenlosen Himmel, sodass sie es sich am Strand gut gehen ließen. Sophie und Wolf, die den Strandkorb direkt neben ihnen gemietet hatten, gaben sich Mühe, nicht zu erkennen zu geben, dass eine Liaison in irgendeiner Form zwischen ihnen stattfand. Nick zollte ihnen insgeheim Respekt für ihre Selbstbeherrschung. Obwohl ihm ein gelegentlicher Blick oder ein scheues Lächeln zwischen ihnen nicht entgingen.

Insgeheim fragte sich Nick, weshalb es ihnen so ein Anliegen gewesen war, das zarte Pflänzchen der Sympathie zwischen diesen beiden Stewards derart vehement zu gießen und zu düngen, auf dass mehr daraus hatte werden können. Sie selbst hatten schließlich nichts von dieser zumeist eher plumpen Kuppelei.

Als sie das zweite Mal an diesem Tag vom Schwimmen zurück kamen und sich auf einer Bastmatte in der Sonne trocknen ließen, bemerkte Rebecca leise: „Es ist so ein schöner Tag heute. Man könnte fast vergessen, was letzte Nacht passiert ist. Das war alles so unwirklich."

„Könnte sogar Absicht gewesen sein. Ich meine, das Ganze so zu inszenieren, dass wir uns irgendwann fragen, ob wir uns das nur eingebildet haben. Und dann, eines Tages, wenn wir gar nicht mehr damit rechnen, bamm! Stehen wir auf einmal vor so einem Helferlein wie der Parallel-Jessica. Kaum zu glauben, wirklich..."

„Ich würde sagen, wir genießen jeden Tag und kosten diesen Urlaub so gut es geht aus. Wer weiß, wann wir wieder auch nur eine einzige gemeinsame Ferienwoche einreichen können?" Sie sah unter dem Rand ihrer Sonnenbrille zu ihm hinüber.

„Ja, wir haben noch gar nicht erfahren, wie es mit uns weitergehen wird. Ob wir ganz normal als Stewards weiter arbeiten oder ein wenig weiter reichend in die sogenannten Korrekturmaßnahmen als Assistenten eingebunden werden." Auch Nick hatte sich bereits Gedanken zu dem Thema gemacht. „Obwohl das nicht viel Sinn machen würde."

„Was meinst du damit?"

„Na ja, das würde ja dann wieder auf das selbe hinauslaufen wie bei Marie. Wenn bei einem delikateren Auftrag etwas schief geht, müssen sie uns wieder in eine andere Realität scheuchen, bis alle Spuren verwischt sind. Wenn dafür nur Inspektoren, sprich Agenten aus anderen Ebenen genommen werden, reisen die danach einfach ab und sind wie vom Erdboden verschluckt. Das perfekte Verbrechen." Er unterbrach seine Ausführungen. „Aber trotz allem ein Verbrechen."

Rebecca stützte sich nun auf einen Ellenbogen auf und sah ihn von der Seite her an. „Wie kommt es, dass dies von TransDime nicht als Verbrechen angesehen wird? Einen anderen Menschen zu töten ist Mord, da kann man sich in die Tasche lügen, soviel man will. Als Bösewicht verdreht man aber gerne mal die Tatsachen so lange, bis es wieder in das ebenfalls verdrehte Weltbild und Konzept von Gut und Böse passt. Es ist ja das klassische Merkmal von vielen Bösewichtern, dass sie sich in ihrer Sichtweise für die Guten halten."

„Eine Sache ist da nicht ganz korrekt, was den Mord angeht. Was sagst du zu einem Soldaten, der im Kampf einen anderen Soldaten tötet? Zu jemandem, der sich oder andere in Notwehr verteidigt? Oder jemandem, der bei einem Todkranken nach langem Leiden die lebenserhaltenden Maschinen ausschaltet?" Er wartete gespannt auf ihre Antwort.

Nach langem Überlegen gab sie zu: „Gut, es gibt da wohl Grauzonen, obwohl mir der Gedanke ganz und gar nicht gefällt, das überhaupt erst zugeben zu müssen."

„Du bist eine hochbegabte Nahkampfexpertin. Wenn du in eine brenzlige Situation kommen würdest, wärst du mental dazu bereit, potenziell tödliche Gewalt gegen einen bewaffneten Gegner anzuwenden?" Seine Stimme versagte beinahe.

Rebecca spürte, dass sich da etwas anbahnte: „Dir scheint es damit ja sehr ernst zu sein. Wie kommt das?"

Er überlegte noch ein paar Sekunden und flüsterte dann fast: „Was würdest du sagen, wenn ich dir erzähle, ich habe schon einmal einen Menschen getötet?"

Ihre Kinnlade fiel herab und ihre Sonnenbrille in den Sand. „Das meinst du nicht ernst, oder?"

„Ich dürfte dir das gar nicht erzählen. Wenn die bei TransDime rausfinden, dass ich es auch nur erwähnt habe, komme ich in Teufels Küche. Aber hier und jetzt erscheint es mir richtig, es dir zu erzählen. Ich musste bisher striktes Stillschweigen bewahren und außer Tamara und mir weiß niemand davon, der es nicht wissen darf." Er sah ihr an, dass sie bereits zwei und zwei zusammen gezählt hatte.

„Die Geschichte in Bremen, die euch beide so mitgenommen hat?"

Er nickte: „Ich glaube sogar, dass Tammy es besser weggesteckt hat als ich. Aber ich bin mir immer noch nicht sicher, ob ich dir wirklich davon erzählen sollte. Du müsstest diesen Verstoß der Geheimhaltungsvorschriften schließlich sofort melden, wenn du dich korrekt verhalten wolltest."

Sie setzte sich nun endgültig auf: „Nick, seit gestern Abend haben wir Kenntnis von einer Organisation, die insgeheim gegen TransDime opponiert und Interesse an einer künftigen Rekrutierung von uns Beiden angemeldet hat. Wir sitzen hier gemütlich am Strand von Ostpreußen und behalten das schön für uns, anstatt es sofort zu melden. Du kannst mir jetzt also von deinem Geheimnis erzählen. Ob sie mich drei oder vier Meter hoch hängen, spielt wirklich keine Rolle mehr dabei."

„Wenn man es so sieht..." Selbstverständlich hatte Rebecca recht damit, dass sie diesen Geheimnisbruch derart bagatellisierte, wenn man bedachte, in welcher Bredouille sie seit gestern Nacht steckten.

Und dann erzählte er ihr alles über das schreckliche Erlebnis, das er immer noch so präsent hatte, als sei es erst gestern passiert.

Eine Weile später freuten sich Sophie und Wolf insgeheim, wie süß und zärtlich sich ihre beiden Schützlinge in Armen hielten und leicht wiegten. Das war Liebe. Hach!

Frankfurt am Main, Filiale 88 - Monat 1

Im Büro waren die meisten auf dem Weg zur oder bereits in der Mittagspause, als Tamara Lothar ansprach. „Hast mal kurz einen Moment?"

Lothar sah kurz auf die Uhr. „Okay, ich treffe Barbara gleich in der Kantine, bevor wir nach dem Essen die Ökonomiestunde bei Dr. Decker haben. Willst du dich uns anschließen?"

Sie begann zu strahlen. „Gerne. Ich möchte dir nur vorher eine kurze Videobotschaft von Nick und Rebecca zeigen. Sie haben mir aus ihrem Hotelzimmer eine Webcam-Nachricht zukommen lassen. Mir kommt da nur einiges komisch vor. Ich glaube, sie wollen mir einen Streich spielen, indem sie einen Haufen wirren Zeugs eingebaut haben, um mich zu verunsichern."

„Hm, meinst du? Dann ist ihnen aber extrem langweilig in ihrem Erholungsurlaub. Und warum chattet ihr nicht mal live, wenn sie doch Internet im Hotel haben?"

Verständnislos musterte er sie.

Tamara zuckte nur mit den Achseln. „Sie behaupten noch immer steif und fest, das sei die einzige Möglichkeit, mit ihnen zu kommunizieren. Entweder per e-mail oder Webcam-Botschaften. Aber jetzt sieh dir das erst mal selbst an."

Sie drückte den Pausenknopf auf dem Monitor mit der Maus und stellte auf Vollbild, worauf zwei gutgelaunte alte Freunde erschienen. Beide riefen im Chor: „Hallo, Tammy!"

Nick sagte: „Viele Grüße aus unserem furchtbaren Zwangsurlaub auf TransDime

Kosten. Wir sind seit letzter Nacht noch viel schlimmer traumatisiert als vorher."
„Ja, bei Vollmond am Strand spazieren gehen, in der warmen Ostsee Baden gehen und jeden Tag den besten frisch gefangenen Fisch aus der Hotelküche zu essen, das schlaucht auf Dauer wirklich. Ich weiß auch nicht, wie lange wir das noch ertragen sollen." Das Lachen der beiden strafte ihre Worte Lügen.
Lothar grummelte bereits auch schon etwas Unverständliches vor sich hin, als Nick ernster wurde. „Wir wollten euch alle nur wissen lassen, dass hier alles in bester Ordnung ist. Dieses Hilfsprogramm der Firma hat es echt in sich. Wenn da die Geheimhaltung nicht wäre... aber du kennst das ja."
Und Rebecca fügte keck hinzu: „Ja, versuch nicht, unser Domizil ausfindig zu machen, das schaffst nicht mal du. Somit fallen für dich auch Überraschungsbesuche am Wochenende flach, leider."
„Mist, sie kennt mich einfach zu gut", schimpfte Tamara darauf vor sich hin.
„Grüß alle anderen von uns. Wir sehen uns dann bald wieder." Tamara drückte auf die Pausentaste, bevor der abschließende Satz von beiden erklingen konnte: wir haben dich beide lieb. Der war nur für ihre Ohren gedacht.
„Mann ist das gemein, es sich so gut gehen zu lassen und es dir so fies und ironisch unter die Nase zu reiben." Lothar schien entrüstet.
Sie verdrehte die Augen. „Nein, das ist es doch nicht! Warte, ich spiele es von vorne ab und du achtest jetzt mal auf das Zimmer und den Hintergrund."
„Ach so, darum geht es dir. Okay, schieß los." Er war sichtlich verlegen, weil er nicht gleich begriffen hatte, worauf sie hatte hinaus wollen.
Die Aufnahme startete erneut, diesmal ohne Ton. Als nach etwa zehn Sekunden keinerlei Reaktion von Lothar zu erkennen war, platzte ihr fast der Kragen: „Herrgott, sieh dir die Uhr und den Monatskalender an der Wand an!"
„Ja, ganz cool bleiben, okay? Was soll schon... hä?" Er unterbrach sich, als ihm auch aufging, was ihr sofort aufgefallen war.
Rein zufällig hatte die Digitaluhr auf dem Schreibtisch neben ihnen während ihrer Aufnahme sich von 7:49 auf 8:00 umgeschaltet. Tamara meinte befriedigt: „Du hast es also auch gesehen?"

„Ja, ihre Uhr ist komplett hinüber. Und am Kalender kommt mir auch etwas seltsam vor. Aber was?"

„Wenn du damit meinst, wieso der August nur 30 Tage hat, klar, das würde mir auch zu denken geben als Kalenderfabrikant. Da würde ich am besten die gesamte Produktionscharge als Werbegeschenk an Hotels an der Ostsee verscherbeln."

Er warf ihr einen unwilligen Seitenblick zu. „Schon gut, Misses Hirnschmalz, solche Bilderrätsel waren noch nie meine Stärke."

„So? Dann achte mal auf das Fenster hinter ihnen, Mister Bilderrätsel. Ich habe da was für dich." Sie ließ den Film weiterlaufen und beobachtete mit grimmiger Befriedigung, wie sich seine Augen weiteten.

Im Hintergrund, draußen vor dem Fenster flog in aller Seelenruhe ein riesiges weißes Luftschiff über den Himmel.

„Was zum Henker?... das ist kein kleines Modell für Werbeflüge. Aber es gibt doch meines Wissens gar keine Passagiertransporte mehr mit Luftschiffen. Das Ding hat auch keine Passagiergondel, aber... siehst du die vielen kleinen Fenster dort in der Mitte des Rumpfes? So was gibt es schlicht und einfach nicht."

„Die Beschriftung 'Oslo-Minsk-Line' stört dich also gar nicht?", wollte sie süffisant wissen.

„Waaas?!" Sein Kopf ruckte herum und er starrte sie an. „Tamara, unsere Freunde sind offenbar durchgeknallt. Das ist ein ganz primitiver und obendrein schlecht gemachter Fotoshop-Fake. So eine schlechte Fälschung habe ich noch nie gesehen, glaube ich. Wenn sie damit deinen Verstand scharf halten wollten, gratuliere ich ihnen, denn offenbar haben sie das zumindest geschafft. Finde die drei Fehler. Hahahaha."

Sein Lachen am Schluss der Tirade war natürlich völlig humorlos hervorgebracht, doch Tamara war noch nicht überzeugt. „Aber wenn..."

„Vergiss es einfach. Sie wollten sich einen Scherz erlauben und das ist ihnen gelungen. Ich habe so was in der Art auch schon mal gemacht. War irre komisch, aber nicht so gut ausgeführt wie bei ihnen. Jetzt komm aber mit runter, das Essen wird kalt." Er drängte zum Aufbruch.

„Ich möchte aber wenigstens..."

„Es gibt heute Spaghetti Carbonara und Barbara wartet schon seit fünf Minuten vor der Kantine. Na?"

Sie seufzte ergeben und sperrte ihren PC-Account beim Verlassen.

Dummerweise war die Bildnachricht verstümmelt und ließ sich nicht mehr abspielen, als sie nach dem Unterricht zurück kam. Dass dies Zufall war, glaubte Tamara nie und nimmer, dafür war sie bereits zu sehr sensibilisiert auf die Geschehnisse, welche sich bei TransDime abspielten.

Kranz, Filiale 108 - Monat 1

Die nächsten Tage verliefen wie im Traum. Um sich während des Urlaubs fit zu halten, joggten Nick und Rebecca morgens immer eine Runde am Strand entlang, auch wenn dies Rebecca nicht sonderlich zusagte, vor allem nicht mit dem, was hier als Sportbekleidung durchging.

Wolf und Sophie hatten sich ihnen schon am zweiten Tag angeschlossen, hatten sie als Stewards doch das gleiche Bedürfnis nach körperlicher Fitness wie ihre Schützlinge. In der engeren Sportbekleidung zeichnete sich auch ab, wie durchtrainiert ihre Kollegen aus Filiale 108 waren. Von Wolf erfuhren sie, dass er seit Jahren schon ein regelmäßiges Boxtraining absolvierte, was sich an seinem Körperbau und den Reflexen zeigte. Sophie war zu Schulzeiten trotz ihrer geringen Größe Leichtathletin gewesen, wie man vor allem an ihren muskulösen Schenkeln und Waden erahnen konnte.

Sie mieteten auf Rebeccas Wunsch hin auch Räder, da ihr das eher zusagte als Joggen. Früh am Morgen fuhren sie, mit etwas Proviant aus der Hotelküche bestückt, durch das flache Hinterland der samländischen Küstenregion und entlang der Bernsteinküste bis nach Pillau, einem netten kleinen Hafenstädtchen, wo das Frische Haff einen Meereszugang zur Ostsee hatte. Dieser war früher von einer Festung verteidigt worden, wovon die alte Ruine inmitten von sternförmig angelegten

Wassergräben noch immer zeugte. Sie kehrten im Fischerdorf ein und Nick genoss den besten Fisch, den er je in seinem Leben gegessen hatte. Da fiel auch der Rückweg in dem relativ flachen Gelände bis nach Kranz nicht schwer, trotz der großen Distanz von über hundert Kilometern, die sie heute an einem einzigen Tag zurückgelegt hatten. Auch daran konnte man sehen, wie fit sie in sportlicher Hinsicht alle waren.

Ferner besuchten sie per Zug Königsberg und ließen sich von seinem altehrwürdigem Charme vereinnahmen. Nick hatte keine Ahnung, wie die ostpreußische Metropole in ihrer Welt heutzutage aussah, aber er bezweifelte, dass sie unter den bei ihnen herrschenden Umständen ebenso blühend und einladend wirkte wie hier. Es war wirklich, als hätte man eine historische Kulisse genommen und mit ein paar zeitgenössischen Elementen versucht in die Gegenwart zu versetzen. Dadurch herrschte eine für sie höchst eigentümliche, aber dennoch einladende Atmosphäre in der Stadt.

Als er Rebecca gestand, wie unermesslich stark ihn das faszinierte und fesselte, konnte sie nicht umhin, ihm voll und ganz zuzustimmen. Sie wussten noch nicht, was ihnen in dieser Rolle bei TransDime alles widerfahren mochte, doch diese Erlebnisse waren es ihrer Meinung nach wert.

Als sie dann auch noch von Kranz aus mit der kurischen Haffschiffahrtslinie nach Memel fuhren, kannte Nicks Begeisterung kaum noch Grenzen. Stellte sich das Fortbewegungsmittel doch als ein großes Luftkissenboot für mindestens hundert Passagiere heraus, welches sie mit D-Zugtempo über das flache, ruhige Brackwasser des Haffs auf spektakuläre Weise und in Rekordzeit bis hoch ins ferne Memel trug, die nördlichste Stadt des Kaiserreichs, in etwa auf gleicher nördlicher Breite wie Kopenhagen oder Moskau gelegen.

Nun war ihm auch klar, warum beim Anleger in Kranz so eine extrem breite Rampe ins Wasser geführt hatte. Auf ihr war das Hovercraft laut brummend an Land geglitten, um seine Passagiere aufzunehmen. Für ihn grenzte es beinahe an ein utopisches Wunder, dass all diese hocheffektiven Verkehrsmittel ohne Verbrennungsmotoren funktionieren konnten. Wobei die Gasturbinen des Luftkissenfahrzeuges streng genommen doch als solche eingestuft werden mussten.

Den absoluten A-ha-Effekt aber erlebten Rebecca und Nick am Ende der ersten Woche, als sie mit der Ringbahn in Richtung Pillau fuhren und am Haltepunkt mit dem lustigen Namen Brüster Ort ausstiegen. Das Dörfchen daneben war lediglich eine Ansammlung weniger Häuser, doch am gleichnamigen Kap dahinter ragte bereits jetzt gut sichtbar ein markanter Leuchtturm aus der typischen samlander Landschaft heraus. Interessiert machten sie sich an den zehnminütigen Spaziergang zur erhöhten Landspitze im äußersten Nordwesten von Ostpreußen, genau zwischen dem Frischen Haff und dem Kurischen Haff.

Sie bestiegen den knapp 30 m hohen achteckigen Turm und genossen die Fernsicht über die Kliffküste und die anschließende Bernsteinküste. Deren karger Bewuchs ließ das raue, Sturm gepeitschte Winterklima an diesem Ort an solch einem schönen wolkenlosen Sommertag nur erahnen. Warum vor allem Wolf aber andauernd auf seine Uhr schielte, blieb ihnen verborgen, bis er schließlich mit der Überraschung herausrückte.

„Ihr habt eines unserer schnellsten Verkehrsmittel noch nicht zu sehen bekommen. Wenn es pünktlich ist, könnt ihr es gleich in voller Aktion erleben. Eine russische Entwicklung, die weltweit im Einsatz ist. Es befährt vor allem größere Seen und Binnenmeere und verbindet so wichtige Metropolen miteinander, wo das Umfahren mit der Bahn zu lang und das Überfliegen mit dem Luftschiff zu langsam ist. Ihr werdet staunen." Er reichte beiden seiner 'Kunden' jeweils ein Fernglas und instruierte sie, genau nach Norden zu blicken.

„Wonach sollen wir Ausschau halten?", wollte Rebecca wissen.

„Ihr wisst es, sobald ihr es seht. Einfach knapp über den Horizont halten, dann könnt ihr es nicht übersehen. Dieses Exemplar, das wir erspähen wollen, bedient übrigens die Route von Helsinki nach Danzig, andere verkehren zum Beispiel zwischen Stockholm und Sankt Petersburg, Reval und Kopenhagen oder auch Riga und Kiel. Ihr seht, es geht um weitere Strecken und relativ ruhige Gewässer, keinen offenen, stürmischen Ozean."

Sophie fügte hinzu: „Ich bin sogar selbst schon einmal mit einem gefahren, von Kiel nach Oslo. Eine sehr bequeme Fahrt, solange die See ruhig ist."

„Jetzt bin ich aber gespannt. Ich sehe einen kleinen schwarzen Punkt auf dem Wasser, könnte es das sein?" Nick korrigierte sich: „Halt, es ist nicht auf, sondern knapp über dem Wasser und es sieht aus wie ein altes Flugboot mit Stummelflügeln unten, nur die obere Tragfläche fehlt völlig. Ich sehe aber ein großes T-förmiges Höhenleitwerk am Heck und Triebwerke vorne an den Seiten des Rumpfes angebracht. Meine Güte, es schwebt über dem Wasser, ganz knapp nur! Und wie groß es sein muss!"

Rebecca keuchte auf: „Grundgütiger, was für ein monströses Fluggerät. Und es rast mit einer irrwitzigen Geschwindigkeit nur wenige Meter über die See! Ist das nicht gefährlich, mit der Geschwindigkeit im Tiefflug über das Meer zu fliegen?"

Wolf erklärte: „Nein, es ist sogar das Grundprinzip dieses sogenannten Bodeneffekt-Fahrzeugs, oder auch Ekranoplan. Es startet und landet wie ein Flugboot, wobei die großen Gebläse an den Seiten des Bugs Luft unter die Stummelflügel blasen, bis sich ein Luftkissen unter den Flügeln aufbaut und das Boot aus dem Wasser hebt. Danach reicht der große doppelte Propeller am Heckleitwerk, um es voranzutreiben; die Turbinen können dann ausgeschaltet werden. Es kann über ebenem Gelände oder offenen, ruhigen Gewässern in geringer Höhe mit hohem Tempo sehr Treibstoff sparend weite Strecken zurücklegen und dabei große Mengen an Passagieren oder Fracht transportieren."

„Tatsächlich, der Propeller oben am Leitwerk ist mir gar nicht aufgefallen. Sehr praktisch! Aber wie schnell ist dieses Ding eigentlich? Es zieht ja eine regelrechte Gischtspur hinter sich her."

„Auf offener Strecke sind diese Fahrzeuge über 350 km/h schnell und können in dieser Version mehrere hundert Passagiere auf dem durchgehenden Oberdeck sowie Fracht oder Fahrzeuge auf dem großen Frachtdeck unten transportieren. Das Startgewicht ist zum Teil über 500 Tonnen hoch." Wolf erfreute sich offenbar am maßlosen Erstaunen seiner Schützlinge.

Beeindruckt murmelte Nick, noch immer gebannt durchs Fernglas starrend: „Ich habe gehört, dass die Russen diese Art der Flugzeuge erforscht haben, aber bis auf ein paar Einzelstücke auf dem Kaspischen Meer zur Erprobung hat sich bei uns nicht viel getan in dieser Hinsicht. Beeindruckend, diese riesige Heckflosse mit dem Leitwerk! Wie groß *ist* dieses Ding?"

„Dieses Modell etwa hundert Meter lang, die Tragflügel auf der Unterseite haben etwa vierzig Meter Spannweite und es ist tatsächlich über zwanzig Meter hoch am Heck. Das da ist das größte kommerzielle Fluggerät für längere Strecken." Offenbar war Wolf ein Kenner dieser Fluggeräte, da er wie aus der Pistole geschossen mit allen technischen Daten aufwarten konnte, dachte Nick. Und die 350 km/h hier betrugen umgerechnet auf ihre gewohnten Werte immerhin eine Reisegeschwindigkeit von mindestens 420 km/h, was enorm war, wie er fand.

„Das ist wirklich erstaunlich. Und diese Dinger fliegen kreuz und quer über die Ostsee?" Rebecca folgte langsam mit dem Fernglas der Bahn des weit entfernt vorbeiziehenden Ungetüms, dessen Propellerlärm jetzt auch vom auflandigen Wind bis zu ihnen herüber getragen wurde.

Wieder brillierte Wolf mit Fakten: „Unter anderem, vor allem die größten und seetüchtigsten Modelle. Aber auch auf dem Schwarzen und dem Kaspischen Meer, dem Mittelmeer, dem Golf von Mexiko, der Karibik, dem Roten Meer und Persischen Golf, dem Golf von Siam, dem chinesischen Südmeer, der Sulusee und Celebessee, Javasee... ich sehe schon an euren Mienen, ihr bekommt Zahnschmerzen. Ich höre mal lieber auf. Wie gesagt, alle relativ ruhigen Binnenmeere und Meere, die nicht gerade ein ausgewachsener Ozean sind, können mit diesen Fahrzeugen bei halbwegs gemäßigtem Seegang überquert werden. Sie sind sehr sicher und es passieren nur selten Unfälle. Auch kleinere Versionen werden entsprechend bei kleineren Seen und Gewässern benutzt, auf den großen Seen in Nordamerika zum Beipiel, oder zum Inselhüpfen in der Karibik, Indonesien, den Philippinen und Japan, aber auch auf den Haffen hier an der Ostsee."

„Aber bei stürmischem Wetter können sie nicht verkehren?", hakte Rebecca nach.

Sophie schüttelte den Kopf. „Leider nicht, ab einer gewissen Wellenhöhe ist es zu gefährlich. Dann muss man leider auf die viel langsameren Fährschiffe umsteigen. Und im Winter, wenn die Haffe oder die Ostsee zufrieren, schlägt die Stunde der

Luftkissenboote. Auf Eis sind sie sogar noch schneller als auf Wasser. So passt sich der Personenfernverkehr den Gegebenheiten an."

„Eure Welt erstaunt mich immer wieder. Dabei haben wir uns bisher noch gar nicht mit so vielen Aspekten der Entwicklungen hier beschäftigt. Vieles von dem, was wir bisher gesehen haben, ist besser gelöst worden als bei uns." Rebecca ließ ihr Fernglas sinken und sah der gewaltigen Maschine im Tiefflug mit bloßem Auge hinterher, wie es allmählich nach Westen auswanderte.

„Na ja, wir haben euch ja auch nicht so tief Einblick in alle Aspekte gegeben. Ihr solltet euch ja vor allem erholen von dem, was ihr in eurer Welt erlebt habt. Und dass ihr so unvermittelt in die wahre Natur von TransDime eingeweiht wurdet, nur um direkt danach sofort in eine Dimensionsfähre hierher gesteckt zu werden, hat eurem Trauma sicher auch nicht geholfen." Sophie zeigte wie stets viel Mitgefühl für ihre Lage.

Rebecca stimmte ihr zu: „Du hast recht, das war hart. Ich bin froh, dass ihr beide es wart, die uns hier in Empfang genommen habt. Ihr wart uns bisher zwei gute Begleiter, wie man sich keine besseren wünschen könnte."

Dann überraschte Rebecca die junge Österreicherin mit einer spontanen Umarmung, die diese nach einem Moment des Zögerns zaghaft erwiderte.

Als Wolf ihn skeptisch musterte, meinte Nick trocken: „Ich werde dich nicht umarmen, da musst du dir gar keine Hoffnungen machen. Und Händeschütteln ist bei euch ja ebenfalls nicht das Beliebteste, daher…"

Er klopfte dem kräftigen Mann mit den rotbraunen Locken nur kumpelhaft auf die Schulter, was dieser klaglos mit sich geschehen ließ. „Das wird reichen."

„Männer! Na, Sophie, hast du dir eine tödliche Krankheit bei mir eingefangen?" Mit verdrossener Miene musterte Rebecca die beiden Herren der Schöpfung.

„Natürlich nicht, aber das ist derzeit ja gar nicht möglich, wegen der Nanobots in eurem Kreislauf, die sämtliche Keime unschädlich machen, wie gesagt." Mit Nachdruck drückte sie Rebeccas Schulter auch einmal kurz, was für sie fast einem Gefühlsausbruch gleichkam.

Nick hatte über Wolfs Schulter hinweg etwas auf dem offenen Meer entdeckt.

„Kannst du mir bitte nochmal das Fernglas geben? Für mich sieht es fast so auf, als würde das Frachtschiff dort ganz weit hinten ein paar Drachen steigen lassen."
Wolf dachte einen Moment nach und spähte in die gleiche Richtung, dann erhellte sich seine Miene, als er erkannte, was Nick gemeint hatte. „Ach, das! Ja, viele Passagier- oder Frachtschiffe lassen diese Segel oder Drachen, wie du es nennst, bei der Fahrt auf offener See steigen. Achte mal genau auf die Segel."
Nick nahm das Fernglas und sah hindurch, während er das Gesehene beschrieb: „Da ist etwas komisch an diesen Segeln. Sie hängen wirklich wie Drachen an langen Schnüren, aber sehr dicken. Sag bloß, sie ziehen die Schiffe und helfen dadurch Treibstoff zu sparen?"
„Das kann ein Nebeneffekt sein, wenn der Wind richtig steht. Aber sieh doch mal genauer in die Mitte der Segel", ermunterte Wolf ihn.
Nick zögerte kurz: „Hm, was kann das sein? Es sieht so aus, als seien mehrere dünne, schnell rotierende Walzen in das Traggstell der Drachensegel eingelassen. Was kann das nur sein?"
Sophie sagte, jetzt da sie auch erkannt hatte, um was es ging: „Das sind kleine Windturbinen, die mit diesen Segeln steigen gelassen werden und dann oben im Wind in Drehung versetzt werden und Strom erzeugen. Dieser wird über die Kabel, mit denen die Drachensegel steigen gelassen werden, hinab in Akkus geleitet und leistet so einen Teil zum Antrieb des Schiffes bei."
Rebecca hatte inzwischen mit ihrem Fernglas das Schiff angepeilt und betrachtete sich ebenfalls dieses technische Detail. „Eine sehr gute Idee. Bei euch ist wirklich Vieles auf die Erzeugung von umweltfreundlicher Energie ausgerichtet. Es sind nur viele kleine Details, die sich aber zu einem beeindruckenden Gesamtbild summieren."
Sie bereiteten sich auf den Abstieg vor und verstauten die Feldstecher, wobei Nick bemerkte: „Die Zeit ist wie im Flug vergangen mit euch. Ich kann es kaum glauben, dass die erste Woche schon fast vorbei ist."
„Ich finde es sehr schade, dass ihr morgen schon abgelöst werdet. Kann man da wirklich nichts machen?" Rebecca war ihr ehrliches Bedauern über die Abreise des

liebgewonnenen Stewardpärchens deutlich anzusehen.

„Ach, ihr wisst doch, wie es läuft. Aber ihr könnt uns ja schreiben, wenn ihr Lust habt. Mit unserer Funktionsstufe haben wir zwar noch kein Anrecht auf Urlaub in anderen Filialen, aber wer weiß, vielleicht fallen einige von uns die Karriereleiter hoch und das wird eines Tages eine Möglichkeit für uns." Wolf begann nun den Abstieg durch das sehr enge gewendelte Treppenhaus des Leuchtturms.

„Fände ich schön, wenn wir uns wirklich mal wiedersehen könnten." Rebecca meinte das ebenfalls ernst, wie Nick beim Abstieg an ihrem Tonfall erkannte.

„Lasst uns noch einmal richtig schön ausgehen an unserem letzten gemeinsamen Abend", schlug er darauf vor. „Und diesmal werdet ihr von uns eingeladen. Keine Widerrede, schließlich spielt es ja keine Rolle, wer das Spesengeld von TransDime hier ausgibt und wir können sowieso nichts davon wieder mit zurück nehmen. Obwohl mich der Gedanke schon ein wenig reizen würde..."

Sophie empörte sich erwartungsgemäß sofort, als er gerade die letzte Stufe der Treppe nach unten erreichte: „Nick, das wäre eine Kontaminierung der Stufe Eins! Und dann auch noch Gold oder Silber! Mann, würdest du in der Tinte sitzen, wenn das heraus käme."

„Bei uns sitzt man in so einem Fall inzwischen nicht mehr in der Tinte, sondern bis zum Hals in der Sch..."

Rebecca fuhr ihm über den Mund: „Klappe, Nick! Keine unschönen Ausdrücke, haben wir gesagt."

„Tschuldigung." Er ließ das Thema fallen. „Und wohin wollen wir denn dann gehen heute Abend?"

„Schön schick nach Königsberg in die Altstadt. Ich habe da ein Restaurant gesehen, das euch sicher gefallen wird. Mit dem Zug sind wir ruckzuck dort und auch wieder zu einer vernünftigen Zeit zurück in Kranz." Sophie sah sich nach Zustimmung heischend um.

„Gerne. Klingt doch gut." Nick und Rebecca gaben ihre Zustimmung, worauf sie sich auf den Weg zur Bahnstation machten, um in ihren Ferienort zurück zu fahren und sich ausgehfein zu machen.

< 7 >

Kranz, Filiale 108 - Monat 1

Sie hatten Sophie und Wolf am nächsten Morgen bis zum Bahnhof begleitet und sie dort verabschiedet. Nach der Zusicherung des ungleichen Kollegenpärchens, dass die Ablösung bereits unterwegs war und sich bald bei ihnen im Hotel vorstellen würde, bestiegen sie den Zug nach Königsberg und verschwanden aus ihrem Leben wieder so unvermittelt, wie sie in dieses getreten waren.

„Als sie ihnen nachwinkten, sagte Rebecca: „Wie schnell man sich an jemanden gewöhnen kann... seltsam, nicht wahr?"

„Das macht die außergewöhnliche Situation für uns", vermutete Nick und sah der Regionalbahn noch bis zur ersten Kurve nach, hinter der sie verschwand. „Das kann man wahrscheinlich mit einer netten Urlaubsbekanntschaft oder Kollegen auf einer Geschäftsreise vergleichen, die man zwangsweise ständig um sich hat, ohne sie zu gut kennen zu lernen."

„Ja, das trifft es relativ gut", stimmte sie ihm zu. „Schade, dass sie weg sind. Wie stolz Sophie war auf das italienische Restaurant, das sie in Königsberg gefunden hatte. Bei ihnen sind Pizzerien wohl eher eine Seltenheit; ich habe es jedenfalls nicht übers Herz gebracht, ihr zu erzählen, dass es bei uns in fast jedem Dorf ein Ristorante gibt und man sich Pizza und Pasta sogar nach Hause liefern lassen kann. Wie hieß das Viertel auf dieser Flussinsel mit dem Dom darauf noch?"

„Ich glaube, Kneipenhof oder so. War ein ganz schön eng bebautes Viertel, eine Häuserzeile an der anderen, dicht gedrängt und voller Geschäfte und Wirtschaften." Nick seufzte bei der Erinnerung an den gestrigen, ausgelassenen Abend.

„Ich bin immer wieder erstaunt über das, was wir hier alles vorfinden. Eine echt schöne Gegend; du hast einen Orden verdient für diese Auswahl." Rebecca hakte ihn unter und steuerte mit ihm in Richtung Strandpromenade, die nur zwei Minuten zu Fuß vom Bahnhof entfernt war.

„Mich wundert aber, dass sie die erste Schicht an Stewards abreisen lassen, bevor die zweite sozusagen die Wachablösung vornimmt. Bei uns hätte es das sicher nicht gegeben, und wenn wir eine Nacht länger hätten bleiben müssen." Nick bog mit ihr auf die Promenade ein und zog seinen Schlapphut, an den er sich beinahe schon gewöhnt hatte, ein wenig tiefer ins Gesicht.

„Windig heute, nicht wahr?" Sie blieb an seinem Arm und ließ sich galant von ihm herum führen, bis sie an einem Kaffeehaus ankamen, wo sie bereits mehrmals eingekehrt waren. Tatsächlich blies heute ein frischerer Wind als sie es bisher gewohnt waren, sodass Rebecca auf ihr dunkles Kleid und ihren allgegenwärtigen breitkrempigen Hut achten musste.

„Mir kommt das immer noch vor wie eine Mischung aus Rollenspiel und Erholungsurlaub. Darf ich bitten?" Er wählte einen Tisch am Rand der Sonnenterrasse, dessen Abgrenzung zusätzlich von hohen Glasscheiben gegen den Seewind geschützt war und daher nicht zu zugig lag. Er rückte ihr den Stuhl aus, worauf sie sich von ihm lächelnd an den Tisch setzen ließ.

„Vergelt's Gott. Ich gewöhne mich so langsam richtig an die Gepflogenheiten hier. Der beste Nebeneffekt ist, dass du dich anständig benehmen musst, weil du sonst zu sehr auffallen würdest." Womit sie ihn breit angrinste.

„Du Schlawiner. Dir gefällt es, so hofiert zu werden, nicht wahr, meine Teuerste?" Er nahm seinen Hut ab und setzte sich ihr gegenüber.

„Worauf du einen lassen kannst." Nach dieser grinsend vorgetragenen verbalen Entgleisung wurde sie ein wenig ernster. „Meinst du, wenn wir in unserer eigenen Filiale zurück sind, werden wir jemals an diesen Ort hier kommen können, um uns unsere heimische Version davon ansehen zu können?"

„Ich bin mir nicht sicher. Vielleicht ist es besser, wenn wir uns das alles, so wie es hier ist, im Gedächtnis behalten. Ich glaube kaum, dass es bei uns auch nur annähernd so schön ist, wenn man bedenkt, was diese Region durchgemacht hat." Er unterbrach sich, als eine junge Bedienung an ihren Tisch trat, die sie vom Sehen her bereits kannten und die sie entsprechend freundlich begrüßte.

„Grüß Gott, die Herrschaften, was darf's denn heute sein?"

„Für mich bitte einen Hagebutten-Tee mit Zitrone und Zucker", orderte Rebecca und sah Nick warnend an. Er hatte bei ihrem ersten Besuch hier eine Cola Zero haben wollen, was für reichliches Stirnrunzeln gesorgt hatte.

„Eine Waldmeisterlimonade, bitte", sagte er darauf ohne jede Spur von Begeisterung. Das war eines der wenigen Erfrischungsgetränke, mit denen er sich in der kurzen Zeit hatte anfreunden können. Zum Glück gehörte er zu der verschwindend kleinen Minderheit von Deutschen, die dem althergebrachten Aroma des Waldmeisters tatsächlich etwas abgewinnen konnten. Dadurch würde er auch das zweiwöchige Fehlen von kalorienarmer Cola in seinem Leben verschmerzen können.

„Weißt du noch, wie Sophie uns der Verschwendung bezichtigt hat, als sie gemerkt hat, dass wir mehrmals am Tag ein Kaffeegetränk bestellt haben? Und sie uns darauf hinwies, dass eine Tasse fast zehnmal soviel kostet wie ein Tee." Rebecca grinste verschmitzt.

Nick zuckte mit den Achseln. „Wer kann das auch ahnen, dass Kaffeebohnen hier ein absoluter Luxus sind, weil die Dinger aus Übersee hierher geschippert werden müssen und das Unsummen kostet, weil fast alle Leute in Europa nur heimische Teesorten wie Kamille, Pfefferminze und Hagebutte trinken? Dass Kaffee nur in feineren Familien nach dem Sonntagsbraten zur Nachmittagszeit getrunken wird, hat dich sicher genauso verblüfft wie mich."

Während er beobachtete, wie die Bedienung hinterm Tresen das heiße Wasser in ein hohes Glas mit Henkel abfüllte und einen Schuss grünen Sirup mit frischem Mineralwasser vermengte, war Rebecca schon wieder am Grübeln. „Was uns wohl erwartet, wenn wir zurück kommen?"

„Nach dem, was wir von anderen wissen, werden wir wohl eine Weile weiter als Stewards eingesetzt, aber für vielfältigere Aufgaben. Da wir jetzt eingeweiht sind, wird die Grundbetreuung von Stewards der Stufe Null übernommen werden und wir werden unabhängig davon den Inspektoren bei der Erledigung ihrer Aufgaben bei uns vor Ort zur Hand gehen. Wie genau das aussehen soll, kann ich mir allerdings auch noch nicht vorstellen."

„Ich werde mir vorkommen wie am ersten Arbeitstag. Ob wir aufs Neue eingearbeitet werden von den Dienstälteren?" Sie sah auf die Promenade und aufs Meer hinaus und kaute nervös auf ihrer Unterlippe.

„Würde mich nicht wundern. Und ich fände es sehr nett, ein paar der anderen von früher wieder zu sehen, Sven, Teresa oder Miriam. Seitdem sie vor uns befördert worden sind, hatten wir rein beruflich praktisch keinen Kontakt mehr mit ihnen. Aber jetzt kommen wir mit unseren Ausweisen in alle Zonen und Stockwerke des Büroturmes und auch sonst auf dem Areal, zu denen wir bisher nie Zutritt hatten." Nick schüttelte den Kopf, als glaube er es selbst noch nicht.

„Du erinnerst dich, was Tamara in ihrer letzten Botschaft geschrieben hat? Sie haben unsere kompletten Schreibtische mit allem darin und darauf sorgfältig abgebaut und in eine der höheren Etagen umgeräumt. Ist zwar schade, dass wir nicht mehr zusammen mit Lothar, Tamara, Barbara und den anderen die Schreibplätze haben, ist aber nicht zu ändern."

„Ja, das wird mir sicher auch fehlen." Rebecca sah wiederholt nach draußen aufs Meer hinaus und wollte dann von der Servierin wissen, als diese die Getränke brachte: „Sagen Sie, haben Sie etwas darüber gehört, wie das Wetter werden soll? Das wird ja immer finsterer draußen auf der Ostsee."

„Ach, Sie haben das nicht mitbekommen? Es hat einen Sommersturm gegeben, der von der Nordsee her seit gestern Nacht über Norddeutschland hinwegzieht. Die letzten Ausläufer kommen heute Nachmittag bei uns an. Es soll heftig regnen und vielleicht sogar gewittern. Wird besser sein, wenn Sie zeitig in ihr Hotel zurück kehren, damit Sie nicht ins schlechte Wetter kommen." Die sympathische blonde Frau mit den hellen Augen und den vielen Sommersprossen lächelte sie freundlich an. Auf Nick wirkte sie fast wie eine Skandinavierin.

„Vielen Dank für den guten Rat, wir werden ihn beherzigen." Rebecca sah ihr nach. „Uff, ich werde mich bestimmt nie an eine Welt gewöhnen, wo alle Leute fließend Esperanto sprechen. Aber unsere Tarnung scheint zu halten."

„Ja, solange du die längeren Gespräche führst, die über reinen Small Talk hinaus gehen. Dir hört man das zusätzliche Jahr Übung an." Er sah sich nervös im gemütlichen Lokal um, das so früh am Tage noch schwach besucht war. Sie redeten hier drin in potentieller Hörweite anderer tatsächlich nur Englisch miteinander, um ihre falschen Identitäten als amerikanische Touristen aufrecht zu erhalten.

Er nahm einen Schluck Brause, ohne erkennbare Regung des Wohl- oder Missfallens. „Ohne die regelmäßigen Sprachtage in der WG würde es bei mir sicher nicht ganz so gut aussehen. Und mit meiner Zusatzsprache bin ich auch nicht so zufrieden, das könnte echt besser klappen. Aber wer spricht auch schon Farsi?"

„Du musst das jetzt in einem ganz neuen Licht betrachten", schlug sie vor und tauchte ihr versilbertes Teeei ins heiße Wasser, worauf sich dieses umgehend rot zu färben begann. „Vielleicht gibt es eine oder sogar mehrere Realitätsebenen, wo sich diese Kultur durchgesetzt hat. In der Antike reichte das Perserreich von Montenegro an der Adriaküste und Libyen bis hinüber nach Indien und Kasachstan. Mich würde es nicht wundern, wenn du eines Tages ein solches Szenario zu Gesicht bekommen wirst."

„Was hast du eigentlich als weitere Fremdsprache außer Esperanto aufgebrummt bekommen? Ich weiß, dass du es mal erwähnt hast, aber ich habe es wieder vergessen", gestand er ein.

„Ich habe Russisch gelernt, so wie auch Ziska. Ich habe im Haus ab und zu mit ihr ein paar Brocken geredet, weißt du nicht mehr?" Sie drückte nun die Zitronenscheibe über dem Glas aus und rührte dann den Zucker ein.

„Hm, doch, jetzt wo du es erwähnst. Interessant. Vielleicht gibt es eine Filiale, wo der kalte Krieg noch immer andauert. Aber da können wir jetzt lange raten, wahrscheinlich wird die dortige Realität unsere kühnsten Fantasien in den Schatten stellen." Nick sah nun ebenfalls über die Schulter auf die See hinaus, wo sich von Westen her zunehmend finsterere Wolken am Himmel zusammen ballten. Am Strand wurde vom Bademeister gerade die nächsthöhere Warnstufe am Flaggenmast hochgezogen.

Sie bemerkte seinen Blick. „Da braut sich was zusammen. Ich glaube, wir kürzen unseren Vormittagsbummel ab und gehen direkt zurück ins Hotel. Faulenzen wir doch einfach noch ein wenig auf dem Zimmer, checken die e-mails und so, bis es

Zeit zum Mittagessen ist."

„Wir könnten auch die Wetterprognosen für die nächsten Tage abfragen. Damit wir nicht wieder so blauäugig in so einen heraufziehenden Sturm hinein stolpern wie jetzt gerade." Er nahm einen kräftigen Schluck und winkte dann der Bedienung.

„Ist alles recht bei Ihnen?", erkundigte sich diese prompt.

„Ja, vielen Dank. Wir werden nun doch etwas übereilter vor dem Wetter flüchten. Was bekommen Sie von uns?" Er zückte das prall gefüllte Portemonnaie.

„Zusammen macht das vierundsechzig Pfennig, der Herr." Die Kellnerin verzog keine Miene.

Er gab ihr siebzig Pfennig, bevor sie ohne Hast, aber doch zügig austranken. „An das Preisniveau hier werde ich mich bestimmt nie gewöhnen können."

„Tja, willkommen in einer Welt mit gedecktem Vollgeldsystem und Gold-Silber-Standard ohne versteckter Hyperinflation." Auch Rebecca hatte in Dr. Deckers Unterricht nicht geschlafen, wie er wusste.

Als sie auf die Promenade heraustraten, wehten ihnen bereits heftige Böen entgegen und drohten, ihnen die Hüte zu entreißen. Zum Glück waren sie nach wenigen Gehminuten bereits im Hotel und ließen sich erleichtert ihren Zimmerschlüssel geben. Der Empfangsherr machte sie noch auf eine erhaltene Nachricht auf ihrem Zimmergerät aufmerksam, was sie nur noch eiliger nach oben gehen ließ.

Sie schalteten das kombinierte Fernseh- und Multi-Informationsgerät gleich an und riefen die besagte Botschaft ab. Sie kam aber nicht von daheim, sondern von der hiesigen TransDime Zentrale und besagte, dass ihr Steward wegen unvorhergesehener Probleme einen Anschluss verpasst hatte und erst gegen Abend bei ihnen vor Ort sein konnte.

Rebecca sah ihn erstaunt an. „Das bedeutet, wir sind fast einen Tag lang vogelfrei! Was wir in der Zeit alles anstellen können."

Wie zur Antwort zuckte draußen ein Blitz über den bleischweren Himmel und nur eine Sekunde darauf ließ sie ein lauter Donnerknall zusammen fahren.

„Hm, das war schon sehr nahe. Das mit dem vogelfrei verschieben wir wohl besser."

Kaum hatte er den Satz beendet, als auch schon heftiger Regen einsetzte und waagerecht an ihrem Fenster vorbei schoss, wobei nur ein paar Tropfen ab und zu den Weg auf ihre Fensterscheiben fanden. Es war nun so finster geworden, dass man fast schon die Zimmerbeleuchtung anschalten musste, und das kurz vor Mittag.

Sie gingen hinab in die Lobby und fläzten dort ein wenig auf einer gemütlichen Sesselgruppe, bis es Zeit zum Essen war. Nick meinte, sein Automagazin sinken lassend: „Weißt du, was ich am liebsten in der zweiten Woche machen würde?"

Rebecca sah von der Modezeitschrift auf, während deren Lektüre fast schon sichtbar ein großes Fragezeichen über ihr geschwebt hatte. „Du meinst, wenn die Ablösung angekommen ist?"

„Ja. Am liebsten würde ich nochmal die ganzen Städte besichtigen und Touren unternehmen, oder sogar noch ein bisschen weiter herum fahren, wenn uns das erlaubt ist." Ihm war der Tatendrang förmlich anzusehen.

Rebecca erinnerte ihn: „So, wie Wolf mir das erklärt hat, war Memel schon das höchste der Gefühle. Alle Ziele, die für einen Tagesausflug Sinn machen, kommen zur Besichtigung für uns in Frage, aber nichts, was man nach einer halben Tagesreise erst erreicht und nach einer halben Stunde schon wieder zur Rückreise verlassen muss. Die Prämisse ist ja schließlich, dass wir uns erholen sollen und nicht wie japanische Touristen durch halb Mitteleuropa hetzen."

Er gab grummelnd nach: „Gut, dann möchte ich aber wirklich nochmal mindestens einmal nach Memel und nach Königsberg."

„Das letztere gerne auch zweimal. Es gibt so viel zu entdecken, in so einer großen Stadt hat man nach einem oder zwei Tagen längst nicht alles gesehen." Rebecca seufzte. „Nick, diese Gegend hier gefällt mir. Ich habe in meinem bisherigen Leben nicht einen Gedanken darauf verschwendet, wie es hier sein könnte, da es bei uns im Krieg verlorene und abgetretene Gebiete sind. Durch diese Filiale bekommt man eine Ahnung davon, wie es sein könnte, wenn die Menschheit sich nicht selbst immer wieder durch Kriege und Konflikte selbst Knüppel zwischen die Beine werfen würde. Es könnte einen verrückt machen, wenn man darüber nachdenkt."

Er erhob sich automatisch mit etwa einem Dutzend Wartenden, als der Speisesaal vom Chefkellner geöffnet wurde. „Stimmt, dabei haben sie hier durch die schlimmen Pandemien so viele Leute verloren. Was glaubst du, wie es hier erst aussehen würde, wenn alles friedlich geblieben wäre und die Grippe nicht so schlimm unter der Bevölkerung gewütet hätte!"

Auch während des Essens tobte das Gewitter weiter. Hier im Speisesaal direkt an der See war das weitaus spektakulärer und beeindruckender als in Frankfurt oder sonst wo im Inland, wie Nick fand. Dem guten Essen tat das keinen Abbruch und sie genossen es wie jeden Tag.

Gleich nach dem Essen zogen sie sich nochmals aufs Zimmer zurück, wo sie sich noch ein wenig faul aufs Bett legten und sich im Halbdunkel entspannten, während draußen der Regen vom stürmischen Wind gegen ihre Fensterscheibe getrieben wurde und immer wieder ein Blitz das Zimmer erleuchtete, gefolgt von einem rumpelnden Donner, meist weiter entfernt. Sie kuschelten sich unter der dünnen Tagesdecke aneinander und genossen einfach nur die Geborgenheit in ihrem Zimmer und die Nähe des Anderen, während draußen das Unwetter tobte.

Kaum hatte das heftigste Gewitter sich gelegt, als sich Nick sofort an ihr Terminal setzte und ein wenig nachforschte. Triumphierend rief er: „Sieh dir das mal an, Rebecca! Es gibt eine Direktverbindung von Königsberg nach Elbing, der Stadt hier ganz unten am anderen Ende des Frischen Haffes, und zwar mit einem kleinen Ekranoplan für zwanzig Passagiere und mit Propellerantrieb. Es benötigt für die über neunzig Kilometer nur knapp eine halbe Stunde, also etwa fünfunddreißig unserer Minuten. Das wäre für mich jedenfalls perfekt; das Erlebnis, mit so einem Ding einmal zu fahren und diese schöne alte Festungsstadt zu besuchen."

„Hm, aber hast du den Fahrpreis gesehen? Das grenzt schon an Verschwendung, wenn du mich fragst. Fast fünf Mark pro Person und Weg? Happig." Sie sah auf die Karte. „Andererseits fährt es in Königsberg direkt am Pregelufer in der Innenstadt ab, dort in der Nähe des Pilauer Bahnhofs bei der Brücke über den Fluss. Kurze Wege bedeuten kurze Reisezeit."

„Genau. Wir fahren Von Kranz mit der Bahn bis dorthin und nehmen dann das Ekranoplan. Nach ein paar Kilometern flussabwärts mündet die Pregel ins Haff. Dort kann der kleine Flitzer dann so richtig aufdrehen bis hier am anderen Ende der Bucht in dieser Verlängerung, die parallel zu dem Fluss liegt, der durch Elbing fließt." Er öffnete eine andere Seite und zeigte es ihr.

„Siehst du, da am südlichen Ende des Ostwinkel, beim Haltepunkt Dornbusch, haben sie einen Anlegeplatz für Hovercrafts und kleinere Ekranoplans angelegt. Dort steigen wir in den D-Zug von Braunsberg nach Elbing um und können ohne Halt bis zum Hauptbahnhof fahren." Dass er alle Ortsnamen ablesen musste, weil er keine Ahnung von der Gegend hatte, schien Nick nichts auszumachen.

„Gut, das macht die Reisezeit doch annehmbar, denke ich. Wenn wir unsere Fahrt selbst bezahlen, dürfte auch der Steward, den sie uns jetzt schicken, nichts gegen diesen Ausflug haben." Rebecca lenkte eigentlich gerne ein, denn bisher hatte Nick eine gute Spürnase für solche Ausflugsziele bewiesen. Außerdem war gemeinsam verbrachte Zeit für sie immer wertvoll, egal womit sie sie verbrachten.

Es stellte sich heraus, dass der noch sehr junge und unerfahrene Steward im zweiten Jahr, den sie ihnen als Betreuung für die zweite Woche geschickt hatten, aus Südbayern stammte und noch nie in seinem Leben in dieser Ecke des Reiches, geschweige denn am Meer gewesen war. Und obwohl er sich ebenso wie sie sonst auch im Vorfeld über das Gebiet hier ausgiebig informiert hatte, ließ er sich gerne von ihnen alles vorschlagen, was sie so unternehmen wollten. Zum Baden kam er daher nur an einem einzigen Tag, da sie ihn ansonsten vollständig für ihre weiteren Ausflüge in Beschlag nahmen.

Der blonde, blauäugige Johann zeigte dabei eine fast schon sträfliche Nachsicht dabei, alles abzunicken, was sie tun wollten, ohne jede Rücksicht auf die Kosten. So hatten sie freie Hand bei einer neuerlichen Luftkissenfahrt nach Memel, einem weiteren Besuch in Königsberg mit einem ausgedehnten Stadtbummel durch die belebte Innenstadt und auch Nicks heiß ersehntem Ausflug nach Elbing mittels dem Ekranoplan. Rebecca vermochte dabei gar nicht zu sagen, wer der beiden 'Jungs' begeisterter von dem flotten Wasserflugzeug war, das dank seiner breiten Stummelflügel mit über zweihundert km/h in nur einem Meter Höhe über das spiegelglatte Wasser des Frischen Haffs schoss und sie tatsächlich in nur einer halben Stunde komfortabel zum Ziel brachte.

Elbing selbst war keine sehr große Stadt, aber man konnte noch einen Teil der sternförmig angeordneten Festungs- und Grabenanlagen erkennen, die auf der Westseite des gleichnamigen Flusses lagen. Ansonsten war es ein pittoresker und sehenswerter Ort mit vielen alten Häusern und einigen Prachtbauten, die ihnen einen Eindruck von längst vergangenen Zeiten vermittelten, als die Festung den Zulauf des Flusses in das Haff bewacht hatte.

Sie machten gegen Ende der Woche sogar noch einen zweiten Ausflug nach Königsberg. Dabei hatten Nick und Rebecca nun einen derartigen Narren an der ostpreußischen Hauptstadt gefressen, dass sie sich unter dem Protest von Johann alle drei eine Tageskarte für den Stadtverkehr kauften und mit den Straßenbahnen das dichte Liniennetz kreuz und quer durch die Stadt befuhren, wohin sie gerade Lust hatten. So bekamen sie in der kürzest möglichen Zeit noch mehr von den verschiedenen Stadtvierteln zu sehen.

Den Abschluss dieses Tages bildete ein Restaurantbesuch beim Russen, wo sie sehr ungewöhnliche, aber doch schmackhafte Spezialitäten genießen konnten.

Als sie dann ihrem Ferienort Kranz nach zwei vollen Wochen den Rücken kehren mussten, wurden sie doch von einer gewissen Wehmut erfasst, weil sie ihn doch recht lieb gewonnen hatten in dieser kurzen Zeit. Sie hatten viel gesehen und viel unternommen, wobei sie doch ausreichend Gelegenheiten gehabt hatten, zu entspannen und die Seele baumeln zu lassen.

Und weil sie keine Ahnung hatten, ob sie jemals wieder hier her kommen konnten, fiel ihnen der Abschied umso schwerer.

Frankfurt am Main, Filiale 88 - Monat 1

Sie waren um zwei Uhr morgens mit der Dimensionsfähre in ihrer Heimat angekommen und sofort todmüde in ihr Auto in der Tiefgarage gestiegen, um heimzufahren. Leise öffneten sie die Haustür und schlichen in Nicks Zimmer, um niemanden im Haus aufzuwecken.

Wie sich dann am nächsten Tag herausstellte, waren sowohl Lothar als auch Barbara auf Dienstreise, sodass sie sich gar nicht um Ruhe hätten bemühen müssen.

Gegen Mittag saßen sie beide mit einem Becher heißen Kaffees am Esstisch und aßen eine Kleinigkeit, die sie noch aus dem Kühlschrank hatten zusammen kratzen können.

Rebecca ergriff zuerst das Wort. „Was glaubst du, wie es jetzt weiter geht?"

Er hob kauend die Achseln. „Keine Ahnung. Erst einmal habe ich noch ein paar Fragen an Herrn Kardon."

„Wir beide. Sollen wir mal in der Firma anrufen und fragen, wann wir wieder auftauchen sollen?" Sie gähnte ausgiebig. „Mann, hab ich einen Jetlag von der blöden Reise. Von wegen, es gibt keine Zeitverschiebung auf den Flügen."

„Gibt es ja auch nicht. Nur die ewig lange Rumgurkerei schlaucht einen, wenn man zu allen unmöglichen Tag- und Nachtzeiten abfliegt, umsteigt und ankommt." Auch er klammerte sich mit der Verzweiflung eines Ertrinkenden an seinen Kaffee, der hier dankenswerterweise ein alltägliches und bezahlbares Laster war.

Rebecca nahm das Festnetztelefon auf und rief im Büro von Herrn Kardon an. Nach mehreren Minuten legte sie wieder auf und informierte ihn: „Wir haben heute noch frei, sollen aber das Haus nach Möglichkeit nicht mehr verlassen, hat Willfehr gesagt. Morgen früh sollen wir gleich als Erstes zu Herrn Kardon."

„Meinst du, sie fegen heute noch die allerletzten Scherben unseres Debakel-Einsatzes zusammen?" Erstaunt musterte Nick seine Freundin.

„Kann schon sein. Das würde jedenfalls zu dieser ungewöhnlichen Bitte passen."

Rebecca räumte Gedanken versunken die letzten paar Überreste ihres kargen späten Frühstücks in die Spülmaschine, worauf der Esstisch wieder völlig unberührt aussah. „Vielleicht haben sie unsere Reisezeit bei den zwei Wochen mit einberechnet, beziehungsweise diese dazu addiert, dann würde das genau hinkommen."

Als die Katzenklappe sich öffnete, sahen sich beide um und entdeckten ihren riesigen schwarzen Hauskater, den Barbara in ihre WG mit eingebracht hatte. Er begrüßte sie laut miauend mit freudig erhobenem Schwanz.

„Panther, du kleines Raubtier! Komm her, du Knuddelchen!" Sofort verfiel Rebecca in Esperanto, wie alle im Haus es immer in Anwesenheit ihres Vierbeiners taten, seitdem sie durch Zufall entdeckt hatten, dass dieser die alte, fast vergessene Kunstsprache verstehen konnte.

Wie zum Beweis dafür kam er auch sofort artig angelaufen und strich laut schnurrend um ihre Beine. Sie musste sich fast nicht hinabbeugen, um den äußerst seltenen Mischling aus Norwegischer Waldkatze, Maine Coon und Savannah von ihrem Sitzplatz aus zu streicheln.

Nick fragte neugierig: „Na, sind Lothar und Barbara auf Dienstreise?"

Miau.

„Und haben dich armes Ding allein gelassen?"

Miau. Miau.

Also nicht, wie die Verneinung durch zweifaches Miauen bei ihm indizierte.

„Kümmern sich die anderen aus der WG von Tamara um dich?"

Miau.

Rebecca nickte. „Hab ich mir gedacht. Dann bist du ja gut versorgt mit allem, oder?"

Miau. Miau.

Sofort lief er in die Ecke hinter dem Kühlschrank, wo sein Fress- und Trinknapf untergebracht waren. Nick musste lachen.

„Du willst doch sicher was zum Futtern haben, oder?"

MIAU!

Rebecca stand, ebenfalls lachend, auf. „Lass nur, ich übernehme die Raubtierfütterung."

Nick fiel etwas ein. „Weißt du, was ich jetzt gerne tun würde? Ich würde gerne am

PC auf google maps die Satellitenbilder von Königsberg und Kranz ansehen, nur um mal zu wissen, wie es hier bei uns dort aussieht."

Rebecca musterte ihn mit einem unguten Gefühl im Bauch: „Bist du sicher, dass das eine gute Idee ist? Du selbst hast doch gesagt, dass diese Orte bei uns unter sowjetischer Herrschaft militärisches Sperrgebiet waren. Ich für meinen Teil weiß nicht, ob ich wirklich sehen will, was das dort angerichtet hat."

„Aber sieh es doch mal so: kommt es dir nicht auch so vor, als sei unser ganzer Trip wie ein einziges langes Märchen oder ein schöner utopischer Film gewesen? Was könnte uns besser auf den Boden der Tatsachen zurück bringen als das?", wandte er ein.

Nun siegte auch bei ihr die Neugier, während sie eine komplette Dose Katzenfutter mit einem schmatzenden Laut unter Zuhilfenahme einer Gabel in den Fressnapf der ungeduldig davor wartenden Katze beförderte: „Also gut, vielleicht hast du ja Recht. Gehen wir in dein Zimmer und fahren den Rechner hoch."

Kaum waren sie in seinem Zimmer verschwunden, als sich die Haustür öffnete und Tamara erschien. Sie steckte den Haustürschlüssel, den sie von Barbara erhalten hatte, innen ins Schloss und schloss einmal von innen ab, damit sie den Schlüssel beim Verlassen des Hauses auf jeden Fall wieder in die Hand nehmen musste und ihn so nicht von innen stecken lassen konnte. Auf diese Weise hatte sie es geschafft, sich noch nie in ihrem Leben aus ihrer Wohnung auszusperren.

Sie schlurfte ohne große Begeisterung zum Wohnzimmerfenster, nahm die dort neben den Pflanzentöpfen stehende Gießkanne auf und füllte diese dann in der Küche mit Wasser. Dabei entdeckte sie die zufrieden den bereits leeren Napf ausleckende Katze.

„Hallo, Panther! Was machst du denn hier? Hast du etwas gefressen?"
Miau.
Ihre Stirn runzelte sich. „Ist jemand nach Hause gekommen?"
Miau.
„Okay, dann sehe ich gleich mal nach. Soll ich die Neuankömmlinge überraschen?"
Miau.

Sie grinste. Eigentlich hätte sie die Wohnzimmerpflanzen alle gießen sollen und eine zweite Füllung für den Garten vornehmen sollen, doch jetzt hörte sie von oben leise Stimmen.

Sie stellte die Gießkanne auf den Esstisch und ging lautlos die Treppe hinauf. Als sie einen der Dienstwagen vor der Tür hatte stehen sehen, hatte sie sich nichts dabei gedacht, da längst kein Außenstehender mehr eine Übersicht darüber hatte, wem welche der identischen schwarzen BMW-Geländewagen gehörten und welche in der Tiefgarage von TransDime gerade am Ladekabel hingen.

Das konnten eigentlich nur Nick und Rebecca sein. Waren sie wirklich schon zurückgekommen, ohne ihr eine Nachricht zu schicken? Obwohl sie heute frei hatte und sie hätte empfangen können? Wie gemein von ihnen!

Aber das würden sie bereuen. Der ihr eigene ausgeprägte Schalk ergriff wieder einmal Besitz von ihr und sie schlich sich so leise wie möglich an sie heran. Das würde ein Schreck für die Beiden werden, wenn sie gleich in Nicks Zimmer springen würde.

Ihr Grinsen erstarb, als sie den Tonfall von Nick hörte, der sich nach offenem Entsetzen anhörte. Sie spitzte die Ohren und lauschte angestrengt. Er sagte gerade zu Rebecca: „Ich glaube, ich habe mich geirrt. Es war ein Fehler, sich diese Satellitenbilder ansehen zu wollen."

„Bist du auch sicher, dass das der richtige Ort ist? Ich meine, weil er so völlig anders aussieht..." Rebeccas Stimme schien von einer letzten verzweifelten Hoffnung erfüllt.

„Wenn es ein x-beliebiger Küstenort wäre, würde ich das auch denken. Aber sieh dir doch nur die einzigartige Lage von Kranz an: du gehst von Königsberg aus praktisch direkt nach Norden, bis du am westlichen Ende des Kurischen Haffs auf die Ostsee stößt. Das muss Kranz sein, auch wenn es jetzt... wie?... Zelenogradsk heißt. Ich erkenne den Ort ja auch fast nicht mehr. Da, ich zoome noch ein wenig näher und fahre die Promenade entlang..."

Rebeccas Stimme klang ernüchtert, als sei sie aus einem schönen Traum erwacht. „Was haben die Sowjets dieser Perle von einem Badeort nur angetan? Unser Hotel

Monopol... weg. Die ganzen Prachtbauten, Gästehäuser und Hotels... weg. Statt dessen... völlige Zersiedlung, kleine Häuschen und ungepflegte Gärten..."

„Das ist nur ein Satellitenfoto in einem großen Maßstab", wandte Nick ein. Was hatten die beiden nur?

Rebecca sagte nun resolut: „Dann gib mir mal die Maus, wir zoomen noch näher ran, denn hier hast du doch diese Punkte, wo du auf die Oberfläche runterzoomen kannst mit street view. Da, siehst du, auf der Promenade, dieser weiße Kreis, den klickst du an und fährst mit dem Mausrad heran... oh mein Gott!"

„Du hast recht. Die Straßen total marode, die Randstreifen voller Unkraut, Hinterhöfe und Gärten verwahrlost... das ist nicht der gepflegte, hübsche Kurort am Meer, an dessen Promenade wir noch vor wenigen Tagen entlang spaziert sind. Nicht mal im Ansatz. Sieh dir mal den botanischen Garten an."

Rebecca klang, als sei ihr ganz elend zumute. „Der ist auch völlig verwildert. Nur noch Bäume und ein Flickenteppich von Rasen, wo mal eine wunderbare botanische Anlage war. Unglaublich, dabei waren wir erst vor wenigen Tagen noch dort. Es sieht alles völlig anders aus. Da, die kleine Nebenbahn zum Haffhafen ist nicht mehr da, die Schienen fehlen. Der Haltepunkt am Ende des... oh Mann, der komplette Kai und die Rampe für die Hovercrafts, alles verschwunden. Da ist noch so eine Art offener Bootsschuppen, nur ein Dach und eine Anlagestelle. Nur die Landstraße ist noch an der gleichen Stelle."

Nicks Stimme klang jetzt entschlossen. „Jetzt will ich es wissen. Wir sehen uns jetzt Königsberg an."

„Du meinst Kaliningrad", korrigierte sie ihn mit einer Spur Hohn.

Er widersprach scharf: „Für mich wird die Stadt, die ich in den letzten zwei Wochen so oft besucht habe, für immer Königsberg bleiben, egal wie sie hier und jetzt heißen mag. Das kann mir keiner nehmen."

„Realitätsverweigerung nennt man das." Rebecca war noch immer auf ihrem unheilvollen Zynik-Trip.

„Realitätentransfer, meinst du. Oh, du hattest recht." Ihm schien der Atem zu stocken, dann meinte er leise und niedergeschlagen. „Auch das hätten wir uns lieber nicht ansehen sollen. Der Kneiphof, die ganze Insel... da steht nur noch der Dom, und sogar der hat nur noch einen Kirchturm. Alles andere ist einfach verschwunden. Nur noch ein Park und eine einsame Straßenbahnlinie sind jetzt dort. Die Engländer oder Sowjets müssen alles weg gebombt haben im Krieg. Mann, was für ein Jammer! Wie schön es war, in dieser tollen Altstadt umher zu bummeln. Da könnten einem ja fast die Tränen kommen!"

Rebecca fiel unvermittelt in die wehmütigen Erinnerungen ein. „Sieh doch nur, die ganze dichte Bebauung bis hoch zum Schloss. Alles muss Jahrzehnte brach gelegen haben, niemand hat sich die Mühe gemacht, irgendetwas der historischen Altstadt oder das prächtige, große Schloss wieder aufzubauen. Rasen, ein paar Bäume, ein Plattenbau und ein Parkplatz, wo viele kleine Gassen und Straßen voller Geschäfte, Kneipen und Restaurants waren. Die ganze Infrastruktur, das Herz der Stadt, liegt brach oder ist mit Plattenbausiedlungen verunstaltet worden. So gehen also Sieger mit dem Land der Besiegten um!"

„Jetzt reg dich nicht auf, die schönen Erinnerungen kann uns niemand mehr nehmen. Und vielleicht führt uns eines Tages unser Schicksal wieder an diesen zeitlosen Ort. Am Besten vergessen wir das schnell wieder, dass wir uns die Orte, die wir besucht haben, auf aktuellen Satellitenbildern angesehen haben."

„Ich wünschte, ich könnte das auch so einfach vergessen." Plötzlich stand Tamara in der Zimmertür.

Beiden blieb das Herz stehen vor Schreck.

„Oh Mein Gott, Tammy! Wie ich mich freue, dich zu sehen! Aber..." Rebecca fiel ihr automatisch in die Arme und hielt sie dann im nächsten Moment an beiden Oberarmen gepackt auf Armeslänge von sich, als ihr der Sachverhalt klar wurde. „Wie lange hast du dort schon gestanden?"

„Lange genug, um mich ernsthaft zu fragen, ob ihr beide einen schweren Dachschaden habt. Wollt ihr mich verarschen? Ihr habt mich nicht kommen hören, oder?" Sie musterte beide mit misstrauischem Blick.

Nick umarmte die kleine rothaarige Freundin ebenfalls und drückte ihr ein Bussi auf die Stirn. Verlegen grinsend bestätigte er geflissentlich: „Natürlich haben wir dich gehört. Wir dachten, wir spielen dir einen kleinen Streich und..."

„Bitte verzeih mir, Nick, aber das ist Unsinn. Ich habe von Barbara den Schlüssel bekommen, um Blumen zu gießen und Panther zu füttern. Ihr hattet nicht den geringsten Schimmer davon, dass ich unten war, als ihr euch anscheinend eure Urlaubserinnerungen so übel versaut habt, weshalb auch immer. Ich habe nur eine Frage, nach dem was ich gehört habe: wo zum Henker wart ihr?" Sie sah die beiden mit in die Hüften gestemmten Fäusten ungnädig an.

„Wir waren an der Ostsee in einem schönen Seebad. Wir haben eben nur ein paar Gedankenspielchen getrieben und..." Rebecca brach ihren Erklärungsversuch ab, als sie die ungnädige Miene ihrer besten Freundin sah. „Du glaubst mir nicht, oder?"

„Kein einziges Wort, du elende Lügnerin. Ich lasse euch jetzt allein, damit ihr noch mal in euch gehen könnt und mir dann ehrlich sagt, wohin euch TransDime wirklich geschickt hat. Und kommt mir nicht mit dem Bullshit, den ihr gerade eben versucht habt, mir zu verkaufen." Sie stürmte aus dem Haus und schlug die Tür hinter sich laut knallend zu.

„Oh Scheiße, jetzt sind wir geliefert. Wer konnte auch ahnen, dass Tamara ausgerechnet jetzt mit dem Ersatzschlüssel herkommt, um nach dem Haus zu sehen? Wegen so einer Banalität ist jetzt die Geheimhaltung von unserem Aufenthaltsort in Gefahr. Was sollen wir ihr nur sagen?" Nick war sichtlich ratlos.

Rebecca meinte hoffnungsvoll: „Wir können sie doch bitten, uns zuliebe zu vergessen, was sie gehört hat und einfach abzuwarten, bis sie selbst auch auf Stufe Eins befördert wird? Meinst du, sie wird sich eventuell darauf einlassen?"

„Wenn wir sie ganz nett darum bitten? Können wir ihr irgendetwas anbieten, um uns ihr Schweigen zu erkaufen?" Nick wusste sich wirklich nicht zu helfen.

Sie gingen hinab in die Küche und setzten sich an den Esstisch. Rebecca war völlig aus der Bahn geworfen: „Das ist so ziemlich das Schlimmste, was uns hätte passieren können. Und ausgerechnet Tamara! Sie ist schlicht und einfach zu intelligent, um ihr da irgendetwas vorzumachen. Bei jedem anderen hätte ich Hoffnung gehabt, aber bei ihr? Nein, aussichtslos."

„Das Problem ist doch vor allem, dass sie sich von uns abgehängt fühlt, seitdem wir beide mehr oder weniger überraschend gleichzeitig befördert worden sind. Weißt du noch ihre erste Botschaft an uns? Sie hat Angst, uns zu verlieren, wenn sie weitere zwei Jahre auf Funktionsstufe Null herum gammelt, während uns die Offenbarung bereits zuteil wurde." Nick sah auf seine Hände hinab. „Und ich kann ihr das nicht mal verdenken. Ich wüsste nicht, wie ich mich fühlen soll, wenn ich derjenige wäre, der noch auf Stufe Null wäre. Bis vor Kurzem dachte ich ja, ich bin an ihrer Stelle und du hängst mich ab durch die Beförderung." Nick sah sich nach Panther um, der jedoch nirgends mehr zu sehen war.

„Ich hoffe, sie tut nichts Unüberlegtes in ihrem aufgedrehten Zustand. Das würde zwar nicht zu ihr passen, da sie normalerweise immer einen klaren Kopf behält, aber wer kann das schon wissen in so einem Fall?" Rebecca seufzte.

„Wie viel sie wohl tatsächlich mitgehört hat? Und ob sie daraus irgendwelche konkreten Schlüsse ziehen kann? Bei ihrem IQ dürfte es ihr jedenfalls nicht schwerfallen, sich zusammen zu reimen, dass hier etwas faul ist. Und dass sie so ein Science-Fiction-Nerd ist, hilft da auch nicht gerade. Dadurch kann sie sich vielleicht sogar Szenarien ausmalen, auf die ein Normalsterblicher nie im Leben kommen würde." Auch Nick hatte wenig Hoffnung, dass sich dieses Problem in Wohlgefallen auflösen würde.

Keine zehn Minuten später, während sie noch mit sich haderten, wurde ein Schlüssel ins Haustürschloss gesteckt und Tamara erschien überraschend wieder. Wo sie gewesen war und was sie getan hatte, um sich in dem Maße wieder zu fangen, wie es schien, konnte Nick nur raten. Sie baute sich vor ihren Freunden auf und sagte mit zorniger Ironie: „Wie schön, dass ich euch hier unten antreffe. Wir müssen reden."

„Ja, das müssen wir. Tammy, du hättest das auf keinen Fall mitbekommen dürfen, was du da eben gehört hast. Es tut uns sehr Leid, dass wir dich hier mit hinein ziehen, aber du musst uns versprechen, dass du das für dich behalten wirst." Nick legte so viel Ernsthaftigkeit in seine Stimme wie möglich.

Draußen bellte ein kleiner Hund in hoher Stimmlage anhaltend. Nick nahm es kaum wahr angesichts des Dilemmas, in dem sie sich befanden.

„Ich will wissen, wo ihr wart. Wo ihr *wirklich* wart. Erzählt es mir auf der Stelle, sonst kann ich für gar nichts garantieren." Sie gab sich unnachgiebig und trotzig, womit wohl Nicks Theorie zutraf, dass sie sich nicht von ihnen abgehängt und ausgeschlossen fühlen wollte.

„Selbst wenn wir das wollten, dürften wir es auf keinen Fall, das weißt du doch. Den Ärger, den wir uns damit einhandeln würden, kannst du dir nicht mal vorstellen. Bitte, Tamara, glaube uns." Nun war Rebecca kurz davor, zu betteln.

„Tja, wie dumm für euch, dass ihr nicht die Einzigen mit einem Computer daheim seid. Was zum Teufel habt ihr also in einem russischen militärischen Sperrgebiet zu suchen? Und erzählt mir nicht, ihr habt in dem alten ehemaligen Seebad Kranz, heute Zelenogradsk, wirklich Erholungsurlaub gemacht! Ihr habt fast 'rumgeheult, als ihr euch den Ort auf den Satellitenbildern angeschaut habt, genau wie bei Königsberg. Sogar ich weiß, dass das heute wie schon seit dem Ende des Zweiten Weltkriegs Kaliningrad heißt. Aber was ihr da beschrieben habt von den beiden Orten, ist nicht existent.

Nach euren Aussagen gibt es nur wenige logische Schlussfolgerungen, wie ihr zu so einer enormen Wahrnehmungsdiskrepanz gekommen sein könnt."

Das hatte sie also eben getan, dämmerte es Nick voller Entsetzen. Sie war mit messerscharfem Verstand schnurstracks nach Hause und hatte nach recherchiert. Nun holte sie tief Luft und begann aufzuzählen:

„Nummer eins: ihr seid die letzten zwei Wochen bei TransDime im Keller an einem Glukosetropf gehangen und habt das alles über irgendeine virtuelle Realität im Experimentierstadium erlebt. Traurigerweise für mich ist das noch die plausibelste Möglichkeit, denn ab jetzt wird es richtig schräg.

Nummer zwei: TransDime besitzt eine Zeitmaschine und ihr habt diese Orte so erlebt, wie sie vor siebzig oder auch hundert Jahren gewesen sind, vor den schlimmen Zerstörungen im zweiten Weltkrieg. Diese Möglichkeit ist sehr abwegig, zugegeben, aber nach dem, was ich bereits im ersten Jahr hier im Job erlebt habe, möchte ich gar nichts mehr ausschließen. Allerdings gibt es für diese Möglichkeit zu viele Ungereimtheiten, um sie für mich plausibel zu machen."

„Eine Zeitreise? Jetzt redest du aber wirklich blanken Unsinn! Du solltest dich mal hören! Eine Zeitreise! Ja, genau. Was kommt als nächstes?" Nick wurde fast hysterisch angesichts der Richtung, die ihre Spekulationen nahmen.

„Nummer drei: ähnlich wie eins, aber ihr seid unter Drogen gesetzt und oder hypnotisiert worden und man hat euch diese Erinnerungen auf diesem oder einem ähnlichen Weg sozusagen eingepflanzt, warum allerdings könnte ich auch nicht sagen. Völlig unmöglich erscheint mir auch diese Möglichkeit nicht, aber man kann ja nie wissen.

Nummer vier: ihr seid in eine Paralleldimension gereist, warum auch immer. Dort sind die Orte vom Krieg verschont geblieben und in dem Zustand gewesen, wie ihr sie in Erinnerung hattet. Deshalb wart ihr auch so geschockt, als ihr sie euch hier angeschaut habt."

Nick brachte all seine Willenskraft auf, die er noch hatte, um nicht zu zucken oder sonst irgendwie zu verraten, dass Tamara mit ihrer von unglaublicher Intelligenz und viel Konsum von Science-Fiction-Geschichten gespeisten Fantasie tatsächlich den Nagel auf den Kopf getroffen hatte. Er konnte nur hoffen, dass Rebecca dies ähnlich gut gelingen würde wie ihm.

„Nummer Fünf..." Sie brach ab, starrte sie an und verfiel in Schweigen.

Sie setzte sich auf einen der freien Stühle und hielt sich in stummem Entsetzen mit aufgerissenen Augen die Hand vor den Mund. Als Nick bemerkte, wie sie zitterte, ging er zu ihr hin und legte ihr eine Hand auf ihre Schulter: „Was hast du, Tammy? Geht es dir gut?"

Sie sah auf und blickte ihm direkt in die Augen. „Nein, es geht mir nicht gut. Ich habe gerade herausgefunden, dass die beiden besten Freunde, die ich in meinem Leben jemals hatte, der Wahnvorstellung unterliegen, sie seien in eine Paralleldimension gereist und haben sich dort zwei volle Wochen lang aufgehalten."

Rebecca erstickte fast an ihrer eigenen Spucke und musste husten: „Was... wie kommst... du denn auf... so etwas?"

„Ihr müsst es nicht abstreiten, es ist ganz einfach zu erkennen, wenn man weiß, worauf man bei einem Menschen achten muss. Ich weiß nicht, was sie mit euch gemacht haben, dass ihr wirklich glaubt, ihr seid in einer anderen Dimension gewesen. Aber ich glaube, es ist an der Zeit für euch, die Reißleine zu ziehen. Ihr solltet euch ärztlich untersuchen lassen auf Drogen oder andere bewusstseinsverändernde Manipulationen. Wenn man auch nur den leisesten Verdacht hat, dass mit euch etwas nicht stimmt in dieser Hinsicht, müsst ihr euch den Behörden anvertrauen."

„Das wird nicht nötig sein, Frau Schnyder."

Wie von der Tarantel gestochen fuhren alle drei herum und erblickten Herrn Kardon in der Tür zum Flur.

„Herr... was tun *Sie* denn hier? Wie kann das sein?" Rebecca fiel aus allen Wolken.

Tamara sah zum Küchenfenster hinaus, worauf Nick ihrem Blick folgte. Vor der Tür standen zwei der schwarzen TransDime Einheits-SUVs kreuz und quer auf dem Vorplatz, zum Teil mitten auf den Parkplätzen ihrer Hausnachbarn.

Als er hinter sich ein Klopfen vernahm, drehte er sich um und sah zwei junge, kräftige Männer auf ihrer Terrasse stehen. Sie waren schwarz gekleidet und trugen auffällig ausgebeulte Jacken für die hohen Temperaturen, die heute herrschten. Offenbar hatte man alle Unwägbarkeiten bei TransDime abdecken wollen.

Rebecca ging zur Terrassentür und öffnete sie zu Nicks Entsetzen.

„Was soll denn das? Sind wir hier in einem billigen Hollywood-Film?", verlangte sie zu wissen.

„Reine Vorsichtsmaßnahme. Na, wie geht's?" Der eine der beiden Hünen sah sie abschätzig grinsend an.

„Ganz gut. Hallo, Bernd; hallo, Ramon." Sie ließ beide ein.

Tamara raunte Nick zu: „Na toll. Man kennt sich."

„Davon abgesehen, dass Sie uns mit dieser Aktion nun endgültig bewiesen haben, dass Sie unsere privaten Wohnräume abhören, wäre das hier doch wirklich nicht nötig gewesen, Herr Kardon", beschwerte Nick sich bei ihrem Vorgesetzten.

„Es tut mir Leid, dass Sie es auf diese Weise bestätigt bekommen haben, aber Sie konnten sich ja bereits denken, dass wir weitreichende Vorsichtsmaßnahmen ergriffen haben, was die Sicherstellung der Loyalität von so wichtigen Mitarbeitern wie Ihnen angeht." Bedauernd hob Herr Kardon beide Hände in einer Geste der

Entwaffnung und setzte sich ungefragt an ihren Tisch.

„Können Ihre Gorillas vor dem Haus bitte umparken? Wir wollen nicht flüchten, aber wollen auch keinen Ärger mit den Nachbarn haben. Sie haben auch so schon genug Aufsehen erregt, falls irgendwelche neugierigen Leute in den Nebenhäusern diesen razziamäßigen Einritt Ihrer Kavallerie beobachtet haben." Rebecca musterte ihr Gegenüber mit unverhohlener Wut.

„Es wird sofort erledigt werden." Ohne dass ihr Chef noch weitere Kommentare oder Befehle dazu gab, wurden die beiden BMWs zügig und lautlos elektrisch weg gefahren. Demnach trug Herr Kardon etwas bei sich, das die Männer vor dem Haus mithören ließ.

„Ist das nicht ein wenig übertrieben? Ich meine, was hätte im Extremfall schon passieren können?" Tamara traute sich nun auch zum ersten Mal etwas zu sagen.

„Sie hätten die Behörden oder ein Krankenhaus zur Untersuchung ihrer beiden Kollegen einschalten können, wie Sie es ja bereits angedroht haben. Aber das haben wir schon geahnt, als der Alarm vom Abhorch-Algorhythmus einging. Wir waren bereits auf dem Weg hierher, als Sie eben diese Aussagen gemacht haben." Kardon strich sich über seinen dunklen Bart.

„Und wie haben Sie die beiden dazu gebracht, zu glauben, sie wären in einer anderen Dimension gewesen? Volle zwei Wochen lang, möchte ich noch hinzufügen." Tamara sah ihren Chef gespannt an.

Er seufzte ergeben und meinte dann nach einem Blick auf Nick und Rebecca: „Ich bedaure, dass es dazu gekommen ist, dass Sie so frühzeitig davon Kenntnis erlangt haben, Frau Schnyder, aber es war wohl wirklich nur ein bedauerlicher Zufall. Aufgrund dessen, was Sie gehört haben: sind Sie bereit, eingeweiht zu werden und eine Beförderung auf Funktionsstufe Eins zu erhalten?"

Tamara fiel aus allen Wolken. „Ich soll... was?! Das wäre ja phantastisch! Aber warum jetzt schon?"

„Nun, zum einen würden Ihnen die Alternativen nicht gefallen und zum anderen haben Sie ein Talent und eine Intelligenz bewiesen, die Sie dazu befähigen, mit der Verantwortung umzugehen und ihr Potenzial für TransDime zu entfalten. Zudem habe ich schon vor einer Weile eine dahingehende Empfehlung von höherer Stelle erhalten, falls solch ein unvorhergesehener Fall wie dieser hier auftreten sollte. Fühlen Sie sich dazu bereit, diese Bürde der Geheimhaltung von jetzt an bis zu Ihrem Lebensende zu tragen?"

Rebecca schloss gequält die Augen, als Tamara begeistert und im Brustton der Überzeugung sagte: „Ja, das bin ich, mit vollem Herzen."

Nick sah sie besorgt an. War sie wirklich bereit? Sie war noch so *jung*...

Jetzt würde ihr gleich alles berichtet werden. Nick und Rebecca beobachteten das Gesicht ihrer Freundin, dieses engelsgleiche Antlitz, das versuchte, sich nichts von der großen Last anmerken zu lassen, die sie auf sich lud, indem sie dieses ungeheure Wissen annahm und gelobte, es für sich zu behalten.

Dann geschah etwas Erstaunliches, mit dem Nick nicht gerechnet hätte.

„Es ist so, dass Ihre beiden Kollegen an der Ostsee im Erholungsurlaub waren, nur nicht hier, sondern tatsächlich in einer Paralleldimension. Der eigentliche Daseinszweck von TransDime ist nämlich der Transport von Personen, Waren und Gütern zwischen dieser Erde und denen in parallelen Realitätsebenen, die wir der Einfachheit halber Filialen nennen. Darüber hinaus hat sich die Firma im Laufe der Jahrzehnte seit ihrer Gründung die Verwaltung der Erde zum Ziel gesetzt, das sie auch schon zu gewissen Teilen erreicht hat. Das öffentliche Bild des marktbeherrschenden Mischkonzerns ist nur Tarnung. Was sagen Sie dazu?"

Tamaras Mund stand nun offen, aber sie fing sich schnell, während ihr Verstand auf Hochtouren zu arbeiten schien. Sie setzte sich und versuchte ihre Gedanken zu ordnen. Sie sah Nick und Rebecca zweifelnd an. „Kein Scheiß?"

Die beiden schüttelten unfreiwillig lächelnd ihre Köpfe.

„Wie findet der Wechsel in andere Filialen statt? Wie sieht die Infrastruktur dazu aus?"

„Wir verfügen über relativ geräumige Fährsysteme, die etwa einhundert Personen und zweihundert Tonnen Fracht unter recht bequemen Bedingungen transportieren können. Die dazu benötigte Infrastruktur sind sogenannte Transferbereiche, die ähnlich wie Bahnhöfe oder Flughäfen angelegt sind. Sie befinden sich unterirdisch in zahlreichen TransDime Zweigstellen, verteilt auf allen Kontinenten. Derzeit sind hier auf der Erde sechs solcher Stationen im Regelbetrieb, die anderen Orte werden nur sporadisch bedient oder sind für den Fall einer nötigen Verlegung als Reserve ausgelegt und zeitweilig stillgelegt. Es findet von Frankfurt aus ein fahrplanmäßiger Verkehr zwischen den verschiedenen Filialen statt." Gespannt beobachtete Kardon sie.

Wie aus der Pistole geschossen fuhr Tamara fort: „Wie funktioniert das naturwissenschaftliche Prinzip dieses Transfers? Und woher kommt diese Technologie? Die Japaner können ja nicht an allem Schuld sein, was geheimer Hightech ist."

Kardon lächelte nun tatsächlich. „Die verschiedenen Realitätsebenen schwingen sozusagen auf verschiedenen Frequenzen. Mit den Transportfähren kann man in eine andere Schwingungsebene und damit in eine parallele Realität überwechseln. Die genauen Grundlagen dazu werden uns leider vorenthalten, da die verschiedenen Realitätsebenen streng hierarchisch organisiert sind, je nach Entwicklungsstand. Von Filiale 1 kommt dem Vernehmen nach die Technologie und das Wissen, um die Fähren zu betreiben. Sie sind uns von der Entwicklung her weit mehr als eintausend Jahre voraus und verwalten die gesamte interdimensionale Organisationsstruktur. Unsere Ebene wird als Filiale 88 bezeichnet, es gibt aber noch erheblich mehr an erschlossenen Ebenen."

Als Tamara das Gesicht verzog, wusste Nick sofort, dass auch sie gleich erkannt hatte, dass dies eine Struktur war, wo sie nicht viel zu melden hatten in den Augen der obersten Filialen und nur als unterentwickelte Kolonie angesehen wurden.

In der nächsten Dreiviertelstunde wurde Nick Zeuge davon, wie Tamara methodisch die verschiedensten Aspekte erfragte, die ihm gar nicht in den Sinn gekommen wären. Ihre Freundin erfuhr so nach und nach von den zwölf Dimensionen, den Unterschieden zwischen den Dimensionen und den Realitätsebenen innerhalb einer Dimension, den praktischen Fragen beim Reisen mit den Fähren und der Taktung des Fahrplans.

Die Begleiter, mit denen Herr Kardon so hektisch angerast gekommen war, um – was eigentlich? - zu verhindern, waren längst schon wieder abgezogen. Bis auf einen, der sein Auto nun brav auf dem Besucherparkplatz vor dem Haus so abgestellt hatte, dass es keinem der Nachbarn mehr auffallen konnte, dass dies nicht einer der Wagen von ihnen war. Nick hatte für alle Kaffee gemacht und selbst dem Begleiter des Personalchefs einen angeboten.

Dann kam sie auf die politischen Fragen zu sprechen. „In welcher Form beeinflusst TransDime denn unsere Erde, die Filiale 88?"

„Wir erhalten gewisse Vorgaben, was wir zu tun haben, um das welt- und wirtschaftspolitische Chaos in geordnetere Bahnen zu lenken und so die großen Probleme der Menschheit ein wenig besser unter Kontrolle zu bekommen. Das geschieht schon seit vielen Jahrzehnten, doch dummerweise ist dabei die oberste Prämisse, dass die wahre Natur von TransDime und das Konzept des interdimensionalen Austausches der Filialen streng geheim bleiben muss. Was zunehmend schwieriger wird, wie Sie sich sicher denken können. Aber man ist leider der Meinung, dass diese Filiale noch lange nicht für die Wahrheit bereit ist.

Durch dieses Dilemma sind uns leider oft die Hände gebunden, wenn es darum geht, Entscheidungen herbeizuführen oder in Bahnen zu lenken, die weitreichenden Einfluss auf die Geschicke der Menschheit haben. Da diese nach Ansicht von Filiale 1 noch nicht bereit für dieses Wissen ist, wirft uns das oft genug Knüppel zwischen die Beine.

Es werden Kriege begonnen und geführt, die wir verhindern wollen, Politiker kommen an die Macht, die ihr Land in den wirtschaftlichen Ruin treiben, deren Wahl wir verhindern wollten. Industriekonzerne und Großbanken erhalten Befugnisse, die es ihnen erlauben, die arbeitende Bevölkerung noch mehr auszubeuten, als es ohnehin schon der Fall ist. Wir können immer nur wohl durchdachte Operationen durchführen, um solche Dinge zu ändern und hoffen, dass diese Änderungen zu einem annehmbaren Ergebnis führen. Unter dem Deckmantel der Geheimhaltung nehmen sich diese Aktionen oft leider nur als kleine Nadelstiche aus."

„Damit meinen Sie die Missionen dieser sogenannten Inspektoren, die wir unter anderem auf deren sogenannten *Geschäftsreisen* betreut haben, nicht wahr?" Tamara nickte verstehend.

„Genau. Die Stewards der Stufe Null ohne jegliches Hintergrundwissen sind dabei nur die Betreuer vor Ort, soweit es die Mission nicht tangiert. Als Assistenten für den tatsächlich wichtigen Teil stehen dann in der Regel Mitarbeiter der Stufe Eins und höher bereit. Zur eigentlichen Durchführung werden dann solche Mitarbeiter, die aus anderen Filialen für die Mission eigens angereist sind, eingesetzt. Da diese direkt danach wieder abreisen können, sind somit keine Tatverdächtigen mehr vor Ort, derer die Behörden habhaft werden können." Kardon hielt einen Moment inne. „Das Spektrum dieser Missionen ist sehr vielfältig, von Spionage und Entführung über Sabotage und Vernichtung von wichtigen Unterlagen und Beweisen bis hin zur Korrekturmassnahme menschlicher Ressourcen."

„Sie sprechen von *Mord*", stellte Tamara mit einer Kälte fest, die Nick erschreckte.

„Manchmal ist das leider unumgänglich, wenn ein Individuum derart großen Schaden anzurichten droht und so gut geschützt wird, dass keine Alternative dazu möglich ist. Meistens wird das Subjekt aber entführt und an einen Ort verbracht, wo es keinen Schaden mehr anrichten kann. Das könnte man mit lebenslanger Haft oder vielmehr Exil vergleichen.

Es kommt leider auch vor, dass TransDime Mitarbeiter der Stufe Eins und höher, die den mentalen Anforderungen als Geheimnisträger nicht mehr gewachsen sind, über die wahre Natur der Firma Informationen verbreiten oder noch schlimmer, über andere Dimensionen. Manchmal wird das nicht entdeckt, bevor das betreffende Subjekt bereits eine Veröffentlichung seines Wissens in die Wege geleitet hat. Das kann auch der Fall sein, wenn die Person dieses Wissen geschickt dazu nutzt, um sich davon inspirieren zu lassen, sei es in der Form eines Romans oder eines Film- beziehungsweise Fernsehdrehbuches.

Sie würden es nicht glauben, wie viele Fantasy- und Science-Fiction-Werke einen wahren Kern beinhalten und von jemandem aus einer weiter entwickelten Dimension oder Realitätsebene stammen. Dabei geht es dem Verfasser des vermeintlich fantastischen Stoffes oft gar nicht um die Verbreitung der Wahrheit, sondern vielmehr um persönliche Bereicherung. Was leider auch schon viel zu oft geklappt hat."

Tamaras Augen begannen zu glänzen: „Das heißt, wenn ich Ihnen jetzt diverse Namen von berühmten Autoren und Drehbuchschreibern nenne, können Sie mir sagen, welche von ihnen ihre Ideen aus einer tatsächlich existierenden Paralleldimension sozusagen adaptiert haben für den hier üblichen Leser- oder Zuschauergeschmack? Das gibt's doch nicht!"

„Angesichts Ihrer Vorliebe für diese Art der Unterhaltung kann ich Ihre Begeisterung verstehen und natürlich auch ihr Verlangen, darüber mehr in Erfahrung zu bringen. Sie werden es mir sicher nachsehen, dass ich keinerlei Informationen darüber preisgeben darf.

Aber bedenken Sie stets, es gibt zwölf verschiedene Universen und ein großer Teil aller vorhandenen Realitätsebenen darin ist mit Sicherheit noch gar nicht entdeckt beziehungsweise erforscht. Außerdem sind viele bereits als so fremdartig oder gefährlich taxiert worden, dass niemand jemals dort einen Fuß auf die Erde setzen sollte. Und es ist außerdem technisch sehr aufwändig, neue stabile Frequenzen zu finden, so dass die Zahl der bekannten Realitätsebenen nicht so schnell anwächst, wie Sie vielleicht glauben würden.

In manch einer der anderen Dimensionen wurden Ebenen gefunden, in denen nicht einmal die selben physikalischen Naturgesetze gelten wie bei uns. Eine solche Ebene zu erforschen ist viel zu riskant für eine Expedition. In einem solchen Fall bleibt es meistens bei einer Untersuchung durch eine Drohne, was übrigens standardmäßig zuerst getan wird, bevor ein bemanntes Gefährt in diese neu entdeckten Ebenen gesandt wird."

„Es gibt demnach auch Forschungsteams, die neu entdeckte Realitätsebenen erforschen und heraus finden, welche Gegebenheiten dort herrschen?" Tamara war kaum noch zu halten. „Wie cool ist *das* denn?"

„Sehr cool, um es in Ihren Worten auszudrücken. Ich selbst war auch für eine kurze Zeit einem solchen Team zugeteilt und kann Ihnen sagen, dass das eine sehr interessante und abwechslungsreiche Arbeit ist. Die meisten Ebenen erscheinen in einem für uns wieder erkennbaren Rahmen, wo die Entwicklung der Menschheit zumindest einen ähnlichen Verlauf genommen hat wie bei uns. Doch es gibt auch solche, die derart wenig mit unserer Realität gemein haben, dass es die Vorstellungskraft häufig an ihre Grenzen bringt."

„Das wäre mein absoluter Traumjob. Wenn es jemals etwas gegeben hat, das ich unbedingt tun will, dann solche Expeditionen begleiten."

„Da sind Sie ja sehr ehrgeizig, Frau Schnyder. Wie kommen Sie darauf, dass Sie für solch eine Aufgabe geeignet sind?" Mit einem jovialen Lächeln wartete er ihre Antwort ab.

„Das Fantastische und Unerwartete hat mich schon immer fasziniert und es wäre für mich das Erfüllendste überhaupt, mich diesen vielfältigen Herausforderungen zu stellen. Falls jemals ein Platz frei wird auf solch einer Expedition, sagen Sie Bescheid." Sie war wirklich kaum noch zu halten vor Begeisterung.

„Mir könnte das auch gefallen", hörte Nick auf einmal Rebecca sagen. Sein Kopf schnellte herum.

Bevor er reagieren konnte, hörte er Herrn Kardon fragen: „Was ist mit Ihnen, Herr Geiger? Auch Lust auf ein wenig Abenteuer und Entdeckung? Wir können Sie natürlich nicht alle drei sofort auf ein Expeditionsfahrzeug versetzen, das wird noch ein paar Jahre des Hochdienens Ihrerseits in Anspruch nehmen, bevor Sie sich die Sporen, sprich die Funktionsstufe für ein solches Unternehmen verdient haben werden. Aber in dieser Zeit wird man zumindest heraus finden, ob Sie alle das Zeug für diese Art der Forschung haben."

Während Rebecca und Tamara ihn beinahe flehentlich ansahen, gestand er zögerlich ein: „Nun ja, es klingt zumindest sehr interessant. Ich würde sehr gerne mehr über diese Expeditionen hören. Zunächst aber beschäftigt mich noch ein Aspekt dieser Geschichte, den Sie bisher nicht angesprochen haben."

Interessiert beobachtete Kardon ihn, während er zum Kühlschrank ging und sich ein Glas Cola Zero einschenkte. Oh, wie er die vermisst hatte in Filiale 108! Aus dem Off hörte er die Stimme seines Chefs: „Worauf spielen Sie an, Herr Geiger?"

„Auf das 'qui bono', wie Dr. Decker in seinen Vorlesungen immer so gerne sagt. Wer profitiert schlussendlich von dem ganzen interdimensionalen Verkehr? Ich nehme nicht an, dass sich die Menschheit in vielen Filialen zu solch edlen Wesen entwickelt hat, dass dort niemand mehr bezahlt wird für seine Arbeit und auch niemand mehr Geld für seine Produkte will, die er herstellt. Das wäre dann sogar für meine wildesten Fantasien zu utopisch."

Während die beiden Damen ihrer kleinen Runde ihn verblüfft ansahen, schnalzte Kardon anerkennend mit der Zunge: „Alle Achtung, ich hatte mich schon gefragt, wer von Ihnen zuerst darauf zu sprechen kommt. Ja, es ist tatsächlich so, dass in praktisch allen Dimensionen und Filialen das Geld als universelles Tauschmittel den Antrieb liefert, für den der Mensch seine Arbeit leistet und gegen das er Waren sowie Dienstleistungen bezieht.

Wir konnten leider immer noch nicht alle Filialen endgültig auf den gemeinsamen Nenner bringen, der viele Probleme der Finanzbranche aus der Welt schaffen würde. In manchen Welten ist es tatsächlich soweit, dass Geld als Antrieb der Menschheit abgeschafft wurde, doch das sind sehr hoch entwickelte Einzelfälle, die uns weit, weit voraus und im Multiversum weitgehend isoliert sind. Doch zurück zum gemeinsamen Nenner.

Dies ist natürlich das Gold und Silber als ideales Zahlungsmittel. Ich fange gar nicht erst an, ihnen alle Vorteile der beiden Edelmetalle als Geldmittel zu nennen, dafür beschäftigen wir schließlich Dr. Decker. Es wird in den meisten Filialen mit einem globalen gedeckten Vollgeldsystem gearbeitet, was zu einer stabilen Weltwirtschaft in den entsprechenden Filialen geführt hat. Nur gibt es auch leider immer wieder Fälle von sich hartnäckig wiederholenden Einführungen von ungedeckten Papiergeldsystemen ohne Gold- und Silberdeckung, was in schöner Regelmäßigkeit zum Finanzkollaps führt.

Ihre Welt ist da leider Gottes ein Paradebeispiel dafür, wie man es nicht machen sollte. Und mit Einführung des bargeldlosen Zahlungsverkehrs und der vielfachen Überzeichnung von Finanzprodukten der Banken wird es diesmal einen großen finalen Knall geben, der das Angesicht dieser Filiale für lange Zeit maßgeblich im negativen Sinn verändern wird. Das Dumme ist nur, dass niemand hellsehen kann und somit der Zeitpunkt dieses Kollapses nicht wirklich vorhersehbar ist.

Der Westen hat sich von dem alten Goldstandard losgesagt und die meisten der Goldbestände von nationalen Zentralbanken existieren nur noch auf dem Papier, statt in physischer Form in deren Tresoren zu lagern. Lediglich der Osten verfolgt noch traditionell dieses finanziell gesunde Wertesystem und legt sich weiter Goldvorräte an. Kurz gesagt, liegt hier bei uns mehr im Argen, als selbst TransDime jemals richten könnte. Wir hatten schon so Einiges versucht, jedoch ohne Erfolg. Was das angeht, sind uns die negativ gepolten Kräfte im Hintergrund überlegen, die die Weltbevölkerung bis auf den letzten Cent ausnehmen und dann vor die Hunde gehen lassen werden.

Wir betreiben inzwischen nur noch in einer Hinsicht Schadensbegrenzung, was das angeht: wir bringen so viel Gold wie möglich in Sicherheit, ohne dass es tatsächlich jemand anderem als den üblichen Verschwörungstheoretikern auffällt. In anderen Filialen ist es dem Zugriff der Superreichen hier entzogen und kann dann in Zukunft nach der Überwindung der Krise nach und nach wieder hierher zurückgeführt werden. Was das Silber angeht, das hat freundlicherweise eine bekannte US-amerikanische Großbank für uns übernommen, so viele physische Bestände an dem begehrten Metall zu erwerben und zu horten, bis es nach dem Überstehen der nächsten Krise wieder gebraucht werden wird."

Nick traute seinen Ohren nicht. „Soll das heißen, TransDime hat Filiale 88 in dieser Hinsicht *aufgegeben*?"

„Leider. Aber in vielen anderen Filialen dreht sich das meiste in finanzieller Hinsicht um Gold. Die Geldmenge und somit die Wirtschaftskraft eines Systems kann normalerweise nur um die Menge frisch geförderten Goldes wachsen, weshalb wir uns darum bemühen, das edle Geldmetall von Orten, wo es nicht mehr gebraucht wird, zu solchen Filialen hin zu verschieben, wo es zum gesunden Wachstum beitragen kann."

„Es gibt Orte, wo es nicht mehr gebraucht wird? Das klingt seltsam für mich nach all dem, was Sie uns gerade erzählt haben." Nick war etwas verwirrt.

„Ich fürchte, Sie dürfen sich da keinen Illusionen hingeben; auch mit solchen Szenarien werden Sie eines Tages betraut werden, wenn Sie sich für die Forscherkarriere entscheiden werden. Die Bergungsmissionen sind eine harte Schule, geben Ihnen aber das Rüstzeug mit für die späteren Forschungsmissionen." Kardon sah auf die Uhr.

„Sie haben uns fürs Erste genug erklärt, denke ich. Wie soll es mit uns jetzt weiter gehen?" Rebecca sah ihren Chef gespannt an.

„Sie werden morgen früh ins Büro kommen, an Ihre neuen Plätze im 25. Stockwerk. Die dienstälteren Kollegen nehmen Sie fürs Erste unter ihre Fittiche und nach einer kurzen Einarbeitungszeit werden Sie eine mehrmonatige Ausbildung durchlaufen. Nach deren erfolgreichem Abschluss werden Sie wieder Aufträge bekommen, die Sie zusammen mit einem der Dienstälteren ausführen werden. Nach und nach werden Sie dann selbständig genug werden, um auch alleine als Assistent auf Missionen geschickt zu werden. Sie sehen also, es wird sich nicht alles komplett für Sie ändern, Sie arbeiten jetzt nur auf einem anderen Level."

Rebecca nickte und fügte mit grimmiger Miene noch hinzu: „Sehr schön. Sie müssen sich übrigens nicht die Mühe machen, jemanden hierher zu schicken, der die Abhöreinrichtungen aus unseren Wohnungen wieder entfernt. Jetzt, da wir wissen, dass wir überwacht wurden, macht es für Sie doch sicher keinen Sinn mehr, diese empörende Verletzung unserer Privatsphäre fortzusetzen oder durch ein erneutes illegales Eindringen in unser Heim zu beenden. Somit werden wir uns um die Entfernung auch gleich selbst kümmern."

Kardon stand auf und verließ ihr Haus ohne ein weiteres Wort.

„Wow, ihr verrückten Hunde, ihr treibt euch in anderen Dimensionen herum, ohne mir was davon zu sagen?" Tamara lachte sie frech an.

„Ja, unser Fehler, was haben wir uns *dabei* nur gedacht?" Nick verdrehte die Augen.

Herr Kardon sah unerwartet nochmals zur Tür herein. „Ach ja, auf Ihrer Türmatte liegt etwas herum, das Sie besser beseitigen sollten."

Dann war er wieder verschwunden.

Tamara konnte sich nicht mehr länger beherrschen. Sie fiel ihnen beiden um den Hals und drückte sie an sich. „Oh Gott, ihr habt mir so sehr gefehlt. Tut mir so was nie wieder an!"

Als Nick sie schluchzen hörte, sah er Rebecca über Tamaras rötlichbraunen Schopf hinweg fragend an, dann strich er ihr beruhigend übers Haar. „Na, na, was hast du denn?"

„Ich habe mich noch nie so alleine gefühlt wie in den letzten beiden Wochen. Als hätte man mir euch beide komplett entrissen. Was hat das nur zu bedeuten?"

Rebecca sah sie staunend an: „Tammy, willst du uns erzählen, du hast *gespürt*, dass wir in einer anderen Parallelebene waren? Das ist doch absurd!"

„Ich kann es euch auch nicht erklären. Aber so habe ich mich gefühlt. Und jetzt habe ich euch beide wieder und weiß jetzt auch endlich, was hier los ist. Ich kann mich einfach nicht mehr länger zusammenreißen." Sie nahm beide wieder in den Arm.

„Wann hattet *ihr* eigentlich euren Nervenzusammenbruch, gleich nachdem man es euch gesagt hat oder erst später?"

Nick grinste und antwortete: „Bei uns war das so ein allmählicher Prozess. Wir hatten einen vierzehntägigen, homöopathischen Nervenzusammenbruch am Stück. Es begann wohl in dem Moment, als die Sphäre aus der Decke der Abflughalle herausgeglitten kam und sich vor unseren Augen dann geöffnet hat."

„Man realisiert das erst, wenn man es mit eigenen Augen sieht, nehme ich an." Tamara schüttelte den Kopf. „Dunkle Materie. Die große unbekannte Masse, die das Universum ausfüllt. Und bei TransDime wird sie benutzt."

„Es ist schon weit nach Mittag. Wollen wir was Essen gehen?", schlug Rebecca vor.

„Ich hab jetzt keinen Nerv, mich in die Küche zu stellen."

Tamara nickte. „Und danach kommen wir schnurstracks wieder zurück hierher. Ich habe euch noch nicht angemessen begrüßen können."

Nick und Rebecca sahen sich an und mussten ungewollt lächeln.

Rebecca kam noch etwas in den Sinn. „Ach, Herr Kardon hat doch noch etwas gesagt von etwas auf der Türmatte. Panther hat sicher wieder einen Vogel angeschleppt."

Tamara grinste, während Nick aufstöhnte. „Wenn es wieder eine Taube ist, bekommt er ein Glöckchen umgebunden, so wahr ich hier stehe."

„Das ist doch nur natürlich. Ihr müsst ihm seine Instinkte lassen, das ist wichtig für ihn." Die Schweizerin schlug sich ungefragt auf die Seite ihrer räuberischen Katze.

Aus dem Flur hörten sie Rebecca aufschreien. „Ach du grüne Scheiße!"
Verdutzt sahen sie sich an, während Rebecca rief: „Nick, bitte hol eine Kehrschaufel und einen Eimer aus dem Putzschrank. Wir haben ein kleines Problem."
Er stieß sich vom Tisch ab, an den er sich gelehnt hatte, um ihrer Bitte nachzukommen. Dabei rief er: „Wozu denn den Eimer?"
„Das Problem ist nicht ganz so klein, wie du vielleicht denkst. Und ein bisschen mehr verteilt als sonst." Der Ekel war Rebeccas Stimme deutlich anzuhören.
Er verdrehte die Augen: „Oh Herr, bitte nicht *schon* wieder..."
Tamara setzte sich an den Tisch und trank das Wasser, das sie sich wie selbstverständlich eingeschenkt hatte. Als Nick auch noch nach mehreren Minuten verschwunden war, wurde sie langsam misstrauisch. Was konnte denn da so lange dauern?
Gerade als sie aufstehen wollte, um nachzusehen, kam er herein, am langen ausgestreckten Arm den Putzeimer weit von sich haltend. Hinter ihm beschloss Rebecca mit einem leicht blassen Gesicht die kleine Prozession.
Nick stellte den Eimer auf den Tisch und sagte tonlos: „Wir müssen ein ernstes Wort mit Panther reden. Das kann so nicht weitergehen."
Tamara warf einen Blick in den Eimer und hielt sich die Hand vor den Mund. Mit weit aufgerissenen Augen stammelte sie halb entsetzt, halb fasziniert: „Oh mein Gott, meint ihr wirklich, *das* war Panther? Mann, wie viel Blut... und hat er ihn unbedingt so übel zerfetzen müssen?"
„Das war eine alte Rechnung, die noch offen war. Da hatte sich *viel* Rivalität angestaut, glaub mir." Rebecca setzte sich konsterniert auf die Bank, möglichst weit weg von dem Eimer.
Als die Neugier siegte, warf Tamara nochmals einen Blick hinein. „Hm... 'Muffy' steht auf der Marke. Und ihr kennt das Vieh?"
„Es war der nervige Chihuahua der Heinsens von schräg gegenüber. So eine Mini-Misttöle, der jedweder Instinkt weg gezüchtet wurde, unter anderem auch der Selbsterhaltungstrieb. Der hält normale Hunde nämlich davon ab, alles anzukeifen, was mehr als dreimal so groß ist wie der Hund selbst. Bellen kann man bei der Tep-

pichratte hier ja kaum noch sagen... und Hund im eigentlichen Sinne auch nicht." Offenbar war das hier der Tropfen, der das Fass für Nick und Rebecca zum Überlaufen gebracht hatte.

„Wir packen ihn in eine schwarze, blickdichte Mülltüte, zusammen mit ein paar Steinen und werfen ihn in den Main", schlug Rebecca vor.

„Von wegen! Wenn's nach mir geht, muss Panther den Müllsack diesmal selbst raus auf die Felder schleppen und dort vergraben. Vielleicht lernt er dann endlich mal etwas." Nick konnte nicht aufhören damit, den Kopf ungläubig zu schütteln.

„Er ist eine Katze, Nick! Du kannst ihm das Jagen nicht verbieten." Für Tamara klang dieses Zwiegespräch zwischen Nick und Rebecca auf eine seltsame Art mehr und mehr wie das zwischen zwei Eltern, die darüber streiten, wie ihr Kind für eine Dummheit bestraft werden sollte. Sie schmunzelte und verfolgte, wie Nick auf ihren Einwand reagieren würde.

Er warf die Hände hoch und rief: „Himmel, es ist nicht mal *unsere* Katze. Soll Barbara sich doch darum kümmern, vielleicht dringt sie zu ihm durch. Beim letzten Mal hat sie sich ja offenbar herzlich wenig Mühe gegeben."

Nun schaltete Tamara sich doch noch ein: „Moment mal, das ist nicht das erste Mal, dass er einen Hund gerissen hat?"

„Was hast du denn gedacht? Wir reden hier von *Panther*!" Nick fuhr fast aus der Haut. „Er hat schon einen Zwergspitz, einen Yorkshire Terrier und einen Pekinesen vor die Tür gelegt, alle mitsamt Halsband und Hundemarke. Als ob er verschiedene Rassen sammeln würde wie ein Jäger Trophäen! Beim Spitz hing sogar noch die Hundeleine mit dran! Was für ein Albtraum."

Rebecca wirkte besorgt. „Wenn er sich nicht ein wenig einbremst, kommen die Leute in der Nachbarschaft ihm noch auf die Schliche und dann hat Barbara ein echtes Problem. Wir müssen eine Intervention abhalten und ihr gründlich den Kopf waschen, ansonsten muss sie ihn vielleicht sogar wieder nach Hause in ihr Elternhaus zurück verfrachten."

Nick seufzte. „Das würde mir das Herz brechen."

Rebecca stimmte ein in sein Wehklagen: „Mir doch auch, aber es muss etwas passieren! Barbara weiß so gut wie wir, dass es so nicht weitergehen kann. Dieses Mal hat er einen Hund gekillt, dessen Besitzer in Sichtweite von unserer Haustür wohnen. Mein Gott, er hat uns sogar einmal ein *Storchenküken* auf die Matte gelegt. Und ich würde nicht einmal darauf wetten, dass es aus dem Nest gefallen war."

Tamara merkte auf: „Habt ihr deshalb ständig neue Türmatten? Jetzt wird es mir erst richtig bewusst, da ich nun die Hintergründe kenne. Ihr habt doch sicher schon die sechste oder siebte Türmatte, seitdem ihr hier wohnt."

Wieder seufzte Rebecca: „Die elfte. Nach der sechsten sind wir dazu übergegangen, ein Standardmodell aus dem Baumarkt zu kaufen, und zwar einen ganzen Stapel davon. So können wir im Bedarfsfall die Matte austauschen, ohne dass es einem der Nachbarn auffallen würde. Versuch du mal, getrocknetes Blut und andere unappetitliche Dinge von so einer Matte runter zu putzen. Nein, Danke, sage ich da nur!"

Tamara feixte: „Wow, ihr seid schon auf dem besten Weg, die hohe Kunst der Verdunkelung zu erlernen, was die Eskapaden eurer Hauskatze angeht. Das gibt sicher Bonuspunkte bei TransDime."

Nick bedachte sie mit einem unwilligen Seitenblick: „Ja, total witzig. Was wir allerdings nicht so gut verschleiern konnten, ist bereits der dritte Wurf einer Nachbarkatze, der allem Anschein nach von ihm abstammt. Und das sind nur die, von denen wir wissen. Natürlich macht rein zufällig nie Barbara einem wütenden Nachbarn die Tür auf, der deshalb bei uns vorstellig wird. Das bekommen immer nur wir ab. Und da lässt sich leider nicht viel leugnen, wenn man die Kätzchen sieht und vor allem deren rasches Wachstum mitverfolgt; er scheint der Platzhirsch bei den Katzenladies in der Gegend zu sein."

„Die Konkurrenz dürfte auch ziemlich alt aussehen in diesem speziellen Fall. Euer Panther wird so ziemlich alle Nebenbuhler weit und breit auf die Plätze verweisen."
Nun musste Tamara ganz unverhohlen grinsen.

Sie saßen noch eine Weile zusammen und sprachen noch über Gott und die Welt, für kurze Zeit die fundamentalen Veränderungen vergessend, die sich für sie und vor allem auch für Tamara nun ergeben würden.

Ihre Freundin wurde in der folgenden Woche ebenfalls in eine andere Filiale geschickt, wo sie sich an einem Ort ihrer Wahl erholen und den Kopf frei bekommen sollte. Tamara verriet ihnen aber nach ihrer Rückkehr herzlich wenig über ihren Aufenthalt, was Nick seltsam vorkam. Ansonsten war sie keine solche Geheimniskrämerin.

Sie erfuhren von ihr lediglich, dass es sich dabei um Filiale 101 gehandelt hatte, die wohl nicht ganz so weit in technischer Hinsicht war wie ihre Heimat, doch einige interessante Entwicklungen durchgemacht hatte. So war im Europa dieser Welt die Seefahrt ein dominantes Thema in der geschichtlichen Reifung und Werdung der Nationen gewesen.

Die Länder dieser Erde hatten entweder eine Küstenlinie, und je mehr Zugang zur See sie hatten, desto mächtiger waren sie, oder sie waren unbedeutende Vasallenstaaten im Hinterland. Letzteres war allerdings zumindest in Europa eher eine Seltenheit, da die meisten Länder sich keilförmig ins Landesinnere hinein verjüngten und irgendwo weit im Hinterland an die jeweiligen Nachbarländer stießen. Durch diese Aufteilung konnte man rein gar nichts der ihnen bekannten gegenwärtigen Länderstrukturen auf der dortigen Europakarte erkennen, wie Tamara erzählte.

Das klang für Nick und Rebecca faszinierend. Umso weniger konnten sie Tamaras Wahl des Urlaubsortes im ostalpinen Hinterland einer Nation verstehen, die sich dem Vernehmen nach Terbanien nannte. Als sie ihnen erklärte, dass sie Ruhe und Erholung gesucht hatte, ergab das allerdings schon mehr Sinn. Dem maritimen Massentourismus bewusst den Rücken zu kehren und in dem praktisch nicht erschlossenen Bergland, wo nur wenige freiwillig Urlaub machten, Zuflucht zu suchen, machte so gesehen natürlich Sinn.

Schade nur, dass sie ansonsten nicht viel von ihrem Aufenthalt preisgab. Entweder war es eine wirklich ereignislose, erholsame Ferienwoche gewesen, oder sie verschwieg ihnen bewusst etwas, das sie nicht wissen sollten oder durften. Was auch immer es war, insgeheim hoffte Nick, eines Tages diese Filiale besuchen zu können, denn für ihn klang diese Version der Erde sehr interessant.

Was sie allerdings ausführlich monierte, war die Dimensionsreise an sich. Sie bemerkte: „Die Reise in der Fähre war mir nicht ganz geheuer. Habt ihr euch nicht auch sehr unwohl gefühlt an Bord dieser riesigen schwarzen Kugel, vollgestopft mit uns völlig unbekannter Technik?"

Rebecca staunte nicht schlecht: „Dass ich mal so eine Aussage von einem derart leidenschaftlichen Science Fiction-Fan wie dir dazu hören würde, hätte ich nicht gedacht. Mein Tipp wäre eher gewesen, dass du total aus dem Häuschen gewesen wärst und nur noch darüber geschwärmt hättest."

„Das ist es ja gar nicht. Natürlich war das total irre! Ich meine, man fliegt dank der Dauerbeschleunigung in zwei Stunden zum *Mond*! Die Apollo-Astronauten haben dafür mehrere *Tage* gebraucht. Und wie toll man die Oberfläche betrachten kann, das muss jeden wissenschaftlich Begeisterten aus den Latschen hauen. Ganz zu schweigen von den kurzen Phasen der Schwerelosigkeit, die sind der absolute Hammer. Ich musste jedes Mal meine ganze Selbstbeherrschung aufbringen, um mich nicht loszuschnallen und durch das gesamte Deck zu segeln."

Nun wirkte Rebecca erschrocken, während sich auf Nicks Gesicht ein breites Grinsen breitmachte. „Ist das so?"

„Ja, ich habe es mir auf dem Rückflug ernsthaft überlegt und war so kurz davor, auf den Knopf für den Gurt zu drücken." Tamara hielt Daumen und Zeigefinger dicht zusammen vor ihre Nasen.

„Aber *getan* hast du es nicht?", hakte Rebecca nach, worauf Nick sie missbilligend ansah.

Mit ratloser Miene sagte Tamara darauf: „Nein, ich wollte mir keinen Ärger einhandeln und nicht unnötig auffallen, da dies ja meine erste große Reise gewesen ist... also gut, was ist los mit euch Beiden?"

Als sie zusehends ungehalten wurde angesichts des unerklärlichen Verhaltens, begann Nick leicht verlegen: „Na ja, was diesen Aspekt deiner ersten Reise mit der Dimensionsfähre angeht, haben wir einen kleinen Disput gehabt, der während deiner Abwesenheit stetig eskalierte und im Untermauern unserer konträren Positionen mittels eines materiellen Einsatzes gipfelte, um die Entschlossenheit unserer..."

Tamara fuhr ihm über den Mund: „Du hast eine sehr umständliche Art, um auszudrücken, dass ihr Beide darauf gewettet habt, dass ich mich während eines Wendemanövers losschnalle und hemmungslos quer durch die Kabine fliege. Was denkt ihr eigentlich von mir?"

„Wir schätzen dich und reden nur gut von dir," versicherte Rebecca darauf, eine Spur zu breit lächelnd für Tamaras Geschmack.

„Demnach hast du gewonnen, Beckie", folgerte die Schweizerin. „Und was war der Einsatz?"

„Oh, das ist etwas sehr Privates."

Nick stimmte ein, mit einer leicht unglücklichen Miene: „Ja, du würdest es nicht wissen wollen."

„Wie ich euch kenne, ging es darum, dass Rebecca dich bis zum Monatsende morgens nach dem Aufwachen nicht mehr überfallen darf, wenn sie verliert und wenn du verlierst, Nick, dann musst du es dir gefallen lassen, *dass* sie dich überfällt. Na, bin ich nah dran?" Misstrauisch beäugte sie ihre beiden Freunde.

Diese wechselten einen verlegenen Blick. „Hm, eigentlich bis Ende des Jahres."

Nick senkte den Blick, doch Tamara lachte los. „Hahaha, du *Lustknabe*. Du wirst ganz schön leiden müssen in nächster Zeit.

Nein, um das klarzustellen: die Versuchung war groß, aber ich wollte wie gesagt nicht negativ auffallen und mir war auch ganz allgemein nicht so wohl in der Fähre."

„Musstest du auch kotzen wie ein Reiher bei der Fütterung der Jungen? Rebecca ist jedenfalls..."

„Klappe, Nick!" Rebecca sah ihn zornig an, wandte sich dann aber wieder ihrer besten Freundin zu, wohl merkend, dass diese mit sich haderte, ob sie von ihrer Ungemach auf der ungewöhnlichen Reise reden sollte. „Was war es denn, das dich so sehr gestört hat auf dem Flug? Das es angeblich die sicherste Art zu reisen ist, kann es das ja wohl kaum sein."

Unsicher, wie sie es ausdrücken sollte, begann Tamara: „Nein, ganz und gar nicht. Es war vielmehr das Gefühl, wie ich meine Umwelt an Bord der Fähre wahrgenommen habe. Als ob meine Sinne vernebelt oder irgendwie abgestumpft... abgeschwächt worden sind. Sagt bloß, ihr habt das nicht gemerkt?"

Nick und Rebecca sahen sich lange Augenblicke an, dann wandten sie sich wieder ihrer Freundin zu und schüttelten gleichzeitig wie einstudiert ihre Köpfe. Nick meinte dazu: „Tut mir Leid, ich habe gar nichts in der Art gemerkt. Mir kam alles ganz normal vor. Die Luft war vielleicht ein wenig trocken, aber sonst... nein."

„Ich habe leider auch keine Ahnung, wovon du redest, mir ist nichts aufgefallen. Kannst du das denn irgendwie beschreiben, was für ein Gefühl das für dich war?" Wie immer war Rebecca einfühlend und versuchte, auf die Sorgen ihres Gegenübers einzugehen.

Tamara überlegte angestrengt: „Das ist echt schwer zu beschreiben. In dem Moment, als ich einen Fuß in das Innere des Dings gesetzt habe, war es fast, als ob ich... in einen Schwarz-Weiß-Stummfilm geraten wäre oder so ähnlich. Als ob einige meiner Wahrnehmungen einfach nicht mehr so stark wie sonst vorhanden wären. Als ob du auf einem alten Fernseher einen grob gepixelten Film ansiehst. Ich weiß nicht, wie ich es besser beschreiben kann. Als ob etwas fehlt zu der normalen Realität, die man sonst um sich herum wahrnimmt."

Nick startete den Ansatz einer Erklärung: „Hm, wir haben erfahren, dass die Fähren mit einer Schicht von Dunkler Materie umhüllt sind. Vielleicht isolieren sie die Insassen dadurch von einem Teil des uns bekannten Universums. Wer weiß, vielleicht haben manche Menschen ein feineres Gespür dafür als andere. Das würde aber schon fast ins Fach für übersinnliche Phänomene fallen."

Rebecca warf ein: „Du meinst so was wie der Umstand, dass Tammy es praktisch gefühlt hat, als wir in eine andere Realitätsebene gesprungen sind und hier nicht mehr präsent waren?"

Daraufhin schwieg Nick nachdenklich.

„Es gibt noch immer so viele Dinge, die nicht erforscht sind oder auch nur ansatzweise erklärt werden können. Wenn jemand das am eigenen Leib erfahren hat, sind das wir. Wie können wir dann so eine Möglichkeit einfach abtun, nur weil sie nicht in unser bewiesenermaßen überholtes Weltbild passt?" Auch Tamara sann über die möglichen Erklärungen dieser seltsamen Begebenheit nach.

„Und du hast das jedes Mal gespürt oder war das nur beim ersten Flug?"

Sie bekräftigte ernst: „Jedes einzelne Mal, wenn ich so eine Fähre betrete, ist es als ob jemand einen Schalter umlegt. In dem Moment, in dem ich die Sphäre wieder verlasse, kehrt mein normales Empfindungsvermögen zurück. Als sei nie etwas gewesen. Das gibt mir zu denken."

„Ich würde das lieber für dich behalten an deiner Stelle. Wer weiß, sonst denkt noch jemand, du bist nicht geeignet für diesen Job, wenn dir die Dimensionsreisen so zu schaffen machen. Vielleicht erfahren wir ja in Zukunft etwas darüber, was diese Sache erklärt, auch ohne dass du dich dafür aus dem Fenster lehnen musst und etwas riskierst." Nick klang besorgt.

„Du hast recht. Das wäre es mir nicht wert. Ich werde meine Neugier im Zaum halten und schön die Füße stillhalten, was das angeht. Damit fahre ich im Moment wohl am Besten. Ihr seid nicht die Einzigen, die das denken. Neu Eingeweihte, die unangenehm auffallen, werden offenbar besonders gründlich unter die Lupe genommen, da das ja mental die größte Hürde ist, die man nehmen muss, wenn man in den Klub der Eingeweihten eintritt." Tamara sah mit verschwommenem Blick in unbestimmte Weiten, als sie das sagte.

Rebecca meinte abschließend: „Klingt vernünftig. Können wir dieses Thema damit abhaken? Ich weiß noch gar nicht, was mich daran mehr beunruhigen sollte: das was du beschrieben hast oder die Tatsache, dass ich davon gar nichts gespürt habe."

„Sei doch froh. Ich kann nur hoffen, dass da nicht mehr dahinter steckt, als wir im Moment ahnen. Wir wissen ja bis jetzt noch fast nichts über die Effekte und Risiken, die diese Dimensionsreisen begleiten."

Frankfurt am Main, Filiale 88 - Monat 2

Nach anfänglichen Schwierigkeiten hatten sie alle drei recht schnell in einen guten neuen Arbeitsrhythmus hinein gefunden. Sie hatten erst einmal einen Schwung an diversen Unterrichtsstunden bekommen, bevor sie auch nur an einen Assistenzjob hatten denken können.

Die Jahrgänge über ihnen hatten aufgestöhnt, als ihnen klar geworden war, dass dieses Jahr nicht vier, sondern gleich ganze *sechs* Stewards in die Funktionsstufe Eins befördert worden waren. Für sie hieß das, noch mehr Leute zu betreuen, was zum Glück nicht so aufwendig für jeden Einzelnen wurde. Da sich hier 'oben' in der Funktionsstufe Eins mehr Assistenten tummelten als in den ersten drei Jahren Stewards, verteilte sich das besser. Und da manche Leute auf dieser Stufe jegliche Ambitionen auf Karriere ablegten, weshalb auch immer, waren hier auch erfahrenere Leute vorhanden als in ebendiesen ersten drei Jahren bei der Stufe Null.

Thorsten Winters, Hannes Herder und Oliver Stein, die anderen drei von Rebeccas bisherigem Steward-Jahrgang, waren indes hocherfreut über den unverhofft großen Zuwachs. Serafina und Lothar hingegen fühlten sich ein wenig abgehängt und zeigten das auch überdeutlich bei jeder sich bietenden Gelegenheit. Und davon gab es nicht mehr viele, wenn man berücksichtigte, dass sie von nun an in verschiedenen Bereichen der Firma arbeiteten.

Dennoch war es ein schöner Anlass, als sie Serafina, Tamara, Jürgen, Steven und Jessica zu sich zum Grillen einluden, tatsächlich keiner auf Dienstreise war und auch alle Zeit hatten. So viele Kollegen bekam man selten für einen solchen Abend zusammen. Alle Fleisch- und Gemüsegelüste wurden auf der Terrasse in ihrem Garten gestillt und auch die eine oder andere Bier- und Weinflasche wurde geleert.

Zu vorgerückter Stunde erhob Serafina ihr Glas: „Ich möchte einen Toast ausbringen auf ein spezielles Jahr bei TransDime. Ich weiß nicht, wie genau das passiert ist und was ihr alle angestellt habt, um die Leiter derart hoch zu fallen...“

Wegen des aufkommenden vielstimmigen Gelächters musste sie ein paar Sekunden pausieren.

„...aber ich möchte euch heute nochmals offiziell im Namen von uns allen gratulieren, die wir hier unten im Sumpf der Funktionsstufe Null stecken geblieben sind."
Erneutes Lachen und mehrfacher Zuspruch beendeten ihre kurze Ansprache.
„Nette Worte, vielen Dank!" Rebecca stieß an mit ihr, worauf Serafina sie ein paar Meter auf die Seite steuerte.
„Wie war das denn jetzt überhaupt? Oder dürft ihr darüber gar nichts sagen?" Neugierig musterte die hübsche Halbtürkin ihre Kollegin.
„Nichts Genaues jedenfalls. Sagen wir so, eine Inspektorin hat ziemlichen Mist gebaut und Nick und ich als Stewards haben uns in unserer Rolle als Unterstützer sehr gut bewährt. Gleichzeitig sind uns beiden durch den Fehler des Inspektors Informationen bekannt geworden, die eigentlich gar nicht für uns bestimmt gewesen waren. Herr Kardon hat beide Umstände kombiniert und uns dann beide befördert, um aus der Not eine Tugend zu machen. Man könnte es aber auch Flucht nach vorne nennen.
Was wir bei dieser Gelegenheit erlebt hatten, war nur schwer zu verdauen, deshalb sind wir in den Genuss dieses Erholungsprogramms für traumatisierte Mitarbeiter gekommen. Zwei Wochen an der Ostsee." Rebecca grinste breit, während sie sich insgeheim für diese höchst blumige Umschreibung der Sachverhalte gratulierte.
„Ihr Glückspilze! Euch geht's aber wieder gut, oder?", erkundigte sich Serafina nach einem Moment der Erheiterung.
„Ja, alles im grünen Bereich, keine Sorge." Rebecca hakte sich im Umdrehen als nächstes Tamara unter und fragte sie wie beiläufig: „Ich habe gesehen, dass Jessica ihre Haare jetzt viel länger trägt als früher."
Ihre Freundin nickte. „Ja, steht ihr super, oder? Und auch die alte Blondierung, die ihr allmählich herauswächst, trägt ihren Teil dazu bei. Dieses natürliche dunklere Blond und die fast hüftlangen Haare lassen sie noch attraktiver wirken, nicht wahr?"
„Ja, sie hat sie wohl wachsen lassen, seitdem sie bei uns ist, meinst du nicht auch? Du bekommst so was ja eher mit, da du in einer WG mit ihr wohnst."
Tamara nickte, nun etwas aufmerksamer geworden. „Ja, das geht mindestens ein

Jahr, um auf diese Haarlänge zu kommen. Willst du auf etwas Besonderes hinaus?"

„Das würdest du mir sowieso nicht glauben." Rebecca winkte mit einer aufgesetzt gelangweilten Miene ab. Sie war noch nicht soweit, ihrer besten Freundin zu erzählen, dass sie vor weniger als einem Monat einer Jessica gegenüber gestanden hatte, die hell blondierte und nur schulterlange Haare gehabt hatte. Für Rebecca war dies ein Beweis dafür, dass ihre Jessica definitiv nicht die geheimnisvolle Besucherin auf Filiale 108 gewesen sein konnte, sondern eine Doppelgängerin aus einer anderen Welt gewesen sein *musste*.

Zu ihrer Schande musste sie sich auch eingestehen, dass sie nicht so viel engeren Kontakt mit Jessica gehabt hatte, weshalb sie auch nicht sehr viel über ihre Kollegin wusste. Sie sah zu ihr hinüber, als sie sich gerade nur wenige Meter von ihnen entfernt mit Lothar und Barbara unterhielt und dabei strahlend lächelte. Dabei fiel ihr etwas auf. „Ist dir schon aufgefallen, dass ihr ein kleines Eckchen eines Schneidezahnes fehlt?"

Tamara winkte ab. „Ja, das ist eine witzige Geschichte. Sie ist als Teenager am Morgentisch mit einer schönen heißen Tasse Milchschokolade gesessen und hatte gerade einen Schluck genommen, als sie niesen musste. Durch die reflexhafte heftige Kopfbewegung hat sie sich dabei dieses Eckchen am Tassenrand heraus geschlagen."

„Du saugst Informationen wie ein Schwamm auf, Tammy. Hast du etwa so eine Art fotografisches Gedächtnis?" Verblüfft sah sie die junge rothaarige Frau an.

„Kann sein, wer weiß? Vielleicht im Ansatz." Sie zuckte nur geheimnisvoll lächelnd mit den Schultern und wandte sich dann ab von ihr, um sich ein Bier zu holen und sich mit Nick und Jürgen zu unterhalten.

Interessant, dachte Rebecca. Wieder einmal musste sie ihrer Freundin einen gewissen Reifeprozess zugestehen, den diese seit ihrer Beförderung durchlief. Für Tamaras Leben schien die Offenbarung des Multiversums einen viel größeren Einschnitt zu bedeuten als für sie und Nick. Sie war ruhiger und nachdenklicher geworden und schien offenbar sogar damit begonnen zu haben, jeden Tag in einer ruhigen Stunde zu meditieren. Für Rebecca machte es den Eindruck, als würde Tamara sehr sorgfältig über den Platz nachdenken, der ihr in diesem neuen Umfeld gebühren konnte, während sie beide es einfach nur auf sich zukommen ließen.

Wer von ihnen besser fuhr mit seiner Strategie, konnte Rebecca indes nicht sagen. Später am Abend, als alle Gäste bereits gegangen waren, saßen die vier Hausbewohner noch an ihrem Gartentisch, wo ein paar Kerzen und eine Laterne ein heimeliges Licht spendeten. Lothar hatte sich gerade ein neues Bier geholt und stieß mit Nick an. „Prost, Mann. Ich bin stolz auf dich, weißt du das?"

„Wieso denn? Wegen der Beförderung auf Stufe Eins? Das war nur zur Hälfte mein Verdienst, zur Hälfte waren es unglückliche Umstände."

„Du meinst glückliche Umstände, oder?" Ein wenig ratlos sah Lothar seinen alten Freund an.

Nick schüttelte den Kopf. „Wenn du auch eines Tages gefragt wirst, dann überlege es dir sehr gut, ob du die Beförderung annimmst. Eigentlich ist es nicht fair, einem so ein Wissen und eine Verantwortung aufzubürden, ohne einem vor dieser Wahl zu sagen, worum es dabei geht."

„Sag bloß, dir gefällt es nicht, befördert worden zu sein?" Barbara sah ihn ungläubig an.

„Nein, versteh mich nicht falsch, es ist fantastisch. Alleine schon diese ersten beiden Wochen im Erholungsurlaub waren das wert. Ich sage ja nur, man sollte erfahren dürfen, auf was man sich einlässt, *bevor* man sich darauf einlässt. Weder Rebecca noch ich oder Tamara hatten in diesem Sinne eine andere Wahl, als die Beförderung und die damit einhergehende Offenbarung anzunehmen." Er sah zu Rebecca hinüber.

Leise wollte Lothar wissen: „Ist es denn wirklich so eine Offenbarung, wie man munkelt?"

Rebecca antwortete: „Oh ja, und wie! Du hast ja keine Ahnung. Dein Leben wird nie mehr dasselbe sein danach."

„Jetzt übertreibst du aber!", meinte Barbara darauf ungläubig.

„Wenn es nur so wäre", seufzte Nick und erhob sich. „Ich glaube, den einen Tipp darf ich euch geben, denn den hat Kardon uns selbst so vermittelt. Er hat sich bei der Offenbarung der Wahrheit über TransDime auf die Szene in der *Matrix* bezogen, in der Neo von Morpheus aufgeklärt wird über das wirkliche Wesen der Welt. Und das war gar nicht so weit hergeholt vom Aspekt der Tragweite der Enthüllung her, die einen erwartet. Du weißt, welche Szene ich meine?"

Lothars Augen waren nun weit aufgerissen. „Jetzt willst du mich aber *wirklich* verarschen!"

„Kein Stück. Deshalb sage ich ja, die ungesunde Parallele ist, dass man die Wahrheit erst erfahren kann, nachdem man sich für sie entschieden hat. Ein Dilemma allererster Güte, das könnt ihr mir glauben. Ich mache für heute Schluss. Gute Nacht."

Auch Rebecca erhob sich und folgte ihm ins Haus hinein. Lothar und Barbara sahen sich noch immer zweifelnd an.

„Die wollen uns bestimmt auf den Arm nehmen. Was kann schon so unglaublich und fantastisch sein bei der Arbeit für TransDime, dass es unser ganzen *Leben* verändern könnte?" Barbara schüttelte den Kopf und begann, Pappteller und -becher zusammen zu sammeln.

„Da bin ich auch überfragt. Ein oder zwei Sachen habe ich zwar auch schon gesehen, die mich an meinem Verstand haben zweifeln lassen, aber wir werden doch hoffentlich nicht in der Matrix stecken und dienen in Wirklichkeit als Energiequelle für böse Maschinen, die uns beherrschen."

Er schloss sich ihr an und begann Reste ihrer kleinen Feier aufzusammeln. „Was könnte es geben, das so fantastisch ist, dass man es sich nicht einmal im Traum vorstellen kann? Ich kann mir eine Menge vorstellen."

„Nein, kannst du nicht. Du hast viele Qualitäten, Schatz, aber eine Wahnsinnsfantasie gehört nicht dazu. Das ist nicht böse gemeint, aber im Vergleich mit anderen Leuten hält es sich doch in Grenzen bei dir."

„He, das ist ganz schön gemein. Wieso sagst du so was?" Er sah sie unwillig an.

Barbara sah nicht einmal auf, als sie fortfuhr, aufzuräumen und ihm antwortete. „Wieso regt dich das auf? Es ist halt meine Meinung, dass im direkten Vergleich viele andere mehr Fantasie haben als du, auch wenn es dir nicht so vorkommt. Deswegen hab ich dich nicht weniger lieb, also mach dich nicht verrückt."

Nun sah sie doch auf und lächelte ihn an, worauf er nicht anders konnte, als das zu erwidern. „Okay, wenn du das sagst. Jeder hat ein Recht auf seine eigene Meinung." Er wollte schmollen, brachte es aber nicht übers Herz. Was für eine Frau!

Bald schon entschieden sie sich, den Rest der Aufräumarbeiten auf morgen zu verschieben und gingen ebenfalls zu Bett.

< 8 >

Dimensionsfähre, im Anflug auf Filiale 127 - Monat 5

Die Erde wuchs immer weiter an auf dem großen Monitor vor ihnen. Rebecca tippte Nick auf die Schulter, worauf dieser aus seinem leichten Schlummer erwachte.
„Hm, sind wir schon da?"
„Ja, endlich." Auch Rebecca war sichtlich geschlaucht von der Reise, welche sich aufgrund einiger ungünstiger Umstände und schlechter Verbindungen ziemlich in die Länge gezogen hatte.
Neben ihr lehnte sich Thorsten vor und fragte: „Seid ihr auch so aufgeregt wie ich? Mann, ein anderes Paralleluniversum!"
„Nein, nur eine Realitätsebene innerhalb unseres eigenen Universums. Das darf man nicht verwechseln", korrigierte Rebecca ihn.
Hinter Thorsten lehnte sich Hannes vor und meinte: „Ach, das sind doch nur Spitzfindigkeiten."
Neben Nick beugte sich nun auch Tamara vor und belehrte ihn: „Nein, durchaus nicht. Ihr habt den Unterschied doch gelernt. Zwischen zwei Realitätsebenen..."
Ganz außen hinter Tamara erklang Olivers Stimme: „Lass gut sein, Tamara, wir kennen den Unterschied alle. Wir sind nur alle reichlich nervös nach dieser mehrmonatigen Spezialausbildung. Diese Exkursion ist schließlich fast so etwas wie eine Feuerprobe."
Tamara drehte sich um: „Nein, es *ist* eine Feuerprobe, nicht *so etwas wie* eine Feuerprobe. Wir werden schließlich extra hier abgesetzt, nur um uns zum regulären TransDime Hauptquartier durchzuschlagen. Das wird sicher kein Spaziergang."
Rebecca raunte ihrer Freundin zu: „Du bist leicht gereizt, kann das sein?"
Mit unwohlem Gesichtsausdruck sah sich diese um und murrte: „Ja, dieses komische Gefühl, als ob mein Kopf in Watte gepackt ist und ich von der normalen Wahr-

nehmung der Welt abgeschnitten bin, geht mir auf die Nerven. Ich verstehe nicht, warum ich die Einzige bin, der das auffällt. Dir geht's gut?"

„Ja, bis auf die Wendemanöver kann ich nichts reklamieren."

„Stimmt, das ist ebenso auffällig bei dir. Zum Glück hast du diese Wunderpille gegen Null-g-Übelkeit intus, ansonsten wäre mir der Platz direkt neben dir nicht ganz geheuer gewesen." Sie grinste Rebecca an.

Rebecca merkte an: „Was mir nicht ganz geheuer ist, sind bestimmte Aspekte unseres Trainings. Ich habe mich eigentlich nicht als Soldat beworben, als ich diese Stelle bei TransDime angenommen habe."

„Ach, komm schon, so extrem war das jetzt auch nicht. Ausführlicheres Nahkampftraining, viel Theorie über Pseudo-Agentenkram, noch mehr Schießtraining..." Tamara begann an ihren Fingern abzuzählen.

„Gerade das Schießtraining ist es ja, was mir so sauer aufstößt. Wir haben mit scharfer Munition und Waffen geübt, die mir verdächtig nach militärtauglicher Ausrüstung aussahen. Tammy, mir ist nicht so ganz wohl bei der Sache."

Ein Mann in blauer Uniform betrat das Deck, sah sich kurz um und kam dann zu ihnen herüber, so dass ihr Zwiegespräch verstummte. „Sind Sie die Assistenten der Stufe Eins, die wir hier absetzen sollen?"

„Ja, das sind wir." Automatisch und ungefragt übernahm Thorsten das Kommando.

„Sie sollten am Ziel bereits erwartet werden. Wir halten nur für ein paar Minuten und fliegen dann gleich weiter. Bitte machen Sie sich bereit zum Aussteigen." Ohne ein weiteres Wort wandte sich das Crewmitglied wieder ab von ihnen und verschwand im Brückenbereich.

Sie nahmen alle ihre Rucksäcke auf und begaben sich zur Ausgangstür. Offenbar war es ungewöhnlich, dass eine TransDime Fähre einen außerplanmäßigen Zwischenstopp einlegte, aber für diese Trainingsübung wurde eine Ausnahme gemacht. Schließlich hatten sie monatelang trainiert für diese sehr ungewöhnliche, potentiell gefährliche Übung.

Oliver maulte auch sogleich: „Ich verstehe immer noch nicht, wieso wir das überhaupt tun müssen. Riskiert TransDime dadurch nicht, den gesamten Assistenten-Jahrgang eines Standortes auf einmal zu verlieren, falls etwas schiefläuft?"

„Jetzt warte doch erst einmal ab, wir werden es ja gleich erfahren." Rebecca verbreitete einen Zweckoptimismus, den sie so in dieser Form nicht unbedingt verspürte, das sah Nick ihr deutlich an. Dass sie den Wechsel von sämtlichen persönlichen Gegenständen und Kleidung bereits in der Heimatfiliale hatten vollziehen müssen, war ihm ungewöhnlich erschienen. Alles, was sie jetzt noch an Ausrüstung dabei hatten, fast nur Kleidung, war in unauffällige, dunkle Rucksäcke gepackt worden. Leichtes Gepäck sozusagen.

Wie immer spürte man keinerlei Verzögerung bis zum Stillstand des Gefährtes; ohne jede Vorwarnung teilten sich die dicken verkleideten Türen und schwenkten nach außen und zu den Seiten. Als erstes fiel Nick sofort auf, dass es in der Ankunftshalle dunkel war, nicht hell erleuchtet wie gewohnt. Doch gleich darauf erschienen zwei Gestalten und leuchteten mit kräftigen Taschenlampen hinein zu ihnen.

„Willkommen auf Filiale 127. Na, wie war der Flug?" Die erste Stimme war männlich und gehörte einem riesigen Kerl, mehr konnte Nick anhand der Silhouette nicht ausmachen. Die Stimme kam ihm allerdings bekannt vor.

„Gut, danke. Beeilung, raus mit euch", gemahnte Rebecca zur Eile, worauf alle sechs frisch gebackene Assistenten rasch den halben Meter zwischen Fähre und Hallenboden mittels eines beherzten Sprunges überbrückten, mit Tamara an der Spitze, die offenbar nicht schnell genug aus dem Inneren der Sphäre hinaus kommen konnte. Weil diesmal keine Gangway zum Übergang ausgefahren worden war, wurde ihnen von beiden Personen des Empfangsteams der Boden ausgeleuchtet, damit niemand stolperte oder seine Existenz auf eine andere unbedachte Art vorzeitig beendete.

Kaum waren alle draußen, schloss sich die Sphäre und glitt absolut lautlos nach oben, doch in der Dunkelheit konnte man nicht einmal mehr erkennen, wie sie in der gewölbten Hallendecke verschwand. Nick kam die Halle so ohne jede Beleuchtung vor wie ein schwarzes Loch. Wenn man es gewohnt war, dass hier Helligkeit, Betriebsamkeit und ein gewisser Hintergrundlärm an Stimmen und Schritten durch die Anlage herrschten, war es fast schon unheimlich, hier alles finster, verlassen und ruhig vorzufinden.

„Wo sind wir hier? Ist das die Frankfurter Transferanlage?", wollte Tamara auch gleich wissen.

Die Stimme des großen Kerls erklärte jovial: „Genauso ist es. Da diese Anlage aufgrund der großpolitischen Lage in Deutschland seit einigen Jahrzehnten außer Betrieb ist, liegt hier alles brach und ist eingemottet. Wir mussten sogar durch einen der Fluchttunnel hier hereinkommen, da der normale Zugang so gründlich versiegelt ist, dass an ein Eindringen durch diesen nicht zu denken war."

Er verteilte ihnen allen kleine, aber leistungsstarke Lampen und leuchtete mit seiner eigenen quer über die Halle zum gegenüberliegenden Balkon. Dort war einer der Fluchtwege offen, wie Nick nun erkannte.

Er leuchtete ihren Führer an und erstarrte, dann rief er freudig überrascht: „Mensch, Sven, du bist das? Wie schön, dich zu treffen! Und ich dachte die ganze Zeit schon, die Stimme kenn' ich doch!"

Der Angesprochene meinte lächelnd: „Ja, du hast mich ertappt, ich bin es. Nett, dass wir uns hier wiedersehen. TransDime versucht, so oft es geht, Leute aus der gleichen Filiale für solche Infiltrations- und Extraktionsübungen zu bekommen, falls sie gerade frei sind. Sie finden, dass das bei den Novizen für größeres Vertrauen sorgt."

„Sehr schön! Und du machst so was nicht zum ersten Mal, wenn ich dich recht verstanden habe?" Auch Rebecca freute sich sichtlich, ihren alten Kollegen hier auf dieser Mission wieder zu treffen.

Seine Antwort klang fast etwas übertrieben für ihren Geschmack: „Machst du Witze? Ich mache zur Zeit fast nichts anderes, als mich in feindlichem oder gefährlichem Territorium herum zu treiben. Diese Übungen sind für mich pure Entspannung im Vergleich zu dem, was sie mir sonst so zumuten. Und nicht nur für mich, für Ziska ist das hier sicher auch so was wie Urlaub."

„Ziska?" Erschüttert richtete Nick die Lampe auf den zweiten, kleineren Schemen im Dunkeln, der sich tatsächlich als ihre ehemalige Kollegin und WG-Genossin entpuppte.

Geblendet hielt sie sich die Hand vor Augen und fuhr ihn an: „Mensch, Nick, du Trottel, halt die Lampe woanders hin! Du ruinierst mir ja die Nachtsicht!"

Rebecca erwiderte darauf ernüchtert: „Ja, auch schön, dich zu treffen, Ziska. Wie geht es dir, von der Nachtsicht abgesehen?"

„Man schlägt sich so durchs Leben. Und sticht und schießt sich durchs Leben, wie es halt so ist. Ihr kennt das ja." Sie gluckste ein wenig, wohl weil sie das für einen gelungenen Scherz hielt.

„Nein, ehrlich gesagt nicht. Aber trotzdem schön, dich mal wieder zu sehen. Du begleitest uns demnach ebenfalls auf diesem Himmelfahrtskommando?" Nick konnte seine Begeisterung ohne Weiteres im Zaum halten.

„Es ist alles andere als ein Himmelfahrtskommando, aber das werdet ihr dann schon noch merken. Wie ihr sehen könnt, ist das Frankfurter TransDime Werk hier in Filiale 127 eingemottet worden. Wir müssen zum aktiven Transferbereich, der sich in dieser Filiale in Manchester und somit in England befindet. Eine zeitliche Beschränkung gibt es dafür nicht, wir sollten uns nur nach Möglichkeit nicht von den Sicherheitsorganen schnappen lassen. Der Weg wird etwas beschwerlich werden, bis wir aus der DDR heraus sind, aber danach sollte es ein Spaziergang werden."

Hannes hakte nach: „Bitte verzeih mir, hast du eben DDR gesagt?"

Helfend sprang Sven ein: „Ja, ihr müsst wissen, dass der Kalte Krieg hier Ende der Achtziger Jahre kurz vor dem Kollaps des kommunistischen Systems zu einem konventionellen Konflikt eskaliert ist. Die Sowjets sind mit einer Übermacht an Bodenstreitkräften durch die Fulda-Lücke gestoßen und haben auch in Norddeutschland ebenso effektiv mit ihren Panzerverbänden Land gewonnen. Der Truppen- und Materialnachschub aus den USA konnte mittels U-Boot-Angriffen auf Konvois auf dem Atlantik so wirksam unterbunden werden, dass der Warschauer Pakt innerhalb von zwei Wochen alles rechts des Rheines überrollt hatte, bevor ein Waffenstillstand die Gefahr eines Atomkrieges beendet hat. Doch auch Dänemark, Österreich und den Nordosten Italiens haben die osteuropäischen Länder im Zuge dieses Konfliktes besetzt. Jugoslawien hat sich darauf fast wie selbstverständlich auch noch in den Warschauer Pakt eingegliedert."

Oliver nickte mit versteinerter Miene: „Klingt ganz so wie ein Planspiel aus dem kalten Krieg, das für die Russen wohl funktioniert hat. Und seitdem ist alles auf dieser Seite des Rheins der DDR angegliedert?"

„Genauso ist es. Die Sowjets haben diese Umwälzungen dafür genutzt, um auf Kosten ihres ungeliebten deutschen Satellitenstaates die Grenzen erneut nach Westen zu verschieben. Und wieder wurden Flüsse als Landmarken genommen. Alles östlich der Spree, Havel und Elbe auf DDR-Gebiet ist nun polnisch, inklusive halb Berlins. Dafür hat sich die Sowjetunion auf polnischem Gebiet alles östlich der Weichsel einverleibt und ihr Staatsgebiet so nochmals nach Westen verschoben.

Von Holland existiert hingegen nur noch das südlichste Viertel als freies Land, mit Eindhoven als provisorischer Hauptstadt. Alles auf zwanzig Kilometern Entfernung zu beiden Rheinufern ist vertragsgemäß Pufferzone, um den Willen zum Halten des neuen Status Quo zu zeigen. Für uns ist das eine gute Sache, wenn wir aus der DDR herauskommen wollen."

„Dann gibt es jetzt also zur Abwechslung Südberlin und Nordberlin, wobei der Süden dann DDR und der Norden polnisches Gebiet sein müsste. Nur ohne Berliner Mauer, da beide Staaten ja dem gleichen Bündnis angehören. Ob Südberlin in diesem Fall noch Hauptstadt der DDR ist?" Oliver versuchte sich in die neue Leage einzufinden.

Ziska meinte desinteressiert: „Keine Ahnung, an der Stelle habe ich nicht aufgepasst beim Briefing. Ist ja auch irrelevant für uns."

Sven gab unumwunden zu: „Ich fürchte, mir ist diese Information auch entfallen."

Tamara fragte gezielt: „Gibt es denn hier genauso extreme Grenzsicherungsmaßnahmen wie zu unseren Zeiten im Kalten Krieg?"

Erstaunlicherweise war es Ziska, die dies beantwortete: „Nein, wo denkst du hin? Der Osten hat den Krieg schließlich *gewonnen,* das westdeutsche Rheinland ist als Nation in der Bedeutungslosigkeit versunken. Die Wirtschaft hier brummt und dem Arbeiter- und Bauernparadies geht es verhältnismäßig gut, dank der westdeutschen Erbmasse. Entsprechend lax sind die Sicherheitsmaßnahmen entlang der Grenze im Vergleich zu unserer damaligen DDR. Ihr solltet demnach keine großen Probleme haben, einen Weg zu finden, wie wir in den freien Westen hinüber gelangen können."

„Moment, *wir* sollen einen Weg finden?" Thorsten traute seinen Ohren nicht.

„Klar, es ist ja eure Mission. Wir sind nur zur Unterstützung hier und um sicherzustellen, dass ihr euch nicht selbst umbringt."

„Und dafür mussten wir ausgerechnet hierhin geschickt werden!", wetterte Hannes erbost.

„He, ihr könnt euch noch glücklich schätzen. *Unser* Jahrgang wurde auf einer Filiale abgesetzt, in der Deutschland den zweiten Weltkrieg gewonnen hatte. Wir mussten uns damals nach Spanien durchschlagen, um zur dort aktiven Niederlassung mit Transferbereich zu gelangen. *Das* war mal heftig, also beklagt euch nicht." Sven schien die ganze Angelegenheit offenbar für völlig unproblematisch zu halten.

„Was habt ihr an Hilfsmitteln dabei? Geld, Ausweispapiere, Waffen?" Rebecca legte nun einen ausgesprochenen Pragmatismus an den Tag, da sie sich wohl bereits mit ihrer Ausgangslage abgefunden zu haben schien.

„Nichts von alledem", informierte Sven sie. „Wäre ja sonst zu leicht für euch."

„Und wie seid *ihr* hierher gekommen?", wollte Tamara wissen. Was eine ausgezeichnete Frage war, wie Nick fand.

„Nun, auf dem umgekehrten Weg natürlich. Wir sind in Manchester angekommen, gebrieft worden, nach Frankreich gefahren und dann von dort aus hierher gelangt." Ziska schnaubte verächtlich. „Keine große Sache, wie ihr seht."

Oliver wollte wissen: „Gibt es irgendwelche Regeln, wie wir vorgehen müssen oder was wir dürfen und was nicht? Ich meine, spielt es eine Rolle, ob man hinterher Spuren von unserem Aufenthalt hier finden wird? Können wir jemanden ausrauben, ein Auto stehlen oder uns sonst wie einen Vorteil verschaffen?"

„Das bleibt ganz euch überlassen. Da ihr ja nach eurer Ankunft in Manchester wieder sang- und klanglos vom Erdboden verschwinden werdet, habt ihr schon eine gewisse Narrenfreiheit."

„Das hört man gern!", war Tamaras Antwort auf Svens Erklärung. „Worauf warten wir dann noch?"

„Dort entlang." Nachdem Ziska ihnen den betreffenden Ausgang mit der Taschenlampe nochmals angeleuchtet hatte, machten sie sich auf den Weg.

Nick fragte sie, während sie den langen, engen Notstollen entlang gingen: „Bist du dir deiner Sache wirklich so sicher? Ich meine, dass wir das so einfach schaffen werden?"

Ziska musterte ihn kurz im Halbdunkel der dürftigen Beleuchtung durch die sich hin und her bewegenden Taschenlampen im Gang. „Du hast dich verändert, Nick. Du bist reifer und nachdenklicher geworden, umsichtiger. Das gefällt mir. Wenn alle von deinem Jahrgang so gut ausgebildet sind wie du, sollten wir keine größeren Probleme haben. Es geht hier vielmehr darum, wozu ihr bereit seid, um eine Mission zum erfolgreichen Abschluss zu bringen. Das *wie* ist entscheidend, nicht das *ob*. Denn schaffen werden wir es auf jeden Fall."

„Du vergisst, dass ich erst zwei Jahre und Tamara sogar erst eines hinter uns haben. Nur die anderen vier haben ihre vollen drei Jahre als Stewards hinter sich. Aber davon abgesehen scheinst du ja unerschütterlich zu sein in deiner Überzeugung, dass wir das packen werden. Was macht dich so sicher?" Als er Ziska an die Fakten ihres Ausbildungsstandes erinnerte, sah er in weiter Ferne einen schwachen Lichtschimmer.

„Ich vertraue darauf, dass TransDime euch nicht losgeschickt hätte, wenn sie nicht sicher gewesen wären, dass ihr das schaffen würdet. Und die letzten paar Monate haben euch doch sicher auch viel gebracht?"

„Zugegeben, es war ein hartes und umfangreiches Training. Ich komme mir allmählich schon vor wie ein Elitesoldat nach dieser Schinderei."

Ziska machte ein verächtliches Geräusch. „Jetzt dramatisiere das mal nicht. Du hast ja keine Ahnung; das war nur das Basistraining, das alle bekommen, die vielleicht im Feldeinsatz weitermachen wollen in Zukunft, in welcher Funktion auch immer."

Rebecca, die mitgehört hatte, warf ein: „Was für ein Spezialtraining hast du denn bekommen? Ist das immer noch geheim oder kannst du es uns jetzt verraten?"

„Kampftraining und Waffeneinsatz."

„Bist du damit auch so eine Art Attentäter wie...?" Sie brach ab, doch Nick wusste, wen sie hatte nennen wollen.

„Wie wer? Sagt nicht, ihr habt schon jemanden aus meiner Abteilung kennengelernt? Ein wenig früh dafür, wenn ihr mich fragt." Nachdem sie nun fast eine Viertelstunde den langen, engen Zugangstunnel entlang gegangen waren, erreichten sie eine nackte, enge Betontreppe nach oben. Von dem Zwischenraum in dem spartanischen Treppenhaus kam auch der schwache Lichtschein, den sie beim Abschreiten des Ganges vor sich gesehen hatten.

„Ja, da sagst du was. Wegen ihr sind wir hier gelandet. Marie Delacourt." Rebecca war die Dritte hinter Sven und Tamara, die den Aufstieg begann.

„Oh je, jetzt wird mir einiges klar! Die schöne Marie, so untalentiert wie attraktiv. Was hat sie jetzt schon wieder verbockt?" Am Tonfall von Ziska konnte man deutlich hören, was sie von ihrer Kollegin hielt.

„Spielt jetzt keine Rolle. Jedenfalls wird sie wohl nach dem letzten Zwischenfall keinen Fuß mehr auf unsere Filiale setzen dürfen." Nick beschloss, die Tatsache, dass Marie zudem auch noch die 'Inspektorin' war, die ihn im ersten Jahr als Steward verführt hatte, unerwähnt zu lassen. Das war der Tag gewesen, an dem Ziska sich mit Lothar schlimm gestritten hatte, weil ihm das auch mit einer Inspektorin passiert war.

Als Nick ins Freie trat, erwartete ihn eine Überraschung. Sofort vergaß er dieses unschöne Ereignis von damals.

Sie befanden sich mitten in einem Waldgebiet an einer kleinen Geländeunebenheit, wo der zwei Meter hohe Vorsprung mit der Abrisskante den getarnten Notausgang der Transferstation beherbergte. Es war mitten am Tag, aber dennoch recht kühl, da die Jahreszeit schon fortgeschritten war. Unwillkürlich zog Nick den Reißverschluss seiner Jacke zu.

Nick betrachtete unauffällig Ziska. Bei Tageslicht besehen offenbarte sich eine Veränderung an ihr, wenn man sie so lange und gut kannte wie er. Ihre Gesichtszüge waren gereift, sie wirkte ernster, aber auch gelassener. Souverän, das war der Ausdruck, den er gesucht hatte. In dieser Hinsicht war Tamaras und Barbaras Eindruck, den sie bei dem Kurzbesuch in ihrer WG von ihr gewonnen hatten, zutreffend gewesen. Ziska schien durch ihre Ausbildung einiges an Lebenserfahrung gesammelt zu haben. Und sie wirkte auch härter, unerbittlicher. In dieser Hinsicht hoffte Nick, dass er sich irrte.

Sie sammelten sich erst einmal, bis alle dem Ausgang entstiegen waren. Dabei atmeten sie tief die frische Luft ein, was nach dem langen stickigen Gang unter der Erde eine Wohltat war. Rebecca wollte von Sven wissen: „Steht es uns frei, uns den Weg aus Deutschland heraus nach England zu suchen, wie wir wollen?"

Sven antwortete lapidar: „Na ja, eigentlich schon. Was ich nicht empfehlen würde, ist den Seeweg über die Nordseeküste zu versuchen. Dafür ist die Volksmarine zu sehr auf Zack und der Grenzschutz sowieso. Auch wenn keine Fluchtversuche mehr in dem Maße wie früher stattfinden, so ist die Grenze zum Westen doch noch immer gut bewacht."

„Aber es gibt eine Art Pufferzone, einen entmilitarisierten Streifen entlang des Rheins, das habe ich doch richtig verstanden?", fragte Nick nochmals nach. So lax wie Ziska das dargestellt hatte, schien es wohl doch nicht zu sein.

„Ja, genau. Dort ist nur die normale Volkspolizei und der übliche Grenzschutz unterwegs. Jenseits der Pufferzone stehen sich auf beiden Seiten der Grenze alle Parteien bis an die Zähne bewaffnet gegenüber, doch nicht genau an der Grenze. Mittlerweile haben sowohl die NATO als auch der Warschauer Pakt so leistungsstarke Spionagesatelliten im Orbit, dass jeder Versuch eines Truppenaufmarsches sofort entdeckt würde. Diesmal würde den Sowjets auch kein fingiertes Herbstmanöver zur Vertuschung der Kriegsvorbereitungen mehr helfen wie damals Ende der Achtziger Jahre. Und den Rhein als natürliches Hindernis kann man auch nicht so problemlos überwinden, wenn man einen schnellen Vorstoß machen will."

Thorsten lobte widerwillig: „Alle Achtung, Ziska, du hast dich ja gut vorbereitet auf diese Mission."

„Wenn die militärischen Einrichtungen unmittelbar entlang der Grenze seit der Zeit des Waffenstillstands unverändert geblieben sind, weiß ich aus meiner Bundeswehrzeit her eine gute Möglichkeit, wie wir über die Grenze kommen. Oder ist euch etwas bekannt, dass irgendetwas laut Vertrag zurückgebaut werden musste?"

Sven überlegte kurz: „Nein, soweit ich weiß, haben sie damals alles stehen und liegen lassen müssen und alles rottet vor sich hin, was sich an militärischen Anlagen in dieser Zone befindet."

„Dann sage ich euch, wir probieren es in Südbaden, dort kommen wir relativ einfach über den Altrhein. Aber erst mal müssen wir uns einen fahrbaren Untersatz besorgen." Nun war Nick voller Tatendrang.

Hannes, der als letzter die unterirdische Anlage verlassen hatte, schob nun die als Felsen getarnte Ausstiegsluke zu und keuchte erstaunt auf, als sie sich geschlossen hatte. „Seht euch das an! Wie kann das sein?"

Mit bloßem Auge war nichts mehr von einer Tür oder Luke zu erahnen. Sie besahen sich alle den fein gemaserten Felsen, der offenbar fugenlos und massiv zu sein schien, obwohl sie es besser wussten.

Ziska meinte trocken dazu: „Erstaunlich, nicht wahr? Kommt jetzt und zerbrecht euch nicht den Kopf darüber, wie TransDime solche Dinge zustande bringt."

Sie durchquerten das lichte Waldstück und kamen am Rande eines Steinbruchs mit Baggersee an, wo in der Ferne einige Arbeiter zugange waren. Daher umgingen sie das Gelände weiträumig im Schutz der Vegetation und stießen ein wenig später auf eine Autobahn, entlang derer in einer Senke ein Forstweg parallel zur Strecke führte und dem sie nach kurzem Beratschlagen folgten. Nach etwa zwei Kilometern erreichten sie eine Stelle, wo ein kleiner Parkplatz mitsamt WC-Häuschen von der Autobahn abzweigte. Sie suchten sich eine Stelle etwas abseits, wo sie von dichtem Unterholz eventuellen Blicken vom Parkplatz aus verborgen blieben.

Neugierig fragte Tamara: „Wollen wir uns demnach hier ein Auto greifen und damit dann nach Südbaden runter fahren, wie du es vorgeschlagen hast, Nick?"

„Ja, aber erst wenn es dunkel wird. Was jetzt im Spätherbst nicht mehr lange dauern sollte." Er sah sich den finster bewölkten Himmel an, der zwischen den Baumkronen hindurch zu sehen war. Sie hatten eine ganze Weile für ihren kleinen Marsch durchs Unterholz und um den Baggersee gebraucht.

Hannes meinte mit leicht aggressivem Unterton: „Wer hat dich eigentlich zum Anführer dieses Unternehmens gekürt?"

Tamara fuhr ihn an: „Lass den Macho-Scheiß, solange du keine bessere Idee hast. Es ist durchaus sinnvoll, bis zum Einbruch der Dunkelheit mit dem Klauen eines Autos zu warten. Und da wir acht Leute sind, wird es auch so schon nicht leicht werden. Wir können uns ja schlecht nur eine dieser blöden Trabant-Kisten nehmen, die hier überall rumfahren. Zwei Autos zu kapern ist ungleich schwerer als eines. Und im Schutz der Dunkelheit fällt auch eine eventuelle Überbelegung eines Autos nicht so sehr auf wie tagsüber, falls wir eines erwischen, in das wir irgendwie alle auf einmal hineinbringen. Wir werden je nach Autos, die wir bekommen, zwischen zwei und drei Stunden Fahrt vor uns haben, nicht wahr?"

Ziska meinte kauend: „Eher drei, da sie in ganz Deutschland Autobahntempo hundert eingeführt haben."

„Oh, *das* ist hart. Wozu sollten sie dann noch dicke BMWs und Porsches bauen?", kommentierte Hannes.

„Siehst du, Macho-Scheiße. Warst du nicht der Spezialist, der sich mit einem ICE an einem Bahnübergang mit Halbschranke ein kleines Rennen geliefert hat, wer zuerst über den Bahnübergang kommt?" Tamara hatte sich offenbar auf Hannes eingeschossen. Er bedachte sie nur mit einem zornigen Blick und wandte sich von ihr ab.

Sven nahm Tamara kurz zur Seite. „Was hast du denn, Tamara?"

„Ach, mich nervt das nur, dass hier manche gegeneinander statt miteinander arbeiten. Das ist unprofessionell." Sie schob die Unterlippe schmollend vor.

Er sagte nachdenklich: „Das ist beeindruckend; mir gefällt deine Einstellung. Ich werde schon ein Wörtchen dazu sagen, wenn es Überhand nehmen sollte, keine Angst."

Als er ihr kurz die Hand auf die Schulter legte und dann zurück zur Gruppe ging, blieb sie ein wenig ratlos zurück. Was war *das* denn gewesen?

Sie ging zurück zu den anderen und murmelte: „Wer ist dieser Sven? Er scheint ein echter Gentleman zu sein."

Nick sagte schulterzuckend: „Ach, er war ein Jahr über Rebecca und ist befördert worden, als du frisch dazugekommen bist. Ihr habt euch knapp verpasst. Ich habe ein paar interessante Aufträge als Steward mit ihm zusammen gehabt."

Sven schlenderte inzwischen an Rebecca vorbei und fragte: „Wer ist diese Tamara? Sie ist irgendwie süß."

„Das finden viele, aber der Schein trügt. Sie ist schon lange über 'süß' hinaus, das kannst du mir glauben. Zufällig ist sie meine beste Freundin und eines der vielversprechendsten Talente der letzten Jahre." Sie bedachte ihn mit einem zornigen Blick zur Warnung, worauf er lachend beide Hände zur Abwehr vor sich hielt und weiterging.

Nick fragte indes Ziska: „Was kaust du denn da?"

„Einen Protein-Riegel." Als sich daraufhin umgehend sieben Augenpaare auf sie richteten, ging ihr auf, was die Stunde geschlagen hatte. Sie seufzte leise und fragte dann ergeben: „Will jemand auch einen?"

„Nett, dass du fragst!" Angeführt von einer grinsenden Rebecca, standen die anderen erwartungsgemäß gleich Schlange bei ihr und sie musste wohl oder übel mit ihren Vorräten herausrücken. Die karge, aber energiereiche Mahlzeit verkürzte ihnen ein wenig die Wartezeit. Sie unterhielten sich leise und holten noch allerhand an Informationen aus ihren beiden Begleitern heraus, so dass sie sich nun besser vorbereitet fühlten, als es allmählich richtig dunkel und Zeit für ihre Unternehmung wurde.

Sie machten ein paar leichte Lockerungsübungen, um die Steife aus ihren Gliedern zu bekommen. Die lange Warterei im kühlen Wald war nicht angenehm gewesen, daher waren alle begierig darauf, nun in Aktion zu treten.

„Wollen wir alle zusammen loslegen oder soll zuerst jemand die Lage auskundschaften, damit wir wissen, woran wir sind?" Nick sah erwartungsvoll in die Runde.

„Rebecca und ich werden die Lage sondieren, dann können wir weiter sehen", schlug Tamara vor.

„Ja, warum nicht?" Hannes hatte seinen Vorrat an kontraproduktiven Aussagen offenbar aufgebraucht.

„Keine Angst, wir werden nicht lange brauchen. Gut, dass wir alle dunkle und unauffällige Kleidung tragen." Rebecca nickte ihrer Freundin zu. Sie zogen sich die Kapuzen ihrer Anoraks noch tiefer in die Stirn und schlichen sich lautlos zur Böschung des höher gelegenen Parkplatzes hinüber.

Sven wollte von den anderen wissen: „Wie wollt ihr vorgehen, um gleich an zwei Fahrzeuge zu kommen? Das wird sicher nicht einfach werden."

Thorsten vermutete: „Wenn wir uns erst einmal eines besorgen und dieses bemannen, wird das keinen großen Verdacht erregen. Viele Leute auf langer Fahrt fahren nachts mal auf Parkplätze, um eine Mütze Schlaf zu nehmen. Ein Teil von uns setzt sich einfach in den ersten Wagen, sobald wir ihn haben und wartet auf eine Gelegenheit, einen zweiten zu ergattern."

„Mir ist aufgefallen, dass auf dieser Strecke zur Zeit wenig Verkehr herrscht. Das ist für uns sicher ein Vorteil, wenn es darum geht, jemand allein in seinem geparkten Auto zu erwischen." Hannes lauschte dem Rauschen des Verkehrs; er schien wohl recht zu haben mit seiner Aussage.

„Und wenn wir dann die Autos haben und an unserem Ziel in Südbaden angekommen sind, wie soll es dann weitergehen? Wo willst du überhaupt den Rhein überqueren?" Ziska klang skeptisch.

„Es gibt eine alte Panzerfurt aus NATO-Zeiten, südlich von Freiburg im Breisgau. Sie führt durch den Altrhein, entlang dem an dieser Stelle auch die Grenze verläuft. Das ganze Wasser aus dem Rhein fließt in dieser Gegend auf der Seite von Frankreich durch einen riesigen Kanal, in dem die Schifffahrt und die Stromerzeugung mittels Wasserkraftwerken stattfindet, mit Schleusen und allem drum und dran. Das eigentliche natürliche Flussbett des Rheines ist dort mittels Schleusen und Staustufen abgeklemmt und nur noch ein Rinnsal, keine zehn Meter breit und nur knietief. Man kann dort zu Fuß durchwaten und ist am anderen Ufer bereits in Frankreich. Ich selbst habe das auch schon gemacht." Er nickte ihnen zu.

Ziska gab widerwillig zu: „Das klingt tatsächlich vielversprechend, auch wenn ich nicht gerade auf ein nächtliches Kneippfusbad scharf bin um diese Jahreszeit. Aber wir werden es überleben und etwaigen Grenzpatrouillen können wir sicher gut ausweichen im französischen Hinterland."

Ein leiser Ruf ließ sie aufhorchen: „He, ihr könnt kommen!"

Aus der finsteren Dämmerung schälte sich ein unförmiger Umriss. Er stellte sich als Rebecca heraus, die einen Mann quer über beiden Schultern mühsam die Böschung hinab trug und dann unsanft zu ihren Füßen fallen ließ.

„Was soll das?", verlangte Thorsten zu wissen.

„Wir haben ein Auto", verkündete Rebecca grinsend. „Kommt ihr jetzt oder nicht?"

„Das ging aber schnell. Wie viele haben Platz?" Sie setzten sich in Bewegung, während Sven ihr anerkennend zunickte.

„Das ist ja das Gute daran, alle. Es ist ein Kleinbus von VW mit drei Sitzreihen. Wir haben oben ein Loch im Zaun entdeckt und praktisch direkt vor unserer Nase ist dieser Wagen auf dem ansonsten leeren Parkplatz stehen geblieben. Der Typ hier ist dann ausgestiegen und hat sich im Gebüsch neben dem Zaun erleichtert, statt die hundert Meter zum Toilettenhaus zu gehen. Das hätte er mal lieber bleiben gelassen."

Ziska sah auf den Bewusstlosen hinab. „Lebt er noch?"

„Klar, ich habe ihm nur eine verpasst, damit er... he, was hast du vor?"

Ziska hatte den Mann an den Füßen gepackt und schleifte ihn rückwärts tiefer in den Wald hinein. „Geht schon mal vor, ich komme in einer Minute nach."

„Aber ich..." Rebecca verstummte, als Nick den Kopf schüttelte und ernst meinte: „Lass gut sein, das kannst du mit ihr nicht ausdiskutieren."

Er begann sie vor sich her zu schieben, doch sie stemmte sich nun gegen ihn, bis er sie regelrecht festhalten musste. Als sie tief Luft holte, raunte Nick ihr mit dringlicher Stimme ins Ohr: „Fang jetzt bloß nicht an zu schreien, sonst hört uns vielleicht noch jemand. Du kannst sie sowieso nicht davon abhalten."

„Verdammt, Nick, ich wollte ihn nur für eine Weile k.o. schlagen, bis wir über alle Berge sind." Sie drängte mit noch mehr Kraft in Ziskas Richtung.

Er packte sie und umarmte sie fest und kraftvoll, bis sie ihren Widerstand aufgab. Leise und ernst sagte er: „Ich weiß. Wir können im Moment nichts tun. Wir haben nichts, womit wir ihn zuverlässig fesseln und knebeln können, um eine Flucht von ihm zu verhindern. Er hätte aufwachen und die Behörden von unserem Diebstahl berichten können, bevor wir über die Grenze sind. So haben wir zumindest bis morgen Ruhe, bevor ihn jemand entdecken wird."

„Scheiße. Du machst mir Angst, Nick, wenn du mir erklärst, wie Ziska denkt." Ihre Muskeln erlahmten nun gänzlich in seinem Griff, worauf er sie sanft an sich drückte.

Er drehte sie an der Schulter weg vom Wald und legte einen Arm um sie, um mit ihr zusammen hoch zum Parkplatz zu gehen. „Ich mir auch, Schatz. Ich mir auch."

Alle sahen sich mit vielsagenden Blicken an, dann beeilten sie sich, um hoch auf den Parkplatz zu gelangen. Das hässliche Knacken im Unterholz konnten sie zum Glück nicht mehr hören.

Im schwarzen VW-Bus, der den ihnen bekannten Modellen sehr ähnlich sah, auch wenn man bei genauerem Hinsehen einige kleine Unterschiede zu den altbekannten Bussen ihrer Filiale entdecken konnte, erwartete Tamara sie bereits mit offener Schiebetür. Sie stieg vom Fahrersitz aus und gesellte sich zu Nick und Rebecca: „Na, das haben wir zwei Hübschen doch toll hinbekommen, oder? Was hast du denn, Beckie?"

Als sie die Miene von Rebecca im Halbdunkel sah, erstarb ihr siegesgewisses Lächeln. Sven, Thorsten und Hannes besetzten inzwischen bereits die letzte Sitzreihe, was eine reichlich enge Angelegenheit wurde. Leise sagte Rebecca inzwischen: „Ziska hat sich noch um den Fahrer kümmern wollen. Was das heißt, kannst du dir wohl denken."

„Nein!" Tamaras Augen wurden groß und rund. Fast gleichzeitig hörte man es in der Böschung rascheln. Das musste Ziska sein, die bereits fertig war mit ihrer 'Angelegenheit'.

Sven fragte von der Rückbank aus: „Wer soll fahren?"

Rebecca sagte eine Spur lauter als nötig: „Jedenfalls nicht Ziska, wenn wir lebend am Ziel ankommen wollen. Sie fährt hundsmiserabel Auto!"

Oliver sah über die Schulter und meinte dann, sich hastig auf die Fahrerseite begebend: „Schon gut, ich fahre. In welche Richtung soll ich mich orientieren?"

Nick zog Tamara und Rebecca mit sich, um die mittlere Sitzreihe einzunehmen, mit Rebecca in der Mitte. Somit blieb Ziska nur noch der Beifahrerplatz. Er instruierte seinen Kollegen: „Fahr erst mal in Richtung Süden. Je nachdem, welche Autobahn das hier ist, in Richtung Mannheim oder Karlsruhe, dann weiter Richtung Basel. Wenn wir an Freiburg vorbeigekommen sind, sag mir Bescheid."

„Alles klar, Mann." Nun war Oliver wohl froh, dass er sich nicht an weiteren Diskussionen beteiligen musste und losfahren konnte. Im Bus herrschte indes eisige Stimmung, denn Rebecca starrte Ziska so lange über den Rückspiegel in die Augen, bis diese das nicht einmal bei diesem schwachen Dämmerlicht mehr ignorieren konnte.

„Was hast du denn erwartet, Rebecca? Sieh mich nicht so an! Wir alle tun nur, was wir tun müssen und wozu wir ausgebildet wurden."

Rebecca zischte sie förmlich an: „Und bei dir ist das *Mord* nach eigenem Ermessen? Ich kann nicht glauben, dass das die gleiche Frau ist, mit der ich ein Jahr Tür an Tür unter dem gleichen Dach gelebt habe."

Mit einem konsternierten Unterton gab diese zurück: „Tja, glaub es ruhig. Es muss wohl schon damals in mir geschlummert haben. TransDime hat das erkannt und es zum Vorschein gebracht. Ich habe ein Talent dafür und ich kann es tun, ohne in Tränen auszubrechen oder schlaflose Nächte zu haben. Finde dich damit ab."

Mit Tränen in den Augen entgegnete Rebecca: „An dem Tag, an dem ich das tun können werde, bin ich nicht besser als du. Das wird nie geschehen, da kannst du dir sicher sein."

„Siehst du, und genau deshalb bin ich da. Wenn du nicht dazu fähig bist, brauchst du jemanden, der es ist. Ansonsten kann es nämlich passieren, dass wir im Gefängnis landen oder Schlimmeres, wenn niemand das Zeug dazu hat, das Nötige zu tun." Sie drehte sich nach hinten um und starrte ihr direkt in die Augen.

„Und jetzt lass mich gefälligst in Ruhe."

Nick strich Rebecca über die Schulter und bedeutete ihr, den Streit nicht noch weiter zu führen. Sie schüttelte nur stumm den Kopf, während sich Ziska offenbar zurücklehnte, um in aller Seelenruhe zu dösen. Auch Tamara nahm Rebeccas Hand von den anderen unbemerkt in ihre eigene und drückte sie Trost spendend.

So fuhren sie Richtung Süden durch die Nacht.

< 9 >

Freiburg im Breisgau, Filiale 127 - Monat 5

Es waren tatsächlich drei Stunden verstrichen, als Nick von Oliver geweckt wurde: „He, Nick, wir fahren gerade an der Ausfahrt Freiburg-Mitte vorbei. Ich sollte dich doch wecken."

„Ja, danke. Ein kleines Stückchen können wir noch auf der Autobahn bleiben." Er sah neben sich, wo Rebecca mit der Schulter an ihn gelehnt unruhig schlief und Tamara ihrerseits an Rebecca angelehnt war. Auch von der Rückbank war kein Mucks zu hören, sodass er davon ausging, dass die Jungs hinten ebenfalls im Reich der Träume weilten.

„Wo willst du denn runter von der Autobahn?", erkundigte sich Ziska unerwartet. Er hatte nicht gemerkt, dass sie wach gewesen war.

„Es ist direkt neben der Ausfahrt Hartheim-Heitersheim."

Sie informierte ihn: „Diese Ausfahrt gibt es hier nicht. Sie wurde bei uns erst nach der Jahrtausendwende gebaut und hier in dieser Filiale hat das nach dem Erliegen des europäischen Vereinigungsprozesses nicht stattgefunden. Die DDR hat nur gerade so viel Geld in die Infrastruktur gesteckt, dass nicht alles kollabiert. Neue Straßen- oder Bahnprojekte hat sie nicht verwirklicht."

„Ja, du hast recht. Ich wusste nicht, dass du dich hier in der Gegend so gut auskennst." Er überlegte einen Moment. „Dann fahre am besten bei Bad Krozingen von der Autobahn runter, Olli. Ich werde dich dann über die Landstraße lotsen."

„Ist gut." Oliver warf Ziska einen Seitenblick zu. „Stammst du aus dieser Gegend hier?"

„Gewissermaßen. Ist eine lange Geschichte." Sie sah starr zum Fenster hinaus.

Oliver gab keck zurück: „Ist noch eine lange Fahrt, ich hab also Zeit."

„Das war eine Redewendung, um dir mitzuteilen, dass ich nicht darüber reden will."

Nachdem sie ihm das an den Kopf geworfen hatte, meinte er nur pikiert: „Oh, gut dass du mir das erklärt hast. Jetzt habe ich es auch verstanden."

„Gott sei Dank, das erspart es mir, noch deutlicher werden zu müssen."

Nun drehte Oliver den Kopf zu ihr hin: „Wie zum Henker könnte man das *noch* deutlicher sagen können, als du es eben getan hast?"

Nick soufflierte maliziös: „Sie könnte dir den Kopf abreißen und dir in den Hals rein spucken."

Als sich Olivers geweitete Augen im Rückspiegel auf Nick richteten, fügte Ziska hinzu: „Ich hätte es nicht genau so ausgedrückt, aber das kommt der Sache schon ziemlich nahe."

„Ja, der Teil mit dem Spucken ist von mir, ist die appetitlichere Variante. Das Original ist viel ekliger", erklärte Nick noch zu allem Überfluss.

„Schon gut, ich bin ja nicht blöd; erspart mir einfach die Fäkal-Ausdrücke, okay? So, nächste Ausfahrt Bad Krozingen." Verstimmt setzte ihr Fahrer den Blinker und ordnete sich auf dem Verzögerungsstreifen ein.

„So ein Mist! Wer kann auch *so was* ahnen?!" Zusammen mit allen anderen stand Nick in der Dunkelheit auf der Böschung des Altrheins und sah hinab auf das Flussbett.

„Tja, du hast einen Fehler gemacht, Nick."

Langsam drehte Nick sich zu Ziska um, die neben ihm stand und wie alle ihrer Gruppe hinuntersah. Leicht verstimmt entgegnete er: „Ach ja?"

„Ja, du hast nicht bedacht, dass der Altrhein Hochwasser führen könnte." Vor und knapp zehn Meter unter ihnen war das normalerweise fast gänzlich trocken liegende Flussbett auf hundert Metern Breite mit rauschendem Wasser gefüllt und somit unpassierbar. Die Panzerfurt neben ihnen war mit dicken Betonplatten ausgelegt und führte direkt ins Wasser hinab.

„Erzähl mir was, das ich noch nicht weiß." Frustriert wandte er sich ab und stapfte zum VW zurück.

„Sehr taktvoll, wirklich!", fuhr Rebecca sie an und eilte hinter ihm her.

Sven, Tamara und Hannes gesellten sich zu ihnen und setzten sich in die letzten beiden Reihen des geräumigen Kastenwagens. Sven meinte nur mit unpassend fröhlich klingender Stimme: „So, und was jetzt? Schwimmen wir?"

„Natürlich nicht. Wir würden alle ertrinken oder an Unterkühlung sterben." Nick winkte frustriert ab. „Und immer wenn man einen Panzer braucht, ist keiner in der Nähe."

„Ich hätte vielleicht einen Plan B", meinte Tamara, nachdem ihr leises Gelächter über diesen Witz abgeklungen war. „Da wir uns jetzt schon so weit südlich und somit in der Nähe von Basel befinden, kommt *mein* Heimvorteil ebenfalls zum Tragen."

„Interessant. He, Leute, kommt mal alle her." Sven rief mit gedämpfter Stimme in Richtung Uferböschung. Nach und nach fanden sich alle beim Wagen ein, der nur wenige Meter neben der Böschung auf einem verlassenen Wanderparkplatz stand.

Ohne weitere Umschweife begann Tamara ihre Ausführungen: „Wir haben noch immer eine gute Chance für einen problemlosen Grenzübertritt. Wir werden einfach einen kleinen Umweg über die Schweiz nehmen. Da sie neutral ist, werden die Grenzpatrouillen dort nicht so streng sein wie zur Grenze nach Frankreich oder dem linksrheinischen Rest von Deutschland.

Wir haben bei Basel den Vorteil, dass die Schweiz rings um die Stadt eine Exklave auf der rechten Rheinseite bildet, was für uns heißt, dass wir den Fluss nicht überqueren müssen, sondern eine grüne Grenze haben. Und wie der Zufall es will, gibt es da einige Schlupflöcher, die vielleicht auch hier existieren könnten.

Mein Großvater hat früher bei der PTT in Riehen gearbeitet. Und er hat mir damals erzählt..."

„Was ist PTT?", unterbrach Oliver sie.

„Die damalige Schweizerische Bundespost. Das Postamt befindet sich direkt am Bahnhof Riehen, das ist eine kleine Gemeinde bei Basel auf der für uns 'richtigen' Seite des Rheins. Und dieser Bahnhof bietet uns eine einmalige Gelegenheit. Er liegt auf Schweizer Staatsgebiet, wird aber von der Deutschen Bahn betrieben."

„Die hier dann folgerichtig Reichsbahn heißen müsste." Nick hob eine Augenbraue. „Langsam wird es interessant. Hat das etwas mit dem Badischen Bahnhof in Basel zu tun?"

„So ist es. Ihr müsst dazu wissen, dass Basel genau im Dreiländereck Schweiz, Deutschland und Frankreich liegt und eine große und wichtige Stadt für Schweizer Verhältnisse ist. Entsprechend wurden damals beim Aufkommen der Eisenbahn sehr früh schon wichtige Bahnlinien aus allen angrenzenden Ländern nach Basel gebaut. Es gibt einen französischen Bahnhof, einen deutschen und natürlich den Schweizer Bahnhof SBB. Der deutsche Bahnhof heißt Badischer Bahnhof, weil er noch aus Zeiten eines alten Staatsvertrages mit dem Badischen..." Tamara stockte kurz.

„Großherzogtum", half Nick aus, ihr Dilemma erahnend und sein Geschichtsstudium und Heimatwissen abrufend.

„Danke. Ja, dieser Vertrag wurde jedenfalls immer weitergeführt und ist noch heute gültig. Ich nehme an, dass in dieser Filiale auch die DDR aus praktischen Gründen diesen Staatsvertrag mit der neutralen Schweiz weiterlaufen lässt. Der Bahnhof selbst befindet sich ein paar Kilometer südlich der Grenze auf Basler Boden in der Stadt, gilt aber als deutsches Hoheitsgebiet. Und da von ihm aus mehrere Linien nach Deutschland führen, kann man ohne jede Zoll- und Passkontrolle zu diesem Bahnhof fahren, dort umsteigen und mit einer anderen Linie nach Deutschland zurück fahren; dabei hat man auf dem Papier nie das deutsche Staatsgebiet verlassen. Soweit klar?"

„Natürlich. Jetzt komm mal zur Sache", drängte Thorsten.

„Ja, schon gut. Also, die unbedeutendste dieser Nebenlinien führt ins Wiesental in den Schwarzwald hinein und endet nach einer guten halben Stunde Fahrzeit in Zell im Wiesental. Was uns interessiert, ist die Tatsache, dass der Bahnhof Riehen noch auf der Schweizer Seite liegt, bevor die Bahnlinie bei Lörrach die Grenze überquert. Somit ergibt sich bei dieser Linie eine Lücke bei der Überwachung zwischen Badischem Bahnhof und deutschem Boden, ein Schlupfloch auf Schweizer Seite.

Mein Opa hat mir einmal erzählt, dass früher im Fahrplan stand, dass in Richtung Basel nur das Einsteigen erlaubt war und in Richtung Deutschland nur das Aussteigen. Dahinter stand wohl die antiquierte Überlegung, dass man ja am Bahnhofszoll kontrolliert worden war, wenn man als Schweizer den Badischen Bahnhof betrat und dann in Riehen wieder ausstieg und umgekehrt wenn man in Riehen in Richtung Basel einstieg, ebenfalls den Bahnhof in Basel nur über eine Grenzkontrolle wieder verlassen konnte. So wollte man den Pendlerverkehr aus der Schweiz für die Leute in Riehen ermöglichen."

Auf Rebeccas Gesicht machte sich ein Lächeln breit. „Habe ich dich richtig verstanden, dass wir nur mit dem Zug zum Badischen Bahnhof fahren müssen, dort in den Zug nach…"

„Zell im Wiesental", erinnerte Tamara sie, ebenfalls lächelnd.

„Ja, nach Zell einsteigen müssen und nach wenigen Minuten aussteigen? Dann sind wir bereits auf Schweizer Boden? Genial! Warum hast du das nicht gleich gesagt? Und Nick wollte uns mitten in der Nacht durch einen eiskalten Fluss waten lassen, noch dazu über eine Grenze zwischen Warschauer Pakt und NATO-Land."

„He, sieh mich nicht so an! Es war einen Versuch wert", verteidigte sich dieser darauf. „Zufälligerweise kenne ich diese Strecke auch, da ich ja auch aus dieser Gegend stamme. Was sie sagt, stimmt alles."

„Und da besteht wirklich kein Risiko?" Thorsten gab sich skeptisch.

„Es gibt auf dem Bahnsteig ein kleines Grenzhäuschen, aber das ist jedenfalls nie besetzt gewesen, wenn ich mal bei uns nach Lörrach zum Einkaufen gefahren bin. Ob es hier in dieser Filiale genauso ist, kann ich nicht sagen. Im Notfall sind es nur ein paar Meter bis auf Schweizer Staatsgebiet. Aber das können wir herausfinden, da wir ja unbehelligt zwischen Lörrach und Basel hin und herfahren können, sooft wir wollen." Tamara war sich ihrer Sache recht sicher.

„Gut, versuchen wir das. Oder hat jemand eine andere Idee?" Rebecca sah sich unter ihnen um.

„Eines interessiert mich noch: wir wären ja dann erst einmal in der Schweiz, wenn das klappen sollte. Wie kommen wir aber nach Frankreich rüber? Das ist ja dann noch eine Grenze mehr, die wir überqueren müssen." Oliver sah die anderen triumphierend an, im Glauben eine Schwachstelle in deren neuem Plan entdeckt zu haben.

Nick forschte nach: „Du bist nicht so die Wahnsinns-Leuchte in Erdkunde, oder?"

„He was willst du damit sagen?" Protestierend fuhr der Kritisierte herum.

„Na, dass du keinen blassen Schimmer davon hast, wie die Gegebenheiten hier sind. Woher stammst du eigentlich?" Nick ließ nicht locker bei ihrem kleinen Disput.

Beleidigt und auch etwas verlegen meinte Oliver drauf: „Anklam in Vorpommern."

„Wusst' ich's doch! Dann pass' jetzt auf: sobald wir in der Schweiz sind, haben wir es praktisch geschafft. Die Grenze zwischen zwei westlich orientierten Ländern ist nie so scharf bewacht wie die zwischen Ostblock und Westen, klar? Außerdem gibt es Hunderte von Kilometern grüne Grenze am Arsch der Welt zwischen Frankreich und der Schweiz, die man mit einer gemütlichen Wanderung oder je nach Gegebenheiten sogar einem Spaziergang überqueren kann. Zwischen Frankreich und der DDR haben wir auf der gesamten Länge der Grenze nur den Rhein. Der zur Zeit Hochwasser hat, wie wir soeben festgestellt haben."

„Ja, aber sogar wenn das mit dem Zug nichts wird, können wir es noch an einer anderen Stelle im Basler Hinterland bei Riehen versuchen. Wenn das auch nicht hinhaut, haben wir noch den Kanton Schaffhausen, der praktisch komplett auf dieser Rheinseite liegt und etliche Kilometer grüne Grenze bietet. Dort würde ich aber mit stärkeren Kontrollen rechnen." Tamara nickte ihrem Freund zu, dankbar für dessen argumentative Unterstützung.

„Dann haben wir ja jetzt schon mal ein paar brauchbare Optionen. Sehr gut, Tamara!" Sven klatschte zufrieden in die Hände. „Es ist noch mitten in der Nacht und hier ist es sehr abgeschieden. Momentan denke ich nicht, dass wir an diesem Ort von irgendjemandem gestört werden. Wollen wir noch ein paar Stunden hier bleiben und ein wenig schlafen, damit wir nachher frisch sind?"

„Klingt nach einer guten Idee. Nehmt eure Plätze ein." Ziska verzog sich auf den Beifahrersitz und schlug die Tür hinter sich zu, fast augenblicklich einschlummernd.

Sie wünschten sich noch alle eine gute Nacht und fielen tatsächlich bald in einen unruhigen, leichten Schlaf.

Als es noch dunkel war, die Digitaluhr des Armaturenbretts aber bereits fünf Uhr anzeigte, weckte Ziska alle auf und sie fuhren los. Sie überließ es allerdings Nick, sie nach Neuenburg am Rhein und von dort aus nach Müllheim zu lotsen, dem Ort mit dem größten Bahnhof an der Linie zwischen Freiburg und Basel. Offenbar gab es klar definierte Grenzen, inwieweit Sven und sie sich an dieser Mission aktiv beteiligen durften.

Sie warteten eine knappe halbe Stunde am Bahnhof, bis der erste Zug in Richtung Basel auftauchte, der bis auf ein paar frühe Pendler fast leer war. So bestiegen sie den ersten Wagen und besetzten in einem der kleineren Abteile an dessen vorderen Ende direkt hinter der Lok zwei Vierergruppen. Dann verfielen sie wieder in einen leichten Schlaf, bis auf einmal der Schaffner an der entfernten Abteiltür auftauchte.

„Stellt euch schlafend, vielleicht läuft er nur durch den Zug", riet Ziska ihnen leise. Sie schien tatsächlich mehr über viele Aspekte der örtlichen Gegebenheiten zu wissen, als sie bereit war zuzugeben.

Dummerweise hatte der Schaffner nur einen einzigen Fahrgast am anderen Ende des Abteils zu kontrollieren, der sich dann genervt ebenfalls wieder in sein Nickerchen einzufinden versuchte. Danach schritt er zügig direkt zu ihnen und baute sich vor ihnen auf. „Die Fahrausweise, bitte."

Ziska stand auf und begann in ihrem Rucksack zu kramen. „Einen Moment bitte." Auch Sven hatte sich erhoben und begann seinen Rucksack zu durchwühlen. Ziska indes öffnete die letzte Tür, die nur noch zu einem kleinen toten Winkel mit zwei Klappsitzen und der Zugtoilette führte.

Sie trat hinein und sagte, ihren Rucksack immer noch in Händen: „Ach, da haben wir es ja..."

Unbemerkt vom Schaffner hatte sich Sven hinter ihnen breit gemacht, um die Sicht auf das zu verdecken, was nun geschah. Zu spät schöpfte der Reichsbahn-Angestellte Verdacht. In diesem Moment fuhr der Zug in einen Tunnel ein.

Nick konnte von seinem Platz aus nur ein leises Poltern und ein schmerzerfülltes Grunzen hören, dann einen dumpfen Laut und ein Geräusch wie ein Splittern. Einen Moment später kamen sie aus dem kurzen Tunnel heraus und er sah gerade noch, wie Ziska den schlaffen Körper des Schaffners lieblos in das Toilettenabteil stopfte, die Tür zuzog und mit dessen Vierkant-Schlüssel von außen verriegelte.

Rebecca sah um die Ecke und erkannte, dass die kleine Fensterscheibe des Klappsesselabteils für zwei Personen in einem konzentrisch angeordneten Spinnennetz-Muster zersplittert war, wo der Schädel des Bahnbediensteten mit dem harten Glas eine fatale Bekanntschaft gemacht hatte. „Du ziehst ja 'ne ganz schön breite Blutspur hinter uns her."

„Hätten wir ihn stattdessen fragen sollen, ob wir auch mit Naturalien bezahlen dürfen? Und hätte er dann freie Auswahl unter uns dreien gehabt? Oder hättest du dich freiwillig gemeldet, um Schlimmeres zu verhindern?" Verächtlich warf sie ihr den dicken Dienstgeldbeutel des Schaffners hin. „Da, zählen wirst du ja wohl noch können."

Danach schloss sie noch die Verbindungstür zum kleinen Zwischenabteil und verriegelte auch diese. Da dies hier am Ende des Zuges eine Sackgasse war und nur zur Toilette führte, würde es wohl eine Weile dauern, bis irgendjemandem etwas auffallen würde. Ihr Zug durchfuhr noch einen kurzen Tunnel und hielt dann in einem kleinen Dorf.

Tamara sah Nick an und raunte ihm zu: „Da entsteht gerade eine ganz dicke Freundschaft, oder?"

Er antwortete im gleichen Flüsterton: „Früher war Ziska irgendwie umgänglicher.

Aber da hat sie ja noch bei uns gewohnt und unter unserem guten Einfluss gestanden. Und hat es regelmäßig mit Lothar gemacht. Für mich sieht es so aus, als ob sie vielleicht etwas unentspannt ist in der Hinsicht. Daher vielleicht auch diese Bemerkung eben."

„Sehr witzig. Soll ich sie mal fragen?" Tamara zwinkerte ihm zu.

Entgegen Nicks Erwartungen hatte Rebecca tatsächlich inzwischen den Inhalt der Geldbörse durchgezählt. Die durchwegs älteren und abgegriffenen Scheine mit verschiedenen Nennwerten waren gespickt mit sozialistisch ideologischen Symbolen und Arbeiterszenen sowie Portraits von verdienten Kommunisten. Die relativ leichten, aus billig wirkenden Legierungen bestehenden Münzen waren ähnlich überfrachtet mit dieser Symbolik und bildeten in allen Aspekten einen krassen Gegensatz zu den Münzen des Kaiserreichs aus ihrer geliebten Filiale 108. Sie beließ es dabei und verkündete: „Leute, wir haben ausreichend Bargeld, um uns Fahrausweise und etwas zum Essen kaufen zu können. Das ist doch was."

„Gern geschehen", war Ziskas bissiger Kommentar dazu, der von Rebecca geflissentlich ignoriert wurde. Auf einen Dank *hierfür* von ihr konnte Ziska lange warten.

Gottlob stand der einzige andere Fahrgast, der im Halbschlaf nichts von dem tödlichen Intermezzo mitbekommen hatte und sich offenbar auch nicht zu fragen schien, wohin der Schaffner so plötzlich verschwunden war, nun auf und stieg an der nächsten Station aus. Sie entschieden sich, aus Vorsicht den Sitzplatz zu wechseln und gingen zwei Wagen weit vom Tatort weg durch den Zug, bevor sie sich wieder setzten.

Eine Viertelstunde später erreichten sie den Badischen Bahnhof von Basel, wo der Zug endete. Nachdem sie ausgestiegen waren und sich informiert hatten, auf welchem Gleis es weiterging, lösten sie zwei Gruppentageskarten für dieses Streckennetz. Somit würde es nicht auffallen, wenn sie ein paarmal hin- und herfahren würden, um sich die Lage in Riehen genauer anzusehen. Solange sie nicht ausstiegen, hatte es schließlich niemanden zu interessieren, wie oft sie die Basler Vorstadt durchfuhren.

Mit Erleichterung sahen sie, wie der Zug, mit dem sie angereist waren, in Richtung

Offenburg die Strecke zurück fuhr und nicht etwa auf ein Abstellgleis gebracht wurde. Wenn der Schaffner gefunden werden würde, konnte er bereits weit weg von hier sein und somit waren sie weitgehend aus dem Schneider.

Dann kam ein Zug mit uralten Wagen auf ihr Gleis gefahren und entließ mehrere Dutzend Pendler, die zu ihrer Arbeit wollten. Als die Waggons sich geleert hatten, stiegen sie ein, in aller Seelenruhe diesmal, da sie ja inzwischen über gültige Fahrkarten für alle verfügten.

„Wenn wir jetzt losfahren, dauert es etwa fünf Minuten, dann halten wir an der ersten Station, die bereits Riehen ist. Alle Mann dann rausschauen und besonders auf das Grenzerhüüsli achten."

Sven grinste: *„Hüüsli*! Süß, wie du wieder in deinen alten Akzent verfällst, sobald du mal in der Heimat bist."

„Wodsch mi schdrässe?", gab Tamara darauf in Mundart zurück und grinste ihn eher hämisch als freundlich an.

Sven ruderte darauf lachend zurück: „Schon verstanden, leg dich nicht mit den Eingeborenen auf ihrem eigenen Grund und Boden an."

An Rebecca gewandt, meinte er leise: „Das war sogar *noch* süßer."

Sie verdrehte die Augen. Ihr Berater war wohl drauf und dran, sämtliche Professionalität angesichts der bezaubernden Art von Tamara zu verlieren.

Nick schlug vor: „Jetzt, da wir über ein wenig Bares verfügen, sollten wir vielleicht bis Lörrach durchfahren, ordentlich was essen und dann noch Vorräte für Unterwegs einkaufen. Was haltet ihr davon?"

„Klingt gut. Dann können wir auch in Ruhe das Ergebnis unserer ersten Aufklärungsfahrt besprechen. Oh, es geht los." Tamara setzte sich auf ihren Platz, als der Zug ruckelnd anfuhr und sich schon bald nach Verlassen der Bahnhofsanlage in eine weite Linkskurve legte, nach der er die Rheinebene um Basel verließ und ins Wiesental einfuhr.

Als der Zug kurz darauf in Riehen hielt, drückten sie sich alle die Nasen an den Scheiben platt. Es stellte sich heraus, dass die Grenzstation dummerweise besetzt zu sein schien. Allerdings konnte man nichts Genaueres erkennen, da das Fenster des Häuschens zum Bahnsteig hin mit einer verspiegelten Folie bezogen war, die nur einen Schemen dahinter erkennen ließ. Auf der anderen, dem Bahnsteig abgewandten Seite des Gleises, auf dem sie fuhren, war noch ein Überholgleis und direkt daneben praktisch auf ganzer Länge die Rückseite des Postgebäudes, mehrere Stockwerke hoch und mit vergitterten Fenstern ein unüberwindbares Hindernis für ihre Fluchtpläne.

Auf der gegenüberliegenden Seite des Bahnsteiges war ein weiteres Gleis und dahinter ein hüfthoher Maschendrahtzaun, welcher das kleine parkähnliche Gelände mit Spazierweg und Büschen dahinter zur Bahnanlage hin abgrenzte. Auch ein paar Wohnhäuser und eine Straße führten entlang des Bahnhofsgeländes an den Gleisen entlang. Doch dieser Abschnitt des Geländes war so gut einsehbar vom Wächterhaus aus, dass eine unbemerkte Flucht schlicht nicht möglich war.

So blieben sie erst einmal sitzen und stiegen zwei Stationen weiter in Lörrach am Hauptbahnhof aus.

Nach ein paar Minuten zu Fuß befanden sie sich in der Innenstadt, wo sie sich alle in ein schlichtes Café setzten, welches einer Bäckerei angeschlossen war. Sie bestellten alle reichlich Frühstück und sahen sich ein wenig um, während sie auf ihre Bestellung warteten.

„Ich muss sagen, hier ist es ganz anders als in der DDR, von der mir meine Eltern und Großeltern immer erzählt haben. Nachdem sie sich die BRD einverleibt haben, muss es aufwärts gegangen sein. Vielleicht haben sie die Perestroika und Glasnost hier besser durchgezogen als bei uns. Ich sehe jedenfalls gefüllte Brot- und Warenregale und keine langen Warteschlangen vor der Bäckerei." Oliver nickte anerkennend.

„Ja, wie auch immer, trotzdem müssen wir aus dem Land hier raus. Was tun wir denn nun wegen dem Grenzposten?" Sven brachte sie wieder auf den Boden der Tatsachen zurück.

„Wir könnten natürlich noch ein wenig hin und her fahren zwischen Lörrach und Basel. Mit unserer Tageskarte können wir das den ganzen Tag lang machen, ohne dass uns das mehr kostet als ein müdes Lächeln. Dann sehen wir vielleicht, wenn sie abgezogen werden und wir freie Bahn haben", schlug Hannes vor.

„*Falls* sie abgezogen werden", korrigierte Ziska.

Nick meinte altklug: „Die eleganteste Lösung wäre, auf offener Strecke zwischen Riehen und Basel die Notbremse zu ziehen. Bis irgendjemand was spitzkriegt, sind wir schon längst aus dem Zug raus und über alle Berge."

„Oder wir verlassen in Basel am Badischen Bahnhof über die Abstellgleise nach hinten weg das Bahnhofsgelände und kommen so auf Schweizer Boden." Auch Oliver wollte seinen Beitrag zu ihrem Gedankenspiel beitragen.

Rebecca fügte noch hinzu: „Oder wir steigen ganz cool in Riehen aus und machen die Zöllner kalt. Was hältst du davon, Ziska?"

Diese sah sie finster an und konterte mit einer weiteren Option. „Oder du bietest dich ihnen an im Austausch für einen ungestörten Grenzübertritt. Das wär' es dir doch sicher wert, du Blümchenpflückerin, oder?"

„Da lasse ich lieber dir den Vortritt. Ich bekomme zur Zeit genug Sex, vielen Dank der Nachfrage." Womit Rebecca ihre Hand auf Nicks Schulter legte und ein mehrstimmiges Gemurmel durch ihre Gruppe ging. Speziell Tamara musste sich extrem beherrschen, um nicht laut hörbar im Cafe los zu lachen, während Nick derweil hochrot anlief.

„Ja, das war schon damals im Haus selten zu überhören, du Schreihals. Seid ihr immer noch wie die Karnickelchen?" Nun zog jemand am Tisch deutlich hörbar die Luft ein, als Rebecca Anstalten machte, sich zu erheben.

„Leute, bitte, das hilft uns nicht weiter." Sven bemühte sich um Schlichtung und legte eine Hand schwer auf Rebeccas Schulter, um sie freundlich, aber bestimmt wieder niederzudrücken. „Was soll das hier werden? Seid ihr irgendwie alte Todfeindinnen geworden? Davon hast du aber nichts erwähnt, Ziska. Du weißt, dass du so was wie persönliche Differenzen angeben musst vor einer Mission. Alles was das Ziel der Mission kompromittieren kann..."

„Das ist ja das Traurige, Sven: ich habe sie sogar mal als Freundin angesehen. Aber das war, bevor sie so eine fiese Schlampe geworden ist." Ziska erhob sich und starrte Rebecca an. „Ich gehe mir mal den Schmutz von den Händen waschen."

„Du meinst wohl, das Blut", zischte Rebecca ihr hinterher. Ziska hatte es wohl noch gehört, denn sie erstarrte für eine Sekunde, drehte sich aber nicht um, sondern ging dann weiter in Richtung Gästetoilette.

„Ja, wir waren mal so etwas wie Freundinnen, wenn man das von so einer Person überhaupt sagen kann. Aber *das* war, bevor sie Lothars Herz ohne mit der Wimper zu zucken gebrochen hat und zur eiskalten Killerin wurde." Rebecca stützte die Ellenbogen auf und legte ihr Gesicht in beide Hände. „Können wir bitte endlich in dieses beschissene Manchester und in die TransDime Zentrale dort gehen, damit dieser Albtraum hier ein Ende hat?"

Tamara strich ihr mitfühlend über den Rücken. „Du Arme! Seht ihr, wie sie leidet? Kann nicht einer von euch Jungs die gute Ziska bei nächster Gelegenheit mal ordentlich flachlegen, damit sie ein wenig entspannter wird?"

Als sie der Reihe nach Oliver, Thorsten und Hannes grinsend ansah, konnte man förmlich sehen, wie sich deren Nackenhaare sträubten. Sie runzelte die Stirn: „Was habt ihr denn? *Keine* Freiwilligen?"

Nick erklärte schulmeisterlich: „Du vergisst, liebe Tamara, dass die Jungs alle aus dem gleichen Jahrgang sind wie Rebecca und daher auch ein volles Jahr lang in den Genuss einer gemeinsamen Ausbildung mit Ziska kamen. Der eine oder andere von ihnen war folglich auch zusammen mit ihr auf einer Inspektionsreise. Was das heißt, kannst du dir ja denken."

Tamara dachte kurz nach, um nichts Falsches zu sagen. „Aber ich dachte, Ziska und Lothar sind schon sehr früh nach der Einstellung bei TransDime zusammen gekommen. Und hat *sie* nicht mal ein Riesendrama draus gemacht, als er von einer Inspektorin mutwillig verführt worden ist, wie du mir erzählt hast, Beckie? Daher dachte ich, dass die beiden sich so was wie ewige, bedingungslose Treue geschworen hatten."

Rebecca sah in die Gesichter ihrer Jahrgangskollegen und ein bösartiges, vergnügtes Lächeln machte sich auf ihrem Gesicht breit. „Wenn ich mir diese Visagen hier so ansehe, steht allerdings bei einigen das Wort SCHULDIG in Großbuchstaben auf der Stirn. Wer will mit der Beichte anfangen? Hosen runter, Jungs!"

Oliver stammelte: „Das war eine rein körperliche Sache zwischen uns, ehrlich..."

Thorsten sah zu Boden und meinte: „Bei mir hat sie nur eine Nackenmassage gemacht, aber es hat sich angefühlt, als ob einen ein riesiger Adler zu seinen Jungen ins Nest hoch trägt, um einen zu verfüttern."

Hannes schüttelte nur den Kopf: „Ich weiß inzwischen, es war falsch, aber sie hat es wirklich darauf angelegt bei unserer Dienstreise..."

Tamara sah Rebecca staunend an: „Und *sie* nennt *dich* Schlampe? Das ist schon ein starkes Stück."

Sven gebot autoritär: „Ich möchte gerne dieses Thema als erledigt ansehen. Könnt ihr euch bitte für den Rest der Mission beherrschen? Danke."

„Sagte derjenige, der als Einziger noch keinen Kommentar zu dieser Angelegenheit abgegeben hat", bemerkte Rebecca süffisant.

Sven schwieg und schlug die Augen nieder, worauf Tamara losprustete vor Lachen. „Was denn, *du* auch? Meine Güte, da hat aber jemand nichts anbrennen lassen."

„Was willst du denn hören? Dass es mir so gut gefallen hat, dass ich mich noch heute nach ihr verzehre? Da kann ich dich beruhigen, es ist völlig anders gelaufen. Das war ganz am Anfang ihrer Dienstzeit, direkt bevor sie mit Lothar zusammen kam. Und jetzt lass mich in Ruhe!" Für einen Moment entglitt Sven die Rolle des Moderators, was bei Tamara fragend hochgezogene Augenbrauen zur Folge hatte.

Doch dann kehrte Ziska zurück und fand betretenes Schweigen am Tisch vor. Ihrer Miene nach interpretierte sie es zumindest in der Hinsicht richtig, dass in ihrer Abwesenheit über sie geredet worden war. Für den Rest des Aufenthalts im Café war sie dann ruhig und brütete vor sich hin, auch als die anderen bereits wieder angeregt miteinander plauderten.

Als das Frühstück serviert wurde, kehrte geschäftiges Schweigen am Tisch ein.

Während dem Essen wollte Ziska dann noch wissen, wie es denn Tamaras Meinung nach in Basel weitergehen sollte.

Die junge Schweizerin führte kauend aus: „Wenn wir es über die Grenze geschafft haben, können wir entweder in Riehen oder vor dem Badischen Bahnhof das Tram der Linie sechs nehmen. Das fährt direkt in die Innenstadt. In einer der großen Banken tauschen wir den Rest an DDR-Mark in Franken und Französische Francs, um für die weitere Reise Geld zu haben. Vielleicht ergibt sich auch in Basel direkt noch etwas, durch das wir an ein wenig mehr Barschaft kommen."

„Was meinst du damit?", wollte Hannes zweifelnd wissen.

„Kann ich noch nicht genau sagen. Wenn ich es sehe, lasse ich es dich wissen. Jedenfalls können wir anschließend die Tram der Linie..." Sie dachte kurz nach. „...zehn nehmen. Diese fährt ewig weit raus aufs Land, bis nach Rodersdorf, und kreuzt dabei auch die französische Grenze, weil der Grenzverlauf an der Stelle ziemlich verwinkelt ist. Das heißt im Klartext, die Station Leymen liegt in Frankreich, die nächste bis zur Endhaltestelle wieder in der Schweiz. An der französischen Haltestelle können wir aussteigen und sind dann bereits über der Grenze, ganz sang- und klanglos."

„Hm, klingt ganz gut. Linie zehn, Rodersdorf, Leymen... noch nie gehört." Ziska schien sich Stichworte einzuprägen. „Vorausgesetzt, hier hat sich alles genauso entwickelt wie in unserer Filiale. Und danach?"

„Danach könnt ihr euer Hirnschmalz ruhig auch mal anstrengen, ich kann ja nicht alles alleine machen." Tamara grinste ihre Kollegin frech an.

Sie gingen nach dem Essen noch in der Lörracher Innenstadt in eine HO Kaufhalle und deckten sich mit ein paar reisetauglichen Vorräten ein. Da sie nach dem Übergang in die Schweiz nicht wussten, wie viel an harter westlicher Währung sie für ihre DDR-Mark im Wechsel bekommen würden, erschien ihnen das ein vertretbarer Kompromiss.

„Das war mal ein Erlebnis, ein waschechter DDR-Supermarkt", tönte Tamara beim Weg zurück zum Bahnhof. Im geschäftigen Treiben der Innenstadt fielen sie gar nicht weiter auf in ihrer dezenten, zeitgenössischen Kleidung.

„Kaufhalle nennt sich das", belehrte Oliver sie.

„Von mir aus, Mister Vorpommern. So, wie wollen wir jetzt verfahren?" Sie blickte sich gespannt um in der Runde, während sie den Bahnsteig betraten.

„Ich sage, wir wagen es und steigen in Riehen aus." Ziska war offenbar ebenso darauf erpicht wie Rebecca, ihre gemeinsame Mission so schnell wie möglich zu beenden. Sven widersprach: „Nein, lasst uns erst noch mindestens eine Probefahrt unternehmen. Wir bekommen schon noch unsere Chance und wir haben auch keinen direkten Zeitdruck. Darf ich dich daran erinnern, dass gründliche Aufklärung das A und O einer sauber durchgeführten Mission ist?"

„Hör auf Sven, Ziska", gab Rebecca darauf zum Besten. „Das scheint eine Schwäche unter allen Profikillern zu sein, dass sie schlampig aufklären, bevor sie in Aktion treten. Bei Marie war das auch so. Durch diesen Fehler von ihr sind Nick und ich überhaupt erst hier gelandet."

Das stieß Ziska selbstredend sauer auf, dass sie mit ihrer ungeliebten Kollegin Marie verglichen wurde und vor allem dass ihr angelastet wurde, die gleichen Flüchtigkeitsfehler wie diese zu begehen. Um das nicht auf sich sitzen zu lassen, gab sie ihren Widerstand stillschweigend auf. Sven nickte Rebecca anerkennend zu, als ihr altersschwacher Zug in Richtung Basel auch schon einfuhr.

Ihnen fiel auf, dass der Zug jetzt nach dem Ende des morgendlichen Pendlerverkehrs fast leer war. Während sie wieder zwei der Vierersitzgruppen im Abteil belegten, nahm Tamara rasch Sven zur Seite und setzte sich kurz mit ihm in eine angrenzende Sitzgruppe. Umgehend wollte sie leise wissen: „Ihr habt uns noch immer nicht darüber aufgeklärt, ob es eine Art Hierarchie gibt zwischen Ziska und dir. Hast du im Zweifelsfall das Sagen? Seid ihr uns im Notfall vorgesetzt oder habt ihr wirklich nur eine beratende Funktion?"

„Wieso willst du das wissen?" Beim Blick in ihre intelligenten, wachen Augen schien Sven unruhig zu werden.

„Weil ich glaube, dass Ziska wirklich *gefährlich* ist. Nicht nur für Unbeteiligte, die zufällig unseren Weg kreuzen, sondern für uns, für den Erfolg dieses Unternehmens. Ich kenne sie ja praktisch nicht von früher, aber so wie sie sich gibt, wäre es mir wohler, wenn ich wüsste, dass du derjenige bist, der das letzte Wort hat im Notfall. Dir traue ich eher zu, dass du einen kühlen Kopf behältst und uns nicht ins Verderben führst durch irgendwelche unbedachten Handlungen." Die Ernsthaftigkeit, mit der Tamara das vorbrachte, ließ Sven schlucken.

„Zuerst einmal: danke für die Blumen. Ich glaube, ihr habt die Lage bisher sehr gut im Griff und alle Schwierigkeiten gemeistert, die sich uns gestellt haben. Es ist tatsächlich so, dass ihr im Normalfall alle Entscheidungen treffen sollt und wir nur in äußerster Not eingreifen und euch überstimmen sollen, wenn ihr im Begriff seid, eine Riesendummheit zu begehen. Dabei gibt es keine Rangordnung zwischen Ziska und mir." Er musterte sie gespannt bei dieser Erklärung.

Sie erwiderte seinen Blick mit aller Strenge, die sie aufbringen konnte. „Gut, das reicht mir. Danke für die Ehrlichkeit, Sven. Ich bin froh, dass du hier bei uns bist. Du strahlst eine Sicherheit aus, die auf alle eine beruhigende Wirkung hat. Das ist viel wert in dieser verfahrenen Situation, in der sich unsere Gruppe derzeit befindet."

Sie legte ihm in einer Geste der Dankbarkeit eine Hand auf den Unterarm und ging dann rasch zurück zu den anderen. Sven blieb nachdenklich zurück auf dem abseits gelegenen Platz. Diese Tamara hatte etwas an sich... er schüttelte den Kopf und gesellte sich ebenfalls wieder zum Rest der Gruppe, gerade als der Zug losfuhr.

Die anderen berieten inzwischen, ob es nicht geschickter war, später am Tag den Feierabendverkehr auszunutzen, um im Menschengetümmel an den Grenzern vorbei zu kommen.

Schon waren sie wieder in Riehen angelangt, diesmal im ersten Wagen in Fahrtrichtung, womit sie praktisch genau neben dem Grenzerhäuschen zum Stehen kamen. Diesmal stand ein Beamter vor dem kleinen Gebäude, das direkt neben der Unterführung am Anfang des Bahnsteiges stand. Tamara meinte enttäuscht: „Schweizer Grenzer sind das nicht."

Ziska bemerkte sachkundig: „Die Waffe da sieht mir verdächtig nach einer AK-47 Kalaschnikov aus. Offenbar schießen sie hier mit Kanonen auf Spatzen."

Nick entgegnete: „Für uns kann das sogar von Vorteil sein, wenn das tatsächlich

DDR-Grenzsoldaten sein sollten. Die dürfen nicht mehr auf uns schießen, sobald wir auf Schweizer Boden sind, sonst riskieren sie womöglich einen diplomatischen Zwischenfall. Und als Grenzschützer sind sie besonders systemtreu und indoktriniert, weshalb sie Anweisungen auch kompromissloser befolgen. Selbst wenn es ihnen im Abzugsfinger jucken sollte, wird doch der eingebläute Gehorsam stärker sein."

Hannes merkte auf: „Hey, da könntest du recht haben. Aber dennoch müssen wir irgendwie an ihnen vorbei. Es sei denn, wir versuchen doch unser Glück über die Rangiergleise hinter dem Badischen Bahnhof."

Tamara schüttelte mit Bedauern in der Miene den Kopf, als der Zug langsam wieder anfuhr: „Nein, in Basel würden wir bestimmt gesehen und von den Schweizer Behörden verfolgt werden, wenn uns jemand meldet.

Das Ungeschickte hier in Riehen ist das Ausweichgleis dort am Bahnsteig gegenüber. Der Zaun dahinter ist ja nicht viel mehr als ein gut ein Meter hoher Maschendrahtzaun, den könnte man mit einem Standard-Hürdensprung locker überwinden. Aber die Grenzer würden uns auf jeden Fall sehen, wenn wir quer über den Bahnsteig *und* das Gleis laufen und über den Zaun steigen würden. Zu blöd, das wäre eine Aktion von nicht mal zehn Sekunden."

Ziska warf lapidar ein: „Aber im Zweifelsfall reichen die für einen trainierten Schützen, um acht Leute mit einer Salve aus dem Sturmgewehr umzumähen.

Der Schlüssel für uns ist, vom Wächterhäuschen aus nicht gesehen zu werden. Selbst, wenn sie uns nicht mehr abknallen, werden sie den Vorfall doch sofort an die Schweizer melden und dann ist die lokale und kantonale Polizei hinter uns her, mit einer Beschreibung von uns."

Worauf Tamara wiederum bemerkte: „Unterschätzt bloß nicht die Helveten, die sind topfit, wenn es um ihre Sicherheit geht. Die verstehen keinen Spaß und werden so einen unerlaubten Grenzübertritt sicher nicht mit einem müden Achselzucken abtun. Und sämtliche Sicherheitskräfte, egal ob Kantonspolizist oder Zöllner, sind in der Schweiz echte Respektspersonen. Ich schätze mal, in diesem Umfeld ist das sogar noch ausgeprägter als bei uns daheim der Fall. Im Moment ist das ein echtes Dilemma für uns."

So kam es, dass sie leicht frustriert wieder in Basel ankamen und darauf warteten, dass der Zug zurück ins Wiesental fuhr. Rebecca öffnete das Fenster des kleinen Abteils am Zugende, das sie wieder einmal für sich in Beschlag genommen hatten. Trotz der noch kühlen Luft tat die kurze Erfrischung gut.
Ziska überlegte laut: „Meint ihr nicht, dass wir hier nur Zeit verschwenden? Wir könnten es doch auch an einer anderen Stelle versuchen."
„Geduld war noch nie deine Stärke", versetzte Rebecca sofort. Die Blicke, die die beiden danach tauschten, sprachen Bände. Diese zwei würden sich auf ihrer Reise nicht mehr grün werden, soviel stand für Nick fest.
Die Spannung innerhalb der Gruppe war für Nick ein negativer Aspekt, der sie hoffentlich nicht noch in Gefahr brachte. Bei der nächsten Gelegenheit würde er auf Rebecca einwirken müssen, damit das durch ihre ungewohnt bissigen Kommentare gegenüber Ziska nicht noch weiter unnötig eskalieren würde.
Für ihn war das eine neue Erfahrung; so kannte er seine eigentlich sanftmütige und tolerante Freundin gar nicht. Das musste mit Rebeccas ausgeprägtem Gerechtigkeitssinn zu tun haben. Es machte gewiss allen der neuen Assistants in ihrer Gruppe zu schaffen, dass Ziska völlig bedenkenlos mordend durch diese Filiale turnte, als wäre es ein Videospiel und als würde es sich nicht um echte Menschen handeln, die sie bereits bei mehreren Gelegenheiten umgebracht hatte. Doch für Rebecca war das ganz offensichtlich ein unverzeihliches Benehmen.
Nick seufzte und lehnte sich an Rebecca.
Nun war es laut Fahrplan an der Zeit, wieder abzufahren, doch stattdessen ertönte eine blecherne Lautsprecherdurchsage am Bahnsteig: „Achtung Reisende in Richtung Zell im Wiesental, der Nahverkehrszug nach Zell fährt voraussichtlich mit

fünf bis zehn Minuten Verspätung ab. Grund ist Anschlussaufnahme von verspäteten Fernreisenden an Basel Badischer Bahnhof."

Sven meinte schelmisch: „Sieh einer an, auch hier gibt es das."

Tamara erwiderte sein jungenhaftes Grinsen und rechnete schnell im Kopf nach, als ihr etwas in den Sinn zu kommen schien. Dann rief sie unvermutet: „Leute, das ist unsere Chance! Schnell, kommt mit nach vorne! Wir müssen in den vordersten Wagen durchgehen."

„Wieso ist das eine Chance?" Nick folgte ihr wie alle anderen auch, ohne sich sicher zu sein, was sie meinte.

„Normalerweise kreuzen sich die Züge im Taktverkehr in Lörrach. Wenn unser Zug aber soviel Verspätung hat, müssen sie sich in Riehen im Bahnhof kreuzen. Zwischen Basel und Riehen ist die komplette Strecke eingleisig und nach Riehen bis Lörrach-Stetten ebenfalls, falls ihr das vorhin bemerkt habt. Die Züge können sich nirgends sonst ausweichen, deshalb fährt der Gegenzug nach basel für gewöhnlich schon bis Riehen, damit er nicht auch noch mehr Verspätung bekommt. Und wenn wir in Riehen kreuzen..."

Rebeccas Miene erhellte sich: „Haben wir eine Fifty-Fifty-Chance, dass unser Zug aufs Ausweichgleis fahren wird. Dadurch wäre der gesamte Zug zwischen uns und den Grenzern, wenn wir im ersten Wagen sind. Wir könnten dann leicht auf der anderen, vom Bahnsteig abgewandten Seite des Zuges aussteigen und müssten nur noch den Zaun überwinden. Innerhalb von Sekunden wären wir auf Schweizer Boden, im Idealfall sogar unbemerkt."

Oliver bemerkte skeptisch: „Aber wir müssten dann doch auch auf der vom Bahnsteig abgewandten Seite die Türen irgendwie aufbekommen. Wie stellst du dir das vor?"

„Hast du dir diese Waggons mal genauer angesehen?", wollte Hannes wissen und klärte ihn sowie alle anderen auf: „Das sind Uralt-Modelle vom sogenannten Typ 'Silberling', gebaut in den Sechziger bis Achziger Jahren. Sie haben keinerlei Elektronik, die erkennt, auf welcher Seite sich der Bahnsteig befindet. Genauso wenig kann man das vom Lokführerstand aus beeinflussen, dass nur die eine oder andere

Seite sich öffnen lässt. Bei uns hättest du in diesem Fall keine Chance, auf der falschen Seite auszusteigen, aber hier ist das kein Problem, weil alle Türen gleichzeitig per Luftdruck angesteuert werden."

Rebecca sagte staunend: „Da hat wohl jemand zu oft Jim Knopf und Lukas der…"

„Mein Onkel hat vierzig Jahre als Lokführer bei der Bahn gearbeitet, bevor er vor ein paar Jahren pensioniert wurde, okay? Ich bin wahrscheinlich schon öfter in einem Lokführerstand mitgefahren als alle von euch zusammen."

„Das wird niemand hie bestreiten, würde ich sagen." Sven hielt ihrem Bahnexperten die Schiebetür zum nächsten Wagen auf.

Sie marschierten zum vorderen Ende des Zuges durch. Ungeduldig warteten sie die Abfahrt des Zuges ab und atmeten erleichtert auf, als niemand zu ihnen in den vordersten Wagen gestiegen war. Zu ihrem großen Glück stand der Zug mit dem hintersten Wagen neben der Unterführung, die zu den anderen Gleisen im Badischen Bahnhof führte. Alle Fernreisende, die mit dem verspäteten Fernzug in Basel angekommen waren, waren schnell in den nächstbesten Wagen neben der Treppe gehastet, bevor ihnen der Zug vor der Nase wegfahren konnte.

Mit Erleichterung vernahmen sie die Lautsprecherdurchsage: „Bitte Vorsicht am Gleis Neun, der Nahverkehrszug nach Zell im Wiesental fährt ab. Mitteilung an Zugführer: Kreuzung Riehen."

Anerkennend nickte Sven Tamara zu, als der Zug los ruckelte und er das Fenster schloss: „Alle Achtung, du hast Recht gehabt. Jetzt kommt es drauf an."

Der Zug fuhr die ihnen inzwischen bekannte Strecke ab, während bei allen die Spannung stieg. Rebecca wollte wissen: „Wenn der Zug auf der falschen Seite hält, können wir dann nicht trotzdem aussteigen und so tun, als wären wir aus der anderen Richtung gekommen?"

„Das wird nicht klappen. Wenn sie dort Vopos oder Grenzer stationiert haben, wollen die auf jeden Fall unsere Ausweise sehen." Oliver schüttelte den Kopf zum Unterstreichen seiner Einschätzung.

„Und wenn wir zu siebt ganz vorne aussteigen, um sie abzulenken? Ziska könnte ganz hinten warten und versuchen, hinter sie zu kommen, während sie sich fragen, was wir alle dort am entferntesten Winkel des Bahnsteiges machen." Rebeccas Vorschlag war nicht mal provokativ gemeint, verfehlte aber dennoch seine Wirkung nicht.

„Rebecca, ich weiß wirklich nicht, was du von mir denkst. Ich töte nicht zum Spaß oder weil mir das Befriedigung verschafft. Ich bin keine Psychopathin, ich denke nur strikt nach logischen Mustern. Kannst du das bitte endlich mal in deinen Dickschädel hinein bekommen?" Sie starrte ihre ehemalige Mitbewohnerin so intensiv an, dass es sogar Nick unheimlich wurde.

„Ja, schon gut. Es war nur ein Vorschlag. Ich sage am Besten gar nichts mehr." Sie sah zu Boden.

Dann betrat der Schaffner das Abteil.

Alle erstarrten. Noch bevor der Bahnbedienstete etwas sagen konnte, hielt Sven ihm bereits die beiden Gruppenfahrkarten unter die Nase, darauf bedacht, ihn möglichst schnell wieder los zu werden. Ohne große Lust am Dienst kontrollierte er das Datum der Karten und ging dann weiter nach vorne. Er hatte nicht einmal unter seiner beschirmten Mütze hervor gesehen und irgend jemanden von ihnen in Augenschein genommen.

Ziska war unbemerkt hinter ihn getreten, atmete jetzt aber hörbar auf, als der Zug bereits langsamer wurde und die entfernte Abteilungstür zuknallte. Sie sah Rebecca unverwandt an: „Siehst du?"

„Aber du warst bereit dazu, oder?"

„Wir wissen noch nicht einmal, ob wir aufs richtige Gleis einfahren. Ich töte nicht jemanden, bevor ich nicht weiß, ob es Sinn macht oder nicht. Keine Psychopathin, schon vergessen?"

„Du solltest mal versuchen, diese unschuldigen Leute, die nur zur falschen Zeit am falschen Ort sind, überhaupt nicht zu töten. Das ist meistens schwerer als unliebsame Zeugen aus dem Weg zu räumen. Auch wenn sie nicht aus unserer Realität kommen, sind es trotzdem Menschen und auch sie haben ein Recht auf Leben."

Nun schüttelte Ziska bedauernd den Kopf „Ich wollte es nicht sagen, Rebecca, aber du lässt mir keine Wahl.

Du bist schwach. Als ich dich kennenlernte, war das noch erfrischend und sympathisch, aber jetzt ist dir das nur noch im Weg. Wenn wir zurück sind, werde ich empfehlen, dich nicht für den Feldeinsatz freizugeben. Bei der geringsten Schwierigkeit zeigst du übertriebene moralische Bedenken. Damit beweist du mir, dass du nicht das Zeug dazu hast, auf solche Missionen wie diese zu gehen. Hier muss man auch Opfer bringen und schwere Entscheidungen treffen."

„Moment mal, *du* entscheidest, ob ich hart genug für den Feldeinsatz bin? Das ist doch wohl ein Witz." Trotzig reckte sie ihr Kinn vor und sah die einen halben Kopf kleinere Brünette wütend an.

„Doch, so ist es, gemeinsam mit Sven, der ebenfalls eine Bewertung für euch alle abgeben wird. Was dachtest du denn? Und wenn ich bei dir nicht bald sehe, dass du auch einmal etwas total Krasses, Unvorhersehbares, Rücksichtsloses und Kaltherziges tust, wird dies hier deine erste und letzte Mission gewesen sein. Ein bisschen interdimensionaler Orientierungslauf, so nennen wir diese Übung hier nämlich im Agentenjargon, und ab an den Schreibtisch für dich, bis zur Rente. Oder als Assistent für Inspektoren katzbuckeln. Oder Stewardess in einer Dimensionsfähre. Das wird deine Karriere sein, wenn sich nicht schleunigst an deiner Einstellung etwas entscheidend ändert."

Genervt wandte sich Rebecca um und betrat den Türbereich, um dieses Gespräch nicht fortsetzen zu müssen. Nick ging zu ihr und legte ihr eine Hand auf die Schulter. Sie sah auf und versuchte zu lächeln, schaffte es aber nicht.

„Nick, sie ist gefährlich. Das *müsst* ihr doch auch sehen."

„Rebecca, bitte..." Er verstummte, als sie den Kopf schüttelte.

„Nein, das ist einfach nur falsch. Es sind bereits zwei Leute tot, nur wegen dieser *bescheuerten* Feldübung. Fast wären es drei gewesen. Wie viele Menschen will sie denn noch einfach so abmurksen? Und du hast gehört, was sie zu mir gesagt hat. Sie will etwas Rücksichtsloses und Kaltherziges von mir sehen. Da werde ich mir wohl etwas einfallen lassen müssen." Ihr Blick wurde hart.

„Ich bitte dich, mach bloß keine Dummheiten! Wer weiß, was..."

Dann ruckte ihr Waggon leicht zur Seite.

Sie fuhren auf das Ausweichgleis.

Der Gegenzug würde das reguläre Haltegleis benutzen, das sonst alle Züge in beiden Richtungen immer anfuhren.

Sie drängten alle in den Ausstiegsbereich und bereiteten sich mental auf die bevorstehende Aktion vor.

Der Zug fuhr in die Station ein und das Wächterhäuschen mit den Grenzern darin rauschte noch mit hohem Tempo an ihnen vorbei. Der Gegenzug stand bereits auf dem regulären Gleis. Das war einerseits gut, da auf diese Weise niemand sie beobachten konnte, wie es der Fall gewesen wäre, wenn der Gegenzug gerade eingefahren wäre, während sie auf der dem Bahnsteig gegenüber liegenden Seite aus dem Zug springen wollten.

Andererseits hieß das auch, dass ihr Zug dafür kürzer am Bahnsteig verweilen würde, bevor er seine Fahrt wieder fortsetzen würde. Umso schneller musste das hier jetzt über die Bühne gehen.

Nick war einer der ersten beiden. Durch die zweiflügeligen schmalen Falttüren der alten Waggons konnten sie immer paarweise aus dem Zug springen. Ungeduldig beobachtete er die letzten Meter, die der Wagen ausrollte. Der Zugführer musste die Pneumatik aktivieren, um die Türblockierung aufzuheben, erst dann konnten sie loslegen.

Er hörte es zischen und riss genauso schnell wie Sven neben ihm die Tür auf. Dann sprang er synchron mit ihm über den Zaun, der dicht neben dem Waggon entlang verlief. Die Ausstiegshöhe des alten Zuges war so groß, dass sie beide mit einem weiten Satz direkt über den nahen Zaun springen konnten, ohne vorher noch auf den Boden herab steigen zu müssen.

Nick landete mit beiden Beinen auf dem Gehweg jenseits des Zaunes und der frisch geschnittenen Gebüschreihe direkt dahinter. Sofort nach dem Abfedern in den Knien lief er los, um Platz zu machen für die nächsten Beiden. Sven orientierte sich zwischen zwei Wohnhäuser und sprintete auf den Hinterhof zwischen diesen, um möglichst schnell außer Sicht zu gelangen, mit Nick direkt an seinen Fersen.

Hinter ihm kamen Tamara und Oliver auf und folgten ihnen unmittelbar. Er richtete seinen Blick auf die Fahrerkabine des Triebwagens am Zuganfang direkt vor ihnen. Der Lokführer sah zur anderen Seite hinaus, um den Bahnsteig im Blick zu haben, denn er war nicht zu sehen. Besser konnte es eigentlich nicht laufen.

Er war bereits um die Hausecke und damit aus dem potenziellen Blickfeld des Grenzerhäuschens, als nun auch Hannes und Thorsten leichtfüßig über Zaun und Gebüsch sprangen und sich zu ihnen gesellten. Alles war innerhalb von nur wenigen Sekunden abgelaufen. Der Gegenzug fuhr bereits in Richtung Basel ab, da er wohl nur gewartet hatte, bis der verspätete Zug aus Basel aufs Ausweichgleis abbog und ihm so den Weg frei gemacht hatte. Nun hörte er auch die schrille Pfeife des Schaffners, der auf dem Bahnsteig, von ihnen aus nicht zu sehen, stehen musste und die Abfahrt ihres Zuges ankündigte.

In dieser Sekunde machten sich Rebecca und Ziska zum Absprung bereit, am gegenüber liegenden Ende des Ausstiegs Anlauf holend. Rebecca indes wandte sich an Ziska und sagte leise: „Franzi?"

Rebecca wusste, wie allergisch ihre Kollegin auf diese Version ihres Vornamens reagierte. Sofort ruckte deren Kopf herum und sie kam aus dem Tritt, nachdem sie erst einen Schritt des Anlaufes getan hatte. Rebecca warf sich nach vorne und rammte Ziska mit vollem Schwung und all ihrem Gewicht beide gestreckten Arme mit den Handballen voran gegen die Brust. Von der schieren Wucht des völlig unerwarteten Angriffs überwältigt, wurde sie nach hinten gegen die verschlossenen Türen der anderen Seite geworfen. Der Aufprall nahm ihr zusätzlich den letzten Wind aus den Segeln.

Ohne sich nochmals umzudrehen, sprang Rebecca aus dem Zug und über den Zaun. Noch während sie in der Luft war, hörte sie das Zischen der kräftigen Pneumatik, die die Türen zuwarf und mit solch hohem Druck blockierte, dass keine nachträgliche Öffnung mehr möglich war.

Sie joggte mit einem milden, zufriedenen Lächeln um die Hausecke, als der Zug anfuhr und Geschwindigkeit aufnahm. Als die Türen ihres Ausstiegsbereiches an ihnen vorbeiglitten, kam Ziska gerade wieder hoch und starrte ungläubig durch das schmale Fenster ihrer Tür. Dann raste der Zug mit bereits hohem Tempo in Richtung Lörrach zur deutschen Grenze.

Alle starrten sie an, als habe sie den Verstand verloren.

Dann begann Tamara überraschenderweise zu lachen.

Sven ignorierte sie und fragte völlig fassungslos Rebecca: „Was hast du *getan*?"

Während Rebecca schelmisch grinste, antwortete Tamara für sie: „Na, ist doch klar. Etwas total Krasses, Unvorhersehbares, Rücksichtsloses und Kaltherziges. Damit sollte sie die Prüfung bestanden haben."

„Du hast es erfasst, Schwester!" Sie gaben sich ein High-five wie zwei Teenager-Mädchen.

Thorsten meinte: „Hm, unkonventionell. Ich bin mir nicht sicher, wie Ziska das aufnehmen wird."

Rebecca winkte ab. „Ach, die ist tough. Los jetzt, wo ist diese Straßenbahnlinie?"

Sie überquerten einen Bahnübergang und kamen nach mehreren hundert Metern zu einer verkehrsreichen Straße, in deren Mitte eine Haltestelle lag. Kurz danach kam eine grüne Straßenbahn an und sie stiegen ein.

Alle Männer der Gruppe schienen völlig aus dem Konzept gebracht worden zu sein von der ungeheuerlichen Tat Rebeccas, sodass der größte Teil der Fahrt schweigend verlief. Sogar Nick musste das erst einmal verarbeiten. Er hatte ja aus erster Hand miterlebt, wie die zwei sich in kürzester Zeit so extrem angefeindet hatten, doch das hätte er seiner Freundin nicht zugetraut.

Sie bekamen gar nicht richtig mit, wie das Tram die Gemeinde Riehen hinter sich ließ und einen Kilometer über freies Feld fuhr, bis es den Stadtrand von Basel erreichte und darauf nach einer langen Bahnunterführung die Haltestelle des Badischen Bahnhofs. Ein paar Stationen weiter überquerten sie den Rhein auf einer mittelalterlich anmutenden Steinbrücke, von der aus man einen atemberaubenden Ausblick auf die Uferpanoramen der Stadt zu beiden Seiten hatte.

„Das war's, Leute. Den schwierigsten Teil sollten wir damit hinter uns haben. Ab jetzt sind wir auf der 'richtigen' Seite des Rheins."

„Vielleicht für Schweizer", neckte Sven ohne viel Humor in der Stimme. Sogar er war ein wenig moralisch angeschlagen von der überraschenden Entwicklung der Dinge.

< 10 >

Basel, Filiale 127 - Monat 5

Sie kamen ohne Fahrkartenkontrolle bis in die Innenstadt, wo sie wie geplant ihre DDR-Mark in eine beklagenswert niedrige Summe an Schweizer Franken und Französischen Francs umtauschten. Dennoch hatten sie immer noch einen ansehnlichen Betrag beisammen, der ihnen zumindest ein paar Mahlzeiten garantieren würde.

Da das Preisniveau in der Schweiz vergleichsweise hoch war, gaben sie hier nicht allzu viel Geld aus und besorgten sich gleich Fahrkarten für die Straßenbahn, die sie jetzt mit Schweizer Geld lösen konnten.

Während sie vor dem Theater auf die Linie zehn warteten, hatten sie zum ersten Mal etwas Leerlauf seit dem Vorfall beim Grenzübertritt. Nick wandte sich an Rebecca: „Ist mit dir alles in Ordnung?"

„Ja, wieso?" Sie sah ihn an und hob eine Augenbraue. „Oh, bitte, Nick. Müssen wir das jetzt auch noch analysieren? Du hast sie doch selbst gehört. Etwas total Krasses, Unvorhersehbares..."

Er winkte leicht verärgert ab: „Ja, schon gut, Rücksichtsloses und Kaltherziges. Ich bin mir sicher, in ein paar Monaten wird diese Geschichte zusammen mit all den Adjektiven in genau dieser Reihenfolge in irgendeinem TransDime Lehrbuch für Profikiller stehen. Es wird das 'Paulenssen-Manöver' heißen. Zufrieden?"

Während Tamara sich dezent in Hörweite schob, legte Rebecca ihm ihre Überlegungen dar. „Was hätte ich denn tun sollen? Du hast sie doch gehört. Sie denkt völlig logisch, ohne Emotionen und ist zu dem Schluss gekommen, dass mir der Biss fehlt und ich für Feldeinsätze ungeeignet bin. Was lag also näher, als die Profikillerin unseres Extraktionsteams durch so einen Verrat hinter dem Eisernen Vorhang zurück zu lassen?"

Nun gab Tamara doch noch ihren Senf dazu: „Wenn Ziska das fair bewertet, muss sie dir sogar Extrapunkte für schnelle Auffassungsgabe und Problemlösungsfähigkeit geben. Denn von ihrer Präsentation der Aufgabenstellung bis zu deren eleganten Auflösung von dir ist nur eine sehr kurze Zeitspanne verstrichen. Ich hätte es nicht besser machen können."

Nick war völlig außer sich. „Ihr... was... wer *seid* ihr?"

„Tja, manche blühen eben erst unter Druck, sprich unter Feindfeuer, richtig auf und entfalten ihre verborgenen Talente." Rebecca warf ihm frech grinsend einen koketten Augenaufschlag zu.

„Ist euch eigentlich klar, dass Ziska es nicht mehr über die Grenze schaffen könnte?", gab er daraufhin zu bedenken.

Rebecca winkte ab. „Ach, Unsinn. Die ist zäher, als du denkst, auch wenn sie nicht so zäh ist wie ich."

Tamara kicherte, doch Nick ließ sich nicht beirren: „Und wenn sie es doch nicht schaffen sollte?"

„Das ist eine win-win-Situation. Dann bekomme ich jedenfalls keine schlechte Bewertung." Rebecca schüttelte den Kopf. „Wer ist überhaupt auf die Schnapsidee gekommen, jemanden wie Ziska andere Leute bewerten zu lassen?"

„Das ist noch nicht vorbei", mahnte er sie, als die Straßenbahn um die Ecke gefahren kam und vor ihnen hielt.

Sie stiegen ein und verteilten sich im hinteren Ende der Bahn, um während der Fahrt zu entspannen. Hannes wollte wissen: „Wie lange fahren wir eigentlich?"

„Bis zu unserem Halt in Leymen ungefähr eine halbe Stunde." Tamara musste nicht lange nachdenken, hatte sie doch bis vor einem Jahr ihr gesamtes Leben in dieser Region verbracht. Offenbar glich die politisch neutrale Schweiz hier der ihr bekannten Version in höchstem Maße.

„Bis wir dort ankommen, wartet Ziska sicher schon bei der Haltestelle auf uns", gab Rebecca trocken zum Besten.

Oliver entgegnete: „Du scheinst ja sehr zuversichtlich zu sein."

„Wenn sie so fit und ausgebufft ist, wie sie immer tut, dann erwarte ich nichts Geringeres von ihr. Wahrscheinlich liegen dort schon irgendwo ein paar tote französische Zöllner in einem Gebüsch."

Das veranlasste Oliver zur sofortigen Beendigung des Gespräches.

Sie fuhren an einem zoologischen Garten vorbei und passierten dann diverse Vororte südlich der Stadt, während es immer grüner und ländlicher wurde. Einmal fuhren sie direkt an einem hübschen alten Wasserschloss vorbei, dann mischten sich zusehends Kleingärten und Felder zwischen die Vorortsiedlungen. Eine Zeit lang verlief ein kleiner Fluss neben ihnen und verstärkte den ländlichen Eindruck.

Im nächsten Dorf gab es neben Industrie und Einkaufsmärkten auch einen Betriebshof der Straßenbahn, dann befuhren sie endgültig mehr offenes als bebautes Land. Teilweise gab es nur noch eine Haltestelle pro Dorf. Nun dämmerte es allmählich allen in der Gruppe, dass sie es tatsächlich geschafft hatten, aus dem Ostblock heraus zu kommen.

Nach einer ganzen Weile beschrieb die Tram nach dem Ende eines weiteren Dorfes eine S-Kurve. Tamara sagte gleichzeitig: „Bienvenue en France, mes amis."

„Oh, sehr schön. Dann müssen wir jetzt aussteigen?" Sven sah sich um.

„Dort vorne, im nächsten Ort. Das ist Leymen. Hier endet auch mein Beitrag zu unserer Flucht. Ich kenne mich nämlich im französischen Hinterland nicht so gut aus." Bedauernd hob Tamara die Schultern.

Nick meinte sorglos: „Ach, uns wird schon etwas einfallen. Von uns sprechen genug Französisch und irgendwie werden wir von jetzt an auch weiter kommen."

„Wir sind hier wirklich in der tiefsten Pampa, aus französischer Sicht. Wenn wir uns mit öffentlichen Verkehrsmitteln fortbewegen wollen, wird das sehr aufwendig und zeitraubend werden. Irgendeinen Bus in Richtung Altkirch wird es sicher im Ort geben. Das ist der nächstgrößere Ort nordöstlich von hier mit Bahnanschluss. Von dort aus können wir weiter nach Belfort und in dieser Stadt sollte es auch einen TGV-Anschluss geben. Das ist aber wirklich alles, was ich weiß." Tamara sah Sven unsicher an. „Es gibt hier doch sicher auch TGVs, oder?"

Er überlegte kurz: „Klar, die Franzosen haben sich ihr Prestige-Bahnprojekt doch nicht durch so eine Lappalie wie der Eroberung Deutschlands durch den Ostblock versauen lassen. Nur den ICE hat bisher keiner aus der Taufe gehoben, der war noch im Entwicklungsstadium, als die Sowjets zugeschlagen haben. Wahrscheinlich werden wir das auch nicht mehr erleben in dieser Filiale."

Sie stiegen aus und sahen sich kurz um. Die hier eingleisige Strecke wurde wie auch in Riehen nur an der Haltestelle zweigleisig und führte dann wieder ohne Ausweichmöglichkeit weiter zurück auf Schweizer Boden zur Endstation Roderdorf. Es gab hier sogar ein altes Bahnhofsgebäude in Fachwerkbauweise. Die Station lag allerdings am Dorfrand, neben einer grünen Wiese und ein paar Wohnhäusern, hinter denen sanft ansteigende Wiesen, Felder und eine bewaldete Hügelkuppe lagen.

„Mann, das ist mal ländlich." Auch heute war es nicht unbedingt warm, ein stechender Wind wehte durch die Senke, in der das französische Grenzdorf lag. „Das war nicht immer eine Straßenbahnlinie, oder?"

Tamara dachte kurz nach. „Ich glaube, hier fuhr früher eine Schmalspur-Eisenbahn bis nach Basel hinein. Solche gab und gibt es in der Schweiz ein paar. Irgendwann haben sie das alles zusammengeschlossen. Da die Trämli die gleiche Spurweite haben, war das offensichtlich kein großes Problem."

„Keine Ziska weit und breit", stellte Oliver fest.

„Die wird schon noch zu uns aufschließen, so viel Zeit wie wir in Basel verbummelt haben." Rebecca schien immer noch zuversichtlich.

Nick fragte einen Passanten nach der Bushaltestelle und wurde an der nächsten Kreuzung nach rechts und nach zwei Straßen wieder nach rechts verwiesen. Während sie sich auf den Weg machten, überlegte Hannes laut: „Ich bin mir nicht sicher, ob wir den TGV überhaupt nehmen können. Bei uns musst du jedenfalls auf der Fahrt nach London oder von Deutschland nach Paris mit Ausweiskontrolle einchecken. Das kommt für uns nicht in Frage. Und ob das Geld für Fahrkarten für uns alle reicht, wage ich auch zu bezweifeln."

Sie bogen in die angegebene Straße ein und folgten ihrem gewundenen Lauf. Rebecca gab zu bedenken: „Du vergisst, dass hier die Gegebenheiten ein wenig anders sind als bei uns. Hier hat es vielleicht weder den 11. September noch sonst irgendwelche Terroranschläge gegeben, die solche drakonischen Sicherheitsmaßnahmen wie bei uns in Filiale 88 zur Folge gehabt haben. Das müssen wir erst einmal herausfinden.

Außerdem müssen wir sehen, wie weit unser Geld reicht. Wenn wir jetzt erst einmal mit dem Bus fahren und dann mit einem Nahverkehrszug bis Belfort, geht das ganz schön ins Geld."

Thorsten sah sich um. „Ansonsten müssen wir uns eben etwas anderes überlegen. Da vorne ist die Bushaltestelle."

Sie standen nun in der Einbuchtung neben der Hauptverkehrsstraße des Ortes gegenüber eines Hotels und studierten den Fahrplan. Es stellte sich heraus, dass nach Beendigung des Schulverkehrs kein regulärer Bus mehr fuhr und man wohl eine Art Anruf-Sammeltaxi im Voraus bestellen musste. Kopfschüttelnd las Nick die Bedingungen des Transportunternehmens. „Da können wir uns gleich zwei Taxis kommen lassen, das ist auch nicht viel teurer. Leute, unsere Optionen sind echt mager."

„Dann organisieren wir uns eben wieder etwas." Rebecca steckte voller Tatendrang. „Von euch kann keiner zufällig ein Auto aufbrechen oder kurzschließen?"

Hannes informierte sie unwillig: „Wir sind hier nicht in einem amerikanischen Roadmovie. Sogar die französischen Autos haben heutzutage schon elektronische Wegfahrsperren, ganz zu schweigen von Alarmanlagen. Wir werden wohl wieder ins Highjacker-Geschäft einsteigen müssen."

„Hm, ja, sieht ganz so aus. Und wieder brauchen wir ein großes Auto, um alle auf einmal hinein zu bekommen. Der VW-Bus war ja gar nicht schlecht in der Hinsicht." Während Thorsten noch überlegte, bog ein Renault-Van um die Kurve und überfuhr dabei mit dem Hinterrad den Bordstein mit einem hässlichen Knirschen, bevor er leise quietschend vor ihnen zum Stehen kam.

Die Beifahrerscheibe senkte sich und zu aller Verblüffung grinste Ziska sie vom fahrersitz aus an: „Na, ihr Fußgänger?"

Sven rief freudig: „Mensch, was machst du denn hier?"

„Na, ich lese euch Anfänger auf! War mir schon klar, dass ihr euch hier irgendwo herumtreiben musstet, als ihr nicht an der Tramstation wart. Ich wusste ja, wo ich euch suchen musste." Keine Spur von Wut oder Ärger schwang in ihrer Stimme mit, was alle sehr befremdete.

„Ist alles in Ordnung mit dir?", erkundigte sich Thorsten vorsichtig bei ihr.

„Klar! Aber jetzt steigt erst mal alle ein. Es ist leider nur ein Siebensitzer, daher werdet ihr euch irgendwie arrangieren müssen. Ein Renault Grand Espace mit einem dicken großen Dieselmotor, kräftig und sparsam. Gut ausgestattet, sogar mit Automatik." Sie drückte auf einen Knopf, worauf sich die gigantische Heckklappe langsam elektrisch öffnete.

Nick überlegte bereits, wie sie ihr Platzproblem lösen sollten. „Darf ich etwas vorschlagen? Wir verstauen unsere Rucksäcke nicht im Kofferraum, sondern unter den Sitzen und haben so noch einen zusätzlichen Platz hinter der letzten Sitzreihe quer. Wir können uns ja regelmäßig ablösen bei der Belegung dieses Platzes. Was meint ihr?"

„Ist jedenfalls besser als jemandem auf dem Schoß hocken zu müssen oder quer über drei andere drüber zu liegen. Das wären nämlich meine Alternativen gewesen", gestand Tamara.

Thorsten übernahm bereitwillig die erste 'Kofferraum-Schicht'. Auf Knopfdruck senkte sich die Klappe wieder und verschloss sich mit einem sanften Verriegeln. So konnte er auch nicht während der Fahrt hinausfallen.

Oliver öffnete die Fahrertür von außen und bat Ziska: „Darf ich bitten? Ich übernehme."

Sie sah ihn fragend an: „Wieso?"

Er sah sie streng an. „Du weißt schon wieso. Allein beim Umfahren dieser Kurve dort hast du schon den Bordstein mitgenommen. Wir können froh sein, wenn wir nicht jetzt schon einen Reifenschaden haben und irgendwo mit einem schleichenden Plattfuß liegen bleiben."

Rebecca saß links hinter dem Fahrer und fragte sie beim Aussteigen: „Ist wirklich alles in Ordnung?"

Ziska verharrte kurz und meinte dann nichtssagend: „Am Anfang hat es mich natürlich geärgert. Aber nüchtern betrachtet war das ein brillanter Zug von dir. Das wird auf jeden Fall positiv in deine Bewertung einfließen. Wenn du dich allerdings deswegen noch mit mir prügeln willst, können wir das später irgendwann tun."

„Ich traue mich kaum zu fragen, aber was hast du mit dem Fahrer des Autos hier gemacht?"

„Fahrerin. Dasselbe wie mit den beiden Zöllnern in Riehen. Die kannst du dir übrigens auf dein persönliches Konto schreiben, meine liebe Beckie. Wenn ich mit euch gemeinsam aus dem Zug hätte springen können, würden die Beiden noch leben."

Sie grinste Rebecca wölfisch an.

„Das sagst du doch nur, um es mir heimzuzahlen. Du hast sie nicht wirklich getötet."

„Glaubst du, ja? Du kannst ja mal die Nachrichten in den nächsten Tagen verfolgen, ob dort etwas von zwei Zöllnern an der DDR-Grenze steht." Sie stieg nun aus, worauf Rebecca Tamara anstarrte. Die schüttelte nur stumm den Kopf, um ihr zu signalisieren, die Angelegenheit auf sich beruhen zu lassen.

„Die Prügelei wird stattfinden, da kannst du sicher sein." Finster starrte sie Ziska von hinten an, als diese auf dem Beifahrerplatz Platz nahm.

„Am besten stecken wir dich als nächstes in den Kofferraum, damit möglichst viel Abstand zwischen euch beiden ist", schlug Nick mit einem mulmigen Gefühl im Magen vor.

„Oder sie kommt hinten rein und ich fahre mal ein Stück. Ich kann dann allerdings nicht dafür garantieren, das ich nicht aus Versehen die Kofferraumklappe während der Fahrt öffnen werde."

„Meine Güte, bist du finster drauf." Tamara war wirklich befremdet.

Nick beugte sich nach vorne und erkundigte sich: „Wie steht es mit dem Sprit?"

Oliver war noch dabei, sich mit dem Layout des Autos zurecht zu finden. „Er zeigt noch dreiviertel voll an. Hier ist auch ein Bordcomputer mit Reichweitenanzeige. Bei momentanem Verbrauch kommen wir noch sechshundert Kilometer weit. Ich werde mir jetzt noch das Navi ansehen und schauen, ob ich eine Routenbeschreibung zur Kanalküste hinbekomme."

Sven mischte sich nun ausnahmsweise in ihre Angelegenheiten ein: „Sieh zu, dass du eine Route ohne Benutzung der Autobahnen auswählen kannst. Das geht zwar um einiges länger, aber zum einen werden die Autobahnen stärker kontrolliert und zum anderen sind die Mautgebühren in Frankreich recht hoch."

Oliver arbeitete sich durch das Menu. „Okay, wenn ich das eingebe, dann... oha, fast siebenhundert Kilometer, die Strecke sieht aber fast aus wie eine Gerade. Wir werden vielleicht einmal etwas nachtanken müssen. Elf Stunden reine Fahrzeit."

Rebecca wandte ein: „Das ist nicht gesagt. Wenn wir nur Landstraßen fahren, kann es sein, dass unser Verbrauch noch um einiges sinkt und unsere Restreichweite entsprechend steigt. Aber eine größere Rast müssen wir schon mindestens einplanen, oder was meint ihr?"

Als sie sich im Auto umsah, erntete sie fast nur zustimmendes Kopfnicken. Oliver fügte noch hinzu: „Wir können uns ja alle paar Stunden abwechseln oder nach Bedarf, wenn einer am Steuer merkt, dass er müde wird. Sobald wir nachts unterwegs sind, wird die Dauer ohnehin abnehmen, die einer durchgehend am Steuer sitzen kann."

„Ich würde auch sagen, wir wechseln uns lieber zu oft als zu wenig ab. Wozu sind wir sieben erfahrene Langstreckenfahrer?"

„He, was soll das heißen?" Sofort ging Ziska an die Decke, als ihr klar wurde, dass sie in dieser Auflistung Rebeccas nicht enthalten war.

„Soll ich nach unserer Rückkehr den anderen das Video von deiner in Empfangnahme des BMWs am ersten Tag bei TransDime zeigen? Oder ein paar Fotos, wie dein Auto nach einem Jahr ausgesehen hat?" Grinsend genoss Nick seinen kleinen Triumph.

Beleidigt wandte Ziska sich darauf ab: „Schön, wenn ihr so scharf aufs Fahren seid. Ich will euch ja nicht den Spaß verderben."

Ohne weitere Diskussion startete Oliver nun die Menuführung des Navigationssystems und sie fuhren an diesem frühen Nachmittag über mehrere kleinere Landstraßen bis nach Belfort, wo sie auf eine Nationalstraße kamen, welche rings um die südlichsten Ausläufer der Vogesen herum führte. Immer wieder kamen sie durch verwinkelte Ortschaften, doch das Navigationssystem leitete sie zuverlässig auf ihrer Route weiter. Dafür, dass ihr Renault Großraumwagen schon über zehn Jahre alt war, fuhr er ordentlich und komfortabel. Auch sank tatsächlich, wie von Rebecca prophezeiht, der Verbrauch und die Reichweite stieg sogar, obwohl sie schon eine ganze Weile unterwegs gewesen waren.

Nach zwei Stunden Fahrt sagte Oliver im Brustton der Überzeugung: „Wenn ihr in dem gleichen Fahrstil wie ich den Rest der Strecke abspult, brauchen wir gar nicht mehr nachzutanken, Leute."

Sven lobte: „Das hört man gern. Wie seht ihr das, wollen wir den ersten Fahrerwechsel mit einer Rast und einem verfrühten Abendessen verbinden?"

„Von mir aus gerne." Nick hob eine Augenbraue. Für Sven war der Trip wohl schon unter Dach und Fach, da er bereits das Gebaren eines Touristen an den Tag legte. Dabei fuhren sie immer noch in einem gestohlenen Auto ohne Ausweispapiere durch die Gegend. Ganz zu schweigen von den Erklärungsnöten über den Verbleib des Besitzers, in die sie bei einer Kontrolle geraten würden.

Sie erreichten einen kleinen Ort namens Neufchâteau, wo sie nach etwas Suchen am Rande eines Gewerbegebietes ein chinesisches Restaurant fanden. Als sie das Auto auf dem Parkplatz abstellten und sich ins Restaurant begaben, wollte Hannes, an Rebecca und Ziska gewandt, ein wenig verwundert wissen: „Und zwischen euch ist keine dicke Luft mehr?"

„Oh, und wie. Du kannst sie fast mit dem Messer schneiden. Das Miststück hat noch drei Menschen mehr ermordet und will mir zwei davon anlasten." Rebecca sah ihre ehemalige Mitbewohnerin finster an.

„Tja, das war deine Entscheidung in Riehen. Wenn du was dagegen hast, komm nur her."

„Das wäre höchst unprofessionell. In Riehen im Zug habe ich aus logisch nachvollziehbaren Gründen so gehandelt, wie ich es tat. Du selbst hast das anerkannt. Ich würde sagen, wir verschieben jedwede Drohgebärden, bis wir auf englischem Boden sind."

Ziska sah über die Schulter: „Soll mir recht sein. Aber dann kannst du was erleben."

„Du vergisst wohl unsere früheren Trainingsstunden. Ich dachte, du weißt, wann man sich geschlagen geben muss." Nun gab Rebecca sich ganz lässig.

Ziska stieg darauf ein: „Seitdem habe ich ein Jahr an Spezialtraining durchlaufen. Das sollte dir zu denken geben."

„Wieso? Ich habe bessere Instinkte und Reflexe im Nahkampf als du. Das hat sich in der Zwischenzeit wohl kaum geändert. Während du auf einem Sandsack gelegen und Gelatinewürfel erschossen hast, habe ich übrigens ständig mit einem Trainingspartner geübt, der den braunen Gürtel in Karate und einen IQ von 147 hat. Von beidem bist du meilenweit entfernt." Grinsend schritt sie an Ziska vorbei, während diese vor Wut kochte.

„Sie fordert mich heraus. Das wird ihr nicht bekommen, soviel ist sicher."

Hannes schluckte und entfernte sich von den verhinderten Furien.

Tamara flüsterte Nick etwas ins Ohr. Er überholte die Brünette mit den himmelblauen Augen ebenfalls. „Rebecca hat übrigens nicht ganz recht mit ihrer Aussage. Ihr Trainingspartner hat inzwischen den schwarzen Gürtel."

„Dann kann sie dich nicht damit meinen, was diese beiden Dinge angeht."

Nick ignorierte die Beleidigung. „Ich würde mir gut überlegen, ob ich mich wirklich auf eine Konfrontation abseits des Dienstweges mit ihr einlasse. An deiner Stelle würde ich sie lieber in Ruhe lassen. Bei euch beiden prallen Welten aufeinander."

„Behalte deine Ratschläge für dich."

„Wer keine Ratschläge annimmt, bekommt eben Schläge." Damit hielt er Tamara galant die Tür auf und betrat das Restaurant nach ihr, die Tür direkt vor Ziskas Nase zufallen lassend.

Hannes hielt seinerseits ihr die Tür auf. Er sah sie kurz an und fragte zögernd: „Du wirkst angespannt, Ziska. Kann es vielleicht sein, dass du etwas... Entspannung brauchst?"

Sie hielt inne, besah ihn von oben bis unten und meinte dann leidenschaftslos: „Ja, kann durchaus sein. Aber nicht hier und heute."

Er zuckte nur mit den Achseln und betrat als letzter ihrer Gruppe den Chinesen. Dann nicht.

Er hätte sich fürs Team geopfert, dachte er heimlich grinsend.

Saint-Omer, Filiale 127 - Monat 5

Nachdem Rebecca die zweite Etappe bis etwa Reims gefahren war und Hannes sowie Tamara die letzten beiden Nachtetappen hinterm Steuer absolviert hatten, kamen sie mitten in der Nacht durch den kleinen Ort Saint-Omer. Es waren nur noch wenige Kilometer bis Calais und ihr Diesel reichte auf jeden Fall noch aus für den Rest der Strecke.

Tamara fuhr hinter dem Ort von der Straße und hielt ein Stück abseits zwischen zwei kleinen Hainen.

Als alle nach und nach wach geworden waren und merkten, dass sie nicht mehr fuhren, verkündete Tamara: „Ich wollte mit euch über unser weiteres Vorgehen sprechen, bevor wir nach Calais fahren. Falls wir überhaupt nach Calais wollen."

Müde entgegnete Hannes, sich die Augen reibend: „Was meinst du damit? Ich dachte, wir müssen nach Calais, wenn wir nach Großbritannien wollen. Dort ist der Tunneleingang und die Fähren fahren auch von dort."

„Das mag alles stimmen, aber ihr müsst doch alle zugeben, dass wir die Sache bisher nicht vollständig durchdacht haben. Wir müssen mehrere Dutzend Kilometer einer Meeresstraße entweder über- oder unterqueren, um auf die Insel rüber zu kommen. Wir haben zwar noch Geld, aber ohne Ausweispapiere kommen wir weder in den Eurostar-Zug noch auf eine Fähre. Auch nicht, wenn wir als Gruppe in einem Auto fahren."

Nick war nach dieser Aussage bereits wieder hellwach. „Sie hat recht. Leute, das könnte sogar der schwierigste Teil unserer Reise werden."

Hannes knipste die Innenbeleuchtung aus und öffnete die hintere Tür. Ziska herrschte ihn an: „Wo willst du denn jetzt hin? Wir besprechen hier gerade etwas."

„Wo werde ich wohl hin wollen kurz nach dem Aufwachen im Morgengrauen? Dreimal darfst du raten."

Ziska holte seufzend Luft. „Das ist nicht dein Ernst!"

„Willst du mir zur Hand gehen? Mein Arzt hat mir untersagt, schwer zu heben."

„Woher hast du diese dämlichen Sprüche nur immer?"

„Diesen speziellen von einem Herren namens Lothar Kranach." Nach diesem ironischen Kommentar von ihm hörte man, wie seine Schritte sich in der Dunkelheit vom Wagen entfernten. In diesem Moment war Ziskas Anspannung im Wagen beinahe mit Händen greifbar.

„Noch jemand? Nein? Können wir dann weiter machen?" Offenbar ging ihr nach dieser Episode jedes weitere Verständnis für die Bedürfnisse ihrer Kollegen ab.

Thorsten meinte: „Was haben wir denn noch für Möglichkeiten, wenn wir keine Fähre und keinen Zug nehmen können? Sollen wir versuchen, uns auf eine Fähre zu schleichen?"

„Nein, das wird streng kontrolliert, weil viele illegale Einwanderer das in Calais versuchen. Sie verstecken sich in oder unter Lastwagen, die auf die Fähren fahren oder auf die Züge verladen werden." Jedenfalls ist das bei uns so." Rebecca schien diese Option ausschließen zu wollen.

Oliver meinte vorsichtig: „Und wenn wir versuchen, einen LKW-Fahrer zu bestechen, damit er uns mit seiner Ladung mitfahren lässt? Die werden doch sicher nicht so wahnsinnig viel verdienen, dass das für keinen von denen eine Versuchung darstellt."

„Eine nette Idee, aber auch ein Risiko. Wenn es nicht klappt und er uns beim Zoll verpfeift, werden wir vielleicht gefasst oder falls wir uns dieser Lage entziehen können, im ungünstigsten Fall mit Personenbeschreibungen gesucht." Tamara überlegte weiter. „Das gleiche gilt wohl für einen Bestechungsversuch beim Ladepersonal einer Fähre."

„Und wenn eine von euch einem Lademeister ein amouröses Abenteuer anbietet im Austausch für eine Passage? Kommt so etwas für eine von euch in Frage?" Thorstens Gesicht war im Halbdunkel nicht deutlich erkennbar, aber seinem Tonfall nach meinte er das ernst.

„Wir sollen unsere körperlichen Reize einsetzen, um uns für euch einen Vorteil zu verschaffen? Sehe ich aus wie Mata Hari?" Rebecca fixierte ihren Kollegen ungnädig mit einem ablehnenden Blick.

Ziska fragte mit beißendem Tonfall zurück: „Und wenn einer von euch Männern einer Lademeisterin ein amouröses Abenteuer anbietet? Oder funktioniert das nur in einer Richtung?"

Hannes war gerade erst zurück, hatte die letzten Sätze aber noch mit bekommen. „Ich mach's. Ich opfere mich für das Team. Das hatte ich bereits gestern vor."

„Wir wollen doch bitte alle ernst bleiben. Es ist zwar weder ausgeschlossen noch verpönt von TransDime, dass man im Feldeinsatz unter erschwerten Bedingungen alle Möglichkeiten ausschöpft, um sich einen Vorteil zu verschaffen, aber zwingend verlangt wird das keinesfalls. Somit ist das jedermanns und jederfraus freie Entscheidung." Es klang, als würde Ziska einen Text aus einem Handbuch für Feldoperationen vorlesen.

Sven schaltete sich in die Diskussion ein. „Haben wir noch andere Optionen?"

„Hat jemand von euch einen Flugschein oder eine Erlaubnis zum Führen eines Bootes? Oder traut sich jemand zu, ein Flugzeug oder Schiff zu bedienen, um nach England rüber zu kommen?" Gespannt sah Rebecca in die Runde, doch niemand meldete sich.

„Wir sollten vielleicht in Betracht ziehen, etwas Kleineres und Unauffälliges als Transportmittel zu wählen. Es gibt hier schließlich mehrere Häfen entlang der Küste, wovon Calais sicher der am dichtesten befahrene ist, was den direkten Schiffsverkehr von und nach England angeht. Aber in einem der anderen Häfen könnten wir doch fündig werden, meint ihr nicht auch?" Tamara gab noch nicht so leicht auf.

Thorsten meinte: „Dünkirchen ist nicht weit von hier entfernt. Der Hafen dort ist mindestens so groß wie der von Calais und dort müssten etliche kleinere Boote liegen, die seetauglich genug sind, um eine Überfahrt nach England zu meistern. Wir müssen nur eines finden, das uns alle trägt und jemanden, der uns über den Ärmelkanal fährt."

„Ja, einer der am dichtesten befahrenen Seefahrtswege der Erde. Das sollte wohl besser tagsüber vonstatten gehen. Oder tagsüber beginnen und unsere Landung dann bei Dunkelheit stattfinden." Rebecca überlegte angestrengt.

„Meint ihr, wir können einen Schmuggler oder windigen Bootsbesitzer finden, der uns über den Kanal fährt?" Tamara fügte schmunzelnd hinzu: „Oder ihn becircen, damit er eine von uns auf sein Boot mitnimmt und ihn dort in unsere Gewalt bringen?"

„Das läge für mich noch im Bereich des moralisch vertretbaren", gestand Rebecca ihnen zu. Nick glaubte, er habe sich verhört. Ziska indes nickte zufrieden.

„Würde ich auch machen, wenn wir sonst nichts finden. Ist aber immer noch ein Risiko", gab Tamara zu bedenken.

Thorsten flachste: „Und wenn es eine Bootsbesitzer*in* ist, werde ich in den sauren Apfel beißen. Dann ist es beschlossen, dass wir nach Dünkirchen fahren und uns dort umsehen?"

„Ja, von mir aus." Auch Nick stimmte widerwillig zu. „Vielleicht kommt es ja gar nicht dazu. Auch wenn zur Zeit keine Touristensaison ist, könnte doch auch ein Ausflugsboot für uns abfallen."

Tamara schnalzte mit der Zunge. „Das wäre sogar ideal für uns. Wir werden es morgen ja zu sehen bekommen. Aber erst machen wir alle noch ein Nickerchen bis zum Tagesanbruch, damit wir alle fit genug sind, wenn es ernst wird. Ziska, legst du dich quer in den Kofferraum? Du bist die Kleinste von uns."

Die Angesprochene protestierte: „Was, wegen der paar Zentimeter soll ich ins Heck wandern?"

Tamara führte ihre Überlegungen weiter aus. „Ihr seid doch nur Beobachter, wie Sven und du stets betont. Wir werden morgen ein hartes Stück Arbeit vor uns haben. Außerdem habe ich nicht gehört, dass du dich dafür angeboten hast, uns mit deinen Reizen auszuhelfen, falls das nötig werden sollte."

Von vorne erklang Rebeccas Stimme: „Weil sie gar nicht weiß, wie das geht. Jemanden becircen, meine ich."

„Verstehe ich das richtig, dass du gerade mit deinen Anmach- und Verführungsqualitäten herum protzt?", gab Ziska darauf hämisch zurück.

„Ich habe wenigstens welche. Du kriegst doch höchstens einen stinkbesoffenen, hässlichen alten Fischer 'rum."

„Meine Damen, bitte! Könnt ihr das wohl lassen und eure persönlichen Differenzen nach Abschluss der Mission austragen? Ihr könnt euch nicht leiden, das haben wir jetzt alle begriffen, auch ohne einen IQ von 150. Gute Nacht und versucht jetzt noch ein wenig zu ruhen. Kalt wird es mit acht Leuten in diesem kleinen Innenraum wenigstens nicht werden." Sven schien allmählich genervt davon zu sein, ständig zwischen die beiden Furien gehen zu müssen.

Dann wurde es ruhig im Wagen, als alle noch ein wenig dösten, bis es an die entscheidenden Etappe, die Überquerung des Ärmelkanals ging. Nach ein paar Minuten beugte sich Rebecca zu Tamara hinüber und flüsterte leise: „Denkst du, ich übertreibe wirklich, was Ziska angeht?"

Ebenso unhörbar für die anderen gab diese zurück: „Du gehst sie schon sehr ruppig an, um es mal noch nett auszudrücken."

„Was denkst du denn von ihr? Inzwischen hattest du ja etwas Zeit, um dir ein Urteil zu bilden."

Tamara wisperte: „Ich halte sie auch für gefährlich. Sie ist kein völlig herzloser Mensch, schließlich war ihre Beziehung zu Lothar ja recht intensiv. Aber es kann eben doch sein, dass sie sich seit ihrer Zeit in eurer WG verändert hat. Vielleicht ist sie so gefährlich, wie du annimmst. Ich weiß es einfach nicht, sie ist schwer einzuschätzen."

„Okay, hoffen wir das Beste." Nicht ganz zufrieden wandte sich Rebecca ab und gönnte sich wie alle im Wagen noch ein wenig Ruhe.

Dunquerque, Filiale 127 - Monat 5

Sie kamen nach einer kurzen Fahrt in Dünkirchen an und fragten sich durch zur Touristeninfo. Weil das Gebäude noch geschlossen war, suchten sie sich eine Boulangerie und aßen dort etwas zu Morgen.

Danach hatte Tamara einen unorthodoxen Einfall. „Leute, wir sind jetzt seit fast zwei Tagen am Stück unterwegs. Es sind noch fast zwei Stunden, bis diese vermaledeite Touristeninformation öffnet. Und wenn wir so zerzaust, muffig und mit schlechtem Atem unsere Rolle als Touristen oder, möge der Herr es verhüten, als Verführerin vom Dienst überzeugend spielen wollen, sollten wir doch *etwas* präsentabler aussehen."

„Ja, eine Dusche und Haarwäsche könnte ich jetzt auch vertragen. Aber was hast du vor?" Ziska wurde neugierig.

„Wir sehen uns das Hotel nebenan mal kurz an und finden raus, ob es nicht eine Möglichkeit gibt, unauffällig in eines der Zimmer zu gelangen. Wir benutzen alle das Bad, ziehen uns um und sind dann frisch und sauber, wenn die Touristinfo öffnet und wir uns über unsere Möglichkeiten informieren können. Die Zimmermiete sparen wir uns." Die junge Schweizerin war sehr zuversichtlich, dass dieses Vorhaben gelingen könnte.

„Ist da nicht auch ein relativ großes Risiko dabei, nur um mal kurz unter die Dusche zu steigen und die Zähne zu putzen?" Oliver war sich ihrer Sache nicht so sicher.

„Du kannst ja hier beim Auto warten, du Ferkel, während wir uns fein sauber herausputzen. Wenn wir wie eine Gruppe müffelnder Landstreicher aussehen, ziehen wir nur unerwünschte Aufmerksamkeit auf uns. Ich wäre übrigens dafür, das Auto hier zurück zu lassen und unsere Wege in der Stadt zu Fuß zurück zu legen, sofern die Distanzen das erlauben. Oder was meint ihr?" Rebecca sah in die Runde.

Hannes stimmte ein: „Wir können es zumindest versuchen."

Sven enthielt sich wie meistens eines Kommentars. Offenbar nahm er seine Hintergrundrolle sehr ernst.

Tamara erhob sich und sagte völlig unbekümmert: „Gut, dann bis gleich. Ihr könnt ja schon mal bezahlen, während ich mich um das Zimmer kümmere."

Nick sah staunend von seinem halb beschmierten Croissant auf. „Du... du willst alleine gehen?"

„Ich bin der Scout", bekräftigte sie. „Oder willst du vielleicht zu acht in den Hotelgängen herum stapfen und nach freien Zimmern suchen? Keine Sorge, ich kann das."

Sie verließ das Lokal und verschwand um die Ecke. Ziska meinte mit einem hoch gezogenen Mundwinkel: „Na, da bin ich ja mal gespannt."

„Wenn einer von uns das hin bekommt, dann ist es Tamara. Sie könnte die große Miss Undercover von TransDime werden, wenn du mich fragst. Sie ist sehr gewitzt und clever, dabei sieht sie so harmlos aus, dass du nie erraten würdest, was sie drauf hat." Nick sang wahre Loblieder auf sie und sah dann Rebeccas Miene, worauf er sich zu einer Zusatzbemerkung genötigt sah. „Verratet ihr bitte nicht, dass ich das gesagt habe, sonst wird sie noch übermütig."

Rebecca schüttelte den Kopf. „Das ist es nicht. Ich wäre gerne mitgegangen und hätte sie in Aktion sehen wollen. Das wäre sicher filmreif gewesen."

Nun musste er auch ungewollt schmunzeln.

Keine zehn Minuten darauf kam sie bereits zurück, kaum dass sie ihre Rechnung beglichen hatten. Freudig grinsend wedelte sie mit einem Zimmerschlüssel in Scheckkartenform vor ihren Nasen herum. „Los, beeilt euch!"

„Das ist absolut rekordverdächtig", bemerkte Sven beeindruckt und kratzte sich eine Spur ratlos in seinen braunen Haaren.

„Tja, unterschätze nie den Charme einer Frau." Sie wandte sich wieder um und führte sie ein Haus weiter.

Sie stiefelten in das moderne, aber günstig wirkende Stadthotel und gingen an der Rezeption vorbei, als gehörten sie hierher. Da das Haus recht groß war, konnten sie davon ausgehen, dass nicht jeder Portier jeden Gast vom Sehen her kennen konnte. So holten sie unbehelligt den Lift und fuhren ins zweite Obergeschoss.

„Müssen wir im Vorfeld etwas Bestimmtes wissen zu der Angelegenheit?", erkundigte Sven sich überraschenderweise.

„Nun, ich konnte kein Zimmermädchen finden, da es dafür noch zu früh ist. Ein freies Zimmer auszumachen war auch nicht so einfach, deshalb habe ich mir in der Gästetoilette im Erdgeschoss die Haare etwas feucht gemacht und an eine der Türen geklopft, an der ein Bitte-Nicht-Stören-Schild hing.

Als ein junger Mann öffnete, sagte ich, mein Fön sei kaputt und ob ich mir seinen ausleihen könne. Beiläufig fragte ich besorgt, ob ich nicht auch noch seine Frau oder Freundin geweckt hätte durch mein Klopfen. Er erwiderte, die sei gerade im Bad und ich müsse noch etwas warten, bis ich ihren Fön haben könne. Das habe ich dankend abgelehnt, da ich es eilig haben würde.

Im zweiten Zimmer war eine ältere englische Dame, die alleine reist. Ich habe sie während der Freiheitsberaubung mit allem gebührenden Respekt behandelt und ihr erklärt, ich würde gleich wieder kommen und alles, was wir wollten, wäre ihr Bad zu benutzen. Sie würde zu keinem Schaden kommen und wenn sie sich ruhig verhalten würde, käme sie ein Weilchen später frei, sobald das Zimmerpersonal sie finden würde. So, da ist es."

Sie hielt vor einem Zimmereingang mit dem vorgehängten Schild, das an mehreren Türen des langen, schlecht beleuchteten Flures hing und Ruhe für die Insassen des Raumes ausgebot. Sobald sie in das recht kleine Zimmer eingetreten waren, hörten sie gedämpfte Laute, die von einer sehr aufgeregten Person stammten.

Sven pfiff beim Anblick der Szene vor ihm anerkennend durch die Zähne: „Alle Achtung, das hätte ich dir gar nicht zugetraut."

Eine ältere Dame im rosaroten Nachthemd und mit grauen Locken saß, mit mehreren Nylon-Strumpfhosen an den Knöcheln und Handgelenken an einen Stuhl gefesselt und mit geknebeltem Mund, mit dem Gesicht zu den schweren, vorgezogenen Vorhängen hin ausgerichtet. Sie sah aus dem Augenwinkel, dass eine ganze Reihe Leute ins Zimmer strömten und wurde noch hysterischer.

Tamara wies auf die Tür zum Bad und sagte auf Englisch, damit ihre unfreiwillige Gastgeberin sie auch verstehen konnte. „Los, macht schnell. Wir wollen die arme Frau nicht länger als unbedingt nötig belästigen. Die anderen verhalten sich bitte ruhig, keine unnötigen Gespräche und vor allem keine Namen. Und bitte, wenn etwas gesagt werden muss, auf Englisch. Wir wollen nicht noch unhöflicher sein, als es ohnehin schon sein muss."

Als sie hinter sie trat, begann die Frau hektisch an ihren Fesseln zu zerren, als ob das jetzt mehr Sinn machen würde als in den wenigen Minuten zuvor, die sie seit ihrer Festsetzung alleine im Raum gewesen war. Mit beruhigender Stimme redete Tamara nun auf sie ein, ihr eine Hand auf die Schulter legend: „Ich möchte Sie hiermit nochmals um Verzeihung bitten, Mrs. Clearcastle. Es ist wirklich reiner Zufall, dass ich Ihre Zimmertür erwischt habe. Es hätte durchaus auch jede andere Person in diesem Hotel treffen können. Ich möchte, dass Sie sich dieser Tatsache bewusst sind.

Sie sind nur ein zufälliges Opfer von sehr widrigen Umständen. Wir haben nichts gegen Sie persönlich und wir wollen Ihnen auch keinerlei Schaden zufügen. Wir benötigen einfach nur einen Ort, an dem wir alle nacheinander das Badezimmer benutzen können. Es ist mir wichtig, dass Sie das verstehen. Bitte nicken Sie, wenn Sie das verstanden haben."

Sven nickte anerkennend und reckte einen Daumen in Ziskas Richtung hoch, während Rebecca bereits im Bad verschwunden war und das Wasser zu rauschen begann. Tatsächlich schien sich Mrs. Clearcastle zu beruhigen und nickte schwach.

„Mir ist bewusst, dass dies eine schlimme Verletzung Ihrer Privatsphäre und Ihrer Freiheitsrechte ist. Wenn die Zeit und die Umstände es erlaubt hätten, wären wir bestimmt anders vorgegangen. Wir werden Sie nicht verletzen und Sie auch nicht berauben, denn wie gesagt haben wir daran kein Interesse.

Wenn Sie sich vernünftig verhalten und mir Ihr Wort geben, dass Sie nicht schreien werden, werde ich Ihnen den Knebel abnehmen. Sollten Sie doch schreien, werde ich Sie bewusstlos schlagen müssen. Ich will das nicht, denn es ist immer ein hohes Risiko von schweren Verletzungen dabei, wenn man jemandem Ihres Alters mit roher Gewalt das Bewusstsein raubt. Aber wenn Sie sich unvernünftig verhalten und schreien, werde ich es tun, ohne zu zögern. Ich werde es hassen, das tun zu müssen, aber ich werde es tun, um Sie davon abzuhalten, Aufmerksamkeit auf uns zu ziehen. Haben Sie das verstanden? Dann nicken Sie bitte.

Gut.

Es atmet sich doch sicher viel besser ohne so einen lästigen Knebel, könnte ich mir vorstellen. Soll ich Ihnen den Knebel abnehmen? Wenn ich Ihr Wort habe, dass Sie nicht schreien werden, nicken Sie bitte erneut."

Mucksmäuschenstill nickte die alte Dame erneut.

Ohne ein weiteres Wort lockerte Tamara den Knoten im Nacken und schob den

Knebel von ihrem Mund hinab. Mit heiserer Stimme und verwundertem Tonfall sagte Mrs. Clearcastle: „Kindchen, Sie sind die höflichste und fürsorglichste Kidnapperin, von der ich je gehört habe."

Inzwischen war Rebecca von ihrer Katzenwäsche bereits zurück und frottierte sich das angefönte Haar noch mit ihrem mitgebrachten Handtuch. Sofort schlüpfte Ziska ungefragt ins frei gewordene Bad.

„Sie müssen mir wirklich glauben, wenn ich Ihnen sage, dass das normalerweise nicht unsere Art ist. So wie ich tun auch meine Kollegen nur das, was nötig ist, damit wir zum Erfolg kommen. Wie Sie bemerkt haben, habe ich Sie auch vorhin bei meinem Auftreten nicht geschlagen und auch nicht gröber behandelt, als es unbedingt nötig war. Ich habe es vorgezogen, Sie mit einigen gezielten Aktionen ins Zimmer zu dirigieren und Ihnen dabei den Mund zuzuhalten, bis ich den Knebel parat hatte. Es gibt gewisse fernöstliche Techniken, die bestimmte Druckpunkte am Körper des Gegners stimulieren, um gezielt Schmerz auszulösen, aber keinen weiteren Schaden anrichten. Dieser Techniken habe ich mich bedient." Sie nickte Rebecca zu, schwach lächelnd.

„Dann sind Sie also DDR-Agenten, die irgendeine Gaunerei hier in Dünkirchen vorhaben. Ich habe Ihren Kumpanen doch etwas auf Deutsch sagen hören. Sie werden mich sicher später töten, egal was Sie mir jetzt erzählen." Traurig senkte sie ihren Kopf in Erwartung des Unvermeidlichen.

Wütend fixierte Tamara daraufhin Sven, der sie beim Hereinkommen hier im Zimmer tatsächlich auf Deutsch angeredet hatte. Als auch ihm das bewusst wurde, wurde er blass vor Schreck.

„Ich kann nur immer wiederholen, dass Ihnen nichts geschehen wird, wenn Sie sich ruhig verhalten. Die einzige Person, die Ihnen vermutlich etwas Schlimmes antun würde, falls Sie eine Dummheit machen würden, ist gerade im Badezimmer. Sie schreckt nicht vor Kollateralschäden zurück. Aber außer von dieser Person haben Sie von niemandem hier etwas Böses zu erwarten."

„Ihr Englisch klingt seltsam, leicht amerikanisch. Sie sind jedenfalls keine Britin, das steht schon einmal fest."

„Das stimmt. Aber mehr müssen Sie auch nicht über mich wissen. Am Besten verhalten Sie sich ruhig und drehen sich auch nicht um. Meine Begleiter schätzen es gar nicht, wenn jemand sie zu einem späteren Zeitpunkt beschreiben kann. Mich haben Sie ja gesehen, das lässt sich aber nicht mehr ändern und damit werde ich leben müssen."

Nach und nach gingen alle ins Bad und richteten sich wieder präsentabel her, während im Zimmer kein Ton gesagt wurde. Nur ab und zu wechselte Tamara mit ihrer unglücklichen Geisel ein paar beschwichtigende Worte.

Ganz am Ende sagte Tamara: „So, nun bin ich an der Reihe. Ich überlasse Sie nun den fähigen Händen meiner Kollegin."

Rebecca trat nun hinter Mrs. Clearcastle und begann mit leiser, sanfter Stimme zu reden. „Hallo. Sie sehen, bisher ist alles gut gegangen. Wir haben es schon bald überstanden. Ich möchte gerne, dass Sie sich später einfach nur an den wunderlichen Zwischenfall erinnern können, bei dem Sie an einen Stuhl gefesselt wurden und ein Haufen Leute Ihr Bad benutzt haben. Sie haben nie heraus gefunden, warum wir das getan haben und wer wir waren. Sie glauben zwar, einen von uns etwas auf Deutsch sagen gehört zu haben und nehmen deshalb an, dass wir DDR-Agenten gewesen sind, aber einen Beweis dafür haben Sie nie erhalten. Das gibt doch eine wunderbare Geschichte ab. Wem passiert so etwas schon?"

Die alte Dame lachte tatsächlich leise vor sich hin: „Das ist wahr, es gibt eine fulminante Geschichte ab beim nächsten Fünf-Uhr-Tee mit meinen Freundinnen daheim."

Während Ziska einfach nur Bauklötze staunte und Sven begeistert zustimmende Weiter-So-Gesten machte, sammelte Rebecca sich und fuhr fort. „Und mir würde es auch sehr gefallen, wenn Sie dann noch erzählen könnten, dass diese seltsamen Leute Sie danach einfach in diesem Zimmer zurückgelassen haben, zwar gefesselt und geknebelt, aber körperlich unversehrt und ohne Ihnen auch nur einen Penny geraubt zu haben.

Dann wird das Zimmermädchen Sie gefunden haben, als sie gekommen ist, um das Bett zu machen. Sie wird Hilfe geholt haben und vielleicht würden Sie sogar ärztlich untersucht worden sein, doch man wird keine schwerwiegenden Gesundheitsschäden bei Ihnen festgestellt haben. Weil Sie sich vernünftig verhalten haben und eingesehen haben, dass nichts Schlimmes geschehen wird, wenn Sie diese verrückte Bande junger Leute einfach bei sich duschen lassen."

„Ja, Sie sind eine verrückte Bande junger Leute, das ist wahr. Ich weiß, ich sollte das nicht sagen, aber ich meine das nicht böse. Sie klingen nicht wie ein Mensch, der anderen etwas Schlimmes antun will." Mrs. Clearcastle schien sich nach Rebeccas Rede nun doch noch darauf einzustellen, dass sie unbeschadet aus der Sache heraus kommen konnte und wurde etwas lockerer.

„Ja, es ist unter anderem meine Aufgabe, andere Menschen davon abzuhalten, Böses zu tun. Nicht jeder schätzt den Wert eines Menschenlebens so hoch ein, wie er es sollte." Damit drehte sie sich um und starrte Ziska an.

In diesem Moment sahen alle die Blicke, die die beiden Frauen sich zuwarfen. Nick musste hart schlucken. Das verhieß nichts Gutes. Ihm fiel siedend heiß ein, dass er vergessen hatte, Rebecca seine Moralpredigt zu halten, dass sie damit aufhören sollte, Ziska bei jeder sich bietenden Gelegenheit immer weiter zu reizen.

Tamara kam aus dem Bad, kurz nachdem das leise Surren des Föns verklungen war. Zum Glück hatte sie nichts von dem kleinen Show-Down mitbekommen, sonst würde sie sich nur noch größere Sorgen machen.

„Ich hoffe, Sie haben Verständnis dafür, dass ich Ihnen den Knebel wieder anlegen muss. Und ich hoffe für Sie, dass Sie recht schnell gefunden werden und es nicht zu unbequem haben. Möchten Sie noch einen Schluck Wasser, bevor wir Sie sich selbst überlassen?"

„Das wäre sehr nett. Ich trinke ohnehin zu wenig, sagt mein Arzt ständig." Kaum hatte sie das gesagt, hatte Rebecca auch schon das Glas im Bad mit etwas Leitungswasser gefüllt und reichte es Tamara. Sie hielt es der alten Frau an die Lippen und ließ sie vorsichtig schluckweise trinken. Ziska verdrehte die Augen in gespielter Dramatik, worauf sie alle anderen wütend anstarrten.

Als sie ausgetrunken hatte und Tamara sich daran machte, ihr den Knebel wieder vor den Mund zu schieben, sagte Mrs. Clearcastle noch lächelnd: „Wissen Sie, ich möchte Ihnen gerne sagen, dass ich Ihnen verzeihe. Sie wollten wirklich nichts Böses und ich scheine einfach Pech gehabt zu haben, ganz so wie Sie gesagt haben. Meine Fähre nach Dover ist auch schon lange weg, aber ich nehme einmal an, aufgrund der Umstände werde ich kostenlosen Ersatz für mein Ticket vom Hotel erhalten."

„Ich wünsche Ihnen alles Gute und entschuldige mich nochmals für die Umstände, die wir Ihnen gemacht haben." Mit diesen Worten befestigte Tamara den Knebel und dann spähten sie kurz auf den Flur hinaus, der glücklicherweise gerade menschenleer war.

In kurzen Abständen verließen sie immer zu zweit den Raum und das Hotel. Tamara scheuchte Ziska mit bösen Blicken und ausschweifenden Gesten gleich als zweite hinaus. Sie traute ihr inzwischen ebenso wenig über den Weg wie Rebecca. Wer konnte schon wissen, ob Ziska nicht auf dumme Gedanken gekommen wäre, wenn sie sie mit der alten, wehrlosen Frau als letzte im Zimmer allein gelassen hätten. Rebecca wäre jedenfalls jede Wette eingegangen, dass das kein gutes Ende genommen hätte.

Rebecca sowie Nick zogen als letzte die Tür ins Schloss, das Bitte-Nicht-Stören-Schild an der Tür hängen lassend. Da die Dame laut eigener Aussage heute ohnehin abgereist wäre, würden die Zimmermädchen spätestens zur Mittagszeit, wenn der Check-out nicht erfolgt wäre, im Zimmer nachsehen. Das gab ihnen zumindest einige Stunden Vorsprung, die sie auch zu nutzen gedachten.

< 11 >

Dunquerque, Filiale 127 - Monat 5

Mittlerweile hatte die Touristeninformation, die in einem beeindruckenden spätgotischen Kirchturm aus hellem Gestein und mit einer abgeflachten Turmspitze untergebracht war, geöffnet. Sie erklärten dem jungen Mann, an dessen Schalter sie gebeten wurden, dass sie eine Gruppe Touristen aus der Schweiz seien und ein ungewöhnliches Anliegen hätten. Sie seien nur noch diesen Tag an der Küste und würden sehr gerne eine Ausflugsfahrt zu den Kreidefelsen von Dover machen, um die berühmte Gesteinsformation vom offenen Meer aus zu bewundern.
Der Angestellte erklärte ihnen, dass sie sich am Besten im zentralen Hafenbüro von Dünkirchen erkundigen sollten, wenn sie als private Gruppe ein Boot für eine solche Fahrt mieten wollten. Sie ließen sich den Weg dorthin erklären und bedankten sich für die Auskunft.
Vor dem Büro bestaunten sie nochmals den hohen Kirchturm und die gegenüberliegende Kathedrale von Saint-Eloi, welche früher zusammengehört hatten und nach der Zerstörung der Kirche getrennt worden waren. Dann machten sie sich auf den Weg zum Hafen, der bereits am anderen Ende der Straße begann. Sie passierten ein modern gestaltetes öffentliches Gebäude auf einer Halbinsel im Hafenbecken und danach eine kleine Zughebebrücke. Auf der anderen Seite mussten sie nochmals mehrere Minuten einer Straße entlang eines Hafenbeckens folgen, wo sich beiderseits von ihnen Lagerhallen und Parkplätze abwechselten.
Rebecca fiel ein paar Schritte zurück, um Tamara leise anzusprechen: „Tammy, ich mache mir ein wenig Sorgen um dich."
Nick brachte sich darauf in Hörweite, während ihre Freundin mit gerunzelter Stirn fragte: „Wie meinst du das?"
„Die Aktion im Hotel vorhin war zwar sehr gut ausgeführt, aber macht mich doch

nachdenklich. Ich meine, eine Alte Frau praktisch zu kidnappen, nur damit wir alle uns mal frisch machen können... ich will nur nicht, dass Ziskas Mentalität auf dich abfärbt. Nur weil wir nicht aus dieser Dimension stammen und bald wieder spurlos verschwunden sein werden, können wir nicht tun, was immer wir wollen. Alles im Leben hat Konsequenzen, egal ob hier oder in unserer Realitätsebene."

Ein wenig abwehrend entgegnete Tamara: "Da kenne ich aber einen multidimensionalen Großkonzern, der das etwas anders sieht."

Empört starrte Rebecca sie daraufhin an: „Tammy! Sag bitte, dass das nicht dein Ernst ist!"

„Schon gut, du hast ja Recht. Ich gelobe, mehr auf mein Karma zu achten, dem ich deiner Expertise zufolge auch hier nicht entkommen kann."

Nick war flachsend ein: „Indem du dein Karma verhöhnst, forderst du es nur noch mehr heraus, junge Dame."

Tamara stöhnte auf und sagte in ironischem Tonfall : „Oh, Gott sei Dank habe ich euch Beide! Zusammen gebt ihr einen unfehlbaren moralischen Kompass ab."

Als sie einen weitläufigen Platz mit einem großen Kreisverkehr und vielen Rasenflächen mit darin versenkten Steinplatten erreichten, waren sie am Ziel. Praktischerweise hatten sie sich auf ihrem Weg auch immer weiter vom Hotel entfernt, wo die arme Mrs. Clearcastle noch immer auf Rettung warten dürfte.

Das große mehrgeschossige Gebäude stank förmlich nach Behördenbau, doch sie ließen sich nicht beirren und betraten ihn durch den Vordereingang. Nach kurzer Suche hatten sie die zuständige Stelle gefunden, die erfreulich unbürokratisch arbeitete. Sie wurden auf eine Außenstelle vom Hafenmeister beim direkt nebenan gelegenen Yachtclub 'Nordmeer' verwiesen.

Tatsächlich waren es nur ein paar Meter, bis sie sich nun endlich am Ziel wähnten. Es war ein rötlich gestrichenes zweigeschossiges Haus, das ein Pultdach mit blau gestrichener Holzverkleidung krönte. Die Vorderseite wies es als Clubhaus des Yachtclubs aus. Seine Vorderseite verlief bündig mit einer Einfriedung, die sich mit dichtem Gebüsch abwechselte und das gesamte Hafengelände blickdicht gegen außen abschirmte. Dennoch sah man etliche Dutzend Masten von Segelbooten emporragen. Rechts vom Haus war ein großes, zweiflügeliges Holztor, dessen eine Hälfte offenstand und zum angeschlossenen Restaurant des Yachthafens führte.

Sie betraten das Gelände und sahen sich um. Eine schön mit großen Steinen gepflasterte und mit Tischgruppen versehene Terrasse lud zum Verweilen und Essen ein. Wenn es nicht so später Herbst und das Wetter so rau gewesen wäre, hätte es sie durchaus in Versuchung führen können. Ein Eingang führte seitlich ins Restaurant, ein Weg entlang des nächstgelegenen Kais ums Haus herum zu dessen Rückseite.

Während einige von ihnen noch die vielen schnittigen, fast ausnahmslos weißen Boote bewunderten, hatte Hannes die rückwärtige Eingangstür zum Büro des Yachtclubs entdeckt. Nachdem sie sich alle ins Büro hinein gedrückt hatten, um der steifen Brise draußen zu entgehen, wurde es eng vor dem Tresen des Büros. Dementsprechend entgeistert bestaunte der schnauzbärtige Mann mit der Stirnglatze und Brille die Versammlung an jungen Leuten, die allesamt in dunkler, unauffälliger Kleidung und mit großen Rucksäcken auf dem Rücken hier vor ihm standen.

„Was ist denn das für eine Versammlung?", verlangte er in breitem, schlecht verständlichen Dialekt zu wissen. Das Namensschild auf dem Tresen lautete auf M. Detrout.

Tamara übernahm die Verhandlungen und begrüßte ihn freundlich, während sie sich schwer auf dem Tresen nach vorne lehnte und ihm ihr Anliegen schilderte. Leicht irritiert hörte er zu, während seine Augen mehrfach hinab und wieder hoch in ihr Gesicht wanderten.

„Schließlich meinte er versöhnlich: „Nun, das ist etwas sehr spontan, wissen Sie? Während der Saison wäre das vermutlich kein so großes Problem gewesen, aber zur Zeit? Da bin ich nicht sehr zuversichtlich, dass wir so auf die Schnelle etwas für Sie finden können, Mademoiselle."

„Können Sie nicht wenigstens etwas herum fragen, ob sich nicht jemand findet, der so eine Tour übernehmen würde? Momentan haben doch sicher einige der Bootsbesitzer einen eher kleinen Verdienst bei so wenigen Touristen. Seien Sie doch so nett, Monsieur Detrout, wir haben uns so sehr auf dieses Naturschauspiel gefreut." Als

Tamara ihr bezauberndstes Lächeln aufsetzte, mit dem sie auch Steine erweichen konnte, glaubte Nick zu erkennen, wie der Widerstand des Bediensteten des Yachtclubs dahin schmolz.

„Also gut, fragen kostet ja nichts. Sie sind acht Personen, richtig? Nun, da gibt es sowieso nicht viele, die eine so kleine Gruppe auf ihrem Boot rentabel fahren könnten und auch so weit raus fahren. Aber die betreffenden Personen, die es könnten, werde ich anrufen. Seien Sie doch so gut und warten Sie kurz im Restaurant drüben, während ich die Auskünfte einhole, ob sich etwas finden lässt." Detrout wies auf die Tür und sie räumten gehorsam das Feld.

Das Restaurant war noch fast leer bis auf einen jungen Mann, der am Tresen der Bar saß und einen Aperitif trank. Sie nahmen zwei Tischgruppen am großen Panoramafenster ein, das einen tollen Ausblick auf den Hafen mit den vielen Yachten bot und sicher im Sommer zur Terrasse hin komplett geöffnet werden konnte. Sie bestellten sich alle etwas zu trinken und warteten.

Sven beugte sich vom Nebentisch zu Tamara und Rebecca hinüber und sagte anerkennend: „Ich wollte euch übrigens nochmals zu eurer Aktion im Hotel beglückwünschen. Vor allem du, Tamara, hast eine unglaubliche Leistung gezeigt. Und wie ihr beide die alte Frau beruhigt und betreut habt, sodass sie keinen Ärger gemacht hat, das war unübertrefflich. Ich kann mir nicht vorstellen, dass irgend jemand unter unseren Stewards oder Assistenten ist, der das in dieser Perfektion zuwege gebracht hätte."

Tamara wurde tatsächlich rot und sah lächelnd zu Boden: „Bitte, Sven, du machst mich ja verlegen. Ich bin sicher, das hätte jeder hinbekommen."

Rebecca entgegnete spitz: „Nein, nicht jeder. Manch einer hätte das Problem namens Suzanne Clearcastle mit einem gebrochenen Genick gelöst."

Ziska sagte aus dem Off: „Das habe ich gehört."

„Gut, dann ist es ja beim Empfänger angekommen." Rebecca machte sich nicht einmal die Mühe, sich umzudrehen.

„Ich kann nicht glauben, dass ich dich einmal als meine Freundin angesehen habe. Seitdem diese Mission begonnen hat, habe ich in fast jeder wachen Minute nur das

Bedürfnis, dich windelweich zu prügeln, bis du endlich Vernunft annimmst." Ziskas Tonfall war ungeheuer feindselig. Nun, Diplomatie war nie ihre Spezialität gewesen, dachte Rebecca.

„Ja, zu dumm, dass wir einen formellen Waffenstillstand haben, bis wir in England sind. Dort wirst du deine Chance dann schon bekommen."

„Ich freu' mich schon drauf." Damit beendete Ziska den Disput und erhob sich, um die Toilette des Lokals aufzusuchen.

Nick raunte ihr zu: „Kannst du nicht wenigstens versuchen, um des lieben Friedens Willen ein klein wenig die Füße stillzuhalten? Du piesackst sie ja wirklich bei jeder passenden und unpassenden Gelegenheit."

Rebecca sah ihn finster an, dann jedoch hoben sich ihre Augenbrauen. „Ich hasse es, wenn du bei so etwas Recht hast. Ich weiß auch nicht, was mit mir los ist. Dieses Bedürfnis, das Ziska eben beschrieben hat, habe ich genauso."

Im Hintergrund ertönte eine lächerliche Techno-Melodie aus der Hosentasche des jungen Mannes am Tresen. Er zog ein Mobiltelefon hervor und begann laut zu sprechen. Als er sich langsam umdrehte und sie musterte, begann Nick das Gesagte von ihm langsam einzublenden, während er tat, als würde ihn das Gespräch nicht interessieren.

„...acht Personen, sagst du? Und so schnell wie möglich? Doch, das ließe sich machen. Aber fünfzehnhundert Francs müssen sie schon mindestens springen lassen, sonst geht da gar nichts... was?... nein, auf keinen Fall, dafür hebe ich nicht mal meinen Hintern vom Stuhl. Ich will dreizehnfünfzig... was?... niemals, das ist viel zu wenig... zwölfhundert, das ist mein letztes Wort... von mir aus, du Halsabschneider. Mein Onkel wird toben, das ist dir schon klar?... das nimmst du sofort zurück!... nein, so lasse ich nicht mit mir reden. Weißt du was, vergiss es einfach, okay? Such dir einen anderen Dummen."

Grinsend legte er auf und steckte sein Handy wieder in die Tasche. Als der junge Mann, schlank und groß mit schwarzen verstrubbelten Haaren und schwarzen Knopfaugen, sich erhob und lässig in ihre Richtung schlenderte, machte Nick die anderen auf ihn aufmerksam. „Leute, die Preisverhandlungen werden gleich beginnen. Das ist einer der Typen, die Detrout für uns anwerben wollte. Und er hat offenbar erkannt, dass wir seine potentiellen Kunden sind."

Der Yachtclub-Angestellte Detrout hatte offenbar keine Ahnung davon gehabt, dass der Bootsführer, den er gerade angerufen hatte, zufällig genau hier an der Bar gesessen hatte, während er mit ihm einen Handel hatte abschließen wollen. Jetzt würde es wohl darum gehen, die Provision zu umgehen, die Detrout sicher ohne diesen Zufall herausgeschunden hätte.

Nick raunte Tamara zu: „Los, steig mit ein, sobald du von mir die Infos erhalten hast, die du brauchst. Ich habe eben mitgehört."

„Guten Tag, die Herrschaften, Pierre Mitrand mein Name. Habe ich das richtig verstanden, dass Sie so bald wie möglich eine Ausflugsfahrt zu den Kreidefelsen von Dover zu machen wünschen?"

Nick bestätigte das: „Ja, wir möchten den letzten Tag unserer Reise noch für dieses besondere Erlebnis nutzen."

„Dann haben Sie ja Glück gehabt, dass Sie jemanden gefunden haben, der Sie für nur sechzehnhundert Francs hinausfährt. Das sind schlappe zweihundert Francs pro Person, fast schon geschenkt."

„Bitte entschuldigen Sie, aber ich hatte das Glück, Ihre Unterhaltung mit dem Herrn vom Yachtclub eben mitanhören zu können. Und da Sie bei Ihm den Preis bei fünfzehnhundert Francs angesetzt haben und auf zwölfhundert herab gegangen sind, weiß ich wirklich nicht, warum wir Ihnen so viel dafür geben sollten, wie Sie jetzt verlangen. Sie wollen uns doch nicht etwa über den Tisch ziehen?" Er nickte Tamara zu, die sich unauffällig an ihm vorbei schob.

„Ach, das meinen Sie. Es ist so, dass ich Sie gleich erkannt habe als die Gruppe, für die der gemeine alte Blutsauger dort hinten im Büro einen Skipper sucht. Er hätte Ihnen den Törn für einen viel höheren Preis vermittelt und sich eine dicke Provision in die Tasche gesteckt. Dabei hat er keinerlei Recht dazu. Wenn Sie mir nicht glauben, dann warten Sie nur ab, ob er jemand anderen findet.

Die meisten größeren Boote sind momentan in der Werft zur Überholung, sodass das Angebot an passenden Booten nicht sehr groß sein dürfte. Aber ich könnte Sie fahren, für fünfzehnhundert, weil Sie es sind."

Tamara schaltete sich nun ein: „Ach bitte, soviel wollten wir dafür doch gar nicht ausgeben! Wir sind nicht so wohlhabend, aber wir dachten uns, wenn wir jemanden finden, der uns für einen angemessenen Preis raus fährt, wäre das ein tolles Erlebnis für uns."

Er musterte die junge attraktive Schweizerin und begann zu überlegen. „Na ja, ich müsste vielleicht noch etwas Diesel bunkern, damit es für die Hin- und Rückfahrt plus Reserve reicht, doch der ist nicht billig. Und das Boot gehört eigentlich meinem Onkel. Ich kann da nicht so einfach Aufträge unter Preis annehmen."

„Aber überlegen Sie doch mal. Wenn Sie uns nicht fahren wollen, sitzen Sie die ganze Zeit hier herum und verdienen vielleicht am Ende gar nichts. Am Telefon waren Sie bereit, es für zwölfhundert anzunehmen." Sie sah ihn mit einem flehenden Blick an und schenkte ihm ihr strahlendstes Lächeln.

„Das war doch nur, um den fiesen alten Detrout im Büro zu nerven, weil der von nichts eine Ahnung hat. Ich habe ihn mich erst runter handeln lassen und als er dann auch noch beleidigend geworden ist, habe ich einfach abgelehnt und aufgelegt. Das war zur Abwechslung mal ein gutes Gefühl, soviel kann ich Ihnen sagen! Ich kann vielleicht auf vierzehnhundert runtergehen, doch das ist schon das höchste der Gefühle." Er lächelte zurück, offenbar sehr angetan von Tamara.

Die sagte nun mit bedauernder Miene: „Dreizehnhundert könnten wir vielleicht noch ausgeben. Wissen Sie, wir müssen ja nicht unbedingt fahren, unser Leben hängt nicht davon ab. Wir dachten einfach, es wäre ein schöner Ausflug, aber wenn es nicht geht… wäre doch schade. Ein kleines maritimes Abenteuer hat uns noch gefehlt auf unserer Reise."

„Wir sollten dann aber morgen sehr früh losfahren, denn die Flut wird dann gerade begonnen haben. Sobald die Fahrrinne vom Yachthafen hoch genug mit Wasser vollgelaufen ist, was etwa eine Stunde nach Sonnenaufgang der Fall sein wird. Außerdem wollen Sie doch sicher die Felsen bei Tageslicht sehen, nicht wahr?"

„Entschuldigen Sie bitte, wieso sagen Sie morgen früh? Ich dachte, wir könnten noch heute hinfahren?" Verwirrt mischte sich Rebecca in die Verhandlungen.

„Davon war nie die Rede, sondern von baldmöglichst. Und das ist morgen früh, denn aufgrund der Gezeiten geht das heute nicht mehr. Ist das ein Problem? Ich dachte, Sie wollten ihren letzten Tag mit diesem Ausflug beschließen."

„Nun, eigentlich *ist* heute unser letzter Tag. Wir sind zwar bei unserer Reise flexibel, aber haben auch gar keine Übernachtungsmöglichkeit. Unser Gepäck ist schon aufgegeben, weil wir ja damit gerechnet haben, nichts mehr davon zu brauchen." Rebecca beendete ihre Einwände und sah sich in der Runde um, stumm um Vorschläge bittend.

„Der dumme Detrout, kann nicht mal Ebbe von Flut unterscheiden. Er hätte das doch sehen müssen, dass es heute nicht mehr geht! Sehr ärgerlich. Ich könnte das Boot heute noch betanken und auch noch herausfahren, aber würde dann abends nicht mehr in den Hafen hineinkommen. Wir haben zur Zeit besonders hohe Gezeiten, da reicht das Wasser für den Tiefgang des Schiffes bei Ebbe nicht aus. Und mit dem alten Kahn nachts herumzufahren ist auch nicht empfehlenswert." Pierre schien einen Moment zu überlegen und einen Vorschlag zu formulieren.

„Wenn Sie mir beim Preis entgegen kommen, können Sie Ihr maritimes Abenteuer noch ein wenig ausdehnen. Das Schiff meines Onkels, die *Marie-Claude II*, hat mehr als genug Kajüten für Sie alle. Wenn Sie nicht zu anspruchsvoll sind, lasse ich Sie auf dem Boot übernachten. Wir bunkern heute noch den benötigten Diesel und fahren morgen früh gleich los. Na, was meinen Sie dazu?"

„Wir würden uns gerne einen Moment unter sechzehn Augen beratschlagen, wenn Sie gestatten." Nach diesem geistreichen Ausspruch von Sven zog sich der junge Bootsführer respektvoll nickend zurück.

Sie redeten eine kurze Zeit lang leise, aber intensiv miteinander, dann löste sich die Gruppe zusammen gesteckter Köpfe wieder auf.

Tamara verkündete ihren Entschluss: „Vierzehnhundert, wenn Sie uns auf dem Schiff übernachten lassen."

Pierre nickte bedächtig, wohl ahnend, dass da noch etwas kommen würde.

„Wäre es zu viel verlangt, wenn wir bereits heute Abend nach dem Betanken heraus fahren und vor der Küste ankern? Da gibt es doch sicher ein paar nette Plätze, wo das möglich ist, oder?" Verlegen grinste Tamara ihn an.

„Das wäre nicht zu viel verlangt, nein. Was auch nicht zu viel verlangt wäre, wären die vollen fünfzehnhundert für diese Ausdehnung Ihres kleinen maritimen Abenteuers, inklusive Verpflegung aus Bordvorräten heute Abend und morgen. Schlicht und authentisch, Sie leben für einen ganzen Tag genauso wie wir einfache Seeleute hier im Département Nord. Na, was sagen Sie?"

„Vierzehnfünfzig und wir laden Sie noch zum Mittagessen hier ein. Na, kommen Sie, Pierre, schlagen Sie schon ein!" Nick hielt ihm die Hand hin, die der nach einigen Sekunden zum Spannungsaufbau dann tatsächlich schüttelte.

Er ließ es sich auch nicht nehmen, zusätzlich noch Tamaras Hand zu schütteln. „Sie sind eine harte Verhandlungspartnerin, Mademoiselle...?"

„Nennen Sie mich Tamara. Ich freue mich, dass wir uns einigen konnten." Sie lächelte ihn nochmals warmherzig an, worauf ihm ganz anders wurde.

„Tamara! Was für ein schöner Name. Ist das russisch?"

„Das kann gut sein, ich weiß es nicht so genau." Ausweichend meinte sie dann: „Ist das Essen hier auch gut? Nicht, dass wir Sie zu einem schlechten, billigen Mahl eingeladen haben."

Pierre lachte: „Da haben Sie Pech. Das Essen hier ist weder schlecht noch billig. Sie werden schon sehen."

Dann führte er sie hinaus in den Hafen und auf einen breiten Steg, von dem andere Stege quer abgingen. Es war eine enge Angelegenheit, die Boote waren dicht an dicht gepackt auf ihren Liegeplätzen.

Pierre winkte Detrout fröhlich zu, als er mit der Gruppe im Schlepptau an seinem Büro vorbei ging. Diesem fielen fast die Augen aus dem Kopf, als er erkannte, was da vor sich ging. Machtlos und schäumend vor Wut sah er dabei zu, wie seine fürstliche Provision davon zog.

Am Ende des Steges lagen zwei größere Schiffe, eine schnittige Yacht und ein älterer, klobiger Kutter. Zur milden Enttäuschung der Gruppe passierten sie die Yacht und gingen zum Kutter, den Pierre auch sogleich bestieg. „Das ist sie, die gute alte *Marie-Claude II*. Willkommen an Bord."

Sie schifften sich ein auf das Boot, das gut zwanzig Meter lang war und sehr robust und hochseetauglich wirkte. Es hatte nur einen sehr schmales, umlaufendes Außendeck um die Hauptaufbauten herum. Die gesamte hintere Hälfte war als Messe ausgelegt, ein großer Salon, wo man sich an mehreren Tischen niederlassen und durch großflächige Fenster die Landschaft draußen betrachten konnte. Der Platz reichte locker für doppelt so viele Leute wie sie. Bugwärts lag eine kleine offene Kombüse mit Tresen zum Salon hin, sodass man als Gast von dort aus bekocht und bedient werden konnte. Noch weiter vorne lag das leicht erhöhte Ruderhaus und ein sehr schmaler Niedergang mittschiffs.

„Dort geht es hinab zu den Kabinen im Bug. Es sind vier Dreier- und zwei Zweierkajüten. Teilt euch so auf, wie ihr es am besten findet. Ist ja nur für eine Nacht. Dann können wir gleich zum ersten Vorschuss, dem Mittagessen, übergehen. Lasst euren Kram einfach hier, ich sperre das Boot wieder zu."

Schnell drückten sich Tamara, Nick und Rebecca in die erste Dreierkabine, wo sie tatsächlich eine Dreistockkoje empfing, ganz wie vermutet. Die einzelnen Liegen waren bündig in die Seite der Kabine eingelassen und mit einer hochklappbaren Reling versehen, damit niemand bei schwerer See nachts aus der Koje fallen konnte.

Tamara legte ihren Rucksack unten ab, Nick in der Mitte und Rebecca ganz oben. Sie konnte gerade noch aufrecht stehen. Außer den Kojen, einem Bullauge und dem nicht einmal ein Meter mal zwei Meter breiten Fußboden davor gab es nichts in der engen Kabine.

„Kuschelig." Probeweise legte Rebecca sich in ihre Koje, in die sie ebenfalls gerade noch mit Mühe und Not hinein passte.

„Besser als unter einer Brücke zu pennen, oder? Ganz zu schweigen von einem französischen Gefängnis, falls sie auf die Idee kommen, die Stadt samt Yachthafen nach den verrückten Duschkidnappern zu durchkämmen." Nick grinste sie an. „Bei der Bundeswehr haben wir auch in Dreistockbetten geschlafen. Ist kein Ding."

„Würdest du deinen Aufenthalt dort in einem Zimmer mit fünf anderen jungen Männern dann als Sechser-WG bezeichnen?" Keck grinste Rebecca zurück.

Mit altkluger Miene erklärte er: „Erstens sind das *Kameraden*, nicht Männer, und zweitens heißt das *Stube*, nicht Zimmer. Beim Militär wie bei der Seefahrt gibt es ein gewisses Sondervokabular für viele Dinge."

Sie verließen ihre Kajüte wieder und fanden sich auf dem Salondeck ein. Nach und nach kamen auch die anderen wieder zum Vorschein, alle mehr oder weniger begeistert. Sie kamen zu dem Schluss, dass ihre Unterbringung die Prädikate 'urig' und 'rustikal' verdient hatte und versuchten zu erraten, wie alt die *Marie-Claude II* sein mochte. Dass Tamaras unorthodoxer Meinung nach auf ihrer Filiale heutzutage fast nur noch keifende, gemeine Großmütter so hießen, bot ebenso wenig Anhalt wie der Zustand des Schiffes, denn der war überraschend gut und gepflegt.

Dann stieß Pierre wieder zu ihnen und gemeinsam machten sie sich auf zum Mittagessen, das tatsächlich sehr gut, aber auch nicht günstig war, ganz wie von Pierre vorhergesagt. Beim Bezahlen fiel Nick zum wiederholten Male auf, dass die Kaufkraft des Francs hier in Filiale 127 etwa doppelt so hoch war wie das bei ihnen umgerechnet auf Euro der Fall gewesen wäre. Auch in diesem Fall zeigte sich daher, wie viel beziehungsweise wie wenig Gutes ihnen die Einführung der offiziell hoch gepriesenen Gemeinschaftswährung in der Realität gebracht hatte.

Nach dem ausgedehnten Essen und dem obligatorischen Espresso danach war es bereits früher Nachmittag, als sie sich zurück aufs Boot begaben. Diesmal war Monsieur Detrout nicht zu sehen und das Büro war dunkel. Nicht, dass sie das jetzt noch zu interessieren hatte.

Pierre öffnete die Luke im Schanzkleid des Hauptdecks, schloss die Tür zur Kabine wieder auf und winkte sie an Bord. Als er Tamara die Hand reichte, um ihr galant aufs Schiff zu helfen, verdrehte Ziska wieder einmal die Augen. Offenbar hatte sie nach der Trennung von Lothar eine ausgeprägte Romantik-Allergie entwickelt.

Davon abgesehen, hatte sie dafür noch nie ein Gespür gehabt. Ihre Eroberungsmethode hatte damals darin bestanden, im Bikini an Lothars Tür zu klingeln, als sie noch Nachbarn gewesen waren, um ihn ohne Wenn und Aber zu sich herüber und direkt in ihr Bett zu führen. Konnte man es ihr verdenken? Soviel dazu, dachte Nick.

„Macht es euch gemütlich, wir legen gleich ab und fahren noch beim Treibstoffdepot vorbei, ein wenig zusätzlichen Diesel bunkern. Nicht, dass uns morgen auf dem Rückweg der Sprit ausgeht." Pierre verschwand draußen und holte die Taue ein, mit denen das Schiff an Bug und Heck am Anleger festgemacht gewesen war. Dann stieg er behände zurück an Bord, schloss die eiserne Einstiegsluke in der Schiffswand und bemannte das Ruderhaus der *Marie-Claude II*.

Tamara sagte verschwörerisch: „So ein Glück ist kaum zu fassen! Leute, ihr überlegt euch, wohin nach England wir fahren wollen und ich beschäftige Pierre, damit er nichts von unserem wahren Ziel ahnt."

Sven wollte wissen: „Wie genau willst du das machen?"

Sie wurde etwas vorsichtiger, seine undurchsichtige Miene taxierend: „Ich werde einfach ein wenig mit ihm kokettieren, meinen Charme spielen lassen, wenn man so will. Keine Angst, es wird nicht ausufern, wenn du das meinst. Ich bin schließlich nicht Mata Hari, um bei dem Beispiel zu bleiben."

Während Svens Augen sich weiteten bei ihrer kecken Aussage, meinte Rebecca ein wenig ratlos: „Und was wollen wir nun machen? In Dover direkt können wir ja schlecht unangemeldet anlegen."

Thorsten meinte trocken: „Könnten wir schon. Wir würden nur nicht weit kommen. Das würde ungefähr gleich viel Aufmerksamkeit erzeugen, als wenn wir mit einem russischen U-Boot in der New Yorker Bucht auftauchen würden."

Tamara wies nach achtern. „Dort auf dem Tisch ist doch eine großformatige Seekarte der gesamten Nordsee als Dekoration unter der Glasplatte des Tisches. Ist auf der vielleicht etwas erkennbar, was abgelegen, aber dennoch halbwegs verkehrsgünstig ist und sich für uns als Ziel anbieten könnte?"

„Überlass' das nur uns. Achte einfach darauf, dass er uns auch dorthin fahren kann, wohin wir wollen." Sven scheuchte sie ungnädig mit einer Handbewegung bugwärts. Sie folgte seiner Geste, sah aber dennoch fragend über die Schulter beim Gehen.

„Erlaubnis, an Deck kommen zu dürfen?" Tamara lugte durch die Tür ins Ruderhaus, worauf Pierre lachte und sie herein winkte.

„Interessieren Sie sich für die Seefahrt, Mademoiselle Tamara?" Er warf ihr einen vieldeutigen Seitenblick zu.

„Ich finde es faszinierend, wie man sich auf dem offenen Meer zurechtfinden und so ein großes Schiff steuern kann. Bei uns in der Schweiz haben wir nur ein paar kleine Seen, da kann man sich ja nicht verfahren." Wieder strahlte sie ihn an.

Er lachte erneut, offenbar tat er das gerne und oft. „Sie machen mir Spaß! Also gut, dann werde ich Ihnen gerne ein wenig über die Seefahrerei erzählen. Nehmen Sie Platz, aber fassen Sie nichts an, außer ich sage es Ihnen."

„Selbstverständlich, ich will ja nicht, dass wir kentern oder sonst etwas Schlimmes geschieht." Sie setzte sich artig neben ihn und legte die Hände in den Schoß, wobei sie ihre gestreckten Arme leicht nach vorne drückte. Das reichte bereits, um den jungen Franzosen nachhaltig abzulenken.

Etwas stockend meinte er, ständig Seitenblicke zu ihr werfend: „Keine Angst... so schnell... sinkt das Schiff nicht. Das... hält einiges... aus."

Er fuhr langsam durch das immer breiter werdende Hafenbecken und machte dann eine kunstvoll ausgeführte Dritteldrehung nach links, um vor einer Schleuse zum Halten zu kommen, welche im spitzen Winkel von ihrer Fahrrinne weg in einen anderen Hafenbereich führte.

„Oh, ist das spannend! Sie bieten einem ja wirklich etwas fürs Geld", scherzte sie.

Er winkte ab. „Bitte nennen Sie mich Pierre. Da wir uns ja jetzt ein Schiff zur Übernachtung teilen, würde ich vorschlagen, wir duzen uns."

Sie nickte nur lächelnd und beobachtete gespannt, wie sich die ihnen zugewandten Schleusentore langsam öffneten. Sie schwenkten nach hinten weg, bis sie bündig in entsprechenden Aussparungen in den Seitenwänden der Schleusenkammer lagen. Ohne weitere Verzögerung fuhr er in die gewaltige Kammer ein, in die ihr Schiff bestimmt zwanzigmal hineingepasst hätte. Noch während er im Schneckentempo nach vorne durchfuhr, schlossen sich die Tore hinter ihnen bereits wieder und fast gleichzeitig begann das Wasser am vorderen Ende der Kammer wild zu schäumen, als von dem höher gelegenen Becken vor ihnen Wasser durch Öffnungen in den ansonsten massiven Stahltoren in die Schleusenkammer eingelassen wurde. Erstaunlich schnell stieg der Pegel im Becken, bis sie das obere Niveau erreicht hatten.

„Das ist das erste Mal für mich, dass ich auf einem Schiff durch eine Schleuse gefahren bin", gestand Tamara ihm.

„Na, so was. Das hättest du eigentlich mit einem Schnaps begießen sollen."

Sie sah weg und kicherte. „Du alter Seemann suchst doch nur einen Anlass, um ein ahnungsloses Mädchen vom Inland abzufüllen."

„Ich bin doch nicht alt!", rief er aus, doch den zweiten Teil ihrer Aussage bestritt er interessanterweise nicht, wie sie verschmitzt feststellte. „Ich bin höchstens ein paar Jahre älter als du, Tamara."

„Und trotzdem darfst du schon so ein großes Schiff übers offene Meer fahren. Das ist schon beeindruckend, das muss ich zugeben." Allmählich musste sie auf die Bremse treten, dachte sie bei sich. Wenn sie noch stärker mit ihm kokettieren würde, könnte der Anschein einer billigen Anmache entstehen.

Er konzentrierte sich jetzt auf die Weiterfahrt im höher gelegenen Hafenbecken, als die oberen Tore sich öffneten und gleichzeitig dahinter eine Brücke über den

Schleusenkanal durch ein massives, tonnenschweres Gegengewicht nach oben geschwenkt wurde, um ihnen die Durchfahrt zu ermöglichen. Fasziniert beobachtete Tamara all diese Vorgänge, die für sie in der Tat zum größten Teil neu waren. Sie hatten am Hochrhein bei Basel zwar auch Schleusen für die dortige Flussschifffahrt, doch damit hatte sie sich nie befasst.

Pierre fuhr in das anschließende Hafenbecken ein und schwenkte nach steuerbord, um nach ein paar passierten Beckeneinfahrten an einer Tankstation längsseits zu gehen. Während der Anfahrt räkelte sich Tamara noch ein wenig mit den Händen im Schoß, sich der dauernden heimlichen Seitenblicke von Pierre bewusst. Aus irgendeinem Grund machte es ihr Spaß, ihm ein wenig den Kopf zu verdrehen.

Als er fast zu spät Fahrt wegnahm, um noch sauber an dem Pier zum Dieselbunker anlegen zu können, beschloss sie, dass es nicht zu viel der Ablenkung sein sollte, worauf sie ihre Haltung änderte. „Werden wir auch genug Treibstoff tanken, um für alle Eventualitäten gewappnet zu sein?"

Er nickte und erklärte ihr beruhigend: „Keine Sorge, mit dem, was wir an Diesel übernehmen, schaffen wir es locker hin, zurück und nochmal bis Dover, wenn es sein muss."

Pierre verließ die Brücke, sprang mit einem Tau in der Hand von Bord und warf dieses geübt über einen Poller, während bereits ein Angestellter der Tankstation auf sie zukam. Nach einem kurzen Wortwechsel mit dem nautischen Tankwart steckte der junge Seemann den Kopf zum Salon herein und fragte ganz unbescheiden: „Dürfte ich Sie vielleicht um einen Vorschuss von fünfhundert Franc bitten? Ich möchte dem Herrn mit dem Tankstutzen nichts schuldig bleiben."

„Ja, kein Problem." Sven öffnete sein Portmonnaie und überreichte ihm die fragliche Summe. Beruhigt über ihre Liquidität, verschwand Pierre wieder und übergab dem Bunkermeister die Scheine, worauf dieser den Stutzen achtern außen am Schiff festzog und die Pumpanlage betätigte. Dass er mit dieser Summe nicht nur den heutigen Tankvorgang beglich, sondern auch noch einige Außenstände, mussten seine Kunden ja nicht wissen.

Die ganze Prozedur dauerte keine fünf Minuten. Beinahe gerührt beobachtete Pierre durchs Salonfenster, wie sich praktisch die ganze Gruppe außer Tamara rund um den Tisch mit der Seekarte versammelt hatte und leidenschaftlich zu diskutieren schien, diverse Orte und Landstriche entlang der südenglischen Nordseeküste den jeweils anderen zeigend. Diese Landeier!

Als er fertig war, rief er beim Durchgehen zum Ruderhaus noch in den Salon: „Hinter der Bar ist übrigens ein Kühlschrank mit Erfrischungsgetränken. Bedient euch einfach selbst und füllt mir die Strichliste auf der Arbeitsplatte hinter dem Tresen aus."

Hannes umrundete den Tresen. „Alles klar, ich habe sie gefunden. Ist das für dich, damit du weißt, wie viel du von welchem Getränk nachfüllen musst?"

„Genau." Pierre nahm schnell wieder seinen Platz hinter dem Ruder ein und ließ die Tür zum Salondurchgang offen, um mit einem Ohr dem bunten Treiben auf dem Salondeck lauschen zu können. Zu seiner großen Freude dachte Tamara gar nicht daran, ihren Platz neben ihm aufzugeben, als er wieder Fahrt aufnahm und den Ausgang des Hafens ansteuerte. So wiederholten sie die Prozedur der Schleusendurchfahrt.

Als er danach auf die Fahrrinne hinausfuhr, fragte sie ein wenig schüchtern: „Macht das auch wirklich nichts, wenn ich dir beim Steuern zusehe?"

Er sah sie kurz an und lächelte ebenfalls leicht verschämt: „Mein Onkel würde mir sicher den Kopf abreißen, wenn er uns jetzt hier sehen würde, aber was soll's? Man hat schließlich nicht jeden Tag so eine schöne junge Frau an Bord seines alten lahmen Ausflugkutters."

„Du schmeichelst mir, Pierre." Verlegen kichernd hielt sie eine Hand vor den Mund. Wollte sie ihn auf den Arm nehmen oder gab es in der Schweiz tatsächlich noch so züchtige, süße Mädchen wie dieses zauberhafte Exemplar hier?

Er schwieg eine Weile und konzentrierte sich darauf, die *Marie-Claude II* im engen Fahrwasser an allen entgegen kommenden Schiffen sicher vorbei zu manövrieren, bis er auf offener See war und den Kurs nach backbord korrigierte. Voraus stand die tief stehende Sonne vor einer fast glatten See. Dann versank sie glühend rot langsam im Meer und tauchte dieses in einen feurigen Schein, der langsam alle warmen

Farben des Spektrums durchlief, bis die See schließlich violett anlief, nachdem ihr Mutterstern hinter der Kimm versunken war.

Tamara legte überraschend ihre Hand auf seine und hielt sie sanft. Dabei wisperte sie: „Bitte entschuldige, ich bin gerade so ergriffen von diesem Moment und möchte ihn mit jemandem teilen."

Er hielt einen Moment inne und sah sie an. „Das ist in Ordnung, schöne Tamara aus den Schweizer Bergen. Ich bin nur ein einfacher Seefahrer, aber ich teile ihn gerne mit dir."

„Kein Wunder, dass ihr Seefahrer alle einen Hang zur Romantik habt, wenn ihr das hier ständig zu sehen bekommt." Sie lächelte, während eine einzelne, aber echte Träne der Rührung ihre Wange hinab lief. Die außergewöhnlichen Umstände ihrer geplanten Überfahrt waren im Moment für sie vergessen.

Dann war der Zauber des Moments verflogen und Pierre schaltete die Positionslichter ein.

„Und jetzt suchen wir uns einen schönen ruhigen Ankerplatz, wo wir auch sicher niemanden stören." Langsam ließ er das Schiff in ein paar hundert Metern Entfernung zur Küstenlinie durchs ruhige Wasser gleiten, bis vor ihnen die Mole des größeren Tiefwasserhafens von Dünkirchen auftauchte. Einen Kilometer voraus und einen halben querab der Küste, die hier eine kleine Halbinsel für die Mole formte, ankerten sie sozusagen im 'toten Winkel' der Hafenanlagen, aber doch weit genug entfernt, dass sie ihre Ruhe hier auf dem Meer hatten.

Das Abendessen war wie versprochen karg, aber das nicht ganz frische Weißbrot, eine Salami und Käse war ausreichend für alle. Sie saßen im Schein einer einzelnen Petroleumlampe, die über einem der beiden Achtertische hing, zusammen und teilten sich zu neunt eine Flasche Rotwein, den sie schändlicherweise mit Perrier streckten. Dabei wollte Pierre so einiges von ihnen wissen, woher sie kamen und wie es gekommen war, dass sie als Gruppe zusammen diese Reise unternommen hatten. Sie versuchten, ihn mit einer nicht zu detailreichen Geschichte zufriedenzustellen, bei der nicht die Gefahr bestand, dass sie sich in Widersprüche verstrickten. Zum Glück machte es für sie nicht den Eindruck, dass Pierre irgendeinen Verdacht schöpfen würde. Er selbst erzählte seinerseits auch nicht so viel über seinen Werdegang, dass man sich ein genaueres Bild davon machen konnte.

Dann ließen sie den Abend ausklingen und gingen nach und nach in die Kojen.

Mitten in der Nacht klopfte es an Pierres Tür. Verwundert öffnete er und erkannte im schwachen Licht, das der Vollmond durchs Bullauge seiner Kajüte warf, die Silhouette von Tamara im dunklen und stillen Gang. „Hast du schon geschlafen?"

Er gestand ihr: „Ja, wie ein Baby. Hast du denn Probleme beim Einschlafen?"

Sie schlüpfte in seinen Raum: „Ja, sogar bei dieser schwachen Dünung kommt es mir vor, als hätte ich eine Flasche Wodka getrunken und würde im Vollrausch im Bett liegen. Das ist für dich sicher kaum nachvollziehbar, oder?"

„Na ja, ich fahre zur See, seitdem ich ein Kind bin." Er schluckte angesichts ihres Anblicks, aber sie schüttelte nur den Kopf.

„Ich möchte dir keine falschen Hoffnungen machen. Du kommst mir nur wie eine verwandte Seele vor, deshalb möchte ich ein paar Gedanken und Stimmungen mit dir teilen. Für mich ist das alles hier ein neue Erfahrung. Aber ich halte dich vom Schlafen ab, stimmt's? Das ist ziemlich egoistisch von mir. Ich sollte lieber gehen..."

Sie griff bereits wieder nach dem Türknauf.

Er hielt sie an ihrem Arm fest und sagte: „Tamara, was ist denn los? Du scheinst mir einen Haufen verschiedener Emotionen mit dir herumzuschleppen und nun kommen alle auf einmal zum Vorschein. Das muss sehr verwirrend sein für dich. Willst du darüber reden?"

Dankbar trat sie ein, während er zurück in seine Koje glitt. „Ich bin mir nicht sicher. Mir ist das noch nie passiert, dass ich einem Menschen beggene und mich auf Anhieb so gut mit ihm verstehe."

„Und das willst du jetzt auskosten?" Er wagte kaum zu atmen.

Sie rutschte neben ihn unter die Decke. „Ich glaube, das kann ich nicht. Im Moment nicht. Aber ich fühle mich aus irgendeinem Grund in deiner Nähe wohl. Oh je, ist das eng hier drin in diesen kleinen Kojen. Ich stoße dauernd irgendwo an."

Sie lag einfach nur neben ihm und schmiegte sich an ihn, während er seitlich hinter ihr lag. „Es tut mir Leid, dass ich dich so in Anspruch nehme. Wenn ich wieder gehen soll, sage es bitte."

„Du bist so wunderschön, dass es mir sehr zu schaffen macht, nur neben dir zu liegen. Du bist die erste Frau, die einfach so zu mir in die Kabine kommt. Wirklich seltsam für mich und sehr verführerisch. Für mich ist das wie eine Prüfung. Aber du wirkst so verletzlich im Moment, dass ich an gar nichts anderes denken kann, als dich nur fest zu halten." Er hielt inne. „Und normalerweise stammele ich nicht nur Unsinn wie ein Idiot."

Sie lachte leise, aber es klang schon wieder fröhlich. „Du kannst mich gut aufheitern und zum Lachen bringen. Das ist viel wert in diesen Zeiten. Ich mache gerade viele neue Erfahrungen, wie gesagt. Damit meine ich nicht die Seefahrt, sondern ganz allgemein in meinem gesamten Leben. Und eigentlich kann ich mir so etwas gar nicht leisten, nachts zu einem Fremden ins Bett zu steigen, um zu kuscheln. Ich weiß selbst nicht, was das soll. Du hast recht, ich bin völlig verwirrt im Moment."

Er legte einen Arm um sie und sie ihren darüber, so dass ihre Hände sich berührten. Sie wisperte leise: „Danke, dass du diese Situation nicht ausnutzt. Ich wüsste nicht, wie ich jetzt und hier reagieren würde, wenn du versuchen würdest, daraus einen Vorteil zu ziehen. Ob ich der Versuchung widerstehen könnte. Schließlich bin *ich* es, die wie ein verschossener Teenager zu dir geschlichen ist."

„Mein Vater und mein Onkel würden sich freuen zu sehen, dass ich auch ein Gentleman sein kann." Er küsste sie ganz sanft auf den Nacken.

„Du hast immer nur deinen Onkel erwähnt. Gibt es etwas über deinen Vater, das ich wissen sollte?"

„Er macht mich sehr stolz. Wie mein Onkel und ich ist er in Dünkirchen aufgewachsen. Er ist bei der Marine und fährt mit einem unserer älteren Flugzeugträger, der *Foch;* er gehört sogar zur Brückenbesatzung als Rudergänger. Frankreich hat drei Träger, einen großen modernen mit Atomantrieb und zwei ältere. Seit dem Krieg zwischen NATO und Warschauer Pakt hält die *Foch* die Sowjets in der Ostsee auf Trab. Sie fahren ständig durch den Großen Belt rein und raus und patrouillieren die schwedische Küste auf und ab, unter der großzügigen Duldung der Schweden. Kein Wunder, nachdem Finnland, das ebenso wie Schweden neutral war, im Krieg quasi als Beifang an den Osten gefallen ist. Da hatten die Sowjets wohl noch ein paar alte Rechnungen zu begleichen, würde ich sagen.

Der Ostblock kann gegen die Durchfahrten der Franzosen und auch Engländer in die Ostsee nichts tun, denn der Große Belt ist wie der Bosporus des Nordens seit dem Krieg."

„Ich verstehe leider nicht viel von militärischen Dingen," gestand sie.

„Der Große Belt war früher dänisch und ist jetzt als eigener Distrikt in den Ostblock integriert, wie der eroberte Teil Westdeutschlands auch. Aber durch eine Vertragsklausel beim Friedensvertrag dürfen alle Schiffe ungehindert die Ostsee befahren, auch wenn sie dadurch dänisches Hoheitsgewässer durchfahren müssen. So wie die Russen durch den türkischen Bosporus fahren dürfen. Deshalb mein Vergleich."

„Du weißt genau, wie man eine Frau müde macht. Erzähl ihr einfach ein wenig von Politik und Militärstrategie. Sexy." Sie kicherte leise.

Er fuhr ihr sanft übers Haar. „Versuch jetzt, ein bisschen zu ruhen. Man muss nicht immer sofort miteinander schlafen, um sich verbunden zu sein. Da spricht jetzt wohl der Romantiker und Seefahrer aus mir. Und ein kleines Teufelchen auf meiner anderen Schulter ruft gerade: Spinnst du, mit *dieser* Frau im Bett zu liegen und nichts mit ihr anzufangen?"

Wieder lachte sie, aber es klang schon entspannter und müder. „Du bist ein toller Kerl, Pierre. Ärgere dich nicht, es kommt alles so, wie es kommen muss."

„Ich wünsche mir so sehr, dass du Recht hast. Vielleicht werden wir eines Tages eine weitere Nacht zusammen haben und dann werden wir ja sehen."

Sie schien nun tatsächlich einzudösen in seinen Armen. Dafür lag er jetzt hellwach da. Ein Engel war vom Himmel herab gestiegen und hatte sich in seine Koje gelegt.

Einfach so.

Oder sollte das der ultimative Verführungstest von einer bösen Macht sein? Er wusste es nicht. Alles, was er mit Bestimmtheit wusste, war, dass er noch nie einer solchen Frau begegnet war. Und wahrscheinlich auch nie wieder einer solchen begegnen würde.

Mit diesem letzten Gedanken lag er richtig, ohne es zu wissen.

Das Frühstück war genauso karg wie das Abendessen gestern, aber es war wenigstens genießbar und machte sie für eine Weile satt. Dies war nun mal kein Kreuzfahrtschiff, dachte Nick, während er noch an einem Stück Zwieback mit Butter und einem Klecks Quitten-Marmelade herum knabberte und einen Pott Tee trank. Naturgemäß war Pierre als erster mit dem Frühstück fertig gewesen und hatte bereits seinen Platz auf der kleinen Brücke wieder eingenommen, nachdem er den Anker gelichtet hatte.

Nun fuhren sie fast genau westwärts und er schob die Leistungsregler des Dieselmotors nach vorne, um Fahrt aufzunehmen. „Ich werde mich etwas nördlich der Hauptschiffahrtsrouten der Fähren halten, so steuern wir direkt auf die Kreidefelsen zu und bleiben auf unserem Kurs weitgehend unbehelligt von kreuzendem Verkehr. Nur auf die den Kanal in Längsrichtung durchfahrenden Schiffe müssen wir gut aufpassen. Siehst du hier, auf dem Radar können wir alle anderen Schiffe problemlos erkennen."

Tamara sah sich den Schirm an, der neben einer Karte von den französischen und britischen Kanalküsten auch viele kleinere Punkte auf dem Wasser abbildete. „Wie schnell ist unser Boot eigentlich?"

„Gut zehn Knoten, das sind etwa zwanzig Stundenkilometer. Wir werden bei dieser

Fahrt etwa in zweieinhalb Stunden bei Dover sein." Er sah zu ihr herüber. Sie erwiderte seinen Blick und sah ihm tief in die Augen, worauf ihm ganz anders wurde. Was für eine Frau!

Nun senkte sie die Augen und sagte schüchtern: „Ich... ich glaube, es ist besser, wenn ich kurz zu meinen Freunden nach hinten gehe. Bis gleich."

Dann huschte sie flink mit einem kleinen Lächeln auf den Lippen von der Brücke. Herrje, wusste sie denn nicht, was sie mit diesem Verhalten bei einem Mann anrichtete?

Tamara stieß zu ihnen, als die wieder aufgenommenen Beratungen gerade in einem finalen Stadium zu sein schienen. Man hatte sich wohl endlich auf ein Ziel geeinigt, das ihren Anforderungen genügen würde.

„Und, hat er sich zu unserem Treibstoffvorrat geäußert?", wollte Nick als erstes wissen.

„Er hat bereits gestern gesagt, wir können es mit dem vorhandenen Diesel bis Dover, wieder zurück und nochmal hin schaffen. Keine große Reserve, aber besser als nichts." Sie zuckte die Achseln.

„Ziemlich mager. Hätten wir ihm vielleicht noch mehr Geld im Voraus anbieten sollen?" Ziska schien etwas besorgt zu sein.

„Wer weiß, ob er das auch zum Tanken benutzt hätte. Er scheint ziemlich knapp zu kalkulieren", gab Oliver zu bedenken.

„Ich will bloß nicht, dass uns auf dem offenen Meer der Sprit ausgeht und wir steuerlos umhertreiben. Das wäre der absolute Horror!" Sie schüttelte sich.

„Hallo, sollte die *unfehlbare* Ziska etwa eine Achillesferse haben? Dieser Gedanke sagt dir gar nicht zu, stimmt's?" Sofort hieb Rebecca in die Kerbe, nachdem sie sie erspäht hatte.

„Halt die Klappe, dumme Kuh! Was weißt du schon?" Aggressiv fuhr sie ihre Kollegin wider Willen an.

„Ein wunder Punkt also. Das wird doch gleich vermerkt." Süffisant wandte sie sich Tamara zu. „Hat er auch etwas gesagt darüber, wie schnell das Schiff ist?"

„Etwa zwanzig Sachen. Mit dem Tempo brauchen wir etwa zweieinhalb Stunden bis

zu den Kreidefelsen." Somit war Tamaras Mission fürs Erste erfüllt und sie setzte sich zu Nick und Rebecca an den Tisch mit der Karte. „Wohin soll's denn gehen?"
Sven deutete auf einen Punkt nördlich der Themsemündung. „Siehst du dort bei Harwich diese Einmündung der zwei Flussarme in die Nordsee? Das soll unser Ziel sein."
„So weit oben? Das könnte aber knapp werden mit dem Treibstoff. Sollten wir den Kurs dann nicht lieber früher statt später ändern? Momentan fahren wir ja um fast fünfundvierzig Grad zu weit nach Süden." Tamara runzelte die Stirn.
„Ja, aber wir wollen schon so weit nach Norden, wie es geht. Wenn wir London auf dem Seeweg umfahren können und nicht mehr durch den Ballungsraum durch müssen, haben wir schon viel gewonnen." Hannes deutete auf die Landeshauptstadt am westlichen Ende der Themsemündung.
„Worauf wartet ihr dann noch?"
Sven meinte: „Wir sind uns nicht sicher, ob wir ihn offen bedrohen sollen oder du nicht versuchen solltest, ihn im Guten zu überreden."
Ziska tönte leicht beleidigt: *Ich* bin mir sicher, aber offenbar zählt meine Meinung hier nicht allzu viel."
„Zurecht." Wieder einmal zuckte Ziskas Kopf herum, als diese treffende Spitze von Rebecca abgeschossen wurde. „Tot nützt er uns nichts, Mrs. Rambo. Wir brauchen jemanden, der das Schiff steuert. Das sollte sogar *dir* klar sein."
„Du kannst es nicht lassen, oder? Warte nur ab." Den Blick aus Ziskas himmelblauen Augen konnte man inzwischen nur noch als hasserfüllt bezeichnen.
„Was kannst du mir schon tun, außer Leid?" Rebecca wandte sich Tamara zu und forschte nach: „Was meinst du, kannst du ihn zur Mitarbeit überreden?"
„Ich bin mir nicht sicher. Ich habe auf jeden Fall einen Draht zu ihm, aber ob das reicht? Ich weiß nicht..."
Ziska sah sie durchdringend an. „Hast du etwa ein schlechtes Gewissen? Das wäre aber ein sehr ungünstiger Zeitpunkt dafür. Mit jeder Minute, die wir verstreichen lassen, steuern wir weiter von unserem eigentlichen Ziel weg."
„Soll ich es versuchen?" Tamara sah in die Runde und erntete sechs Kopfnicken und

einen herablassenden Blick. Diesem begegnete sie mit dem dringlichen Appell: „Was auch immer du tust, Ziska, ich flehe dich an, bring ihn nicht um. Versuch es einfach mal. Pierre ist ein guter Mensch und verdient es nicht, sinnlos und so jung zu sterben."

Tamara seufzte, holte tief Luft und ging wieder nach vorne. Ihr fiel es schwer, Pierre zu manipulieren, weil sie ihn wirklich mochte. Der junge Franzose war ihr sympathisch und sie kam sich mies vor, ihn so auszunutzen.

Pierres Herz machte einen Satz, als Tamaras Rotschopf erneut auftauchte. „Erlaubnis, an Deck kommen zu dürfen?"
Lachend winkte er sie herein: „Warum so förmlich, schöne Frau? Ich bin's, Pierre der Seemann."
Schmunzelnd glitt sie auf ihren Sitz rechts neben ihm. „Danke. Und, wie läuft der Verkehr?"
„Viel los, wie immer auf dem Kanal. Aber nichts, was uns direkt in die Quere kommen könnte." Er bedachte sie wieder mit einem bewundernden Seitenblick.
Sie haderte noch einen Moment mit sich und überlegte, wie sie am Besten anfangen sollte. Er fasste das falsch auf. „Bist du noch immer von widersprüchlichen Emotionen verwirrt?"
Als er ihr vertraulich eine Hand auf ihre legte, sah sie sich zu einer Antwort genötigt: „Ja, aber nicht so wie du glaubst. Ich muss dir ein Geständnis machen."
Nun sah er zu ihr hinüber, aufmerksam geworden. „Was meinst du damit?"
„Wir haben dir nicht die ganze Wahrheit über uns gesagt. Und wir brauchen deine Hilfe."
Er zog langsam seine Hand unter ihrer hervor. Alleine schon diese kleine Geste

brach ihr fast das Herz. „Bitte erkläre mir das."

„Wir sind in Wahrheit gar nicht an den Felsen in Dover interessiert. Wir wollen nur nach England übersetzen, ohne dass wir von den Behörden dabei gesehen werden. Ich weiß, das muss für dich furchtbar klingen, aber wir versuchen nur so schnell es geht, weiter zu kommen. Dafür musst du den Kurs ändern. Ich bitte dich, uns in die Bucht von Harwich zu fahren."

Er sah ihren flehenden Blick und schüttelte den Kopf: „Das ist viel zu weit nördlich. Was ihr von mir verlangt, ist nicht machbar. Ich würde es niemals zurück schaffen. Der Diesel reicht ja kaum für die Hinfahrt in diese Gegend."

Tonlos und mit schuldbewusstem Gesichtsausdruck murmelte sie, starr nach vorne blickend: „Das wissen die anderen. Sie haben mich gebeten, dich im Guten davon zu überzeugen, uns dorthin zu fahren. Du bekommst ja noch Geld, um dir in England genug Treibstoff für die Rückfahrt kaufen zu können. Aber wenn du nicht mitmachst, kann es sehr schlimm für dich werden. Und ich bin nicht diejenige, die das Sagen hat. Es gibt eine gewisse Hierarchie bei uns."

„Ihr wollt wirklich mein Boot entführen? Nach allem, was wir zusammen erlebt haben? Was wir beide erlebt haben? War das letzte Nacht nur gespielt von dir? Seid ihr Geheimagenten oder so etwas?" Er schien völlig aus der Bahn geworfen.

„Nein, das war ehrlich von mir, das musst du mir glauben. Zwischen uns stimmt die Chemie und wenn wir uns unter anderen Umständen kennen gelernt hätten... oh nein, da kommt Ziska. Bitte, Pierre, ändere den Kurs, ich flehe dich an. Wenn du es nicht tust, können furchtbare Dinge geschehen." Sie war nun beim offenen Betteln angelangt, wie er nun doch mit einer Spur Sorge bemerkte.

Dann steckte die brünette Frau mit den blauen Eisaugen ihren Kopf zur Brückenluke herein. „Wir fahren ja immer noch nach Westen. Hast du dich irgendwie undeutlich ausgedrückt, Tamara?"

„Nein, habe ich nicht. Ich bin gerade dabei gewesen, echte Überzeugungsarbeit zu leisten, als du gekommen bist und es komplett versaut hast." Sie sah sie mit finsterer Miene an.

„Sei mal nicht so vorlaut. Pierre, du weißt inzwischen, was wir von dir wollen. Wirst du jetzt den Kurs ändern oder sollen wir nachhelfen?" Die Drohung in ihren Worten war unüberhörbar.

„Ich glaube, ihr braucht mich, um das Schiff zu steuern. Sonst wäre es mir sicher schon viel früher an den Kragen gegangen." Er versuchte wider besseren Wissens Widerstand zu leisten.

„Ach, Pierre, ist es das wirklich wert? Du musst hier nicht den Helden spielen. Wenn du mitmachst, ist alles ganz schnell vorbei und niemandem ist etwas passiert. Na, wie sieht es aus?" Tamara traute ihren Ohren nicht. Versuchte Ziska tatsächlich die Beschwichtigungstaktik von ihr zu kopieren, die Tamara bei Mrs. Clearcastle angewandt hatte?

Sie wusste nicht, ob es an Pierre lag oder ob Ziska einfach kein Talent dafür hatte, denn es schien nicht zu funktionieren. Pierre sagte nur stolz: „Ich denke mal drüber nach."

„Denk schneller!" Der Schlag kam aus dem Nichts und traf Pierre seitlich am Kopf, sodass dieser herumgerissen wurde und Tamara gleichzeitig entsetzt aufschrie. Fluchend hielt Ziska sich die offenbar schmerzende Hand, während der junge Franzose aufstöhnte und Blut spuckte.

„Bist du jetzt völlig durchgedreht?", schrie sie ihre Kollegin an. „Mach, dass du hier raus kommst, wenn du nichts Sinnvolles zur Mission..."

Diesmal war es eine schallende Ohrfeige, die Tamara traf. Zwar nur mit der flachen Hand ausgeführt, doch da Tamara aufgrund ihrer schnellen Reflexe bereits begonnen hatte, ihren Kopf wegzudrehen, hatte es sie nicht so stark getroffen wie von Ziska beabsichtigt. In dem beengten Führerhaus hatte ihr der Platz zum vernünftigen Ausweichen gefehlt, ansonsten hätte die unbeherrschte TransDime Killerin nie so einen klaren Treffer bei ihr landen können.

„Reiß dich zusammen, sonst kannst du was erleben. Und du, ändere jetzt endlich den Kurs, sonst kann ich für nichts mehr garantieren." Wutentbrannt stürmte Ziska von der Brücke und rannte dabei in Sven hinein, der sich ihr auf dem Weg in den Salon anschloss. Sie hörte ihn noch sagen: „Was ist denn passiert, Ziska? Wir haben Geschrei gehört..."

Pierres Gesicht begann bereits auf der rechten Seite stark anzuschwellen. Tamara redete los wie ein Wasserfall: „Oh, Pierre, es tut mir so Leid. Ich wollte nicht, dass das passiert. Ziska ist eine durchgeknallte Killerin; sie wird nicht zögern, dich zu töten, wenn sie glaubt, du sabotierst unsere Flucht. Ich weiß nicht, ob ich dich vor ihr beschützen kann."

Er nuschelte schwach: „Das Miststück hat mir den Kiefer gebrochen, glaube ich. Mit einem einzigen Schlag! Ich glaube, es ist allmählich doch an der Zeit, den Kurs zu ändern."

„Bitte tu das! Ich werde kurz nach hinten gehen und mit den Anderen reden. Sie dürfen sie nicht derartig außer Kontrolle geraten lassen! Es nützt doch niemandem etwas, wenn du das Boot nicht mehr steuern kannst."

„Sag mir nur eins, seid ihr Spione? Ah, verdammt!" Er hatte sich in den Mund gefasst und hielt nun einen blutigen Backenzahn in der Hand.

Tamaras Augen wurden groß, doch sie konnte sich gerade noch beherrschen, um nicht in Tränen auszubrechen. Leise sagte sie: „Vor ein paar Tagen waren wir noch in der DDR. Wir sind von dort abgehauen und wir müssen unbedingt aufs englische Festland. Mehr kann ich dir nicht sagen, ohne dich noch mehr zu gefährden.

Jetzt ändere den Kurs, ich regele die Sache mit der Durchgeknallten da hinten."

Mit versteinerter Miene stapfte sie nach hinten. Als sie den Salon betrat, gab Ziska gerade ihre Version der Ereignisse zum Besten, zweifellos aus ihrer speziellen Sicht. Ohne Vorwarnung stürzte sich Tamara auf sie und konnte nur durch das kollektive Aufspringen aller anderen davon abgehalten werden, einen Kampf mit potentiell tödlichem Ausgang mit ihr vom Zaun zu brechen. Sie wurde von Sven und Thorsten festgehalten, während gleichzeitig Nick und Hannes Ziska davon abhielten, sich im Gegenzug auf Tamara zu stürzen.

„Was bist du eigentlich für eine durchgedrehte Psychopathin? Du kannst doch nicht einfach so durch die Weltgeschichten spazieren und dabei jeden töten oder krankenhausreif schlagen, der dir nicht passt! Lasst mich los, ich prügel' sie so windelweich, dass sie nicht mal mehr ihren Namen weiß!" Tamara schrie ihre Kontrahentin so unbeherrscht mit voller Lautstärke an, dass es allen im Salon dabei mulmig zumute wurde. Diese Mission war dabei, sich in ihre Bestandteile aufzulösen. Dabei hatten sie noch ein ganzes Stück vor sich.

„Du blödes Baby! Du Memme! Wenn ich nicht eingegriffen hätte, würden wir jetzt immer noch in Richtung Dover tuckern, kerzengerade den Behörden in die Arme. Du hast doch gar nicht den Mumm, den es braucht, um wichtige Entscheidungen zu treffen." Auch Ziskas Stimme überschlug sich nun am Rande der Hysterie.

„Dieses Scheusal hat Pierre den Kiefer gebrochen und ihm einen Zahn ausgeschlagen. Nur weil er nicht sofort auf ihr Kommando gehört hat." Sie stemmte sich gegen die beiden sie haltenden Männer und zog sie tatsächlich zentimeterweise nach vorne, worauf diese sich überrumpelt mit aufgerissenen Augen mit den Füssen an zwei Tischen abstützen mussten, damit sie nicht von der in Raserei verfallenen Tamara umgerissen wurden.

Rebecca nutzte den Tumult und den Umstand, dass Ziska von zwei von ihnen kaum festgehalten werden konnte, um in diesem Moment, als alle fassungslos Tamara anstarrten, einen eleganten, aber höchst unfairen Faustschwinger in Ziskas Gesicht zu landen. Ihr Kopf wurde dabei zurück gerissen und sie stöhnte auf.

Ironischerweise hatte das niemand außer Tamara beobachten können. Sie beruhigte sich kurz wieder, als ihre Freundin ihr zuzwinkerte, und rief dann aber wieder mit voller Lautstärke, um den Schein zu wahren: „Du Monster! Du Hexe, in der Hölle sollst du schmoren!"

Ziska schüttelte sich und richtete ihren Kopf wieder auf, so als sei sie tatsächlich für einen Moment weggetreten gewesen. Rebecca stellte sich demonstrativ neben Tamara und beruhigte ihre beste Freundin. „Jetzt krieg' dich wieder ein. Ich halte von jetzt an Wache vor der Brücke und Miss Serienkiller kommt nicht mehr an ihn ran, das verspreche ich dir. Okay?"

Etwas ruhiger lenkte Tamara darauf ein: „Ja, ist gut. Und wenn sie auch nur in Sichtweite kommt..."

„Versprochen." Rebecca zwinkerte ihr erneut zu, worauf sie bereits wieder schwach lächeln konnte.

Tamara eilte zurück auf die Brücke, um sich um Pierre zu kümmern und Rebecca folgte ihr auf dem Fuß, ihr Versprechen umgehend in die Tat umsetzend.

Sven gebot Nick und Hannes: „Lasst sie los. Ziska, du gehst allmählich wirklich zu weit. Du beginnst durch dein unprofessionelles Verhalten die Mission zu gefährden. Ich kann leider zu keinem anderen Schluss kommen. Ich muss dich hiermit offiziell und vor Zeugen bitten, dich für den Rest dieses Einsatzes zurückzuhalten."

Sie schüttelte ihre beiden Kollegen, die sie gehalten hatten, grob ab und hielt sich ihr Auge. „Das ist doch wohl nicht dein Ernst! Diese Anfänger versauen fast alles durch ihr amateurhaftes und gefühlsduseliges Verhalten und du willst das *mir* anhängen?"

„Auf dieser Reise ist bisher einiges nicht sehr gut verlaufen, und ständig warst du daran beteiligt, wenn nicht sogar der Auslöser. Du musst endlich einsehen, dass nicht jeder mit deinen..." Sven unterbrach seine Moralpredigt verwirrt. „Warum hältst du dir dein Auge zu?"

Sie nahm die Hand wütend vom linken Auge, das mit einem überdeutlichen Veilchen verziert war und schon fast komplett zugeschwollen war. „Du hast nicht gesehen, wie Rebecca mich geschlagen hat? Als ich wehrlos von euch beiden im Griff gehalten wurde? Sie ist doch kein Ninja, dass niemand das gesehen haben kann!"

Nick sah sie erstaunt an. „Nein, ich habe nichts gemerkt. Du, Hannes?"

Auch der verneinte, ebenso wie die anderen Anwesenden.

Vor Wut kochend stieß Ziska nun hervor: „Diese hinterhältige Schlange hat mir eine verpasst, als ihr mich festgehalten habt. Das wird sie mir noch büßen."

„Wo willst du hin?"

„Nach unten, mir am Waschbecken einen nassen Lappen ans Auge drücken. Ihr Idioten könnt euren Scheiß von jetzt an alleine machen." Ohne einen weiteren Blick zurück rauschte sie hoch erhobenen Hauptes nach unten. Inzwischen waren sie also beim Stadium der offenen Feindschaft angelangt.

Nick hatte ein immer schlechteres Gefühl bei der Sache. Ihre Gruppe drohte auseinander zu brechen, und das während einer der kritischsten Phasen ihrer Flucht durch halb Mitteleuropa.

< 12 >

Dovercourt Bay, Filiale 127 - Monat 5

Fast sechs Stunden später umfuhren sie die Mole bei Harwich und traten damit in die gemeinsame Mündung der Flüsse Orwell und Stour ein. Ihre Fahrt hatte sich aufgrund der Gezeiten und Meeresströmungen erheblich verzögert und ihren Verbrauch in die Höhe getrieben, sodass ihr Treibstoffvorrat bedenklich gesunken war. Bei einer Sache hatte Pierre Recht behalten: er würde keinesfalls mehr mit dem, was er gebunkert hatte, zurück nach Dünkirchen kommen. Sie konnten ja schon froh sein, wenn es ihnen überhaupt noch bis an ihr Ziel reichen würde.

Seine rechte Gesichtshälfte war bis unters Auge angeschwollen und rötlichblau verfärbt. Tamara hatte ihm im Abstand von jeweils zwei Stunden eine Schmerztablette gegeben, die jedoch nur ein Tropfen auf dem heißen Stein war angesichts der Schwere seiner Verletzungen.

Sie bemühte sich nach Kräften, ihm Trost zu spenden und ihn zu ermutigen, ihnen nicht noch einmal Grund zum Zweifel an seinen Motiven zu geben. Während sie eine Hand auf seine Schulter gelegt hatte, sagte sie zum wiederholten Mal: „Es tut mir wirklich so unendlich leid, dass das passiert ist. Und dass wir dich zwingen, trotz deines Zustandes weiterzufahren. Du musst solche Schmerzen haben, das kann ich mir gar nicht vorstellen."

„Ich weiß, Tamara. Es ist nicht deine Schuld, okay? Ich muss mich wohl bei dir bedanken. Wer weiß, ob ich noch leben würde ohne dich." Er sah kurz zu ihr hinüber und richtete seine Augen dann wieder auf die Fahrrinne vor ihnen. „Wohin genau wollt ihr denn?"

„So wie ich es verstanden habe, in den linken, den südlicheren Flussarm des Stour. Er führt ein wenig tiefer ins Land hinein und ist nicht so dicht besiedelt. Es wird nicht so sehr auffallen, wenn wir dort anlanden." Sie holte tief Luft, schloss kurz die

Augen und meinte dann versonnen. „Oh Mann, ich kann nicht glauben, dass ich das sage, aber ich bereue es ein wenig, nicht mit dir geschlafen zu haben. Du hättest es echt verdient gehabt."

Er lachte und verzog das Gesicht sofort vom Schmerz der dadurch benutzten Gesichtsmuskeln. „Jetzt im Nachhinein hast du leicht reden! Ich möchte aber nicht, dass ein Engel wie du aus Mitleid oder Pflichtschuldigkeit mit mir schläft. Ja, du bist ein Engel, Tamara. Ich kann nicht anders, als dich so zu sehen."

„Ein Engel hätte dir nicht soviel Leid gebracht." Sie sah bedrückt zu Boden. „Was du vorhin versucht hast, war sehr mutig."

Pierre legte eine Hand an ihr Kinn und hob es, bis sie ihn ansah. „Nein, es war stolz und dumm. Das habe ich von meinem Vater, fürchte ich. Einen Haufen Stolz am falschen Platz."

„Das finde ich nicht. Du schlägst dich gut." Sie wusste nicht, wie sie ihm ihre Sympathie noch mehr verdeutlichen konnte und beließ es daher bei den vertrauten Berührungen, die ihm so gut zu tun schienen. Aber auch ihr gefiel es mehr, ihn zu berühren, als sie sich eingestehen wollte.

„Hier herrscht eine irre Strömung seewärts. Das ist das abfließende Wasser der einsetzenden Ebbe." Er steuerte an mehreren Molen und Industrieanlagen an beiden Ufern vorbei. Nun legte er einen Hebel um und erhöhte die Motorleistung. „Wir fahren ab jetzt auf Reserve."

„Ich gebe den anderen Bescheid, dass wir gleich aussteigen müssen."

Er hielt sie zurück. „Die werden das schon selbst gesehen haben, schließlich sind sie nicht dumm. Bitte bleib bei mir."

Sie setzte sich wieder, als ihr klar wurde, dass es bald zum Abschied kommen würde und er sie so lange wie möglich an seiner Seite halten wollte. „Keine Angst, ich gehe nirgends hin, bevor es Zeit ist."

Sie lehnte sich nach hinten und rief durch die offene Luke Rebecca zu: „Uns wird jeden Moment der Sprit ausgehen. Wir müssen schleunigst irgendwo festmachen. Die einsetzende Flut treibt das Wasser mit einer enormen Kraft zurück ins Meer, deshalb kommen wir auch kaum noch voran."

Rebecca nickte ihr zu. „Ich sag den Anderen Bescheid."

Pierre fügte noch laut vernehmbar hinzu: „Wenn dieses Manöver gelingen soll, dann müssen zwei von euch mit einer Vorleine und einer Achterleine bereit stehen und am Anleger sofort an den Pollern des Piers festmachen, den wir uns aussuchen. Sonst kann das Schiff nicht sicher anlegen. Ich muss gegen die Strömung ansteuern, während ihr anlegt."

Tamara gab auch diese Anweisungen weiter. Kurz darauf sah sie, wie sich Thorsten am Bug des Schiffes mit einem Tau in Händen an die Reling stellte und Oliver am Heck. Nick öffnete die Ausstiegsluke in der Seitenwand, als sie bereits mehrere Kilometer weit ins Landesinnere vorgedrungen waren und sich nun nur noch vereinzelte Häuser auf beiden Seiten des sich immer mehr verengenden Meeresarmes befanden. Sie war hier nur noch ein paar hundert Meter breit und sein Ende kam bereits in Sicht.

„Dort vorne sieht es gut aus." Tamara zeigte ans linke Ufer, wo sich eine industriell genutzte Anlegestelle befand, die momentan verwaist war. Kein Schiff lag an dem relativ langen Pier, keine Arbeiter waren zu sehen an diesem späten Novembernachmittag. Nur einen Kilometer vor ihnen verengte die zunehmend schmaler werdende Bucht sich endgültig in einer Flussmündung, an der eine größere Ortschaft lag. Eine Bahnlinie führte hier außerdem in Ufernähe entlang, die Tamara immer wieder zwischen Bäumen und Hügeln sehen konnte.

„Weiter kommen wir ohnehin nicht; die Fahrrinne ist nur noch entlang des Kais ausgebaggert. Ich steuere das obere Ende des Anlegers an. Ihr könnt dann eurer Wege gehen und ich melde mich bei den Behörden. Hoffentlich haben sie ein Nachsehen mit mir und lassen mich ziehen, nachdem ich den Diesel für die Rückfahrt gebunkert habe. Mein Onkel bringt mich um, wenn die *Marie-Claude II* auch nur einen Kratzer abbekommt. Sie ist sein ganzer Stolz." Pierre schluckte kurz und ging längsseits, als sie das Ende der Anlegestelle erreichten, sich vorsichtig gegen die Strömung dicht am Kai entlang nach vorne tastend. „Er hat sie nach meiner toten Tante benannt. Bereits das zweite Schiff, wie du ja gesehen hast."

„Pierre, Dinge kann man ersetzen. Das Wichtigste ist, dass es dir gutgehen wird. Du brauchst unbedingt einen Arzt. Ich werde mit den anderen reden, dass sie dich nicht gefesselt und geknebelt hier zurücklassen, bis dich jemand findet, nur damit wir einen größeren Vorsprung haben auf unserer Flucht. Diesen Nachteil für uns hat Ziska zu verschulden, denn sie war es, die dich so schwer verletzt hat." Tamara seufzte. „Wenn du nicht vor Schmerzen aufschreien würdest, würde ich dich jetzt auf die Wange küssen."

„Ein andermal gerne." Wieder lächelte er und stöhnte sofort auf dabei. Er konzentrierte sich darauf, das vorderste Ende der Anlegestelle zu erreichen, wo das Anlegen für Anfänger am Leichtesten schien, weil dort die meisten Poller waren.

Dann begann der Motor zu stottern und Leistung zu verlieren. Sie sahen sich an. Tamara hielt sich die Hand vor den Mund. „Oh nein! Nicht so knapp vor dem Ziel!"

„Schnell, die Leinen bereithalten! Wir legen jetzt sofort an!" Er drückte den Leistungshebel nach vorne und holte einen letzten kurzen Vorwärtsschub aus dem Dieselmotor, bevor er endgültig abstarb. Mit diesem letzten Schwung fuhr er gefühlvoll längsseits an den Kai.

Sofort traten Thorsten und Oliver in Aktion und warfen die stabilen, knöcheldicken Taue über die einfachen, aber massiven Eisenrundpfähle, die einen halben Meter aus dem Betonfundament des Piers herausragten. Thorstens Bugleine spannte sich augenblicklich, da an ihm das Hauptgewicht der *Marie-Claude II* hing und nun die Strömung des abfließenden Wassers mit voller Kraft am Rumpf zerrte.

Oliver erwies sich leider als Landratte, denn er hatte seine Achterleine über einen so nahen Pfahl geworfen, dass die Leine zu viel Spiel hatte und das Heck des Schiffes bis zu einem Meter von den Gezeiten hin- und hergeschwungen wurde. Es stieß immer wieder unsanft an den Kai, der jedoch mit alten Autoreifen gepuffert war. Dann trieb es ein wenig ab, bis sich der Festmacher wieder spannte und das Heck von neuem zur Kaimauer schwojte.

Als Thorsten, Hannes, Sven und Nick an Land gingen, musste sich Oliver, der wie Thorsten auch nach seinem Leinenwurf auf den Kai gesprungen war, hämische Kommentare anhören. Die Männer hatten alle ihre Rucksäcke aufgenommen und an Land gehievt, was gar nicht so einfach war angesichts des achteraus schwankendes Schiffes.

Pierre kam an Tamaras Seite ebenfalls an Land und sah sofort mit Missfallen, wie schlampig das Schiff festgemacht war. Er ging auf wackeligen Beinen nach hinten, von Tamara begleitet, und sagte laut vernehmlich: „Ich werde das am Heck mal richten, bevor die Bugleine noch reißt wegen der einseitigen Belastung. Was auch immer ihr tut, fallt nicht ins Wasser. Bei dieser Kälte und Strömung wäre das euer sicherer Tod."

Sie nickten und nahmen Rebecca die Rucksäcke von ihr und Tamara ab, welche sie an Land reichte. Dann machte auch Rebecca einen großen Schritt und stand auf dem Pier. Und dann ging alles unglaublich schnell.

Von hinten schlug Rebecca mit voller Wucht Ziskas schwerer Rucksack ins Kreuz und warf sie nach vorne. Dann erschien die Brünette und sprang mit mordlüsternen eisblauen Augen an Land, während ihre Kontrahentin sich noch von dem überraschenden Schlag zu erholen versuchte.

„So, willkommen in England. Ganz wie besprochen." Sie trat nach Rebeccas Kopf, doch diese rollte sich davon und fegte ihr mit einem weiten Schwung beide Beine weg, so dass Ziska seitlich hart auf den Beton schlug und ihr die Luft kurz wegblieb. „Ich habe so was doch geahnt, du hinterhältiges Biest", zischte Rebecca und kam behände auf die Beine. Auch Ziska erhob sich und ging in Abwehrstellung, aber nicht schnell genug.

Dadurch, dass Rebecca einen Kopf größer war als ihre Gegnerin und eine entsprechend größere Reichweite hatte, traf Ziska der schlicht ausgeführte, aber brutale Karatetritt von Rebecca seitlich am Kopf und riss sie herum. Ohne jede Gnade setzte Rebecca nach, bevor sie jemand zurückhalten konnte und stieß ihr den ausgestreckten Arm mit nach vorne abgewinkeltem Handballen gegen das Kinn. Es knackte laut hörbar, als ihre Zähne aufeinander schlugen und ihr Kopf nach hinten gerissen wurde.

Bevor sie sich von dieser Attacke erholen konnte, kam der nächste Schlag gegen ihren Solarplexus und fegte sie von der Kante des Piers, gerade als die hin und her schwingende *Marie-Claude II* sich von der Hafenkante wegbewegte und sich ein immer breiter werdender Spalt zwischen Schiff und Kaimauer auftat. Alle hielten entsetzt die Luft an, als Ziska in den Spalt fiel.

Irgendwie gelang es ihr in Todesangst, sich in der Luft wie eine Katze zu drehen und die Unterkante der offenen Ausstiegsluke des Schiffes im Fallen zu ergreifen und sich festzuhalten. Stöhnend zog sie sich hoch und schaffte es gerade noch, sich an Bord zu hieven, bevor der Rumpf wieder gegen die Reifenpuffer schlug und sie zerquetschen konnte.

Als sie sich in diesem Moment in eine sitzende Position aufrichtete, trat Rebecca ihr von Land aus gegen die Stirn, worauf sie zurückgeschleudert wurde und mit dem Hinterkopf hart gegen die Stahlwand des Deckaufbaus prallte. Benommen sackte sie zurück.

Rebecca schrie sie an, während nun Nick und Sven sie festhielten und sie nur mit Mühe und Not zurückhalten konnten. „Du irre Killerin! Was ist nur los mit dir? Du bist eine Gefahr für die Menschheit! Niemand sollte mehr in Gefahr kommen wegen dir. Mir ist egal, was du für einen Müll erzählst, aber du hast Spaß am Töten. Jeder, der dich in Aktion erlebt hat, weiß das. Du gehörst aus dem Verkehr gezogen, und zwar ein für alle mal. Lasst mich los!"

Das Schiff war gerade wieder an der Leine etwa zwei Meter vom Ufer entfernt ausgependelt und Ziska somit aus der unmittelbaren Reichweite von Rebecca. Nick und Sven ließen sie los und hofften, dass sie sich jetzt wieder beruhigte, wo sie sich nach dieser hinterhältigen Attacke Luft gemacht hatte und als Siegerin hervorgegangen war.

Inzwischen war Pierre am Heck des Bootes angekommen und hatte die lose Leine vom ungünstig stehenden Poller abgenommen, um sie an einem weiter hinten gelegenen Pfahl straffer zu befestigen. Dann jedoch war er vom kurzen, aber heftigen Kampf abgelenkt worden und hatte das Tau somit noch immer in der Hand.

Rebecca sah zu Tamara und Pierre hinüber und dann auf die straffe Bugleine, die nun ein wenig an Spannung verlor, als der Rumpf des Bootes sich wieder der Kaimauer näherte.

Dann traf sie eine Entscheidung.

Sie sprang einen Meter neben dem Pfahl direkt neben der Mauerkante auf das Seil, das nun in relativ entspanntem Zustand durch ihr Gewicht und die Hebelkraft ihres Sprunges ein klein wenig nachgab und für einen Sekundenbruchteil durchhing. In diesem Augenblick hob sie das Tau über den Pfahl und warf es mit aller Kraft auf den Bugaufbau des Schiffes.

Die *Marie-Claude II* begann ganz langsam, vom Kai in die Fahrrinne zu treiben.

Mit Ziska an Bord.

Alle keuchten auf oder schrien los und versuchten die Bugleine noch zu ergattern, doch sie war bereits unerreichbar. Am Heck hatte Pierre gerade das andere Tau über den Pollerpfahl streifen wollen, als er entsetzt sah, wie sich die Leine in seinen Händen straffte und das Heck auf das offene Wasser hinaus trieb. Er schrie auf, als er realisierte, dass er die Leine nicht mehr würde festmachen können.

Das Heck seines Schiffes entfernte sich von der Kaimauer. Einen Meter, anderthalb, dann zwei.

Ohne einen weiteren Gedanken sprang er, schaffte es aber nicht mehr auf den Rand der Außenwand und stieß dabei unglücklicherweise ausgerechnet mit seinem schwer verletzten Gesicht gegen die Bordwand. Er sackte laut aufstöhnend zusammen und klammerte sich nahe einer Ohnmacht von außen an dem Schanzkleid fest. Tamaras Augen weiteten sich vor Schreck: „Pierre, nein! Komm zurück! Du treibst auf das offene Meer hinaus!"

Er hielt benommen eine Hand hoch, um sie davon abzuhalten, auch einen Sprung zu versuchen, als sich das Schiff seitlich am Kai entlang flussabwärts zu bewegen begann und immer weiter vom rettenden Ufer entfernte. „Nein, das schaffst du nicht! Wenn du ins Wasser fällst, bist du tot. Tu es nicht, *bitte*. Für mich!"

Tamara hielt inne und nickte, mühsam beherrscht. „Für dich. Wir werden uns wiedersehen, das verspreche ich."

Während der verletzte Pierre am Heck begann, mühsam zu versuchen, über das fast brusthohe Schanzkleid auf den sicheren Deckaufbau zu klettern, hatte sich Ziska gleichzeitig wieder aufgerappelt, als das Schiff begann abzutreiben und auch an ihrem Ende zwischen Kaimauer und Bordwand etwa drei Meter offenes Wasser klafften. Sie schien zu überlegen, ob sie einen Sprung wagen sollte.

Rebecca starrte sie mit kampfbereit gesenktem Haupt an und tänzelte auf der Stelle wie ein Boxer im Ring. „Bitte, spring. Tu mir den Gefallen. Ich bitte dich."

Das genügte offenbar, um Ziska davon abzubringen. Sie begann zu lächeln und schüttelte den Kopf. „Nein, den Gefallen werde ich dir *nicht* machen. Diese Runde gewinnst du. Wenn wir uns wiedersehen, werden die Chancen ausgeglichener sein, das verspreche ich dir."

Als nun bereits fünf Meter zwischen ihnen lagen und sie am Kai entlanggehen mussten, um mit dem ganz langsam in der Strömung Fahrt aufnehmenden Schiff gleichauf zu bleiben, rief Rebecca ihr boshaft grinsend zu: „Ist das nicht dein größter Albtraum? Ganz alleine auf einem antriebslosen Schiff auf dem offenen Meer zu treiben?"

Ziskas Augen weiteten sich und einen Augenblick lang konnte sie tatsächlich im Moment der Erkenntnis nackte Panik darin erkennen. Es musste der tief in ihr verborgene Rest eines Kindheitstraumas oder einer instinktiven Urangst in ihr sein, der bei ihr zu dieser speziellen Phobie führte.

Sven rief dazwischen: „Ziska, wirf mir den Chip zu! Denk an die Mission und daran, was passiert, wenn ich ihn nicht abliefern kann! Wir können dich hier und jetzt nicht mehr an Land holen. Es muss sein!"

In ihr schien darauf ein Automatismus in Gang gesetzt worden zu sein. Sie griff wie in Trance in ihre Hosentasche und holte ein kleines Päckchen hervor, das sie in hohem Bogen aufs Pier hinter ihnen warf. Verblüfft und verständnislos starrten alle auf das gut verpackte Kleinod, das Sven aufhob.

Doch dann hörte man jemanden aufstöhnen. Alle wandten sich zum Heck und erblickten Pierre am Schanzkleid, der inzwischen ein Bein über die Kante des Aufbaus gehoben hatte und im Begriff war, sich in Sicherheit zu hieven.

Tamara lief am Heck des immer schneller abtreibenden Schiffes mit und verfolgte mit banger Miene seine verzweifelten Bemühungen. Als sie einen Moment lang nach vorne sah und Ziska entdeckte, die sich langsam nach hinten auf ihn zu bewegte, weiteten sich ihre Augen.

Rebecca lief wie alle anderen aufgeregt neben dem Schiff her und verfolgte ihre sinistre Kollegin. Sie rief: „Ziska, denk nicht mal daran. Wenn du das tust..."
Ziska schwankte leicht hin und her, als sie einen Fuß vor den anderen setzte, dann sah sie sich unsicher um, als dachte sie, jemand würde sie hin und her stoßen. Sie war wohl noch immer vom Kampf mit Rebecca benommen.
Kalt lächelnd hielt sie neben Pierre inne, der sich der Gefahr gar nicht bewusst war. Sie rief Rebecca zu: „Was willst du denn dagegen tun? Halt mich doch davon ab, du Superagentin."
Tamara schrie sie aus Leibeskräften mit rasendem Herzen an: „Ziska, nein! Ich flehe dich an! Er hat dir doch nichts getan! Warum willst du das tun?"
Ziska zog Pierre nach oben, so dass er genau zur Hälfte auf dem Holzgeländer der Reling lag und noch über Bord hing. „Na, Pierre? Unser Treibstoff ist alle und wir treiben ab. Was können wir dagegen machen?"
Er sah mühsam auf, von den Anstrengungen gezeichnet. „Nichts. Wir treiben ohne jede Chance, dagegen etwas zu unternehmen."
„Wenn das so ist..." Sie riss ihr angewinkeltes Bein hoch und schlug ihm das angezogene Knie von unten gegen das Kinn. Er fiel hintenüber und über Bord, worauf er aufschreiend aufs kalte, schnell fließende Wasser klatschte und darin versank.
„Neeeeein! Pierre! NEIN!" Tamara machte Anstalten, ihm hinterher zu springen, worauf sie sie zu dritt festhalten mussten, um das zu verhindern, da sie mit übermenschlichen Kräften versuchte, sich loszureißen und in das Wasser zu hechten.
Pierre tauchte auf und versuchte sich an der Heckleine, die ins Wasser hing und die er zu greifen bekommen hatte, festzuhalten. Doch sein schlimmer Zustand und das eiskalte Wasser forderten rasch ihren Tribut. Er ruderte und schlug um sich, dann kehrte auf einmal eine Art innere Ruhe in ihn, während er am Tau hing und ihn die Kräfte verließen. Nun schon mindestens zehn Meter vom Ufer entfernt, drehte er sich irgendwie noch um und seine Blicke trafen die von Tamara. Er lächelte noch einmal kurz und winkte, dann versank er in einer Unterströmung.
Ziska, die sich über das Schanzkleid gebeugt hatte, um das mitanzusehen, richtete sich wieder auf und musterte ihre Kollegen teilnahmslos. Tamara war einem Zu-

sammenbruch nahe und schrie unter Tränen: „Pierre! Pierre!"

Rebecca hielt sie fest umklammert, als sie zu schluchzen begann. Dann wurde Tamara mit einem Mal ruhig. Sie fixierte Ziska, die immer weiter abtrieb und schrie ihr plötzlich hinterher: „Das war dein Todesurteil! Wenn ich dich das nächste Mal sehe, werde ich dich töten! Auf der Stelle, ohne eine Sekunde zu zögern! Verstehst du mich, du bist *tot*! Du kannst jetzt sofort direkt in den Fluss springen, dann ersparst du dir viel Schmerz! Hörst du mich, du Monster?!"

Ziska indes schien das Interesse an den dramatischen Reaktionen an Land verloren zu haben, denn sie betrat, noch immer schwankend, als würde sie von einer unsichtbaren Kraft hin- und hergebeutelt, die Kabine, um sich auf das Salondeck zurückzuziehen. Entweder hatten sie die Folgen des vorherigen Kampfes mehr mitgenommen, als man ihr ansah oder sie war wirklich nicht seefest.

„Ich werde sie töten, wenn ich sie das nächste Mal sehe. Ihr seid meine Zeugen. Sven, schreib das in deinen Bericht, hörst du?" Tamara war einem Schock nahe und begann, noch immer in Rebeccas Armen, bereits zu hyperventilieren vor Aufregung. Sie traten alle ans landseitige Ende des Piers, um Abstand vom Tatort dieser abscheulichen Grausamkeit zu gewinnen.

„Leute, das war die schlimmste Untat, die ich jemals gesehen habe. Das wird Konsequenzen haben. Wenn Ziska mit dem Boot aufgebracht und den englischen Behörden übergeben wird, wird man sich um sie kümmern müssen. Sie ist ja völlig außer Kontrolle geraten." Sven schüttelte bekümmert seinen Kopf.

Tamara sagte, nun mit gefährlich leiser Stimme, die Augen geschlossen und hochkonzentriert wirkend: „Wenn ich sie jemals wieder in die Finger bekomme, werde ich sie töten. Das schwöre ich."

Rebecca sagte mit beruhigender Stimme: „Komm schon, Tammy, das meinst du doch nicht wirklich. Du bist nur im Moment..."

„Der Tod wäre für sie nicht einmal genug Strafe. Sie sollte viel mehr leiden müssen", beharrte Tamara, noch immer mit geschlossenen Augen. Auf ihrer Stirn bildeten sich ein paar Schweißtropfen. Offenbar stand sie gerade unter extremem Stress.

Hannes rief überrascht: „He, was ist denn da los?"

Alle wandten sich wieder dem Fluss zu, wo sich etwas Außergewöhnliches ereignete. Die *Marie-Claude II* hatte entgegen allen Wahrscheinlichkeiten aufgehört, von der Strömung abgetrieben zu werden und sich stattdessen wieder dem Kai genähert, mit einer erstaunlichen Geschwindigkeit. Allen fiel unisono die Kinnlade hinab. Wie konnte das sein?

Oliver murmelte, das aussprechend, was alle dachten: „Ich glaub, ich spinne."

Erst als der Kutter nur noch einen Meter von der Kaimauer entfernt war, realisierte auch Ziska, die sich, schockiert über ihre hoffnungslose Lage, im Salon an einen der Tische gesetzt hatte, dass sie sich unerwarteterweise wieder in Reichweite des rettenden Ufers befand. Sie sprang auf und rannte zur Tür des Oberdecks, um sich doch noch in Sicherheit zu bringen, was jetzt ohne Probleme möglich sein würde.

Einen Meter vor der Tür schien es, als würde sie in vollem Lauf gegen ein unsichtbares Hindernis prallen, so als wäre sie gegen eine Glastür gerannt. Sie ging zu Boden und schrie auf.

Gleichzeitig hörte das alte Schiff wie von Geisterhand auf, sich gegen die vorherrschenden Strömungen anzustemmen und begann wieder abzutreiben.

Ziskas Kopf tauchte hinter der Unterkante des nächsten Panoramafensters des Salons auf, mit panisch geweiteten Augen. Sie riss die Außentür auf und stürzte auf den Rundgang und zum Schanzkleid, um über dieses zu klettern und vielleicht doch noch einen Sprung wagen zu können.

Im nächsten Moment vervielfachte sich das Tempo, mit dem die *Marie-Claude II* sich vom Ufer entfernte, als würde sie nun von einer unbekannten Kraft hinausgezogen und somit Ziska in letzter Sekunde die Möglichkeit verwehrt, sich doch noch zu retten.

Sie schrie wie von Sinnen: „Neeeein! Das kann nicht sein! Was passiert hier? Ich war doch gerade noch so nah..."

Selbst Rebecca und Tamara war die Schadenfreude über diese neue Chance für ihre verhasste Kollegin vergangen, die sich ihr auf so unerklärliche Weise geboten und ihr ebenso wieder genommen worden war.

Erstaunlicherweise war es Sven, das Nordlicht in ihrer Truppe, der mit versteinerter

Miene zu ihr herüberrief: „Ziska, du bist auf einem Boot, das nach einer *toten Frau* getauft wurde. Und du hast auf diesem Boot ihren Neffen umgebracht!"

Tamara sah ihn an und schrie dann, einer Eingebung folgend: „Du bist auf einem *Geisterschiff*! Spring in den Fluss! Schnell, spring! Das ist deine einzige..."

„Was zum Henker....?!" Nick riss die Augen auf und hielt ihr sofort den Mund zu, worauf sich Tamara heftig zu wehren begann. Rebecca half ihm sogleich, sie zu bändigen.

Das Boot trieb nun wieder unversehens in einem als normal erscheinenden Tempo mit der seewärtigen Strömung ab, mit einer vor Grauen erstarrten und tränenüberströmten Ziska an Bord, deren schluchzende Gestalt immer schwerer erkennbar wurde, bis die *Marie-Claude II* außer Sicht trieb.

Hannes sah sich in ihrer Runde um und sagte mit belegter Stimme: „Leute, was haben wir da eben erlebt?"

Rebecca sah ihn an und erwiderte mit versteinerter Miene: „Gerechtigkeit. Ironie des Schicksals. Grausamkeit des Schicksals. Such dir etwas aus."

Tamara murmelte völlig abwesend: „Das war unglaublich. Ich... was war das eben? Ich fühle mich..."

Dann wurden ihre Knie weich und sie mussten sie stützen.

Dieses beinahe paranormale Ereignis konnte jeden aus den Socken hauen, dachte Nick. Ihm war es eiskalt den Rücken hinab gelaufen bei der Vorstellung, was alles der Auslöser für dieses Phänomen gewesen sein konnte. Für ungewöhnlich einsetzende, perfekt getimte Unterströmungen und ebenso ungewöhnlich wieder nachlassende war das schon ein *extrem* großer Zufall gewesen.

Andererseits begannen sie erst, das unendliche Multiversum mit seinen ebenfalls unendlichen Möglichkeiten zu bereisen und zu entdecken. Wer konnte schon sagen, was sie hier noch alles erwarten mochte?

Vielleicht hätten sie sich bei der Einweisung genauer danach erkundigen sollen, ob es auch Dimensionen gab, in denen sich für ihre Verhältnisse übernatürliche Phänomene manifestieren konnten. Aber wer von ihnen hätte so eine Möglichkeit überhaupt jemals ernsthaft in Betracht gezogen?

Nein, das war einfach zu verrückt. Nick schüttelte stumm den Kopf und versuchte das abzutun. Jeder, der nach so etwas gefragt hätte, wäre zweifellos für verrückt erklärt worden.

Aber *was* war das denn dann eben gewesen?

Sie verließen nun mit einem flauen Gefühl im Magen den Ort des Geschehens, bevor noch jemand auf sie aufmerksam werden konnte. Zu ihrem großen Glück fanden sie eine Bahnstation namens Mistley entlang der Linie, die sie vorher vom Wasser aus schon erspäht hatten. Dort mussten sie eine Viertelstunde lang auf einen Zug in Richtung Colchester warten, während es allmählich dämmerte.

Die meisten von ihnen brüteten in der klammen Seeluft dumpf vor sich hin nach dem Erlebten, noch nicht fähig, darüber zu spekulieren, wessen sie da Zeuge geworden waren. Rebecca, die die leise schluchzende Tamara im Arm hielt, fragte Sven: „Was war das eigentlich für ein Päckchen, das die alte Hexe dir vom Boot aus zugeworfen hat? Ich dachte, wir sind nur hier, um einfach von A nach b zu kommen und somit unsere Feldtauglichkeit unter Beweis zu stellen."

Verlegen versuchte Sven darauf abzulenken: „Das ist ja auch der eigentliche Zweck dieser Übung. Es war nur ein kleiner zusätzlicher Aspekt der Mission, dass uns dieser Chip aus der DDR mitgegeben wurde, um ihn im TransDime Werk in England abzugeben."

„Wozu ist er gut?", verlangte Nick zu wissen.

„Das kann ich dir auch nicht sagen. Ich weiß nur, dass es überaus wichtig ist, dass er unbeschadet ankommt."

„Sven, du bist ein Vollidiot." Tamara wischte sich ihre Tränen mit dem Ärmel ihrer Jacke ab.

Erstaunt hielt er inne: „Wie bitte?"

„Wenn es wirklich von *irgendeiner* Wichtigkeit wäre, diesen Chip heil nach Manchester zu bringen, warum wurdet ihr dann nicht einfach angewiesen, ihn in Frankfurt der Stewardess der Fähre mitzugeben, als wir dort abgesetzt wurden? So wie ich es verstanden habe, ist die Fähre direkt nach ihrem unplanmäßigen Stopp im stillgelegten Terminal in Frankfurt weiter nach Manchester zum regulären Halt in Filiale 127 weiter geflogen. Weshalb sollte man es also riskieren, etwas Wertvolles oder Wichtiges auf einer tagelangen Odyssee durch Feindesland zu verlieren? Ihr seid am Gate im Transferbereich von Frankfurt gestanden. Alles, was ihr hättet tun müssen, war, den Chip in der Fähre abzugeben." Sie schüttelte den Kopf, ungläubig über soviel Naivität.

„Verdammt, du hast recht. Ich *bin* ein Vollidiot!" Er schlug sich mit der flachen Hand gegen die Stirn.

„Tja, und jetzt? Wie viele Menschen hier sind für diese dämliche Zweckübung gestorben? Ist ein Leben in Filiale 127 weniger wert als eines in Filiale 88 oder Filiale 1? Sag du es mir." Wütend musterte Rebecca ihren dienstälteren Kollegen.

Er schwieg nur mit versteinerter Miene.

Nick konnte nicht anders, als hinzuzufügen: „Wir arbeiten für eine Organisation, die uns, ihre Leute, dazu anhält, wie Berserker durch andere Parallelwelten zu wüten, jedes Gesetz zu brechen und blindwütig jeden zu töten, der uns im Weg steht auf unserer Mission. Weil wir nach Ende der Mission wieder in unsere eigene Welt verschwinden, soll das aus unserer Sicht keine Konsequenzen haben? Ja, für *uns* schon."

Hannes wandte ein: „Das ist ziemlich gefährlich, was du da von dir gibst, Kumpel."

Thorsten gab zu bedenken: „Dann lass uns mal hoffen, dass keiner von uns eines Tages irgendwo in unserer Freizeit an einem Ort ist, wo wir einem TransDime Agenten aus einer anderen Realitätsebene zufällig in den Weg geraten, während er bei uns auf einer Mission ist. Dann hätten wir nämlich auch nichts zu lachen."

Sven erhob sich, als er in der Ferne den Zug sich nähern sah. „Ihr werdet philosophisch, Leute. Wenn ihr Bedenken habt, was den Feldeinsatz angeht, habt ihr die klare Möglichkeit, das zu äußern und ihr werdet anderswo eingesetzt. So psychopathisch Ziska auch geworden sein mag, in einem hat sie Recht: nicht jeder hat das Zeug zum Agenten."

Tamara sagte mit bedrückter Miene leise: „Lieber werde ich ein Außenagent und kann auf diese Weise etwas besser machen und verändern, als mich davon abzuwenden und andere wie Ziska so weitermachen zu lassen wie bisher."

Nick schlug ihr auf die Schulter: „Bitte versteh das jetzt nicht falsch. Ich finde, das ist genau die richtige Einstellung."

Und Rebecca stand auf, um ihr die Hand zu reichen und sie auf die Füße zu ziehen. „Na, komm. Das Leben geht weiter und wir haben es in der Hand, etwas daraus zu machen. Pierre muss nicht umsonst gestorben sein."

Tamara ließ sich hochziehen. „Sehr dramatisch, aber es verfehlt seine Wirkung nicht. Ich bin ja schon froh, dass es Leute wie euch bei TransDime gibt, die noch mit einem Gewissen und ethischen Vorstellungen an die Sache herangehen. Mir wird erst allmählich bewusst, wie groß die Verantwortung ist, die wir übernommen haben."

Der alte Vorort-Zug kam zum Stehen und sie stiegen ein. Als sie sich gesetzt hatten und der Zug anfuhr, ging draußen gerade über den sanften grünen Hügeln Englands die Sonne rötlich-golden im Südwesten unter.

Und Tamara fing plötzlich an zu weinen, als sie erneut an Pierre denken musste. Rebecca hielt sie wieder im Arm und auch Nick legte ihr Trost spendend eine Hand auf die Schulter. Nach einer Minute hatte sie sich bereits wieder gefangen. Schniefend sagte sie: „Ich wüsste nicht, was ich ohne euch tun würde, Leute. Wirklich. Ich kann euch nur dafür danken, dass ihr immer für mich da seid."

„Ist doch klar. Uns wirst du nicht so schnell los." Nick setzte eine entschlossene Miene auf, worauf sie wider Willen kurz schmunzeln musste.

„Ihr hattet beide Recht in Dünkirchen, als ihr mir gesagt habt, ich soll das Schicksal nicht herausfordern und mein Karma verhöhnen. Jetzt habe ich die Quittung dafür erhalten." Die junge Schweizerin wirkte todunglücklich in diesem Moment, als sie derart mit sich haderte.

Sven, der neben ihnen saß, stand auf und sagte zu Tamara: „Kommst du mal schnell mit?"

Sie sah erst ihn, dann ihre beiden Freunde fragend an, kam seiner Aufforderung aber nach. Außer Rebecca und Nick war niemand in ihrer Gruppe daran interessiert, dass die Beiden sich zwei Sitzgruppen weiter niederließen und miteinander sprachen. Sie alle waren noch zu sehr mitgenommen von den Ereignissen am Pier, sowohl von dem grausamen Mord als auch dem unheimlichen Vorfall danach. Keiner von ihnen hatte auch nur eine ansatzweise schlüssige Erklärung für das absolut abnormale Verhalten der *Marie-Claude II*. Ihnen blieb nur, an eine extrem ungewöhnliche, sehr starke Gegenströmung oder etwas dergleichen zu glauben, wenn sie nicht ins Reich des Übernatürlichen abdriften wollten. Dieser Zufall und das Timing des Einsetzens sowie der Umkehr dieser Strömung war allerdings zu unglaublich, um es einfach so abtun zu können.

Alle hatten einen Heidenrespekt vor diesem unerklärlichen Phänomen, das sie dort an dem Kai miterlebt hatten.

Nick hatte es erstaunt, dass es ausgerechnet Sven gewesen war, der Ziska das mit der Herkunft des Schiffsnamens zugerufen hatte. Damit hatte er seine Neutralität komplett über Bord geworfen, um bei der nautischen Ausdrucksweise zu bleiben. Nick wusste zwar, dass Sven im Norden in der Nähe der See aufgewachsen war und nahm an, dass er vielleicht noch aus Kindheitstagen eine Affinität für solche Mythen und Mysterien der Seefahrt hatte. Nick war sich aber nicht sicher, ob er Ziska das nicht doch zugerufen hatte, um ihr noch zusätzlich Angst zu machen und es ihr so heimzuzahlen.

Sie konnten nichts von der Unterhaltung zwischen Sven und Tamara verstehen, aber auf ihrem Gesicht zeichnete sich in den nächsten zehn Minuten ein wahres Kaleidoskop der Gefühle ab. Ein paarmal liefen auch ein paar Tränen über ihre Wangen und dann lächelte sie wieder verschmitzt. Am Ende fiel sie ihm um den Hals und umarmte ihn so lange, dass Rebecca und Nick sich erstaunt ansahen.

Die beiden kehrten zur Gruppe zurück und setzten sich kommentarlos zu ihnen. Rebecca hielt es nicht mehr aus und raunte Tamara zu: „Was habt ihr denn da so lange besprochen?"

Die junge Schweizerin schüttelte nur versonnen den Kopf. „Lass nur. Ich kann dir aber sagen, dass ich mich in Sven gründlich getäuscht habe. Ich muss meine Meinung über ihn revidieren. Er hat Qualitäten, die ich ihm nicht zugetraut hätte. Und es tut gut zu wissen, dass auch jemand wie er im Hintergrund da ist und bei TransDime agiert."

„Freut mich, dass du so denkst." Nick konnte nicht umhin, Sven anerkennend zuzunicken. Er bezweifelte, dass sie je erfahren würden, was er zu ihr gesagt hatte.

Hannes kam zu ihnen herüber und richtete das Wort an sie: „Hört mal schnell her, Leute. Wir haben uns überlegt, dass es vielleicht besser wäre, wenn wir bei unseren Berichten diesen seltsamen Vorfall mit der *Marie-Claude II* am Anleger weglassen sollten. Es ist auch so schon genug Übles passiert, auch ohne dass wir hinzufügen, dass das Schiff zum Geisterschiff wurde und sich an Ziska gerächt hat für ihre Untat. Oder was auch sonst immer passiert sein mag."

Tamara antwortete wie aus der Pistole geschossen und mit einem profimässigen Pokerface: „Einverstanden!"

Nick warf ihr einen fragenden Seitenblick zu, doch aus ihrer Miene ließ sich nichts ablesen. So stimmte er auch zu: „Ja, das wäre wirklich besser für uns alle. Wir werden sicher auch so schon genug Ärger bekommen, auch ohne dass wir noch mit einer unglaubwürdigen Gespenstergeschichte daherkommen."

Rebecca sah gespannt Sven an: „Geht klar für mich. Was sagst du dazu?"

Der seufzte und willigte dann ein: „Ja, ihr habt sicher recht. Ziska wurde einfach aufs offene Meer abgetrieben und damit ist dieses Kapitel beendet."

„Falls sie wirklich gerettet wird und es zurück zu TransDime schafft, wird sie das nur noch mehr in Misskredit bringen, wenn sie so eine unglaubliche Story auftischt, von der sieben andere Missionsteilnehmer jegliche Kenntnis verneinen. Damit wird sie sich nur noch mehr in die Scheiße reiten." Rebecca lächelte ein wenig, aber auf eine Weise, die Nick beunruhigte. Er erkannte sie nicht wieder, sobald die Feindschaft zu Ziska bei ihr zum Tragen kam.

Hannes wollte wissen: „Dann sind wir uns alle einig? Dieses komische Ereignis hat nie stattgefunden."

Alle stimmten zu.

Der fast leere Zug brauchte zum Glück nicht lange bis nach Colchester, wo sie am Hauptbahnhof nördlich der Innenstadt ausstiegen. Rebecca ließ sich genervt vernehmen: „Ich hab die Nase gestrichen voll von diesem sinnlosen Trip. Lasst uns ein paar Leute aus ihren Autos ziehen, ihnen den Frack versohlen und dann mit ihren Karren nach Manchester fahren. Dann ist diese elende Farce endlich vorüber."

„Du hartes Mädchen", neckte Hannes.

„Pass bloß auf, mir steht es bis hier." Sie machte eine Geste mit dem Finger auf Halshöhe.

„Schon gut." Ihr Kollege ruderte nur allzu bereitwillig zurück, hatte er sie doch oft genug beim Kampfsporttraining und vor allem vorhin im Ernstfall gesehen.

Sie streiften über den weitläufigen Parkplatz des Bahnhofsgeländes. Dabei kam ihnen zugute, dass es bereits dämmerte und bald dunkel sein würde. Sie teilten sich in zwei Gruppen auf, da sie so in jeweils ein Auto passen und auch weniger auffallen würden.

Rebecca, Nick, Sven und Hannes schritten die hinteren Reihen des Geländes ab, bis sie jemanden sahen, der gerade mit dem Schlüsselsender eine recht neue Ford Mondeo Stufenhecklimousine funkfernentriegelte, während er noch zwanzig Meter vom Wagen entfernt war. Der Mann Anfang dreißig trug Anzug und Krawatte sowie einen Aktenkoffer bei sich.

„Kann eigentlich nur ein Bänker sein", mutmaßte Nick und beobachtete, wie Sven einen großen Bogen machte, um sich von der anderen Richtung her zu nähern.

„Versicherungsangestellter, hätte ich getippt." Rebecca strich sich die Haare aus dem Gesicht, um präsentabel zu wirken bei dem, was jetzt kam.

„Oder etwas Ähnliches, ich komme aber gerade nicht drauf", gab er zurück, indem er sich unauffällig näherte. Hannes hatte sich indes völlig unsichtbar gemacht.

Nick sprach ihn an wie ein Passant, der um eine Auskunft bittet: „Verzeihen Sie bitte, ich hätte da eine Frage."

„Der Mann hielt kurz vor der Fahrertür inne und wandte sich um. „Ja?"

„Wie groß ist eigentlich der Kofferraum ihres Mondeos? Das ist doch das aktuelle Modell, nicht wahr?"

Verärgert zog der Gefragte eine Augenbraue hoch. „Sehe ich aus wie ein Autoverkäufer? Gehen Sie in ein Ford Autohaus, wenn Sie etwas über dieses Modell wissen wollen."

„Autoverkäufer, natürlich!" Auflachend schlug er sich die Hand vor die Stirn und wandte sich an Rebecca, den verblüfften Mann kurz ignorierend. „Ich bin nicht darauf gekommen, aber ja, er sieht in der Tat aus wie ein Bänker, ein Versicherungsangestellter oder ein *Autoverkäufer*. Sachen gibt's."

„Lassen Sie mich in Ruhe, ich hatte einen harten Tag." Der Mann griff nach dem Fahrertürgriff, ihn noch immer misstrauisch im Auge behaltend.

Hinter ihm wuchs ein Schatten in die Höhe und Sven legte ihm eine Hand schwer auf seine Schulter. Erschreckt drehte sich der Bänker / Versicherungsangestellte um.

„Das tut mir Leid, dass Sie einen harten Tag hatten. Denn er wird nicht mehr besser werden." Bedauernd wies Nick mit dem Kinn auf das Heck des Wagens.

Zehn Minuten nachdem sie ihr Auto requiriert hatten, kam Oliver mit einem älteren Mercedes bei ihnen vorgefahren. Tamara auf dem Beifahrersitz kurbelte die Scheibe herab und fragte: „Bei euch alles klar?"

„Ja, hat gut geklappt. Ist euer Fahrer auch im Kofferraum?" Nick sah nach hinten auf das Heck der Limousine. Er hatte die Stufenheckform stets abgelehnt, weil sie ihm zu unpraktisch für den Transport von Sperrigen Lasten gewesen war. Aber wenn es darum ging, gekidnappte Autobesitzer für eine kurze Zeit sicher zu verstauen, war diese Karosserievariante unschlagbar, wie er sich nun eingestehen musste.

Sie nickte. „Thorsten hat ihm so Angst gemacht, dass er keinen Muckser von sich gibt. Ein netter älterer Herr."

„Dann fahrt uns mal lieber nach; wir haben ein Navi, das wir bereits auf Manchester eingestellt haben. Eine ziemliche Gurkerei über diverse Landstraßen, aber was soll man da machen? Wenn wir aus der Stadt raus sind, werden wir die Besitzer unserer Wagen an die frische Luft lassen." Er ließ die Scheibe wieder hochfahren und setzte den Ford in Bewegung. Ihr Besitzer war leider etwas widerspenstiger gewesen, aber mehr als ihn ein paarmal zu warnen, konnte man in so einem Fall eben nicht machen. Wenn er wieder aufwachen würde, würde er bereits wieder in Freiheit sein.

Der Feierabendverkehr gestaltete sich als erträglicher, als Nick befürchtet hatte. Er war inzwischen guten Mutes, dass sie den Rest dieser Odyssee ohne weitere Zwischenfälle über die Runden bringen konnten. Inzwischen war auch so viel schiefgegangen, dass ihr Karma ihnen ruhig eine Pause gönnen konnte, dachte er missmutig.

Nachdem sie ihre unfreiwilligen Passagiere abseits der Straße in einer Senke mitten zwischen von Hecken begrenzten Feldern, Rinderweiden und Waldstücken ausgesetzt hatten, fuhren sie auf ihre Route zurück und machten sich an die lange Nachtfahrt quer durch Süd- und Mittelengland.

Rebecca meinte während der Fahrt auf einer Landstraße: „Schade, dass wir nachts fahren, ich war noch nie hier. Wäre nett gewesen, etwas mehr vom Land zu sehen."

„Wenn ich ehrlich sein soll, will ich nur noch zurück nach Hause. Dieser Trip war ein einziger Alptraum. Wie konnte aus Ziska nur so eine kaltherzige Tötungsmaschine werden?" Nick schüttelte ungläubig den Kopf.

Sven meinte von der Rückbank aus: „Vielleicht übertreibt TransDime es bei der Ausbildung ihrer Problemlöser ein wenig. Sie suchen ja gezielt nach solchen Charakteren, um ihnen dann den letzten Schliff zu verpassen."

„Von Ziska hätten sie lieber die Finger lassen sollen." Rebecca kam ein Gedanke. „Oh Gott, wir dürfen das auf keinen Fall Lothar erzählen. Ich weiß nicht, wie er *darauf* reagieren würde."

Erschreckt bestätigte Nick: „Ja, er hat sich so gut gefangen nach diesem Tiefpunkt mit Ziska und inzwischen eine tolle, gesunde Beziehung mit Barbara. Das würde ihn sehr belasten, wenn dieses Gespenst aus der Vergangenheit ihn einholen würde."

Hannes erinnerte sie daran: „Davon abgesehen würdet ihr etwa gegen ein Dutzend Vertragsklauseln verstoßen, die ihr bei eurem Eintritt bei TransDime unterschrieben habt. Sie würden euch die Hölle heiß machen, wenn ihr ihm das erzählen würdet."

„Ja, schon klar, unsere Hintern gehören juristisch gesehen für alle Zeiten uneingeschränkt TransDime." Verärgert winkte Rebecca ab. „Lasst uns einfach nur noch nach Manchester fahren und dann verziehen wir uns aus dieser beschissenen Filiale."

„Nichts lieber als das. Der Rückflug wird ohnehin schon lang genug dauern. Wenn man sich mal überlegt, wie viel Zeit man immer mit den interdimensionalen Reisen verplempert... dass sich das überhaupt noch lohnt für die Firma! Aber muss wohl so sein, sonst würden sie die Dimensionsfähren wohl kaum betreiben. Wie wir inzwischen wissen, tut TransDime nichts, wenn sie nicht auch einen Vorteil davon haben." Hannes seufzte in Erwartung an den langwierigen Trip, der ihnen bevorstand.

Im zweiten Wagen saß Tamara schweigsam auf dem Beifahrersitz und brütete vor sich hin. Irgendwann wurde es Oliver zu viel und er erkundigte sich: „Alles in Ordnung mit dir, Tamara?"

„Nein, nichts ist in Ordnung. Falls du es nicht geschnallt hast, ich habe Pierre sehr gern gehabt, denn wir hatten einen wirklich guten Draht zueinander. Manchmal läuft man so einer Person über den Weg und weiß von Anfang an, dass man sich mit ihm gut verstehen wird. Weißt du, wovon ich spreche?" Sie seufzte traurig.

„Ich denke schon. Und es tut mir auch sehr Leid, dass es so gekommen ist. Das war wirklich das Allerletzte von Ziska. Man tötet doch nicht einfach jemanden, nur weil man es kann. Das hat überhaupt keinen Sinn gemacht, es war unnötig und grausam." Ihr Kollege redete sich in Rage.

Ihr kam eine Idee: „Habt ihr eigentlich eine Ahnung davon, was TransDime mit solchen Leuten macht? Ich meine, da sich die Firma ja offenbar über jedes Gesetz und jede Institution im schönen weiten Multiversum erhoben hat, gelten für sie ja auch dafür sicher andere Regeln. Wenn jemand ihrer Agenten so einen Riesenmist baut wie Ziska und unkontrolliert mordend durch die Gegend läuft, müssen sie ja wohl auch etwas in petto haben, was sie mit ihr tun können. Vielleicht sie von jemand anderem auch umbringen lassen?"

Thorsten meldete sich aus dem Fond: „Ich habe gehört, dass sie für verschiedene schwere Vergehen auch verschiedene Strafen haben. Leider nur Gerüchte, vor allem über Verbannungsstrafen."

Oliver bestätigte ihm aufgeregt über seine Schulter hinweg nach hinten: „He, davon habe ich auch schon gehört. Eine extra für Verbrecher reservierte Filiale, wo sie alle, die sich etwas Schlimmes haben zu Schulden kommen lassen, abladen und so ins Exil schicken."

Tamara versuchte sich das vorzustellen: „Eine ganze Welt, wo nur Verbrecher abgeladen werden? Oder diejenigen, die TransDime als Verbrecher erachtet? Das ist jetzt mal unheimlich. Stellt euch mal vor, *ihr* werdet dort hingebracht und wisst genau, dass jeder, dem ihr dort begegnet, etwas auf dem Kerbholz hat. Wie das wohl wäre?"

„Filiale 666 wird sie insgeheim genannt", warf Thorsten ein, worauf die beiden vorne Sitzenden lachten, aber es war ein erzwungenes Lachen.

„Manche sagen, dass es auf dieser Welt keinerlei Zivilisation gibt, dass sie bei ihrer Entdeckung völlig menschenleer war, bevor die ersten zur Verbannung dorthin gebracht wurden. Und dass sie seit Jahrhunderten schon alle Verbrecher dorthin ins Exil schicken." Oliver schien zu frösteln bei dieser Vorstellung.

Tamara warf ein: „Müsste es nicht auch verschiedene solcher Plätze geben? Es kann ja nicht sein, dass man so jemanden wie Ziska auf die gleiche Welt verbannt wie einen Bürotypen, der ein paar Euros an Firmengeldern veruntreut hat."

„Ach, da könnt ihr gleich wieder aufhören mit raten. Wir sollten uns in ein paar Jahren wieder über dieses Thema unterhalten, wenn wir alle ein paar Funktionsstufen höher sind und nicht nur mehr die Gerüchte aus den untersten Etagen zu hören bekommen." Thorsten schien das Thema damit abhaken zu wollen.

Tamara war das nur recht.

Sie beabsichtigte nicht, Ziska diese Strafe zukommen zu lassen. Nein, dazu würde es nicht kommen. Tamara wusste nicht, was mit ihr passieren würde und ob sie sich aus dieser misslichen Lage, alleine auf einem leeren Boot ohne Antrieb in die offene Nordsee hinaus treibend, wieder würde befreien können. Aber falls das doch der Fall sein sollte und sie beide sich jemals wieder begegnen würden, so gedachte sie ihren Schwur auch einzuhalten.

Gegen vier Uhr morgens standen sie alle vor dem TransDime Werkstor von Manchester und hielten dem Nachtportier ihre Ausweise vor die Nase, worauf er sie anstandslos einließ.

Es war erstaunlicherweise auch ein Assistent auf Nachtbereitschaft da, der den sogenannten 'Chip' von Sven entgegennahm und ihnen allen zur erfolgreich bestandenen Mission in einer so kurzen Zeitspanne gratulierte. Als die Sprache auf Ziska und deren Verbleib kam, wurde es allerdings unschön.

Sie wurden noch stundenlang getrennt einzeln befragt und ihre Aussagen aufgenommen, bis sie endlich die Erlaubnis erhielten, sich für den nächsten möglichen Rückflug einzuchecken. Durch die hier im Werk verbrachte Zeit war ihnen auch noch zu allem Übel eine günstige Verbindung nach Hause durch die Lappen gegangen, sodass eine lange und aufwendige Rückreise für sie berechnet und ausgestellt wurde.

Als sie dann endlich in der Fähre saßen, waren sie sich nicht einmal mehr sicher, ob das nicht gewollte Schikane gewesen war, um ihnen sozusagen einen kleinen Denkzettel für ihr Verhalten zu verpassen. Dabei war ihnen vom zuständigen Filialleiter versichert worden, dass sie unbehelligt nach Hause reisen konnten und die weitere Aufarbeitung der Vorfälle dort geschehen sollte.

Nach all dem Erlebten und dem zusätzlichen ständigen Unbehagen, welches Tamara an Bord einer Dimensionsfähre verspürte, saß die junge Frau wie ein Häufchen Elend auf ihrem Platz und schien fast den Tränen nah. Es brauchte all der Fürsorge von Nick und Rebecca, um sie ein wenig aufzubauen nach diesen traumatischen Ereignissen. Aber auch die anderen ihrer kleinen Gruppe, insbesonders Sven, gaben ihr Zuspruch und Trost.

Frankfurt am Main, Filiale 88 - Monat 5

Als Nick die Haustür aufschloss und den Wohnbereich betrat, saßen Lothar und Barbara gerade gemütlich beim Frühstück zusammen.
Erfreut begrüßte Lothar sie: „Hallo, willkommen zurück! Na, wie war eure Reise?"
Nick seufzte tief. „Ein einziges großes Fiasko. Eine völlig sinnlose Mission, nur Schmerz und Tränen. Wir bräuchten nach diesem Höllentrip eigentlich schon wieder einen Erholungsurlaub für traumatisierte TransDime Mitarbeiter."
Rebecca zog erschöpft ihren umsonst gepackten Reisekoffer, den sie nicht zu ihrem Feldtrip hatte mitnehmen können, hinter sich her und betrat als Zweite den Wohn-

bereich. „Ja, wenn das so weitergeht, dann werden wir Dauernutzer dieser Institution. Ich bin total durch den Wind, Leute."

Tamara betrat hinter ihnen den Raum. Barbara sah sie überrascht an.

„Nanu, willst du nicht erst mal nach Hause zu dir, Tamara?"

„Bevor ihr weiter fragt, wir waren bereits drüben in der anderen WG. Alle ausgeflogen. Wir wären keine echten Freunde, wenn wir sie in der großen leeren Wohnung drüben jetzt alleine ließen. Vergiss das einfach. Wir haben das übelste Jetlag, das du dir vorstellen kannst und Tamara hat ungefähr fünfundneunzig Prozent der Traumadosis der gesamten Assistententruppe abbekommen bei dieser Reise."

Befremdet sah Rebecca Lothar an: „Welcher Tag ist denn heute?"

„Samstag, aber was hat das damit zu tun, dass du...?"

„Wieso frühstückt ihr eigentlich?" Rebecca war verwirrt.

„Weil Morgen ist?" Barbara sah sie fragend an.

„Dann gute Nacht. Wir schlafen uns erst mal aus." Tamara trug ihre Übernachtungstasche bereits die Treppe hoch.

Nick sagte noch über die Schulter, bevor er auch nach oben verschwand: „Mega-Jettag. Unter anderem haben die Leute da, wo wir waren, Französisch und Englisch gesprochen. Fragt nicht. Aber überlegt euch wirklich gut und lange, ob ihr die Beförderung zur Stufe Eins annehmen wollt, wenn der Tag gekommen ist und man euch fragt. Ein Zurück gibt es danach nämlich nicht mehr."

Sie würden danach am helllichten Tag eine volle Ruheperiode durchschlafen. Ihr erster richtiger interdimensionaler Jetlag.

Lothar und Barbara sahen sich indes verunsichert an. Nach einem Moment unbehaglichen Schweigens sagte er: „Wir sollten uns davon nicht ins Bockshorn jagen lassen. Sicher übertreiben sie nur angesichts der frischen Eindrücke, die sie auf ihrer Reise gesammelt haben."

„Wo sie wohl waren? Ich würde sogar auf Südostasien tippen, wenn dort Französisch und Englisch gesprochen wurde. Außerdem würde das ihr Jetlag erklären."

Barbara war die Neugierde förmlich anzusehen.

„Kanada käme aber genauso gut in Frage für diese Kriterien. Wir werden auf der ganzen Welt rumjetten. Klasse!" Lothar gab sich gar arglos angesichts dieser Aussichten.

Seine Freundin gab zu bedenken: „Aber das haben wir doch schon beim Einstellungsgespräch erfahren, dass wir sehr viel weiter als nur im Inland herum kommen würden, wenn wir auf Stufe Eins befördert würden."

„Ich weiß, aber jetzt, wo es doch allmählich näher rückt, steigt die Vorfreude darauf." Lothar grinste vor sich hin.

„Und was ist mit der merkwürdigen Sache, die du in Braunschweig erlebt hast? Ich kann es noch immer nicht glauben, dass das so abgelaufen sein soll, wie du es mir beschrieben hast."

Er winkte ab. „Ach, das. So was kann mich doch nicht erschüttern. Manchmal spielen einem auch vielleicht nur die Sinne einen Streich. Schließlich war es dunkel und ich war in einer Stresssituation, die auch potentiell gefährlich war."

„Jedenfalls haben die drei da oben ganz schön was durch gemacht, wenn du mich fragst. Ob es das wirklich wert ist?" Barbara musterte ihn, doch Lothar zuckte nur mit den Achseln.

„Wenn wir die Beförderung nicht annehmen, werden wir es nie erfahren. Daher..."

Am nächsten Montag standen Rebecca, Tamara und Nick bei Arbeitsbeginn unaufgefordert bei Herrn Kardon auf der Bürotürschwelle. Ingo Willfehr sah auf, als sie ohne anzuklopfen einfach in sein Vorzimmer hinein gestürmt kamen.

„Womit kann ich Ihnen helfen?"

„Womit wohl? Nicht mit den Lottozahlen von letztem Samstag, das sollte wohl klar sein." Rebecca wurde umgehend sauer, als sie die leicht herablassende, blasierte Art von Willfehr zu spüren bekam.

„Sie vergessen sich, Frau Paulenssen. Falls Sie den Chef zu sprechen wünschen, der ist momentan verhindert."

Nick trat dicht ans Pult von Willfehr und fragte mit leiser, bedrohlicher Stimme: „Wann hat er denn ein wenig Zeit für uns? Es geht auch bestimmt nicht lange."

Der blonde Hipster sah ihn unverwandt an. „Muss ich den kleinen roten Knopf unter meinem Schreibtisch drücken, oder kriegen Sie sich wieder ein?"

„Um welche *Uhrzeit?*", beharrte Tamara aus dem Hintergrund. Auch ihr Tonfall verhieß nichts Gutes.

„Sie alle? Zusammen? Nun, da ließe sich etwas machen." Er tippte ein paar Eingaben in seinen PC und fuhr mit der Maus herum. „Um dreizehn Uhr?"

„Bis dann." Ohne ein weiteres Wort kehrten sie ihm alle den Rücken und verließen den Raum wieder.

Willfehr wartete noch, bis er sicher sein konnte, dass sie weg waren, dann betrat er das Büro seines Vorgesetzten nach kurzem Klopfen. Kardon sah von seinem PC auf.

„Ja, Ingo? Ist etwas? Ich dachte, ich hätte Stimmen aus Ihrem Raum gehört."

„Die Assistenten Paulenssen, Schnyder und Geiger waren eben hier und haben dringend um einen Termin ersucht."

Kardon seufzte. „Die auch noch? Dann haben wir jetzt alle sechs neuen Assistenten der Stufe Eins, die aufgebracht auf meiner Schwelle stehen. Haben Sie sie zur gleichen Zeit vorgeladen wie Winters, Hender und Stein? Gut, dann muss ich alles nur einmal erörtern. Die ganze Angelegenheit ist auch so schon ärgerlich genug. Denken Sie denn wirklich, dass dies nur das subjektive Empfinden von Neueinsteigern ist, was das Verhalten von Franziska Herrschel angeht? Immerhin sind es alle sechs, die übereinstimmend ausgesagt haben, ganz zu schweigen vom Bericht von Herr Petersen, der diese Mission betreut hat. Sollte der Persönlichkeitstest bei ihr derart versagt haben? Wenn wir wirklich übers Ziel hinausgeschossen sind bei ihr, müssen wir uns einiges einfallen lassen. Was wird es brauchen, um zu dieser Frau durchzudringen, falls sie wirklich dermaßen von jeglichen Moralvorstellungen losgelöst ist?" Kardon setzte seine Brille ab und rieb sich das Nasenbein, erschöpft und nachdenklich.

„Sie erwarten das Update aus Filiale 127 bis heute Mittag, nicht wahr?" Willfehr sah seinen Chef neugierig an. „Ich nehme an, deshalb sollte ich den Termin auf 13 Uhr legen."

„Ganz recht, die Drohne sollte bis zum Mittag bei uns eingetroffen sein und den Bericht, den ich angefordert habe, übermittelt haben. Dann sollten wir Bescheid wissen über das, was Frau Herrschel bis dahin widerfahren ist und wie der aktuelle Stand der Dinge betreffend ihres Verbleibs ist. Ich fürchte, diese Angelegenheit wird uns noch eine Weile beschäftigen."

Es hatte nicht lange gedauert, bis sie über die Buschtrommeln herausgefunden hatten, dass alle sechs an der Mission beteiligten Assistenten zur gleichen Zeit bei Herr Kardon einbestellt worden waren. Entsprechend stieg die Spannung bei ihnen über den Vormittag an. Beim Mittagessen in der Kantine saßen sie ebenfalls beisammen und rätselten über das, was nun kommen mochte.

Dann kam die dreizehnte Stunde und an deren Ende füllten sie das Vorzimmer von Willfehr, der sie leicht nervös musterte. Offenbar wusste er bereits über alles Bescheid, wenn er nicht sogar etwas wusste, was ihnen noch nicht mitgeteilt worden war.

Sie wurden hereingebeten und fanden einen längeren Konferenztisch einfacherer Bauart inklusive sechs Stühlen vor. Nick fragte sich, ob Kardon ernsthaft eine Art Innenarchitektur-Taskforce in ständiger Bereitschaft hatte, die ihm stets die genau passende Anzahl von Plätzen für den jeweiligen Empfangstermin zur Verfügung stellte.

„Setzen Sie sich erst einmal, dann können wir alles besprechen." Er wies relativ formlos auf die Tischgruppe. Als sich alle niedergelassen hatten, begann er auch gleich ohne weitere Umschweife.

„Normalerweise bedarf es keiner eigenen Nachbereitung solch einer Mission, aber durch die besonderen Umstände sehe ich mich gezwungen, Ihrem Wunsch nach einer Stellungnahme und weitergehenden Informationen nachzukommen."

Tamara meldete sich gleich per Handzeichen, noch bevor er etwas sagen konnte: „Eine Frage vorneweg: diese Geschichte mit dem Chip, von dem Frau Herrschel und Herr Petersen dachten, er wäre das eigentliche Missionsziel und müsste unbedingt aus der dortigen DDR nach England transportiert werden, war nur eine Farce, nicht wahr?"

„Das ist zutreffend. Für gewöhnlich wird solch ein Zusatzanreiz für die Sie betreuenden Agenten geschaffen, damit bei ihnen nicht das Gefühl aufkommt, sie seien nur als Aufpasser für die Neueinsteiger der Stufe Eins abkommandiert worden. Wie sind Sie darauf gekommen?" Interessiert wartete er auf die Antwort.

Nachdem Tamara ihm ihre Überlegungen geschildert hatte, musste Kardon ihr Respekt zollen. „Ich gebe zu, Sie haben das sehr schnell durchschaut. Ihnen kann man nur schwer etwas vormachen."

„Warum werden denn Anfänger auf solch gefährliche Schnitzeljagden geschickt? Ist Ihnen das Risiko nicht zu hoch, dass einmal etwas schief gehen könnte und Sie dabei Assistenten verlieren könnten?" Rebecca war mental noch immer nicht ganz genesen von den Nachwirkungen dieser Reise. Nick vermutete, dass sie alle an dieser Geschichte noch eine Weile zu knabbern haben würden.

„Nein, in diesem Stadium der Ausbildung und nach Abschluss und Bewertung des zusätzlichen Trainings traut man Ihnen das durchaus zu. Da Sie alle gerade erst die Zusatzausbildung absolviert haben, bevor Sie auf so eine Mission geschickt werden, sollten Sie mit einer so einfachen Problemstellung wie der Reise von A nach B ohne zusätzliche Aufgaben keine Probleme haben.

Auch Sie haben das auf bravouröse Art gemeistert, was unsere Einschätzungen ihrer Leistungsfähigkeit nur untermauert. Die eigentlichen Schwierigkeiten traten ja leider ausschließlich innerhalb der Gruppe auf."

Tamara korrigierte ihn, sich ungefragt meldend: „Nein, die Schwierigkeiten traten nicht innerhalb der Gruppe auf, da war alles in bester Ordnung. Sie traten zwischen der Gruppe und Frau Herrschel auf. Haben Sie denn nicht gewusst, zu welch drastischen Methoden sie greifen würde, um die Spuren unserer Bewegungen mit Unbeteiligten zu verwischen?"

„Ich muss zugeben, wir haben immer wieder einmal Probleme mit diesen speziell ausgebildeten Agenten. Aber was Frau Herrschel getan hat, ist in der Tat nicht mehr vertretbar. Sie hat bereits in einem früheren Einsatz Tendenzen zu solchen Überreaktionen gezeigt. So wie Sie alle den Hergang der Ereignisse bei Ihrer Mission beschreiben, hat es den Anschein, als ob bei diesem Einsatz bei ihr der Damm gebrochen ist, um dieses Bild zu bemühen."

Thorsten rutschte heraus: „Ihr sind die letzten Sicherungen durchgebrannt, wäre der passendere Begriff."

Kardon ignorierte diese halblaute Bemerkung und fuhr fort: „Es ist offenbar zu offenen Konflikten zwischen mehreren in Ihrer Gruppe und Frau Herrschel gekommen, auch handgreiflicher Art. Dabei kann auch eine Rolle gespielt haben, dass Sie eine gemeinsame Vergangenheit haben und zusammen ausgebildet wurden. Ich bin kein Psychologe, aber das alles kann zusammenhängen, wenn Sie mich fragen. Ich werde Ihnen keinen Vorwurf machen, denn Sie alle haben verschiedene Moral- und Wertevorstellungen und das Recht, diese zu vertreten, solange sie nicht der Firmenpolitik zuwider laufen. Frau Herrschel hat jedenfalls einiges zu erklären, falls sie jemals wieder in den Dienst von TransDime zurückfinden wird."

„Was meinen Sie damit? Ist sie zur Zeit... wissen Sie etwas über sie?" Nun war Tamaras Interesse geweckt worden. In ihren Augen flackerte kurz etwas auf, das Nick gar nicht gefiel.

Kardon setzte sich hinter seinen Schreibtisch und rief etwas auf seinem PC auf, schwer seufzend. „In der Tat habe ich ein frisches Kommunique aus Filiale 127 bekommen, was das angeht. Frau Herrschels Kreuzzug ist leider nicht mit der Trennung von Ihnen zu Ende gegangen, wie ich hier lesen musste.

Nachdem sie auf der *Marie-Claude II* vom River Stour aus aufs offene Meer abgetrieben worden ist, wurde sie mehrmals gesichtet während des Driftens bis nach Harwich. Vor der Ortschaft, kaum in der offenen Nordsee angekommen, wurde sie von einem Schiff der britischen Seenotrettung aufgebracht. Da sie zu dieser Zeit traumatisiert und nicht ansprechbar war, hat man sie an Bord geholt und das Schiff ins Schlepptau genommen.

Einer der Seenotretter, der am Ruder des geschleppten Bootes saß, hat offenbar Blut und einen Zahn auf der Brücke gefunden, worauf er diesen Fund dem Rettungskreuzer meldete. Die Besatzung versuchte daraufhin wohl, Frau Herrschel erneut zu befragen, was sie alleine auf einem Boot ohne Treibstoff und einer Brücke mit Kampfspuren zu suchen hatte. Ihre Reaktion darauf war äußerst negativ.

Glücklicherweise konnte sich der Steuermann auf der Brücke des Rettungskreuzers einschließen und um Hilfe funken. Die Küstenwache rückte an, ging an Bord und schaffte es nach einem kurzen Kampf, sie außer Gefecht zu setzen. Die traurige Bilanz am Ende: vier getötete Seenotretter, ein getöteter und zwei schwerverletzte Küstenschutzpolizisten sowie Frau Herrschel, die angeschossen im Gefängniskrankenhaus von Broadmoor liegt."

Die Augen aller Zuhörenden wurden groß und ihre Mienen waren von Entsetzen gezeichnet.

„Das klingt ja wie ein schlechter Film", rief Hannes aus. „Demnach ist sie total ausgerastet."

Kardon räumte ein, sorgfältig seine Worte wählend: „Es hat den Anschein, als hätte sie einige Defizite, was eine ausgewogene Psyche angeht. Momentan können wir nicht viel tun, solange sie noch angeschlagen ist. Wenn sie von ihrer Verletzung genesen ist, wird sich zeigen, wie TransDime weiter mit ihr verfahren soll."

„Sie meinen, dass die Firma da etwas tun kann? Wo sie doch interniert ist?" Rebecca traute ihren Ohren nicht. „Sie wollen sie doch wohl nicht aus dem Gefängnis herausholen?"

„Nun, auf legale Weise wird das ganz offensichtlich nicht gehen. Aufgrund der Schwere ihrer verübten Taten wartet im Großbritannien der Filiale 127 der Tod durch den Strick auf sie."

Schweigen im Raum.

Tamara wisperte leise. „Gut. Lasst sie hängen."

Nick sah sie entsetzt an.

Noch entsetzter bemerkte er, dass Rebecca ein kleines Lächeln unterdrücken musste, das ihm verdächtig nach Zufriedenheit aussah.

Und Ziska hatte gedacht, dass es *ihr* an Härte fehlen würde.

„Für TransDime ist dies ein hochgradig vertracktes Dilemma, da es nicht zur Firmenpolitik gehört, Agenten in einer fremden Filiale sich selbst ihrem Schicksal zu überlassen, wenn dies abwendbar erscheint. Es wird wohl darüber nachgedacht werden, sie aus der Haft zu extrahieren. Immerhin stellt sie durch ihre Ausbildung einen wertvollen Aktivposten dar."

Rebecca schoss aus ihrem Stuhl empor: „Das kann nicht Ihr Ernst sein? Sie wollen andere Agenten riskieren, um Franziska aus dem *Gefängnis* zu holen? Das ist sie *nicht* wert, soviel kann ich Ihnen sagen. Nicht so durchgeknallt und unkontrollierbar, wie sie momentan ist."

„Ich verstehe Ihre Bedenken, Frau Paulenssen. Dennoch muss zumindest die Möglichkeit erörtert werden, ob sie nicht extrahiert und therapiert werden kann, um zu einer gesunden Einstellung zurück zu finden und wieder einsetzbar gemacht zu werden. So läuft das normalerweise."

„Haben Sie wirklich einen so großen Mangel an kaltblütigen Profikillern, dass Sie sogar die Rehabilitation eines solchen Falles in Betracht ziehen? Wenn das so sein sollte, dann ist aber einiges im Argen bei uns." Tamara konnte nur den Kopf schütteln.

„Man kann es sehen wie man will, aber auf jeden Fall hat diese Mission unter den extrem erschwerten Umständen gezeigt, dass Sie alle tauglich sind für den Feldeinsatz. Frau Paulenssen und Frau Schnyder, Sie haben zwei der besten Bewertungen seit etlichen Jahren erhalten und werden für praktisch alle Einsatzgebiete als geeignet eingestuft. Dicht danach folgen Herr Stein und Herr Geiger, auch Sie sind als universell einsetzbar eingestuft worden. Herr Hender und Winters, Ihre Ergebnisse sind ebenfalls sehr respektabel und im obersten Viertel aller bisherigen Bewertungen angesiedelt. Ich wollte nicht versäumen, Ihnen das mitzuteilen."

Tamara murmelte: „Ich würde mich sogar als Ersatz für die liebe Ziska als Korrektor anbieten, wenn ich dadurch sicher sein könnte, dass TransDime sie am Strick baumeln lässt. Und sei es nur, um sicherzugehen, dass sie nie wieder auf die Menschheit losgelassen wird."

Rebecca zischte ihr entsetzt zu: „Shhh! Wie kannst du nur so was sagen?"

„Ihr Angebot in Ehren, Frau Schnyder, aber Sie werden doch noch ein wenig Dienst nach Vorschrift machen müssen, bevor wir uns zusammensetzen und entscheiden werden, welche Laufbahnen sie alle konkret einschlagen werden. Sie werden bald wieder neue Assistenteneinsätze zugeteilt bekommen, wo sie bei den sogenannten Inspektionen mitarbeiten." Kardon erhob sich wieder. „Das wäre für den Moment alles. Ich wünsche noch einen schönen Tag."

Sie fuhren hoch in ihre Büroetage. Nick hatte sich gerade gesetzt und wollte sich in seinen PC einloggen, als er bemerkte, dass Tamara und Rebecca ihre Computer herunter fuhren und ihre Sachen zusammenpackten. „Was habt ihr denn vor?"

„Ist doch klar, wir gehen einen trinken und feiern, dass die alte Hexe sich 'ne Kugel eingefangen hat und vielleicht bald am Galgen baumelt." Tamara verzog keine Miene bei dieser Aussage.

„Willst du nicht mitkommen?", wollte Rebecca wissen. „Das ist keine geschlossene Veranstaltung. Ich bin sicher, wenn wir ein Rundschreiben an alle, die sie bei TransDime kennen, raushauen würden, könnten wir locker eine ganze Kneipe mit Leuten füllen, die diesen Anlass feiern würden."

Er schüttelte den Kopf: „Sorry, aus der Nummer bin ich raus. Ich wünsche euch viel Spaß."

„Dann bis später, du Spielverderber." Seine Freundin erstaunte ihn noch immer nach all der gemeinsamen Zeit, stellte er fest. Und dieser ausgeprägte Gerechtigkeitssinn im Verbund mit der Gnadenlosigkeit gegenüber Antagonisten konnte sie durchaus eines Tages zu einer der gefragtesten 'moralischen Instanzen' von TransDime werden lassen, wie ihm erst allmählich klar wurde.

< 13 >

Frankfurt am Main, Filiale 88 - Monat 6

Es war der Abend vor Heiligabend und Lothar sowie Barbara waren bereits am Tag zuvor verreist, um die Feiertage bei ihrer Familie auf der Schwäbischen Alb zu verbringen. Auch Tamara saß praktisch schon auf gepackten Koffern und würde gleich morgen früh zu ihren Eltern in die Nordwestschweiz fahren.

Momentan saßen sie noch bei einem Glas Wein und einer Käseplatte nebst Weißbrot an ihrem Esstisch im Haus, als Nick die Haustür aufsperrte und sie dort sinnierend vorfand. „Na, ihr Beiden, alles klar?"

„Ja, wir feiern nur gerade ein wenig Abschied. Und haben nochmals die Ereignisse auf Filiale 127 Revue passieren lassen." Tamara hob ihr Glas an. „Ich gedenke hiermit Pierre, der ein unschuldiges Opfer von sinnloser Gewalt geworden ist."

Er setzte sich zu ihnen. „Darauf stoße ich mit an. Mich hat vieles nachdenklich gemacht, was wir dort erlebt haben, vor allem die Geschehnisse in der Bucht von Harwich. Und dass wir von TransDime einfach so auf eine derart gefährliche Mission geschickt wurden, nur um unsere Fähigkeiten zu testen... ich frage mich, ob das Vertrauen in uns so groß ist oder ob wir doch nur ein paar von vielen sind, die nach der Meinung unserer Vorgesetzten entbehrlich sind, wenn wir so einen Parcours durch halb Mitteleuropa nicht schaffen sollten?"

Rebecca merkte an: „Zu ihrer Verteidigung: wir hatten ja kein Zeitlimit. Wir mussten nur sicher ankommen; wie lange wir dafür brauchen würden, hat offenbar niemanden interessiert."

„Okay, das mag stimmen." Nick nahm sein von Rebecca eingeschenktes Weinglas entgegen und stieß mit ihnen an.

Tamara merkte noch an: „Wenn es euch tröstet: diese Odyssee hat offenbar niemanden von uns völlig kalt gelassen. Stellt euch vor, am letzten Arbeitstag habe ich nach dem Mittagessen in der Cafeteria Sven getroffen und mit ihm einen Kaffee getrunken. Er war total süß, hat sein Bedauern darüber ausgedrückt, wie die Reise verlaufen ist und sich mehrfach danach erkundigt, wie es mir jetzt geht. Ich habe ihm höflich, aber bestimmt zu verstehen gegeben, dass ich das alles erst noch richtig verarbeiten muss. Er schien nicht so ganz zufrieden mit meiner Reaktion. Vielleicht hält er mich für ungeeignet für das harte Agentenleben und Feldmissionen, entgegen seiner sehr guten Beurteilung."

„Ich glaube, du tust ihm unrecht", bemerkte Nick. „Er ist ein feiner Kerl und bei Weitem nicht so abgebrüht, wie er immer tut. Die Masche hat er auch bei mir auf unserer ersten gemeinsamen Dienstreise abgezogen."

Rebecca fügte hinzu: „Ja, und er ist eine ehrliche Haut. Ich glaube nicht, dass er dir Honig ums Maul schmieren würde, wenn er dich nicht für eine potentiell gute Agentin halten würde. Ich glaube sogar, er mag dich vielleicht. Immerhin hast du ihn schwer beeindruckt auf unserem Trip."

Sie blickte ein wenig verklärt ins Leere. „Kann schon sein. Immerhin gab es da diesen einen Moment, direkt nach der Katastrophe am Pier in England, als wir mit dem Zug vom Tatort geflüchtet sind... was er dort zu mir gesagt hat, hat mich tief bewegt. In ihm steckt mehr, als man ihm ansieht. Dieser Sven hat Tiefgang."

Rebecca sagte versöhnlich: „Wir entdecken immer wieder neue Seiten bei unseren Kollegen und Freunden hier. Ich kann nicht sagen, ob es der Job ist, der das ausmacht oder die Leute an sich. Teresa ist auch eine tolle Person und ich glaube, mit ihr könnte ich mich gut vertragen, wenn ich noch mehr mit ihr zu tun hätte. Sie ist so ein typischer Fall vom sprichwörtlichen stillen Wasser. Und auch mit Miriam habe ich mich immer gut verstanden."

Nick ging neben ihnen auf ein Knie und band sich einen Schnürsenkel, dann verharrte er in dieser Position und sah auf. „Mir ist auch einiges durch den Kopf gegangen, seit wir wieder hier sind, daher dachte ich, es wird allmählich Zeit."

Rebecca runzelte die Stirn, als er immer noch wie einstudiert in der Position auf einem Knie vor ihr verharrte. „Was meinst du damit?"

Er hielt ihr mit feierlicher, ernster Miene eine kleine, mit dunklem Samt bezogene

Schachtel vor die Nase. „Es wird Zeit hierfür."

Tamara kiekste hell auf, während Rebecca die Hände vor den Mund schlug. „Oh mein Gott, oh mein Gott, oh mein Gott..."

Sie staunte wie ein kleines Kind mit großen Augen, als er die Schachtel öffnete und sie einen Ring darin vorfand.

Er erhob sich wieder, ihr das Kleinod an den Finger steckend. „Komm aber nicht auf dumme Gedanken, das ist ein Freundschaftsring; wir sind nicht verlobt oder so was. Du hast so lange auf dem halben Karat Diamant, in Weißgold eingefasst, herumgeritten, dass ich dachte, den hast du dir inzwischen verdient. Hast es schließlich lange genug mit mir altem Esel ausgehalten. Zu Weihnachten bekommst du übrigens nichts mehr nach dieser Aktion hier."

„Oh, Nick, das ist so lieb von dir! Genau so habe ich ihn mir immer gewünscht. So eine schöne schlichte Einfassung, der Stein ist passgenau integriert und steht gar nicht groß über. Woher wusstest du das nur?" Mit einem glücklichen Lächeln betrachtete sie das Schmuckstück und drehte ihre Hand hin und her, bevor sie ihn umarmte und küsste.

„Ich kenne doch deinen Geschmack allmählich." Nun hob er seine eigene Hand hoch, an der ein gleichartiger Ring, nur ohne den Diamanten darin, steckte. „Na, was sagst du?"

Tamara besah sich das Schmuckstück am Ringfinger ihrer Freundin ebenfalls, mit feuchten Augen vor Rührung. „Das ist so toll, ich weiß gar nicht, was ich sagen soll. Was für eine Geste! Und ich?"

Als sie ihn frech anlachte, nahm er ihren Kopf sanft in die Hände und küsste sie auf die Stirn. „Du, meine Süße, gehst diesmal leer aus. Leider wirst du dir jemand anderen suchen müssen, der dir auch einen Ring an den Finger steckt."

Rebecca fiel in ihr Lachen ein. „Tja, Pech gehabt, Tammy. Kandidaten hättest du ja ein paar."

Tamara wurde wieder ernster. „Aber erst lasse ich noch ein wenig Gras über die Sache in England wachsen. Soviel Achtung vor Pierres Tod muss sein, das schulde ich ihm."

Nick, der immer noch vor ihr stand, drückte sie an sich. „Das verstehe ich. Ich hoffe nur, du lässt dir nicht zu viel Zeit. Aber was weiß ich schon, jeder hat sein eigenes Tempo bei der Verarbeitung von solchen Ereignissen."

Tamara nickte traurig. „Ich lasse es euch wissen, wenn ich soweit bin. Erst einmal bin ich froh, dass ich euch alle habe; auch die anderen, nicht nur euch beide. Ihr seid fast so was wie eine zweite Familie für mich und habt mir sehr geholfen in der ersten schweren Zeit."

„Dafür sind Freunde doch da. Ich wünsche dir jedenfalls auch schöne Feiertage bei deinen Eltern. Genieße die Zeit." Rebecca tätschelte ihr den Arm.

„Ihr auch. Und ihr bleibt hier?" Sie ließ die Frage nach dem Warum unausgesprochen, wofür ihr beide dankbar waren. Nicht jeder hatte Familienverhältnisse, die in ihm oder ihr den Wunsch auf gemeinsam verbrachte Feiertage aufkommen ließen.

„Ja, und wir rechnen fest mit dir zur Silvesterfeier."

„Versprochen, Rebecca. Du beringtes Täubchen!" Tamara lachte sie nochmals an, trank dann rasch den letzten Schluck aus und verabschiedete sich.

Konstanz, Filiale 88 - Monat 7

Seit fast zwei Stunden standen sie in ihrem geparkten schwarzen Standard-Trans-Dime-BMW X5 in der Kälte der Januarnacht und warteten.

Nachdem sie ihre Einsatzorder bekommen hatten, waren sie direkt von Frankfurt aus hierher gefahren; da sie erheblich früher als gedacht angekommen waren, hatten sie sich in einem großen Einkaufszentrum um die Ecke noch eine Kleinigkeit zu essen und zu trinken besorgt, bevor sie sich hier an den Treffpunkt gestellt hatten. Ihnen war lediglich ein Zeitfenster genannt worden, doch das näherte sich jetzt bald seinem Ende, ohne dass von irgendeiner Aktivität auf der anderen Seite etwas zu sehen war.

Es handelte sich nur um einen einfachen Kurierdienst, weshalb man dem erfahreneren Ramon Nick zur Seite gestellt hatte. Dieser hatte sich mit dem Latino, der aus eigenem Wunsch hier in Frankfurt Dienst tat, auf der mehrstündigen Fahrt ganz gut unterhalten. Er war ihm zum ersten Mal begegnet, als das Fiasko mit Tamaras unbeabsichtigtem Lauschangriff sich bei ihnen zu Hause abgespielt hatte, was dann schlussendlich zu Tamaras verfrühter, aber nicht unberechtigter Beförderung in die Funktionsstufe Eins geführt hatte. Ramon hatte damals zum TransDime Stoßtrupp gehört, den Herr Kardon aufgeboten hatte, um potentiell Schlimmeres zu verhindern.

Nick sah auf und ließ seinen Blick über die Häuserzeile schweifen, deren gegenüber sie gemeinsam mit vielen anderen Autos parkten. Zehn Meter neben ihnen endete die durchgängig verlaufende Straße an mehreren massiven Pollern, die die Durchfahrt für Autos blockierten.

Und dahinter lag die Schweiz.

Keine Grenzstation, keine Kontrollen, eine urbane 'grüne Grenze'. Die Stadt Kreuzlingen ging nahtlos in Konstanz, das auf deutscher Seite lag, über. Dort drüben in der Eidgenossenschaft lag direkt das nächste Wohngebiet nach nur zwanzig Metern Niemandsland, sodass man nicht einmal gemerkt hätte, dass man eine Staatsgrenze überquerte, wenn man es nicht wusste.

Als sie nun ihren allmählich kalt werdenden Kaffee schlürften, fragte Ramon ihn wie beiläufig: „Wie hast du das eigentlich angestellt, dass du dir Rebecca geangelt hast? Entschuldige, dass ich das frage, aber als ich damals im dritten Jahr auf Stufe Null war und sie im ersten Jahr, war sie so ruhelos wie ein umherstreifender Tiger."

„Eine grazile, umherstreifende Tigerdame, ja. Ich weiß genau, was du meinst." Er nahm einen kleinen Schluck. „Muss eine harte Zeit für euch Jungs gewesen sein, im wahrsten Sinn des Wortes."

„Da sagst du mal was. Sie war von Anfang an sehr ernsthaft und professionell und hat wie ein Schwamm alles aufgesaugt, was man ihr auf Dienstreise beibringen konnte. Aber privat konnte man sich toll mit ihr unterhalten. Sie hat etwas an sich, dass man sie sofort mögen muss." Ramon schien in Erinnerungen zu schwelgen.

„Stimmt, so ging es mir auf ihrer ersten Reise mit ihr auch. Man hatte den Eindruck, als ob sie nie etwas anderes getan hätte als TransDime-Steward mit Herz und

Seele zu sein. Mit *ihr* haben sie einen Glücksgriff getan." Nick warf seinem Kollegen mit den kurzgeschorenen schwarzen Kraushaaren einen Seitenblick zu. „Wart ihr demnach auch mal auf Tour zusammen?"

„Zweimal. Die erste Reise war nur kurz und hektisch, aber bei der zweiten Reise waren wir in Dresden im Sommer. Das hatte was. Sie war irgendwie ein wenig melancholisch drauf damals und hat eine Schulter zum Anlehnen gesucht. Na ja, ich will mich nicht in Details ergehen, schließlich bist du ja ihr fester Freund."

Nick ordnete das zeitlich kurz nach ihrem Erlebnis mit Bernd in Berlin ein, wo sie die schockierende Wirkung der schwarzen Kugel beim Rücktransport eines Inspektors in seine Heimatdimension hatte miterleben müssen. Kein Wunder, dass ihr Gemüt danach etwas angeschlagen und sie verletzlich gewesen war. Er selbst hatte ungefähr zu dieser Zeit gerade seine Einladung zum Einstellungstest bei TransDime bekommen.

Er antwortete Ramon bedächtig: „Schon gut, wir haben es damals auch sehr locker angehen lassen. Sie wusste aus irgendeinem Grund schon damals von der Charakterisierung der Stewards, also der Abneigung gegen feste Bindungen, aber wir waren dennoch von Anfang an auf einer Wellenlänge. Es hat sich allerdings etwas hingezogen am Anfang, weil sie einen falschen Eindruck von mir gewonnen hat. Sie dachte, ich würde etwas mit Serafina beginnen wollen und hat darauf ziemlich empfindlich reagiert."

„Ah, Serafina. Kein Wunder!" Ramon grinste bei dem Gedanken an sie. Offenbar hatte er auch schon Kontakt mit ihr gehabt. „Kein Wunder, dass das Zündstoff gegeben hat, meine ich."

„Im Nachhinein würde ich sagen, sie war damals direkt ein wenig eifersüchtig. Auf unserer ersten gemeinsamen Dienstreise habe ich das dann richtig gestellt. Dennoch hat sie mich zappeln lassen wie einen Fisch an der Angel; ich musste mich richtig ins Zeug legen und die Initiative ergreifen." Nun lächelte er ungewollt bei der Erinnerung daran.

Neugierig wollte Ramon wissen: „Und wie hast du das gemacht? Vielleicht inspiriert mich das, wenn ich eine ähnliche Aktion starten möchte."

Nick lachte. „Also, ich würde mein Verhalten nicht zur Nachahmung empfehlen. Wenn ich mir zu dem Zeitpunkt nicht schon relativ sicher gewesen wäre, dass das klappt, hätte ich das sicher nicht gemacht."

Ramon drängte nun: „Komm schon, spann mich nicht auf die Folter! Ich verspreche dir, dass ich niemandem davon erzählen werde. Mann, du bist der Typ, der *Rebecca* an Land gezogen hat! Ich *muss* es wissen!"

Geschmeichelt gab er daraufhin nach: „Also gut, das bleibt aber wirklich unter uns, kein Firmengetratsche... wir waren in der Sauna ganz alleine und ich habe demonstrativ vor ihr blankgezogen. Als sie dann mitgemacht hat, war alles klar."

„Du *Hund*! Das war mal ein gewagtes Stück!" Ramon schlug ihm feixend auf die Schulter. „Und dann habt ihr *in* der Sauna...?"

Auf Schweizer Seite bog vor ihnen ein Auto in die Straße ein, die als Sackgasse vor der Grenze endete, hinter der sie warteten. Als es näherkam, erkannten sie, dass der Wagen identisch mit ihrem eigenen zu sein schien. Die Scheinwerfer beschrieben eine Kurve und erloschen, als es vor den Pollern lautlos wendete und mit dem Heck zu ihnen weisend zum Stehen kam.

Ramon hatte bereits die Zündung eingeschaltet und den Elektomodus aktiviert. Sie fuhren ihrerseits ohne Licht zum Ende der menschenleeren Straße und wendeten, so dass auch sie mit dem Heck zur Grenze standen, nur zwei Meter von ihrem Gegenpart entfernt.

Die beiden Insassen des anderen Wagens mit Tessiner Kennzeichen waren bereits ausgestiegen und hatten die elektrische Öffnung der Heckklappe betätigt. Es war nicht überraschend, dass sie ihnen vom Alter und Typ her nicht unähnlich waren, Stewards und Assistenten in TransDime-Diensten eben. Sie warfen diverse leichte Gepäckstücke und Taschen vom Kofferraum aus nach vorne auf die Rückbank und hoben den Kofferraumboden an. Unter diesem war ein etwa zehn Zentimeter tiefer, doppelter Boden von stabilen Metallschienen in mehrere kleinere Fächer unterteilt, was für ihre Zwecke ideal war, denn dieser doppelte Boden war prall gefüllt.

Ramon hatte ihren Gepäckraum, der identisch ausgestattet war, nun ebenfalls geöffnet. „Hallo, Jungs. Lasst uns gleich anfangen."

„Gerne, nur keine Zeit verlieren. Da, mit schönen Grüßen von Valcambi." Sie begannen, ihnen flache Goldbarren von der ungefähren Größe eines Mobiltelefons zuzureichen. Wie immer überrascht von der hohen spezifischen Dichte von reinem Gold, knickte Nick im ersten Moment ein wenig ein, bis er sich wieder darauf eingestellt hatte, dass diese kleinen gegossenen Quader mit einem Volumen von etwa fünfzig Millilitern jeder ein volles Kilogramm wogen.

Sie bildeten eine Art doppelte Zweimannkette und reichten sich schweigend und rasch, fast im Sekundentakt, die Barren von einem in den anderen Gepäckraum durch, den doppelten Boden in einem fast symmetrischen Muster von vorne nach hinten füllend, so dass möglichst viel Gewicht vorne auf der Hinterachse lastete und möglichst wenig nach hinten überstand.

Sie beendeten das Umladen zu viert in weniger als zehn Minuten, während denen man beinahe mit bloßem Auge beobachten konnte, wie sich das Heck des einen Autos hob und die Hinterachse des anderen simultan dazu 'in die Knie ging'. Gegen Ende wurden sie merklich langsamer und waren alle danach schweißgebadet. Sie lachten sich an, das gemeinsame ungewöhnliche Erlebnis für einen Moment teilend, um sich dann ohne formelle Verabschiedung voneinander zu trennen.

Nick und Ramon stapelten ebenfalls ihre Gepäckstücke, Decken und Schlafsäcke auf den nun geschlossenen Boden ihres Kofferraums. Falls sie in eine Kontrolle kamen und ein Polizist einen Blick in ihr Gepäckabteil werfen würde, müsste er schon alles an Reisegepäck wegräumen, bevor er die über fünfhundert Kilogramm an Feingoldbarren im Wert von fast zwanzig Millionen Euro darunter entdecken konnte, die sie nun quer durch Süddeutschland transportieren würden.

„Ein nettes Gefühl, so eine Riesenfuhre Goldbarren, oder?", meinte Ramon lächelnd und bog ab in Richtung Bundesstraße, die sie über den Rhein und entlang des Untersees weiter zur A98 führen würde. „Ein Jammer, dass das demnächst in eine Fähre geladen und auf einer anderen Filiale eingelagert wird."

„Ja, und dann noch so schöne aus der größten und vielleicht auch bekanntesten Gießerei der Welt. Valcambi gießt doch speziell für die asiatischen Märkte die großen Barren mit hunderten von Unzen Gewicht in Kilobarren um, weil die in dieser

Größe in China, Indien oder Russland gehandelt werden."

„Du kennst dich aus. Hast wohl immer gut aufgepasst bei Dr. Decker, nicht wahr?", lobte Ramon, um dann unvermittelt wieder das Thema zu wechseln. „Was meinst du, soll ich die Sauna-Nummer auch einmal versuchen? Falls ich die junge Dame überhaupt in die Sauna bekomme."

Nick lachte. „Das Bild geht dir wohl nicht mehr aus dem Kopf, was? Du solltest dir aber sicher sein, dass ein Grundinteresse auch vorhanden ist. Und dass ihr nicht dabei gestört werdet. Ein gewisses Restrisiko besteht aber dabei, dass die Ladies untereinander ebenso viel schwatzen wie wir. Dann würdest du leider als phantasieloser Abkupferer dastehen, wenn der geniale 'Nick-Move' sich bereits herum gesprochen hätte."

Ramons Grinsen rutschte ihm unvermittelt vom Gesicht. „Mist, du hast Recht! Daran hatte ich gar nicht gedacht."

Verständnisvoll tätschelte Nick seine Schulter. „Hast du denn jemand Bestimmten im Sinn?"

„Ich schwanke noch zwischen Serafina, Jessica und Tamara. Sie sind alle drei sehr attraktiv und sympathisch. Was meinst du?"

Nick musste nicht lange überlegen. „An deiner Stelle würde ich mich auf Serafina konzentrieren. Offenbar hast du mit ihr schon positive Erfahrungen gesammelt, wenn ich dich richtig verstanden habe? Gut, dann würde ich mich an sie halten, denn ich denke, von der Offenheit und dem Charakter passt ihr beide am besten zusammen."

Ramon schaltete die Nebelscheinwerfer zu, als es leicht zu schneien begann. „Meinst du? Und die anderen beiden?"

„Jessica musst du selbst heraus finden, die kann ich in der Hinsicht nicht so gut einschätzen, aber Tamara kannst du getrost von deiner Liste streichen. Sie hat vor kurzer Zeit ein richtig schlimmes Trauma erlebt, eine Geheimsache. Ich war unter anderem auch dabei und habe es aus erster Hand miterleben müssen. Dabei ist jemand drauf gegangen, für den sie viel übrig hatte. Glaub mir, sie ist im Moment für nichts in der Art wie solche Sauna-Nummern zu haben. Und sie hat den schwarzen

Gürtel in Karate. Wenn du das also auf Teufel komm raus durchziehen willst, solltest du dich mit dem Gedanken anfreunden, dich von einigen deiner Weichteile zu verabschieden."

„Danke für die Warnung. Ich nehme das mal so an, schließlich ist sie die beste Freundin von Rebecca, nach dem was man so hört. Wenn es einer der Jungs bei TransDime weiß, wie sie drauf ist, bist das wohl du."

„Ich danke für das Vertrauen. Mann, mir ist der Gedanke noch nie gekommen, aber Serafina und du wärt wirklich ein tolles Pärchen. Würde ihr vielleicht auch mal gut tun, vom freien Markt genommen zu werden. Sie hat ja inzwischen ein paar wilde Jahre als Steward hinter sich." Nick überlegte sich etwas. „Kannst du dir vorstellen, dass sie je ein Agent wird?"

Ramon meinte versonnen: „Hm, schwer zu sagen. Ich hätte eher darauf getippt, dass sie Assistent bleibt oder sogar als Stewardess bei den Fähren mitfliegt. Das könnte ich mir gut vorstellen."

„Ja, das könnte gut sein. Wir werden sehen." Nick versank in brütendes Schweigen. Die Feiertage waren dieses Jahr in leicht bedrückter Stimmung verlaufen, nachdem sie erfahren hatten, dass Ziska kurz vor Weihnachten doch noch von einem Einsatzteam auf dem Weg vom Strafgericht zurück in die Gefängniszelle befreit worden war. Man hatte sie in eine Fähre gesteckt und in eine ihnen unbekannte Filiale verfrachtet, wo weiß Gott was mit ihr gemacht wurde. Wahrscheinlich sogar in das Ausbildungszentrum für 'Ausknipser', wie Rebecca es abfällig genannt hatte. Sie hatte auch etwas davon gesagt, dass Ziska vielleicht noch ein paar Schrauben nachgezogen werden mussten, bevor man sie wieder auf die Allgemeinheit loslassen konnte.

Er war eigentlich ganz froh gewesen, als die alljährliche Zwangspause zwischen den Jahren vorbei gewesen und Tamara wieder von ihrem Familienbesuch in der Schweiz zurück gekommen war. Sie fand wohl wirklich nur bei Rebecca und ihm das Verständnis und den Trost, den sie so dringend benötigte. Schließlich hatten sie miterlebt, was ihr widerfahren war und wussten um das, was sie umtrieb. Und auch wenn sie zäh und hart im Nehmen war, so war sie doch auch nur ein Mensch.

Mit Besorgnis hatten sie zur Kenntnis genommen, dass Tamara gleich nach ihrer Rückkehr in den TransDime Schützenverein eingetreten war. Ihnen war klar, dass das nichts Gutes bedeuten konnte. Wollte ihre Freundin nun in die Fußstapfen von Ziska treten, um ihr in jeder Hinsicht ebenbürtig zu sein, wenn sie das nächste Mal aufeinander trafen? Im Nahkampf würde sie es sicher auch jetzt schon mit ihr aufnehmen können, da hatten sie keinen Zweifel.

Auch die diversen blauen Flecken, die sich Rebecca immer wieder in jüngster Zeit beim gemeinsamen Kampftraining mit Tamara eingehandelt hatte, zeugten von der Verbissenheit, mit der die junge Helvetierin an sich arbeitete. Er konnte nur hoffen, dass sie nicht nur noch von Rachegedanken getrieben wurde, denn das konnte auch den fröhlichsten und nettesten Menschen auf lange Sicht hin verbittern und zerstören.

Aachen, Filiale 88 - Monat 7

Miriam Kaufmann klopfte an die Scheibe von Tamaras Fahrertür, worauf diese hochschreckte. Sie war so in Gedanken versunken gewesen, dass sie nicht bemerkt hatte, wie Miriam im Dunkel der Nacht aus dem Fenster im Erdgeschoss der Fakultät der Elektrotechnik und Informationstechnik herausgeklettert war, die Straße zu ihrem Parkplatz überquert hatte und nun vor ihrer Tür stand.

Schnell winkte sie die blonde, durchtrainierte Frau zur Beifahrerseite und öffnete die Verriegelung. Sie löschte automatisch die Innenbeleuchtung und stellte den Hybrid auf Elektromodus, um beim Losfahren möglichst wenige Geräusche zu verursachen.

„Tut mir leid, ich war für einen Moment abgelenkt", entschuldigte sie sich bei ihrer Mentorin.

„Das habe ich vorhin schon beim Aufknacken der Eingangstür gemerkt. Deshalb habe ich dich auch vorzeitig zurück zum Wagen geschickt und bin alleine rein. Ich fürchte, heute hast du nicht viel von mir gelernt, außer wie man ein dreißig Jahre

altes Zylinderschloss mit Einbruchswerkzeug öffnet, ohne Spuren zu hinterlassen."
Tamara seufzte und rollte los, als ihre Kollegin ihre Tür leise hinter sich geschlossen hatte und nach dem Gurt griff: „Ja, das war eine schwache Leistung von mir."

„Hör zu, wir alle machen einmal schwere Zeiten durch, aber wenn dich das in deiner Leistung negativ beeinflusst, solltest du das melden. Nimm dir eine kleine Auszeit, damit du den Kopf wieder freibekommst. Jetzt fahren wir erst mal zur TransDime Niederlassung, damit wir ihnen das hier überlassen können." Triumphierend hielt Miriam das Beutestück in die Höhe, wegen dem sie in das Forschungslabor eingestiegen war.

Tamara warf einen kurzen Blick drauf: „Wow, was ist denn das? So etwas habe ich noch nie gesehen."

„Tja, wenn ich das wüsste..." Miriam wickelte das empfindlich aussehende, hochkomplexe Bauteil vorsichtig in ein dickes Tuch und verstaute dieses in einem Rucksack. „Zu dumm, dass sämtliche Aufzeichnungen darüber vernichtet worden sind, nachdem ich mir eine Kopie davon gezogen habe. Tja, nicht mal mehr auf diese Cloud-Speicher ist heutzutage noch Verlass. Das wird ganz schön Staub aufwirbeln, wenn sie komplett neu mit ihren Forschungen beginnen müssen."

Ohne jedes Vorkommnis fuhren sie aus dem Universitätscampus heraus und lieferten das Bauteil beim Werk ab, bevor sie in ihr Hotel zurückfuhren.

Miriam hielt Tamara davon ab, sich gleich in ihr Zimmer zu verkriechen und dirigierte sie in die gemütliche, schlecht ausgeleuchtete und vor allem fast leere Hotelbar.

Nachdem sie beide ihre Drinks erhalten hatten, forderte Miriam sie auf: „Dann erzähl mal; was ist dir für eine Laus über die Leber gelaufen?"

„Eine ziemlich große Laus, etwa einssechzig, lange brünette Haare, hellblaue Augen..."

Miriam nahm einen Schluck: „Witzig, ich kannte einmal solch eine Laus bei TransDime. Eine ziemlich üble Laus."

Tamara sah geradeaus: „Klar, ich hätte wissen können, dass du Ziska schon früher begegnet bist. Wir sind ja alle eine große liebevolle Familie bei TransDime."

„Das klingt aber bitter. Was hat sie dir denn angetan?" Interessiert musterte sie ihre jüngere Kollegin und fügte wissend hinzu: „Falls das nicht wie sonst auch geheim ist."

Die junge Schweizerin strich sich nervös durch ihr rötlichbraunes Haar. „Wie gut kennst du Ziska?"

„Gut genug um zu wissen, dass sie kein normaler Mensch ist. Ihr fehlt es an etwas... Empathie. Sie kann sich nicht in andere Menschen hinein versetzen oder es ist ihr nur egal, was in anderen vorgeht. So war sie, als ich sie gekannt habe. Und sie kann leicht außer Kontrolle geraten. Ich habe das einmal erlebt. War nicht schön." Miriam sah sie über den Rand ihres breiten Glases hinweg an.

„Sie ist noch schlimmer geworden, als du sie beschrieben hast. TransDime hat sie nach einem Jahr aus dem normalen Training der Stewards Klasse Null heraus genommen und sie zu einer Waffe gemacht. Sie haben ihr den kleinen Rest an Menschlichkeit genommen, den sie noch hatte und sie so verkorkst, dass sie alles und jeden umbringen will, der sie während einer Mission zu Gesicht bekommt. Sie hinterlässt lieber eine lange Blutspur, als einen einzigen Menschen am Leben zu lassen, der vielleicht eine Aussage über sie oder eine Beschreibung von ihr machen könnte." Tamara nahm einen großen Schluck aus ihrem Glas und schüttelte mit versteinerter Miene ihren Kopf, dann fuhr sie leicht abwesend fort.

„Sie ist völlig außer Kontrolle. Jedenfalls war sie das, als ich sie das letzte Mal gesehen habe. Da hat sie gerade jemanden, der mir viel bedeutet hat, ohne mit der Wimper zu zucken, schwer verwundet und in eine eiskalte Meeresbucht in die reißende Strömung geworfen. Sie hat ihn ertrinken lassen."

„Tut mir wirklich leid. Das ist nicht hier passiert, oder?" Miriams Miene zeigte Mitgefühl, ihre blauen Augen wurden sogar ein wenig feucht.

In diesem Moment hatte Tamara eine Idee. Sie war die ganze Zeit seit Pierres Tod auf Filiale 127 wie betäubt gewesen, deshalb wohl war ihr dieser Gedanke nicht schon früher gekommen. Das konnte die einzige Erklärung für diese Verzögerung sein. Normalerweise erkannte sie Zusammenhänge in einem solch großen Rahmen viel schneller. Die Trauer um ihren neu gefundenen Freund, der so unvermittelt und brutal wieder aus ihrem Leben gerissen worden war, hatte das verhindert. Aber jetzt war ihr dieser Gedanke gekommen und die besagte Idee begann, Gestalt anzunehmen.

„Tamara?" Miriam legte ihr vorsichtig eine Hand auf den Unterarm und holte sie damit wieder zurück ins Hier und Jetzt.

Sie schüttelte kurz den Kopf, wieder klar werdend. „Tut mir leid, mich hat die Erinnerung gerade wieder eingeholt. Du hast Recht, es ist auf einer anderen Filiale geschehen. Und es war so ein sinnloser, unnötiger Tod. Zum Glück haben sie Ziska jetzt einkassiert. Vielleicht finden sie bei TransDime ja raus, was bei ihr nicht richtig tickt und biegen es wieder gerade. Oder sie kümmern sich angemessen um sie."

Miriam fröstelte: „Du klingst fast so, als wäre dir die zweite Möglichkeit fast lieber. So etwas traut man dir gar nicht zu, wenn man dich erst kennengelernt hat."

„Sie schmunzelte: „Ja, das ist meine große Geheimwaffe, nicht wahr? Ich sehe so süß und unschuldig aus, dass ich ständig für harmlos gehalten und unterschätzt werde. Ich kann das für mich nutzen und einer der besten Agenten von TransDime werden, wenn die Zeit für mich gekommen ist. Dadurch kann ich mich schneller hocharbeiten bis zu den Forschungsteams."

„Du willst später mal auf eine Forschungsfähre? Wow, da hast du dir ja was vorgenommen. Aber bestimmt hast du recht, das ist sicher eine der besten und sinnvollsten Dinge, die man im großen weiten Multiversum in TransDime-Diensten tun kann." Anerkennend pfiff Miriam durch die Zähne.

„Und was ist mit dir?"

Sie winkte ab. „Ach, weißt du, ich bin in mehreren Monaten soweit, dass ich auf Stufe Zwei befördert werde, wenn ich bis dahin nicht noch irgendwelchen richtig großen Mist baue. Und ich habe schon einen Haufen Mist durchlebt, um so weit zu kommen. Jetzt möchte ich mir in aller Ruhe überlegen, was ich tun will, wenn sie mir verschiedene Dinge anbieten. Nicht jeder ist für alles qualifiziert, wie du weißt. Manche sind auch froh, wenn sie außen vor bleiben und im Büro, einer Transferstation oder einer interdimensionalen Fähre arbeiten. Ich habe meinen endgültigen Weg noch nicht gefunden, aber ein bisschen mehr Aufregung als diese Dinge könnte es schon sein."

Tamara stieß mit ihr an: „Dann hoffe ich, wir begegnen uns noch oft in vielen aufregenden Situationen."

„Darauf stoße ich gerne an."

Görlitz, Filiale 88 - Monat 7

Rebecca kam aus ihrem Zimmer heraus und klopfte nebenan, worauf ihr geöffnet wurde. Sie trat ein und fragte leicht erschöpft: „Na, alles klar bei dir, Teresa?"

Die rothaarige TransDime Assistentin, die ein Dienstjahr über ihr stand, nickte und gähnte ganz ungeniert ohne Hand vor dem Mund: „Ja, nur völlig übermüdet. Wie lange sind wir jetzt gefahren von Frankfurt aus? Sechs Stunden?"

„Ja, der Verkehr war die Hölle. Zum Glück hast du mich auch einmal für eine Weile abgelöst." Rebecca wurde nun von ihr angesteckt und gähnte ebenfalls.

„Du weißt doch, dass ich nicht mehr so oft zum Fahren komme, weil ich ständig auf anderen Filialen bin. Allein die ganzen Transfers..."

„Mir brauchst du nichts zu erklären. Wie sieht jetzt der Plan aus? Du wolltest es mir doch verraten, wenn wir angekommen sind." Sie betrachtete sich prüfend vor dem Spiegel. Spaßeshalber stellte sich Teresa neben sie und posierte ebenso.

„Verflucht seien alle Frauen über einsachtzig. Die armen kleinen Männer trauen sich nicht, uns überhaupt anzusprechen."

Rebecca lachte. „Ja, außer meinem 'kleinen' Nick. Aber nenne ihn bloß nicht so, sonst wird er saurer als ein Glas Milch auf der Fensterbank, nur wegen ein paar Zentimetern. Außerdem habe ich es einmal gewagt, sein bestes Stück den *kleinen* Nick zu nennen. Das hättest du mal erleben sollen, was er da für einen Aufstand gemacht hat. Ab und zu rutscht mir dieser Ausdruck heraus, wenn ich ihn ein wenig foppen will. Er springt sofort darauf an, dieser genitale Kosename ist wie ein rotes Tuch für ihn. Er ist nämlich alles andere als klein, was das angeht."

Teresa schmunzelte. „Schön, große Männer für große Frauen. Passt doch."

„Ja, wir sind schon zwei Amazonen. Aber du lenkst ab, erzähl mir jetzt den Plan", forderte Rebecca.

„Ach ja, richtig. Erst einmal hauen wir uns ein paar Stunden aufs Ohr und schleichen uns dann mitten in der Nacht aufs Dach..."

Leicht missgelaunt stand Rebecca neben ihrer Kollegin am oberen Ende des Treppenhauses ihres Hotels, wo diese sich mit einem Dietrich über das alte Schloss der Zugangstür zum Dach hermachte. Sie beobachtete, wie Teresa das ungewöhnliche Werkzeug mit viel Geschick und Feingefühl einsetzte und ruckelte, bis sich der Zylinder drehen ließ und sich die Tür öffnete. „Da, ich hab's. Hast du gesehen, wie es funktioniert hat?"

„Ja. Möchte mal wissen, wem so ein bescheuerter Plan eingefallen ist?" Sie folgte Teresa durch die Tür aufs kalte, windige Dach.

„Es ist nun mal wichtig, dass unser Kollege dieses fragliche Teil über die deutsch-polnische Grenze bekommt, ohne das Risiko, an einem Grenzübergang von einer zufälligen Patrouille kontrolliert und durchsucht zu werden. Daher müssen wir die Ware getrennt von ihm nach Deutschland herüber holen. Keine Sorge, das wird schon klappen. Wer sollte in so einer eisigen Februarnacht freiwillig am Neißeufer herumlungern?"

„Na, unser Kunde zum Beispiel. Wir müssen uns jetzt aber beeilen, es ist gleich drei Uhr. Such du noch schnell den polnischen Uferweg mit dem Fernglas ab, nur um sicher zu gehen, dass wir dann auch ungestört sind, wenn es so weit ist." Teresa nahm das längliche, dünne Futteral von ihrer Schulter, das sie mit sich getragen hatte, und holte dessen Inhalt heraus. Es handelte sich um einen zerlegten Compoundbogen, den sie mit wenigen geübten Handgriffen und einem kleinen Imbusschlüssel zusammensetzte.

Das Parkhotel, in welchem sie wohnten, befand sich unmittelbar neben der Neiße, dem kleinen, aber tiefen Grenzfluss zwischen Polen und Deutschland, in einem Park, wie der Name schon vermuten ließ. Daher gab es hier auch keine unmittelbaren Nachbarhäuser, was ihr Vorhaben erleichterte.

Nur gut fünfzig Meter entfernt führte am polnischen Ufer unmittelbar am Fluss ein kleiner Spazierweg entlang, der an diverse Rückseiten von Grundstücken mit Hinterhöfen und Schuppen sowie Garagen grenzte. Die meisten dieser Areale waren mit Holzzäunen oder Mauern eingefriedet. Rebecca suchte den unbeleuchteten Weg mit ihrem Fernglas ab, während Teresa die letzten Handgriffe ihrer Montage abschloss.

„Da steht jemand bei dem Zaun direkt gegenüber, dort wo der Schuppen an den Weg grenzt. Das könnte er sein." Rebecca ließ ihr Glas sinken und holte eine kleine, aber starke LED-Taschenlampe hervor, gerade als sie sah, wie aus der Finsternis der Schuppenwand dreimal ein helles Licht aufblitzte. Sie gab als Antwort zwei Signale und erhielt nochmals drei zurück.

„Das ist er. Du kannst loslegen." Rebecca nickte Teresa zu und beobachtete sie gespannt, wie sie den Bogen aufnahm und einen langen Aluminiumpfeil anlegte, an dessen Ende ein dünner Draht befestigt war. Sie spannte an, zielte nur eine Sekunde lang und ließ den Pfeil dann los. Der Bogen mit drei Sehnen, die über Umlenkrollen eine längere Sehne simulierten und ihm eine viel höhere Schusskraft gaben, als ein herkömmlicher Bogen dieser Größe hatte, ließ den Pfeil in der Dauer eines Lidschlags über den Fluss fliegen. Dort bohrte er sich mit der Spitze in die hölzerne Rückwand des Schuppens, auf den Teresa gezielt hatte.

Ohne zu zögern hängte Rebecca eine seltsam aussehende, eckige Vorrichtung in den Draht ein und ließ diese dann am straff gespannten Stahldraht nach unten ans andere Ende hinabrutschen. Sie kommentierte angespannt: „Wie in einem alten Bond-Film."

Mit dem Fernglas beobachtete sie, wie der Schemen im Schatten des Schuppens etwas über seinem Kopf herum hantierte und dann zurücktrat. Gleichzeitig begann sich ein kleines, eckiges Gebilde am Seil entlang nach oben zu ihnen hin zu schieben. Nach weniger als zehn Sekunden konnte man ein kleines Surren von einem kleinen, aber kräftigen Elektromotor vernehmen und dann kam die ungewöhnliche Fracht auch schon über die Kante des Daches hochgefahren.

Geschickt fing Teresa das Gerät ab und schaltete es aus. Dann hakte sie die Mini-Seilbahn ab und Rebecca löste gleichzeitig den Draht von dem kleinen Abluftrohr, an dem sie ihn festgebunden hatte. Teresa zerlegte ihren Bogen bereits wieder, während Rebecca drei Lichtsignale mit der Lampe gab. Sie erhielt zwei zur Antwort und konnte dann mit dem Fernglas sehen, wie der Unbekannte in den Schatten den Pfeil aus der Schuppenwand löste und den daran befestigten Draht mit schnellen Bewegungen einzog, bis er alles aufgewickelt hatte. Er warf beides in hohem Bogen in den Fluss und zog sich die Mütze noch tiefer ins Gesicht, die sein Antlitz bisher schon verborgen hatte, um dann hastig davonzueilen.

„Na, siehst du, keine fünf Minuten! Sind wir Top-Agentinnen oder nicht?" Teresa grinste sie im Halbdunkel des Daches an.

„Ja, Colins Angels", erwiderte sie in Anspielung auf den Vornamen von Herrn Kardon. „Lass uns reingehen, mir ist kalt."

Als sie die Treppen zu ihrer Etage hinabgingen, wollte Rebecca wissen: „Und wofür haben wir jetzt so einen Aufwand betrieben?"

Ihre rothaarige Kollegin meinte: „Zeige ich dir gleich auf dem Zimmer. Willst du noch kurz mitkommen?"

Sie betraten Teresas Raum und besahen sich ihre 'Beute' genauer. Im kleinen Fach der elektrisch betriebenen Mini-Seilbahn befand sich ein elektronisches Bauteil, das aussah wie ein Mikrochip oder ein ähnlicher Transistor.

„Das fällt wohl unter die Kategorie Wirtschaftsspionage", mutmaßte Teresa.

„Jedenfalls fällt es ziemlich sicher unter die Kategorie Diebstahl. Hast du eine Ahnung, was das sein könnte?"

Teresa schüttelte den Kopf. „Nein, aber wie heißt es so schön? Nicht meine Funktionsstufe. Darüber soll sich jemand anderes den Kopf zerbrechen."

„Lass uns schlafen gehen, okay? Wir können ja morgen beim Frühstücksbuffet weiter raten." Rebecca nickte ihr respektvoll zu und zog sich danach in ihr Zimmer zurück. Das war ein kurzer, aber unspektakulärer Einsatz gewesen, professionell ausgeführt und erfolgreich beendet.

Eine angenehme Abwechslung.

Beim Frühstück am nächsten Morgen war Rebecca auffallend schweigsam, sodass Teresa nicht umhin kam, sie nach einer Weile zu fragen, ob alles in Ordnung sei.

Rebecca druckste ein wenig herum und fragte sie dann gerade heraus: „Was hältst du eigentlich von Nick?"

Etwas überrascht wollte Teresa wissen: „Wie meinst du das? Ob ich ihn für einen guten Kerl halte, einen guten Kollegen oder..."

„Ja, so allgemein als Mensch. Du hast doch auch schon mit ihm mindestens einen Einsatz gehabt."

Die Rothaarige musste nicht lange überlegen. „Wir waren einmal für eine ganze Woche in Schleswig-Holstein, mit einem Härtefall. Damals war er allerdings noch Stufe Null und durfte nicht erfahren, dass unser 'traumatisierter Kunde' aus einer Parallelebene stammte. Das war vielleicht ein Eiertanz für mich."

Rebecca schmunzelte. „Kann ich mir gut vorstellen. Hast du ihn denn in dieser Zeit ein wenig besser kennengelernt?"

„Ja, natürlich, wir haben uns gut unterhalten und waren uns auch sympathisch. Ich war selbst noch ein wenig durch den Wind aufgrund eines ziemlich traumatischen Einsatzes, den ich damals eben erst überstanden hatte. Er war sehr nett zu mir und hat mir ein wenig Trost gespendet. Aber ansonsten ist da nicht viel gelaufen..." Sie zögerte kurz und fügte hinzu: „...leider."

„Oh, hättest du denn Interesse gehabt? Vergiss jetzt einfach mal, mit wem du über ihn redest." Neugierig beugte sich Rebecca zu ihrer Kollegin hinüber.

Etwas peinlich berührt begann diese: „Da verlangst du aber was! Na gut, aber ganz unverbindlich, okay? Er sieht natürlich nicht schlecht aus, aber ist auch kein Brad Pitt und ihm fehlen ein paar Zentimeter zu meiner Größe, aber wenn eine von uns Beiden *darauf* noch achten wollte, wäre es wohl unser Schicksal geworden, als Jungfrau ins Grab zu sinken."

Rebecca stimmte in ihr Lachen ein: „Ja, das hat was. Das Thema hatten wir ja schon gestern. Weiter?"

„Hm... er ist eine ehrliche Haut, denke ich. Er ist loyal und geradlinig. Manchmal fehlt es ihm sogar ein bisschen an der nötigen Raffinesse, die dieser Job hier von ihm verlangt. Aber vielleicht ist es auch das, was sie bei seiner Anstellung gesucht und in ihm gesehen haben."

„Seid ihr euch denn ein wenig näher gekommen, als ihr soviel Zeit miteinander verbracht habt?" Nun kam Rebecca wohl zum Kern der Sache.

„Ganz ehrlich? Ich habe es wohl ein wenig versucht, aber nicht so richtig, da ich ja euch als Pärchen im Hinterkopf hatte. Ich meine, wenn man allen glaubt, die die Steward-Historie bei TransDime weitergeben, ist das in den letzten Jahrzehnten so selten wie ein Vierer oder Fünfer im Lotto gewesen. Ich frage mich manchmal, ob sich da etwas geändert hat in den Einstellungskriterien?

Jedenfalls hat er sich rührend um mich gekümmert, als ich so deprimiert und down war. Er hat mich sogar bei sich im Zimmer schlafen gelassen, weil ich emotional so hinüber war. Ich hätte damals nach meinem Erlebnis wohl selbst psychiatrischen Beistand gebraucht, noch vor dieser Reise mit ihm und unserem Kunden.

Wir haben allerdings nicht viel gemacht. Ein paar Streicheleinheiten und Küsse, zu mehr ist es nicht gekommen. Landschulheim-Fummeleien oder so hat er es genannt. Wenn ich auf Teufel komm raus Vollgas gegeben hätte, wäre vielleicht etwas gelaufen, aber so richtig sicher bin ich mir da nicht. Er hat mich eher wie eine gute Freundin behandelt, die ein wenig Nähe und Trost braucht.

Rebecca, er ist eine treue Seele. Sieh zu, dass du ihn dir bewahrst und dass TransDime ihn nicht verkorkst. So wie er jetzt ist, ist er genau richtig."

Rebeccas Augen wurden ein wenig feucht, als sie unerwartet gerührt war von dieser Aussage. Ihr kam zu keiner Zeit der Gedanke, sauer auf ihren Freund zu sein wegen der körperlichen Nähe, die er mit Teresa erlebt hatte. Er war so ein *verdammter* Ritter in scheinender Rüstung! Spendete armen Mädchen in Not Beistand, ohne das auszunutzen...

Sie sagte, um sich davon abzulenken: „Kann das sein, dass die lockersten Jahrzehnte für uns junge Leute schon wieder vorbei sind? Ich meine die Neunziger und die Jahrtausendwende, wo jeder mit jedem ins Bett gehüpft ist, ohne lange nachzudenken über Gefühle und Beziehung. Vielleicht hat sich die Gesellschaft so verändert, dass TransDimes Schlüssel nicht mehr auf diese Art von Menschen passt. Sie sortieren ja nach denen aus, die die Eigenschaften haben, welche sie brauchen, um gute Stewards zu werden. Wer weiß, vielleicht waren das bis vor kurzem noch die Windhunde und leichten Mädchen und jetzt sind es im Wandel der Gesellschaft wieder Menschen, die auch mit einer Beziehung keine Probleme haben."

Nun wurde Teresa nachdenklich: „Da könnte was dran sein, jedenfalls in der Gesellschaftsschicht, der wir entstammen. Und nur weil mir alle erzählen, dass wir ein Typ Mensch sind, der nicht viel von Bindungen hält, muss das nicht heißen, dass ich nicht doch treu sein kann oder sogar *will*. Mir soll niemand erzählen, was ich bin, das möchte ich selbst entscheiden!"

„Ich glaube, wir sind da einer Sache auf der Spur." Rebecca hielt inne, als ihr eine Idee kam. „Oder es könnte auch sein, dass TransDime zur Abwechslung genau solche Kandidaten gesucht hat, die ein gutes Paar abgeben würden? Dass sie genau darauf abgezielt haben wie diese komischen Portale im Internet, die als Partnervermittlung fungieren, nur hundertmal effektiver durch die ganze TransDime Technologie? Das würde ja heißen, dass sie für bestimmte Zwecke Paare wollen oder sogar *brauchen*. Ich meine, wir sehen ja von unserem Blickwinkel aus nur ein winziges Teil des ganzen Puzzle. Was können wir schon davon ahnen, was TransDime eigentlich mit uns vorhat?"

„Ich weiß jedenfalls, dass wir eine *ganze Menge* von dem, was im großen weiten Multiversum vor sich geht, nicht einmal ahnen. Das, was ich erlebt habe, hätte sich nicht einmal der beste Science Fiction Autor ausdenken können." Teresa unterbrach sich. „Aber ich komme vom Thema ab. Ja, was hat TransDime mit uns vor und unter welchen Gesichtspunkten haben sie uns eingestellt? Ein paar Dinge glauben wir zu wissen vom Hörensagen, aber deine Idee mit der supereffektiven Partnervermittlung ist gar nicht mal so schlecht."

„Das hieße für mich, dass ich hierher kam und dann aus hunderten von Bewerbern mein Traummann für mich ausgesucht wurde?" Rebecca lehnte sich zurück und ihr Blick richtete sich in unbekannte Fernen. „Verdammt, sind die *gut*. Er ist wirklich ganz nah dran."

„Es wird ihn freuen, das zu hören", neckte Teresa sie.

„Wenn du ihm auch nur ein Wort davon erzählst, was ich hier gesagt habe..."

Lachend hob Teresa abwehrend die Hände: „Keine Angst. Aber irgendwie wirkst du immer noch nachdenklich, als ob dich noch zusätzlich etwas beschäftigen würde."

„Ja, da gibt es noch weitere Unbekannte in dieser Gleichung..." Rebecca verstummte und dachte an Tamara. Was hatte ihre süße, kleine, geniale und verführerische Schweizerin in diesem Spiel für eine Rolle inne? War sie eine unvorhergesehene Variable, die Trans Dime eingestellt hatte, um alles ein bisschen durcheinander zu würfeln? Oder war sie der Joker, von dem sie noch gar nicht in vollem Umfang wussten, was sie an ihr hatten?

Je länger man darüber nachdachte, desto verwirrter konnte man werden. Es lag einfach zu viel von den Motiven ihrer scheinbar allmächtigen Arbeitgeber im Dunkeln.

Frankfurt am Main, Filiale 88 - Monat 9

Nick wurde wie immer langsam und allmählich wach, wenn er nicht vom Wecker aus dem Schlaf gerissen wurde, sondern frei hatte und von seinem eigenen Biorhythmus aus dem Schlummer erwachte. Er genoss es, sich allmählich dessen bewusst zu werden, wo er war, wo er im Leben stand und wie seine Situation zur Zeit war. Angesichts dessen, in welcher ständigen Umwälzung sich sein Leben seit Jahren befand, war das womöglich eine gute Sache, immer wieder in diesem Zustand darüber zu sinnieren, an welcher Stelle in diesem Universum er stand.

Wenn er sich gerade in *seinem* Universum befand.

Nun, er war vor einem Monat auf einer Mission in Filiale 60 gewesen, in Begleitung von Ingo Willfehr. Vielmehr war er die Begleitung, sprich sein Leibwächter gewesen, was für ihn eine Neuheit gewesen war. Die Reise war dann aber fast enttäuschend ereignislos gewesen und hatte auch nur anderthalb Tage Aufenthalt im Hamburg der anderen Filiale zur Folge gehabt. Somit war die An- und Rückreise insgesamt länger gewesen als die Verweildauer in Filiale 60 selbst.

Nick konnte wohl mit Recht annehmen, dass der Grund für diesen Trip dann auch entsprechend wichtig gewesen sein musste. Was dieser Grund gewesen sein könnte, blieb ihm leider selbstredend auch verschlossen, da er vor verschlossenen Türen vor einem Konferenzsaal wartend und lesend die Zeit verbracht hatte, während der Sekretär von Colin Kardon Anteil an wichtigen Dingen genommen hatte.

Eine Sache hatte ihn an Filiale 60 extrem irritiert: trotz all seiner Anstrengungen war es ihm nicht gelungen, auch nur den kleinsten Unterschied zu ihrer eigenen Filiale festzustellen. Er hatte sich sogar über ein öffentlich nutzbares Terminal in der Firma einige Nachrichtenportale online vorgenommen. Die Schlagzeilen schienen die gleichen zu sein wie jene, die er vor seiner Abreise bei sich daheim gesehen hatte. Eigentlich konnte so etwas doch gar nicht möglich sein?

Und wenn doch, wo *waren* dann die Unterschiede, die diese Realität auf einer anderen Energieebene schwingen ließen? Er war fast schon versucht gewesen, bei ihnen daheim anzurufen, aber er wusste, dass niemand seiner Freunde und Kollegen hier existieren würde. Das war vielleicht sogar der große Unterschied, doch eigentlich wäre es zu vermessen, das zu denken. So wichtig für eine ganze Parallelrealität konnten *sie* doch nicht sein?

Auch Willfehr selbst war ihm keine Hilfe, da er nur mit den Achseln gezuckt und schmunzelnd vor sich her geschwiegen hatte, sooft Nick ihn darauf angesprochen hatte. Daher war er unverrichteter Dinge wieder zurück in seine eigene Realität zurück gekehrt, ohne etwas über die Filiale 60 herausgefunden zu haben. Er tröstete sich mit dem Gedanken, dass er einfach nicht genug Zeit gehabt hatte, um vielleicht ganz subtile und winzige Unterschiede entdecken zu können. Davon abgesehen war dies die Filiale mit der niedrigsten Nummer gewesen, auf der er je geweilt hatte. Dennoch hatte er auch keinen höheren Entwicklungsstand in irgendeiner Hinsicht entdecken können.

Nun, abgesehen von diesem Trip hatte er wie auch Rebecca und Tamara immer wieder in diesen letzten Monaten den einen oder anderen Geschäftsausflug gemacht und kleinere Jobs erledigt, meistens mit anderen dienstälteren Assistenten. Sie verdienten sich gerade ihre Sporen, wie Herr Kardon es ausgedrückt hatte.

Rebecca war zur Zeit auf einer mehrtägigen Reise nach Flensburg, zusammen mit diesem Bernd, mit dem sie ihre erste Begegnung mit dem Phantastischen gehabt hatte, welches alles um die interdimensionalen Vorkommnisse rund um TransDime ausmachte. Tamara hatte eine Woche Urlaub, die demnächst vorüber sein müsste. Und er selbst war gestern spätabends von einem Kurztrip zur Passauer TransDime-Filiale zurückgekehrt, was eigentlich auch nicht viel mehr als eine Kurierfahrt mit gelblich glänzendem Edelmetall von hoher spezifischer Dichte im Kofferraum seines Wagens gewesen war. Diese speziellen Frachten fanden in letzter Zeit immer häufiger ihren Weg nach Frankfurt. Was kein gutes Zeichen für die allgemeine wirtschaftliche oder politische Lage bei ihnen sein konnte, wie ihm sein Insider-Wissen sagte.

Er bemerkte beim allmählichen Wachwerden, dass ein Arm von hinten um ihn gelegt war. Die angenehme Wärme des Körpers neben ihm tat gut nach so einer langen Reise, wie er sie eben erst absolviert hatte.

Rebecca konnte das allerdings nicht sein, da sie noch auf Geschäftsreise war.

Er schlug die Augen auf und drehte sich, schlagartig hellwach geworden, nach der Unbekannten in seinem Bett um.

Natürlich! Ein rötlichbrauner Haarschopf ragte unter der Bettdecke hervor, gemeinsam mit dem Arm, der nun vorsichtig herum zu tasten begann. Verschlafen lugte Tamara aus kleinen Augen unter der Decke hervor. „Guten Morgen. Hm..."

Er drehte sich vollends zu ihr um und sah sie aus solcher Nähe von Nasenspitze zu

Nasenspitze an, dass er sie nicht einmal scharf sehen konnte. „Tammy, was machst *du* denn hier? Ich dachte, du bist verreist."

Sie küsste sanft seine Nasenspitze und gähnte dann recht unfein direkt in sein Gesicht. „War ich auch. Ich bin mitten in der Nacht zurück gekommen. Frag mich nicht, was mich geritten hat, dass ich mich hier zu dir gelegt habe."

„Was hat dich denn geritten, dich mitten in der Nacht..." Er brach ab und sah sie mit gerunzelter Stirn an. Es war irritierend, wenn sie seinen nächsten Kommentar bereits voraus ahnen konnte. „Wie bist du überhaupt hier rein gekommen? Hast du einen Ersatzschlüssel?"

„Nein, aber eine fast einjährige Ausbildung als Assistentin der Funktionsstufe Eins. Ich war so frei und habe mich selbst eingelassen. Du solltest so was inzwischen eigentlich auch können." Sie legte wieder einen Arm um ihn, während er noch immer versuchte, die Fassung zurück zu gewinnen.

„Das ist ganz schön heftig, einfach so bei uns einzusteigen. Schon mal was von Privatsphäre gehört?" Dummerweise konnte er nicht anders, als zu schmunzeln angesichts ihrer unbekümmerten Unverschämtheit.

„Ich wollte keinen von euch aus dem Bett klingeln. Außerdem, was hätten Lothar oder Barbara gedacht, wenn ich mitten in der Nacht vorbeikomme, um mich bei dir einzunisten, während Rebecca verreist ist? Sie ist doch noch unterwegs, oder?"

„Ja, ist sie, kommt heute aber zurück. Und ja, das ist eigentlich ein totales No-Go für dich, bei mir zu pennen, während die Beiden im Haus sind. Unsere Beziehung funktioniert so gut, weil es nicht die Runde macht, dass wir eine nette kleine Dreiecksgeschichte am Laufen haben. Oder willst du zum Sensationsklatschthema Nummer Eins in der Firma werden?" Ungnädig sah er sie an.

„Natürlich nicht. Aber es ist auch noch ganz früh am Morgen und ich dachte, ich störe ja keinen, wenn ich mich wieder verziehe, bevor Lothar und Barbara aufstehen. Die Beiden sind notorische Langschläfer, das habe ich inzwischen mitgekriegt." Sie schob eine Hand unter die Decke, legte sie auf seine Brust und begann sie zu streicheln.

„Du bist aber verschmust heute. Hat das einen bestimmten Grund?" Allmählich kam ihm ihr Verhalten etwas seltsam vor. Seit ihrer von Rebecca sanktionierten Liaison in Bremen vor etwa zwei Jahren waren Nick und Tamara nicht mehr intim miteinander gewesen, ohne dass nicht auch Rebecca dabei gewesen wäre. Es war für sie drei im Laufe der Zeit eine schöne Variation des herkömmlichen Liebesspiels für nur zwei Partner geworden.

Jetzt aber wurden Tamaras Absichten überdeutlich, als ihre andere Hand sich langsam auf Hüfthöhe vortastete. Auch die eindeutige Art, wie sie sich seitlich an ihn schmiegte, ließ seine natürliche körperliche Reaktion nicht ausbleiben, sodass sie bereits das Erhoffte vorfand, als ihre Hand an seiner Körpermitte angelangt war. Zaghaft fragte er: „Was genau soll das denn werden?"

„Ich möchte mir nur einen kleinen Vorschuss auf unser nächstes gemeinsames Zusammensein bei dir holen. Das ist dir doch sicher recht?" Sie betrachtete ihn aus halb geschlossenen Augen und küsste ihn dann sanft auf den Mund.

„Tammy, ich weiß nicht, ob das in Ordnung ist…" Er verstummte, als sie ihre Lippen erneut leidenschaftlich auf seine presste und ihre Zungen sich fanden. Sie wusste genau um die Wirkung, die sie auf ihn ausüben konnte. Jede andere Frau hätte er längst aus dem Bett geworfen.

Sein Widerstand war bereits komplett gebrochen, als sie sich auf ihn schob und dann rittlings eng an ihn gepresst auf ihm lag. Nun bedurfte es nur noch eines kurzen, geschickten Handgriffs von ihr, um seine Bedenken beiseite zu wischen, ob das hier in Abwesenheit von Rebecca etwas moralisch Verwerfliches war. Als sie sich nach und nach zur Gänze auf ihn herabließ, war in ihrem Gesicht ein Wechsel der Gefühle sichtbar, die von leichtem Schmerzempfinden über Zufriedenheit bis hin zu purer Lust reichte. Tamara übernahm dieses Mal den aktiven Part und bestimmte den Rhythmus und die Intensität ihrer Vereinigung.

Sie liebte ihn mit einer Leidenschaft, die er so noch nie bei ihr erlebt hatte. Es war so ungewöhnlich, dass ein kleiner Teil von ihm abseits des unvergleichlichen Glücksgefühls sich bereits zu fragen begann, was hinter dieser überfallartigen Aktion von Tamara stecken mochte. Diese Frau war ein Engel auf Erden in ihrer Erscheinung, doch ob ihre Motivation in diesem Moment ebenso rein und ohne Hintergedanken war, konnte er nicht erkennen. Als ihr Liebesspiel in der höchsten gemeinsam erlebten Lust gipfelte, klammerte sie sich an ihn, als würde ihr Leben davon abhängen, ihn nie wieder los zu lassen.

Nur allmählich ließen sie danach wieder voneinander ab. Nick liebkoste ihren noch immer zitternden Körper mit beinahe fürsorglicher Hingabe, bis sie sie erneut ihre Arme um ihn schlang und sich an ihn presste. „Ich danke dir, Nick. Du bist immer für mich da, wie auch Rebecca. Ihr seid die besten Freunde, die man haben kann. Es war sehr schön und ich bin froh, dass du mich nicht abgewiesen hast. Ich glaube, das hätte ich nicht ertragen können."

Plötzlich drehte sie sich von ihm weg und sagte, mit dem Rücken zu ihm: „Können wir noch ein bisschen schlafen? Ich bin immer noch ganz erledigt von meiner Reise."

Nick sah ratlos auf ihren noch immer leicht vom Schweiß glänzenden Rücken. Er legte sanft eine Hand auf ihre Schulter und wollte wissen: „Was ist denn mit dir los, Tammy? Du benimmst dich wirklich seltsam, weißt du?"

Mit beinahe brechender Stimme erwiderte sie: „Mit mir ist alles bestens. Du irrst dich, Nick."

Er drückte sich an sie und legte von hinten einen Arm um ihre Hüfte. „Komm schon, ich kenne dich zu gut, um nicht zu merken, dass..."

Auf einmal begann sie mit bebenden Schultern zu schluchzen, erst leise, dann immer unkontrollierter, bis sie einen regelrechten Weinkrampf hatte. Er drehte sie herum und umarmte sie tröstend.

„Tamara, was hast du denn? Du Arme, du zitterst ja am ganzen Körper! Bitte beruhige dich doch, es ist alles gut! Ich bin da für dich; erzähl mir, was dich bedrückt."

Völlig vergessen waren die Wonnen des intensiven Liebesspieles von eben, als das aus ihr herausbrach, was sie mit körperlicher Nähe zu einem vertrauten Menschen zu kompensieren versucht hatte, wie ihm jetzt erst im Nachhinein klar wurde.

Mit fast hyperventilierender Stimme erklärte sie sich schluchzend: „Oh Mann, Nick, ich habe eine riesengroße Dummheit gemacht. Ich hätte das nie tun sollen! Warum quäle ich mich so sehr? Ich bin eine Riesenidiotin!"

„Jetzt mal ganz langsam. Erzähl alles schön der Reihe nach. Was hast du für eine Dummheit gemacht? So schlimm kann es doch nicht sein." Er reichte ihr vom Nachttisch ein Papiertaschentuch, in das sie kräftig hinein schnäuzte. Sie schlang ihren Teil der Bettdecke um ihren Oberkörper, was ihm ganz recht war, da momentan ohnehin alle Romantik verflogen war.

„Wie schon gesagt, ich war in meiner freien Woche verreist. Und zwar in Nordfrankreich." Sie sah mit dem Inbegriff eines schlechten Gewissens in ihrem Gesicht zu ihm hinab, als ihm dämmerte, welch ungeheure Tragweite ihre Worte hatten.

„Nein! Bitte sag nicht, du warst in *Dünkirchen*." Er war völlig fassungslos.

„Das war bestimmt die größte Dummheit meines Lebens, und da gibt es eine lange Liste, möchte ich behaupten. Ich habe die ersten beiden Tage lang unsere Version des Pierre Mitrand der Filiale 88 förmlich gestalkt und bin dann auch noch gemeinsam mit einer Gruppe wahllos zusammen gewürfelter Touristen, mit der *Marie-Claude III* übrigens, auf eine Ausflugstour mit gefahren. Ich schäme mich so." Sie schniefte anhaltend.

„Das ist wirklich eine Riesendummheit gewesen. Du hast doch nicht etwa noch persönlichen Kontakt mit ihm gesucht?" Er traute sich kaum, das zu fragen.

Ihre braunen Rehaugen begannen sich mit Tränen zu füllen. „Ich habe genau den gleichen Draht zu ihm gehabt wie auf Filiale 127. Es war unheimlich, wunderschön und unrealistisch zugleich. So etwas habe ich noch nie empfunden. Ich habe die nautisch interessierte Bergbewohnerin gegeben, genau wie beim letzten Mal, bin ständig bei ihm bei der Brücke gestanden und habe mich die ganze Fahrt über mit ihm unterhalten.

Was ich bei der vorherigen Beobachtung von ihm heraus gefunden habe, nämlich dass er verheiratet ist und ein kleines Mädchen hat, ist ihm dabei entfallen zu erwähnen. Nick, er hat eine Familie gegründet in dieser Realitätsebene."

Ungnädig sagte er streng: „Das ist schön für ihn, Tamara. Das musst du doch auch sehen. Du kannst dir unmöglich erhoffen, mit seinem Pendant aus dieser Filiale eine Beziehung einzugehen, die dir in einer anderen Realität verwehrt geblieben ist. Davon abgesehen bin ich mir ziemlich sicher, dass TransDime allein schon die Hände über dem Kopf zusammengeschlagen hätte, wenn du dir einen Lover in einer anderen Filiale zugelegt hättest. Vor allem einen, der nichts über TransDime und das Multiversum weiß. So etwas *kann* nur zum Scheitern verurteilt sein und verstößt ganz nebenbei auch gegen etliche Firmenreglemente."

„Ich weiß", gab sie abwehrend zurück, „deshalb habe ich auch eine Rolle rückwärts gemacht, als er mich am Ende der Fahrt angebaggert hat, als ob es kein Morgen gäbe. Er behauptete allen Ernstes, für ihn wäre ich *die* Frau, die er nur einmal im Leben treffen würde und für mich würde er alles andere aufgeben, ohne eine Sekunde darüber nachzudenken..."

Nick konnte seinen Ohren nicht trauen. „Das ist nicht dein Ernst!"

„Er wollte mich nur noch flachlegen, als wäre das das einzige Ziel, das er in seinem ganzen Leben noch hat. Seine Frau und Tocher hat er vollkommen ausgeblendet. Gott, ich glaube, ich bin vom Moment des Anlegens in Dünkirchen bis hier zu deiner Türschwelle an einem Stück durch gerannt, ohne mich auch nur einmal umzusehen. Wie kann man sich nur so in einem Menschen irren?" Sie begann wieder zu schluchzen und er nahm sie automatisch in den Arm.

„Komm schon, niemand weiß, was passiert wäre, wenn er noch Single gewesen wäre. Ist es nicht vielleicht sogar besser, dass es so gekommen ist? Ich finde, du solltest dir nicht einmal versuchen vorzustellen, was alles *hätte* sein können, sonst machst du dich nur selbst verrückt. Es gibt so viele Möglichkeiten und Szenarien, was du hättest vorfinden können und was hätte geschehen können. Versuch das abzuhaken und zu den Akten zu legen, okay? Sonst machst du dich doch nur selbst unglücklich und das hast du nicht verdient." Tröstend tätschelte er ihr den Rücken.

Sie sagte noch immer leicht schniefend: „Ich danke dir, Nick. Du hast mir durch diese Achterbahn der Gefühle geholfen, wie es nur ein richtiger, guter Freund kann. Und es tut mir Leid, dass ich dich damit belastet habe und dich zum Frustabbau missbraucht habe. Ich weiß nicht, wie ich mich deswegen Rebecca gegenüber verhalten soll."

Er hielt sie immer noch fest umarmt und musste nun schmunzeln. „Es war ja nicht das erste Mal, dass ihr beiden mich morgens nach dem Aufwachen schändlich missbraucht habt. Diesmal hat es wenigstens einem guten Zweck gedient. Und ich bin sicher, dass Rebecca es verstehen wird, wenn du ihr alles erzählen wirst."

Sie löste nun die Umarmung und sah ihn an, dann küsste sie ihn zärtlich auf die Stirn. „Ich danke dir, dass du für mich da bist, Nick. Was würde ich nur ohne Freunde wie dich oder Beckie machen?"

Hinter ihnen erklang eine vertraute Stimme: „Okay, auf die Erklärung bin ich jetzt *wirklich* gespannt."

Beide fuhren herum und erblickten Rebecca an der Tür zu Nicks Zimmer stehend, im Gang hinter ihr ihr Reisekoffer.

Nick sah sie freudig an. „Beckie! Du bist schon zurück? Toll!"

Sie stemmte die Fäuste in die Hüften und meinte mit gerunzelter Stirn: „Ja, *echt* toll. Wie kommt es, dass ihr beide in deinem Bett liegt, offenbar nackt?"

Tamara sah zu Boden. „Es tut mir Leid, das ist alles meine Schuld."

„Langsam, wir können das alles aufklären", begann Nick ohne jede Spur von Reue, was Rebecca seltsamerweise ein klein wenig beruhigte. „Wie lange stehst du schon an der Tür?"

„Ungefähr seit 'Achterbahn der Gefühle'. Das beinhaltet übrigens auch 'zum Frustabbau missbraucht'. Also, ich höre." Sie wirkte noch immer misstrauisch.

„Ich hatte mich letzte Nacht zu ihm hinein geschlichen, als ich aus meinem Urlaub zurück gekommen war. Er hat das erst gemerkt, als er heute morgen aufwachte. Und dann…"

Konsterniert saß Rebecca eine Weile danach auf dem Bettrand und ließ sich alles Gehörte nochmals durch den Kopf gehen. Dann versuchte sie, allem eine Form zu geben, in der sie das für sich ausdrücken konnte.

„Das war wirklich die größte Dummheit, die du dir je hättest einfallen lassen können. Ehrlich, wie *kommt* man nur auf so etwas?"

Bedrückt meinte Tamara: „Hattest du noch nie das Gefühl im Leben, du hättest eine große Chance verpasst und hast es bereut, etwas nicht getan zu haben? Und wenn sich dir dann unverhofft die Chance geboten hätte, das nochmals zu erleben oder nachzuholen, würdest du diese Chance dann nicht mit beiden Händen ergreifen wollen? Mir kam es so vor, als würde sich mir diese Chance bieten."

„Das war aber nicht dein Pierre aus Filiale 127, das weißt du genau. Was du getan hast, war einfach nur schizophren. Ich hoffe, das siehst du jetzt ein." Rebecca schüttelte missbilligend den Kopf.

„Ja, als mir das klar wurde, war es so, als würde er mir noch ein zweites Mal entrissen, aber diesmal nicht auf eine tragische Weise, sondern auf eine unendlich enttäuschende. Das war wohl einfach zu viel für mich. Ich wusste nicht mehr, was ich tun sollte und bin direkt hierher gekommen, zum zweit wichtigsten Menschen, der mir in dieser Lage hätte beistehen können." Um Verzeihung heischend sah sie Rebecca mit großen Rehaugen an.

Und wieso zum *zweit*wichtigsten?"

„Na, du warst ja verreist!"

Als Rebecca klar wurde, was Tamara meinte, nahm sie sie spontan in den Arm. „Oh Kleines, das ist so lieb von dir. Ja, ich werde immer für dich da sein, wenn du mich brauchst, versprochen."

„Danke! Ich habe dich gar nicht verdient!" Nun weinte sie an Rebeccas Schulter erneut hemmungslos, von ihren Gefühlen überwältigt. „Ich komme einfach hier her, nutze Nick aus und belaste ihn dann auch noch mit meinen Sorgen. Ich komm mir so mies vor, als ob ich dich mit ihm betrogen hätte."

„Wir drei gehören zusammen, deshalb hast du mich nicht betrogen. Ich muss zugeben, dass es komisch war für mich, euch beide hier so vorzufinden, aber es hat sich ja alles aufgeklärt. Und ich kann dir das natürlich auch nachsehen, du hast einfach nur etwas Nähe gebraucht, das ist mir jetzt auch klar. Aber dass mir das nicht zur Gewohnheit wird, hörst du? Nick und ich sind zwar nicht verheiratet, doch auf

Dauer würde mir das schon nicht ganz geheuer sein. Denn du, Süße, bist wahrscheinlich die Einzige, bei der ich mir vorstellen kann, dass du ihn mir abspenstig machen könntest." Rebecca musste sich sehr beherrschen, doch sie meinte diese Sätze ehrlich, das war das Wichtigste.

„Ich könnte mich nie zwischen euch stellen, dafür ist das zu schön, was ihr teilt. Ich möchte euch nur ergänzen und an eurem Glück teilhaben. Eines Tages, wenn das Schicksal es will, werde ich auch so jemanden finden, wie du Nick gefunden hast. Das wünsche ich mir jedenfalls." Tamara drückte Rebecca an sich.

„Ich wünsche dir das auch. Und bis dahin gehörst du zu uns." Rebecca ließ ihre Freundin wieder los und fragte dann, doch etwas neugierig: „Wie hast du ihn überhaupt dazu gebracht, so kurz nach dem Aufwachen?"

„Ich hatte dich als Lehrmeisterin, schon vergessen? Niemand beherrscht den Überfall bei Sonnenaufgang so perfekt wie du." Nun mussten beide Frauen kichern.

„Ich sitze hier neben euch, schon vergessen?", protestierte Nick, worauf seine beiden vertrauten Freundinnen ungehemmt loslachten. „Und ihr Frauen wundert euch, dass sich die Männer nachts immer wieder davon schleichen!"

„Manche wären froh, sie würden von zwei Frauen wie uns im Morgengrauen überfallen werden", gab Tamara zurück.

Er verschränkte grummelnd die Hände über der Brust. „Touché."

„Und wie bekommen wir dich jetzt ungesehen wieder zum Haus heraus? Ich höre unten in der Küche bereits jemanden rumoren." Rebecca lauschte in den Flur hinein.

Tamara zog sich in Windeseile an. „Kein Problem."

Sie öffnete Nicks Zimmerfenster und schwang sich hinaus auf ihren Carport, der neben seinem Fenster lag. Mit einer fließenden Bewegung sprang sie von diesem hinab und federte den Fall in der Hocke ab. Sie winkte ihnen lachend zu und verschwand rasch aus dem Blickwinkel ihres Küchenfensters im Erdgeschoss, bevor sie doch noch zufällig von ihren beiden arglosen Mitbewohnern erspäht werden konnte.

„Was sollen wir nur mit diesem Wirbelwind anstellen?" Rebecca schloss liebevoll lächelnd das Fenster und schüttelte den Kopf.

„Wir achten noch ein wenig auf sie, bis sie flügge geworden ist. Es wird schwer sein, sie fliegen zu lassen." Nick seufzte. „In mancher Hinsicht ist sie uns schon jetzt über, weißt du?"

„Wem sagst du das?" Sie setzte sich zu Nick auf die Bettkante und starrte vor sich hin ins Leere, mit einem kleinen Schmunzeln im Mundwinkel.

< 14 >

Frankfurt am Main, Filiale 88 - Monat 11

Als Nick, Tamara und Rebecca diesmal am Abflugsteig des Transferbereichs standen, war die Verwunderung bei ihnen allen groß. Es waren fast zwanzig Leute am Steig, die alle aus ihrer Filiale zu stammen schienen, darunter viele Bekannte und Kollegen. Für Nick war die Tatsache sehr ungewöhnlich, dass praktisch alle ehemaligen Stewards aus ihrer Filiale, die die Funktionsstufe Eins und höher hatten und die er kannte, hier versammelt waren.
Außer Ziska natürlich.
Nick ging zu Teresa, die ihrer Gruppe am nächsten stand, als sie eintrafen: „Hallo! Was wird denn das hier, ein Betriebsausflug?"
„Hi, Nick!" Erfreut gab sie ihm ein Bussi auf die Wange, was ihn ein wenig überraschte, aber ihm nicht unangenehm sein musste, da Rebecca direkt neben ihm stand und das schweigend duldete. „Nein, nicht direkt. Es ist eher ein trauriger Anlass, der aber auch mit Finanzen zu tun hat. Offenbar machen wir das jedes Jahr einmal; ich bin jetzt zum zweiten Mal dabei."
Sie begrüßte die anderen aus seiner Funktionsstufe, während sich Sven, der nebenan stand, ins Gespräch einschaltete: „Es ist eine etwas gruselige Angelegenheit, aber für TransDime auch höchst profitabel. Wir sind fast wie Grabräuber, jedenfalls komme ich mir immer so vor. Bei mir ist es schon das dritte Jahr in Folge, aber man gewöhnt sich nie wirklich daran."
Auch Miriam war natürlich hier und schüttelte sich jetzt ein wenig. „Ja, das ist echt unheimlich. Zum Glück machen wir nicht viel anderes als nur die ganze Zeit schwer schuften. Das lenkt ab. Und es sind ja nur drei Tage in Filiale 37."
Tamara rief verblüfft: „Hast du 37 gesagt? Das muss ein Irrtum sein! Niemand bei TransDime würde uns doch auf eine so hoch entwickelte Filiale lassen."

Ramon gab sich ganz lässig. „Ihr seid wie immer nicht gebrieft worden, stimmt´s? Ja, Herr Kardon findet es offenbar witzig, euch Anfänger immer kopfüber ins kalte Wasser zu werfen. Bei uns hat er es genauso gemacht. Er testet damit sicher auch unsere Reaktionen. Für ihn ist ja alles nur ein einziger großer Test, um heraus zu finden, wen er aussieben und auf eine Dimensionsfähre oder hinter einen Schreibtisch versetzen muss, statt ihn auf Stufe Zwei zu befördern."

Sein Jahrgangskollege Bernd erwähnte wie beiläufig: „Und das von dem harten Hund, der dort schreiend durch die Straßen lief, auf spanisch herum brüllend: Mein Gott, alle tot! Alle tot! Das ist die Hölle!"

Zornig über diese Enthüllung zischte Ramon: „Ach, halt die Klappe!"

Bernd lief nun ein paar Schritte auf dem Abflugsteig hin und her und warf dramatisch die Arme in die Luft: „Dios mio! Dios mio!"

Während alle lachten, verteidigte sich Ramon mühsam beherrscht: „So war das überhaupt nicht! Er übertreibt nur maßlos, weil er sich von mir bedroht fühlt und sich bei den schönen Ladies vom neuen Jahrgang einen unfairen Vorteil heraus schinden will. Das ist alles. Du armseliges Würstchen!"

„Genau, so wird es sein." Lachend beendete Bernd seine Parodie und nahm seine Tasche wieder auf, als die Anzeige begann, die Ankunft der Fähre anzukündigen.

Hannes wandte sich nun nochmals an Sven, den er ja bereits kannte: „Und worum geht es denn jetzt genau?"

„Oh, wenn Herr Kardon euch nicht gebrieft hat, dann wird das schon seinen Grund gehabt haben. Ich bin mir sicher, dass ihr alles Nötige zu gegebener Zeit erfahren werdet. Ein Tipp vorneweg: da dies kein Linienflug ist, herrscht freie Platzwahl. Flitzt gleich nach oben durch, denn die Fähre wird die ganze Zeit über vor Ort bleiben und unser Quartier sein. Wer sich dann oben eingenistet hat, hat es deutlich gemütlicher als die Leute, die wir als nächstes abholen." Er zwinkerte ihm zu.

„Hm. Diese Info ist besser als nichts. Wir gehen also auf eine Geisterwelt, um dort harte Arbeit zu verrichten. Und wie lange fliegen wir bis dorthin?"

„Normalerweise startet die Fähre, bei der wir dabei sind, auf Filiale 100, dann steuern sie uns an, als nächstes Filiale 87 und dann noch..." Sven überlegte.

Miriam soufflierte: „Filiale 69?"

„Ja, genau. Und auf jeder Filiale sammelt sie etwa zwanzig Leute auf. Ihr seht, wir sind bis zu unserer Ankunft am Ziel dann vollbesetzt, aber das hat seinen Grund. So kann der Laderaum schneller aufgefüllt werden, wenn alle Passagiere tüchtig mit anpacken." Sven schulterte ebenfalls seine prall gefüllte Sporttasche und sah nach oben, wie alle es jetzt taten.

Wie immer begann es völlig unspektakulär mit einem kleinen schwarzen Fleck an der Decke, der stetig größer wurde, kuppelförmig nach unten wuchs und am Ende als Halbkugel fast den Durchmesser der gesamten Halle eingenommen hatte. Dann spuckte die Decke den Rest der absolut dunklen Kugel aus und diese kam etwa mit ihrer Mitte, dem Äquator, wenn man so wollte, auf ihrer Höhe zu stehen.

Oliver raunte Tamara zu: „Na, Tamara, was sagst du? Freie Auswahl unter den viel versprechendsten, knackigsten jungen Nachwuchstalenten von TransDime. Damenwahl!"

Sie drehte sich zu ihm um und meinte mit einer hochgezogenen Augenbraue: „Ich hoffe, hier heißt noch jemand Tamara und du hast nicht mich gemeint mit diesem dummen Spruch."

„He, komm schon, so war das doch nicht gemeint. Ich wollte dich nur ein wenig aufheitern!" Er hob in einer Unschuldsgeste beide Hände.

„Nein, danke." Sie wandte sich ab und wartete auf das Öffnen der Zutrittsluke der Fähre.

Er sah Nick an und fragte leise nach: „Was hat *die* denn?"

„Manche Wunden verheilen nur langsam. Und die von Filiale 127 am Pier vom River Stour hat sie dummerweise erst kürzlich wieder aufgerissen. Außerdem ist sie immer angespannt, bevor sie auf eine Dimensionsfähre muss. Sie mag diese Art zu Reisen nicht besonders." Nick bedeutete ihm mit einer Geste, ihr ein wenig Raum zu lassen.

Der blonde Mann mit dem kantigen Kinn nickte und seufzte. Er hatte verstanden.

Als wie von Zauberhand eine Spalte in der riesigen schwarzen Kugel auftauchte und sich allmählich zum inzwischen altbekannten Eingang der Fähre verbreiterte, strömten alle Wartenden hinein und belegten wie schon vorgeschlagen das obere Deck mit Beschlag. Tatsächlich waren bereits alle Angehörigen der Filiale 100 hier und hatten sich häuslich eingerichtet, sodass sie mit den noch freien Sesselgruppen Vorlieb nehmen mussten. Die Stewardess wies sie ein und fragte sie, ob sich jemand für die Benutzung der Betten eintragen wollte, da es noch freie Plätze im Belegungsplan gab.

Sofort stürzten sich alle auf diese Gelegenheit, da es auf dieser immerhin noch eintägigen Reise ein gewisses Privileg war, eine Ruheperiode in einem richtigen Bett zu verbringen. Allerdings hatten ihre Kollegen auch hier vom Recht des Schnelleren schon reichlich Gebrauch gemacht. Man konnte ihnen das auch nicht verdenken, wenn man berücksichtigte, dass die Leute aus Filiale 100 sogar sechzehn Stunden unterwegs sein würden, nicht nur zwölf wie sie.

Rebecca und Nick hatten das Glück, dass sie sich in der mittleren der drei verbleibenden Etappen eine Kabine teilen konnten. Der Rest der Zuteilungen ging an die, die sich am schnellsten eintrugen. Auch Oliver war einer der Glücklichen, der ein Zeitfenster zur Nutzung der wenigen Kabinen zum Schlafen hatte ergattern können.

Grummelnd ließ sich Tamara in den Sitz neben Rebecca in ihrer Fünfergruppe sinken. „So ein Mist, es wäre echt gut gewesen, eine der Kabinen zu bekommen. Ihr habt nicht zufällig noch ein Eckchen frei bei euch?"

„Ich fürchte, das kannst du vergessen. Nicht nur dass das der Geheimhaltung von Du-weißt-schon-was ein jähes Ende setzen würde, es wäre auch schlicht zu eng für drei. Bei Zweien geht es gerade noch, aber drei in dem Hasenstall mit Zirkus-Fangnetz? Keine Chance." Rebecca schüttelte bedauernd den Kopf.

„Bist du überhaupt schon mal zu zweit in einer der Kabinen gewesen?", wollte Rebecca wissen.

„Nein, aber ich stelle es mir eigentlich ganz nett und kuschelig vor."

Nick hatte einen Einfall und flüsterte Rebecca etwas ins Ohr. Diese musste kichern und tippte dann Tamara auf die Schulter. Als sie aufmerksam auf ihre Freundin wurde, flüsterte Rebecca ihr ihrerseits etwas zu, wonach beide nur mühsam ihre

Heiterkeit unterdrücken konnten.

„Einen Versuch ist es wert." Tamara grinste wölfisch, wartete aber den Start ab, bis sie sich an die Umsetzung dieses Planes machte. Dann schlenderte sie wie zufällig hinüber zur nächsten Reihe der Couchgruppen.

Kurz vor dem Ende ihrer langen Reise beschäftigten sich Rebecca und Nick mit dem Unterhaltungsprogramm, das in ihre Sitzlehnen integriert war und neben Kopfhörern auch kompakte, leichte VR-Brillen beinhaltete. Über diese sah man den Inhalt der Unterhaltungsprogramme, als sei man mitten darin. Man konnte den Kopf drehen und wenden, stets wurde das gesamte Sichtfeld von der Umgebung ausgefüllt, die man sich mit dem Programm betrachtete.

Als der erste Ton erklang, der den unspektakulären Fünf-Minuten-Countdown bis zur Landung einleitete, setzten sie ihre Brillen ab und sahen auf den nächsten der überall aufgehängten Flachbildmonitore, welche das Außenbild der Fähre anzeigte. Sie waren in größerer Höhe über einer Millionenstadt, die von einem Ende des sichtbaren Bereichs des Monitors bis zum anderen reichte.

Nun stieß auch Tamara zu ihnen, frisch und erholt aussehend und gut gelaunt. Nick begrüßte sie, verschmitzt lächelnd fragend: „Na, gut geschlafen?"

„Wie ein Engel." Sie strahlte.

„Eher wie ein Bengel!", kam eine Stimme aus dem Hintergrund. Missmutig und verstimmt schlich Oliver hinter ihnen vorbei zu seinem Sitzplatz, um diesen einzunehmen.

Tamara meinte schelmisch grinsend: „Das war eine gute Idee, Oliver zu fragen, ob er seine Schlafkabine mit mir teilen will. Er war hellauf begeistert, was aber spürbar nachgelassen hat, als ich ihm auferlegt habe, dass er den perfekten Gentleman geben muss und mich nicht anrühren darf. Ich habe ihn in dem Zusammenhang auch nur einmal an meinen schwarzen Gürtel erinnern müssen, um meiner Ernsthaftigkeit Nachdruck zu verleihen."

„Wie gewählt du dich immer ausdrückst", lobte Nick sie lachend. „Und, haben wir übertrieben oder ist es wirklich eng für zwei Leute?"

„Sehr eng. Da war die Löffelchenstellung fast schon obligatorisch, doch davon abgesehen hat er wirklich nicht viel davon gehabt. Er hat sich zwar redlich bemüht, seine Erregung zu verbergen, aber ohne großen Erfolg. Dabei ist er gar kein so übler Anblick, wenn nur nicht seine dauernden geistigen Tiefflüge wären, die er mir gegenüber zur Schau stellt. Nach einer Weile ist mir aufgegangen, dass er damit wohl nur seine Unsicherheit überspielen will und mich vielleicht sogar wirklich mag. Deine Masche mit der Hand auf dem Kissen ist übrigens Klasse, Rebecca. Er ist tatsächlich nach Wiedereinsetzen der Schwerelosigkeit im Schlaf auf sie drauf gefallen und hat sich selbst geohrfeigt dadurch."

„Ja, das passiert mir auch immer wieder, wenn ich mit Rebecca..." Nick brach seine Erklärung ab, als ihm etwas klar wurde, mit gerunzelter Stirn seine Freundin musternd: „Moment mal, *Masche*? Du machst das mit *Absicht*?"

„Wieso sollte ich so etwas tun?", versetzte Rebecca mit Unschuldsmiene. „Das wäre doch hinterlistig und bösartig."

Er sah sie finster an: „Notiz an mich selbst: die hinterhältige und bösartige Traumfrau niemals um ihre Hand anhalten."

Tamara brach in schallendes Gelächter aus.

Nick beschloss, sich selbst aus dem Fokus zu nehmen und ging zu Oliver hinüber. „Na, gut geschlafen?"

„Wenn du damit meinst, hellwach mit einer Sturm-und-Drang-Dauerlatte an einer der heißesten Frauen *ever* und nur in Unterwäsche gekleidet angelöffelt zu liegen, ja, *dann* habe ich sensationell geschlafen. Beide Minuten." Über Olivers Kopf schien die sprichwörtliche Gewitterwolke zu schweben.

„Das hast du aber hübsch gesagt! Nimm's nicht zu schwer, besser als Nichts." Mit dieser Floskel ließ Nick ihn alleine und fühlte sich bereits etwas besser.

Tamara hatte sich inzwischen auf den riesigen Wandmonitor vor sich konzentriert und identifizierte gemeinsam mit Rebecca diverse Merkmale in der Stadt unter ihnen, die ihnen immer noch rasch entgegen sank.

„Doch, ganz sicher, diese breite Straße ist der Champs-Élysées und das dort hinten muss der Triumphbogen sein. Dort links ist der Grand Palais und der Petit Palais, aber der Park ringsherum sieht eher wie ein Dschungel aus. Komisch. Ob sie hier ihre Grünanlagen nicht pflegen?"

„Es soll hier doch keine Menschen mehr geben, schon vergessen?", erinnerte Rebecca sie.

„Schon, aber dann... sieh dir das an, vom Eiffelturm fehlt die obere Hälfte! Und der Rest ist total von Pflanzen überwuchert. Wie lange diese Welt wohl schon menschenleer ist?" Tamara erkannte immer mehr Details, je näher sie der Oberfläche kamen.

„Die Île de la Cité kann man gerade noch so erkennen", beteiligte sich Nick nun auch an der Diskussion. „Ja, auch ich war schon mal in Paris, allerdings nur ein paar Tage."

Rebecca frotzelte: „Oho, mit einer Dame in der Stadt der Liebe?"

Er sah sie mit gerunzelter Stirn an. „Es ist lange her, okay? Und lief nicht so wie erhofft. Können wir das lassen? Hauptsache, ich bin jetzt mit *dir* hier."

„Ja, auch wenn es eine Dienstreise ist." Sie sah wieder auf den Monitor. „Alles überwuchert wie in einem Urwald. Dort, das muss der Louvre gewesen sein. Wir landen wohl auf der nördlichen Seite der Seine. Wenigstens das Wetter scheint schön zu sein, blauer Himmel und Sonnenschein."

Tamara meinte versonnen: „Ich war vor zwei Jahren für ein paar Wochen in Paris, bevor ich mich bei TransDime beworben habe. Dieses Viertel ist sehr schön, wo wir gerade hinsteuern. Es ist das zweite Arrondissement, zwischen Palais-Royale und Sainte-Avoye."

Nick sah sie verdutzt an. „Hast du den Stadtplan auswendig gelernt?"

„Ja, klar. Nein, im Ernst: mein Gedächtnis ist ein wenig funktionaler als der Durchschnitt, falls du das bereits vergessen haben solltest." Tamara winkte ab. „Die Gebäude sehen alle sehr modern und von der Bausubstanz her gut aus. Oder hätten so ausgesehen, wenn nicht schon seit langer Zeit keiner mehr Hand an sie gelegt hätte. Wenn ihr mich fragt, war diese Welt weiter entwickelt als unsere, bevor sie ihre Bevölkerung verloren hat, weshalb auch immer."

Sie waren sehr weit hinab gesunken, daher waren schon einzelne Details in den Straßenzügen unter ihnen zu erkennen. Viele Fahrzeuge standen herum und verfielen, ebenso wie viele kleinere Objekte, die man nicht so recht identifizieren konnte aus dieser Distanz. Ein runder Platz unter ihnen rückte ins Zentrum ihres Landeanfluges. Mehrere Straßen gingen sternförmig von ihm ab, das bemerkenswerteste war jedoch eine kreisrunde Vertiefung, die praktisch den gesamten Platz einnahm und fast zur Gänze mit Wasser gefüllt zu sein schien.

„Ein seltsam aussehender Brunnen. Er scheint in den Boden eingelassen zu sein."

Nick studierte ihren Landeplatz noch, als sie sich tatsächlich auf die Mitte des Platzes ausrichteten und zwischen die Häuserfronten hinabsanken, bis das Kamerabild auf Straßenhöhe stehen blieb.

Eine Lautsprecherdurchsage erklang: „Wir sind auf Filiale 37 in Paris am Place des Victoires angekommen. Die Temperatur beträgt 27 Grad Celsius beziehungsweise 300 Kelvin und es ist ein wolkenloser Sonnentag. Die Ortszeit ist siebzehn Uhr oder auch 4 Uhr 15 nachmittags, ganz nach Gusto. In etwa fünf oder auch vier Stunden wird die Sonne untergehen. Ich möchte Sie bitten, sich alle vor der Fähre zu versammeln. Dort werden wir das weitere Vorgehen besprechen."

Noch bevor der Durchsagende das Mikro ausschaltete, hörte man eine zweite Stimme im Hintergrund: „Wird dir das nicht auf Dauer zu blöd, immer alle verschiedenen Maßeinheiten für die diversen Filialen anzugeben?"

„Ach, halt doch deine..." Dann war die Übertragung beendet und ein vereinzeltes Gekicher ging durch ihre Reihen.

Als sie die Treppe zum Hauptdeck hinabstiegen, stieg die Spannung bei ihnen. Nun würden sie endlich erfahren, was sie hier tun würden. Sie erkannten erstaunt beim Verlassen der riesigen Kugel, dass die Fähre bis zur Hälfte, auf das Öffnungsniveau ihrer Türen in den Boden hinein gesunken war und sie somit einen ebenerdigen

Ausstieg auf den Platz hatten. Vielmehr auf den Rand des Platzes, denn der Durchmesser der Fähre war fast so groß wie der gesamte Platz und es blieben weniger als zwei Meter, bis die Häuserfronten der Straßenzüge ringsum begannen. Ein ungewöhnliches und auch irgendwie beunruhigendes Bild.

Ganz zu schweigen davon, dass die Fähre beim Hinabsinken in die etwa fünfzig Meter durchmessende und demnach über zwanzig Meter tiefe Kuhle das gesamte Wasser, welches sich in der Vertiefung angesammelt gehabt hatte und bestimmt etliche zigtausend Liter ausgemacht hatte, einfach so ohne weiteres beim Kontakt mit seiner Außenhülle hatte verschwinden lassen. Der Rand der Kuhle war trocken, kein Tropfen war übergeschwappt, sondern alles vollständig ins Nirvana der höheren Energien befördert worden, deren Mechanismen sich ihrem Verständnis noch entzogen.

Die Fähre war auf eine der Straßen ausgerichtet, die mit den in Paris üblichen Schildern als Rue Catinat angegeben war, gelegen im ersten Arrondissement. Es war eine schmale Straße, keine zehn Meter breit, von flachen Trottoirs auf beiden Seiten begrenzt. Auf der einen Seite verhinderten regelmäßig angebrachte Pfosten das Parken, auf der anderen Seite waren einige Automobile geparkt gewesen, welche von den Formen her sehr futuristisch anmuteten, aber kaum noch als Autos erkennbar waren, derart verfallen waren ihre Karosserien.

Im Erdgeschoss auf beiden Seiten waren einst hohe Fenster gewesen, die allesamt fehlten und freien Einblick auf die dahinter liegenden, verwüsteten Geschäfte boten. Überall auf den Straßen lagen Scherben, die vom Schicksal der amorphen Glasgebilde zeugten, die einst die Elemente vom Inneren der verfallenden Gebäude fern gehalten hatten.

Als sie sich auf der Straße sammelten, machte sich unwillkürlich eine bedrückte Stimmung unter den Anwesenden breit, was nicht auch zuletzt am völligen Fehlen der städtischen Lärmkulisse lag, die man unwillkürlich in solch einer Metropole erwartete. Dafür hörte man einiges an Tierstimmen, vornehmlich Vogelgezwischer. Die konnten der Szenerie jedoch nicht das Gespenstische nehmen, das alle im Angesicht der Vergänglichkeit zivilisatorischer Errungenschaften verspürten.

Rebecca raunte dann auch zu Tamara: „Richtig unheimlich ist es hier."
„Ich bin einfach nur froh, aus dem blöden Ding da raus zu sein und wieder alle fünf Sinne beisammen zu haben. Du weißt ja gar nicht, wie beklemmend es ist, an Bord dieser Fähren zu hocken und das Gefühl zu haben..."
Ein Mann Ende Vierzig, der groß und korpulent war, mit rötlichem Vollbart und voller Haarpracht, rief sie zur Ordnung: „Bitte einen Moment Ruhe! Mein Name ist Liam Nevis. Ich heiße Sie willkommen zur turnusgemäßen Ausräumung der Reserven der Banque de France. Wir gehen vor wie jedes Mal; wenn jemand Fragen über den Ablauf hat, wendet er sich an jemanden seiner Gruppe mit höherem Dienstalter. Die Einteilung kennen Sie auch, daher sollte die Sache ohne größere Probleme über die Bühne gehen. Die Sicherheit geht wie immer vor. Wenn sich jemand verletzt oder ein sonstiges medizinisches Problem auftritt, wendet er sich bitte an die Mannschaft in der Fähre, die rund um die Uhr in Bereitschaft ist. Das wäre es fürs Erste. Sie können jetzt beginnen, während ich Ihre Kollegen aus dem unteren Deck auch noch einweisen werde."
Erst jetzt erkannte Nick, dass tatsächlich nur die Passagiere aus dem oberen Deck vor dem Schiff versammelt worden waren, wohl aus Platzgründen. Sven winkte die sechs Neulinge unter den Assistenten mit sich. „Kommt mit, das wird der Hammer. Wir werden die Stromleitung für den Kran und das Licht legen müssen, da könnt ihr mitmachen."
Sie folgten ihm etwa dreißig Meter weit ans Ende der Rue Catinat, wo auf der gegenüberliegenden Seite der Querstraße ein riesiges, bogenförmiges Tor sofort ins Auge fiel. Es war mindestens fünf Meter hoch und in eine reich mit Säulen, Wandfresken und einem kleinen Steindach über dem Tor verzierte, zweistöckige Mauer eingelassen. Auf dem Bogen über dem Tor stand in verblichenen goldenen Lettern 'Banque de France'. Einer der gewaltigen metallbeschlagenen Türflügel, von denen der grüne Anstrich abblätterte, stand offen. Als Nick nach links und rechts sah, erkannte er die weitläufigen Ausmaße des dazu gehörenden Gebäudekomplexes.
Eine kleine Gruppe, die mehrere Meter vor ihnen ging, schob den zweiten Flügel auf und fluchte über die Nachlässigkeit der letzten Gruppe, die vor ihnen am Werk

gewesen war. Sie fixierten beide Flügel mit großen Mauersteinen, die sie auf dem engen Innenhof auflasen. Dann gingen sie nach vorne durch und betraten das Haus, welches wie ein Stadtpalais anmutete, durch eine weitere Tür, die offensichtlich aufgebrochen worden war.

Nick wandte sich an Sven: „Was genau tun wir hier? Das ist die Bundesbank von Frankreich, oder verstehe ich das falsch?"

„Nein, nein, das stimmt schon so. Wir kommen schon seit Jahren her, und zwar ständig und nicht nur wir. Es kommt in kurzen Abständen, mindestens monatlich, ein Ausräumtrupp von TransDime, der aus Assistenten von mehreren Filialen zusammengestellt wird. Dieser betätigt sich ein paar Tage am Stück körperlich und wuchtet soviel von den staatlichen Goldreserven aus dem Haupttresorraum der Bank, wie die Fähre tragen kann. Danach ziehen wir ab und überlassen das Feld dem nächsten Trupp. So bergen wir nach und nach alles, was sie an Barren im Keller liegen haben und ziehen dann weiter zum nächsten Goldvorrat."

Rebecca sah ihn an, als hätte er den Verstand verloren. Bestürzt rief sie mit mühsam beherrschter Stimme: „Wir... wir räumen den Franzosen ihren staatlichen *Goldschatz* aus dem Tresor? Ohne Scheiß?"

Teresa, die vor ihnen gelaufen war, lachte bei den ungläubigen Mienen der Neulinge. „Ja, so haben wir alle aus der Wäsche geschaut beim ersten Mal. Und stellt euch vor, so machen das TransDime Angestellte aus aller Welt auf dieser Filiale. Wir tun dies eben hier in Europa. In Frankfurt und London ist schon alles leergeräumt, jetzt ist eben Paris dran. Dann geht es wahrscheinlich weiter nach Italien, Russland und in die Schweiz."

Miriam fügte noch süffisant grinsend hinzu: „Die Amis haben Gerüchten nach bereits *Fort Knox* komplett geleert. Soll um einiges schneller gegangen sein als gedacht, wenn ihr versteht, was ich meine. Zur Zeit sind sie wohl an der Federal Reserve Bank in New York beschäftigt."

„Und die ursprünglichen Besitzer des Goldes? Was ist hier nur geschehen?" Tamara sah sich noch immer mit einem unguten Gefühl in der Magengegend um.

„Die erste Expedition, die diese Filiale vorgefunden hat, hat ihr eine sehr hohe Entwicklungsstufe bescheinigt, wie man auch an der relativ niedrigen Nummer der Filiale erkennen kann. Wann immer so eine Parallelerde entdeckt wird, ist große Umsicht bei der Herangehensweise geboten. Dummerweise kam es nicht mehr dazu, sich hier zu etablieren, da es ein Ereignis gab, das die gesamte Erde entvölkert hat." Miriam hob bedauernd die Schultern.

„Und was war das?", bohrte Tamara nach, während sie durch diverse Gänge und über Treppen allmählich immer weiter und tiefer in den Komplex eindrangen.

Teresa fragte sie: „Weißt du, was ein Gammastrahlen-Blitz ist?"

Tamaras Augen weiteten sich. „Ein kosmisches Ereignis, bei dem während einer übergroßen Supernova zwei kurze, aber unglaublich energieintensive Strahlen aus beiden Polen der Sonne herausschießen, kurz bevor sie explodiert. Ja, das ist mir ein Begriff. Die Chancen, von so einem Ereignis getroffen zu werden, sind sehr gering, aber wenn es einen Planeten trifft und man nicht weit genug von der Supernova entfernt ist, kann es verheerende Auswirkungen haben. Und *das* ist hier geschehen?"

Sven nickte besonnen. „Noch während der Beobachtungsphase durch Drohnen, bevor die eigentliche Etablierung von TransDime beginnen konnte. Wir haben das Ereignis selbst nicht direkt mitbekommen, weil es zu einem Zeitpunkt geschehen sein muss, als gerade keine Beobachtungsdrohne in dieser Ebene war, doch die Zeichen waren eindeutig.

Am einen Tag war dies noch ein blühender Planet, beim nächsten Mal eine dem Untergang geweihte Welt. Wir haben nie herausgefunden, wie weit die Supernova entfernt war, aber anhand der Auswirkungen muss sie beängstigend nah am Sonnensystem gewesen sein. Die direkte Gammastrahlung muss tatsächlich bis zur Erdoberfläche durchgedrungen sein, was viele Forscher bisher nicht für möglich gehalten hatten. Zwar nur für wenige Sekunden, aber stark genug, um in jedem Lebewesen auf der dem Blitz zugewandten Hemisphäre schwere Zellschäden zu verursachen.

Dazu kommt die bekannte Auswirkung dieses Phänomens, dass die Ozonschicht der Erde komplett zerstört wurde und die Erde dadurch der UV-Strahlung der Sonne schutzlos ausgeliefert war. Allein dieser Effekt hätte schon ausgereicht, um der Menschheit und allen anderen höher entwickelten Lebewesen den Garaus zu machen, doch durch die direkte Exposition der Gammastrahlen wurde das Ganze noch beschleunigt."

Miriam fügte noch hinzu: „Vergesst nicht, dass durch die Strahlung noch Stickoxide erzeugt wurden, die die obere Atmosphäre der Erde so eintrübten, dass der gesamte Planet wie nach einem massiven Asteroideneinschlag oder einem Atomkrieg von einer Wolke eingehüllt wurde, die kein Sonnenlicht mehr durchließ und die Oberfläche dadurch so stark abkühlte, dass schlussendlich fast alles abstarb. Und dass beim Eintreten des Blitzes auch noch ein globaler EMP jeden Mikroschaltkreis und jede Stromversorgung auf der Welt zerstört hat, half auch nicht gerade."

„Ja, all ihre extrem fortschrittliche Technik hat sie am Ende nicht retten können. In kürzester Zeit war kein Mensch mehr am Leben. Vielleicht wäre es eine Spur glimpflicher abgelaufen, wenn nicht dummerweise die Landhälfte der Erde dem Blitz praktisch vollständig zugewandt war und die pazifische Wasserhälfte von ihm abgewandt. So hatte die Menschheit hier auf Filiale 37 keine Chance." Teresa senkte das Haupt einen Moment im stillen Gedenken.

„Wie grauenhaft!" Rebecca schlug eine Hand vor den Mund und musste sich beherrschen, um die Fassung zu wahren. „Und... und wir kommen jetzt hierher und räumen ihnen auch noch die Banktresore aus? Das macht mich echt fertig!"

Bernd kam langsam an ihnen vorbei, zusammen mit Ramon ein dickes Kabel hinter sich her ziehend. „Wieso, hier ist ja niemand mehr, der es brauchen kann. Da dachte sich TransDime: 'Jackpot! Worauf warten wir noch?' Tja, so läuft es hier eben."

Tamara schien nachdenklich: „Ich muss zugeben, es entbehrt nicht einer gewissen Eleganz, auch wenn es freilich morbide ist. Hier kommen sie an einen Riesen-Goldschatz, ohne dafür etwas Illegales oder besonders Gefährliches tun zu müssen. Sie müssen sich nur Zutritt zu den entsprechenden Lagerstätten verschaffen und die nötige Arbeit leisten, um diese auszuräumen und in Fähren zu verladen."

„Und genau hier kommen wir ins Spiel. Stellt euch mal bitte diesen Gang entlang im Abstand von etwa zehn Metern auf und nehmt dann alle einen entsprechenden

Abschnitt des Hauptstromkabels auf. So können wir es schneller verlegen." Bernd dirigierte ihre Gruppe entsprechend.

Die Flure und Gänge am Anfang des Gebäudes waren wenigstens noch von Oberlichtern dürftig erhellt worden, doch jetzt wurde es allmählich finster, als sie noch tiefer in das Gebäude und somit unter das Bodenniveau vordrangen. Sie schalteten erste Lampen ein, die von Vorgängern von ihnen in kurzen Abständen unter der Decke aufgehängt worden waren und ein grelles und kaltes Licht in die Flure warfen. Diese durchschritten sie langsam, bis sie in einem kleinen, vom Boden bis zur Decke strahlend weiß gestrichenen Vorraum im Untergeschoss an eine massive Panzertür kamen. In dieser war ein über zwei Meter großes Loch, das einen faszinierenden Einblick in das Innere der mindestens einen halben Meter dicken Tresortür gestattete.

Tamara vermutete sofort: „Wurde dieses Loch mit Hilfe der Dimensionsverschiebung geschaffen?"

Ramon pfiff anerkennend durch die Zähne. „Alle Achtung, du bist ja ganz schön auf Zack!"

Rebecca besah sich staunend die makellos glatten Kanten der Öffnung. „Wie heißt es so schön – nichts macht einen so sauberen Schnitt durch *alles* wie eine schwarze Kugel. Praktisch bei gepanzerten Safetüren."

„Ja, das hat was. Wie genau sie das zum Einsatz gebracht haben, weiß ich allerdings auch nicht. Ist auch schon einige Jahre her. Vielleicht haben sie einfach einen Stabilisatorgürtel genommen, von der Größe der Öffnung her könnte das jedenfalls hinkommen." Bernd nickte ihr zu, in gemeinsamer Erinnerung an ihren damaligen Einsatz, als sie dieses Phänomen zum ersten Mal erlebt hatten.

Er schritt aufrecht durch das Loch und schaltete eine weitere Lampe im schmalen Durchgang ein, der sich hinter der Tresortür befand und gut zehn Meter weit in eine weitere enge Kammer führte. In dieser befanden sich der Anfang einer Treppe, die in weitem Bogen nach unten führte und um einen Liftschacht herum lief. Die breiten Türen des Warenliftes waren ausgehängt worden und lehnten an der Wand gegenüber. Alles war auffallend weiß, nur der Liftschacht inklusive Türen war beige gestrichen.

Beide Türen der eigentlichen Liftkabine waren weit offen und mit Keilen in dieser Position gesichert. Innen war mittels eines Gestelles in Dreibeinform, deren Beine sich auf dem Rand der Reste des Kabinenbodens im Liftschacht abstützten, eine Art große Winde installiert. Das dicke Stahlseil der Hubvorrichtung darunter baumelte lose im Schacht. Vom Motor der Winde führte ein mächtiges Kabel zu einem meterhohen, wie ein Fremdkörper aussehenden Schaltkasten in rot, der neben dem Schacht aufgestellt worden war. Viele kleinere Leitungen führten aus der Rückseite dieses Verteilerkastens in alle möglichen Richtungen.

Sie verlegten das Stromkabel zum Kasten und schlossen es an, um dann den Hauptschalter zu betätigen. Fast augenblicklich sprangen einige Deckenleuchten an und warfen zusätzliches Licht auf die Szenerie.

Nun gingen sie die lange Treppe hinab bis zum Fuß des Liftschachtes in mindestens zwanzig Meter Tiefe. Auch hier war alles in sterilen weiß- und Beigetönen gestrichen und dankenswerterweise auch hell erleuchtet. Neben dem auch hier offen stehenden Warenlift gab es ein paar Meter weiter ein stabiles Gitter entlang einer Seite, dessen Türeinsatz auch offen stand. Alles hier war so belassen worden, dass man möglichst ohne Probleme überall weiterkam.

Auch die zweite massive Tresortür in dieser Etage war mit einem kreisrunden Loch durchschnitten, das auf den Einsatz dieses futuristischen Mechanismus hinwies, der sich 'schwarze Materie' zunutze machte. Wie das funktionierte, konnte sich nicht einmal Tamara auch nur ansatzweise erklären.

Sie schritten einen mit rotem Linoleumboden belegten langen Gang ab, von dem in gewissen Abständen immer wieder voll vergitterte stabile Türen abgingen, deren Zwischenräume zwischen den Vierkantstäben noch zusätzlich mit engem, dickem Maschendraht verkleidet waren, sodass man kaum einen einzelnen Finger durch das Gitter stecken konnte.

Nick pfiff anerkennend durch die Zähne. „Das muss man ihnen lassen, sie waren auf Sicherheit bedacht."

„Bei zig Milliarden an Goldwerten, die hier gelagert wurden, ist das wohl auch kaum übertrieben." Rebecca besah sich das Innere einer der offen stehenden Kammern. In langen Reihen von mehreren Metern hohen Metallschränken waren unfassbare Mengen an Goldbarren gelagert, sämtlich hinter weiteren Gittertüren, die mit Maschendraht ausgeschlagen waren, sodass man zwar sah, was darin lag, aber ohne schweres Werkzeug nicht so leicht an den Inhalt heran kam.

„Gelagert werden, meinst du wohl." Nick griff in eines der offenen Regale und hob mühsam einen einzelnen der großen, gelb glänzenden Gussbarren heraus. „Hm, da steht 'Valcambi', '999,5' und '414 oz.' Was so einer wohl wert sein mag?"

Tamara hielt einen Moment inne und verkündete dann: „Knapp eine halbe Million."

„Wow." Vorsichtig wie ein rohes Ei legte Nick den Barren zurück ins Regal, wo er ihn in Augenhöhe entnommen hatte.

Tamara grinste und meinte: „Wieso auf einmal so zaghaft?"

„Na, wenn man erfährt, dass so ein einzelner Barren mehr wert ist als das Haus in dem man wohnt, wird man schon... oh mein Gott!"

Völlig entgeistert hatte er beobachtet, wie Tamara einen anderen der vielen sauber gestapelten Barren herausgezogen und aus Schulterhöhe einfach auf den Boden hatte plumpsen lassen. Mit einem leisen Klankern traf er schwer auf und blieb einfach liegen. Alle um sie herum waren wie erstarrt und völlig fassungslos.

Tamara indes lachte und hob den unversehrten Barren wieder auf, der eine kleine Delle im Boden hinterlassen hatte. „Ups, wie ungeschickt von mir."

Rebecca musste ungewollt auch lachen und schlug ihr eine Hand auf die Schulter. „Du bist schon ein verrücktes Huhn."

„Das wollte ich schon immer mal machen." Als sie die entgeisterten Blicke um sich herum bemerkte, fragte sie mit gerunzelter Stirn: „Was habt ihr denn? Dachtet ihr, das blöde Ding zerspringt in tausend Stücke und muss mit Schaufel und Besen zusammen gekehrt werden? Herrgott, das ist ein *Goldbarren*, keine Ming-Vase."

Sven beendete die Episode und geleitete sie weiter, dabei Tamara lächelnd zuzwinkernd: „Wenn ihr euch dann ausgetobt habt, könnt ihr euch einen dieser Wagen schnappen und ihn mit Barren beladen. Nicht mehr als vierzig Barren auf einen und stapelt sie sorgfältig. Die Wagen könnt ihr zur Tresortür schieben, wo sie von einigen eurer Kollegen umgeladen werden. Eine weitere Gruppe schiebt die Wagen jenseits der Panzertür zum Lift und belädt die Frachtplattform, die dann von der Winde hochgezogen wird. Die nächsten Helfer beladen oben einen Wagen und schieben den bis zur oberen Panzertür, dann ist die Gruppe dran, die die Barren durch die Tür hindurch auf einen weiteren Wagen auf der anderen Seite umlädt und so weiter.

Es ist wie eine altmodische Eimerkette bei Bränden in vergangenen Jahrhunderten, über die verschiedenen Ebenen der Bank bis hinaus auf die Straße und in die Fähre hinein. Zum Glück haben wir genug Rollmaterial für die gesamte Strecke. Das war nicht immer so, hat mir mal einer der älteren Semester erzählt. Die Wagen hier können wenigstens alle mit einer halben Tonne beladen werden, auch wenn sie dann sogar zu zweit nur mühsam zu dirigieren sind. Glücklicherweise muss niemand ein längeres Stück damit fahren."

Hannes stöhnte auf. „Wir müssen Rollwagen, die mit einer *halben Tonne* beladen sind, herumschieben?"

„Tja, vierzig Barren zu je zwölfeinhalb Kilogramm ergeben nun mal dieses stattliche Gesamtgewicht." Sven zuckte mit den Achseln und wandte sich zum Gehen. „Viel Spaß und bis später."

Sie sahen sich um und begannen ohne weiteres Murren die anstrengende Arbeit.

Fast zwei Stunden und etliche Ladungen später waren sie bereits ziemlich erschöpft von der schweißtreibenden Verladearbeit und dem mühsamen Rangieren der extrem schweren Rollwagen. Bis sie ein Gefühl für die immense Massenträgheit von einer halben Tonne Gewicht auf nur acht kleinen Rollen gewonnen hatten, waren sie bereits mehrmals mit reichlich Schwung in Kurven gegen Schränke und Türen gerasselt. Teilweise hatte sich ihre Ladung durch den dabei schlagartig abgebauten Schwung derart verschoben, dass einige Barren sogar mit melodischem Klingen vom Karren gefallen waren.

Als sie gerade wieder dabei waren, einen der Karren vollzuladen, kam ein Mann zu ihnen herab, der auf sie einen sonderbaren Eindruck machte. Er war um die Fünfzig, sehr klein, aber äußerst korpulent und mit Halbglatze, grauer Tonsur und Walross-Schnurrbart kein alltäglicher Anblick. Auch die randlose Brille mit den kleinen blauen Äuglein dahinter vermochten das nicht zu relativieren. Er machte einen ernsten Eindruck und trug eine Art Tablet-PC mit sich. Angesichts der zu verrichtenden Arbeit wirkte er hier gänzlich deplatziert.

„Verzeihen Sie bitte, befinden sich in Ihrer Gruppe TransDime Assistenten der Funktionsstufe Eins im ersten Dienstjahr aus Filiale 88?" Er sah sie an, als wüsste er die Antwort bereits.

„Ja, alle sechs. Sie haben den geschlossenen Jahrgang vor sich." Thorsten nickte ihm bestätigend zu.

Der Mann sammelte sich und eröffnete ihnen dann: „Gut, dann muss ich Ihnen etwas mitteilen, was Ihnen wahrscheinlich nicht gefallen wird. Ist es korrekt, dass Sie letztes Jahr im November zu einer Feldübung nach Filiale 127 gebracht wurden, zur unabhängigen Rückkehr ins TransDime Hauptquartier Europa?"

Tamara meinte abfällig schnaubend: „Wenn man diesen Horrortrip auf romantisch verklärte Weise umschreiben will, dann stimmt das, ja."

„Bitte bleiben Sie sachlich. Wir alle haben das an diesem Punkt unserer Ausbildung so oder so ähnlich durchgemacht. Es geht um ein Mitglied Ihres damaligen Begleiterteams, Franziska Herrschel. Sie hat auf dieser Reise gravierende Fehlverhaltensmuster entwickelt und musste schlussendlich nach einer Reihe von unnötig begangenen Rechtsübertritten von uns in Gewahrsam genommen werden." Der Mann las von seinem Tablet ab, als ginge ihn das alles gar nichts an.

Nick musterte ihn nun genauer. „Ja, wenn man Morden aus Spaß am Töten Rechtsübertritte nennen will, aber wozu wärmen Sie diese Geschichte jetzt wieder auf? Wer *sind* Sie überhaupt?"

„Bitte verzeihen Sie, mein Name ist Professor Doktor Lars Hirtenstock. Ich bin ein Mitglied der Verhaltenstherapierungs- und Neujustierungsabteilung von TransDime. Wir nehmen uns unter anderem auch der Fälle an, bei denen die Spezialausbildung eine Verhaltensauffälligkeit hervorruft, die es dem betreffenden Agenten unmöglich macht, seine oder ihre Pflichten als TransDime Mitarbeiter noch länger wahrzunehmen. Im Extremfall, der leider bei Frau Herrschel aufgetreten ist, kann die Person dabei eine Gefahr für sich selbst oder andere werden."

Oliver warf spöttisch ein: „Wann hören sie mal auf, die Sache zu verniedlichen und nennen die Dinge beim Namen? Sie hatte einen kompletten psychotischen Zusammenbruch und ist am Ende nur noch wahllos mordend durch die Lande gezogen. Als man sie aufgegriffen hat, hat sie noch mehrere Leute der Küstenwache und Seenotrettung umgebracht und konnte nur durch eine Kugel im Bein gestoppt werden. So hat man es uns jedenfalls berichtet."

„Ihre Sicht der Dinge mag aus einem subjektiven Blickwinkel sehr extrem wirken, doch Tatsache ist, dass diese Fehlentwicklung auf Diskrepanzen bei ihrer Ausbildung zurück geht. Deren Korrektur ist meine Aufgabe, sowie ihre Wiedereingliederung in die Gesellschaft und TransDime. Daher auch meine Kontaktaufnahme, um Sie sozusagen vorzuwarnen. Frau Herrschel befand sich bei uns im Rehabilitationscenter auf Filiale 69 und ist unter meiner Obhut hier an diesem Einsatz beteiligt."

Alle keuchten oder schrien auf. Rebecca fand zuerst wieder Worte: „Sie ist *hier*? Wollen sie uns auf den Arm nehmen? Sie lassen sie doch nicht etwa frei herumlaufen, nach allem, was sie verbrochen hat? Das kann nicht Ihr Ernst sein!"

„Bitte, bitte, ich kann Ihre Aufregung verstehen", versuchte Hirtenstock sie zu beruhigen. „Was Sie gesehen und erlebt haben, ist sicher schlimm für Sie gewesen, aber Sie dürfen nicht vergessen, dass es das Resultat einer während ihrer Ausbildung übertriebenen Potenzierung von Frau Herrschels Tendenzen zur kontrollierten Gewaltausübung bis hin zur gezielten Tötung von anderen Menschen war. Man hatte ein Potenzial in ihr entdeckt, das man fördern wollte, um es zu kanalisieren und sinnvoll einsetzen zu können. Was man einfach unterschätzt hatte, war das Ausmaß ihrer Unfähigkeit, anderes Leben zu wertschätzen und daher so stark abzustumpfen, dass es für sie keinerlei Unterschied mehr machte, ob ein Gegner in einem Kampf überlebte oder starb.

Für sie wurde es zur besseren Option, jemanden zu töten, anstatt ihn nur kampfunfähig zu machen, das habe ich während der ersten Sitzungen schnell herausgefunden. Ich bin nicht mit allen Operationen vertraut, die sie seit Abschluss ihrer Ausbildung ausgeführt hat, doch es muss etwas dabei gewesen sein, dass sie in dem Glauben zurückließ, es sei besser, jemanden bei einer unbeabsichtigten Begegnung vorsorglich zu töten, damit dieser sie später nicht mehr beschreiben oder gar identifizieren konnte."

Hannes unterbrach ihn: „Wenn Sie das alles aus ihr raus gekitzelt haben, müssen Sie aber ziemlich tief gebohrt haben."

„Unsere Methoden sind sehr… sorgfältig und… tiefgreifend für den Patienten. Wir versuchen so weit wie möglich, die falsch angeeigneten Verhaltensmuster aus der Spezialausbildung wieder rückgängig zu machen, verbunden mit einer Löschung der traumatischen Erinnerungen, die zu der Fehlentwicklung geführt haben und die sie während dieser tragischen Phase durchlebt hat.

Daher möchte ich Sie auch bitten, wenn Sie ihr begegnen, zeigen Sie Nachsicht. Franziska Herrschel ist nicht mehr der Mensch, der all diese Abscheulichkeiten vollbracht hat. Der Stand Ihrer Persönlichkeit und ihrer Erinnerungen ist ungefähr in dem Stadium, wo sie von Funktionsstufe Null auf Eins befördert wurde und Filiale 88 verlassen hat, um ihre Spezialausbildung zu beginnen."

„Sie meinen, alles andere hat für sie gar nicht stattgefunden? Ihr Gedächtnis wurde *gelöscht*? Wie soll das denn gehen?" Unwillig schüttelte Nick den Kopf.

„Das kann ich Ihnen leider nicht verraten. Es wäre aber fatal für Frau Herrschels Genesungsprozess, wenn jetzt jemand aus ihrer Vergangenheit sie mit den Untaten konfrontiert, die sie nach ihrem eigenen Wissensstand nie begangen hat. Können Sie das verstehen?" Er sah sie mit dringlicher Miene an, als würde er zu einem Haufen Idioten sprechen.

Rebecca sah sich, einer plötzlichen Eingebung folgend um und seufzte dann laut. „*Wir* können das schon, Herr Hirtenstock. Nur Frau Schnyder ist nicht mehr da und ich weiß nicht, wie viel von unserem Gespräch sei noch mitbekommen hat. Ich fürchte, sie ist bereits auf dem Weg zu Ziska und wird sie töten, sobald sie sie zu fassen bekommt."

Die Augen des Therapeuten weiteten sich vor Entsetzen.

Alle eilten zur Treppe, um Tamara abzufangen, doch Hirtenstock musste sich unbedingt als erster auf die enge, lange Treppe drängeln. Durch seine Korpulenz und schlechte körperliche Verfassung war er so langsam, dass er sie alle aufhielt und so wertvolle Zeit verschenkte. Die Treppe nach oben wollte kein Ende nehmen. Rebecca rief zornig: „Um Himmels Willen, lassen Sie uns doch durch! Wir werden es in dem Tempo niemals rechtzeitig schaffen!"

Hirtenstock, die letzten Stufen bereits stark keuchend absolvierend, entgegnete: „Nein, bleiben Sie gefälligst hinter mir! Es ist wichtig, dass ich Frau Herrschel..."

Grob packte Rebecca den Therapeuten an der Schulter und stieß ihn zur Seite, sodass alle an ihm vorbei sprinten konnten. Sein zorniges Gebrüll verhallte rasch, als sie nun endlich in einem vernünftigen Tempo voran kamen.

Sie stürmten so schnell sie konnten nach draußen, etliche andere Mitarbeiter des Bergungstrupps zur Seite stoßend und im Weiterlaufen noch um Verzeihung bittend.Rebecca war die erste der Gruppe, die verzweifelt versuchte, ihre Freundin und Kollegin zu erreichen, bevor die etwas tat, wonach sie ihres Lebens nicht mehr froh werden würde.

Als sie nach einer scheinbaren Ewigkeit die Straße erreichten, war bereits ein ausgewachsener Tumult auf der Straße vor der Dimensionsfähre im Gange. Sie drängten sich durch die mehrere Dutzend Leute nach vorne durch, wo eine hemmungslos weinende und tobende Tamara von vier riesigen und schweren Männern nur mit aller körperlicher Gewalt am Boden gehalten werden konnte. Sie schrie und hyperventilierte inzwischen so stark, dass man keinen ihrer zornigen und hasserfüllten Sätze mehr deutlich verstehen konnte.

Was aber die Freunde von ihr noch mehr verblüffte, war Ziska, die von mehreren Leuten umringt, zusammen gekauert und weinend am Boden saß und die Welt nicht mehr zu verstehen schien. Sie hatte ein blaues Auge, eine aufgeplatzte Augenbraue, die stark blutete und eine ebenfalls aufgeplatzte Lippe. Zudem hielt sie sich eine Seite, die sie stark zu schmerzen schien.

Aus der Fähre kam ein Steward mit einem Erste-Hilfe-Set angelaufen und scheuchte die unnötig den Zutritt versperrenden Gaffer beiseite, um sich um Ziskas Blessuren kümmern zu können.

Einer der Männer, der die rasende Tamara festhielt, keuchte angestrengt und auch verwundert: „Mann, die muss randvoll mit Adrenalin sein. Wie kann so ein zartes Persönchen so eine Bärenkraft haben?"

„Ja, wir können sie kaum zu Viert halten. Meine Güte, könnt ihr uns mal helfen?" Ein anderer der Helfer hatte sich an Nick gewandt.

„Wir kennen sie. Ihr könnt sie jetzt loslassen, wir kümmern uns um sie, okay?" Rebecca schob sich an Tamara heran.

Sofort, nachdem Nick, Rebecca und auch Sven in Tamaras Blickfeld gekommen waren, stellte sie jeglichen Widerstand ein und begann sich in eine Fötusstellung zusammen zu rollen, um vollends zu kollabieren. Rebeccaging zu ihr in die Hocke hinab, richtete sie ein wenig auf und nahm sie in den Arm, während Nick ebenfalls an ihrer Seite blieb und ihr beruhigend übers Haar strich.

„Ist ja gut, Tammy, das wird schon wieder. Was ist denn passiert?" Rebecca sprach auf sie ein, um sie zu beschäftigen und ihr die Möglichkeit zu geben, den Vorfall mit einer vertrauten Person teilen zu können. Sie mussten genau hinhören, um die stoßweisen, abgehackten Worte ihrer Freundin überhaupt verstehen zu können.

„Sie... sie... ich wollte sie nur noch umbringen, in der... Sekunde, als ich... gehört habe, dass sie... hier ist. Doch dann habe ich... auf sie einge... eingeschlagen und... sie hat sich... gar nicht gewehrt... sie hat mich... angesehen wie eine... eine Fremde.

Sie hat... nur Angst gehabt... panische Angst... ich verstehe das nicht... wie kann das sein?... ich hätte sie töten können, einfach so... sie ist einfach... nur dagestanden..."
Als Tamaras von Schluchzern durchsetzter Redeschwall erstarb, versuchte Nick es ganz behutsam. „Das ist nicht mehr die Ziska, die wir in England auf dem Boot zurück gelassen haben. Sie wurde von TransDime... behandelt. Therapiert, hat Herr Hirtenstock gesagt, doch ich glaube, der Drecksack hat ihr viel eher eine Gehirnwäsche verpasst. Die Mordlust wurde ihr angeblich ausgetrieben und ihre Erinnerungen wurden gelöscht, bis zurück zum Moment ihrer Beförderung, als sie uns verließ. Aus ihrer Sicht ist sie dir damit nie begegnet, außer einmal kurz bei ihrem Hausbesuch bei Barbara."
„Ja, wenn das stimmt, was das fiese Walross von Therapeut uns erzählt hat, ist es für Ziska so, als hätte sie diese Taten auf Filiale 127 nie begangen. Deshalb hat sie sich auch nicht gewehrt, als du sie so aus heiterem Himmel angegriffen hast. Sie versteht offenbar gar nicht, was hier gerade passiert ist. Kannst du das begreifen?" Rebecca sah sehr erschüttert aus ob der Tragik dieser Ereignisse.
„Das... sie *weiß* das alles nicht mehr? Sie haben ihr *Gedächtnis* gelöscht?" Tamara hatte offenbar ihre Probleme damit, das akzeptieren zu können.
Der Steward, der offenbar auch ausgebildeter Ersthelfer war, ging neben ihnen in die Hocke. „Na, alles klar?"
„Ja, es geht schon wieder. Ich weiß jetzt, dass ich einen Fehler..." Tamara zuckte kurz zusammen, als er einen dünnen Stift an ihren Hals hielt und auf einen Knopf drückte. Ihre Augen verdrehten sich und fielen zu, während ihre Knie nachgaben. Sie sackte durch und fiel praktisch auf der Stelle in tiefen Schlaf. Nick und Rebecca hielten sie fest und starrten den Ersthelfer ungläubig an.
„Nur ein starkes Beruhigungsmittel. Bringen Sie sie bitte in die Fähre, wir legen sie im Oberdeck in eine der Kabinen. Sie kennen Sie gut? Dann betreuen Sie sie bitte, bis sie wieder aufwacht. Ich habe andere Pflichten." Der Steward stand wieder auf und ging davon, als ginge ihn das alles nichts mehr an.
Ziska wurde von mehreren Leuten umsorgt, unter anderem auch von ihrem Betreuer Hirtenstock, der es inzwischen schnaufend und schwitzend bis zum Ort des Ge-

schehens geschafft hatte und ihnen nebenher immer wieder böse Blicke wegen ihrer Eigenmächtigkeit zuwarf.

Währenddessen trugen Rebecca und Nick die bewusstlose Tamara in die Fähre. Sie schafften sie die Treppe hoch und legten sie in eine Kabine, wo sie friedlich wie ein Engel mit tiefen Atemzügen schlief, als könne sie keiner Fliege etwas zuleide tun. Nick und Rebecca standen an ihrem Bett und er ergriff ihre Hand. „Ach, sie werden ja so schnell erwachsen, nicht wahr?"

Rebeccas Kopf fuhr herum. „Wie kannst du nur in so einer Lage Witze reißen?"

„Entschuldigung. War sicher nur die Anspannung. Was jetzt wohl passieren wird? Meinst du, sie bekommt Ärger?" Er setzte sich auf die Bettkante und ergriff ihre Hand, um sie ein wenig zu drücken. Ergreifender weise huschte ein kurzes Lächeln dabei über Tamaras Gesicht.

„Ich hoffe nicht." Sie seufzte und setzte sich neben ihn, um über Tamara zu wachen.

Die Stunden vergingen und Nick ging in den Speisebereich, um am Automat etwas zu Essen für Rebecca zu besorgen und selbst auch etwas zu sich zu nehmen. Inzwischen hatte das Bergungsteam seinen Betrieb bei einsetzender Dämmerung eingestellt und die meisten entspannten sich in ihren Sesseln, hatten die Lehnen nach hinten und die Fußstützen nach oben gefahren, womit es sich ganz gut ruhen ließ.

Als Rebecca ihr mitgebrachtes Abendessen am Bett von Tamara verzehrt hatte, beschlossen sie, dass sie sich zur selig schlafenden Schweizerin dazulegte und er vor der Kabine blieb. So vergingen einige Stunden.

Überraschenderweise kam Sven zu später Stunde noch vorbei. Zaghaft fragte er: „Hallo, wie geht es Tamara?"

„Sie haben ihr nach der Verabreichung eines starken Betäubungsmittels Ruhe verordnet. Woher wusstest du, dass du sie hier findest?"

Er sah verlegen aus, was Nick wunderte. „Na ja, ich bin in Hörweite gestanden, als verfügt wurde, was mit ihr geschehen sollte. Ist Rebecca bei ihr?"

„Ja, sie hat sich zu ihr in die Kabine gelegt. Sie sind wirklich beste Freundinnen fürs Leben. Ich glaube nicht, dass jemals etwas vorfallen könnte, das diese Tatsache ändern könnte." Nick wies mit einer vagen Kopfbewegung auf die verschlossene Abteiltür neben sich.

Sven lächelte mitfühlend: „Das finde ich toll. Die beiden sind immer füreinander da. Richte ihnen Grüße aus und alles Gute."

Dann ging er wieder zu seinem Platz und ließ einen nachdenklichen Nick zurück. Dieser Bär von einem Mann war tatsächlich tiefgründiger, als er es angenommen hatte. Damit hatte Tamara damals wohl Recht gehabt. Und er hatte sich offensichtlich ehrliche Sorgen um die junge Schweizerin gemacht. Gut, wenn man bedachte, dass er aus allernächster Nähe mitbekommen hatte, was im Vorfeld zu dieser Situation geführt hatte, war das nicht weiter verwunderlich.

Um Mitternacht weckte er Rebecca. Er tauschte mit ihr den Platz und legte sich für die Stunden der tiefsten Nacht zu Tamara, als niemand zufällig dazu kommen würde und sich darüber wundern konnte, dass Nick sich mit Tamara in eine Kabine legte.

Die letzten Stunden des frühen Morgens wechselten die beiden sich nochmals ab. Erst als am morgen der Kapitän mit dem als Sanitäter fungierenden Steward im Schlepptau zu ihnen kam, sahen sie einen Hoffnungsschimmer, dass die lange Wache ein Ende finden konnte.

Sie begrüßten die beiden Besatzungsmitglieder der Fähre artig und beobachteten, wie der Sanitäter Tamara ein leichtes Aufputschmittel gab, wohl um die Wirkung des starken Schlafmittels aufzuheben. Wer weiß, wie lange sie ansonsten noch im Bett gelegen wäre.

Als Tamara allmählich zu sich kam und zuerst völlig orientierungslos war, erklärte Nick ihr: „Mach ganz langsam, du hast gestern ein wenig Trubel verursacht. Sie mussten dich sedieren, um dich in den Griff zu bekommen."

Sie schlug die Augen plötzlich auf und schnellte in eine sitzende Position hoch: „Oh nein, ich habe Ziska angegriffen! Wie geht es ihr? Was ist geschehen?"

Rebecca legte ihr eine Hand auf die Schulter und drückte sie sanft, aber bestimmt in die Laken zurück: „Keine Sorge, es geht ihr den Umständen entsprechend ganz gut. Sie liegt ebenfalls noch auf ärztliche Anweisung im Bett und erholt sich. Sie hat aber keine ernsten Verletzungen, was viele verwundert."

Fassungslos starrte Tamara ihre beste Freundin an. „Was um Himmels Willen meinst du damit?"

Der Kapitän der Fähre fasste zusammen: „Mehrere Ihrer Kollegen hatten bei Befragungen damals angegeben, dass Sie ihr offen und sehr deutlich damit gedroht hatten, sie bei Ihrem nächsten Zusammentreffen sofort und ohne zu zögern zu töten. Das war auf Filiale 127 in Südengland während Ihrer damaligen Extraktionsmission."

Tamara rieb sich über die Stirn. „Ja, am Pier am Ufer des River Stour. Sie trieb auf dem antriebslosen Fischkutter aufs offene Meer hinaus und hat aus reiner Bosheit den einzigen anderen Menschen an Bord, den Steuermann, völlig sinnlos getötet, nur um uns zu beweisen, dass sie auf nichts und niemanden Rücksicht nehmen würde."

„Und dann, gestern vor der Fähre? Sie haben sie alleine angetroffen, ein Stück abseits von anderen Mitgliedern des Bergungstrupps. Angesichts Ihrer Ausbildung und dem zusätzlichen Tragen des schwarzen Gürtels in Karate wäre ich davon ausgegangen, dass Sie ihre Drohung ohne Weiteres hätten wahr machen können, bevor jemand der sich am nächsten befindenden Kollegen hätte eingreifen können." Der Kapitän wollte es offenbar ganz genau wissen.

Tamara sah hinab auf ihre Hände. „Ich konnte es einfach nicht. Als ich begann, auf sie einzuschlagen, war sie völlig schockiert, als käme das aus völlig heiterem Himmel über sie. Als hätte sie keine Ahnung, wer ich bin und warum ich sie angreife. Als ich in ihre Augen sah, dachte ich schon an eine Verwechslung. Mir fiel es schwer zu glauben, dass dies die selbe Person sein sollte, die mich damals so boshaft triumphierend angelächelt hatte, nachdem sie gerade aus purem Spaß am Töten den

Mann umgebracht hatte, der mir in derart kurzer Zeit ein so guter Freund geworden war."

Sie sah auf und ernst in das Gesicht des Kapitäns: „Deshalb habe ich wohl von ihr abgelassen und es zugelassen, dass man mich ergreift und mich davon abhält, sie so sinnlos zu töten, wie sie es mit mir getan hätte, wären die Rollen vertauscht gewesen. An der Oberfläche habe ich noch immer gebrodelt und gekocht vor Wut, aber innerlich hatte ich bereits die Entschlossenheit verloren, Vergeltung für die unschuldigen Opfer zu üben, die sie auf dem Gewissen hatte. Mir kam sie wirklich vor wie eine andere Person. Wie kann das nur sein?"

Der Sanitäter erklärte ihr geduldig: „Es gibt Fälle wie Frau Herrschel, bei denen der Patient Dinge getan und Verhaltensweisen an den Tag gelegt hat, die völlig inakzeptabel sind für unsere Gesellschaft. Aber dank ihrer Ausbildung und ihrem bereits erworbenen Wissen stellen sie noch immer einen gewissen Wert für die Firma dar. Daher werden sie nicht sofort aufgegeben, sondern therapiert."

„Aber wie kann man aus einer soziopathischen Killerin wieder einen normal denkenden Menschen machen? Man kann doch einen Geist mit einem freien Willen nicht so ohne Weiteres derart extrem umformen." Tamara konnte nicht glauben, was sie da hörte.

Eine Stimme aus dem Off erklang: „Es hat auch niemand behauptet, dass das so ohne Weiteres möglich ist."

Auftritt Hirtenstock, dachte Nick verächtlich. Er konnte sich nicht so recht erklären, warum ihm der Mann derart unsympathisch war. Die Art, wie er sich jetzt gerade in Szene setzte, als er selbstgerecht lächelnd um die Kante der Kabinenöffnung trat, verbesserte das auch nicht gerade.

Ohne weitere Reaktionen oder Einwände abzuwarten, begann er zu monologisieren: „Wenn jemand wie Frau Herrschel vom System als talentiert für die Arbeit als Scharfschützin erkannt wird, erfolgt eine umfassende Ausbildung, die alle Aspekte als Ganzheit umfasst, sowohl körperlich, geistig als auch seelisch. Es wird alles berücksichtigt, was es zu berücksichtigen gilt, um aus ihr eine möglichst effektive Problemlöserin von personellen Fragen zu machen."

„Ausknipserin," murmelte Rebecca verhalten.

„Tötungsmaschine?", schlug Nick vor.

Ungnädig sah Hirtenstock sie mit einem Seitenblick an. „Ihre Haltung ist der Sache nicht dienlich. Worauf ich zu sprechen kommen möchte, ist die Fehlentwicklung, die die Ausbildung bei Frau Herrschel genommen hat. Sie hatte offenbar schon vor Beginn des Prozesses, der in der Justierung der Geisteshaltung mündet, eine ausgeprägtere Tendenz dazu, es an Mitgefühl für Mitmenschen mangeln zu lassen. Durch die Ausbildung, die im Normalfall zum gewünschten Resultat führt, schoss sie in dieser Hinsicht über das Ziel hinaus. Ich möchte nicht leugnen, dass die Ausbilder diese Tendenz bei ihr ein wenig zu wohlwollend übergangen hatten."

Rebecca schüttelte ungläubig den Kopf. „Sie sind wahrlich ein Meister der zweckdienlichen Untertreibung, Herr Hirtenstock. Sie biegen sich die Fakten wirklich wunderschön zurecht, so wie sie Ihnen gerade..."

„Professor Doktor", warf Hirtenstock ein.

Ein wenig aus der Bahn geworfen, fragte Rebecca. „Wie bitte?"

„Es heißt *Professor Doktor* Hirtenstock", belehrte der korpulente Humunculus sie mit einer Spur Ärger. „*Herr* Hirtenstock war mein Vater, der im übrigen nicht ein Jahrzehnt seines Lebens dem Studium der..."

„Von mir aus, Exzellenz. Jedenfalls hätte TransDime viel früher reagieren müssen und es gar nicht erst so weit kommen lassen dürfen." Rebecca stemmte wütend die Fäuste in die Hüften und funkelte den Akademiker an.

Dieser überging die Spitze gegen seinen Titel und entgegnete scharf: „Im Nachhinein lässt sich dieser Vorwurf selbstredend einfach in die Runde werfen. Der Schaden ist aber nun einmal bereits angerichtet und wir müssen nun nach vorne schauen und zusehen, dass wir das Bestmögliche erreichen, auch für Frau Herrschel. Und dieser Vorfall von gestern war ihrer Genesung nicht gerade förderlich."

Tamara meldete sich kleinlaut: „Das tut mir Leid. Mir wäre dieser Gedanke nie gekommen, dass so etwas überhaupt möglich sein könnte. Jemandem die Erinnerungen an eine Lebensperiode zu nehmen, in der man auf die falsche Bahn geraten ist und schlimme Untaten vollbracht hat... auf gewisse Weise ist das auch eine Art der

Höchststrafe, selbst wenn es einer guten Sache dienen soll. Bei ihr wurde demnach ein komplettes Lebensjahr an Erinnerungen ausradiert?"

„Sozusagen", räumte Hirtenstock zögerlich ein. „Es ist gewissermaßen eine Mischung aus Strafe und Bewährung. Für das erste Jahr nach der Gedächtnislöschung ist sie als Teil der Therapie auf einfachste Assistenzarbeiten wie auch diesen Bergungseinsatz beschränkt. Danach wird ihr Verhalten während dieser Zeitspanne beurteilt und entschieden, ob und wie sie wieder eingesetzt werden kann."

„Einen Moment, Euer Hochwohlgeboren", warf Nick nun ein, sich mit stillem Vergnügen ebenfalls an Rebeccas Verballhornung von Hirtenstocks Insistierung auf seine Titel beteiligend. „Inwieweit ist sie sich überhaupt irgendeiner Schuld bewusst? Verschweigt man Ziska vollständig, weshalb sie sich in dieser momentanen Lage befindet oder *weiß* sie ein Stück weit, dass sie etwas ausgefressen hat?"

Hirtenstock war kurz bei der respektlosen Anrede zusammengezuckt, sammelte sich nun aber erneut: „Sie ist gemäß den TransDime Satzungen darüber informiert worden, dass sie aufgrund von schwerwiegenden Vergehen zur Therapie gezwungen worden war. Und das Team, das sie aus dem Todestrakt des britischen Gefängnisses geholt hat, ließ ihr immerhin die Wahl."

Rebecca sah ihn mit großen Augen erstaunt an: „Wie muss man sich *das* denn vorstellen, Durchlaucht? Eine TransDime Task-Force, die sich an die Tür ihrer Zelle vorkämpft und sie dann durch die Gitterstäbe hindurch informiert, dass sie sich sofort zu entscheiden hat, ob sie in Haft bleiben und aufgeknüpft werden will oder sich der Gehirnwäsche inklusive Verhaltenstherapie unterziehen?"

Hirtenstock vergaß angesichts von Rebeccas Ausmalung der Szene sogar die neuerliche Beleidigung bezüglich ihrer Anrede: „Woher wissen Sie das? Die Kenntnis dieser Prozedur ist nur Agenten der Funktionsstufe Zwei und höher gestattet! Wer hat Sie darüber informiert?"

„Niemand hat das, Hochwürden. Das habe ich gerade einfach so ins Blaue geraten. War ich denn nah dran?" Nun war es an Rebecca, wiederum verblüfft zu sein.

„So nah, als wären sie nebenan gestanden, als die Aktion stattgefunden hat. Sehr seltsam; ich fürchte, ich werde Sie wegen dieser Angelegenheit in Ihrer Heimatfiliale zu einer Anhörung aufbieten müssen."

Nick fuhr ihn an: „Einen Moment, Eure Eminenz, das ist doch Unsinn! Von Frau Paulenssens Intuition und der Unsinnigkeit einer Befragung deswegen einmal abgesehen, macht das doch keinen Sinn! Frau Herrschel wird die Erinnerung an ein volles Jahr gelöscht und danach soll sie Ihnen einfach so glauben, dass sie sich das freiwillig ausgesucht hat?"

„Nein, sie haben das Gespräch mit einer Bodycam aufgezeichnet und mir gezeigt. Das war sehr überzeugend." Alle fuhren herum, als sie Ziskas Stimme vernahmen.

< 15 >

Paris, Filiale 37 - Monat 11

„Frau Herrschel, sie sollten im Bett sein! Bitte, legen Sie sich wieder hin, Sie sollten ruhen!" Sofort ging Hirtenstock auf sie zu, doch sie schüttelte ihn nur ab und näherte sich zögerlich der Kabine, in der Tamara noch immer aufrecht im Bett saß.
„Lassen Sie nur, Herr Professor. Ich fühle mich gut, es tut nur noch ein wenig weh. Die Schmerzmittel, die ich intus habe, hätten sogar einen Elefanten high gemacht. Ich wollte auf die Toilette gehen und habe ein paar altvertraute Stimmen aus besseren Zeiten gehört. Es ist doch in Ordnung, wenn ich sie kurz begrüße?" Sie gab Rebecca die Hand. „Hallo, Beckie. Es freut mich, dich wiederzusehen. Wie geht es dir?"
Zögernd ergriff Rebecca ihre Hand, wobei Ziska kurz zusammenzuckte. In ihren Augen war für einen kurzen Moment ein Anflug von Angst, so als wäre tief in ihr etwas, was noch immer die körperlichen Auseinandersetzungen mit ihr auf Filiale 127 unterbewusst gespeichert hätte. Rebecca verscheuchte den Gedanken rasch. „Danke, es geht mir gut. Wie du siehst, sind sowohl Nick als auch ich jetzt in Funktionsstufe Eins. Bei Nick etwas verfrüht, aber darüber reden darf er natürlich nicht."
„Ja, wie immer bei TransDime. Alles Geheimniskrämer." Ziska lachte tatsächlich kurz, worauf Nick und Rebecca einen fragenden Blick austauschten.
Sie schüttelte auch Nick die Hand. „Schön, auch dich hier im Team zu haben. Was macht mein altes Zimmer? Wohnt immer noch diese Barbara drin?"
„Ja, wir wollten damals einfach, dass unsere Vierer-WG wieder komplett wird." Nick biss sich auf die Lippe, bevor ihm eine weitergehende Bemerkung herausrutschte.
Dann geschah etwas Seltsames.
Ziska meinte, den small-talk mit verklärtem Blick fortführend: „Ja, unsere kleine Haus-WG, das waren schöne Zeiten. Weißt du noch, als du mal früher von einer

Dienstreise nach Hause gekommen bist und mich dabei erwischt hast, wie ich für den Schützenverein ballistische Gelatine gekocht habe?"

Er lachte kurz mit ihr, während es unter der Oberfläche bei ihm brodelte. Irgendetwas stimmte nicht mit ihr, weit über das hinaus, was sie alles bereits erfahren hatten. „Ja, das waren Zeiten. Oder als wir auf die erste TransDime Halloween-Party gegangen sind? Und du und Lothar ganz unbewusst passende Kostüme ausgesucht hatten, als hättet ihr euch abgesprochen?"

Ihre hohe Stirn zog sich in tiefe Falten. „Hm, Lothar? Ich erinnere mich nicht. Lothar?... na, egal. War sicher nicht so wichtig. Jedenfalls freut es mich zu sehen, dass mit euch alles in Ordnung ist."

Völlig schockiert starrten sich Rebecca und Nick an und verpassten dadurch, was sich nun anbahnen würde.

Ziska sah ums Eck der Kabinentür und erblickte Tamara im Bett sitzen. Sie stolperte erschrocken einen Schritt zurück und wäre fast rückwärts gefallen, wenn Nick sie nicht gefangen hätte. Ihr entfuhr ein unbewusstes: „Oh!"

Resolut schritt Hirtenstock nun ein. „Ich denke, es ist genug für den Moment. Sie dürfen sich nicht überanstrengen, Frau Herrschel. Ihre Genesung hat..."

Ziska hob die Hand. „Nein, bitte! Es war nur der erste Schreck. Sie sagen doch immer, dass ich mich Stück für Stück den Konsequenzen stellen muss, wenn ich wieder ein vernünftiges Mitglied der Gesellschaft werden soll. Ist das nicht Bestandteil davon? Diese junge Frau hat offenbar Erinnerungen an mich, die ich nicht mehr besitze. Ich möchte mich ihr stellen, wenn sie auch damit einverstanden ist."

Nicht ganz glücklich über den Verlauf, den diese Begegnung nahm, willigte Hirtenstock nur zögerlich ein: „Aber nur, wenn Sie das ausdrücklich wünschen und wenn es für Frau Schnyder auch in Ordnung ist. Es ist noch nicht viel Zeit vergangen seit Ihrer Konfrontation."

Ziska sah nochmals um die Kante der Kabinentür herum und sagte mit stockender Stimme: „Hallo."

Tamara sah sie mit leicht schockierter Miene an, nicht wirklich sicher, wie sie sich verhalten sollte. „Hallo, ich bin Tamara. Wenn ich das alles richtig verstanden habe, kennen wir uns nur flüchtig von deinem Kurzbesuch in der WG, als Barbara und ich dir begegnet sind."

Ziska nickte traurig und lächelte mit einer Wehmut, die man ihr gar nicht zugetraut hätte. „Ja, daran erinnere ich mich. Ich wollte Rebecca und Nick besuchen und traf stattdessen auf euch beide.

Diese Lage ist für mich genau so seltsam wie für dich, wenn dich das beruhigt. Ich weiß nicht, ob ich mich für etwas entschuldigen oder rechtfertigen muss, was ich getan habe, deshalb kann ich das nicht, so Leid es mir tut."

Tamara blieb im Bett sitzen, um einen weniger bedrohlichen Eindruck auf sie zu machen, da sie Ziskas übertriebene Vorsicht durchaus zur Kenntnis genommen hatte. Sie reichte ihr die Hand: „Nein, *mir* tut es Leid. Ich wusste nichts von alledem und ich kann mir nicht einmal ansatzweise vorstellen, wie man sich fühlen muss, wenn man so einen drastischen Einschnitt in seine Lebensgeschichte erfährt."

In Ziskas Antwort schwang Bitterkeit mit: „Oh, das ist allerdings leicht zu umschreiben.

Stell dir vor, du wachst in einem Krankenhausbett auf, als würdest du aus einem einjährigen Koma erwachen. Nur eben mit einer schweren Verwundung am Bein und jemandem, der dir mitleidslos erklärt, dass du eine zum Tode verurteilte Schwerverbrecherin bist. Du hast zur Ableistung deiner Buße eben jener Gedächtnislöschung zugestimmt, unter der du jetzt leidest. Dieses eine Jahr an Lebenserfahrung ist unwiederbringlich verloren.

Und dann, als du diese unsinnige, phantastische Geschichte natürlich mit jeder Faser deines Verstandes anzweifelst, wird dir gnadenlos genau jene Aufnahme vorgespielt, wo du in einer Krankenhauszelle vor diese Wahl gestellt wurdest. Du siehst dich selbst, aber es kommt dir vor, als würde eine Schauspielerin, die dir beängstigend ähnlich sieht und sich genauso verhält wie du, dieses kleine Stückchen dort mitspielen. Dann kommt die Erkenntnis, dass das *real* ist und das in dem Video wirklich *Du* warst.

Was dann folgt, ist der Beginn der Heilung. Es wird noch eine Weile dauern, bis ich wieder völlig auf dem Damm sein werde, sagt man mir. Aber es heißt, dass ich auf einem guten Weg bin. Professor Doktor Hirtenstock vollbringt wahre Wunder, was das betrifft."

„Das ist... ja, jetzt kann ich es mir lebhaft vorstellen. Ich werde versuchen, eine unbescholtene TransDime Drohne zu werden, um mir *diese* Erfahrung zu ersparen. Danke für die Warnung." Tamara entzog ihr die Hand und schob sich unmerklich bis zur Rückwand der Kabine.

„Dann ist für Sie alles soweit in Ordnung? Keine nachtragenden Gefühle mehr? Gut, Frau Herrschel, ich möchte Sie dennoch bitten, sich nochmals etwas hinzulegen. Wir können eine leichte Gehirnerschütterung noch nicht völlig ausschließen." Mit einer gebietenden Geste scheuchte er Ziska davon, damit sie die verordnete Bettruhe auch einhielt.

Tamara wollte von Hirtenstock umgehend wissen: „Wie wird diese Löschung vorgenommen? Ein operativer Eingriff? Eine fortgeschrittene Behandlung, die von einer der obersten Filialen für diese Fälle zur Verfügung gestellt wird? Oder nur rein therapeutische Methoden?"

Hochnäsig versetzte der Akademiker: „Ich bin nicht dazu befugt, dieses Thema mit Ihnen zu diskutieren."

Rebecca hakte nach: „Eine Frage noch: wie zuverlässig ist diese Behandlungsmethode überhaupt? Wie sicher können Sie sein, dass alle diese traumatischen Erinnerungen und Verhaltensmuster wirklich für immer verschwunden sind und kein Risiko eines Rückfalls oder etwas in der Art besteht?"

Pikiert erklärte Hirtenstock daraufhin: „Die angewandten Methoden sind höchst zuverlässig und seit vielen Jahren bewährt. Die Chancen, dass jemand nicht in vollem Umfang auf die Behandlung anspricht und als geheilt gilt, sind astronomisch klein."

„Aber unmöglich ist es nicht, wenn ich da zwischen den Zeilen lesen darf." Nick mochte ihr Gegenüber immer weniger.

„Sie dürfen nicht. Davon abgesehen, ist die Therapie von Frau Herrschel noch gar nicht abgeschlossen. Es bleibt noch abzuwarten, ob die Begegnung mit Ihnen allen gar einen schweren Schaden und somit einen Rückschlag für die Arme bedeuten kann. Ich sollte Sie alle eigentlich bei Ihrem Filialleiter melden, vor allem Frau Schnyder." Er sah von oben herab ungnädig auf Tamara herab.

Zornig zischte sie ihn an: „Und ich sollte nicht, sondern werde *auf jeden Fall* Meldung darüber machen, dass Sie durch diese grobe Fahrlässigkeit erst diesen Schaden bei der Therapie von Frau Herrschel heraufbeschworen haben. Es liegt ja wohl allein in *Ihrer* unmittelbaren Verantwortung, die Passagierliste dieser Bergungsmission nicht kontrolliert zu haben. Zu übersehen, dass an Bord Mitarbeiter aus Ziskas Filiale dabei sind, die eine gemeinsame Vergangenheit mit ihr haben oder sogar an traumatischen Erlebnissen von ihr Anteil haben, ist das schwerwiegenste Versäumnis, das ich mir überhaupt vorstellen kann im Rahmen solch einer heiklen und schwierigen Therapie. Mal sehen, was Sie dazu zu sagen haben, wenn Sie zu diesem Vorwurf befragt werden."

„Ich bitte Sie, das ist doch nun wirklich nicht nötig. Ich könnte mir auch durchaus vorstellen, diese ganze unglückselige Angelegenheit auf sich beruhen zu lassen. Wir müssen das Ganze ja nicht noch unnötig aufbauschen. Denken Sie doch auch an die arme Frau Herrschel, wie sie das mitnehmen könnte." Auf einmal redete Hirtenstock mit Engelszungen auf sie ein, während er stark zu schwitzen begann.

Tamara blickte nachdenklich drein und meinte dann: „Das hatte ich gar nicht bedacht. Sie haben recht, *das* hat sie nicht verdient. Ich möchte mir nicht vorwerfen müssen, dass ich diejenige war, die Ziska eine zweite Chance verbaut hat. Außerdem war ja ich diejenige, die sie angegriffen hat. Wir lassen das Ganze also auf sich beruhen."

Erleichtert strahlte der Therapeut sie darauf an, während Rebecca und Nick noch gar nicht glauben konnten, was sie da eben gehört hatten. „Das ist wirklich eine noble Geste von Ihnen, Frau Schnyder. Ich versichere Ihnen, dass ich mich in Zukunft noch intensiver und aufmerksamer um das Wohlergehen von Frau Herrschel kümmern werde. Das Durchsehen der Passagierliste gehört natürlich nicht zu meinen Aufgaben, sondern wird von meinen Assistenten durchgeführt, aber Sie haben schon Recht, wenn Sie mich in letzter Instanz dafür verantwortlich machen. Ich werde mich darum kümmern, dass solch ein folgenschwerer Fehler nicht noch einmal vorkommen kann."

Tamara nickte ihm höflich zu. „So spricht ein Mann von wahrer Größe. Sie gestehen auch Fehler ein und sind willens, diese zu beseitigen. Mehr kann man nicht verlangen, würde ich sagen. Würden Sie mich jetzt bitte alleine lassen, Herr Professor? Ich fühle mich von Ihnen in unangemessener Weise beobachtet in dieser sehr privaten Umgebung."

Sofort wandte Hirtenstock sich betroffen ab: „Nichts läge mir ferner, Frau... ich werde sofort gehen. Einen schönen Tag noch."

Kaum war der penetrante Professor außer Hörweite, da verlangte Nick von ihr zu wissen: „Was war *das* denn eben? Erst droht er dir, dann du ihm, dann ruderst du innerhalb von Sekunden um hundertachtzig Grad zurück."

„Tamara, da steckt mehr dahinter, als wir eben miterlebt haben, oder?" Rebecca sah sehr besorgt aus.

„Ja, ich habe mich hinreißen lassen, als ich ihm meinerseits gedroht habe, ihn bei TransDime direkt anzuschwärzen. Noch während ich die letzten Worte meiner Retourkutsche auf ihn abgefeuert habe, ist mir aufgegangen, was für ein gefährlicher Fehler das war." Sie sah ihm mit einem sorgenvollen Blick hinterher. „Nick, kennst du den zweiten *Alien*-Film von James Cameron? Wo Ripley Burke damit droht, seine Verfehlungen der Gesellschaft zu melden?"

Er überlegte kurz, welchen Zusammenhang das mit dieser Situation eben haben konnte. Dann weiteten sich seine Augen, während Rebecca ihre beiden Freunde noch verständnislos musterte. „Nein, das kann nicht dein Ernst sein! Du glaubst wirklich, dass..."

Sie beendete den Satz für ihn. „Ja, ich habe es in seinen Augen gesehen. Er hat sich ernsthaft überlegt, mich aus dem Weg zu räumen, solange wir noch hier sind. Damit ich ihn nicht doch noch bei TransDime melden und seine Position in irgendeiner Weise gefährden kann."

Rebeccas Kinnlade fiel herab. „Das kann doch nicht dein Ernst sein! Du glaubst, er will dich *ermorden*?"

„Deshalb habe ich ihm so unverhofft noch Honig ums Maul geschmiert, um seine

Bedenken zu zerstreuen. Ich weiß allerdings nicht, ob er mir das auch abgekauft hat. Er hat eine ganze Menge Bauernschläue in sich, abgesehen von all den Titeln, mit denen er herum prahlt." Sie seufzte schwermütig. „Ich glaube, ich befinde mich in Lebensgefahr."

Sie sahen sich damit nun einem echten Dilemma gegenüber, denn aufgrund einer vagen Ahnung konnten sie sich schlecht an einen der Vorsteher dieser Bergungsmission wenden. Hirtenstock offen zu beschuldigen würde ebenso wenig bringen, zumal er einer der wenigen Leute hier war, die Funktionsstufe Vier innehatten. Nur noch der Kapitän der Fähre selbst und der Leiter der Aktion, Liam Nevis, waren ihm gleichgestellt.

Sie mussten sich etwas einfallen lassen, um Tamara in keinem Moment mehr alleine zu lassen, solange sie noch hier waren. Diesem Plan sehr abträglich war die Tatsache, dass der Sanitäter sie bereits am Nachmittag dieses Tages wieder für voll arbeitsfähig einstufte und sie somit wieder mit ihren Kollegen zum Barrenschleppen in den Keller des Zentralbanktresors einrücken musste.

Sie verabredeten mit allen ihren Freunden und Kollegen, dass zu allen Zeiten, rund um die Uhr, mindestens zwei von ihnen in direktem Sichtkontakt zu Tamara bleiben sollten. Die Arbeit der nächsten drei Tage gestaltete sich somit nicht nur sehr anstrengend, sondern auch extrem nervenaufreibend. Wobei sie zumindest auf ihrem Posten unten im Tresorraum relativ sicher vor dem unsympathischen Therapeuten waren. Ziska war oben dicht bei der Fähre eingeteilt und da er ja ihren Zustand überwachte, wäre es verdächtig gewesen, wenn er sich allzu oft an anderen Stellen herumgetrieben hätte.

Was für einige von ihnen überraschend kam, war das vehemente Erwachen eines intensiven Beschützerinstinkts bei Oliver, der ihr kaum noch von der Seite wich, sooft er konnte. Tamara hatte anfangs noch den Verdacht, dass er die besondere Situation dazu ausnutzen wollte, um ihr näher sein zu können. Doch nach einer Weile hatte sie erkannt, dass er ehrlich besorgt um sie war und war von seiner Zuwendung fast schon gerührt. So steckten die beiden auffallend oft die Köpfe zusammen und unterhielten sich offenbar gut.

Nick meinte einmal leise zu Rebecca: „Na, was hältst du von Tamaras Bodyguard?"

Sie schmunzelte: „Ich finde es nett. Vielleicht wird sie demnächst flügge?"

„Wir haben keinen Exklusivvertrag auf sie", erinnerte er ebenso gerührt. „Und wir wussten ja von Anfang an, dass das keine Sache für die Ewigkeit ist."

„Warten wir einfach ab und lassen den Dingen ihren Lauf, okay? Er scheint mir ja ganz in Ordnung zu sein, außerdem haben wir alle viel auf Filiale 127 gemeinsam durch gemacht. Auch das kann verbinden."

„Ja, da hast du sicher Recht. Ich habe das Gefühl, dass Oliver eine positive Entwicklung durch gemacht hat seit unserem Hardcore-Roadtrip. Er ist reifer und besonnener geworden. Würde mich freuen, wenn es etwas werden würde mit den Beiden." Nick lächelte verschmitzt, sich für ihre Freundin freuend.

„Wir werden sehen. Sobald wir erst mal wieder zuhause sind und der Alltag uns wieder hat, wird es vielleicht erst richtig interessant werden. Lass uns nur hoffen, dass alles gut geht bis zum Ende dieses Einsatzes." Wie immer war Rebecca sehr mitfühlend und besorgt um ihre Freundin.

Nick resümierte: „Ich denke, im Moment haben wir die potentielle Bedrohung gut im Griff. Tamara ist sozusagen unter ständiger Beobachtung von uns. Und das wahre Lob gebührt eigentlich Sven. Er verfolgt einen anderen Ansatz als wir. In jeder denkbaren Minute behält er Hirtenstock im Auge, um im Bedarfsfall aus dem Hintergrund eingreifen zu können. Und er ist richtig gut darin, denn der alte Fiesling hat offenbar nicht den Hauch einer Ahnung, wie dicht ihm Sven auf die Pelle gerückt ist. Jedenfalls, wenn man Sven glauben will."

Das machte Rebecca nachdenklich. „Wow, ich glaube, er hat sie inzwischen auch ins Herz geschlossen und will um jeden Preis verhindern, dass ihr etwas zustößt. Oder meinst du, er hat ihr gegenüber irgendwelche Schuldgefühle wegen unserem

Höllentrip auf Filiale 127, die er auf diese Weise überkompensiert?"

„Da fragst du den Falschen, ich habe keine Ahnung. Die Hauptsache ist doch, dass wir alle auf sie aufpassen. Und überhaupt: wie könnte man dieses süße Wesen auch *nicht* in sein Herz schließen?" Nick wirkte wie immer überzeugt von ihrer Sache.

Sie nahmen den nächsten vollbeladenen Rollwagen entgegen und schoben ihn zum Liftschacht, als sie Tamara und Oliver hinter sich verhalten tuscheln und kichern hörten. Sie grinsten und verdrehten die Augen, während sie gemeinsam mit Thorsten und Hannes den schwerfälligen Wagen um die erste Kurve bugsierten.

Als sie die letzte Fuhre am vierten Tag auf einen der Karren geräumt und zum Kran verfrachtet hatten, atmeten sie fürs Erste auf. Sie waren Ziska noch ein paar mal begegnet, stets in Begleitung von Hirtenstock, hatten aber versucht, sich nichts von ihrem ungeheuerlichen Verdacht anmerken zu lassen. Die Blicke, die der Akademiker während dieser Tage Tamara zuwarf, wenn er sich unbeobachtet fühlte, sprachen indes Bände. Nach der dritten Begegnung dieser Art hatte selbst Nick keine Zweifel mehr, was Tamaras erst abwegig scheinende Argumentation bezüglich Hirtenstocks Absichten betraf.

Er schien gegen Ende der Mission immer mehr innerlich zu schäumen vor Wut. Ihm schien aufgegangen zu sein, dass es kein Zufall war, dass sich ihm nicht die geringste Chance bot, Tamara zu irgendeiner Zeit einmal alleine abzupassen. Nick beobachtete mit höchster Genugtuung, wie die Verzweiflung bei ihm ständig zuzunehmen schien.

Am letzten Tag kurz vor ihrem Abflug schlug das dann offenbar in Schicksalsergebenheit um, als er wohl einsehen musste, dass er hier vor Ort nichts mehr unternehmen können würde. Es blieb ihm für den Moment wohl nichts anderes übrig, als zu hoffen, dass Tamara ihn wirklich nicht melden würde.

In einer ruhigen Minute machte Nick Sven darauf aufmerksam, worauf dieser breit zu grinsen begann. „Das muss dich nicht wundern, schließlich hat er das letzte Zeitfenster für eine geplante Missetat dummerweise verschlafen."

Mit hochgezogenen Augenbrauen wollte Nick wissen: „Wovon redest du?"

„Wie du weißt, habe ich mich in der letzten Zeit zu Hirtenstocks Schatten gemacht. Und wie der Zufall es will, bin ich in den Besitz eines dieser Betäubungsmittel aus dem Fundus des Sanitätsstewards der Bordbesatzung gekommen. Du weißt schon, dieses hochpotente Zeug, das er auch Tamara bei ihrem Nervenzusammenbruch nach ihrem Angriff auf Ziska verpasst hat und das sie für eine ganze Nacht hat durchschlafen lassen."

Nick sagte, noch immer ahnungslos: „Ja, ich erinnere mich. Und dann?"

Sven grinste immer breiter. „Nun, der gute Herr Professor Doktor hat sich gestern Abend in den Frachtraum geschlichen und hat sich dort am Schrank mit dem Bordwerkzeug zu schaffen gemacht. Ich bin in bester Ninja-Manier plötzlich hinter ihm aufgetaucht und habe ihm die volle Ladung Mittelchen verpasst. Er ist die ganze Nacht selig schlummernd im hintersten Winkel zwischen hoch aufgetürmten Stapeln von Goldbarren vor dem offenen Schrank mit irgendwelchen futuristischen Bolzenschussgeräten, Sägen, Flickwerk für Lecks und so weiter gelegen. Ich habe ihn erst vor einer knappen Stunde wieder auf den Beinen gesehen. Er sah aus, als hätte er eine Woche am Stück mit britischen und irischen Kneipengängern durchgezecht. Dummerweise hat er ja nicht das Gegenmittel, diesen Aufputschcocktail, von dem du mir erzählt hast, verabreicht bekommen, um wieder fit zu werden."

Nun konnte Nick nicht mehr anders, als ebenfalls zu grinsen. „Geschieht ihm recht, dem miesen Sack. Der hatte sicher nichts Gutes im Sinn mit dem Werkzeug."

„Zumindest mit dem Bolzenschussgerät hätte er ohne Probleme jemanden töten und das Gerät dann einfach gegen die Außenhülle der Fähre werfen können. Die Tatwaffe wäre augenblicklich verschwunden und nie mehr aufgetaucht. Bei einigen anderen dieser exotischen Werkzeuge hätte ich nicht einmal raten können, was sie bei Zweckentfremdung hätten anrichten können."

„Du bist echt ein guter Kumpel, Sven. Vielleicht hast du Tamara damit sogar das Leben gerettet. Für mich klingt es jedenfalls danach." Er schlug dem Hünen freundschaftlich auf die Schulter.

„Mag sein, aber bitte hänge es nicht an die große Glocke. Die Hauptsache ist, dass nichts passiert ist." Auf diesen bescheidenen Kommentar hin konnte Nick nicht anders, als seinem Kollegen anerkennend Respekt zu zollen. Es war für Nick beruhigend zu wissen, dass jemand wie Sven, der so versiert und souverän mit derlei brisanten Situationen umzugehen wusste, im Hintergrund ebenfalls auf ihre geliebte Tamara, das Küken ihrer Truppe, aufpasste. So einen liebenswerten Menschen wie sie musste man einfach beschützen, da konnte sich nicht einmal ein abgebrühter Agent wie Sven diesem Ansinnen entziehen.

Der Missionsleiter ließ sie am Ende kurz vor dem Abflug nochmals 'antreten' und war vor versammelter Mannschaft des Lobes voll über ihren Einsatz. Er nannte eine atemberaubende Zahl an Tonnen, die sie im Frachtraum an Goldbarren verstaut hatten und betonte den ungeheuren Mehrwert, den sie dadurch für TransDime geschaffen hatten.

Nach dem fast unvermeidlichen Zwischenruf eines Spaßvogels, sie alle sollten sich doch in eine Dimension absetzen, die sie nicht an TransDime ausliefern würde und sich die 'fette Beute' teilen, lachten alle über den gelungenen Scherz. Nach einem kurzen Moment, in dem jedem vergönnt war, mit diesem Gedanken zu spielen, denn ausgesorgt hätte jeder Einzelne von ihnen auf alle Fälle bei dem Goldwert an Bord, bestiegen alle die Fähre zum Rückflug. Fairerweise teilten sich alle wieder so auf, dass diejenigen, deren Filiale später angesteuert wurde, den Langstreckenbereich im Oberdeck belegen konnten.

Tamara hatte Glück gehabt und für die erste Nacht eine der Kabinen ergattern können. Sie versuchten es so subtil wie möglich zu gestalten, dass zuerst Rebecca und danach Nick jeweils vier der acht Stunden der Belegungszeit mit ihr in der Kabine verbringen konnten. Tamara wandte ein, jetzt würde sicher nichts mehr passieren, doch ihre Freunde bestanden darauf, sie auch hier nicht eine Sekunde allein zu lassen.

Keiner von beiden wollte sich eingestehen, wie groß ihre Sorge um die junge liebgewonnene Schweizerin war. Weder Nick noch Rebecca konnten es zulassen, dass ihr jemals etwas zustoßen würde.

Ob sie in Zukunft immer für sie da sein konnten, konnte niemand sagen, doch jetzt und hier taten sie ihr Möglichstes, um sie vor Schaden zu bewahren. Und ihrer Ansicht nach war die Gefahr für Tamara durchaus real. Durch die Doppelbelegung kamen sie nicht zu soviel Schlaf, wie sie sich erhofft hatten und waren alle nach der halb durchwachten Nacht ziemlich erledigt. Doch je länger sie unterwegs waren, desto kleiner wurden die Chancen für Hirtenstock, noch etwas zu unternehmen. An Bord der voll besetzten Fähre war das auch eher unwahrscheinlich. Wenn er etwas Konkretes hätte durchziehen wollen, hätte er es in Paris während des Arbeitseinsatzes tun müssen, wo er Tamara potenziell irgendwo unbeobachtet hätte antreffen können und es dann wie einen Unfall hätte aussehen lassen können. Dass es dazu nicht gekommen war, war der Rund-um-die-Uhr-Bewachung ihrer Freundin durch sie alle zu verdanken.

Und wahrscheinlich dem heimlichen Spezialeinsatz von Sven.

Mit großer Überraschung nahmen sie dann zur Kenntnis, dass Oliver ihr anbot, noch eine Ruheperiode in einer der Kabinen mit ihm zu verbringen, denn auch er hatte wieder das Glück gehabt, eine für acht Stunden zu ergattern. Sie überlegte kurz und stimmte dann unter der Auflage zu, dass er auch jetzt wieder der perfekte Gentleman sein musste. Er versicherte ihr, dass das für ihn kein Problem sei, worauf Tamara bereitwillig die angebotene Kabine mit ihm bezog.

Nick und Rebecca wechselten sich dennoch damit ab, die Kabinentür zu bewachen, bis sie sich sicher sein konnten, dass sie Filiale 69 erreicht hatten und sowohl Hirtenstock als auch Ziska von Bord gegangen waren. Von ihr verabschiedeten sie sich dann noch an der Tür der Fähre und wünschten ihr alles Gute für die Zukunft. Sie stellte in Aussicht, dass sie nach ihrer 'Genesung' wieder auf Filiale 88 kommen könnte, falls das mit ihrer Spezialausbildung nichts mehr werden würde.

Als sie weg waren und auf dem Weg zum Lagrangepunkt, fragte Nick: „Ist dir eigentlich auch etwas komisch vorgekommen, als wir uns das erste Mal mit Ziska unterhalten haben?"

Rebecca rückte sich in ihrem Sessel zurecht und wollte wissen: „Was meinst du? Unser kleines Gespräch über die WG?"

„Ja, je länger ich darüber nachdenke, desto mehr bekomme ich ein seltsames Gefühl, was ihre Therapie angeht."

Sie nickte versonnen. „Dir ist es also auch aufgefallen. Der fette R2-D2 hat behauptet, dass sie gezielt ihr Gedächtnis über den fraglichen Zeitraum dieses einen Jahres gelöscht haben, aber mir kommen da so meine Zweifel."

Nick musste ungewollt lachen. „Wow, so ein Vergleich aus deinem Mund? Ich dachte immer, *ich* bin der Star Wars-Fan von uns Beiden. Aber gar nicht mal schlecht: klein, rund, schwer... aber mal ernsthaft, mich hat es stutzig gemacht, dass sie sich gar nicht an Lothar zu erinnern schien, obwohl er ein zentrales Element ihres Lebens während des ersten Jahres bei TransDime war. Kann es sein, dass sie ihn 'versehentlich' ebenfalls mit rausgeschnitten haben bei der Lobotomisierung, oder was sie sonst mit ihr angestellt haben?" Nick waren seine Zweifel an der Zuverlässigkeit dieser Methode deutlich anzuhören, vor allem bei seiner Betonung des Wortes *versehentlich*.

„Ich glaube gar nicht, dass das ein chirurgischer Eingriff war. Und wenn es das ist, was ich vermute, nämlich eine Kombination aus Psychopharmaka und mentalen Beeinflussungen, dann bin ich mir gar nicht so sicher über die Zuverlässigkeit dieser Therapie. Wenn sie die Erinnerungen nur tief in ihr vergraben und unterdrückt haben, schlummern sie noch immer in ihr. Wer kann uns garantieren, dass diese durch einen uns unbekannten Auslöser eines Tages nicht wieder zur Oberfläche durchbrechen?" Rebecca schien ehrlich besorgt. „Seien wir mal ehrlich: die Frau, die wir die letzten Tage erlebt haben, war nicht die Person, die wir kennen. Für mich sah das nach einer klassischen Gehirnwäsche aus. Ob das so nachhaltig und risikolos ist, wie Hirtenstock behauptet hat, wage ich doch zu bezweifeln."

Er gab zu bedenken: „Auf der anderen Seite kann er sich Methoden bedienen, die unseren um Jahrhunderte voraus sind. Sicher wurden auch auf diesem Gebiet Fortschritte gemacht. Diese sympathische, bescheidene junge Frau, die früher einmal Franziska Herrschel war, ist doch ein guter Beweis dafür."

„Ja, schon, ich weiß aber nicht, ob ich das gutheißen soll. Sie haben sie ja komplett umgeformt, nach ihren Vorstellungen modelliert. Das ist beängstigend. Wenn sie das bei ihr können, wer hält sie davon ab, das mit jedem TransDime Angestellten zu tun, der nicht genauso spurt, wie sie es gerne hätten?" Rebecca schien zu frösteln bei dem Gedanken, sodass Nick einen Arm um sie legte.

„So darfst du nicht denken, Beckie. Wenn wir uns auf diese Weise verrückt machen, vermiesen wir uns das ganze Leben. Und wir haben ja auch noch das mitternächtliche Bad damals in Kranz, das uns als Hoffnung für die Zukunft bleibt. Denk immer daran, dass wir Optionen haben, die wir jetzt noch gar nicht kennen."

Sie lächelte, als sie verstand, dass er auf die verdeckte Kontaktaufnahme mit der Jessica-Version des geheimen Widerstands innerhalb TransDimes anspielte. „Ich hoffe, da tut sich bald etwas. Vielleicht können wir ja doch etwas für eine bessere Welt tun. Oder viele bessere Welten, wenn man so will."

„Das wäre schön." Er legte seinen Kopf an ihre Schulter und verharrte so für eine Weile, den Moment genießend.

Frankfurt am Main, Filiale 88 - Monat 12

Mit großer Erleichterung verließen sie die Fähre, um in ein wohlverdientes langes Wochenende zu gehen. Der restliche Flug war erfreulich ereignislos verlaufen und sie fuhren sogleich nach Hause, um sich erst einmal von den Strapazen der Reise zu erholen.

Rebecca und Nick verabredeten sich mit Tamara für den nächsten Tag zum Brunch bei ihnen und gingen dann in ihr Haus. Sie verstauten erst einmal ihr Gepäck und machten es sich dann auf der Terrasse gemütlich, um den schönen warmen Frühsommerabend zu genießen.

„Ich bin froh, dass das noch gut ausgegangen ist. Ich hatte wirklich Angst um Tammy." Rebecca war noch immer sehr angespannt nach diesem Dauerstress, der die potenzielle Gefährdung ihrer Freundin bei ihnen hervor gerufen hat.

Nachdenklich gab Nick zu bedenken: „Gut, auf der einen Seite war sie diejenige, die Ziska angegriffen hat und ihm damit gedroht hat, seine Verfehlung zu melden, wenn er seinerseits sie anschwärzen würde. Aber jeder andere von uns hätte ihn genauso gut melden können, schließlich haben wir das ebenso mitbekommen wie Tamara. Ich finde es von daher übertrieben, dass sich Birkenstock so sehr auf sie eingeschossen hat."

Rebecca dachte über seinen Einwand ebenfalls nach. „Wenn du mich fragst, schätze ich diesen Typ als extrem egozentrisch und rechthaberisch ein... und als sehr nachtragend. Wenn einer wie er keinen Napoleon-Komplex hat, wer dann?"

„Ja, wer hat ihn therapiert, bevor entschieden wurde, dass er andere therapieren darf?" Nick lachte. „Dennoch bleibt es Tatsache, dass Tamara es war, die ihn direkt verbal angegangen ist. Und wenn jemand wie sie so schnell und heftig zurück rudert, dann muss da etwas dran sein."

„Ich glaube einfach, ihr habt zu viele Science-Fiction-Filme gesehen. *Aliens*... ist das nicht wie immer eine misslungene Fortsetzung eines Klassikers?" Rebecca winkte ab.

„Sag jetzt nicht, du kennst den Film nicht?" Nick setzte sich auf.

Sie grinste ihn an. „Wird am Ende geheiratet? Wenn nicht, dann fürchte ich, dieses Meisterwerk ist mir durch die Lappen gegangen."

Er bedachte sie mit durchdringendem Blick. „So, das reicht jetzt. Ruf Tamara an, wir schauen uns heute Abend Teil zwei an. Den musst du gesehen haben."

Sie verzog das Gesicht und protestierte: „Oh nein, bitte nicht! Es ist so ein schöner Abend!"

„Deshalb sehen wir ihn auch erst an, wenn es draußen dunkel ist." Er holte mit strenger Miene sein Telefon hervor und schrieb gleich an Tamara, die begeistert zustimmte.

„Muss ich diesen Quatsch wirklich mit euch ansehen? Das sind doch alles nur Hirngespinste!" Rebecca versuchte verzweifelt, sich aus der Sache noch heraus zu reden.

„Du irrst in deinem Glauben, meine Liebe. Dieses außerirdische Wesen ist übrigens einem Vorbild in der Natur nachempfunden, der Schlupfwespe. Kennst du Schlupfwespen?" Als sie resignierend den Kopf schüttelte, sagte er zufrieden: „Guuut!" Worauf Rebecca im Internet kurz über diese speziellen Insekten recherchierte und auch einige Kurzfilme über deren besondere Art, wie sie ihre Fortpflanzung sicherten, ansah. Danach war ihr nicht mehr ganz so wohl zumute angesichts des Films, dessen Monster von dieser Laune der Natur inspiriert worden war.

„Na, so schlecht war er doch gar nicht?", wollte Nick Stunden später wissen, als der Abspann über ihren Fernseher lief.

„Na ja, sehr actionlastig, sage ich mal vorsichtig." Rebecca wollte sich offenbar um eine ernsthafte Wertung drücken. „Wie findest du ihn denn, Tammy?"

Als ihre Freundin nur kurz von ihrem Handy aufsah, fügte Rebecca etwas unwillig hinzu: „Hast du ihn überhaupt mit angesehen oder die ganze Zeit nur mit Oliver Nachrichten ausgetauscht?"

„Ach, kein Problem. Ich habe mit einem Auge zugeschaut und davon abgesehen habe ich den zweiten Teil so oft gesehen, dass ich eine tragende Sprechrolle übernehmen könnte. Frag mich irgendwas."

„Schon gut." Rebecca winkte genervt ab. „Ich glaube dir auch so."

„Aber jetzt verstehst du, welches Dilemma wir bei der Konfrontation mit Hirtenstock zu erkennen geglaubt haben?" Nick wies auf den Bildschirm, als würde die entsprechende Szene gerade jetzt darüber flimmern.

„Ja, natürlich. Und ich würde Hirtenstock auch so etwas wie diesem durchtriebenen Burke zutrauen, auch ohne ihn besser zu kennen. Deshalb haben wir Tamara auch rund um die Uhr bewacht, nicht wahr?" Rebecca stockte kurz. „Ich wünschte nur, ich hätte nicht so ein schlechtes Gefühl bei der Sache. Wer weiß, ob wir es wirklich schon hinter uns haben."

Nun sahen Tamara und Nick wie ein Mann auf und keuchten überrascht. Nick fragte sie mit gerunzelter Stirn: „Was meinst du denn damit?"

„Ich schätze diesen fiesen hinterhältigen Sack nicht so ein, dass er so leicht aufgibt. Und da wir jetzt daheim sind und jederzeit unsere Meldung an TransDime absetzen könnten, läuft ihm die Zeit davon. Er will vielleicht auf Nummer Sicher gehen und da er nicht einmal auf dieser Filiale ist, hat er ein perfektes Alibi. Welche Befugnisse hat man eigentlich mit Funktionsstufe Vier?" Sie sah ihre Freunde an.

Tamara sah sie fassungslos an. „Du glaubst, er hetzt mir einen *Ausknipser* auf den Hals, jetzt wo wir wieder daheim sind? Das kann nicht dein Ernst sein! Und selbst wenn das tatsächlich der Fall wäre, was könnte ich schon dagegen tun?"

„Du alleine schon eine Menge, denn du bist fix und gut im Nahkampf. Wir gemeinsam eine Menge mehr. Für heute Nacht bleibst du auf jeden Fall hier, keine Widerrede. Du schläfst bei mir und Nick bleibt in seinem Zimmer. Zum Glück sind Lothar und Barbara gerade auf einem kurzen Urlaubstrip, sodass sie nicht in diese Sache mit hinein gezogen werden." Rebecca ging zur Haustür und schloss diese doppelt ab. Sie ließ die Rollläden im Wohnzimmer, der Küche und im Gästebad herunter und sicherte die Fenster.

Tamara rief Jürgen in ihrer Wohnung an und wies ihn an, die Wohnungstür ihres WG-Lofts abzuschließen, um auf Nummer Sicher zu gehen. Sie gab ihm keine weitergehende Erklärung und appellierte lediglich daran, ihr zu vertrauen. Falls jemand versuchen sollte, Tamara in ihrer Wohnung habhaft zu werden, sollten ihre Mitbewohner gewarnt sein.

Nick sagte beruhigend: „Ich glaube allerdings nicht, dass ein TransDime-Insider, der unsere Hintergrund-Informationen bekommen hätte, versuchen würde, in ein Haus oder eine Wohnung einzudringen, in der gleich mehrere ausgebildete Stewards oder Assistenten gemeinsam wohnen. Zudem kann ein potenzieller Eindringling davon wissen, dass unsere Domizile von Transdime direkt abgehört oder sogar mit Kameras überwacht werden. Wir können uns da aber nicht sicher sein. Falls er es weiß, wird das sicher abschreckend wirken für ihn, aber falls nicht, sind wir nicht so sicher, wie wir denken."

„Da ist was dran. Wenn er von der Überwachung weiß, muss er irgendwas anderes versuchen. Schließlich hat er nur noch das Wochenende über Zeit, bis ich spätestens Montag ins Büro zurückkehren werde und dann in aller Ruhe Meldung machen kann." Tamara überlegte angestrengt. „Was könnte er sonst noch versuchen? Ein Scharfschützengewehr vielleicht?"

„Wir dürfen uns jetzt nicht verrückt machen lassen. Sollen wir Hals über Kopf irgendwohin fliehen? Das würde auch keinen Sinn machen und vielleicht wartet er genau darauf. Gott, jetzt werde ich allmählich auch paranoid." Nick ging rastlos auf und ab.

Rebecca philosophierte: „Jetzt könnte ein Moment gekommen sein, wo sich die Spreu vom Weizen trennt. Je besser wir uns in so einen mutmaßlichen Killer hinein versetzen können, desto größer ist unsere Chance, ihm Paroli zu bieten. Zunächst einmal ist Paranoia nicht das Schlechteste, Nick. Wir müssen für den Moment annehmen, dass jemand hinter Tamara her ist. Sie ist nicht in ihrer Wohnung, aber in unserem Haus. Somit ist sie momentan in Sicherheit. Wenn wir keinen direkten Angriff erwarten, muss etwas anderes geschehen, das Tamara in die Ziellinie befördert. Bis Montag morgen müssen wir einfach mit allem rechnen."

Tamara starrte ihre Freundin an. „Du bist *gut*, Beckie. Mann, wirst du abräumen bei TransDime. Die unterschätzen dich völlig, wenn du mich fragst."

„Für die Zukunft könnte das eine praktische Eigenschaft für mich sein." Rebecca zwinkerte Nick zu. Bestimmt dachte sie wieder an eine zukünftige Rolle als Doppelagentin für diesen wie auch immer gearteten Widerstand gegen TransDime.

Sie hatten eine unruhige Nacht verbracht und frühstückten nun, als Tamaras Handy bereits wieder eine Textnachricht empfing.

Sie las und ein Lächeln bildete sich auf ihren Lippen. Nick wurde es warm ums Herz, als er sie so sah. „Na, Post vom Herzbuben?"

Sie sah ertappt auf und errötete sogar leicht. „Ach, sei doch nicht albern."

Rebecca hieb sofort ebenfalls in die Kerbe. „Was geht da eigentlich zwischen Oliver und dir? Hat es jetzt doch noch gefunkt zwischen euch?"

Sie sah auf ihre vor sich gefalteten Hände. „Es ist noch zu früh, um das zu sagen. Ich möchte nichts überstürzen. Das versteht ihr sicher."

„Ich schon." Rebecca grinste nun von einem Ohr zum anderen. „Es gibt allerdings Leute, denen kann es nicht schnell genug gehen."

„Ich hoffe, du meinst nicht mich", merkte Nick an und hob eine Augenbraue, während er einen Schluck Kaffee nahm.

Tamara warf lapidar ein: „Sagte der Mann, der seiner Eroberung schon in der ersten Woche in der Sauna seinen Dödel vor die Nase gehalten hat."

Prustend spuckte Nick seinen Kaffee aus und beide Frauen bekamen einen Lachanfall. Protestierend rechtfertigte er sich: „Das war überhaupt nicht... Beckie, du hast Tammy *das* erzählt?"

Rebecca klimperte unschuldig mit den Wimpern. „Beste Freundinnen erzählen sich *alles*."

„Gott steh mir bei!" Prompt verdrehte er die Augen himmelwärts.

Als ein neues Glockenläuten vom Eintreffen einer weiteren Nachricht kündete, zog Tamara das Mobiltelefon hervor. Sie schrieb ihm etwas zurück und erklärte ihnen dabei, dass sie eigentlich mit ihm vor dem Aussteigen aus der Fähre ausgemacht hatte, am Wochenende etwas gemeinsam zu unternehmen.

„Kannst du ihm nicht schreiben, dass er stattdessen herkommen soll? Schildere ihm kurz unsere Überlegungen und die Lage, in der wir uns eventuell befinden." Rebecca war ziemlich resolut, was die Sicherheit ihrer Freundin anging.

Tamara seufzte und gab eine entsprechende Antwort in ihr Gerät ein.

Sie beendeten ihr Frühstück und räumten gerade den Geschirrspüler ein, als Tamara wiederum eine Antwort von Oliver erhielt. Sie runzelte die Stirn beim Lesen.

„Das ist seltsam."

„Was hat er denn geschrieben?", fragte Rebecca über die Schulter hinweg.

„Dass er sehr enttäuscht ist und eigentlich gehofft hatte, dass wir es uns bei ihm gemütlich machen würden heute Abend." Sie steckte das Telefon wieder ein.

Nick kommentierte etwas ungalant: „Verfällt er jetzt wieder in alte Verhaltensmuster? Ich dachte, er würde dir jeden Wunsch von den Augen ablesen."

Sie hielt inne: „Einerseits hat er auf mich in Paris auch diesen Eindruck gemacht. Er war sogar extrem überfürsorglich. Ich dachte, er nimmt diese Bedrohung ernst, auch wenn wir nicht beweisen können, dass sie tatsächlich existiert."

„Zu mir hat er bei einer Gelegenheit in Paris gesagt, dass Hirtenstock dich gerade mit Blicken getötet hätte und er froh sei, dass du so gute und aufmerksame Freunde wie uns hast." Nick kratzte sich am Kopf.

„Da passt das dann eigentlich so gar nicht, dass er jetzt jede Vorsicht in den Wind schießt, nur weil wir wieder daheim sind." Rebecca wurde misstrauisch.

Seufzend meinte Tamara darauf: „Andererseits ist es nicht gerade sehr prickelnd, den Abend mit zwei Anstands-Wauwaus wie euch zu verbringen."

„Was soll das denn heißen?" Empört hielt Rebecca inne. „Zufälligerweise sind Nick und ich auch ein Liebespaar. Wir sind sogar *das* Traumpaar unter allen TransDime Stewards und Assistenten, seit... wie sagen das die Meteorologen immer? Seit Beginn der Aufzeichnungen, jawohl!"

„Jetzt trägst du aber ganz schön dick auf." Tamara musste schmunzeln.

Nick eilte ihr zur Seite. „Von wegen! Bei uns brennt das Feuer der Leidenschaft noch genauso heiß wie am ersten Tag. Vielleicht sogar noch heißer. Von uns könnt ihr sogar noch was lernen in Sachen Leidenschaft! Sollen wir eine Teenager-Knutschparty mit gedämpftem Licht und einer Kuschelrock-CD veranstalten? Da könntet ihr euch noch was abgucken bei uns."

Rebecca musterte ihn mit einem kurzen Seitenblick und raunte: „Wirst du jetzt nicht ein wenig übermütig?"

„Nein, das ist mein voller Ernst. Wir würden euch die Schamesröte ins Gesicht treiben. Ach Herrgott, wir würden noch den Clintons die Schamesröte... ich sehe, du hast es verstanden." Triumphierend grinsend musterte er die junge Schweizerin.

„Damit ist es beschlossene Sache, dass ich *auf jeden Fall* zu ihm gehen werde. So was werde ich mir nicht antun und dem armen Oliver schon gar nicht!" Sie lachte die beiden frech an.

„Klar wirst du zu ihm gehen. Ab nächstem Wochenende, wenn die Gefahr vorbei ist. Nein, Ende der Diskussion, die Sicherheit geht vor." Rebecca kehrte wieder resolut die ältere Schwester heraus.

„Hm, wenn es sein muss, aber große Romantik wird dann wohl eher nicht aufkommen. Können wir dann wenigstens im Garten grillieren oder so?"

Nick und Rebecca sahen sich an und zuckten die Achseln. Er meinte lässig; „Bei uns wird gegrillt, nicht *grilliert*. Wir sind hier in Hessen, klar? Hm, der Garten ist völlig gegen außen abgeschirmt. Warum nicht?"

„Schreib ihm das gleich, damit er Bescheid weiß. Er kann ja schon etwas früher kommen, vielleicht so ab vier. Wir können die anderen aus deiner WG auch noch dazu holen. Je mehr erfahrene TransDime-Agenten hier sind, umso größer ist das Abschreckungspotential. Daran hätten wir eigentlich auch gleich denken können. Und du, Fräulein, machst keinen Schritt vor die Tür." Rebecca zeigte bestimmt mit dem Zeigefinger auf Tamara.

„Na gut, Mama. Er wird zwar nicht begeistert sein..." Sie schrieb ihm die neueste Entwicklung.

Rebecca öffnete das Gefrierfach. „Ich seh' mal nach, ob wir genug Fleisch zum Grillen da haben..."

„Das gibt es doch nicht!" Tamara starrte mit großen Augen auf ihr Handydisplay. „Ich kann's nicht glauben. Wie kann man über Nacht so einen Gesinnungswandel haben?"
Rebecca sah ihr über die Schulter und las:

> Jetzt bin ich aber wirklich enttäuscht. Ich hatte mich so sehr auf einen schönen Abend zu zweit mit dir gefreut.

Rebecca schnappte ihr das Handy aus der Hand. Bevor Tamara protestieren konnte, sagte sie: „Da stimmt was nicht."
Sie tippte eine Antwort ein und hielt sie Tamara unter die Nase, damit diese sie mit einem stummen Nicken und ernster Miene absegnen konnte, bevor sie sie absendete:

> Aber so ein Grillfest mit den anderen ist doch auch schön. Wir haben ja noch später alle Zeit der Welt für traute Zweisamkeit.

Sie mussten nicht lange warten, bis eine Antwort kam. Auch Nick war inzwischen auf sie aufmerksam geworden und verfolgte den schriftlichen Dialog mit, der sich nun abzeichnete.

> Ich würde mich aber trotzdem sehr freuen, wenn du die Grillparty sausen lässt und statt dessen zu mir kommst. Ich kann uns etwas

leckeres kochen, das viel besser ist als
schnödes Grillfleisch. Versprochen ;-)

Rebecca sah sich in der Runde um. „Okay, ich bin offiziell beunruhigt. Lasst uns das ein wenig verifizieren."

Du hast es aber eilig. Muss ich mir Sorgen machen über deine Absichten?

Nein, keinesfalls!!!! Ich möchte dir nur so nahe sein können heute Abend, wie ich es mir schon lange gewünscht habe. Das ist doch kein Verbrechen!

„Okay, Alarmstufe Gelb!" Tamara nahm Rebecca das Handy aus der Hand und begann mit sorgenvoller Miene zu tippen.

„Möchtest du heute dort weitermachen, wo wir damals auf Filiale 127 unterbrochen wurden? Wir waren uns seitdem nie wieder so nahe wie in Paris...

Das fände ich sehr schön! Du bist das Warten wert gewesen, das ist mein voller Ernst! Kommst du dann heute Abend?

Nick sah auf: „Mann, schon wieder die Frage, ob du doch lieber zu ihm kommen willst? Der kann es aber wirklich nicht mehr abwarten."

Rebecca wollte wissen: „Was war denn zwischen euch auf Filiale 127, wo ihr unterbrochen wurdet und wieder weitermachen wollt?"

Kreidebleich sagte Tamara: „Rein gar nichts. Es war überhaupt nichts zwischen uns während der gesamten Bergungsmission in Paris."

Und dann fügte sie unheilvoll hinzu: „Nur weiß das derjenige nicht, der uns mit Olivers Handy gerade Nachrichten schreibt. Alarmstufe Rot!"

„Bist du dir ganz sicher? ...entschuldige, das ist die Aufregung. Natürlich bist du dir sicher." Rebeccas Miene verfinsterte sich zusehends angesichts der Lage.

Nick zischte ihr zu: „Scheiße, das ist ein absoluter Super-Gau! Was machen wir jetzt?"

Doch Tamara schrieb bereits zurück, um nicht verdächtig viel Zeit für die Antwort verstreichen zu lassen:

Gerne. Darf es auch ein wenig früher sein,
vielleicht so ab vier Uhr? Oder ist das zu früh
für dich?

                                      Nein, absolut nicht. Ich freue mich schon auf
                                      dich. Ich werde mich gut um dich kümmern
                                      nachher... ;-)

Super, ich freue mich auch :-D
Kannst du mir nochmal deine Adresse
schreiben, damit ich mich nicht verfahre?

Nick schnaubte wütend: „Er wird sich gut um dich kümmern! Das hätte er wohl gerne."

„Wir müssen etwas unternehmen, Leute! Und vor allem gleich. Er wird sich jetzt auf eine längere Wartezeit einstellen und somit unaufmerksam sein, wenn wir ihn gleich überfallen." Rebecca stürmte bereits hinab in den Keller, als Tamara den Dialog mit einer Abschiedsfloskel gerade erst beendet hatte.

„Könnten wir nicht auch TransDime um Hilfe bitten? Die haben doch garantiert eine TaskForce für solche Fälle." Tamara war nun doch eine Spur besorgt.

„Wir wissen nicht, welche Hebel Hirtenstock in Bewegung gesetzt hat und wer bei TransDime kompromittiert sein könnte. Immerhin hat der Drecksack Funktionsstufe Vier. Ein einziger gekaufter Spion, der den Attentäter warnt, reicht schon aus. Nein, das müssen wir anders angehen. Wir sind unsere eigene Task Force, Leute. Gott, ich hoffe, er tut Oliver nichts an." Nick wusste genau, was Rebecca im Untergeschoss wollte und folgte ihr auf dem Fuß.

„Nein, er braucht ihn als Lockvogel, bis sie bei ihm in der Wohnung ist. Er hatte jedenfalls die Möglichkeit, sich offenbar völlig mühelos in dein Handy zu hacken oder jemanden bei TransDime hacken zu lassen und ist über deine Kommunikation mit Oliver auf diese Strategie gekommen, über ihn an dich heran zu kommen. Ich hoffe, Oliver selbst macht keine Dummheit." Rebecca holte nun diverse verschieden große Koffer hervor und öffnete sie alle.

Tamara staunte. „Was habt ihr denn vor? Einen Kleinstaat erobern?"

„Man kann über Ziska sagen was sie will, aber sie war immer gerne auf alles vorbereitet." Rebecca zog einen Mundwinkel ironisch hoch. „Die hier nehme ich."

„Schön und gut, aber wir müssen uns noch etwas einfallen lassen. Dieser Typ wird sein Handwerk verstehen. Nur ein paar Stunden zu früh unerwartet aufzutauchen, wird da kaum reichen. Wir müssen nur für ein paar Sekunden ein echtes Überraschungsmoment aufbauen..." Tamara überlegte kurz und meinte dann schelmisch lächelnd: „Vielleicht wird es Zeit, dass 'Oliver' endlich das bekommt, was er will..."

„Was meinst du damit?" Nick sah sie fragend an.

„So, wie der Attentäter sich ausgedrückt hat, tippe ich stark auf einen Mann. Daher sollte Mata Hari ihren Auftritt haben." Ihr grimmiges Lächeln zeugte davon, dass sich in ihrem Kopf bereits ein Plan zu formen begann.

In Olivers Appartement hatte sich der Attentäter gerade eine kleine Flasche Wasser genehmigt und auch seinem Gefangenen ein paar Schlucke gegönnt. Das Subjekt war erstaunlich zäh gewesen und hatte ziemlich aufwendig bearbeitet werden müssen, bis es endlich zur Kooperation bereit gewesen war, auch wenn diese lediglich aus dem Entsperren seines Mobiltelefons bestanden hatte. Seinen Kontakt bei TransDime hatte er hier vor Ort leider nicht mehr damit beauftragen können, da sein Störsender, der die Überwachungsmaßnahmen der Firma hier innerhalb der Wohnung außer Gefecht setzte, leider nicht auch eine solche Manipulation verbergen konnte. In der Zentrale hätten sie das entdecken können, womit er in Teufels Küche gekommen wäre.
Aber es war ja auch so gegangen. Wenn man allerdings bedachte, dass der Köder offenbar frisch verliebt in die Zielperson war, war sein trotziger Widerstand wiederum nicht so verwunderlich. Ach, die Liebe! Er leistete sich einen grinsenden Seufzer.
Oliver war nun im Schlafzimmer an einen Stuhl gefesselt und geknebelt. So würde er ihm hoffentlich keinen Ärger machen.
Er knabberte genüsslich an einem Apfel, den er in der Küche gefunden hatte, als es an der Tür klopfte. Sofort war er auf den Beinen und zog seine Pistole mit Schalldämpfer. Er fragte mit gedämpfter Stimme: „Wer ist da?"
Eine weibliche Stimme erklang fröhlich durch die dünnwandige Tür hindurch: „Ich bin's, Tamara. Ich habe eine Überraschung für dich!"
Die Augen des Attentäters weiteten sich. Die Zielperson konnte es nicht abwarten, zu ihm zu kommen! Na prima, dann konnte er ja heute mal früher Schluss machen.

Die Wohnungstür von Olivers kleinem Apartment führte übergangslos in den Wohnraum mit offener Küche, weshalb er auch uneingeschränktes Sichtfeld auf herein kommende Personen hatte. Er stellte sich hinter die Tür und rief mit weiterhin verstellter Stimme: „Die Tür ist offen!"
Worauf sich die Türklinke senkte und die Tür langsam öffnete. Am Besten für ihn wäre es natürlich, wenn sie ganz herein kommen würde, dann wäre auf dem Hausflur nichts zu hören und keine Sauerei zu sehen.
Tamara trat ein und rief schelmisch: „Überraschung!"
Sie trug einen langen, weiten Mantel, der für die Jahreszeit eigentlich völlig unpassend war, mit erwartungsvollem Blick nach vorne in Richtung Schlafzimmer gewandt. Als sie Oliver nicht direkt in ihrem Blickfeld vorfand, sah sie sich um und stieß einen kurzen Schrei aus, als sie ihn erblickte.
„Wer sind Sie? Oh mein Gott, wieso haben Sie eine Pistole?"
„Ganz ruhig, mach keinen Lärm. Rein ins Zimmer und Tür zu." Betont lässig deutete er mit dem Lauf der Waffe ins Innere der Wohnung.
Tamara stand erstarrt mit schockierter Miene da, während ihr der Mantel unbeabsichtigt von den Schultern rutschte. Sie präsentierte sich darunter in aufreizender roter Unterwäsche in all ihrer Pracht.
Das wurde ja immer besser! Die Augen des Attentäters wurden kreisrund, als sich der weite Mantel gänzlich von ihr löste und langsam zu Boden glitt. Das könnte sich zu einem unerwarteten Bonus für ihn entwickeln...
Eine große brünette Frau in dunkler Kleidung kam in Hüfthöhe durch die Türöffnung gesegelt und rutschte seitlich auf dem glatten Boden auf ihrer Schulter quer durch den Raum. Sie war mit einem Sturmgewehr samt Schalldämpfer bewaffnet, die Mündung auf ihn gerichtet. Sein Arm mit der Pistole wurde von ihm reflexhaft herumgerissen und richtete sich auf die unerwartete Bedrohung, doch er kam nicht mehr dazu, einen Schuss abzugeben.
Die kleine Rothaarige in Unterwäsche drehte sich in einer fließenden Bewegung auf ihn ein, fiel in einer eingeübten Bewegung auf ein Knie hinab und hatte auf einmal einen Taser in der Hand, der bis eben noch von ihrem weiten Mantel verdeckt

worden war. Er wollte seine Waffe nun wieder auf sie richten, doch seine Glieder fühlten sich auf einmal schwer wie Blei an. Seine Augen weiteten sich panisch. Was geschah mit ihm? Wie in Zeitlupe verfolgte er die Ereignisse, als wäre er gelähmt und hätte keine Möglichkeit, das abzuwenden, was nun kommen würde. Eine seltsame und erschreckende Erfahrung.

Tamara jagte ihm auf kürzeste Entfernung zwei kleine metallene Widerhaken durch sein Hemd in die Brust, als sie den Taser abfeuerte. Schmerzhaft bohrten sich die kleinen Widerhaken in seine Haut. Er erkannte gerade noch die beiden dünnen Drähte, die von den Elektroden zur pistolengleichen Waffe führten. Dahinter sah er die entschlossenen, ganz und gar nicht verängstigen Augen seines vermeintlichen 'Opfers'. Einen Sekundenbruchteil später lag er zuckend und wimmernd am Boden, jeglicher Kontrolle seiner Körperfunktionen beraubt, als zehntausende Volt durch seine Muskeln jagten.

Die junge Frau mit den üppigen Kurven und der verführerischen Unterwäsche näherte sich ihm mit grimmiger Miene und holte mit dem Fuß aus.

Dann wurde es schwarz um ihn.

< 16 >

Frankfurt am Main, Filiale 88 - Monat 12

Als er aufwachte, lag der Attentäter der Länge nach und nur noch in Unterhose mit dem Gesicht nach oben gefesselt auf dem Bett. Er war mit über seinem Kopf lang ausgestreckten Armen positioniert worden, wobei die stabile Wäscheleine, die sie zum Fesseln verwendet hatten, die Hand- und Fußgelenke umwickelten und zusammen hielten. Sie verliefen unter dem Bett hindurch und machten ihn dadurch in Längsrichtung völlig bewegungsunfähig wie auf einer Streckbank. Interessante Technik, dachte er, aber nicht besonders effektiv.

Was hatten sie vor mit ihm?

Sie waren zu viert, wie er an dem gedämpften Gespräch aus dem Wohnzimmer nebenan entnehmen konnte. Als er sich probeweise bewegte, klimperte etwas unter dem Bett. Sofort standen alle vier um ihn herum.

„Gute Idee, ein paar Münzen quer über die Seile unter ihm zu legen." Sein ehemaliger Gefangener hörte sich hoch zufrieden an.

„Was macht der Fuß?", fragte der Attentäter mit leicht bösartigem Tonfall.

„Ist fachmännisch verbunden fürs Erste. Die zwei gezogenen Zehennägel waren es mir wert." Oliver legte einen Arm um Tamara und lächelte, als sie ihn bewundernd anschmachtete.

„Mein Held. Du hast dich für mich sogar foltern lassen." Sie drückte ihm einen Bussi auf die Wange.

„Können wir vielleicht allmählich zum Geschäftlichen kommen? Ich habe nicht den ganzen Tag Zeit." Der 'Ausknipser' legte sämtliche Verachtung in seine Stimme. Als er sich ein wenig bewegte, begann er kurz unkontrolliert zu zucken. Wohl eine Nachwirkung durch den Elektroschock. Außerdem hatte er durch diese Form der Überwältigung einen Brummschädel wie nach einer durchzechten Nacht. „Ruft doch einfach die Bullen und dann sind alle zufrieden."

„Oh nein, dich bekommt die Polizei nicht zu Gesicht, da kannst du dir sicher sein. So leicht kommst du uns nicht davon." Nick konnte sehr bedrohlich wirken, wenn er es darauf anlegte, dachte Rebecca beeindruckt. Wenn jemand seiner Freunde in Bedrängnis kam, ließ sein Beschützerinstinkt ihn eiskalt werden. „Dann kommen wir mal zum geschäftlichen Teil, wie schon gesagt. Dein Name?"

„Steht in meinem Ausweis."

„Den du leider in der Fähre hast liegen lassen, nicht wahr? Falsche Antwort, Arschloch." Rebecca trat in sein Gesichtsfeld und hob das klobige Sturmgewehr an, das sie durchlud.

„Ihr Amateure! Damit wollt ihr mir Angst machen? Das sieht doch ein Blinder mit dem Krückstock, dass das keine scharfe Waffe ist." Er zwang sich zu einem kehligen, humorlosen Lachen.

Rebecca lächelte schadenfroh. „Stimmt nicht ganz. Es ist eine Druckluftwaffe und verschießt kleine 4,5 mm-Geschosse. Ist auch nicht ganz ohne. Dein Name?"

„Du kleine Nutte kannst dich auf mein Gesicht..."

Sie drückte den Abzug und schoss einen einzelnen Schuss auf seinen Brustkorb, wo er seitlich die Rippen traf. Überrascht schrie der Attentäter gepeinigt auf.

Sie hob das das abgeprallte kleine Bleigeschoss auf und hielt es vor seine Augen. Die abgeplattete Spitze war durch die Abgabe der kinetischen Energie von 7,5 Joule deformiert worden. Mit zuckersüßer Stimme säuselte Rebecca: „Oh, das hat einen ganz schönen Bluterguss gegeben. Aber ich habe dich unterbrochen, bitte verzeih mir. Worauf sollte ich mich setzen?"

Mit zusammen gebissenen Zähnen presste ihr Gefangener hervor: „Du kannst deine Hose runter lassen und dich auf mein..."

Innerhalb von zwei Sekunden jagte sie ihm drei weitere Diabolos quer über seine Bauchdecke. Er schrie auf und wand sich wimmernd einige Sekunden lang vor Schmerzen.

„Du musst ihn doch warnen, dass du allergisch auf Obszönitäten reagierst. Das ist selbst für eine Befragung unfair." Nick schüttelte den Kopf und nahm ihr die Beretta

CX-4 aus der Hand, die Ziska bei ihrem überhasteten Auszug unter anderem im Keller zurück gelassen hatte.

Der Attentäter fluchte und wand sich nun in seinen Fesseln. Nach wenigen Momenten gab er es auf. „Ihr Idioten wollt irgendwas aus mir heraus bekommen? Das könnt ihr vergessen! Ihr Hosenscheißer, von euch lass ich mich doch nicht verarschen!"

„Wir haben vielleicht nicht dein Dienstalter oder deine Funktionsstufe, aber wir sind dafür umso entschlossener, den Mordanschlag auf unsere beste Freundin entsprechend zu ahnden. Je eher du redest, desto schneller wirst du von offiziellen TransDime-Stellen übernommen. Ja, wir haben nicht vor, dich der Polizei zu übergeben. Du wirst auf einer hübschen kleinen Filiale ohne Elektrizität und fließendem Trinkwasser den Rest deines Lebens verbringen, wenn es dumm läuft. Du weißt, von welchem Ort wir reden, nicht wahr? Die Frage ist nur, wie viel Leid du vorher noch erdulden willst." Nick sah ihn mit bedrohlicher Miene an.

„Tamara ist mein ein und alles, die beste Freundin, die ich je hatte. Du, mein alter fieser Ausknipser, wirst richtig üble Schmerzen ertragen müssen, wenn du nicht bald auspackst." Rebecca griff neben ihn und rückte etwas auf dem Bettlaken zurecht, das er nicht sehen konnte, dann fuhr sie fort.

„Läuft die Aufnahme? Gut, Geständnis eines Attentäters, Take eins. Der gefasste Mann ist Ende Vierzig, sehr groß, etwa eins fünfundneunzig, Gewicht etwa neunzig Kilogramm. Graue Haare, Dreitagebart, braune Augen. Abstammung Kaukasisch. Er war bewaffnet mit einer Pistole Marke Walther PPK samt Schalldämpfer und einem Bowiemesser. Das Subjekt zeigt sich renitent und muss unter Zuführung von gezielten körperlichen Schmerzen zur Aussage bewegt werden. Ein unbeabsichtigtes Versterben des Subjektes während der Befragung kann nicht ausgeschlossen werden." Geschäftsmäßig nickte Rebecca in die Handykamera von Tamara, die das Ganze nun aufzeichnete.

Rebecca fragte nun, das Gewehr auf die Innenseite des Oberschenkels des Gefangenen gerichtet: „Wie lautet dein Name und wer hat dich geschickt?"

Sie wartete nicht einmal eine Sekunde, ob der Befragte überhaupt zu einer Antwort ansetzte und schoss ihm dreimal auf den Muskel, worauf er wieder gellend aufschrie. Beim dritten Schuss platzte die Haut auf und ein feines Rinnsal von Blut lief sein Bein hinab.

Rebecca sah zu Oliver hinüber. „Das tut mir Leid, ich versaue dir dein ganzes Bettlaken."

„Macht nichts, wenn du das Magazin mit den Hohlspitzgeschossen einlegst, wird ohnehin jeder einzelne Schuss bis ins Fleisch hinein gehen. Dann ist der Bezug sowieso nicht mehr zu retten."

Der Kopf des Misshandelten fuhr langsam herum und richtete sich auf sein ehemaliges Opfer. „Hohl... spitz..."

Mit völlig neutralem Tonfall erklärte dieser nun, als spräche er übers Wetter: „Ja, das Magazin dieser Waffe hat dreißig Schuss. Dreiundzwanzig hast du noch vor dir. Danach wechseln wir das Magazin gegen ein weiteres voll bestücktes mit diesen Babies hier."

Er hielt ein kleines Bleigeschoss hoch, dessen vorderes Ende eine Art Kuhle aufwies, aus der eine Kupferspitze hervor ragte. Die Augen des Attentäters weiteten sich und ein Ausdruck des Grauens erschien auf seinem Gesicht. „Die werden zur Kleintierjagd verwendet. Pusten einem Kaninchen oder Rebhuhn ein sauberes Loch durch den Kopf. Ich bin mir nicht sicher, ob vor uns jemals jemandem die Idee gekommen ist, damit einen Dreckssack aus einer anderen Dimension zu spicken, der die Aussage verweigert. Du kannst dir also echt was einbilden, schweigsamer Unbekannter."

Tamara schlug vor: „Jag' ihm doch mal ein paar auf die Fußsohlen, durch den Reflexzonenstimulans hat das sicher einen ziemlich negativen Einfluss auf diverse Nervenenden in seinem Körper."

Angesichts dieser Aussichten stöhnte der Gefangene leicht auf. Vielleicht war er doch nicht so hart im Nehmen, wie er gedacht hatte. Nick meinte abschätzend: „Der Kerl ist wirklich riesig. Mit ausgestreckten Armen von den Fingerspitzen bis zu den Fußspitzen weit über zweieinhalb Meter lang."

„Lasst mich in Ruhe, ich werde euch niemals etwas verraten!", schrie der Attentäter. Er verlor offenbar doch allmählich die Nerven, da er nicht wusste, was Nick mit seiner jüngsten Aussage nun bezwecken möchte.

Verächtlich bemerkte Tamara: „Habt ihr eigentlich gesehen, wie er mich vorhin angegafft hat, als ich mich vor ihm enthüllt habe? Ich wette, er hat unanständige Gedanken gehabt. Möchte nicht wissen, was er mit mir gemacht hätte, wenn wir ihn nicht überwältigt hätten."

„Ich schieß' ihm mal einen in die Eier, das hat er verdient und das zieht sicher ordentlich", kündigte Rebecca darauf gnadenlos an und bemerkte, wie er dabei zusammen zuckte.

„Du Schlampe kannst machen was du willst, ich sage nichts." Er verfiel wieder auf wüste Beschimpfungen, worauf sie den klobigen Schalldämpfer der CO_2-Waffe in der Tat auf seine Weichteile richtete. Er verstummte und schloss gequält die Augen, auf die Explosion an Schmerzen wartend, die ihn nun gleich ereilen würde.

Nick rief dazwischen. „Warte, ich glaube, das bringt nichts. Außerdem könntest du den Gürtel treffen. Keine Schüsse mehr auf seine Körpermitte."

Ihr Gefangener atmete kurz auf, dann ging ihm etwas auf, was er gerade gehört hatte. „Gürtel?"

„Ja, wir sind schließlich auch nicht auf den Kopf gefallen. Wir haben deinen Stabilisatorgürtel gleich entdeckt, nachdem wir dich einkassiert haben. Du bist also aus einem der anderen Universen eingeflogen worden oder warst gerade zufällig auf dieser Filiale, als der Sonderauftrag gekommen ist. Du siehst, wir sind nicht völlig ahnungslos. Du musst uns nur noch sagen, wer dich beauftragt hat. Dein Gürtel liegt genau neben dir, daher droht dir zur Zeit keine Gefahr, allerdings spielen wir schon seit einer Weile mit dem Gedanken, ihn einfach auszuschalten."

„Dann macht das doch, ihr Vollidioten. Schickt mich doch einfach zurück, und alle sind zufrieden. Ihr sadistischen kleinen..." Der Killer verstummte plötzlich, als ihm etwas aufging.

Nick meinte nun todernst: „Das ist deine letzte Chance, auszupacken. Wir stehen auch nicht auf Folter, aber wenn du dich stur stellst, dann müssen wir annehmen, du willst es nicht anders. Der Durchmesser der schwarzen Kugel, die dich zurück katapultiert, ist unseren Erfahrungen nach ziemlich genau zwei Meter und vierzig groß.

Wir sind natürlich auch nicht völlig dumm und werden einen langen Gegenstand benutzen, um den Schalter, der für die Abschaltung des Gürtels sorgt, nach dem Entsichern umzulegen. Dummerweise bist du mit über dem Kopf gefesselten Armen auf jeder Seite etwa dreißig Zentimeter zu lang für die schwarze Kugel, die dich zurück transportiert. Deine Hände und Füße werden demnach hier bleiben, der traurige Rest von dir kehrt zurück in deine Heimatfiliale."

Tamara wandte sich an Oliver: „Ich stelle mir das sehr unangenehm vor, beide Hände und Füße auf einmal zu verlieren. Muss aber nicht so kommen."

Der Attentäter begann nun hemmungslos zu weinen. „Nein, bitte nicht! Das könnt ihr doch nicht machen..."

Nick sagte emotionslos über die Schulter: „Oliver, kannst du mal den großen Regenschirm holen, der drüben neben dem Eingang steht? Der sollte lang genug sein..."

„Nein, nein! Tut das nicht!!" Der gepeinigte Mörder wurde nun hysterisch angesichts der Marter, die ihm angedroht wurde.

„Wir wissen zwar nichts über deine Filiale, aber ich bin mir sicher, dass verstümmelte Menschen bei dir daheim gut behandelt und gepflegt werden." Rebecca grinste ihn kalt an.

Tamara fragte halblaut: „Werden die abgetrennten Gliedmaßen eigentlich durch den Ereignishorizont der Kugel kauterisiert oder einfach nur durchschnitten?"

Etwas ärgerlich entgegnete Rebecca ebenso gedämpft, aber für ihren Gefangenen noch hörbar: „Wir sind hier nicht bei *Krieg der Sterne* und das sind keine Lichtschwertwunden! Es gibt einfach nur einen Schnitt, so habe ich es jedenfalls erlebt."

„Aber dann blutet das doch wie verrückt! Wie groß sind die Chancen, dass jemand ihn findet, bevor er aus vier so großen Wunden verblutet? Er müsste sich ja praktisch direkt in der Notaufnahme eines Krankenhauses materialisieren, um überhaupt eine Überlebenschance zu haben."

Ihr Gefangener wurde ganz ruhig und wandte sein Gesicht ab, als er sich ausmalte, was ihn in diesem Zustand wohl tatsächlich in seiner Heimat erwarten würde. Oliver sagte indes, sich abwendend: „He, wartet noch! Ich muss erst noch an beiden Seiten des Bettes etwas unterlegen, damit mir das ganze Blut nicht den Fußboden komplett einsaut. Ich will schließlich nicht in einer Wohnung hausen, wo das halbe Schlafzimmer wie nach einer Mörderorgie aussieht. Und erklär' so was mal beim Auszug deinem Vermieter..."

Als Oliver dann in der Tat begann, großflächig Plastiktüten unter seine überstehenden Hände und Füße am Boden neben dem Bett auszulegen, begann der Killer auf einmal zu reden: „Ich heiße Bertram Wise und komme aus Filiale 198, aus der vierten Dimension. Ich wurde von Professor Doktor Hirtenstock mit der Beseitigung von Tamara Schnyder beauftragt, mit höchster Dringlichkeitsstufe. Ich musste sogar mein ursprüngliches Ziel laufen lassen, wegen dem ich eigentlich hierher gereist war. Man sagte mir, der Zeitfaktor hierbei sei essenziell und ich könnte mein eigentliches Ziel nach diesem Eilauftrag dann wieder anvisieren. Mir wurde auch gesagt, dass ich diese Terminierung geheim zu halten habe und nur wegen meines Primärzieles hier gewesen sei, wenn ich dazu befragt worden wäre. Seid ihr jetzt zufrieden?"

„Fürs erste schon. Hast du das alles auf Video?" Nick sah ein bestätigendes Nicken und meinte daraufhin: „Na, war doch gar nicht so schwer. Zur Belohnung bleiben die Grabscherchen und die Quanten auch dran. Wir sind ja keine Unmenschen!"

Rebecca meinte daraufhin: „Wie, das war es schon? Ich darf keine Diabolos mehr auf ihn abfeuern?"

„Kei-ne Un-men-schen", wiederholte Nick mit hoch erhobenen Augenbrauen, jede einzelne Silbe bewusst betonend. „Ich schnalle ihm dann mal den Stabilisatorgürtel wieder um. Ruft ihr schon mal bei TransDime an. Die werden sich freuen, so einen Mist am Samstagmittag aufgebrummt zu bekommen!"

Aus Mangel an Erfahrung rief Nick einfach die zentrale Auskunft ihres Frankfurter Werkes an und verlangte jemanden mit Funktionsstufe Eins oder höher, der für Ereignisfälle zuständig war. Innerhalb von Sekunden hatten sie jemanden am Telefon, der sich ihrem Dilemma gegenüber sehr aufgeschlossen zeigte.

Keine zehn Minuten später hielt ein Krankenwagen und ein ziviler Polizeiwagen mit Blaulicht auf dem Dach vor dem Mietshaus. Tamara und Nick sahen sich an, doch sie sprach es zuerst aus: „Hast du auch gerade ein Déjà-vu?"

„Ja, es ist genau wie in Bremen. Nur dass wir diesmal kapieren, was wirklich los ist. Immerhin eine hinreichend effektive Tarnung für solche Unternehmen." Er nickte anerkennend. Warum etwas kompliziert gestalten, wenn man auch mit einfachen Mitteln zum Ziel kam?

Sie öffneten dem Einsatzteam und erläuterten einem Herrn Marschner, den sie sogar vom Sehen her kannten, das Vorgefallene. Er bat sie, ihm das aufgezeichnete Geständnis als Datenfile auf seine Firmen-emailadresse zu senden und am Montag nochmals kurz zu einer Folgebesprechung bei ihm vorstellig zu werden.

Indes wurde der Attentäter, der sich Bertram Wise genannt hatte und mit den technischen Möglichkeiten der Truppe auch schnell als ebendieser identifiziert werden konnte, stark sediert und auf eine Rettungsbahre geschnallt. Der Hüne passte von der Länge her kaum auf die Standardtrage, war aber bis zum Zeitpunkt des Abtransports nicht mehr im Stande, sich zu artikulieren, geschweige denn zu beschweren über den unbequemen Liegeplatz, den man ihm zugedacht hatte.

„Schön, dass es manchmal auch so leicht und unbürokratisch ablaufen kann." Rebecca gab sich hoch zufrieden mit der Vorgehensweise ihres Arbeitgebers.

„Nun, in so einem Fall ist natürlich Eile geboten. Einen schwereren Verstoß kann man mit den Befugnissen, wie sie dieser Professor Hirtenstock inne hat, kaum begehen. Da muss die Firma freilich mit aller gebotenen Strenge durchgreifen, um vor solchem Machtmissbrauch abzuschrecken." Marschner kratzte sich in seinem dunklen, kurzen Bart und rückte die Hose über dem fülligen Bauchansatz zurecht.

„Vielen Dank für Ihre rasche Hilfe", wiederholte Tamara nochmals, was dem Einsatzleiter sehr zu gefallen schien.

„Für solche Fälle sind wir ja da. Ich muss sagen, mich beeindruckt es stark, wie Sie diesen Fall gehandhabt haben. Ich hätte mir allerdings doch gewünscht, dass Sie mich ein klein wenig früher angerufen hätten." Seine Miene drückte eine Mischung aus leichtem Tadel und Amüsiertheit aus.

„Hätten wir ja, wenn wir sicher gewesen wären, dass er auch auspackt. Aber wir wollten sicher gehen, dass das nicht nur der Erste war und wir von nun an ständig über unsere Schulter sehen müssen. Tamara war nicht die Einzige, die von Hirtenstocks sträflichem Versäumnis wusste, nur diejenige, die es offen angeprangert hat. Auch wir hätten als Kollateralschaden auf der Strecke bleiben können bei zukünftigen weiteren Anschlägen auf ihr Leben." Rebecca machte ihren Standpunkt überdeutlich.

„Ihr Verständnis über solche Zusammenhänge scheint außerordentlich gut zu sein. Wenn Sie künftig Interesse an einer Karriere in diesem Zweig von TransDime haben, wären Sie mir hochwillkommen, Frau Paulenssen. Und nicht nur Sie." Marschner tippte sich beim Gehen an die imaginäre Hutkrempe.

„Da strecken diverse Fachbereiche bereits die Fühler aus nach vielversprechendem Nachwuchs", neckte Oliver sie.

„Du lässt dich jetzt erst mal von einem ordentlichen Arzt behandeln." Tamara sah, dass sich sein Socken bereits wieder dunkel verfärbte.

„Dann fahr mich zu TransDime, ich möchte nicht zu einem 'zivilen' Arzt damit. Auf der Krankenstation dort können sie das genauso gut verarzten." Auch Oliver war offenbar nicht auf den Kopf gefallen, was diese Belange anging.

Nick gab zum Besten: „Und schon wieder fühle ich mich wie ein Mafioso. Wir rufen die Firma statt der Polizei zum 'Beheben' von Problemen, die eigentlich nur offizielle Strafverfolgungsbehörden behandeln sollten. Wir lassen Verwundungen nicht von allgemeinen Ärzten behandeln, weil dabei Fragen auftauchen würden. Und wir foltern einen Profikiller, um dessen Auftraggeber aus ihm rauszuholen. Mann, wenn das kein schlechter Film ist..."

Rebecca konterte mit schiefem Grinsen: „Du hast genauso den harten Hund gegeben, der über Leichen geht, also jammere jetzt nicht im Nachhinein. Außerdem haben wir ihn ja nur ein wenig angefoltert, bis ihm die Nerven durch gegangen sind."

„Jemanden 'anfoltern'... ich glaube, du hast gerade ein neues Wort erfunden und gleichzeitig das Unwort des Jahres." Ungläubig schüttelte Nick den Kopf.

„Die Hauptsache ist doch, dass wir noch einen moralischen Leitfaden besitzen. Trotz allem, was wir gesehen und durchgestanden haben, können wir noch Gut und Böse voneinander unterscheiden. Wir akzeptieren offenbar, dass wir inzwischen Teil eines Systems sind, das größer ist als einzelne Nationen und über dessen Gesetzen steht, was manche Dinge betrifft. Dennoch sind wir keine Verbrecher oder schlechte Menschen im Sinne von Erpressern, Mördern, Räubern oder ähnlichen Subjekten." Das war Oliver, der nun humpelnd und von Tamara gestützt zum Auto vor der Haustür geführt wurde.

„Und solange wir uns regelmäßig in die Tasche lügen, können wir auch ruhig schlafen", fügte Rebecca noch zynisch hinzu, als sie hinter ihnen die Wohnungstür ins Schloss zog. Widerworte bekam sie von keinem ihrer Freunde dafür.

Frankfurt am Main, Filiale 88 - Monat 12

Rebecca und Nick standen an der Sicherheitsschleuse und warteten auf ihre neuesten Kunden. Dieser Auftrag würde nach all der Aufregung von neulich wie ein Urlaub für sie werden. Und Herr Kardon hatte sich entgegen ihrer Erwartung hoch zufrieden mit ihrem Umgang mit der Krise gezeigt, mit der sie sich konfrontiert gesehen hatten.

Jetzt aber stand ihnen ein Betreuungsauftrag der besonderen Art bevor. Rebecca fiel etwas ein: „Hast du Tamara den Haustürschlüssel gegeben? Nicht dass alle Blumen im Haus und im Garten hinüber sind, bis wir zurück kommen. Ganz zu schweigen von Panther."

„Ja, sie wird sich um alles kümmern, um unseren Lieblingskater wahrscheinlich am wenigsten. Der könnte sich bestimmt selbst versorgen, wenn er müsste. Manchmal glaube ich, er kommt nur noch vorbei, weil er glaubt, uns einen Gefallen damit zu tun. Und natürlich, weil er uns verstehen kann.

Tamara wird mit Oliver zusammen unser Haus hüten, bis wir zurück sind. Ein guter Test für die Beiden, wenn du mich fragst, auch wenn es nur neun Tage sind." Nick lächelte versonnen. Vielleicht wurde das mit Tamara und Oliver wirklich etwas Ernsteres. Er würde es ihr wünschen.

Endlich traf die kleine Gruppe junger Leute bei ihnen ein. Grinsend erwarteten sie die drei frischgebackenen Assistenten der Funktionsstufe Eins. Neben Lothar und Serafina, die ihre drei Jahre in der Funktionsstufe Null abgedient hatten und beide einer Beförderung für würdig befunden worden waren, fiel diese Ehre ein Jahr früher als sonst auch Barbara zu. Sie musste sich besonders im letzten Jahr sehr gut geschlagen haben, wovon Nick und Rebecca gar nicht mehr viel mitbekommen hatten, außer von dem, was daheim in der WG erzählt worden war.

„Willkommen, tretet doch näher!", begrüßte Nick sie feixend. Barbara zog eine Schnute und gab ihren brandneuen Ausweis der Stufe Eins zur Kontrolle dem Sicherheitsmann der Personenschleuse.

Lothar nahm seinen Scherz noch gar nicht so richtig wahr, weil bei ihm wohl noch immer die Nachwirkungen der Offenbarung über die wahre Natur von TransDime in sein Bewusstsein und somit sein Weltbild einsackten. Während Serafina tatendurstig zur Kontrolle schritt und es kaum abwarten konnte, hielt sich ihr Kollege auffallend zurück.

Sie begrüßten sich alle und schwatzten aufgeregt durcheinander auf dem Weg zur Rolltreppe, die zum Transferbereich hinabführte. Nick nahm Lothar nun doch beiseite, um ihm ein wenig auf den Zahn zu fühlen. „Was hast du denn? Hat dich die Wahrheit so sehr mitgenommen, dass es dir die Sprache verschlagen hat?"

Sein alter Freund sah ihn eindringlich an und meinte ein wenig zaghaft: „Ehrlich gesagt, ja. Das hätte ich mir in meinen wildesten Phantasien nicht träumen lassen. Ich kann es noch gar nicht fassen, dass es das wirklich geben soll. Und wir alle haben die ganze Zeit für diese Firma gearbeitet. Verrückt!"

„Ach, dir hat es schon immer an Vorstellungskraft gemangelt, wenn es um unglaubliche Phänomene ging. Du versuchst alles immer sofort mit einer vernünftigen und hochwissenschaftlichen Erklärung zu rationalisieren." Er schlug Lothar kumpelhaft auf die Schulter.

„Und genau deshalb weiß ich nicht so recht, wie ich *damit* umgehen soll. Ich meine, Parallelwelten und andere Dimensionen? Wow!" Er war immer noch völlig von den Socken, wie Nick merkte.

„Aber genau das ist die Herangehensweise, die du auch hier anwenden solltest. Du musst es nur aus dem richtigen Blickwinkel angehen. Arthur C. Clarke hat in etwa gesagt: Jede Technik, die einen gewissen Stand erreicht hat, ist von uns nicht mehr von Magie zu unterscheiden. Und wir sind eben momentan die alten Germanen aus dem tiefen Wald, die gerade eben ein Smartphone gefunden haben und keine Ahnung davon haben, wie dieses Teufelsding funktioniert. Es leuchtet, piepst und summt, wenn man auf die flache bunte Seite draufdrückt. Aber wie das funktioniert? Keine Ahnung."

Als sie den Fuß der Rolltreppe erreichten, meinte Lothar auflachend: „Weißt du was? Das ist tatsächlich hilfreich. Dabei hast du dich bei einem meiner berühmten Vergleiche bedient."

Während die Frauen vor ihnen auf sie aufmerksam wurden, entgegnete Nick schelmisch: „Berüchtigt, meinst du, nicht berühmt."

„Genau. Wie auch immer. Sie sind uns also weit über tausend Jahre voraus? Na ja... was soll's? Wir können uns nicht mal halbwegs vernünftig vorstellen, wie unsere eigene Welt in hundert oder zweihundert Jahren aussehen könnte. Und eine Parallelerde, in der sie entdeckt haben, wie man verschiedene Dimensionen bereist? Kein Wunder, dass sie uns nicht an dieser Technologie teilhaben lassen. Wer weiß, was wir mit so einer Technik bei uns anrichten würden, wenn das unkontrolliert verbreitet würde."

Barbara warf ein: „Das ist vielleicht so ähnlich wie bei Star Trek. Ich habe im letzten Jahr immer wieder mal mit Tamara ein paar Episoden gesehen, wo es um die Oberste Direktive ging. Ich glaube, sie wollte mir durch die Blume ein paar Lehrstunden erteilen, was dieses moralische Dilemma der Welt auf Filiale 1 angeht, ihr technisches Wissen nicht mit den rückständigeren Filialen zu teilen. Wir haben manchmal sogar über dieses Thema diskutiert nach dem Ansehen der Folgen. Das war sehr raffiniert von ihr eingefädelt."

„Ich frage mich, warum sie mich da nicht auch mit einbezogen hat?" Lothar sah fragend in die Runde.

„Sie dachte bestimmt, du wirst ohnehin nie in die Stufe Eins befördert, wozu sich dann erst die Mühe machen?" Nick grinste breit in das empörte Gesicht seines alten Freundes.

„Ihr werdet staunen, was das Reisen mit den Fähren angeht. Seid ihr schon eingewiesen worden, was das angeht?" Rebecca ahnte die Antwort auch schon und verfluchte insgeheim Herr Kardon dafür, dass er so ein diebisches Vergnügen daran hatte, seine Stewards immer wieder kurz nach der Offenbarung der wahren Natur TransDimes direkt ins kalte Wasser zu werfen.

Sie erklärten ihnen erst einmal die Infrastruktur und einzuhaltenden Prozeduren des Transferbereiches. Zum Glück hatten sie dafür mehr Zeit als ihnen selbst damals zugestanden worden war. So konnten sie sie in Ruhe in alles Wissenswerte einweisen und auch schon über das Grundprinzip der Reise mit der transdimensionalen Fähre aufklären.

„Das Ding kann durch feste Materie hindurch fliegen? Ich glaub, ich spinne!" Lothar konnte es nun kaum noch abwarten.

Serafina winkte ab: „Ach, vergiß' das doch! Wir werden zum *Mond* fliegen! Stell dir *das* mal vor!"

„Genauer gesagt kurz hinter den Mond, so wie die Konstellationen momentan stehen. Je nachdem fliegt man kurz vor ihn, hinter ihn oder auf die gegenüberliegende Seite auf den von der Sonne weg zeigenden Librationspunkt, wo sich die Schwerkraft von Erde und Mond aufheben." Rebecca war mit der Materie inzwischen gut vertraut.

Lothar rechnete kurz im Kopf nach. „Während des Apollo-Programms haben nur ganze fünfundzwanzig Leute jemals die Rückseite des Mondes mit eigenen Augen zu Gesicht bekommen. Und wir werden das in wenigen Stunden ebenfalls können."

„Ich glaube, inzwischen sind es in Wahrheit eher fünfundzwanzig Millionen Leute, die im Laufe der ganzen TransDime-Geschichte dieses Vergnügen hatten. Aber keine Angst, sogar daran gewöhnt man sich. Rebecca hat allerdings ein wenig gebraucht, bis sie die kurzen Phasen der Schwerelosigkeit zu schätzen gelernt hat." Er zwinkerte ihr schelmisch zu, worauf sie rot wurde.

„Ab uns zu sind wir in einer Schlafkabine und versuchen die paar Minuten abzupassen, in denen man schwerelos ist, um .. ihr wisst schon." Sie blickte verschämt zu Boden.

„Ihr verdammten *Pioniere*!" Lothar konnte sich das Grinsen einfach nicht verkneifen, dann fiel ihm etwas ein. „Was meinst du, Babsi, ob wir..."

„Keine Chance, jedenfalls nicht auf diesem ersten Flug. Aber keine Angst, du wirst die Gelegenheit dazu schon noch bekommen, du altes Karnickel!" Sie schalt ihn mit einem Schmunzeln, das sie verriet.

„Ja, du Hoppelhäschen", fügte Serafina hinzu und strubbelte ihm durch seine blonde Bürste, worauf alle herzhaft lachen mussten.

„Wisst ihr eigentlich schon etwas über die Parallelerde, auf die wir reisen?", wollte Barbara dann unvermittelt wissen.

„Nur, dass sie unserer sehr ähnlich ist und sich nur in Kleinigkeiten von unserer unterscheidet. Offenbar gibt es das öfter, als man glauben mag. Es ist sehr aufwendig, neue Schwingungsfrequenzen aufzuspüren, die mit den vorhandenen technischen Möglichkeiten stabil zu halten sind, um einen sicheren Transfer auf Dauer zu gewährleisten. Nur solche Parallelwelten können überhaupt für TransDime zur Etablierung einer Filiale in Betracht gezogen werden." Rebecca war am Unterton anzuhören, dass sie mit 'Etablierung' eigentlich 'Kolonialisierung' oder 'Ausbeutung' meinte, daher sprach sie das nicht offen aus.

„Und was für Unterschiede erwarten uns dort?"

Nick überlegte kurz. „Mir sind nur einige bekannt, den Rest müssen wir während des Transfers nachlesen. Es ist jedenfalls die Heimatfiliale von Herrn Kardon. Witzig, oder? Dort gibt es keine VWs, weil die Sowjets nach dem Krieg die Werksanlagen als Reparation bekommen haben. Die Antarktis ist gänzlich unerforscht und ein Naturschutzgebiet, es gibt fast nur Synthie-Musik... schräg, oder? Er hat gemeint, dass wir Dutzende von Kleinigkeiten bemerken werden, die für uns aber nur Kuriositäten sein werden und unseren Aufenthalt nicht merklich beeinflussen werden. Stimmt das so ungefähr, Beckie?"

„Ja, den Rest finden wir selbst raus. Und das Beste: ihr bekommt eine Liste an Erholungsorten und dürft euch dann einen aussuchen, wo wir die Zeit verbringen werden."

Serafina strahlte. „Klingt super."

Das würde eine angenehme Reise werden.

Hofften sie.

Frankfurt am Main, Filiale 88 - Monat 16

Es war für Nick und Rebecca eine größere Erleichterung gewesen als gedacht, dass ihre Mitbewohner nun auch Bescheid wussten über die wahre Natur ihres Arbeitgebers und sie ihnen nichts mehr verheimlichen mussten. Nachdem sie ihren einwöchigen Urlaubstrip in ein abgelegenes Schwarzwalddorf absolviert hatten, kamen alle frisch und erholt von ihrem transdimensionalen Aufenthalt zurück.

Die drei Neulinge der Funktionsstufe Eins begannen umgehend mit den Schulungen, die für ihr neues Tätigkeitsfeld notwendig waren. Bei Rebecca und Nick stellte sich in den nächsten Monaten derweil fast schon so etwas wie Routine ein, als sie mehrere Dienstreisen als Begleiter von Agenten, welche als Inspektoren getarnt waren, unternahmen.

Beide hatten auch selbst einige einfachere Aufträge in anderen Filialen und lernten sich allmählich mit den langen Reisen in den TransDime Fähren zu arrangieren. Über die Computerterminals der komfortablen Sitze konnte man sogar Routinearbeiten für das Büro durchführen und versenden, was eine enorme Erleichterung darstellte. Dadurch erwartete einen weniger Papierkrieg, wenn man wieder daheim war und man konnte so mehr an Freizeit genießen, indem man Überstunden abbaute.

Mit Ach und Krach hatten sie es geschafft, ein gemeinsames freies Wochenende mit Tamara zu verbringen. Dies jedoch zum größten Teil nur noch auf platonischer Basis, denn inzwischen war ihre Beziehung mit Oliver auf dem gleichen Level einer lockeren, offenen Partnerschaft wie es bei Rebecca und Nick anfänglich der Fall gewesen war. Sie meinte, die große Liebe sei es wohl nicht, aber beide fühlten sich wohl und sähen derzeit keinen Anlass, die Liaison zu beenden. Für Nick klang es so, als sei sie momentan nicht überglücklich, aber dennoch zufrieden.

Die gemeinsame Übernachtung in Rebeccas Schlafzimmer lief für alle in einer angenehmen Vertraulichkeit ab, in der sie ihrer früheren Beziehung zueinander mit viel Nostalgie, aber auch einer Prise Wehmut gedachten. Da sowohl Oliver als auch Barbara und Lothar zur Zeit auf Dienstreisen waren, hatten sie eine beschauliche Zeit verbracht und in aller Ruhe die Gemeinsamkeit genießen können. Die Gelegenheiten dazu waren zuletzt eher rar gesät gewesen.

Am Sonntag saßen sie bei einem Brunch beisammen, als sich unerwartet die Haustür öffnete und ihre Mitbewohner zurückkehrten.

„Hallo, wir hatten euch gar nicht erwartet", rief Nick zur Begrüßung, als Lothar als Erster in den Wohnbereich des Hauses kam.

„Das liegt daran, dass wir selbst nicht wussten, wie lange wir weg sein würden." Sein alter Freund sah gereizt und abgekämpft aus.

Barbara steckte ihren Kopf zur Tür herein. „Hm, frische Brötchen. Ich hoffe, ihr könnte ein paar davon erübrigen, bevor wir uns alle aufs Ohr hauen. Was für ein Horror-Trip!"

Tamara meinte kauend: „Klar, bedient euch! Ihr seht ja total fertig aus. Wo wart ihr denn?"

„Auf Filiale 73. Was für eine Scheißwelt! George Orwell würde mit Höchstdrehzahl im Grab rotieren, wenn er davon wüsste!" Unvermutet betrat nun auch Serafina das Zimmer und bewegte sich sofort auf den Esstisch zu.

„Nanu, du auch hier?", entfuhr es Tamara.

„Nanu, du auch hier?", entgegnete Serafina schlagfertig mit ironischem Tonfall.

Tamara seufzte: „Toché. Ich bruncke mit meinen Freunden, wenn's recht ist."

Rebecca zog die Stirn in Falten. „Jetzt bin ich aber gespannt auf ein kleines Resümee von euch dreien."

„Wir waren nach Abschluss unserer Ausbildung für Stufe Eins auf unserem ersten Feldeinsatz. Ihr habt ja vor unserer Abreise so was in der Art erwähnt. Man wird abgesetzt und muss sich an einen anderen Punkt begeben. Genau das ist uns auch widerfahren." Lothar wurde richtig sauer, wenn er nur daran dachte.

„In dieser Filiale war das aktive TransDime Werk in der Nähe von Brüssel, in der Stadt mit dem lustigen Namen Löwen. Wir wurden also in Frankfurt abgesetzt, dort von Miriam und einem Ausknipser namens Aldo Ferrano empfangen und sollten uns dann ohne irgendwelche Hilfsmittel oder Dokumente nach Löwen begeben."

„Man muss dazu sagen, dass in Filiale 73 so etwas wie die Neue Weltordnung bereits Realität ist. In Europa zum Beispiel gibt es keine Nationen oder Grenzen mehr, alles ist unter den Vereinigten Staaten von Europa zusammengefasst." Barbara ließ sich erschöpft auf einen Stuhl sinken und griff nach einem der noch warmen Brötchen.

„Klingt wie ein Kinderspiel, ein paar hundert Kilometer auf dem Festland, ohne eine Grenze überqueren zu müssen. Nicht wahr?"

Rebecca stimmte zu: „Sollte man meinen. Ihr seht aber allesamt so fertig aus wie wir damals, und wir mussten aus einer DDR abhauen, die fast ganz Deutschland eingenommen hatte. Dann mussten wir irgendwie nach England kommen, und das in einem Europa, wo der kalte Krieg noch auf Hochtouren lief. Da klingt eure Aufgabe im direkten Vergleich schon eher einfach."

Serafina widersprach energisch und auch ein wenig aggressiv werdend: „Außer du musst dich durch einen totalitären Überwachungsstaat bewegen, in dem es kein Bargeld mehr gibt und nichts ohne Ausweis oder persönliche Identifizierung funktioniert. Dann wird das zur Tortur, wenn du den praktischen Problemen dieses Systems begegnest.

Wir mussten unaussprechliche Dinge tun, um unser Ziel zu erreichen."

Lothar fügte hinzu: „Wobei Serafina sich als Natur- und Improvisationstalent heraus gestellt hat. Sie hat die besten Bewertungen von uns allen erhalten."

Erstaunt bemerkte Tamara: „Alle Achtung, hätte ich dir gar nicht zugetraut. Glückwunsch!"

Die Gelobte winkte konsterniert ab: „Vergiss es, da sind viele Dinge dabei, auf die ich nicht stolz bin. Dorthin zurück können wir in absehbarer Zeit wohl nicht mehr, denn jeder Einzelne von uns Fünfen wird in den USE jetzt gesucht. Es gibt ganz sicher Dutzende gestochen scharfe Fotos und Filmaufnahmen von uns, die uns bei Dingen zeigen, für die wir in dieser Filiale für den Rest unseres Lebens in einem dunklen Kerker verschwinden würden."

„Dann willkommen im Klub!" Tamara wirkte auf einmal unendlich erschöpft, als die Erinnerung an ihren ersten Feldeinsatz sie wieder einholte. „Ich wünsche euch, dass ihr so etwas nie wieder durchstehen müsst. Und uns wünsche ich das auch."

Als sie ihren Kaffeebecher hob und zynisch, aber humorlos grinsend einen Trinkspruch andeutete, sahen sich alle erstaunt an. Nick riet seinen Kollegen: „Fragt lieber nicht. Tamara hat eindeutig am meisten von uns allen durchgemacht damals. Bei uns war die zusätzliche Schwierigkeit, dass wir insgesamt zu acht waren, weil wir so ein starker Jahrgang waren, der neu in Funktionsstufe Eins befördert worden war."

Barbara überlegte kurz und stimmte dann zu: „Ja, das kann sein, dass wir es noch um einiges schwerer gehabt hätten, wenn wir noch mehr Leute gewesen wären."

Rebecca zögerte noch ein wenig, dann gab sie zu: „Witziger Weise war ich vor einem knappen Jahr auch schon in der Filiale 73. Wenn man einen Ausweis und Identitätschip hat, ist es gar nicht so schlecht dort. Und wenn man sich bei gewissen Aktivitäten für TransDime nicht von der nächsten Kamera filmen lässt. Und Kameras gibt es viele. Ihr habt schon recht, meine Ferien würde ich dort auch nicht gerade verbringen wollen."

„Ist dir auch aufgefallen, dass das eine der wenigen Filialen überhaupt gewesen ist, in der sich nicht Esperanto, sondern Englisch als Universalsprache durchgesetzt hat, wie bei uns?" Lothar wandte sich unvermittelt an Rebecca, nachdem er von ihrem Aufenthalt dort erfahren hatte.

„Ja, aber ich bin mir nicht sicher, was das über unsere eigene Realitätsebene aussagt. Im Zweifel nicht viel Gutes, würde ich vermuten." Sie zuckte die Achseln und versuchte das herunterzuspielen.

„Dein Wort in Gottes Ohr. Wisst ihr was, vergesst das Frühstück. Ich gehe schlafen." Barbara erhob sich wieder und schlurfte die Treppe hinauf, nach einem Moment des Zögerns gefolgt von Lothar und Serafina. Kurz darauf öffnete sich eine Tür im ersten Obergeschoss.

Rebecca, Nick und Tamara sahen sich erstaunt an. Rebecca fragte ratlos: „Sie schlafen alle in Lothars Zimmer, wenn ich das richtig gehört habe?"

Tamara tat das mit einer vagen Handbewegung ab. „Wenn sie nur halb so viel gemeinsam durchgestanden haben wie wir, wundert mich das nicht. Wahrscheinlich schlafen sie alle drei *unter* dem Bett. Erinnert euch doch mal an uns, als *wir* von unserer Feuertaufe zurück gekommen sind."

Nick gab ein verächtliches Schnauben von sich. „Wenigstens werden wir alle ordentlich bezahlt für diese Traumatisierung. Und zum Glück können wir früher in Rente gehen als Normalsterbliche."

„Gefällt dir denn die Arbeit nicht mehr? Willst du kündigen?", neckte Rebecca ihn, aber ebenfalls mit einem auffälligen Mangel an Humor.

„Ich bin mir nicht ganz sicher, ob das überhaupt geht. Wisst ihr von irgend jemandem, der je aus der *Firma* ausgestiegen ist?" Nick seufzte. „Und schon sind wir wieder bei der Frage, ob wir nicht doch Mafiosi sind, ohne es zu wissen."

< 17 >

bei Paris, Filiale 65 - Monat 20

„Das ist bestimmt die beste Mission, die wir je bekommen haben." Nick legte sein Kinn auf Rebeccas Schulter, während sie eng aneinander geschmiegt übers Parkett tanzten. Da sie zu ihrem hautengen, aufreizend geschnittenen und samtschwarz glänzenden Abendkleid Schuhe mit hohen Absätzen trug, schien er jetzt und hier ein ganzes Stück kleiner als seine Freundin zu sein, die ja auch tatsächlich einige Zentimeter mehr maß als er. Ihr inzwischen fast hüftlanges Haar trug sie zur Feier des Tages raffiniert hochgesteckt und ihr dezentes Make-up hatte sie mit ihrem Favoriten, dem angedeuteten Katzenaugen-Lidstrich gekrönt, der ihren braunen Rehaugen ein beinahe geheimnisvolles, orientalisch angehauchtes Aussehen verlieh.
„Und du dachtest, Kardon will uns verschaukeln, als er uns den Job vor zwei Wochen angeboten hat." Sein edler, teurer Smoking konnte sich allerdings auch sehen lassen, wie sie dachte. Sie beide als Paar gaben eine blendende Figur ab und erregten viel Aufmerksamkeit auf der Tanzfläche, was durchaus auch beabsichtigt war.
„Ja, wer hätte auch ahnen können, dass man mit den TransDime Lernprogrammen und einer Handvoll Übungsstunden in dieser kurzen Zeit nahezu perfekt eine ganze Reihe Standardtänze erlernen kann?" Er ließ von ihr ab, als er die nächste Tangofigur ausführte, bei der er sie in einer wilden Drehung von sich weg rotieren ließ, bis sie beide sich an gestreckten Armen nur noch an den Händen hielten und er sie nach einer gegensätzlichen Drehung wieder im Arm auffing und sie weit hintenüberbeugte.
Ein paar der Umstehenden gaben Laute des Erstaunens und der Bewunderung von sich. Seit einer Minute nun vollführten sie das, was ein schlauer Kopf einst so anrüchig und zugleich treffend als 'den vertikalen Ausdruck eines horizontalen Verlangens' genannt hatte. Er verschlang Rebecca förmlich mit Blicken, was sie geschmei-

chelt zur Kenntnis nahm. „Gewöhn' dich aber nicht zu sehr daran. Du weißt, was der Instruktor gesagt hat. Im Gegensatz zu den Intensiv-Sprachprogrammen füttert diese Art der Lernsoftware nur dein Kurzzeitgedächnis. Ohne weitere Lektionen oder regelmäßiges Üben wirst du mir in ein paar Monaten bereits wieder auf die Füße treten beim Tanzen... oh, *das* war gewagt."

Sie unterbrach sich, als er sie nach einem Ausfallschritt hinter dem Rücken hielt und nochmals weit nach hinten beugte, was sie dank ihrer Beweglichkeit und antrainierten Kraft klaglos mitmachen konnte. Mit offenen Frisur hätte er bei dieser Bewegung das Parkett mit ihren Haaren gefegt.

Bei der nächsten Figur warf sie eines ihrer langen, kräftigen Beine bis in die Senkrechte, bevor er einen Schritt nach vorne tat, während sie beim Herunterfallen lassen das Bein um seinen Oberschenkel legte und sich derart einhakte, dass er sie durch die nächste Figur im Kreis hindurchziehen konnte. Einigen Leuten stockte offenbar der Atem. Nick genoss das Spektakel, das sie hier auf dieser Wohltätigkeitsgala mit voller Absicht zur allgemeinen Ablenkung veranstalteten, in vollen Zügen. Auch in dieser Filiale galt in der Upper Class und dem internationalen Jet-Set Europas: je pompöser, skandalöser und dekadenter, desto besser.

Das konnte ihnen nur recht sein, denn durch ihre kleine Show im Stil einer schlechten James-Bond-Filmparodie hatte Oliver, der unauffällig im Hintergrund agierte, mehr Spielraum für seine kleine kombinierte Einbruchs- und Festplattenauslese-Aktion abseits der Feierlichkeiten. Er war in einem anderen, stilleren Trakt des ehemaligen Herrschaftssitzes, der nun von einem einflussreichen internationalen Hightech-Konzern als Aktiva der Firmenleitung geführt wurde, zugange. Da er sich in letzter Zeit bei solchen Einsätzen zunehmend sehr talentiert gezeigt hatte und außerdem ein akademisches Hintergrundwissen in Informatik mitbrachte, war er für diesen essentiellen Teil der Mission geradezu prädestiniert.

So wie sie als echtes Paar für diesen Teil der Mission. Sie mussten niemandem etwas vormachen, denn sie genossen diese Veranstaltung wirklich und ihre Gefühle füreinander waren nicht gespielt.

„Bei so einer Gelegenheit kann man sich die echte Liebe gestehen", sinnierte Nick dann auch. „Was für ein wundervoller Abend. Das Essen, die Musik, die schönste und tollste Frau der Welt in meinen Armen..."

„Jetzt wirst du wieder romantisch", rügte sie ihn leise lachend, als sich sein Ohr zwischen zwei Figuren gerade wieder neben ihrem Mund befand. „Aber du hast recht. Ich genieße jeden Augenblick und nichts könnte schöner sein, als dass wir das hier zusammen erleben."

„Du siehst einfach nur perfekt aus in dem Kleid und du bewegst dich, als hättest du nie etwas anderes getan als Tango zu tanzen. Bei dir sieht man wirklich, was für ein Talent als Turnerin du bist." Er konnte kaum an sich halten vor Bewunderung für sie, was an ihr nicht spurlos abprallte.

„Jetzt übertreibst du aber. Du weißt doch gar nicht, wie ich als Turnerin war. Bis auf die kleine Kostprobe damals, als ich Ziska in unserer WG in ihre Schranken verwiesen hatte." Aus dem Augenwinkel bemerkte Rebecca, dass rund um sie ein Freiraum von mehreren Metern auf der weitläufigen Tanzfläche im opulenten Ballsaal des barocken Schlosses entstanden war. Das war ganz nach ihrem Geschmack, da sie gerne Platz für ihre ausschweifenden Figuren hatte, welche sie darboten. Auch all die kleinen Gesten, die zum Tanz gehörten und die Stimmung zwischen ihnen knistern ließ, konnte niemand sonst auf dem Parkett auch nur annähernd so erotisch und frivol darbieten wie sie beide. Die Leute registrierten nicht nur ihr großes Können beim Tanz, sondern auch, dass sie beide sich förmlich mit den Augen verschlangen. Das kam an in dieser illustren Gesellschaft.

Es war ein Schauspiel, das man in dieser Form wohl nicht alle Tage zu sehen bekam. Sogar die Wachen am oberen Ende der gewaltigen Freitreppen an den beiden Seiten des Ballsaales hatten ihre ungeteilte Aufmerksamkeit mittlerweile auf sie gerichtet und ignorierten die leeren Korridore der oberen Stockwerke hinter ihnen. Das nannte man wohl das Angenehme mit dem Nützlichen verbinden.

Nick zog sie mehrere Meter rückwärts gehend gekonnt über das Parkett. „Ich muss dir gestehen, dass ich einmal ein altes Video von einem deiner Wettkämpfe gesehen habe, das Lothar und Barbara im Internet aufgestöbert hatten."

„Wirklich? Oh Mann!" Sie verbarg ihre Überraschung gut hinter der fast obligatorischen Miene beim Tango, mal lasziv lächelnd, mal fordernd blickend, sodass niemand außer ihm das bemerken konnte.

„Und es hat mich wirklich tief berührt, dich so zu sehen. An diesem Tag habe ich mich noch mehr in dich verliebt, weil ich endlich einen Teil von dir gesehen habe, der für dich so wichtig war in deinem Leben und dich derart stark mit geprägt hat. Das Turnen war ein Teil von dir und macht mit das aus, was aus dir geworden ist. Wie könnte ich das nicht mögen?"

Sie musste sich fassen, dass ihre Augen nicht feucht wurden. In diesem Moment endete das Lied und sie murmelte leise: „Oh, Nick, das war eines der schönsten Dinge, die du je zu mir gesagt hast."

Als sie ihm um den Hals fiel und ihn lange und innig küsste, brandete rund um sie herum ein wenig Applaus auf. Manche Gäste mutmaßten sicher, dass sie professionelle Tänzer seien und vom Gastgeber engagiert, um sich unter die Gäste zu mischen und dann eine tolle Show abzuliefern, wie sie es eben getan hatten. Manche hatten sie sogar völlig ungeniert mit ihren Handykameras gefilmt bei ihrer meisterhaften Darbietung. Ungewollt hatten sie dadurch mehr als nur die Pflicht ihres Showteils erfüllt.

Sie gingen nun unversehens zur Kür über, als die Tonart wechselte und nun langsame Musik gespielt wurde. Wieder schmiegten sie sich eng aneinander und wiegten sanft im Rhythmus in der nun dichter gedrängten Menge hin und her, viele bewundernde und auch neidische Blicke auf sich ziehend. Er flüsterte ihr zu: „Ich könnte platzen vor Glück. Das heute Abend ist mehr eine Belohnung als eine gefährliche Mission."

Sie stockte kurz, als Oliver sich über die winzigen Ohrhörer, die beide trugen, meldete, was er nur im Notfall tun sollte. „Ich fürchte, ihr freut euch zu früh; ich habe ein Problem hier. Zwei Wachen sind auf dem Gang aufgetaucht, auf das das Arbeitszimmer führt. Ich habe die Kopie angefertigt, komme aber nicht mehr raus, ohne Aufsehen zu erregen oder Spuren meiner Anwesenheit zu hinterlassen. Die Fassade draußen ist zu glatt, um hinabzuklettern und die Fenster obendrein separat alarmgesichert. Laut meinem an der Flurdecke platzierten Sensor haben die Wachen gesagt, dass es nichts schaden könnte, nochmals die einzelnen Zimmer zu kontrollieren, da es jetzt ein wenig ruhiger zu werden scheint. Ich habe nur noch wenige Minuten, bis der erste Posten seinen Rüssel in das Zimmer steckt, in dem ich bin. Wenn ich ihn unschädlich mache und mich dann auch noch zwangsweise um den zweiten Posten auf dem Flur kümmern muss, bricht hier mit ziemlicher Sicherheit bald die Hölle los. Genau das sollten wir aber unter *allen* Umständen vermeiden, wie im Briefing mehrfach betont wurde. Lasst euch bitte schnell etwas einfallen, Leute!"

„Dann war unsere kleine Einlage wohl etwas zu früh fertig. Leider konnten wir uns ja nicht aussuchen, wie lange die Musik spielt. Und bis eben waren ja alle Wachen noch mit Zusehen beschäftigt bei unserer anrüchigen Darbietung. Aber wir können die Band ja wohl schlecht bitten, gleich nochmal einen Tango zu spielen, da würden sie sicher nicht mitmachen."

„Dann sind wir eben noch nicht anrüchig genug gewesen, meinst du nicht auch?" Er konnte ihr den Schalk förmlich anhören, doch da war noch etwas Weiteres in Rebeccas Stimme, dessen Identifizierung ihm nach so langer Zeit nicht mehr schwer fiel.

„Rebecca, was hast du vor...?"

„Lass uns anrüchig und skandalös sein. Das obligatorische Glas Champagner zur Auflockerung der Stimmung haben wir uns ja bereits gegönnt. Viele Gäste haben es sicher nicht bei dem einen Glas belassen und sind entsprechend angeheitert. Wir sind in einer fremden Realitätsebene, niemand kennt uns, niemand wird uns je wiedersehen, da kann es uns doch egal sein, was die Leute hier von uns denken! Oliver ist im Ostflügel an der Arbeit, nicht wahr?" Sie sah ihm tief in die Augen.

Er nickte und antwortete mit belegter Stimme angesichts ihrer Blicke: „Ja, er muss jetzt nur noch unbehelligt hinauskommen, was uns aber gleich um die Ohren fliegen wird, wenn wir nichts unternehmen. Ihm aktiv zu Hilfe kommen können wir nicht, da dann auffliegen wird, dass jemand Unbefugtes im Haus war."

Sie umschlang ihn nochmals eng und küsste ihn. Ein paar ungläubig gemurmelte Kommentare begleiteten ihre offen zur Schau gestellte Intimität. Dann sah sie ihn

nochmals verführerisch an, mit halb geschlossenen Augen. „Dann auf in den Westflügel, ans entgegengesetzte Ende des Gebäudes."
Sie nahm ihn bei der Hand und zog ihn mit sanfter Gewalt von der Tanzfläche, während er breit vor sich hin grinste wie ein Idiot, um den Schein zu wahren. Für etliche der Leute um sie herum musste das ziemlich eindeutig wirken, auch wenn Nick noch nicht genau wusste, was sie vorhaben mochte.

Wenige Minuten später war das nächste Lied, von der äußerst virtuosen Band gespielt, zu Ende. In der aufkommenden Stille konnten die Anwesenden im Ballsaal auf einmal gedämpftes Stöhnen und vereinzelte Schreie vernehmen. Sofort wurde ein vielstimmiges Gemurmel und einzelne empörte Kommentare hörbar. Dass es sich um keine Schmerzenslaute handelte, war dabei deutlich an deren Rhythmus zu erahnen. Einzelne Anzüglichkeiten und Gelächter der jüngeren mischten sich unter die Proteste der betagteren Besucher.
Der Gastgeber beauftragte umgehend die Sicherheit, den Standort der so eindeutig unanständig agierenden Störenfriede ausfindig zu machen. Auf ihrer kurzen Suche konnten die Ordner dabei nicht verhindern, dass etliche der sensationslüsternen Gäste sich ihnen direkt an die Fersen hefteten. Auch die Wachen an den Treppen und in den oberen Stockwerken waren auf den Tumult aufmerksam geworden.
Der Flur des Westflügels war sehr hoch gebaut und aufwendig gestaltet. Rechts gingen diverse Türen in der getäfelten Wand in mehrere Zimmer ab. Linker Hand war ein großes Konzertzimmer durch hoch aufragende, aufwendig gestaltete Butzenfenster aus vielen kleinen, in Blei eingefassten Scheiben zum Flur hin abgesetzt. Durch diese Fenster fiel das Tageslicht, welches durch die hohen Fenster des Musiksalons ins Gebäude gelangte, auch in den Flur. Und durch diese großflächigen

Sichtöffnungen konnten die Wachen und auch Gäste sehen, was im Salon vor sich ging. Freilich waren die antiken und leicht eingefärbten Scheiben nicht ganz plan, sodass die Szene zur großen Enttäuschung mancher Gäste nur leicht verschwommen sichtbar war.

Ein vielstimmiges Raunen und Aufkeuchen ging durch die Menge der sich nähernden Anwesenden, als das junge Tangopaar in flagranti am anderen Ende des weitläufigen Saales in Sicht kam. Dass sich das sündhafte Geschehen teils auf, teils neben einem sehr teuren, schwarz lackierten Konzertflügel unter Zuhilfenahme der Klavierbank abspielte, war nur ein Detail am Rande, das noch gerade eben erkennbar war.

Der Sicherheitschef war an einer breiten, zweiflügeligen Tür, dem einzigen Zugang zum Konzertzimmer, angekommen, fand diese aber von innen verriegelt vor. Die in die Tür eingelassenen, ebenso kunstvoll gestalteten kleinen Fenster gestatteten einen ungehinderten, wenn auch hier leicht unscharfen Blick auf das unzüchtige Treiben, welches durch die offenen Oberlichter des Salons zum Flur hin ebenso deutlich hörbar war.

„Was erdreisten Sie sich! Das ist ungeheuerlich!", rief der Sicherheitsmann echauffiert und hämmerte polternd gegen die Fenster.

„Oh Gott, hör nicht auf! Nicht jetzt! Oh Gott, jaaaaa!"

Da die beiden Liebenden augenscheinlich kurz vor Vollendung ihres Aktes standen, im wahrsten Sinne des Wortes, zögerte der Anführer des Trupps noch einen Moment, während sich die Menge begierig gaffend vor den Fenstern drängte, um einen besseren Blick auf das weitgehend vom Flügel verdeckte Paar zu erhaschen. Einige Leute zückten ihre Mobiltelefone, um das wilde Treiben für die Internetkommune zu dokumentieren.

Sein Stellvertreter packte ihn am Ärmel. „Lass gut sein, Yves, schlimmer kann's eh nicht mehr werden. Wenn du die Tür oder eines dieser antiken Fenster wegen so einer Lappalie beschädigst, wird der Chef durch die Decke gehen. Bis wir einen Gartenschlauch hier reingelegt haben, sind sie ohnehin fertig. Und anders werden wir *die* wohl nicht trennen können, wenn sie nicht einmal bei dem großen Publikum hier und vor laufenden Kameras von alleine aufhören! Sieh sie dir doch nur an, ein Bild für die Götter! Da haben wir unseren Skandal für heute, was?"

Sein Vorgesetzter grinste schwach. „Dem Boss wird das nicht gefallen, aber was will man machen? Beim Herrn, muss sie denn so schreien dabei? Es kann jetzt wirklich nicht mehr lange dauern... nanu?"

Mehrere Leute riefen anfeuernde und unanständige Kommentare, doch dann legten einige ihre Köpfe schief, auch die beiden führenden Sicherheitsleute. „Was tut er denn jetzt? Das habe ich ja noch nie..."

Viele keuchten überrascht auf, einige stöhnten auch befremdet.

Nach einem finalen zweistimmigen Aufschrei und Stöhnen ebbte die Erregung der Beiden allmählich ab. war die Show beendet. Dann wandten sich die beiden Störenfriede der Menge hinter den Fenstern zum Gang zu und schienen sich erst jetzt vollauf bewusst zu werden, was ihr Tun für einen Tumult heraufbeschworen hatte. Er zog sich offenbar verlegen die Hose hoch und stopfte sein Hemd hastig in diese, während sie sich behände den Kleidersaum über die Hüften hinabzog und ihre üppigen Brüste im weiten, raffiniert tiefen Ausschnitt ihres Kleides verstaute, nun doch auch ein wenig betretend wirkend, jedenfalls soweit man das anhand der Gestik ablesen konnte. Ihre Gesichter waren ja nicht deutlich zu erkennen.

„Sie Beide haben sich eine Menge Ärger eingehandelt!", rief Yves, der Chef der Sicherheit nun zornig.

Nick sah ihn mit leicht hängenden Schultern an, doch Rebecca rief plötzlich, in einem Anflug trotzigen Mutes, an die Menge vor ihnen gerichtet: „Wieso, ist es denn verboten, sich zu lieben? Hat jemand von Ihnen etwas gesehen, dass Ihnen nicht gefallen hätte?"

Lauter Applaus, Gejohle und Pfiffe waren die Reaktion der leicht angetrunkenen und aufgeheizten Menge. Verblüfft wandten sich die Sicherheitsleute um.

„Wirklich? Sind Sie so primitiv und degeneriert, dass Sie sich am lautstarken Liebesspiel eines jungen Paares aufgeilen müssen? Das finde ich unerhört! Ich muss Sie dringlichst ersuchen, sich wieder in den Ballsaal zu begeben. Die Show ist vorbei und es gibt hier nichts mehr zu sehen." Er raunte kaum hörbar seinem Assistenten zu: „Ich hoffe, damit habe ich den Bogen nicht überspannt."

„Ich denke nicht, dass jemand der hohen Herrschaften diese Rüge in den falschen Hals bekommen hat. Es war doch ein himmlisches Bild, wie dieser Traum einer Frau leidenschaftlich..."

Als er sich zu den beiden umdrehte, fiel sein Blick auf ein leeres Zimmer. Das bodenhohe Fenster zum Garten hin stand sperrangelweit auf und die filigranen, geklöppelten Ziervorhänge wehten sanft im Abendwind.

„Oh Mann, jetzt bekommen *wir* Ärger."

Nick und Rebecca sprangen lachend ins fensterlose Heck des abseits geparkten Lieferwagens, wo sie bereits von Oliver und einem Steward der lokalen Filiale erwartet wurden. Ohne weiteren Aufenthalt fuhren sie sofort los, zum Firmenhauptsitz in einem der größeren Industriegebiete rund um die Hauptstadt. Dort würden sie natürlich eine der nächsten Dimensionsfähren besteigen und nach diesem Skandal spurlos verschwinden.

Nick wollte wissen: „Und, hast du alles bekommen, was wir wollten?"

„Ja, ohne Probleme. Aber der leichteste Teil der Mission war wider Erwarten das Verlassen des Hauses. Dank eurer kleinen Kür hätte ich im Clownskostüm und mit nacktem Hintern laut singend und Becken schlagend hinaus spazieren können, ohne dass sich jemand später noch an mich würde erinnern können. Ich glaube, am Ende eurer Zirkusnummer waren ausnahmslos alle Anwesenden im Haus vor der Tür eures Liebesnestes versammelt."

Rebecca wurde jetzt doch etwas rot vor Verlegenheit. „Ja, ich muss gestehen, ich habe mich selbst in Erstaunen versetzt mit dieser Aktion. Der Gedanke im Hinterkopf, dass dies hier nicht mal unsere eigene Welt ist und man hier tun kann, was immer man will, weil es nach der Abreise ohne Konsequenzen für einen bleibt, lässt einen auf Dinge kommen, die man sich selbst niemals zugetraut hätte."

„Das ist wohl nicht von der Hand zu weisen. Aber dass du so ein Schreihals bist, hätte ich dir nie zugetraut! Respekt, Nick, ihr wart wirklich die perfekten Alleinunterhalter." Oliver konnte gar nicht mehr aufhören damit, sich das Maul wegen ihres öffentlichen faux-pas zu zerreißen.

Nick sagte leise, ihn nicht ansehend: „Es war mehr als das, Oliver. Wir haben zuvor beim Tanzen eine ganz neue Facette unserer Beziehung entdeckt und waren so sehr von purer Zuneigung, von echter Liebe durchströmt, dass uns in diesem Moment alles um uns herum egal war. Rebecca hat das ausgenutzt, um das einerseits völlig ungehemmt auszuleben und dir andererseits deinen Abgang zu erleichtern."

Nun stockte ihr Kollege einen Moment lang. Mit belegter Stimme sagte er: „Wow, darauf wäre ich nie gekommen. Ich dachte, pimpern für das Wohl der Firma, mal was ganz Neues, aber *das*..."

Rebecca legte eine Hand auf Nicks Wange und sah ihm verliebt in die Augen. „Es war so, als sei in uns etwas neu und noch stärker entflammt da drinnen. Nichts hätte mich in diesem Moment aufhalten können. Ich wollte nur noch mit dir vereint sein und ich werde immer an dieses Ereignis zurückdenken, ohne mich für etwas zu schämen oder etwas zu bereuen. Das war eine unglaubliche Erfahrung, Nick. Selbst wenn wir deshalb für diese Filiale gesperrt werden sollten, ist mir das egal. Das war es wert."

Er umarmte sie und küsste sie lange.

Oliver sagte betreten: „Ihr zwei seid echt zu beneiden. Ich wünschte mir, Tamara und ich wären nur halb so verbunden, wie ihr beide es seid."

Rebecca ließ ab von Nick und wollte besorgt wissen: „Habt ihr Probleme, Oliver? Sie hat mir gar nichts davon erzählt. Sie ist ja schon einige Tage vor uns zur Filiale 64 aufgebrochen..."

„Ja, witzig, dass wir laut der Nummerierung nur eine Filiale auseinander sind im Moment, falls sie nicht bereits auf dem Heimweg ist. Trotzdem sind wir manchmal Welten auseinander, auch wenn wir beide im selben Raum sind. Ich dachte, sie würde meine Gefühle erwidern, doch zwischen uns ist es nicht mal annähernd so intensiv wie bei euch. Jedenfalls kommt es mir so vor." Er ließ den Kopf ein wenig hängen.

Nick wollte wissen: „Hat sie denn konkret etwas gesagt oder getan, was dir Anlass zur Sorge gibt?"

Er schüttelte den Kopf und gab frustriert zurück: „Nein, aber ich kenne sie inzwischen trotzdem so gut, dass ich merke, dass da etwas zwischen uns steht. Manchmal denke ich, sie hat das Erlebnis in England mit Ziska und diesem Pierre noch immer nicht verwunden. Sie hat für ihn eindeutig etwas übrig gehabt, das hatte ich damals gemerkt, wisst ihr?"

„Wirklich? Hätte ich nicht gedacht." Nick war seine Verblüffung anzuhören.

„Ich habe schon damals für sie geschwärmt, müsst ihr wissen. So ungefähr auf dem Level eines Schuljungen, der weiß, dass er die Ballkönigin niemals erobern können wird. Und doch sind wir nun zusammen. Ich glaube, das ist *mein* Teil der Problematik, den ich mit einbringe."

Rebecca warf ein: „Ich glaube, ich weiß was du meinst und das ist auch dein Problem. Du musst aufhören, sie auf ein Podest zu erheben und zu vergöttern. Sie wie eine gleichberechtigte, menschliche Person behandeln. Dann wird sie dich auf einer ganz neuen Ebene betrachten."

Oliver sah auf. „Wow, das ist ein wirklich guter Rat. Und das von ihrer besten Freundin, der sie blind ihr Leben anvertrauen würde. Das kann ja nur Gold wert sein. Danke, Rebecca."

„Gern geschehen. Ich merke doch, dass du total auf sie stehst und dein Glück kaum fassen kannst, dass sie sich tatsächlich auf dich eingelassen hat. Dieses Phänomen ist nicht neu, weißt du?"

Protestierend rief Nick: „He, ich weiß genau, dass du mich damit meinst! Und nur weil ich es immer sage, heißt das nicht, dass es nicht stimmt. Du bist zu gut, um wahr zu sein und ich wache noch immer jeden Morgen auf und mein erster Gedanke ist, das kann nur ein schöner Traum sein, dass ich mit dir zusammen bin. Damit das mal klar ist."

Alle drei anderen im Wagenheck Anwesende, inklusive der ihnen völlig unbekannte Steward, von dem sie außer dem Namen – Jean-Nicolas – rein gar nichts wussten, starrten Nick an. In Rebeccas Antlitz spiegelte sich deutlich die Ergriffenheit über seinen Ausdruck wider. Langsam nahm sie seinen Kopf in beide Hände und sagte leise: „Und deshalb liebe ich dich. Dafür und für eine Trillion anderer Sachen."

„Eine Trillion?" Er schluckte und lächelte zaghaft.

„Mindestens", bekräftigte sie mit Entschiedenheit.

„Weißt du überhaupt, wie viele Nullen eine Trillion hat?"

Oliver brach in lautes Gelächter aus. Beide sahen ihn perplex an, bis er japsend hervorbrachte: „Sehr ihr? Sobald ich so eine Beziehung mit Tammy habe wie ihr Beide, kann ich mich zurücklehnen. Dann habe ich wirklich und wahrhaftig ausgesorgt."

Die beiden Gemeinten sahen sich nochmals an und mussten plötzlich ebenfalls lachen. Rebecca sagte dann, mit Tränen in den Augen: „Und die Antwort ist übrigens achtzehn."

Nick musterte sie verständnislos. „Wie bitte?"

„Eine Trillion hat achtzehn Nullen."

Er küsste sie lange und wollte dann wissen: „Willst du mich heiraten?"

Sie keuchte überrumpelt auf. „Was hast du gesagt?"

„Du hast mich schon verstanden. Hier in diesem schäbigen Van auf der Flucht auf einer Filiale, für die wir wahrscheinlich gesperrt werden, halte ich um deine Hand an. Wir haben gerade eben eine hochgradige Erregung öffentlichen Ärgernisses begangen, von der bestimmt schon Fotos und Handyfilmchen im Internet kursieren. Wir haben uns vor Dutzenden von Zuschauern so heftig und intensiv geliebt wie noch nie zuvor in unserem Leben und es hat sich für mich keinen Moment lang falsch oder anstößig angefühlt. Das haben wir nicht für TransDime oder für irgendjemand anderen getan, sondern weil *wir* es wollten. Und mit keiner anderen Frau hätte ich mir das jemals auch nur im Entferntesten vorstellen können. Wenn ich nicht mir dir für den Rest meines Lebens zusammen sein will, dann weiß ich nicht, mit wem sonst."

Rebecca war still und nachdenklich geworden. Wie abwesend sagte sie: „Ja, das stimmt. Du hast völlig recht. Wir zwei werden verdammt noch mal heiraten, denn wenn jemals zwei Spinner füreinander bestimmt waren, dann sind das wir beide. Und wenn das irgendjemandem nicht passt, ob bei TransDime oder sonst jemandem, ist mir das egal. Wenn das heißt, dass wir nicht mehr James und Jane Bond spielen dürfen, sondern nur noch Schreibtischarbeit bis zur Rente machen werden, dann soll es so sein. Aber das glaube ich nicht. Wir werden weitermachen, da bin ich mir sicher."

„Macht ihr Witze? Solch ein Dream Team wie euch wird doch niemand auseinanderreißen! Ich gratuliere euch, ihr verrückten Hunde!" Oliver schlug ihnen auf die Schultern und lachte. Der französische Steward hatte nicht einmal die Hälfte ihres gesamten Gespräches verstanden und hielt sich einfach mit verständnisloser Miene im Hintergrund.

Nick und Rebecca umarmten sich erneut und küssten sich so lange und innig, dass sie alles um sich herum vergaßen. Erst als der Van zum Stehen kam und sie sich beim Öffnen der Türen bereits in der Tiefgarage des hiesigen TransDime Werkes wiederfanden, ließen sie glücklich lachend voneinander ab.

Dimensionsfähre, Filiale 65 - Monat 20

Nick ließ sich zufrieden in die bequemen Polster des Kurzstreckenbereichs der Fähre nach Filiale 64 hinein sinken. Nur vier Stunden und ein Transfer, dann konnten sie umsteigen und mit einer Fähre, die jeweils Achtersprünge machte, in drei Sprüngen direkt nach Hause zur Filiale 88 reisen.

Und das Beste: Rebecca war neben ihm und streckte sich gerade ebenso aus, wohlig die Glieder reckend. Oliver ließ sich auf der anderen Seite von Rebecca nieder und starrte sie grinsend an.

„Was ist denn?", wollte diese dann wissen, als die Fähre startete und sie langsam durch das solide Gestein über dem unterirdischen Transferbereich nach oben zur Oberfläche schwebten, um danach stetig beschleunigend in Richtung offener Weltraum zu steigen.

„Na, ich hoffe, ein wenig Glück von den frisch Verlobten abzubekommen. Vielleicht färbt ein bisschen auf mich ab. Brauchen könnte ich es ja."

Rebecca tätschelte seinen Oberarm. „Das wird schon noch mit Tamara und dir, keine Sorge. Ich glaube, ihr bekommt das hin."

„Dein Wort in Gottes Ohr." Oliver war anzusehen, dass er immer noch von Zweifeln geplagt wurde. „Ich habe seit Tagen versucht, sie irgendwie zu erreichen. Entweder ist sie noch unterwegs auf ihrer Mission und kann mich deshalb nicht kontaktieren oder die Nachrichten von mir sind wegen einer ungünstigen Verbindung verzögert bei ihr angekommen."

Nick stimmte ihm zu: „Genau. Es kann sogar sein, dass ihre Antwort bereits zu dir unterwegs ist."

Rebeccas Miene war anzusehen, dass sie nach kurzem Nachrechnen zu dem Ergebnis kam, dass solch eine lange Verzögerung eher unwahrscheinlich war. Nick konnte auch ihre Sorge um die gemeinsame Freundin in ihrer Miene ablesen und drückte ihr Zuversicht spendend den Arm. Sofort lächelte sie wieder und formte mit den Lippen ein lautloses 'Danke'.

Nick meinte darauf, nach vorne deutend: „Genießt lieber den Flug, Leute. Ich weiß nicht wie es euch geht, aber ich werde mich niemals an diesem Anblick satt sehen können. Seht nur, wie schön unsere Erde aus dieser großen Höhe ist!"

„Ja, das hat schon was." Oliver überlegte kurz: „Welcher Astronaut hat vorgeschlagen, man solle alle Politiker in eine Raumkapsel setzen und einmal um die Erde fliegen lassen, dann würden sie erkennen, wie sinnlos ihre Macht- und Kriegsbestrebungen seien und wir hätten eine bessere, friedvollere Welt?"

„Ein sehr kluger jedenfalls." Auch Rebecca genoss den fotorealistischen Anblick auf dem riesigen Monitor, der vor ihnen die gesamte Frontwand der Kabine ausfüllte und optisch von einem echten Fenster nicht zu unterscheiden war.

Sie verstummten für eine Weile angesichts der Schönheit der Natur und holten sich dann kurz nach dem Wendemanöver auf halber Strecke, bei dem sie für ein paar Minuten schwerelos waren, bei den Ausgabestationen auf ihrem Deck etwas zu Essen. Wie immer war die Auswahl groß und die Menus für fertig zubereitetes Essen fast schon besorgniserregend gut. Mittlerweile verschwendeten sie auch an die Nanobots, die sie mit der Nahrung an Bord aufnahmen, kaum einen zweiten Gedanken. Irgendwann gewöhnte man sich an alles.

Oliver konnte sich trotzdem einen altklugen Kommentar nicht verkneifen: „Fühlst du dich nicht ein wenig verfolgt im Moment, Nick?"

Fragend musterte dieser seinen Kollegen: „Ich glaube, mir fehlt ein wenig Kontext."

„Na, weil im Moment etwa einhundert Millionen deiner Spermien von Rebeccas Nanobots unbarmherzig gejagt und in ihre Einzelteile zerlegt werden. Das würde bei mir schon ein mulmiges Gefühl erzeugen. So als ob man ständig über die Schulter sehen müsste."

„Mann, was bist du doch für ein Idiot!" Sie bedachte Oliver mit einer ihrer berühmt-berüchtigten, zur Strafe verteilen Kopfnüssen.

„Sagte die Frau, die ich noch vor ein paar Stunden laut durch ein französisches Palais in ekstatischer Verzückung habe schreien hören. Ja, in der Bude gibt es einen vorzüglichen Hall. Man hat euch in jedem Winkel des Hauses gehört."

Nun wurde Rebecca im Nachhinein doch etwas verlegen. „In jedem Winkel, sagst du?"

„Ich will dich nicht zitieren, aber du hast recht überzeugend und immer abwechselnd sowohl deinen Herrn und Schöpfer als auch Nick angerufen und letzteren dazu aufgefordert, bloß nicht aufzuhören. Womit auch immer", fügte er noch süffisant zurück.

Während seine Freundin nun hochrot anlief, kommentierte Nick etwas angesäuert: „Touché. Aber das, worüber du da so abfällig redest, war sozusagen unser Verlobungskoitus. Ich werde nicht zulassen, dass du diesen wundervollen Akt der Liebe in den Schmutz ziehst."

Versöhnlich hob Oliver die Hände, wenngleich immer noch grinsend: „Schon gut. Ist bestimmt nur der pure Neid, der aus mir spricht."

„Sehe ich genauso." Mit schwachem Zähneknirschen beendete Nick den Disput.

Rebecca raunte ihm mit ungläubiger Miene zu: *Verlobungs*koitus? Ist das dein

Ernst?"

Worauf er nur verlegen lächelnd mit den Achseln zuckte.

Eine Durchsage ließ sie zusammen zucken. Das wohl deshalb, weil es sehr selten vorkam, dass Durchsagen vom Flugpersonal gemacht wurden. „Frau Paulenssen und die Herren Stein und Geiger möchten sich bitte bei der Brücke melden."

„Was ist denn jetzt los?", fragte Rebecca mehr sich selbst als einen ihrer Begleiter.

„Das habe ich jetzt auch noch nie erlebt", gab Oliver zu und erhob sich bereits.

Sie pilgerten zum Öffnungsbereich der Brücke, deren große Schiebetür auch bereits einen halben Meter breit offenstand. Als sie hineinsehen wollten, erschien auf einmal ein großer, schlanker Mann Mitte vierzig mit markantem Kinn, schwarzen Haaren und dunklen Augen. Witzigerweise erinnerte er Nick an einen der Daltons aus den bekannten Lucky Luke-Comicheften, doch die Uniform ließ keinen Zweifel daran, dass er zur Flugbesatzung gehörte.

„Na, na, nicht so neugierig. Sind Sie die drei ausgerufenen Assistants?" Er schloss die schwere Tür schnell per Knopfdruck hinter sich, bevor jemand von ihnen einen Blick auf die technischen Wunder im Inneren des Flugstandes erhaschen konnte.

„In der Tat. Das ist Frau Paulenssen, Herr Stein und ich bin Dominik Geiger. Worum geht es denn, bitte?" Nick gab sich reserviert und höflich, als stünde er einem Kunden gegenüber.

„Copilot Anders Solstad, angenehm. Sie drei sind allesamt vom europäischen Leiter auf der Filiale 64 angefordert worden, und zwar mit Dringlichkeitsstufe. Demnach werden Sie nach dem Aussteigen nicht gemäß ihres Flugplans weiterreisen, sondern sich umgehend bei der Zentrale dort melden. Worum es dabei geht, kann ich Ihnen nicht sagen. Es wird aber wichtig sein, da man uns direkt mit der Weitergabe der Nachricht betraut hat. Offenbar wollte man das Risiko nicht eingehen, dass keiner von Ihnen mehr auf dem kurzen Flug seinen Posteingang ansieht, die Meldung darin nicht bekommt und sie nichtsahnend umsteigen. Das war es auch schon."

„Aber..." Olivers Protest wurde sofort vom Piloten mit erhobener Hand abgewürgt.

„Ich kann Ihnen wirklich nicht mehr dazu sagen, weil ich ganz einfach auch nicht mehr weiß. Sie können ja wie erwähnt Ihre Posteingänge kontrollieren, ob dort vielleicht ein Kommunique oder etwas dergleichen eingegangen ist. Ansonsten kann ich Ihnen auch nicht weiterhelfen."

„Nichts für ungut." Damit drehte sich Rebecca auf dem Absatz um und steuerte ihren Sitz wieder an. Perplex folgten ihre beiden Kollegen ihr.

Nick bemerkte sogleich: „Du machst dir Sorgen, stimmt´s?"

„Warum hat man uns angefordert? Geht es um Tamara? Ist ihr vielleicht etwas zugestoßen?" Rebecca wirkte bedrückt.

Oliver merkte auf: „Sagt doch nicht so was! Ihr macht mir ja fast schon Angst!"

„Es ist noch zu früh dafür, sich verrückt zu machen, solange wir nichts über den Grund wissen." Nick ließ sich schwer auf seinen Sitz fallen und verfiel in brütendes Schweigen.

Als Rebecca ihr e-mail-Konto öffnete, entdeckte sie tatsächlich eine kurze Mitteilung, die die Aussage des Copiloten bestätigte. Worum es dabei ging, erfuhren sie aus dieser schriftlichen Mitteilung leider auch nicht. Sie würden wohl abwarten müssen.

Paris, Filiale 64 - Monat 20

Sie betraten das Büro vom hiesigen Werksleiter, vor Ungeduld und Sorge fast platzend. Vom zwanzigsten Stockwerk des Büroturmes auf dem Werksgelände am Rande der Pariser Innenstadt hatte man einen schönen Überblick über die Skyline, nur dass hier der Eiffelturm fehlte. Nick brachte nicht einmal die Energie auf, danach zu fragen. Wie sie alle wollte er nur wissen, was eigentlich los war.

„Ich freue mich, dass Sie es einrichten konnten. Mein Name ist Michel Galoise. Bitte setzen Sie sich. Darf ich Ihnen etwas anbieten?"

Sie stellten sich kurz vor und nannten einer Sekretärin ihre Wünsche, dann fiel Rebecca gleich mit der Tür ins Haus. „Wir wären sehr dankbar, wenn wir so schnell wie möglich erfahren könnten, weshalb wir so überraschend und kurzfristig herbeordert worden sind."

Galoise nickte verständnisvoll. „Das ist ihr gutes Recht, deshalb werde ich es so kurz wie möglich machen. Wie Sie vielleicht bereits vermutet haben, geht es um Ihre Kollegin Tamara Schnyder. Sie war an einer Aktion von äußerster Wichtigkeit beteiligt, was mich persönlich stark verwundert hat, da sie ja erst die Funktionsstufe Eins und noch nicht besonders viel Felderfahrung hat."

Nick warf ein: „Oh, sie ist eine extrem kluge und vielseitige Mitarbeiterin, da können Sie sich sicher sein."

„Das hat man mir an oberster Stelle ebenfalls versichert. Vielleicht hat man ihr deshalb auch den Wunsch nach einem einzelnen Tag Sonderurlaub gewährt, nachdem sie ihre Beteiligung an der Beschaffungsmission eines wichtigen technischen Bauteils inklusive dessen Bauplänen erfolgreich absolviert hat. Wegen der derzeit gespannten politischen Großlage hier vor Ort hat sie die strenge Auflage auferlegt bekommen, sich unbedingt nach Ablauf des Urlaubstages wieder hier zum Weitertransport in ihre Heimatfiliale einzufinden.

Stattdessen sitzt sie jetzt aber in Untersuchungshaft in einem Kaff nahe der Nordseeküste zwischen Dunkerque und Calais und wartet auf ihre Anklageverlesung. Sie wird... was haben sie denn?"

Alle drei Assistants hatten, fast wie abgesprochen, mit der flachen Hand auf ihre Stirn geschlagen und aufgestöhnt.

Rebecca hatte sich als erstes wieder gefasst: „Wirklich? Dünkirchen? *Schon* wieder?"

Oliver riß den Kopf herum und keuchte auf: „*Was*? Sie hat schon mal...?"

„Ich bitte Sie!" Galoise hob die Hand und unterband jedes Aufkommen einer Diskussion. „Offenbar wissen Sie etwas über ihre Motivation, die Frau Schnyder in diese prekäre Lage gebracht hat. Mich hat das offen gestanden nicht zu interessieren, und ich habe weiß Gott auch andere Sorgen zur Zeit. Aber Ihre Kollegin hat wohl an hoher Stelle einige Fürsprecher, daher wurde mir nahegelegt, die nötigen Ressourcen zur Verfügung zu stellen, um sie aus der Obhut der Gesetzeshüter zu befreien. Da ich mir diese Mittel förmlich aus den Rippen schneiden muss, weil ich hier an allen Ecken und Enden diverse Feuer zu löschen habe, kommen Sie ins Spiel.

Als wer auch immer entdeckt hat, dass Sie drei sich gerade zufälligerweise auf dem Transport hierher befanden, um umzusteigen auf die Fähre in ihre Heimat, hat diese Person sie einfach umgeleitet. Sie bekommen dazu noch einen Agenten, einen Wagen und die nötige Ausrüstung, um die Aufgabe der Extraktion von Frau Schnyder zu bewältigen. Ich wünsche keine Spirenzchen, keine Stunts oder dummen Aktionen, die mir noch mehr Ärger einbringen könnten. Falls Sie alle morgen um diese Zeit bereits nicht mehr in dieser Dimension weilen, machen Sie mich damit zu einem glücklichen Mann. Ich hoffe, damit habe ich mich klar genug ausgedrückt."

„Was davon hätte man nicht kapieren können?", raunte Nick fast unhörbar Rebecca zu, worauf diese schmunzeln musste.

Oliver hingegen bestätigte dienstbeflissen: „Alles klar, Sir. Eine saubere Rein-Raus-Aktion und danach auf und davon. Keine Sorge, in dieser Disziplin sind vor allem Herr Geiger und Frau Paulenssen Spezialisten."

Als er sich breit grinsend von Herrn Galoise verabschiedete, murmelte Rebecca zu Oliver: „Das wirst du mir büßen."

Beim Hinausgehen entgegnete dieser: „Aber wenn es doch stimmt? Ich habe es schließlich laut und deutlich hören können."

„Willst du uns das jetzt noch die nächsten Zehn Jahre aufs Brot schmieren?" Nick war ebenfalls reichlich ungehalten, als sie auf dem Flur vor dem Chefbüro darauf warteten, vom besagten Agenten abgeholt zu werden.

Oliver gab nach: „Entschuldigt bitte, es war nur eine so schöne Steilvorlage. Die konnte ich mir nicht entgehen lassen."

„Also, denselben Humor haben Tamara und er schon mal. Daran kann's also nicht liegen."

Sofort verfinsterte sich das Gesicht ihres Kollegen. „Ja, dank dieses kleinen Malheurs von ihr habe ich ja jetzt zumindest eine vage Idee, woran ich bin. Ich muss euch wohl danken, dass ihr mir so gut zugesprochen habt. Wir sollten uns jetzt aber ausschließlich darauf konzentrieren, die Kleine aus diesem Dorfknast zu holen."

Die Lifttüren öffneten sich und ein stämmiger Mann mit schwarzen lockigen Haaren, dunklen Augen und einer Hakennase im glattrasierten Gesicht steuerte sie zielstrebig an. Er war etwa Mitte Dreißig, ein wenig kleiner als Nick und Oliver und strahlte eine unglaubliche Selbstsicherheit aus.

„Hallo, ich bin Nicolas. Bitte folgen Sie mir." Er gab allen Dreien flüchtig die Hand und wandte sich bereits auch schon wieder um, damit sie den Lift noch erwischen konnten, mit dem er angekommen war.

„Alle Achtung, er verliert keine Zeit." Nick raunte das Oliver zu, kurz bevor sie einstiegen.

Nicolas musterte ihn kurz. „Das ist korrekt. Mir ist bewusst, dass Sie keine Gelegenheit dazu hatten, sich über die allgemeine Situation auf dieser Filiale zu informieren. Sie können mir aber gerne glauben, wenn ich Ihnen versichere, dass die globale Lage, jedenfalls nördlich vom Äquator, derzeit sehr brisant ist. Unter diesen Umständen wären Assistants der Funktionsstufe Eins gar nicht hier zum Einsatz gekommen, aber ich habe beim Briefing erfahren, dass Frau Schnyder wohl etwas Besonderes ist."

„Das ist korrekt", bestätigte Oliver im Brustton der Überzeugung.

„Jedenfalls ist ihre Befreiung unser kleines Entsatzkommando wert, weshalb wir sie jetzt eigenmächtig aus dem behördlichen Gewahrsam entlassen werden. Ich kann offenbar auf Ihre Assistenz zählen, was das angeht, da Sie drei ebenfalls nicht völlig ahnungslos im Feldeinsatz sind, wie mir gesagt wurde."

„Bisher sind wir klargekommen", meinte Rebecca dazu lapidar.

„Die Waffen sind bereits im Auto verladen. Bis wir in dem schönen Ort Gravelines an der Mündung des Flusses mit dem überaus seltsamen Namen Aa ankommen, wird es bereits dunkel sein. Die Polizeistation wird mit einem Minimum an Wachen besetzt sein, da alles an Beamten, was irgendwie verfügbar ist, Patrouille fahren wird, um die Sperrstunde durchzusetzen. Ich bin mit einem Passierschein und einer Aufhebung der Sperrstundenpflicht ausgestattet worden, mit dem wir durch jede Kontrolle kommen. Ihre Kollegin kann sich ganz schön etwas darauf einbilden, dass derart viele Hebel in Bewegung gesetzt werden, um sie aus dem Gefängnis zu holen."

„Mich würde vielmehr interessieren, was sie überhaupt getan hat, das sie *ins* Gefängnis gebracht hat." Oliver war sichtlich aufgewühlt.

„Diese Information liegt mir nicht vor und ist für unsere Aktion nicht relevant. Ich werde Sie auf der Fahrt nach Gravelines mit dem Umgang der Waffen vertraut machen. Es sind spezielle nicht-letale Systeme, da wir möglichst wenig Wirbel verursachen und praktisch keine Spuren hinterlassen wollen. Je weniger Schaden wir bei der Aktion anrichten, desto größer die Chance, dass diese kleine Episode in den momentanen Wirren völlig untergeht." Nicolas verließ den Lift auf einer fast leeren Parkhausetage und steuerte direkt einen geräumigen Kombi an, der am anderen Ende des Decks stand.

Sie stiegen ein, wobei Nick auffiel, dass es sich der Bezeichnung nach um einen nagelneuen Rover 630 handelte. Seine Mutmaßung war, dass in dieser Realität der Deal zwischen Rover und BMW funktioniert hatte und dieser britische Edelkombi daher einen der kraftvollen Reihensechszylinder aus bayrischer Produktion unter der Haube hatte. Das seidenweiche Ansprechen des Triebwerks und die völlig vibrationsfreie Kraftentfaltung untermauerten seine Vermutung.

Leider mauerte auch Nicolas. Er verwehrte ihnen jegliche weiterführende Information bezüglich der Lage oder momentanen Geschehnisse auf Filiale 64 ebenso wie persönliche Angaben. Nicht einmal seinen Nachnamen wollte er preisgeben. Er sagte, eines Tages würden sie das verstehen. Er nannte seine Funktion die eines Springers in der Funktionsstufe Zwei, ohne auch darauf weiter einzugehen.

Dafür war er sehr versiert darin, ihnen seinen Plan erklären, wie er vorzugehen zu gedachte und welche Rolle jedem Einzelnen von ihnen dabei zufallen sollte. Er ging sämtliche denkbaren und undenkbaren Varianten und Szenarien durch und die Optionen, die sie bei diesen jeweils hatten. Zudem ließ er Nick die zweite Hälfte der Strecke fahren, wonach dieser fast hätte Geld darauf setzen wollen, dass seine Vermutung bezüglich des Rovers richtig war.

Nicolas hatte Nick vor allem ans Steuer gesetzt, um die anderen im Umgang mit der Ausrüstung einzuweisen, welche sie mit sich führen würden. Er erklärte von der Ministablampe über Einbruchswerkzeug bis hin zu den Betäubungswaffen alles, was sie jemals eventuell brauchen würden bei dieser Aktion. Nach einer Weile ließ er Rebecca ans Steuer und erklärte alles, was Nick an praktischen Erläuterungen nicht während des Fahrens aufgeschnappt hatte, nochmals gesondert, bis auch er ausreichend informiert war. Dabei ging er methodisch und effektiv vor, sodass Nick sich bei der Ankunft in dem altehrwürdigen Festungsstädtchen bestens vorbereitet fühlte.

Nick erkannte an der Form des Ortes auf dem Navigationsbildschirm gleich, dass es sich bei den sternenförmigen Bollwerken und Bastionen, die mit mehrschichtigen Wassergräbern, gespeist vom Fluss Aa neben der Stadt, umgeben waren, um ein architektonisches Werk des berühmten Baumeisters Vauban handeln musste. Der hatte im siebzehnten und achtzehnten Jahrhundert so viele Städte in Mitteleuropa befestigt wie wohl kein Zweiter. Schade, dass sie für das pittoreske Örtchen keine Zeit hatten, dachte er noch beim Einfahren über die wassergefüllten Grabensysteme in die beschauliche Altstadt.

Gravelines, Filiale 64 - Monat 20

Tamara lag mit dem Rücken zur gepanzerten Eisentür auf der Pritsche ihrer Zelle. Sie konnte es noch immer nicht fassen, wie sie so dumm hatte sein können.
Erneut.
Nein, schalt sie sich selbst, beim letzten Mal war sie nicht erwischt worden; hier aber hatte sich von der Polizei übertölpeln lassen. Sie war fast ohne Gegenwehr festgenommen worden, von Ordnungshütern, die viel besser ausgerüstet und ausgebildet gewesen waren als alles, was sie bisher an normalen Polizeikräften erlebt hatte. Das musste an der allgemeinen prekären Lage der inneren Sicherheit hier in Frankreich, aber auch im Rest von Mitteleuropa liegen. Sie hatte die Polizei hier unterschätzt. Diesen Fehler würde sie allerdings kein zweites Mal begehen.
Als sie draußen auf dem Flur Schritte von mehreren Personen hörte, regte sich etwas in ihr. Wenn sich ihr die Chance bieten würde, würde sie sie auf jeden Fall ergreifen. Vorerst stellte sie sich schlafend und hoffte so, einige wertvolle Informatio-

nen erlangen zu können, die ihr bei ihrer Entscheidungsfindung helfen konnten.

Sie hörte irgendeinen Tumult und einen Schrei draußen. Der Schlüssel drehte sich im Schloss und die schwere Metalltür wurde langsam aufgezogen. Eine unerwartet vertraute Stimme erklang. „Schönheitsschlaf beendet. Komm schon, es ist Zeit zu gehen."

Völlig verdattert, aber wie von der Tarantel gestochen, sprang sie auf und fiel Oliver um den Hals. „Wo kommst du denn her? Ich freue mich so, dich zu sehen! Ich..."

Sie küsste ihn lange, merkte aber, dass etwas nicht stimmte, als er die Zärtlichkeit nicht so erwiderte wie sonst.

„Was hast du denn, Oli?" Sie sah in ein Pokerface, worauf sie sich keinen Reim machen konnte, schließlich war er doch extra aus einer anderen Filiale zu ihrer Rettung herbeigeeilt!

Dann erblickte sie Rebecca sowie Nick und fiel auch ihnen um den Hals. „Ihr seid alle gekommen, um mich hier raus zu holen? Ich bin euch ja so dankbar! Ihr könnt euch gar nicht vorstellen, was mir hier geblüht hätte!"

Nicolas schob sich in den Türrahmen: „Bitte verschiebt eure Wiedersehensfeier. Wir befinden uns hier in einem Gefängnis während eines Ausbruchs. Los!"

Sofort traten sie den Rückzug an, die staunende Tamara in die Mitte nehmend. Auf ihrem Weg durch die verschiedenen Korridore und Amtsstuben kamen sie an einem halben Dutzend von Leuten vorbei, die sämtlich bewusstlos auf dem Boden lagen, zwei davon in stabiler Seitenlage. Sie fragte sich, wie ihre Kollegen und Freunde die Ordnungshüter wohl außer Gefecht gesetzt haben mochten. Dabei trugen sie eine Art Gewehr an Schulterriemen bei sich, doch das Design sagte ihr auf Anhieb gar nichts.

Auf dem Vorplatz des schönen und architektonisch wertvollen Polizeipostens hatten sie etwa die Hälfte des Weges zu ihrem Fluchtauto zurückgelegt, als sich die Tür zur Wache öffnete und ein bewaffneter junger Beamte heraus gestürmt kam.

„Halt, stehenbleiben!"

Nicolas wirbelte herum, sackte dabei in einer fließenden Bewegung auf ein Knie hinab, hielt mit seinem Gewehr etwas vor und drückte ab. Zwei schmale Wasserstrahlen schossen aus der Vorderseite des Gewehres und trafen den jungen Mann, der sofort wie ein gefällter Baum zu Boden fiel und dort zuckend liegen blieb.

Sie eilten weiter und drängten in die zwei Sitzreihen des britischen Fahrzeugs. Als Nicolas anfuhr, hatten sie noch nicht mal alle Autotüren geschlossen. Erst als sie die Stadtgrenzen hinter sich gelassen hatten und von keiner Straßensperre oder einem Einsatzfahrzeug aufgehalten worden waren, konnten sie fürs Erste aufatmen.

„Ich kann euch gar nicht genug danken für diese Rettung! Ich dachte schon, jetzt habe ich es komplett versaut und ich werde bis zu meinem Lebensabend einsitzen. Was sind das für Waffen, die ihr da habt?"

Bereitwillig erklärte Nick: „Das sind Taser, elektrische Betäubungswaffen. Eine leicht modernere Variante, bei der zwei dünne Wasserstrahlen verschossen werden. Genauer gesagt, ist es eine Salzlösung; die leitet den elektrischen Strom besser. Noch während des Verschießens werden die Strahlen unter Strom gesetzt und wirken wie zwei Elektroden am Körper."

Tamara, die hinten in der Mitte zwischen Nick und Oliver saß, beugte sich zu letzterem hinüber und küsste ihn, doch er versteifte sich dabei. Sie stutzte: „Was hast du denn, Schatz?"

„Tamara, was hast du getan?"

Ihr Lächeln erstarb und sie sah tief beschämt auf ihre Hände im Schoß. „Nichts, wofür ich stolz sein könnte."

Nick klärte sie leise auf: „Tammy, er weiß es bereits. Dass du es wieder getan hast, und diesmal in einer anderen Filiale, verleiht der Sache allerdings eine ganz neue Dimension, im wahrsten Sinne des Wortes."

Ihre Augen wurden feucht: „Es tut mir so Leid. Ich weiß doch auch nicht, warum ich das getan habe! Es ist... ach..."

Sie begann hemmungslos zu weinen, worauf Oliver sie doch noch in den Arm nahm und ihr tröstend übers Haar strich. Rebecca beugte sich vom Beifahrersitz aus nach hinten und ergriff ihre Hand.

„Du brauchst Hilfe, Schätzchen. Soviel ist mal sicher. Und dir wird geholfen werden, auch da bin ich mir sicher. Du scheinst irgendwo im weitreichenden Gefüge von TransDime mächtige Fürsprecher zu haben. Jemand mit viel Einfluss hält offenbar große Stücke auf dich und hat ein wachsames Auge auf dich geworfen. Ansonsten wärst du jetzt nicht hier, sondern immer noch in deiner Zelle."

Schniefend fragte Tamara: „Meinst du? Wirklich?"

Nick bekräftigte: „Ja, anders kann ich mir auch nicht erklären, warum ausgerechnet wir hierher umgeleitet wurden, um dich rauszuholen. Sie hätten ja sonst wen schicken können wie bei Ziska zum Beispiel. Aber jemand hat diese Umstände auf sich genommen, damit wir es sind, die dich aus der Zelle holen. Das hat doch etwas zu bedeuten."

„Ja, vielleicht habt ihr recht." Sie putzte sich mit dem Ärmel über die Nase. „Aber dennoch wird das hier Folgen für mich haben."

„Darauf können Sie wetten", rutschte es Nicolas heraus.

„Danke für die Hilfe!", fuhr Rebecca ihn wütend an.

„Wer sind Sie überhaupt?", wollte Tamara nun wissen, ihren Anführer zum ersten Mal bewusst wahrnehmend.

„Mein Name ist Nicolas und ich bin ein Springer der Funktionsstufe Zwei. Ich habe mein Training vor fast zwei Jahren beendet und hiermit meinen wahrscheinlich letzten Einsatz absolviert. Dass es so ein Spaziergang werden würde, hätte ich nicht gedacht. Für mich war das so eine Art Aufwärmtraining, bevor es jetzt richtig ernst wird in nächster Zeit. In dieser Filiale ist die Kacke am Dampfen, wie man so schön sagt."

„Sie sind ein Springer? Wow, das klingt toll. Ihnen fehlt es ja nicht gerade an Selbstbewusstsein." Tamaras Interesse war geweckt worden.

„Das kommt unter anderem durch das Training. Aber auch ansonsten sollte man nicht die ängstlichste Natur sein, wenn man für diesen Job geeignet sein will." Er machte eine wegwerfende Handbewegung, als sei das gar nichts.

„Bisher haben wir nur Gerüchte über die Springer gehört. Ich glaube, das ist das erste Mal, dass ich überhaupt einen live zu sehen bekomme."

„Und wenn Sie Glück haben, bleibt das für Sie auch so, bis Sie auf Stufe Zwei befördert werden. *Falls* Sie auf Stufe Zwei befördert werden", fügte er noch betont hinzu.

Etwas unwirsch entgegnete Tamara: „He, was soll das denn heißen? Natürlich werde ich das!"

„*Natürlich*", echote Nicolas ohne große Überzeugung in der Stimme.

„Ich werde auch einmal ein Springer, Sie werden schon sehen."

„Dann sollte das aber Ihre definitiv letzte Eskapade dieser Art gewesen sein. Ich weiß ja nicht, was Sie über diesen Job gehört haben, aber soviel kann ich Ihnen verraten: nicht jeder wird dafür genommen. Genauer gesagt, Sie können sich dafür gar nicht bewerben, Sie bekommen ihn stets von der Firma angeboten. Bekommen Sie ihn nicht angeboten, werden Sie auch kein Springer. Niemals. So einfach ist das."

Aus irgendeinem Grund schien Tamara den Springer in Rage zu bringen, falls man diesen milden Ausbruch überhaupt so nennen konnte.

Rebecca, Nick und Oliver hatte es die Sprache verschlagen angesichts dieses Disputs, der sich hier langsam entwickelte. Als Oliver etwas dazu sagen wollte, hielt Rebecca ihn am Arm zurück und schüttelte stumm den Kopf, mit dringlich angestrengter Miene. Sie klopfte ihm etliche Male mit dem Finger auf den Unterarm, worauf dieser angestrengt aus der Wäsche schaute und dann auf einmal verstehend nickte.

Tamara versetzte inzwischen: „Warten Sie's nur ab, eines Tages werden Sie vor mir salutieren. Dann werden wir ja sehen."

„*Das* will ich sehen. Meine Gute, vielleicht bilden Sie sich ja doch ein wenig viel ein; Sie sollten sich nicht zu viele Hoffnungen machen."

Rebecca raunte ihm zu: „Vorsicht, dass *Sie* sich da nicht ein falsches Bild machen. Diese junge Dame ist die neue angehende Geheimwaffe von TransDime. Sie ist wirklich clever und sollte nicht unterschätzt werden."

„Wie clever kann sie schon sein, wenn sie sich in einen blöden Dorfknast einsperren lässt? Noch dazu von Landei-Polizisten?" Er schnaubte verächtlich.

Nick warf ein: „Sie hat einen IQ von 147, Mann!"

„159", korrigierte Tamara schmollend.

Alle sahen sich zu ihr um, bis auf Nicolas, der sich auf einen verblüfften Blick in den Innenspiegel beschränkte.

Nick sagte verdattert: „Du hattest doch mal gesagt, deinen IQ könne man in einer Reihe auf einem Zahlen-Tastaturfeld eingeben. Für mich blieb da nur die 147 als Option."

„Dann geh mal diagonal drüber, das ist auch eine Reihe." Tamara hatte die Arme vor der Brust verschränkt und starrte beleidigt nach vorne.

Nicolas meinte feixend vom Fahrersitz aus: „Wie süß sie aussieht, wenn sie schmollt! Aber wenn das stimmt, dann wird ihr Alleingang vielleicht noch weiterreichende Konsequenzen haben."

Tamara überhörte die Hänselei und fragte unverblümt: „Wie meinen Sie das? Ich habe doch bereits zugegeben, dass ich Hilfe brauche und bereit bin, sie anzunehmen. Was soll denn da noch kommen?"

„Nun, zufällig bin ich nicht komplett auf den Kopf gefallen, wie diverse andere Leute auch. Und ich bin durch meinen bisherigen Werdegang bei TransDime vor der Annahme des Springerjobs gut vertraut mit diversen Abläufen innerhalb der Organisation. Ich würde daher darauf tippen, dass Sie als Disziplinarmaßnahme erst einmal für ein paar Monate gegrounded werden und mehrfach in der Woche eine therapeutische Sitzung haben werden, um das emotionale Manko, den Ballast oder was auch immer das bei Ihnen ist, final zu verarbeiten und darüber hinweg zu kommen.

Soweit, so gut. Darüber hinaus wird es aber Leute im Hintergrund geben, die angesichts Ihres extrem hohen IQs der Sache nicht so recht über den Weg trauen werden. Sie werden annehmen, dass Sie ihnen nur vorspielen, Sie seien kuriert und würden solch einen Unsinn wie den hier nie wieder veranstalten. Vielmehr denken die, dass Sie, liebe Tamara, sich insgeheim denken, ich bin ja ohnehin viel schlauer und werde das in Zukunft einfach raffinierter anstellen müssen, was auch immer es ist; ich will es gar nicht wissen.

Und was dagegen unternommen werden wird, kann ich nicht einmal erraten. Aber wenn Sie so wertvoll für die Firma sind, wie alle hier im Wagen es denken, wird etwas unternommen werden, um diese Eskapaden wirkungsvoll und dauerhaft zu unterbinden, dessen können Sie sicher sein."

Nick sah Rebecca an und formte ein lautloses 'Wow' mit den Lippen, bevor er sich an den Springer wandte. „Sind Sie sich sicher? Das klingt ziemlich krass, was Sie da annehmen, Nicolas."

„Wenn sich im Laufe der letzten zwei Jahre nicht allzu viel geändert hat, würde ich das so unterschreiben. Ich kann leider nicht konkreter werden oder Ihnen Beispiele nennen, denn das ist natürlich alles geheim." Bedauernd zuckte er mit den Schultern.

„Was habe ich da nur getan?" Tamara schwieg nun vor sich hin, offenbar tief beeindruckt, wenn nicht sogar eingeschüchtert von dem, was sie möglicherweise in Gang gesetzt haben mochte.

Den Rest der Fahrt über herrschte meist Schweigen im Auto, das zum Glück für sie unbehelligt bis nach Paris durchkam. Etliche Male sahen sie in einiger Entfernung von der Autobahn ein brennendes Auto oder auch Haus, doch niemand von ihnen traute sich zu fragen, als sie bald bemerkt hatten, dass es zu viele waren, um nur Zufall zu sein.

Als sie sich der Hauptstadt näherten, häufte sich das noch. Etwas Ungutes war hier im Gange, doch im Moment ging sie das nichts an und sie hielten sich, wohl wissend um die gebotene Diskretion, zurück. Eigentlich sollten sie gar nicht hier sein. Nur weg von hier, war die Devise für sie.

Frankfurt, Filiale 88 - Monat 20

Erleichtert über den glimpflichen Ausgang dieser Geschichte, betraten sie nach einer ruhigen Rückreise den Transferbereich ihrer Heimatfiliale, in dem wie stets nicht allzu viel los war. In der Hierarchie und der Nummer nach waren sie eben weder der Nabel der Welten noch ein Verkehrsknotenpunkt. In Filiale 88 kam man nur, wenn man direkt hierher wollte oder umsteigen zu Filiale 87 oder 89.

Gleich zu Beginn der Rückreise hatte Nick Oliver kurz zur Seite genommen und mit ihm geredet. Danach hatte er auch Rebecca etwas ins Ohr geraunt, was Tamara nicht mitbekommen hatte. Der gefiel allerdings ganz und gar nicht, dass sie sie nun bei gewissen Dingen ausgeschlossen sein sollte.

Ein wenig beleidigt hatte sie bemerkt: „Wisst ihr, ich bin nicht komplett durchgedreht. Ihr könnt ruhig offen vor mir über alles reden."

Zu ihrer Verblüffung hatte Rebecca daraufhin gelacht und ihr über den Kopf gestrubbelt. „Keine Angst, Süße. Wir haben nur eine kleine Überraschung für dich, die erzählen wir dir aber in Ruhe daheim."

Damit musste sich die von Natur aus extrem neugierige Tamara dann widerwillig zufrieden geben.

Als sie dann endlich bei der Rückgabe der persönlichen Dinge angelangt waren, konnten sie ihre Habe vom Schalterbeamten entgegennehmen, der ihr voraus gereistes Gepäck während ihres ungeplanten Aufenthaltes auf Filiale 64 hier am Heimatort aufbewahrt hatte.

Tamara hatte ihre Reisetasche bereits bei sich und trug auch schon ihre eigene Kleidung, dennoch wartete sie neben ihren Freunden. Rebecca bekam ihre Tasche zuerst, worauf Nick geduldig darauf wartete, dass sie ihr Handy, Ausweis, den Ring von ihm und ihre Schlüssel in ihrer Kleidung verstaute. Er sagte galant, den richtigen Moment abpassend: „Oh, entschuldige mal, Beckie, darf ich gerade mal kurz...? Danke!"

Tamara und Rebecca sahen sich erstaunt an, während Nick in Rebeccas Seitenfach ihrer Tasche herum fischte. Rebecca begann: „Was hast du denn jetzt vor? Suchst du etwas in meiner..."

Er sank auf ein Knie und meinte: „Das müssen wir noch nachholen, nicht wahr?"

Womit er ihr den Freundschaftsring, den er ihr damals nach ihrer ersten Exkursion in feindliches Territorium gekauft hatte, vor die Nase hielt. Tamara schrie leise auf und Rebecca hielt sich die Hände vor den Mund.

„Rebecca Sieglinde Paulenssen, willst du meine Frau werden?"

Während sie noch immer um Fassung rang, fragte Oliver staunend: „Sieglinde? Das hast du doch eben erfunden, um sie zu foppen, oder? Junge, und das während deines offiziellen Antrages..."

Nick schüttelte den Kopf und erklärte: „Eine Großtante von ihr, dessen Namen sie 'geerbt' hat."

„Das ist hart. Ich bin mir nicht sicher, ob ich *das* für mich behalten kann." Darauf schwieg Oliver wieder, wenn auch breit grinsend.

Nick nahm ihre Hand und schob ihr vorsichtig den Ring über den Finger. „Wir beide haben geahnt, dass dieser Tag kommen würde. Wir haben uns zwar schon im Fluchtwagen auf Filiale 65 diesen Schritt gelobt, aber so wird es doch ein wenig formeller, finde ich. Na, was sagst du?"

Sie ging hinab zu ihm in die Hocke und umarmte ihn, wobei sie beide fast umfielen. Lachend standen sie auf und küssten sich lange. Der Schalterbeamte wischte sich eine Träne der Rührung weg und bemerkte: „Das muss das erste Mal sein, dass so etwas hier vorkommt. Und das in 163 Jahren!"

Tamara fiel ihren Freunden um den Hals und küsste sie beide auf die Wangen. „Das ist so schön, Leute! Kann mich mal jemand bitte aufklären? Ich scheine da was verpasst zu haben."

„Kann man so sagen. Komm, ich fahr dich heim und erzähle dir alles. Das wirst du mir nicht glauben..."

„He, Oliver, könntest du bitte die pikantesten Details auslassen? Dafür wären wir dir sehr dankbar!"

Im Weggehen entgegnete dieser über die Schulter: „Ich denk ja gar nicht dran! Für Diskretion ist es ein wenig spät, vor allem für die Erfinder des öffentlichen Verlobungskoitus. Feiert noch schön!"

Sie hörten Tamara noch verständnislos fragen: „Hast du gerade... Verlobungs*koitus* gesagt? Und was meinst du mit *öffentlich*?"

Nick und Rebecca sahen sich an. Er seufzte: „Unser Ruf ist wohl ruiniert."

„Kann man so sagen." Sie lachte und wirbelte mit ihm in enger Umarmung übermütig im Kreis herum. „Lass uns nach Hause fahren und feiern."

„Nach dieser Tortur? Ich will nur noch ins Bett!"

„Sag' ich doch." Sie grinste.

Er blieb kurz stehen, als sich die Erkenntnis bei ihm breit machte: „Oh, Schatz, was hast du mit mir vor?"

„Wir werden sehen."

Am nächsten Morgen mussten Nick und Rebecca bei Herr Kardon vorstellig werden, was sie bereits befürchtet hatten. Sie wurden von einem bis über beide Ohren grinsenden, seit neuestem einen kupferfarbenen Vollbart tragenden Ingo Willfehr eingelassen. Dieses Grinsen konnte nichts Gutes heißen.

Herr Kardon hatte ein tadelloses Pokerface aufgelegt, das keinerlei Rückschlüsse über den Verlauf der kommenden Unterredung zuließ. Er bat sie, Platz zu nehmen und startete einen Beamer, der ein etwa zwei mal ein Meter großes Bild an die glatte weiße Wand hinter seinem Schreibtisch warf. Das war das erste Mal, dass sie dieses Ausrüstungsdetail seines Büros zu sehen bekamen.

„Ich bin mir nicht sicher, ob Sie schon die aktuellsten Nachrichten gesehen haben. Man soll sich ja stets auf dem neuesten Stand halten, nicht wahr? Dann sehen wir doch mal, was in Frankreich so los ist... auf der Filiale 65."

Er selbst wandte sich ab, als die Klatschspalte der Regionalnachrichten über alles in und rund um Paris aufgerufen wurde. Den Ton hatte er leise gestellt, sodass die erotische Geräuschkulisse des bunten Treibens auf der Leinwand hinter ihm sich in erträglichen Grenzen hielt.

Nick und Rebecca waren beide hochrot angelaufen, als Kardon den Beitrag nach quälend langen dreißig Sekunden wieder ausschaltete. Er musterte beide, als sehe er sie zum ersten Mal in seinem Leben: „Nun?"

„Das... es hat sich aus der Situation heraus ergeben. Das war ganz spontan, aber es war nicht gespielt, sondern sehr ernsthaft und authentisch. Die Details dazu können Sie unserem Bericht entnehmen, den wir noch heute Vormittag einreichen werden. Oliver drohte entdeckt zu werden, während er die Daten aus dem Computersystem des Zieles extrahierte.

Wir mussten uns unter extremem Zeitdruck etwas einfallen lassen, um einen maximalen Ablenkungseffekt zu erzielen. Sie hatten uns doch eingeschärft, wie wichtig das Erlangen der fraglichen Daten sei und dass es von höchster Priorität sei, dass niemand auch nur ahnen durfte, dass wir uns diese Daten beschafft hatten. Wenn Sie uns *dafür* bestrafen wollen, müssen wir das hinnehmen." Rebecca hob trotzig ihr Kinn.

„Sie hatten den Auftrag, Herrn Stein bei seiner verdeckten Arbeit als Gäste getarnt Rückendeckung zu geben und für eine Ablenkung zu sorgen, damit er nach getaner Arbeit den Ort des Geschehens leichter verlassen konnte. Ich werde solche Missionsparameter wohl in Zukunft präziser spezifizieren und meine Anweisungen nicht so vage halten müssen. Vielleicht trifft mich sogar eine Teilschuld, dass ich ein so innig verliebtes Paar auf einen traumhaft inszenierten Ball schicke und ihnen nicht wörtlich sage, dieses Ereignis besser nicht durch lautstarken, öffentlichen Sex in einem Nebenzimmer zum völligen Erliegen zu bringen.

Nun, Sie sind auf jeden Fall bis auf Weiteres für Filiale 65 gesperrt. Meinen Glückwunsch, die ersten beiden Fälle meines eigenen Personals in diesem Jahrzehnt, für die ich überhaupt eine Sperre aussprechen muss."

Erstaunt rutschte es Nick heraus: „Wirklich? Das hätte ich nicht gedacht."

„Tja, bisher hat unsere Personalauswahl und unsere Ausbildung meist kompetente und disziplinierte Stewards auf einen guten Karriereweg geführt. Dass sich ein paar davon absichtlich beim Erregen öffentlichen Ärgernisses erwischen lassen, ist eine neue Qualität beim freien Auslegen der Dienstorder.

Dieser Fall hat natürlich in den Medien dort die Runde gemacht, inzwischen weit über die Region hinaus. Die 'geheimen Traumtänzer' oder 'die schönen Unbekannten' sind noch die vornehmsten Namen, mit denen die Presse Sie beide tituliert.

Davon abgesehen hat diese Posse wohl auch jemanden an höherer Stelle bei Trans-Dime erreicht. Eine Person der Funktionsstufe 8 hat mir eine Nachricht zukommen lassen, laut derer er mir gratuliert für solch ein dynamisches und engagiertes Paar. Die Daten, die wir dank Ihnen unentdeckt extrahieren konnten, müssen wohl noch wichtiger gewesen sein, als selbst ich es gedacht hatte.

Und als dieser hochrangige Funktionsträger von Ihrer Verlobung erfahren hat, hat er dies für Sie beide besorgen lassen und lässt es Ihnen mit den besten Empfehlungen der Firmenleitung zukommen… ich kann nicht glauben, dass ich das jetzt tun muss…"

Kardon holte eine Schatulle hervor und gab sie Rebecca, nicht ohne ein leises Seufzen und verdrehte Augen. Dass sie für ihre Verfehlung nun auch noch mit einem Geschenk bedacht wurden, wollte ihm wohl partout nicht in den Kopf.

Sie öffnete die edle Verpackung und gab einen unartikulierten Laut des Erstaunens von sich. Nick fragte perplex: „Was ist denn *das*?"

Kardon führte aus: „Man nennt es wohl Armillary. Es besteht aus einer vollen Unze Feingold, die in vier mal einer Viertelunze aufgeteilt ist. Diese Münze mit dem Loch in der Mitte ist eigentlich ein Verbund aus vier konzentrischen Ringen aus Gold, die nach außen hin immer schmaler werden, sodass jeder dieser Ringe auf genau eine Viertelunze kommt. Die einzelnen Ringe sind auch alle mit den Münzangaben beprägt. Eine nette Geste, möchte ich meinen."

Sie besahen sich das kleine Kunstwerk und Nick sagte dann beeindruckt: „Richten Sie unseren besten Dank aus, Herr Kardon. Ist das üblich, dass Firmenangehörige zu solchen Anlässen derart großzügige Geschenke erhalten?"

Ihr Chef schüttelte den Kopf: „Nein, wie gesagt, ist das ein privat veräußertes Präsent von Ihrem unbekannten Bewunderer. Da er im Namen der Firmenleitung eine solche Gabe tätigen kann, kann ich mir nicht einmal vorstellen, welche Funktion dieser Mäzen innehat. Das übersteigt auch meine firmeninterne Wahrnehmungssphäre."

Sie sahen sich erstaunt an. War das nun gut oder schlecht für sie, dass sie in derart hohen Kreisen mit ihrem amourösen Husarenstück Aufmerksamkeit erregt hatten? Und wie hatte jemand in solch einer Position so schnell von ihrer Verlobung erfahren? Ein Aufgebot hatten sie jedenfalls noch nicht bestellt.

Als Kardon sie dann noch ins verfrühte Wochenende entließ, nahmen sie die Gelegenheit gerne wahr und verkrümelten sich nach Hause.

An diesem Abend kam eine völlig aufgelöste Tamara zu ihnen und berichtete unter Tränen, dass Oliver mit ihr geredet hatte und ihr angesichts der jüngsten Ereignisse eine Beziehungspause vorgeschlagen hatte. Er hatte wohl selbst sehr emotional reagiert, als er ihr eröffnet hatte, dass er nicht mit einem Toten, den sie tief in ihrem Inneren noch immer liebte, mithalten konnte und sie zuerst diese Phase überwinden müsse, weil er sich sonst als Lückenbüßer fühlen würde. Er gelobte zudem, dass er auf sie warten würde und keine andere ernsthafte Beziehung eingehen würde, bis sie entweder ihre Probleme gelöst hatte und es wieder mit ihm probieren wollte oder ihn von sich aus freigab, sei es, weil sie einen anderen Weg als einen gemeinsamen mit ihm gehen wollte oder allgemein keine Zukunft für sie beide sah.

Als sie ihn direkt freigeben wollte, hatte er ihr geantwortet, dass das keine Option für ihn sei, weil sie die tollste Frau sei, mit der er jemals zusammen gewesen war und sie zumindest diese Wartefrist wert sei, bis sie in einen Zustand des inneren Friedens zurückgefunden hatte, der ihr diese Entscheidung unvoreingenommen ermöglichen würde.

Sowohl Rebecca als auch Nick trösteten sie und mussten Olivers Ehrenhaftigkeit in dieser Angelegenheit hoch anerkennen. Diese Art der Reife hatte ihm keiner der Beiden zugetraut. Sie versicherten Tamara, dass sie sich glücklich schätzen konnte, dass so jemand wie Oliver auf sie warten wollte und empfahlen ihr, sich voll auf ihre Rehabilitation zu stürzen und so bald wie möglich mit der Vergangenheit abzuschließen. Sie versprach, dass sie das tun werde. Zeit genug hatte sie ja jetzt dafür, da sie zumindest für sämtliche Operationen auf anderen Filialen gesperrt war.

< 18 >

Frankfurt am Main, Filiale 88 - Monat 23

„Man könnte meinen, wir fliegen wieder mal zum Goldbarren schleppen." Nick sah sich auf der Plattform des Transferbereichs um, wo ein gutes Dutzend seiner Kollegen und Freunde auf ihre Fähre warteten.

„Ich weiß genau, was du meinst, aber das kommt doch erst nächsten Monat. Mir war das Briefing bei Herrn Kardon wie immer etwas zu vage. Ein Spezialauftrag, den wir annehmen oder ablehnen können und der eine Prüfung unserer Charakterstärke ist... was für eine blöde Umschreibung für *das* hier." Rebecca seufzte.

„Ich kann mir das noch gar nicht so richtig vorstellen. Überführung von Strafgefangenen mit einer speziell ausgestatteten Dimensionsfähre. Ich habe noch nie eine Fähre gesehen, die nicht völlig identisch mit allen anderen war, die ich bisher benutzt habe." Auch Tamara konnte sich keinen rechten Reim darauf machen.

Hannes witzelte: „Ich dachte, du willst eines Tages auf eine Forschungsfähre? Glaubst du etwa, die sind genauso ausgestattet wie die 08/15-Passagierfähren?"

Tamara streckte ihm die Zunge heraus wie ein kleines freches Gör, was Rebecca und Nick zum Lachen brachte.

„Und wieso müssen so viele von einer Filiale mit auf diesen Trip? Hat das vielleicht logistische Gründe?" Teresa trat zu ihrer kleinen Gruppe hinzu und hielt gemeinsam mit ihnen Ausschau nach der schwarzen Kugel, die jeden Moment hier eintreffen sollte.

„So, wie ich es verstanden habe beim Briefing, teilweise schon. Ein paar Assistants und Agents sind von Anfang an als Bewacher mit an Bord, aber der Großteil wird eigentlich nur für die Überführung an der Zielfiliale benötigt, von der Fähre ins eigentliche Gefängnis, meine ich." Nun war auch Sven zu ihnen gestoßen.

Tamara begrüßte ihn freundlich und umarmte ihn, was er gern mit sich machen ließ. Sie sagte: „Hallo, großer Mann. Wir haben uns ja ewig nicht mehr gesehen."

„Ja, seit Filiale 37 beim Goldschleppen nicht mehr. Ich finde es sehr schade, dass wir uns irgendwie fast nie über den Weg laufen. Ich scheine öfter als andere für spezielle Dinge eingeteilt zu werden; ihr wisst schon. Für mich aber ein gutes Zeichen, was meinen weiteren Weg bei TransDime angeht."

Rebecca meinte: „Ja, Teresa und du stehen doch sicher hoch im Kurs bei der Aussicht auf baldige Beförderung zur Stufe Zwei, oder?"

Teresa warf ein: „Mag schon sein, aber nicht so sehr wie ihr Rockstars. Was man von euch so hört... voller Körpereinsatz zum Wohl der Firma, das macht euch so schnell keiner nach."

Als die hübsche rothaarige Amazone ihrer Kollegin verschwörerisch zuzwinkerte, seufzte Rebecca. „Du hast es demnach auch schon gehört? Das wird uns wohl für den Rest unserer beruflichen Laufbahn anhängen, was?"

Nick meinte: „Wenigstens sind wir hier nur zwei unter vielen. Und bei der drögen Einheitskluft hier fallen wir hoffentlich nicht weiter auf. Für mich ist das der Hauptzweck dieser komischen Strampelanzüge."

„Genau deshalb auch die hellgrauen Uniformen, die unterscheiden uns von den gelben der Sträflinge." Svens hünenhafter Anblick allein würde schon dem einen oder anderen Gefangenen etwaige dumme Ideen austreiben, dachte Nick bei dessen Antwort.

„Die blöden Overalls sind viel zu eng. Und was soll das für ein komisches Material sein? Fühlt sich an wie billiges Kunstleder, ist aber angenehm von der Temperierung her. Und noch eine Sache: war das eigentlich ein Witz mit der Bezeichnung der Filiale? Ich meine, 666 ist doch die Zahl des Teufels. Ist der Gefängnisplanet solch eine Hölle?" Tamara schauderte ein wenig bei dem Gedanken daran.

„Ich glaube eher, die tatsächliche Bezeichnung ist so geheim, dass man diese markige Benennung zur Tarnung benutzt, als Deckbezeichnung sozusagen. Wer will schon gerne auf dem Höllenplaneten seine Strafe absitzen?" Rebecca stieg voll ein in die Diskussion, die allen ein mulmiges Gefühl in der Bauchgegend bescherte.

Hannes setzte noch einen drauf: „Ich habe gehört, dass das mit Absitzen nicht viel zu tun hat. Eher mit Exil, da man auf Filiale 666 nur hinkommt, wenn man bis an sein Lebensende dort bleiben muss. Auch alle Systemgegner kommen dort hin, dazu verdammt, mit den schlimmen Fingern zusammen den Rest ihrer Tage zu verbringen."

„Das wird ja immer besser." Nick schüttelte den Kopf. „Wo ihr solche Schauermärchen immer herhabt? Genaues wissen wir doch gar nicht und die Gerüchte widersprechen sich stark, eben weil es nur Gerüchte sind. Ich habe zum Beispiel gehört, dass sich die Gefangenen und Exilanten selbst organisiert haben und sich im Laufe der Zeit eine primitive, aber halbwegs funktionierende Infrastruktur mit Siedlungen und auch kleineren Kommunen geschaffen haben. So könnte man den zuvor menschenleeren Planeten jetzt durchaus als eine Art Kolonisierungsprojekt bezeichnen. Seht ihr, was ich meine?"

Miriam war inzwischen ebenfalls zu ihnen dazu gekommen. „So kann man sich's natürlich auch schönreden. Wenn man die Tatsache ausblendet, dass man diese Welt nie mehr verlassen kann und bei fast allen Notlagen und Katastrophen auf sich allein gestellt ist, dann ist das schon eine *tolle* Sache. Nur bei wirklichen medizinischen oder anderen schweren Notlagen greift die Gefängnisverwaltung ein, ansonsten sind die Gefangenen weitgehend auf sich selbst gestellt. Das ist das, was ich gehört habe."

Rebecca griff schlichtend ein: „Ich denke, die Wahrheit ist wie so oft irgendwo in der Mitte. Wir werden es dann ja zu sehen bekommen. Mich wundert nur, dass sie im Verhältnis zur Anzahl der Gefangenen so viele Bewacher brauchen."

Jetzt fühlte sich auch Thorsten dazu berufen, etwas dazu anzumerken. „Das könnte man jetzt aber locker an den Fingern abzählen. Wir haben hier ausschließlich Leute, die schwerste Vergehen gegen Recht und Gesetz begangen haben. Ich rede von Franziska-Herrschel-Style Untaten. Aber von Leuten, die man für unheilbar und unrettbar verloren für die Gesellschaft betrachtet.

In manchen Welten und Ländern würden sie die Todesstrafe erleiden. Bei TransDime werden sie wenigstens *nur* ins Exil geschickt. Sie müssen sich bestimmt durch Arbeit in der dortigen Gesellschaft einbringen, können aber logischerweise nie mehr von dort fliehen. Das ist nicht wie in Papillon, wo man einen Sack voller Kokosnüsse nimmt, um von der Gefängnisinsel ans Festland zu schwimmen."

Sven nickte: „Ja, klasse Film. An den hab ich auch schon mehrfach denken müssen. Aber was ist mit den richtig gemeingefährlichen Typen, denen, die man unter keinen Umständen mit anderen Menschen in Kontakt bringen kann, weil es sonst unweigerlich Verletzte oder Tote gibt?"

„Für diese ist wohl das Zentralgefängnis gedacht. Wenn du da drin landest, bist du wohl ohnehin schon jenseits von Gut und Böse und es kommt einzig und allein noch darauf an, dass du so gut wie möglich weggeschlossen bist. Wenn ihr mich fragt, gibt es kaum eine bessere Abschreckung als den Höllenplaneten. Ich als TransDime-Angestellter würde es mir jedenfalls gut überlegen, ob ich wirklich die Sorte von Mist bauen will, die mich dorthin bringt." Hannes steuerte nochmals etwas zur Diskussion bei.

Rebecca gab zu bedenken: „Und wenn du als sogenannter Systemgegner von TransDime dorthin verfrachtet wirst? Wer hat das Recht, dich als solchen zu verurteilen? Ich meine, TransDime muss fast schon so etwas wie ein eigenes Rechtssystem haben, das sich selbst über jegliches andere auf allen Welten stellt und über Menschen richtet, von denen niemand sonst weiß, ob sie diese Strafe überhaupt verdient haben."

Hannes schenkte ihr ein ironisches Grinsen: „Da spricht wieder mal der Moralapostel aus dir, Rebecca. Wenn ich annehme, dass solche Entscheidungen in der Zentrale in den höchst stehenden Filialen getroffen werden, dann kann ich doch zumindest davon ausgehen, dass sämtliche Instanzen zuvor durchlaufen wurden und der Betreffende die Strafe auch verdient hat."

Man sah Rebecca an, dass sie diese Antwort nicht zur Gänze zufrieden stellte. Sie wandte sich darauf an Tamara: „Und jetzt zu dir. Hältst du das wirklich für eine gute Idee, nach monatelanger Absenz als ersten transdimensionalen Einsatz gleich etwas Derartiges zu machen, das immerhin ziemlich verstörend und belastend sein kann? Ich meine, du musst dich ja genauso wie wir alle freiwillig gemeldet haben."

Etwas schuldbewusst ihrer besten Freundin gegenüber druckste die junge Schweizerin herum: „Na ja, ich dachte... weil es mir doch schon soviel besser geht, meine Therapie große Fortschritte gemacht hat und ich auch hier auf Filiale 88 ein paar Einsätze relativ problemlos abgeschlossen habe, könnte ich doch mal wieder etwas frische Luft schnuppern. Von meinem Therapeuten habe ich jedenfalls grünes Licht bekommen."

Nick horchte auf: „Du sagst, du hast ein paar Einsätze 'relativ' problemlos absolviert. Was genau meinst du mit *relativ*?"

Sie funkelte ihn einen Moment lang zornig an. „Wer bist du, mein Papi? Ach, Mist... du kennst mich einfach zu gut. Ich war als Begleitung bei einem Personenschutz in Wien, wo die Dinge etwas aus dem Ruder gelaufen sind. Es war bei einer dieser klassischen Nacht-und-Nebel-Übergabeaktionen, damals kurz nach unserer Ankunft von Filiale 64. Mein erster Feldeinsatz nach meinem Grounding. Mein Kunde und ich sind auf dem Weg zur Übergabe von drei maskierten Typen überfallen worden. Ich verstehe nicht, dass TransDime das nicht einfach mal sein lässt, so oft wie diese Aktionen schief laufen. Vor allem weil diese Übergabe wohl etwas super-super-Wichtiges für die Firma war. Man sollte doch meinen, die lernen irgendwann daraus und..."

Rebecca beugte sich drohend über sie und stellte fest: „Du lenkst ab, Fräulein. Was genau ist passiert?"

Sie lief hochrot an, da sie vor allen Anwesenden zu einer Antwort genötigt wurde. „Ich... einer hatte eine Pistole und die beiden anderen Messer. Dem einen habe ich die Waffe so *unglücklich* weggetreten, dass er sich selbst in den Fuß geschossen hat. Dem einen der beiden Anderen habe ich das Schlüsselbein, den Kiefer und das Handgelenk gebrochen, dem Zweiten Elle und Speiche sowie das Genick. Ich weiß das deshalb so genau, weil ich direkt nach meiner Rückkehr bei Herr Kardon im Büro antanzen musste. Er hat mir mit der ernstesten Miene, die er aufsetzen kann, die Leviten gelesen, in Form des Polizeiberichtes über meine kleine Heldentat."

Nick feixte: „Ja, ich finde es immer irre komisch, wenn er versucht, streng zu wirken, wo er doch so ein netter Gemütsmensch ist. Das muss ihm sicher schon immer im Weg gestanden haben in solchen Momenten."

Rebecca grätschte dazwischen: „Ja ja, wir wissen alle, dass du oft beim Chef eine Abreibung bekommst. Zurück zu dem gebrochenen Genick, meine helvetische Freundin. Ich glaube, ich habe mich verhört!"

Tamara sah zu Boden. „Das war ein Unfall in der Hitze des Gefechtes und er hat es auch überlebt, wird halt eine Weile im Krankenhaus liegen. Was mich vor allem in Teufels Küche gebracht hat..."

Nick sah auf, noch ein wenig missmutig von Rebeccas Spitze. Sie war schließlich genauso oft wie er in Schwierigkeiten geraten und hatte beim Boss dafür gerade stehen müssen. „Wie, da kommt noch was? Du hast doch alle drei bereits exzessiv vermöbelt. Schade, dass ich das nicht sehen konnte, übrigens."

„Warte noch mit dieser Aussage, denn jetzt wird es hässlich. Denn ich habe allen Dreien noch zusätzlich eine Spezialbehandlung verpasst. Mein Therapeut hat diese ganze Aktion 'Kanalisieren von unterdrückter Wut und Trauer' genannt, wenn ich mich recht erinnere. Ich habe da mal so eine Sache gelesen, was die IRA in Nordirland mit ihren Feinden und Verrätern in den eigenen Reihen gemacht hat, als Visitenkarte sozusagen..."

Nick rief mit aufgerissenen Augen: „Das ist nicht dein Ernst!"

Sie sah ihn überrascht an. „Du... du weißt, was...?"

Mit grimmiger Miene nickte er. „Du weißt doch, wie gerne ich Spionage-, Politik- und Militärthriller lese. Unterbrich mich also einfach, wenn ich was Falsches sagen sollte.

Bei der IRA war es in solchen Fällen üblich, dem Gefangenen eine Kugel durch das Knie zu schießen. Das Geschoss tritt dabei vorne sauber in die Kniescheibe ein und zerfetzt sie in tausend kleine Splitter, die beim Austritt nach hinten durch die Kniekehle herausgerissen werden. Mit diesem Bein machst du für den Rest deines Lebens keinen Schritt mehr, falls du den Blutverlust überlebst."

Alle waren ein wenig bleich geworden, Rebecca und Miriam hatten sich entsetzt die Hand vor den Mund geschlagen und Teresa wandte sich leicht würgend ab. Sie erbrach sich dann aber doch nicht.

„Und dann habe ich noch gesagt: 'Schöne Grüße von TransDime'. Herr Kardon hat mir so richtig den Kopf gewaschen, das könnt ihr mir glauben. Ohne den Traumabonus wäre ich bestimmt so richtig in der Tinte gesessen. Ich habe es euch nicht erzählt, aber den Rest der Zeit über habe ich nur noch Stewardbegleitungen mit Anfängern der Stufe Null im ersten Jahr machen dürfen."

„Geschieht dir recht!", befand Rebecca mit Zornesröte im Gesicht. „Deshalb hast du dich in letzter Zeit also so rar gemacht bei uns. Kein Wunder, dass sie deine Meldung für diesen Einsatz ohne zu Zögern angenommen haben! Du kleine Geheimwaffe, du!"

Nick musste sich abwenden ob der unfreiwilligen Komik der Situation, damit er nicht in unangemessenes Gelächter ausbrach. Zum Glück tauchte in diesem Augenblick die erwartete Fähre an der Decke der kuppelförmigen, weitläufigen Halle auf und beendete den Disput.

„Ob Oliver weiß, in welch tödlicher Gefahr er als ihr Exfreund schwebt?", alberte Sven noch kurz herum, an Nick und Hannes gewandt.

„Oh, keine Sorge, sie haben sich im Guten getrennt und außerdem ist es momentan lediglich eine Beziehungspause. Trotzdem wäre es vielleicht besser, wenn er *davon* nichts hört. Wenn Tamara erfährt, dass er es von dir erfahren hat, würde ich nicht in deiner Haut stecken wollen."

„Brillantes Argument." Sven schlug seinem Kollegen kumpelhaft auf die Schulter und wandte sich dann der konturlosen, absolut schwarzen Kugel vor ihnen zu, welche sich nun auf ihr Niveau hinabgesenkt hatte und allmählich zur Ruhe kam.

Dann stiegen sie ein.

Das Innere der Kugel war tatsächlich in vielen Punkten anders gestaltet als das ihnen vertraute Design der normalen Transportfähren es war. Einzig der Cockpitbereich schien unangetastet geblieben zu sein, bestimmt aus technischen Gründen.

Nun wurde es Nick auch zum ersten Mal richtig bewusst, dass die Versiegelung der Brücke wirklich bombensicher war.

Das obere Deck war hier mit mehr Sitzen ausgestattet als sonst üblich und fungierte somit als Kurzstreckendeck, anstelle des räumlich größten Decks hier auf der Einstiegshöhe. Ruhekabinen und Duschen fehlten leider völlig, dafür waren etwa vierzig Sitze in recht enger Bestuhlung installiert, die aber für sich immer noch hoch bequem waren, wie sie es auch sonst gewohnt waren. Etwa die Hälfte davon war bereits belegt mit Assistants und Agents aus anderen Filialen, die erst beim Ausstieg und der Überführung der Gefangenen benötigt wurden. Die leicht gebogene Treppe zum Oberdeck war hier auch nur halb so breit wie in den luxuriöseren Passagierfähren. Rechts neben der Treppe gab es einen schmalen Gang nach links entlang des Cockpitbereiches.

Das große Mitteldeck, das sie als nächstes besichtigten, beherbergte zwei Reihen von Zellen, eine entlang der hinteren Trennwand zum Cockpit und eine entlang der Rückwand des Decks. Der große Mittelgang dazwischen führte quer zur Außenhülle durchs Deck von links nach rechts. Nick zählte kurz und kam auf siebzehn der engen vergitterten Räume, die alle besetzt waren. Die Zellen hatten außer einer Pritsche, einem speziellen WC, das sich Null-g-sicher verschließen ließ, und einem Waschbecken keinerlei weitere Ausstattung. Das schlichte Bett war mit Gurten ausgestattet, sodass sich die Insassen unter Eigenverantwortung vor dem Übergang in die schwerelosen Phasen jeweils vor dem Wenden und dem Transfersprung festschnallen konnten.

Die zehn schwer bewaffneten Wärter, die in einer Art Endlosschleife im Rechtsverkehr den Gang auf und ab patrouillierten, würden davon abgesehen gewiss dafür sorgen, dass alle auch wirklich fest angegurtet waren, wenn es darauf ankam. Wie sie selbst sich in den Phasen ohne Schwerkraft sichern würden, erschloss sich Nick auf den ersten Blick nicht.

Leicht irritiert entdeckten sie eine weitere Treppe, die vom schmalen Gang neben der oberen Treppe auf das Frachtdeck hinabführte. In den normalen Fähren gab es diese nicht, sodass es im Inneren keinen direkten Zugang von den Passagierebenen zur Frachtebene gab. Hier war das aber aus praktischen Gründen der Fall. Dort unten waren die leichteren Fälle untergebracht, von denen man sich weniger Ärger oder Widerstand erwartete, wurde ihnen von einem der Wärter gesagt. Sie wurden angewiesen, sich Plätze auf dem Oberdeck zu suchen, da sie gleich starten wollten. Dadurch blieb ihnen eine Besichtigung des unteren Decks fürs Erste verwehrt.

Nick und Rebecca steuerten einige der letzten freien Plätze an, wo Tamara mit versteinerter Miene auf sie wartete. Sie setzten sich neben sie und wunderten sich über ihre Griesgrämigkeit, wurden aber sofort aufgeklärt.

„Seht doch mal da rüber, wer unter anderem auf diesem Flug dabei ist. Ich fasse es nicht!"

Sie sahen sich um und entdeckten in der letzten Reihe am anderen Ende des Decks Ziska in einem der Sitze. Sie war in ihr ausgeklapptes Seitenpad vertieft und las auf dem Monitor wohl etwas, daher hatte sie sie noch nicht bemerkt. Rebecca keuchte überrascht auf.

„Das darf doch nicht wahr sein! Sie ist bereits wieder auf so einem Einsatz zugelassen?"

„Die Wege von TransDime sind unergründlich", soufflierte Nick, worauf Rebecca ihn böse anstarrte.

„Untersteh' dich, jemals wieder derartige Gotteslästerung im Zusammenhang mit TransDime zu betreiben. Auch die hohen Herren in Filiale 1 sind nur Menschen, soweit ich weiß."

„Okay, schon gut!" Abwehrend hob er die Hände, verblüfft über die Heftigkeit ihrer Reaktion auf seinen - zugegebenermaßen schlechten – Scherz.

Rebecca meinte versonnen, unfähig, den Blick von ihr abwenden zu können: „Noch vor anderthalb Jahren hätte ich sie eher in einer der Zellen vermutet auf so einem Flug. Und jetzt lässt man sie bereits wieder auf andere Leute los. Diese Therapie zur Justierung der Gesiteshaltung muss entweder Wunder bewirken oder bei TransDime arbeiten noch mehr Idioten, als ich dachte."

Tamara zischte Rebecca an: „Starr sie doch nicht so an! Wenn sie uns sieht..."

„Das wird sich über kurz oder lang hier drin sowieso nicht vermeiden lassen. Außerdem müsste sie doch eigentlich wieder fitter im Kopf sein nach all der Zeit. Sonst würden sie sie wirklich nicht hier mitfliegen lassen." Rebecca sah sich weiterhin um im Abteil, ob sie noch andere bekannte Gesichter aus anderen Filialen entdecken konnte.

Tamara knirschte mit den Zähnen: „Na, toll, sie hat uns entdeckt! Sieh mal, wie erfreut sie euch beiden zuwinkt! Und jetzt steht sie auch noch auf und kommt rüber. *Großartig!*"

„Beherrsch' dich bloß, Mädchen, okay?", raunte Nick ihr zu, als Ziska bereits in Hörweite kam. Ihre blauen Augen strahlten förmlich vor Freude, als sie ihre Plätze erreichte.

„Nick! Beckie! Wie schön, ein paar bekannte Gesichter auf dieser Reise zu sehen!" Zu ihrer großen Überraschung zog sie beide hoch und umarmte sie zur Begrüßung, was diese dann auch widerwillig mit sich geschehen ließen.

„Ziska, wow! Was für eine Begrüßung! Wie geht es dir?" Rebecca versuchte sich ihr großes Misstrauen nicht anmerken zu lassen. Hier an Bord waren schließlich noch etliche andere Kollegen aus ihrer Anfangszeit bei TransDime. Dass Ziska Floskeln bei einem small-talk verwendete, war etwas ganz Neues.

„Ganz gut, vielen Dank. Ich hatte einen herben Rückschlag, als ich letztes Jahr meinen Therapeuten wechseln musste, aber inzwischen geht es mir schon wieder etwas besser. Professor Doktor Hirtenstock war eine Choryphäe auf seinem Gebiet und ich habe ihm so viel zu verdanken. Ich war am Boden zerstört, als man mir von einem Tag auf den anderen mitgeteilt hat, dass er mich nicht weiter behandeln konnte. Sein Nachfolger war der Meinung, ich habe im Rückblick eine fast ungesunde Fixierung auf ihn entwickelt und es sei auch hart am Rande der Unprofessionalität von ihm gewesen, das so in dieser Form zuzulassen. Ich kann das nicht nachvollziehen, obwohl... vielleicht war ja doch etwas dran.

Aber ich rede nur von mir, bitte verzeiht! Wie geht es euch denn?"
Nick und Rebecca brauchten ein paar Sekunden, um diese ganzen neuen Informationen zu verarbeiten. Abgesehen von dieser unangemessenen Beziehung zu seiner

aparten Patientin hatte Hirtenstocks angeordneter Mordversuch auf Tamara wohl tatsächlich Konsequenzen gehabt, auch wenn ihnen verschlossen blieb, welche. Er war wohl umgehend nach der Aufdeckung seiner Verbrechen von seinem Posten entfernt worden und sein Verbleib war ihnen somit unbekannt.

Tamara saß wie versteinert auf ihrem Sitz und starrte hoch konzentriert das Display neben ihrer Armlehne an. Sie konnte es nicht glauben, dass sie derart von Ziska ignoriert werden konnte nach allem, was zwischen ihnen vorgefallen war.

Rebecca fing sich als erste wieder. „Oh, wir können nicht klagen! Unsere WG ist nach deinem Auszug wieder vollzählig, du erinnerst dich sicher an Barbara, die du bei einem Besuch damals getroffen hast. Sie ist ein tolles Mädchen und passt gut in die WG. Auch Lothar hat sie sehr gerne."

Ziska hatte den Blick gesenkt während ihrer Erzählung und murmelte kleinlaut: „Barbara? Lothar? Es tut mir Leid, aber daran kann ich mich nicht erinnern. Ich habe euch wohl einmal besucht nach meiner Beförderung, aber das fällt in die Zeit, die aus meinem Gedächtnis entfernt worden ist. Ich wisst ja von meinem Dilemma, oder?"

„Ja, natürlich, schlimme Sache, das. Dann hast du Tamara gar nicht wiedererkannt, stimmt's? Sie war damals zufällig auch bei deinem Besuch in der WG dabei." Nick wies auf ihre Freundin, die sich sofort versteifte, dann aber eine neutrale Miene aufsetzte und aufsah.

„Hallo, Ziska. Ich habe schon viel von dir gehört." Sie zwang sich, ruhig zu bleiben, als sie ihr die Hand schüttelte und mit einem breiten, frohen Lächeln bedacht wurde.

„Oh, nur Gutes, hoffe ich. Das kann man in meinem Fall ja nie wissen!" Sie lachte tatsächlich über den kleinen Scherz auf ihre eigenen Kosten. Rebecca und Nick gefror das Blut in den Adern. So etwas wäre für sie in ihrem ersten Dienstjahr völlig undenkbar gewesen. Ziska schien noch stärker verändert zu sein als bei ihrer letzten Begegnung.

Tamara schluckte ihre Antwort hinunter und fragte stattdessen mit einer fatalistischen Neugierde: „Du kannst dich gar nicht an mich erinnern? Wir sind uns doch danach nochmals begegnet."

Mit verschleiertem Blick dachte Ziska angestrengt nach. „War das auf Filiale 88? Ich komme einfach nicht drauf, tut mir Leid. Freut mich jedenfalls, dass ihr euch so gut versteht. Die beiden hier sind toll."

„Das ist wahr. Sie haben sich übrigens vor Kurzem verlobt." Anders wusste Tamara nicht mehr von sich abzulenken, da sie fast am Platzen war.

„Tatsächlich? Oh, wie schön!" Ziska hielt sich doch tatsächlich eine Hand vor den Mund und betrachtete ihre Freundschaftsringe, die nahtlos in die Funktion von Verlobungsringen übergegangen waren. Sie waren übereingekommen, erst zur eigentlichen Hochzeit, mit der sie sich noch Zeit lassen wollten, neue Ringe zu kaufen. „Und sie lassen euch die hier während einer Mission tragen?"

Rebecca meinte lapidar: „Wieso auch nicht? Auf dieser Mission gibt es niemanden, der nicht von TransDime und dem Multiversum weiß, aus naheliegenden Gründen, daher kann auch keinerlei Kontamination einer anderen Filiale auftreten."

„Natürlich, wie dumm von mir!" Ziska lachte und schlug sich die flache Hand vor die Stirn. „Also, ehrlich, ich freue mich so für euch! Ich geh' dann mal zurück auf meinen Platz, da ist ein ganz netter Assistant aus Filiale 58 neben mir."

„Dann viel Glück," verabschiedete Nick sie. „Wo könnte man besser flirten als auf so einem Gefangenentransport?"

Sie lachte beim Gehen nochmals und machte eine wegwerfende Handbewegung. „Oh, Nick, du bist noch immer so ein Witzbold wie früher! Macht's gut! Oh, hallo, Sven! Wie geht's dir denn?"

Alle drei starrten sich völlig perplex an. Tamara fand als erste ihre Sprache wieder, sobald Ziska außer Hörweite war. „Oh... mein... *Gott!* Wer *war* das?"

„Ich weiß jedenfalls, wer es *nicht* war, nämlich Ziska Herrschel. Wie bekommt man das nur hin, jemanden so komplett umzukrempeln?" Nick konnte es nicht fassen, wessen er da soeben Zeuge geworden war.

„Also, das war jetzt mal wirklich angsteinflößend. Sie haben ihr nicht nur das betreffende Jahr aus dem Gedächtnis gelöscht, sondern auch noch die Erinnerung an Paris, als Tamara sie angegriffen hat. Sie hat dich überhaupt nicht erkannt, Tammy!

Du hättest neben uns sitzen können und sie hätte dich nicht einmal wahrgenommen."

„Ja, *vielen Dank* dafür noch, Nick! Dafür bin ich dir nicht gerade verbunden." Sauer sah sie ihn an.

„He, ich wollte nur höflich sein! Aber was mir viel mehr Sorgen macht, war ihre Reaktion auf die Erwähnung von Lothar." Nick schüttelte traurig den Kopf.

„Welche Reaktion? Sie hat nur einen Moment lang verwirrt geguckt, als der Name fiel, und dann weiter geredet, als wüsste sie überhaupt nicht, von wem wir gesprochen haben und als sei ihr das peinlich, es zuzugeben. Wieso zum Henker haben sie *ihn* auch noch komplett aus ihrem Gedächtnis entfernt?" Rebecca dachte angestrengt nach. „Das war schon bei unserer letzten Begegnung mit ihr so. Sie müssen das bereits bei der ersten Therapierung gemacht haben. Somit geht das eindeutig auf Hirtenstocks Kappe."

„Wenn ihr mich fragt, hat der Mistkerl einfach alles weg radiert, was ihr schmerzhafte Erinnerungen verursacht hat. Und dass sie Lothar vermisst hat, hat ihn wohl mehr gestört, als die ganzen schönen Erinnerungen, die sie an ihre Beziehung mit Lothar hatte. Wie kann so ein Typ nur Psychotherapeut werden?"

Sie versanken alle in dumpfes Brüten. Das war ein Aspekt von TransDimes Vorgehensweisen, mit dem sie sich so gar nicht anfreunden konnten. Egal, auf welche Weise sie auch Einfluss auf das menschliche Gehirn nehmen konnten, das war moralisch höchst verwerflich und einfach nicht vertretbar.

Gefangenen-Dimensionsfähre, Filiale 666 - Monat 23

Ihnen war der Flug ewig vorgekommen und erst als Tamara die Uhrzeit einmal konkret gecheckt hatte, war ihr aufgefallen, dass sie mehrere Stunden länger unterwegs waren, bis sie das Wendemanöver in der Mitte ihrer Flugstrecke durchführten. Das konnte nur eines bedeuten.

Sie konfrontierte ihre Freunde mit ihrer Entdeckung: „Ist euch klar, dass wir in eines der anderen Universen springen, nicht nur in eine andere Parallelebene?"

Sowohl Rebecca als auch Nick fielen aus allen Wolken. In der Reihe vor ihnen drehte sich Sven um und fragte grinsend: „Ah, seid ihr mal wieder von Herrn Kardon gebrieft worden? Der alte Fuchs kann's einfach nicht lassen, oder? Man könnte meinen, er hat sonst keine Freuden im Leben, außer seine Untergebenen stets unvorbereitet ins kalte Wasser zu werfen. Vielleicht steckt ja das im eigentlichen Sinne hinter den Tests, die wir als Stewards früher immer und überall vermutet haben."

Rebecca sprang sofort auf seinen Kommentar an: „Du warst schon mal auf so einem Transport, stimmt's? Dann lass mal hören, Kollege."

Er zierte sich noch gespielt: „Ach, ich weiß nicht, vielleicht solltet ihr das alles ja selbst herausfinden..."

Tamara stand auf und ihre Nasenspitze befand sich nur noch wenige Zentimeter vor seiner: „Genug Überraschungen für heute. Sonst verkuppeln wir dich mit Ziska; sie ist wohl gerade auf neue Eroberungen aus."

Er hielt zum Zeichen des Aufgebens die Hände hoch und lachte. „Okay, okay, ich hab' schon verstanden. Kein Grund, mich gleich so übel zu bedrohen!

Du hast Recht, Tammy, wir springen tatsächlich in ein anderes Universum. Es gibt nämlich zwei Gefängnisplaneten im Multiversum, wobei jeweils eines die Gefangenen von allen Filialen von sechs Universen aufnimmt. Keine davon liegt in dem Universum, auf der das Gefängnis sich befindet. Und daher kann kein Gefangener ohne technische Hilfsmittel hier existieren. Das macht die ganze Geschichte auch so ausbruchssicher."

Nick schlug mit der Faust in die Hand: „Das ist einfach genial... diabolisch, aber genial. Zum Beispiel: Gefängnis A in Dimension eins beherbergt demnach alle Fälle aus den Dimensionen sieben bis zwölf und Gefängnis B in Dimension sieben alle aus den Dimensionen eins bis sechs. So kann keiner der Insassen in keinem der Gefängnisse bei einem Fluchtversuch entkommen, da er vom Tragen eines Stabilisatorgürtels abhängig ist."

„Und zwar Tag und Nacht", fügte Tamara hinzu.

„Ja, es sind allerdings keine Gürtel, sondern Halsbänder", korrigierte Sven sie. „Die

Gefangenen tragen sie bereits jetzt. Habt ihr sie nicht bemerkt, als ihr euch vorhin umgesehen habt?"

Rebecca meinte plötzlich: „Doch, mir sind sie aufgefallen. Sie sahen aber relativ schlicht aus und waren auch nicht von kleinen Kontrollleuchten überzogen wie die Gürtel, die wir kennen."

„Weil sie noch nicht aktiviert sind. Das wird erst kurz vor Verlassen der Fähre vorgenommen, vorher ist es ja nicht notwendig. Auch die Gürtel, die ihr bekommen werdet, werden erst kurz vorm Aussteigen eingeschaltet."

Nick merkte auf: „Oho, unser erster Einsatz in einem anderen Universum mit Stabi-Gürtel. Nicht schlecht."

Tamara wollte wissen: „Weshalb bekommen wir Gürtel und sie Halsbänder? Die Technik wird doch identisch sein. Sie *muss* ja identisch sein. Und ich erkenne einen Haken: wenn ein Gefangener es schafft, sein Halsband zu deaktivieren, wird er doch automatisch in seine Heimatfiliale geschleudert, da er hier nicht stabil existieren kann."

Svens Miene wurde ein wenig ernster. „Ein guter Einwand. Der große Unterschied zwischen den Gürteln und den Halsbändern ist der, dass beim Deaktivieren des Halsbandes die Kollapskugel einen Durchmesser von nur gut fünfzig Zentimetern hat, nicht zweieinhalb Meter wie beim Gürtel."

Alle drei der frisch Belehrten wurden bleich. Nick rutschte es heraus: „Das heißt, wenn das Halsband ausfällt, verlierst du buchstäblich deinen Kopf."

Sven ergänzte trocken: „Und einen Teil deines Oberkörpers, um genau zu sein. Eine sehr effektive Methode, um die Gefangenen davon abzuhalten, an ihren Halsbändern herumzuspielen. So etwas in der Art habe ich übrigens auch schon in einem Hollywoodfilm gesehen."

„Ja, der Phantasie sind keine Grenzen gesetzt und es gibt fast nichts mehr, was man nicht schon in irgendeinem Buch gelesen oder in irgendeinem Film gesehen hätte, nur in immer neuen Varianten wieder aufbereitet.

Nur wurde den Gefangenen bei einem Fluchtversuch in diesem Film vom Halsband der Kopf abgesprengt, nicht abgetrennt. Ob der Autor dieses spektakulären Actionepos auch ein verkappter ehemaliger TransDime-Angestellter war? Würde mich nicht wundern, wenn ich bedenke, was ich hier schon so alles gesehen und gehört habe." Tamara kannte das filmische Machwerk von fragwürdigem künstlerischem Wert offenbar auch, auf das Sven sich bezogen hatte.

„Und wenn eines der Halsbänder einen technischen Defekt hat? Das würde ja automatisch den Tod des Trägers bedeuten." Rebecca schauderte bei der Vorstellung.

„Soweit ich weiß, ist das noch nie vorgekommen, seitdem diese Gefängnisfilialen betrieben werden. Die Technik aus Filiale 1 ist wohl wirklich derart hochentwickelt, dass das Halsband den Träger in der Lebenserwartung um ein mehrfaches überdauert. Aber der Gedanke daran und die unterschwellige Furcht, die ständig im Hinterkopf bleibt, tun wohl das ihre dazu, dass dieser Ort die Höllenwelt genannt wird.

Ich habe auch gehört, dass bei den schweren Jungs bei einem Fluchtversuch ohne Vorwarnung das Halsband deaktiviert wird. Auch eine Art, den Gedanken an Widerstand zu unterbinden."

„Ich finde, das alles ist grausam und menschenunwürdig." Rebecca wandte den Kopf ab.

„Du hängst schon wieder das Regenbogen-Blümchenkind raus, Beckie. Ich dachte, nach unserem Trip auf Filiale 127 hätte sich das irgendwann verbessert." Sven seufzte übertrieben.

Sie funkelte ihn zornig an und entgegnete sarkastisch: „Bitte entschuldige, dass ich für einen Moment versucht habe, mir vorzustellen, wie das wäre, hier als Insasse zu leben. Mein Fehler."

„Genau, lass sie in Ruhe, du Klotz!", fuhr Tamara ihn ebenfalls an, sich mit ihrer Freundin solidarisierend, wenn auch nicht sehr eloquent. Sven hingegen drehte sich ohne ein weiteres Wort um und starrte mit beinahe verletzter Miene vor sich hin. Nick zog verblüfft eine Augenbraue hoch. Mit dieser Reaktion von ihm hatte er nicht gerechnet, eher mit einer geistreichen Erwiderung.

„Das kann ja was werden!" Nick wünschte sich insgeheim, dieser Einsatz, bei dem alle etwas zu sehr gereizt und angespannt für seinen Geschmack waren, sei schon wieder beendet. Hoffentlich war das jetzt alles an Aufregungen gewesen.

Sie hatten auf den Monitoren den Landeanflug auf diese Version der Erde verfolgt. Da sie wussten, dass die Erde hier fast völlig unbewohnt war, fiel es ihnen schwerer als sonst, ausreichende Landschaftsmerkmale auszumachen, um mit Bestimmtheit sagen zu können, wo sie niedergingen.

„Seht euch das an, fast nur Wälder und Grasebenen. Ich hätte nie gedacht, dass Europa so eine Wildnis sein könnte." Tamara geriet richtiggehend ins Schwärmen bei der Aussicht.

Nick gestand sich ein, dass er die Übersicht verloren hatte, auf welches Gebiet sie zusteuerten. Er lehnte sich deshalb zurück und genoss die Aussicht auf dem Monitor. Der Fluss unter ihnen, der wohl in der Landezone lag, schlängelte sich über viele Auen und Schleifen durch die Landschaft. Allzu groß schien er nicht zu sein, doch das musste nichts bedeuten.

„Eine schöne Vision davon, wie es in einer von Menschen unberührten Landschaft aussehen würde in Mitteleuropa." Auch Rebecca klang ein wenig zu verklärt für seinen Geschmack.

„Vergesst nicht, warum wir da sind; das ist keine Ferienreise." Er wies auf eine Ecke des Monitors, wo aus der Höhe beim Anflug eine kleine Siedlung am Ufer des Flusses erkennbar war. Ein Stück weit entfernt, mitten in einer weitläufigen Grasebene gelegen, ragte der Gefängniskomplex hinauf. Seltsamerweise war nur ein hoher Turm erkennbar, der aus einer schwarzen Kuppel herausragte. Das Gebäude wirkte gigantisch.

„Sieht aus wie aus einem schlechten Sci-Fi-Film", bemerkte Tamara auch sogleich.

Aus der Reihe vor ihr erklang Svens Stimme: „Du musst es ja wissen. Ich habe gehört, du hast alle gesehen, die es gibt."

„So kriegst du mich aber nicht rum, du Casanova. Schade, ich hatte mich schon auf ein kleines Techtelmechtel in einer ruhigen Ecke gefreut."

Sein Kopf tauchte hinter seiner Rückenlehne auf. „Damit scherzt man nicht, das ist dir schon klar, oder?"

„Klar. Du fehlst mir noch in meiner Sammlung, daher dachte ich, die Gelegenheit sei jetzt gerade günstig." Sie grinste ihn frech an.

„Das muss ich mir nicht bieten lassen." Sein Kopf verschwand wieder, während Rebecca und Nick lachen mussten.

„Tamara, was haben sie mit dir in der Therapie bloß gemacht? So kenne ich dich gar nicht." Rebecca schlug ihr freundschaftlich auf die Schulter.

„Nichts weiter. Man hat mir nur zu verstehen gegeben, ich solle auch mal fünfe gerade sein lassen und nicht immer alles zu ernst nehmen." Sie lehnte sich vor und säuselte: „Und, Svennilein, wollen wir nicht mal fünf gerade sein lassen?"

Er gab tonlos zurück, ohne sich umzudrehen: „Das geht nicht; ich habe Angst, dass ich dich in der Mitte auseinanderbreche, wenn ich nicht aufpasse."

Während ihre beiden Freunde noch lauter auflachen, empörte sich Tamara: „Ha, du hast ja keine Ahnung! Tja, dein Verlust."

„Der Arme hat ja keine Ahnung, was ihm entgeht", bemerkte Nick grinsend, worauf Svens Kopf förmlich hinter der Lehne hervorgeschossen kam, mit triumphierender Miene.

"Ha, ich wusste es! Du Strolch, hast du etwa auch schon vom süßen, verheißungsvollen Nektar dieser helvetischen Prachtblume gekostet?"

Nick hob nur vage die Schulter. „Wer weiß? Wir sind alle eine große liebevolle Familie bei TransDime, das weißt du doch."

Zum Beweis gab er Rebecca ein kleines Küsschen auf die Lippen und direkt danach ein genauso unschuldiges an Tamara. Svens Augen wurden immer größer und sein Mund stand offen.

„Rebecca! Hast du das gesehen? Dein Verlobter hat gerade vor deiner Nase eine andere Frau geküsst? Was fällt dir dazu ein?" Er konnte es kaum fassen.

Sie lächelte Sven mit verführerischem Augenaufschlag an und sagte: „Schön für ihn!"

Dann beugte sie sich über Nick hinweg und gab Tamara ebenfalls einen kleinen Schmatzer auf die Lippen. Sven fielen fast die Augen aus dem Kopf, während Nick ihn über die Rücken seiner beiden Freundinnen hinweg schamlos angrinste.

Langsam ließ sich Sven wieder auf seinen Sitz zurück gleiten und murmelte: „Das ist hart. So übel ist mir schon lang nicht mehr mitgespielt worden. Ich muss irgendetwas richtig Schlimmes in meinem letzten Leben verbrochen haben oder so..."

Nick klopfte ihm von hinten auf die Schulter. „Nimm's nicht so schwer, Großer. Mal gewinnt man, mal verliert man. Und diesen kleinen Denkzettel hast du dir redlich verdient. Ich bedanke mich bei den Mitwirkenden dieses spontan zustande gekommenen Stückes, der süßen, aber ruchlosen Tamara und natürlich meiner wundervollen Verlobten, der unvergleichlichen Rebecca. Vorhang und Ende."

Tamara sagte mit Schalk in der Stimme: „He Sven, ich glaube, ich weiß, was du in deinem letzten Leben so Schlimmes getan hast. Du bist sicher an der Berliner Mauer ums Leben gekommen."

Nun erschien sein Kopf erneut über der Lehne seines Sitzes mit hoch erhobenen Augenbrauen. „Wieso sollte das etwas Schlimmes gewesen sein? An der Mauer ist man damals..."

Sie unterbrach ihn und krähte fröhlich: „Du bist vom Wachturm gefallen!"

Er fixierte sie mit ungläubigem Blick, während Rebecca und Nick wider Willen kichern mussten. Rebecca sagte: „Das ist aber sehr morbide, Tammy."

„Mag sein, aber als neutrale Schweizerin darf ich über so etwas Witze machen."

Sven drehte sich wieder nach vorne: „Außerdem ist der Spruch uralt. Ich hatte nur nicht damit gerechnet, dass so etwas Niveauloses aus deiner Richtung kommen würde."

Während Rebecca und Tamara noch leise tuschelten und kicherten, drehte sich Sven nochmals um. „Kann ich dich mal kurz sprechen, Tamara?"

„Hm, klar." Sie sah ihn überrascht an und erhob sich, verwirrte Blicke mit Rebecca austauschend.

Beide gingen zur Treppe hinüber, wo sie außer Hörweite der anderen Passagiere für mehrere Minuten miteinander sprachen, beide mit ernsten Mienen.

„Hast du eine Ahnung, was das soll?" Nick wandte den Blick nicht von ihnen ab, während er Rebecca diese Frage stellte.

„Nein, das ist genau so seltsam wie damals auf Filiale 127 im Zug in England, wo er sie mal einfach so für ein paar Minuten zur Seite genommen hat. Und danach war sie wie verwandelt. Aber was hat diesmal den Anlass für die kleine Standpauke unter vier Augen gegeben? So gemein waren wir doch nicht, oder?"

„Ich verstehe es genau so wenig wie du. Aber irgendwas hat er wohl an sich, das Tamara ansprechen und erreichen kann, wenn sonst nichts mehr... da, jetzt umarmen sie sich freundschaftlich. Das ist ja wie ein déjà-vu! Und wie gelöst und entspannt sie jetzt aussieht. Achtung, sie kommen zurück!" Nick drehte sich schnell zurück und hantierte an seinem Seitendisplay, um nicht zu neugierig zu wirken.

Als sich die beiden wieder gesetzt hatten, fragte Rebecca leise nach, um was es denn da gegangen war. Tamara sagte nur kryptisch lächelnd: „Ach, das möchte ich nicht sagen, es war etwas sehr Vertrauliches, aber ich habe Sven Unrecht getan, als ich ihn so aufgezogen habe. Zum Glück ist er nicht nachtragend. Wir können froh sein, ihn dabei zu haben."

Rebecca beugte sich zu Nick herüber und raunte völlig baff: „Sven scheint so eine Art Pferdeflüsterer für Tamara zu sein. Kaum zu glauben, dass jemand so einen positiven und beruhigenden Einfluss auf sie haben kann. Obwohl sie sich auch immer wieder kabbeln."

Nun warteten sie darauf, dass sie zur Landung ansetzten.

Ein großer, massig gebauter Mann Ende Vierzig mit grauen, kurz rasierten Haaren und einem dünnen Schnurrbart kam auf ihr Deck hoch und baute sich breitbeinig vor ihnen auf, mit den Händen auf dem Rücken. Nach einigen Sekunden wurde es ruhiger, bis er sich räusperte und begann: „Meine Damen und Herren, mein Name ist Nigel Sutton. Ich bin der Leiter dieses Einsatzes und möchte Sie noch kurz einweisen, bevor es los geht.

Wir transportieren heute zwanzig Gefangene der leichten Kategorie und siebzehn schwere Jungs auf die Filiale 666. Wir werden gleich am Anleger ankommen und bis dahin möchte ich Sie bitten, sich im unteren Deck einzufinden, falls Sie nicht schon im Vorfeld für einen der schweren Fälle eingeteilt wurden. Jeder von Ihnen schnappt sich einen der leichteren Fälle und eskortiert ihn mit der Waffe im Anschlag hinaus in den Empfangsbereich, der sich direkt vor unserer Bordluke am Ende des dortigen Korridors befindet. Sie werden immer in Fünfergruppen operieren, aus Sicherheitsgründen. Sobald fünf Gefangene aus den Zellen raus sind, wird abgewartet, bis diese in der Empfangshalle registriert und in den Lift nach unten getreten sind. Das sollte gerade so noch machbar sein, oder?"

Ein vielstimmiges Gelächter würdigte seinen kleinen Scherz, dann fuhr er fort. „Die Waffenausgabe ist am Fuß der Treppe. Es handelt sich um nicht tödliche Betäubungsgewehre. Alles, was Sie über die Bedienung wissen müssen, ist der Sicherungsknopf und der Abzug. Ansonsten sind die Dinger narrensicher und sollten von Ihnen nicht unnötig befummelt und verstellt werden. Ihre Stabilisationsgürtel erhalten Sie ebenfalls bei der Waffenausgabe. Auf dem Empfangsdeck werden Sie weitere Instruktionen erhalten. Noch Fragen?"

Jemand im Hintergrund hob die Hand: „Kann ich aus der Sache hier noch aussteigen?"

Alles lachte, nur Sutton stemmte die Fäuste in die Hüften.

„Ha ha, sehr witzig. Ein klassisches Zitat aus einem drögen Actionfilm, das mir nicht unbekannt ist. Wenn ich jedes Mal, wenn an dieser Stelle der Einweisung jemand einen faulen Witz macht, ein Pfund bekäme, so hätte ich inzwischen mein Gewicht in Sterling."

Nun hatte er die Lacher wieder auf seiner Seite.

„Wir jagen keine Aliens, wir eskortieren lediglich ein paar Gefangene. Die Verluste dabei sollten sich meiner Erfahrung nach in Grenzen halten. Dann mal los, Ladies."

Er machte eine weit ausholende Geste.

Tamara erhob sich und stupste Nick an. „Das war an uns alle gerichtet. Das 'Ladies' impliziert eine versteckte Beleidigung an euch Männer in der Truppe, dass ihr alles Luschen seid. Wird natürlich noch witziger, wenn sich tatsächlich Frauen unter euch befinden."

Nick sprang leicht genervt auf. „Ja, schon klar. Vielen Dank, dass du es mir erklärt hast. Jetzt hab' sogar ich es verstanden."

Tamara sah Rebecca fragend an, während er voraus stapfte. „Was hat er denn?"

„Er war doch bei der Bundeswehr, Tammy. Daher kennt er jeden Spruch dieser Art bereits ausgiebig."

„Ach so." Sie nickte verstehend und machte sich mit dem Rest der Besatzung auf, um auf dem Unterdeck die Waffen entgegen zu nehmen. „Dieser Sutton ist doch garantiert ein Soldat. Und ungefähr so britisch wie der Big Ben."

„Da könntest du mal recht haben." Ihre Freundin folgte ihr auf dem Fuß, bis sie auf dem Unterdeck ankamen. Hier war die Ausgabestation, wo sie zunächst ihre Gürtel angepasst bekamen, von einem grinsenden blonden Jungspund, dessen Höhepunkt des Tages es offenbar war, attraktiven Frauen die High-Tech-Geräte um die Taillen zu schnallen und dann zu aktivieren. Sie bekamen kurz erklärt, welche Schalter sie betätigen mussten, um die Gürtel im Notfall zu deaktivieren. Es war ein ausgeklügeltes System, das man mit nur einer Hand und innerhalb weniger Sekunden betätigen konnte, doch gleichzeitig war es so ausgelegt, dass eine versehentliche Abschaltung ausgeschlossen war.

Die Waffen sahen sogar noch futuristischer aus als die Gürtel, die von vielen kleinen blauen, teils blinkenden LEDs erleuchtet waren. Diese Betäubungsgewehre wirkten wie das Requisit aus einem Sci-Fi-Film; es war aus einem weißen Material und schnittig gestaltet, erstaunlich leicht und hatte wirklich nur den einen Sicherungsknopf und den Abzug als erkennbare Bedienungsmerkmale.

Tamara kommentierte fasziniert: „Sehr schick. Wie funktioniert das Ding?"

„Solange der Sicherungsknopf grün leuchtet, ist die Waffe gesichert. Wenn Sie ihn drücken, leuchtet er rot und der Abzug kann betätigt werden. Das Ziel wird betäubt, wenn Sie es treffen. Keine Sorge, Sie können ausreichend oft damit schießen, um einer anfänglichen Bedrohung entgegen zu wirken. Von dieser fünfteiligen Skala lassen Sie bitte einfach die Finger." Der Mann von der Ausgabe sah nicht einmal auf, während er diese Erklärung auswendig herunter leierte und auf die entsprechenden Bedienelemente der Waffe deutete.

„Mich besorgt gar nichts", wies Tamara den Milchbubi leicht gereizt zurecht. „Ich meine, wie arbeitet die Waffe? Mit Betäubungspfeilen?"

Nun sah ihr Gegenüber doch noch stirnrunzelnd auf. „Aus welcher Filiale stammen Sie?"

„88, wieso?"

Er schmunzelte. „Gut, dann sagen wir einfach, ja, Betäubungspfeile."

Tamara fuhr ihn an: „He, Sie müssen nicht so tun, als sei ich ein Höhlenmensch, nur weil ich..."

„Der nächste."

Rebecca baute sich herausfordernd vor ihm auf. „Sehe ich aus wie *der* Nächste?"

Sein Blick wanderte mit anerkennender Miene an ihr herab. „Nein, definitiv nicht. Das ist ein großes, fettes *die*."

Sie grinste ihn schadenfroh an und hielt ihm ihren Ringfinger vor die Nase. „Tja, Pech gehabt, ich bin frisch verlobt. *Sie* da ist die Singlemieze, bei der Sie es sich gerade verscherzt haben."

Tamara warf sich kurz in Marilyn-Monroe-Pose und hauchte ihm einen Handkuss zu: „Was liegt an, Seemann?"

Dann zogen die beiden Frauen lachend weiter, einen leicht frustrierten TransDime Schergen, der sich in diesem Augenblick bestimmt am liebsten selbst ohrfeigen würde, zurücklassend. Tamara war wirklich ein ganzes Stück lockerer und unbeschwerter seit ihrer Therapie geworden, wie Rebecca erleichtert feststellen konnte. Ein Stück weit hatte sie ihre Freundin zurück, so wie sie sie kennen gelernt hatte.

Der erste Teil der Operation verlief erfreulich reibungslos. Da sie relativ weit vorne in der Schlange gewesen waren, übernahmen sie ihre Gefangenen mit als Erste. Irgendwie war auch Ziska nach vorne durchgerutscht und kam ziemlich bald nach ihnen.

Sie führten ihre zugewiesenen Häftlinge zur Ladeluke, die hier auf dem Unterdeck wegen der Krümmung der Dimensionsfähre leicht nach unten abfiel und eine kleine Lücke von höchstens zwanzig Zentimetern zum Korridor des Empfangsbereiches aufwies. Es war gut erkennbar, dass die Form des Andockbereiches extra für diese Fähren gebaut war, um möglichst passgenau an diese anzuschließen, freilich ohne sie zu berühren, weil das die Annihilierung des Dockbereiches durch die Außenhülle der Fähre zur Folge gehabt hätte.

Als Nick zur Lücke trat, seinen Gefangenen am Oberarm gepackt, warfen beide einen kurzen Blick nach unten. Seine Vermutung, dass die Fähre freischwebend neben dem Andockbereich verharrte, wurde ihm bestätigt; wie hoch sie über dem Grund waren, konnte man dabei aber unmöglich abschätzen. Anhand der Strukturen des massiv gebauten Turmes, an dessen Spitze sie sich befanden, hätte er auf mehrere hundert Meter getippt. Das, was die Schätzung beinahe unmöglich machte, war die absolut schwarze Kuppel unter ihnen, aus der der Turm herausragte. Durch deren gewaltige Ausmaße und dem völligen Fehlen jeder Bezugsmerkmale auf ihr war das Auge überfordert. Diese gewaltige Kuppel musste ebenfalls mit dunkler Materie beschichtet sein wie ihre Fähre. Die perfekte Außenmauer für ein Gefängnis, wie ihm in den Sinn kam. Absolut undurchdringlich und absolut tödlich.

Nick merkte, wie sein Gefangener, ein älterer, schmächtiger Kerl mit asiatischem Aussehen, sich zu sträuben begann und auf Esperanto rief: „Nein, bitte nicht, ich habe Höhenangst."

„Ach, kommen Sie schon, der Spalt ist doch viel zu schmal, um da durchzufallen. Selbst wenn Sie da durch passen würden, wenn Sie auf die Kuppel unten auftreffen, werden Sie einfach nirvanasiert. Sie sind so schnell weg vom Fenster, dass Sie überhaupt nichts davon mitbekommen."

Der Mann drehte sich langsam um und sagte sarkastisch: „Oh, vielen Dank! Jetzt fühle ich mich schon viel besser! Sie haben wirklich ein Händchen für den Umgang mit Menschen."

Dann überschritt er demonstrativ die Lücke und starrte ihn trotzig an.

Nick stutzte und zuckte dann mit den Schultern. „Das bekomme ich oft zu hören."

Dann betrat auch er den Korridor, während Rebecca ihren Gefangenen, einen kleinen dicken Latino, ein wenig einfühlsamer zur Schwelle geleitete. „So, gleich haben wir es. Ein kleiner Schritt für einen Menschen, aber ein großer Sprung für TransDime."

„Ich wusste nicht, dass es zur Strafe dazugehört, von den Wachen verarscht zu werden!", gab dieser sauer zurück und schritt über den schmalen, aber tiefen Abgrund.

Rebecca murmelte pikiert: „Haben Sie eine Laune heute! Man könnte meinen, Sie müssten ins Exil gehen oder so etwas in der Art."

„Da, genau das meine ich! Kommen Sie sich vielleicht witzig vor? Ich brauche keine Comedy-Einlage von einer sexy Wärterin, um mir den Tag zu verschönern, denn der ist mir wirklich versaut!"

Rebecca folgte ihrem 'Schützling' und versuchte ihn zu beschwichtigen. „Kein Grund, so pampig zu werden, ich mache hier auch nur meinen Job. Aber vielen Dank dafür, dass Sie mich sexy finden..."

Tamara hatte eine schlaksige, bleiche Frau älteren Semesters erwischt, die gut einen Kopf größer war als sie. Die junge Schweizerin meinte beim Blick in den Abgrund: „Das muss so eine Art Phänomen sein. Das Schwellen-Sydrom vielleicht. Sobald man von Bord ist, gibt es kein Zurück mehr, daher bäumt sich der Widerstandswillen noch ein letztes Mal auf..."

„Sparen Sie sich die Gratis-Psychologievorlesung, Fräuleinchen. Wie kommt ein bezauberndes junges Ding wie Sie überhaupt hierher?" Die Gefangene strich sich ihr graues Haar aus dem hageren Gesicht und musterte sie missmutig aus wasserblauen Augen.

„Ach, ich habe es neulich ein wenig übertrieben und drei Schurken, die meinen Kunden und mich überfallen haben, übel verstümmelt. Deshalb habe ich mich für das hier freiwillig gemeldet, um meine Weste ein wenig reinzuwaschen, wenn Sie verstehen, was ich meine." Tamara sah, wie sich die Augen ihrer Gefangenen weiteten und wies mit dem Daumen über ihre Schulter, die Stimme senkend.

„Aber das ist noch gar nichts. Sehen sie die Brünette mit den langen Haaren und dem Pferdeschwanz hinter mir? *Das* ist die eigentliche Psychopathin hier. Die ist eine extrem instabile Zeitbombe, die uns jederzeit um die Ohren fliegen kann. Mein voller Ernst."

Ohne ein weiteres Wort drehte sich die ältere Dame um und beschritt den Korridor.

Verblüfft beeilte sich Tamara, um sie noch einzuholen. „He, was soll das? Das war kein Witz! Warten Sie's nur ab, Sie werden schon noch sehen..."

Sven trieb einen jungen, kräftigen Südländer mit der Gewehrmündung im Rücken über die Schwelle. Der beschwerte sich prompt: „He, Vorsicht, Jungchen, sonst löst sich noch ein Schuss! Willst du mich vielleicht in die Halle tragen?"

„Sehe ich so aus, als würde mich das stören?"

Als sein Gefangener an ihm hoch sah, murmelte er konsterniert: „Schon gut, Laufen ist mir auch lieber."

Ziska kam als letzte der ersten Fünfergruppe. Sie machte keine Anstalten, ihre Gefangene, eine junge schlanke Frau mit feuerroten Haaren und Sommersprossen, mit körperlichem Einsatz voran zu treiben. Die Frau konnte Ziska leise mit sich selbst reden hören: „Oh, bitte, tu mir den Gefallen! Mach irgendeine Dummheit. Ich möchte dieses Ding *so* gerne abfeuern! Wer weiß, ob ich jemals wieder dazu komme, so was *Geiles* in die Hände zu bekommen? Nur eine kleine Dummheit, eine falsche Bewegung... komm schon!"

Steif wie ein Roboter schritt ihr 'Opfer' daraufhin bis in die Halle, zu Ziskas großem Verdruss.

Der Korridor war etwa zwanzig Meter lang, fünf Meter breit und zweistöckig. Die schweren Fälle würden später über die obere Etage der Passage in die Halle geführt werden. Was Nick beim Passieren des Korridors fasziniert hatte, war der Blick durch die Fenster des Ganges, der das Besichtigen eines größeren Teil des Turmes bis ganz unten ermöglichte. Er war wirklich riesengroß und viel höher, als er zunächst angenommen hatte. Der oberste Teil wies eine ausgeprägte Verdickung auf wie das Zwiebeldach eines Kirchturms. Er war jedoch hellgrau und wirkte wie komplett aus Stahlbeton erbaut.

Die Aussicht auf die umliegenden Grassteppen und abseits gelegenen Wälder war atemberaubend. Auch einen kurzen Blick auf den fernen Fluss und die Siedlung an dessen Ufer konnte er erhaschen, bevor er die Halle betrat, die nur knapp unter der sechs Meter hohen, sich nach innen verjüngenden Decke Fenster aufwies. Mit mindestens Zwanzig Metern Durchmesser war sie erstaunlich geräumig, wenn man bedachte, in welch luftiger Höhe sie sich befand.

Die Registrierung und das Anlegen der berüchtigten Halsbänder mit der Stabilisatortechnik nahm nur wenige Momente in Anspruch, dann wurden sie vom Gefängnispersonal bereits zum geräumigen Warenlift am anderen Ende der Halle verwiesen. Sie bugsierten ihre Gefangenen hinein und stellten sich jeweils hinter sie, in unverhohlener Drohgebärde mit den Gewehren im Anschlag. Rebecca bemerkte dabei, wie verbissen Ziska aus der Wäsche sah. In solchen Situationen kam wohl ein wenig ihr wahres Ich zum Vorschein.

Sie beugte sich zu ihr herüber und fragte: „Ich bin neugierig, Ziska: hat man dir eigentlich irgendwas von dem Zeitabschnitt erzählt, den man bei dir aus dem Gedächtnis gelöscht hat?"

Sie warf ihr einen kurzen Seitenblick zu, ohne den Kopf dabei zu drehen. „Natürlich nicht, wo denkst du hin?"

„Tut mir Leid, hätte ja sein können."

„Du kannst Fragen stellen." Sie schüttelte kaum merklich den Kopf. „Aber was ich weiß, ist das Gefühl, dass mir mein Job Spaß gemacht hat. Das ist mehr so etwas Unterbewusstes, das man nicht so einfach ausradieren kann. Ich konnte schon einmal einen Blick ins Ausbildungscamp werfen und mal reinschnuppern. Ich bin ein unverbesserlicher Waffennarr, das ist mir klargeworden. An die Zeit im TransDime Schützenverein kann ich mich auch noch gut erinnern."

Rebecca knirschte mit den Zähnen. Sie konnte es kaum glauben, dass Ziska nach allem, was vorgefallen war, erneut zur Scharfschützin, was bei TransDime gleichbedeutend mit Auftragskillerin war, ausgebildet werden sollte. Und die Erinnerungen an den Schießsport hatten sie ihr praktischerweise gelassen, aber so Dinge wie Lothar, ihren liebevollen Freund, ausgelöscht.

Sie hörte Tamara sagen: „Oh, der TransDime Schützenverein in Frankfurt. Ein toller Haufen; ich bin ihm auch beigetreten. Viele dort haben sich noch an dich erinnert. Soll ich sie von dir grüßen?"

Ziska meinte ohne großes Interesse: „Klar, warum nicht? Ich weiß noch, dass ich diverse Bahnrekorde aufgestellt hatte. Eine Zeit lang war ich dort so etwas wie eine kleine Berühmtheit."

In unschuldigem Tonfall erzählte Tamara: „Ja, weißt du, deine Rekorde habe ich inzwischen alle pulverisiert. Fairerweise muss man auch sagen, dass ich einige Anläufe brauchte. Wir beide werden mittlerweile in einem Atemzug genannt, die 'Schützenmädels' nennen die alten Haudegen uns. Na ja, so viele weibliche Mitglieder haben sie halt nicht gehabt bisher. Dabei ist der Schützenstand immer überfüllt, wenn ich vorher anrufe, dass ich kommen kann. Wenn ich zwischendurch mal unangekündigt trainieren gehe, treffe ich kaum jemanden an.

Ich frage mich nur, warum sie so oft wollen, dass ich im Liegen schieße. Sie nötigen mich manchmal fast schon dazu. Als ob das was Besonderes wäre. Und dann umringen sie mich immer derart, dass ich mir fast schon eine Lücke zwischen ihnen suchen muss, durch die ich auf die Scheibe schießen kann."

Der junge Südeuropäer in Svens Gewahrsam sagte, ohne sich zu bewegen: „*Ich weiß, warum ihnen das so gefällt.*"

Sven stieß ihn leicht mit der Mündung seines Gewehr in den Rücken. „Halt die Klappe, Mann. Wir alle wissen, warum. Wir sind ja nicht blöd und auch nicht blind."

Ziskas Miene hatte sich zusehends verfinstert, doch in diesem Moment kam der Aufzug nach seiner langen Fahrt unten an und verzögerte merklich, bevor sich die breiten Türen öffneten, sodass alle unwillkürlich ein wenig in die Knie gingen.

Sie traten hinaus und befanden sich unversehens auf dem Höllenplaneten.

< 19 >

Zentralgefängnis, Filiale 666 - Monat 23

Sie befanden sich auf Bodenhöhe, mit sandigem Untergrund unter ihren Stiefeln. Ein großer Vorplatz wurde von Flutlichtmasten hell erleuchtet. Etwas abseits waren einige Gebäude erkennbar, die vom Design her eindeutig Gefängnistrakte waren. Wieder andere Gebäude schienen eher der Lagerung und der Verwaltung zu dienen. Das dominanteste Element aber war der Turm, der hier an der Basis einen Durchmesser von mindestens fünfzig Metern haben musste und wie ein glatter, gigantischer Baumstamm aus Stahlbeton himmelwärts emporwuchs, durchsetzt von vielen im Vergleich zum Turm winzig erscheinenden Fenstern.

In grob geschätzt zweihundert Metern Höhe endete die Sicht auf ihn an der Stelle, wo die Kuppel aus Dunkler Materie an ihn heranreichte. Eine Art umlaufender Sims auf dieser Höhe bildete den Übergang, wobei ihnen verschlossen blieb, ob dieser irgendeine technische Funktion bei der Schnittstelle von Materie und Dunkler Materie hatte, und falls ja, welche. Das Resultat war eine absolute, undurchdringliche Schwärze über ihnen wie in der finstersten, mond- und sternlosen Nacht, die man sich nur vorstellen konnte. Nun wunderte es sie auch nicht mehr, dass nicht einmal ein einzelner kleiner Grashalm irgendwo hier zu sehen war.

Es war zutiefst deprimierend und nahm einem fast augenblicklich jeglichen Lebensmut.

Ein Mann im besten Alter mit schwarzen Haaren und grauen Schläfen, einem markanten Kinn und hellen Augen, trat zu ihnen. Er war groß und kräftig und füllte seinen Maßanzug auf vorteilhafte Weise aus. Er war begleitet von zwei Wachen und begrüßte sie kurz. „Guten Tag, mein Name ist Jeremy Smithers, Leiter des Zentralgefängnisses 1. Meine Begleiter werden Sie gleich weiter führen. Ich hoffe, Sie hatten einen angenehmen Transfer."

Rebecca erwiderte höflich, während die beiden Wachen mit ihren Gewehren auf die neu angekommenen Sträflinge zielten: „Er war ereignislos, daher würde ich sagen, ja, der Transfer war angenehm."

Smithers nahm ihre Hand und hauchte ihr einen kleinen Kuss auf den Handrücken, machte aber keine Anstalten, sie nach dieser altmodisch anmutenden Galanterie wieder loszulassen. Tamaras Augen weiteten sich, als der Leiter der Anstalt mit seinem Mittelfinger von unten diskret über ihren Handteller strich, in einigen Kulturkreisen das Signal für eine eindeutig anzügliche Anfrage. Offenbar war weibliches Personal auf diesem Posten selten anzutreffen, wenn sogar dieser hohe Herr derart schlecht kaschiert auf sein Ziel zu preschte.

Rebecca lächelte schief und entzog ihm ihre Hand eine Spur zu schnell, hielt sie aber so, dass ihr Ring unübersehbar war für ihn. „Oh, Sie sind wirklich sehr zuvorkommend. Aber was übertriebene Galanterie angeht, möchte ich Sie bitte auf meine Kollegin Franziska Herrschel verweisen."

Die Genannte zuckte zusammen und warf Rebecca einen vernichtenden Seitenblick zu, setzte dann aber doch ein höfliches Lächeln auf, während Smithers sich zunächst Tamara näherte. Diese verschränkte ihre Hände hinter dem Rücken und meinte, mit dem Kopf nach rechts auf Sven zu nickend: „Bitte, Sir, mein Freund hier neben mir ist schnell ungehalten bei unangemessenen Vertraulichkeiten. Nicht wahr, Sven?"

Dessen Mienenspiel wechselte im Sekundentakt von Verblüffung zu grimmiger Entschlossenheit, als er das Szenario erfasste. „Oh, ja, wenn die Liebe noch jung und frisch ist, brennt das Feuer besonders heiß."

„Sie sind ein Mann nach meinem Geschmack, Herr..." Er las das Namensschild ab und schlug ihm dann gönnerhaft lächelnd auf die Schulter. „Herr Petersen. Sie sprechen wie ein wahrer Gentleman. Mir war nicht bewusst, dass die Aktivposten bei TransDime so oft zueinander finden, aber was will man schon machen gegen die Liebe, nicht wahr?"

„Das ist wohl wahr, Herr Smithers. Bei unserem Lebenswandel sind die Gelegenheiten rar gesät, um außerhalb der Firma seinem Glück zu begegnen. Das schränkt die

Auswahl dann zwangsweise ein." Sven hatte offenbar bereits das kulturelle Niveau von Smithers eingestuft und sich diesem angepasst, was ihm aufgrund seiner größeren Erfahrung und seinen Besuchen von anderen Filialen nicht weiter schwergefallen war.

Angesichts der Implikation seiner Aussage stieg Tamara allerdings bereits die Zornesröte ins Gesicht, worauf er hastig hinzufügte: „Wie groß sind da schon die Chancen, solch ein Juwel zu finden wie meine herzallerliebste Tamara?"

„Fürwahr, fürwahr." Höflich lachend stimmte Smithers zu, nicht ohne einen letzten wohlwollend taxierenden Seitenblick auf Tamara. Dass Rebecca und Nick alle verfügbare Willenskraft aufbieten mussten, um nicht laut loszulachen, entging ihm zum Glück.

Während der Direktor weiterging, raunte Tamara ihm zu: „Nicht schlecht, Herr Petersen. Gerade so eben noch gerettet."

„Wie bitte? Ich habe *dich* gerade vor einer ausgewachsenen Handkussbefummelung gerettet. Du schuldest mir was, meine Süße", gab er leise zurück, völlig unbekümmert wegen seines verbalen Seitenhiebes.

Sie lenkte seufzend ein: „Mal sehen."

Während sich die anderen vier nun wieder auf die Bewachung ihrer Gefangenen konzentrierten, ging der charmante Leiter der Strafanstalt nun Ziska frontal an, was dieser zu Rebeccas geringer Überraschung zu schmeicheln schien. In dieser Hinsicht konnte sie ihre Kollegin trotz der ganzen Bastelei an ihrem Charakter recht gut einschätzen nach all der gemeinsam verbrachten Zeit.

Nach ein paar Minuten des Schäkerns wurden sie von Smithers verabschiedet, als sich die Lifttür öffnete und die nächste Fünfergruppe Gefangener plus Bewacher ins Freie trat, wenn man die Dauernacht unter der Kuppel denn als freien Himmel bezeichnen mochte.

Die beiden Wächter gingen ihnen voraus zum Rand der Kuppel, wo ein tiefer, ohne Hilfsmittel unüberwindlicher Graben noch vor dem Rand der Kuppel um das Gelände umlief. An der Stelle, wo der Weg vom zentral gelegenen Turm aus am Rand endete, befand sich ein breiter Einschnitt im ansonsten ebenen Gelände, der über eine betonierte Rampe mindestens zwei Stockwerke tief reichte und bei einem großem Betonblock, in den ein riesiges Stahltor eingelassen war, endete. Die Oberkante der Öffnung befand sich somit auf gleicher Ebene wie das Terrain unter der Kuppel.

Dieses Tor war bewacht von sechs Männern mit ähnlichen Gewehren wie ihren im Anschlag, grimmig und entschlossen dreinblickend, damit jeder auf Anhieb verstand, dass diese Männer keinen Spaß verstanden und nicht mit sich handeln ließen. Einer von ihnen bediente einen in die Seitenwand eingelassenen Bedienungsmechanismus, worauf sich die Torflügel laut ächzend öffneten. Dahinter erwartete sie ein finsterer, etwa zehn Meter langer Tunnel. Er war so groß dimensioniert, dass locker ein Schwerlastzug hätte hindurch fahren können. Es gab auch tatsächlich breite Reifenspuren im Sand des Tunnelbodens, die genau das implizierten.

Sie kamen an einem weiteren Tor an, das sich erst öffnete, als das innere Tor geschlossen war. Die schwache Deckenbeleuchtung weit oben spendete nur mangelhaftes Licht in dieser Schleuse.

Umso froher waren sie, als sie außerhalb der Kuppel einen zwar wolkenverhangenen, aber auch mit einigen Lücken versehenen Himmel vorfanden. Was sofort auffiel, war die Tatsache, dass das Gelände um die Kuppel auf dem Niveau lag, auf dem sie den unterirdischen Tunnel verlassen hatten und die tiefschwarze Konstruktion auf der Krone eines hohen Walls aufsaß. Somit musste alles innerhalb der Kuppel etwa zwei Stockwerke höher liegen als das Umland.

Die beiden ansässigen Wachen in ihrer Gruppe sahen sich an und einer meinte beim Losmarschieren: „Der Wetterfrosch hatte recht, der Sturm hat gedreht und zieht auf uns zu. Es wird nicht mehr lang dauern, bis es richtig losgeht hier."

Nick erkundigte sich beiläufig während ihrer kleinen Wanderung: „Was genau meinen Sie denn damit, bitte?"

Der Wächter sagte über die Schulter: „Unser Meteorologe hat anhand der neuesten Satellitenbilder vorhergesagt, dass ein großer Sturm vom Atlantik her auf uns zukommt. In spätestens ein paar Stunden wird es hier ziemlich ungemütlich, mit stärkeren Windböen und Starkregen, bis zu zwei Tagen lang. Das ist nichts ungewöhnliches auf dieser Filiale um diese Jahreszeit. Da haben Sie sich einen schönen Zeitpunkt für Ihre Ankunft ausgesucht."

„Und wohin sollen wir denn mit den Gefangenen gehen, wenn doch ein Sturm hier draußen toben wird?" Tamara versuchte wie immer als Erste, die Zusammenhänge zu verstehen.

„Etwa zwei Kilometer vom Tor entfernt, dort in dem kleinen Wald, befindet sich eine Fähre am Flussufer. Die Stadtbewohner sollten bereits auf uns warten und alle der leichten Fälle aufnehmen. Sie schippern sie über den Fluss und bringen sie in die Stadt, damit sie erst mal vor dem Unwetter in Sicherheit sind. Später werden sie dann in die Gemeinschaft integriert werden."

Rebecca wollte wissen: „Hätte man damit nicht warten können, bis der Sturm vorüber gezogen ist?"

„Na ja, das Problem dabei ist, dass der Fluss ohnehin schon einen relativ hohen Pegel hat und wir mit einem länger andauernden Hochwasser rechnen bei so einem Sturm, der sich mal so richtig schön abregnet über dem ganzen Einzugsgebiet des Flusses. Die Fähre wird für einige Tage unbenutzbar sein, wenn es dumm läuft und somit hätten wir die ganzen Neuzugänge auf einmal auf dem Hals. Wir haben aber schon alle Hände voll mit den schweren Jungs zu tun, daher wollen wir das möglichst noch über die Bühne bringen, bevor hier die Hölle losbricht."

„Das ist natürlich verständlich." Sven sah sich um, als sie die große Wildwiese hinter sich gelassen hatten und in den beschaulichen, ursprünglich belassenen Mischwald eintraten. Der Weg war noch immer breit genug für einen LKW, wie ein gut ausgebauter Waldweg bei ihnen daheim. Der Wind, der schon merklich aufgefrischt hatte, wurde vom dichten Blätterdach und dem stark verfilzten Unterholz gut abgehalten, sobald sie ein paar Schritte in den Forst hinein getan hatten.

Auf den letzten paar Metern und einer sanften Biegung merkten sie bereits, wie es immer dunkler über ihnen wurde. Als sie dann auf eine kleine Lichtung ins Freie traten, erkannten sie das Flussufer auf der anderen Seite. Dies war ein Vorplatz für die Fähre und den gelegentlichen Umschlagsbetrieb von Waren, der durch tiefe Reifenspuren erkennbar war, die diverse Wendemanöver im Waldboden aufzeigten.

Nick war gleich die stabile Balkenkonstruktion aufgefallen, die ein dickes Tau in mindestens fünf Meter Höhe straff gespannt über den Fluss führte. Dieses war hier am Rande der Lichtung fest im Boden verankert. Am schmalen Anlegesteg lag auch bereits eine etwa zehn Meter lange und zwei Meter breite Fähre, die über ein starkes Seil und einen Läufer mit dem Tau verbunden war. Sie war aus Holz erbaut, hatte einen eher flachen Rumpf und am hinteren Ende war eine kleine Überdachung, wo der Rudergänger saß.

Tamara beugte sich zu Ziska hinüber und sagte: „He, sieh mal diese Nussschale. Meinst du, wir fahren auch mit?"

Ziska zuckte merklich zusammen. „Mach keinen Scheiß, Tamara! Wir... wir passen doch gar nicht alle rein da."

„Vielleicht fahren wir ja auch in Fünfergruppen plus Wärtern hinüber, so wie wir hier ankommen? Die Strömung kommt mir aber schon sehr stark vor. Ob das überhaupt noch sicher ist?" Sie grinste diabolisch, wurde dann aber von Rebecca angestoßen.

„Hör schon auf! Was zum Henker willst du damit bezwecken?" Sie sah sie streng an. In Bezug auf das, was in England auf Filiale 127 passiert war, war diese Form von Neckerei mehr als unproduktiv.

„Sorry, das muss meine Form der Schmerzbewältigung sein. Was willst du dagegen tun?" Tamara wandte sich wieder Ziska zu.

Rebecca wurde richtig sauer: „Abgesehen davon, dass ich dich in den Fluss werfen könnte, kann ich dich an deine Therapeutin verpetzen, wenn wir wieder daheim sind. Was würde die wohl zu deiner speziellen Art der Schmerzbewältigung sagen? Na?"

Beleidigt ließ Tamara nun ab vom Ziel ihrer grausamen Hänseleien. „Schon gut, hab's kapiert. Ich bin ein böses Mädchen."

Die Wärter richteten das Wort an die Gefangenen: „Bitte gehen Sie schon mal an Bord, dann können Sie bereits Ihre Plätze einnehmen und die Fähre kann schneller ablegen, sobald die letzte Gruppe eingetroffen ist. Die nächste sollte kurz hinter uns sein, es wird also nicht lange dauern."

Sie gingen indes in Warteposition an den seitlichen Rand der Lichtung, allerdings mit noch immer griffbereiten Waffen. Man hörte auch schon die nächste Gruppe, die sich hinter der Biegung des Waldwegs näherte.

Ziska sagte hämisch grinsend zu Tamara: „Siehst du, wir müssen gar nicht mit der Fähre mitfahren. Da hast du dich zu früh gefreut mit deiner Panikmacherei."

In gleichem Tonfall erwiderte Tamara: „Stimmt. Lass mich das wieder gutmachen. Ich werde dir zum Geburtstag einen Gutschein für eine Wildwasser-Raftingtour schenken."

Rebecca packte sie daraufhin am Kragen und führte sie unsanft von ihrer verbalen Spüarringpartnerin weg. Nick seufzte schwermütig. Das alles gefiel ihm ganz und gar nicht.

Er nahm Rebecca zur Seite und sagte zu ihr: „Was ist nur mit Tammy los zur Zeit? Sie legt sich mit allen möglichen Leuten an, und meistens unberechtigter weise. Ziska hat keine Erinnerungen an ihre Greueltaten von früher mehr und wenn es einer nicht verdient hat, von ihr blöd angemacht zu werden, dann ist das Sven."

„Ich glaube, sie ist wirklich in der Endphase einer Entwicklung, die sich zum Guten wenden kann. Irgendwie habe ich das im Gefühl. Es wird sich vielleicht noch ein wenig mehr zuspitzen, aber am Ende wird sie gefestigt aus diesem Schlamassel hervorgehen." Rebecca sah zu ihrer Freundin hinüber, die sich mit einer der hier stationierten Wachen unterhielt.

„Hoffen wir, dass du Recht behältst. Ich sehe im Moment eher die Gefahr einer Eskalation. Soll ich mal mit ihr reden?" Auch er heftete seinen Blick an die junge Schweizerin. Jemand ihres Alters sollte nicht so viel aufgebürdet bekommen. Was sie im Moment durchmachte, war gewiss nicht leicht zu verdauen.

Rebecca sagte leise: „Ja, aber nicht im Moment. Lass uns das hier erst beenden."

Als die dritte Gruppe ankam, ballten sich am Himmel über ihnen schon bedrohlich dunkle, fast schwarze Wolken zusammen und man hörte sogar ab und zu entferntes Donnergrollen. Einer der Wächter, von denen bereits sechs an der Zahl hier waren, zusätzlich zu den mittlerweile fünfzehn mitgereisten Einsatzkräften, wies die fünf Neuankömmlinge gleich ein, sowohl die Gefangenen als auch ihre Begleiter, die nach der Übergabe nur noch am Rande der Lichtung Präsenz zeigen mussten. Währenddessen löste sich die zunächst unvermeidliche Grüppchenbildung jeweils unter den hier stationierten Wachen und den 'zugereisten' TransDime Agenten auf. Zunehmend redeten auch gruppenübergreifend einzelne Mitglieder der beiden Gruppen miteinander auf Esperanto.

Rebecca fragte gerade mit besorgter Miene einen der hier Stationierten: „Jetzt wird es aber doch langsam ungemütlich hier, oder? Ist das Überqueren des Flusses überhaupt noch gefahrlos möglich?"

Der junge Latino, der Rebecca mit den Augen förmlich verschlang, stand ihr bereitwillig Rede und Antwort. „Ja, bis jetzt schon noch. Es wird auf jeden Fall knapp werden, aber die Fähre ist bei der starken Strömung in ein paar Minuten locker über den Fluss. Sie wird vom Ruder dort hinten am Heck auf die andere Seite rüber gedrückt, während sie am Tau dort oben hängt. Je stärker die Strömung, umso schneller werden sie von ihr angetrieben."

„Interessant. In meiner Heimatfiliale gibt es vereinzelt immer noch solche Fähren. Ich bin sogar mal mit so einer gefahren, in Basel über den Rhein."

„Klingt schön. Von dieser Stadt oder dem Fluss habe ich zwar noch nie etwas gehört, aber spielt ja keine Rolle." Er sah hoch in den Himmel, wo die Wolken mit hoher Geschwindigkeit über sie hinweg getrieben wurden.

„Woher kommen Sie denn?", erkundigte Rebecca sich neugierig. Auch Tamara hörte ihnen inzwischen interessiert zu.

„Das soll ich nicht preisgeben, wurde uns gesagt. Aber ich brauche jedenfalls hier keinen Stabilisatorgürtel, soviel kann ich Ihnen ja verraten." Er lächelte bescheiden und sah zu Boden.

Tamara sagte beeindruckt: „Wow, dann stammen Sie aus einer Filiale in diesem

Universum, stimmt's? Eigentlich eine gute Idee, wenn die permanent stationierten Wächter hier keinen Gürtel brauchen. Das verhindert eine potentielle Fluchtmöglichkeit, weil so kein Gefangener jemals einen Gürtel in seinen Besitz bringen kann."

„Das ist korrekt. Sie sind sehr gewitzt, meine Gute. Darf ich fragen, wie Sie heißen?" Er wurde nun doch etwas zutraulicher.

„Ich heiße Tamara und das ist Rebecca." Sie schüttelten ihm die Hand. Dabei bemerkte Rebecca, wie die ersten dicken Tropfen vom Himmel fielen.

„Zwei schöne Namen für zwei schöne Frauen. Es freut mich, dass Sie hier an diesem Einsatz teilnehmen, so habe ich die Gelegenheit gehabt, Sie kennenzulernen. Mein Name lautet Bertin."

Tamara winkte ab. „Sie sind ja ein Charmeur, Bertin. Wir haben uns hier nur freiwillig gemeldet, um ein paar Bonuspunkte für die Karriere zu sammeln, oder auch um ein wenig Unsinn wieder gut zu machen."

„Ja, in meinem Fall Ersteres und in ihrem Letzteres", fügte Rebecca noch grinsend hinzu und erntete dafür einen finsteren Blick von ihrer Freundin.

„Da kommt die letzte Gruppe." Bertin wandte sich ihnen wieder zu. „Das traut man Ihnen gar nicht zu, dass Sie Unsinn machen könnten."

„Sie haben ja keine Ahnung. Ich bin übrigens Ziska." Ihre ehemalige Kollegin, die gleich neben ihnen gestanden und gelangweilt mitgehört hatte, brachte sich nun auch mit ein ins Gespräch.

„Angenehm." Bertin schüttelte ihr ebenfalls die Hand.

„Sie haben ja wirklich keine Ahnung", gab Tamara von sich und wurde nun ihrerseits von Ziska finster angestarrt.

Bertin überhörte die Spitze und fragte interessiert: „Das ist aber ein ungewöhnlicher Name. Ist das eine Abkürzung?"

„Ja, für Franzi..." Bei Tamaras Kommentar zuckte sie zusammen und fuhr herum. „...ska. Stimmt doch, oder?"

„Vorsicht, kleines Fräulein. Übertreib's nicht, okay?"

„Oder was?"

Rebecca schob sich zwischen die beiden fast einen Kopf kleineren Frauen, zwischen denen jetzt fast die Funken sprühten, trotz des einsetzenden Regens. Mit verlegener Miene meinte sie: „Tut mir Leid, dass Sie das mit ansehen müssen, Bertin. Die beiden sind sich wohl nicht sehr grün und schießen manchmal übers Ziel hinaus. Aber nicht mitten in einem Einsatz, nicht wahr?"

Nick, der ein paar Schritte neben ihnen gestanden hatte und schon auf dem Weg war, um ebenfalls dazwischen gehen zu können, erstarrte, als er die letzte Gruppe von Gefangenen erblickte, welche gerade quer über die Lichtung lief, von den Wachen zur Eile angetrieben. Seine Augen weiteten sich vor Schreck und er stellte sich schnell hinter Ziska, die mit dem Rücken zum Hauptgeschehen stand.

„Auseinander, ihr beiden Streithähne! Was sollen denn die anderen Wachen denken?"

„Sie hat angefangen!", platzte es aus Ziska heraus, die wütend die Fäuste in die Hüften stemmte.

„Und schon sind wir auf Kindergarten-Niveau. Bravo!" Während seines rügenden Kommentars sah Nick nervös über die Schulter, wo die letzten Gefangenen gerade die Fähre bestiegen.

Plötzlich stellte einer der Insassen, der gerade ins Boot gestiegen war, Augenkontakt mit ihm her. Nick wandte sich sofort von ihm ab und stellte sich noch ein wenig mehr in die Sichtlinie zwischen Ziska und der Fähre.

Aber manchmal half alles nichts und das Schicksal ist bekanntlich ein mieser Verräter.

Ein Ruf erklang quer über die Lichtung: „Ziska? Ziska, du bist es!"

Sie zuckte zusammen wie von einem elektrischen Schlag getroffen und fuhr mit weit aufgerissenen Augen herum. „Lars? Lars! Was tust *du* hier?"

„Oh, Ziska, du bist es wirklich! Dass ich dich noch einmal kurz sehen darf..." Nick verdrehte die Augen. Klar, dass sie Lars Hirtenstock, ihren ehemaligen Therapeuten, auf den Ziska eine Fixierung entwickelt hatte und der ganz offensichtlich ein höchst unangemessenes Verhältnis zu ihr gehabt hatte, ausgerechnet auf diesen Gefangenentransport hatten stecken müssen und Ziska als Wächterin auf den gleichen Transport.

Rebecca verdrehte die Augen, den gleichen Gedanken im Sinn. „Das kann unmöglich wahr sein! Gibt es in der Verwaltung von TransDime denn nur komplette Vollidioten?"

Ziska rannte zum Anlegesteg, doch der Fährmann hatte das Ruder bereits umgelegt und die Fähre begann nun, sich allmählich vom Steg zu entfernen. Da sie sich mitten in einem Gefangenentransport befanden, rissen sofort diverse Wachen nervös die Waffen hoch, erkannten aber verblüfft, dass es sich hierbei um eine Bewacherin handelte.

Tamara fluchte laut: „Was für eine verdammte Scheiße! Ich glaube, ich habe ein Déjà-vu!"

Sie nahm ihre Waffe auf und rannte ihr dichtauf hinterher.

Ziska war inzwischen auf dem Bootssteg angekommen, doch die Lücke zwischen Bootsrumpf und Anleger betrug bereits über zwei Meter. Sie wurde von ihrer Urangst vor Booten und schnell fließenden, offenen Gewässern instinktiv vom Sprung abgehalten, schien aber doch durchaus fähig, einen Versuch zu wagen, solange es vom Abstand her noch möglich war. Sie streckte ihre Arme aus und rief verzweifelt: „Oh Lars, ich habe dich so vermisst! Was ist nur geschehen, dass du hier bist?"

Er streckte seinerseits die Hände aus und antwortete mit verschämter Leidensmiene: „Das ist jetzt nicht wichtig! Das ist das schönste Abschiedsgeschenk für mich, dass ich dich noch einmal sehen durfte, bevor ich für immer aus deinem Leben verschwinde."

Alle auf dem Boot verfolgten mit fragenden Mienen den beinahe peinlich klischeehaften Dialog.

Sie schüttelte ihren Kopf. „Nein! Ich möchte wieder bei dir sein."

Hirtenstock rief nach hinten: „Wir müssen umdrehen, sofort!"

„Du hast hier gar nichts zu melden, Alter!", wurde er von einer Wache angeschnauzt. „Das Unwetter kommt immer näher. Wir müssen *jetzt* über den Fluss, ob wir wollen oder nicht."

„Ich springe rüber zu euch!", rief Ziska, immer verzweifelter werdend.

Er sah listig die Lücke zwischen ihnen immer größer werden. „Aber du hast doch solche Angst vor Booten! Das darfst du nicht versuchen... nicht für mich!"

„Doch, ich kann es noch schaffen!" Ziska machte Anstalten, auf dem bereits nassen und rutschigen Anleger Anlauf für einen Sprung zu nehmen, als Tamara ankam und ihr aus vollem Lauf seitlich beide Beine weggrätschte wie eine Fußballerin. Sie schrie die zu Boden gegangene Kollegin an: „Bist du verrückt? Du ersäufst wie eine Hündin in diesem reißenden Strom!"

Hirtenstock erkannte Tamara und funkelte sie mit mörderischem Zorn an. Ziska war schwer auf die Hüfte gefallen und rappelte sich gerade wieder hoch, doch der Sturz hatte ihr die Luft aus den Segeln genommen und sie erholte sich erst noch. Hirtenstock rief, seine subtile Manipulation aufgebend: „Nein, Ziska! Lass dich von ihr nicht aufhalten! Du kannst es noch schaffen! Wenn du..."

„Das wird mir zu dumm!" Tamara richtete ihr Gewehr auf Hirtenstocks Brust und drückte ab. Zu ihrer großen Verblüffung schoss ein nadelfeiner, grellorangener Strahl leise zischend aus der Mündung und traf den ehemaligen Therapeuten voll. Dieser verdrehte die Augen und sackte sofort bewusstlos in sich zusammen. Wenn ihn nicht zwei Wachen gehalten hätten, wäre er vornüber in den Fluss gefallen. Etwas verdattert starrte Tamara die Waffe an.

Ziska schrie ohrenbetäubend: „Lars! Neeein!"

Sie sprang auf und nahm erneut Augenmaß, doch die Lücke war nunmehr etwa vier Meter groß und sie hätte die volle Länge der Lichtung als Anlaufstrecke gebraucht, wenn sie diesen weiten Sprung noch hätte schaffen wollen. Mit dem Mut der Verzweiflung ging sie zwei Schritte zurück, als sich Tamara ihr in den Weg stellte. „Was glaubst du eigentlich, was du da tust?"

„Geh mir aus dem Weg." Ihre Augen funkelten vor rasendem Zorn.

„Okay." Tamara warf ihr Gewehr beiseite. Sie wollte um ihres weiteren Werdegangs willen nicht auf eine andere Bewacherin schießen, soviel Verstand hatte sie noch. Und sie hatte den schwarzen Gürtel in Karate nicht als Geschenk erhalten, wie Ziska nun feststellen musste, als diese sie angriff.

Ziskas erster Schlag ging knapp ins Leere, streifte ihre Gegnerin lediglich an der

Schläfe. Dann traf sie ein Schlag frontal aufs Brustbein, der sie völlig überrumpelte und ihr die Luft nahm. So eine Wucht hätte sie von einem weit über hundert Kilogramm schweren Muskelberg erwartet, nicht von diesem zarten Persönchen vor ihr. Noch bevor sie Zeit hatte, sich zu wundern, explodierte Ziskas Knie in einer Woge von unsäglichem Schmerz, der ihr beinahe die Sinne raubte. Als sie einknickte, füllte der Außenrist von Tamaras Stiefel bereits ihr Gesichtsfeld aus und dann wurde es schwarz um sie.

Trotz ihrer umfangreichen Nahkampf-Ausbildung schlug Ziska fünf Sekunden nach Beginn ihrer Attacke mit dem Kopf auf die Planken des Stegs auf und blieb bewusstlos liegen. Sie wurde von Tamara in die stabile Seitenlage gedreht, ohne dass diese darüber nachdachte.

Ihre Freunde waren nach dem Verrinnen der Schrecksekunde zu ihr gelaufen und beugten sich jetzt alle über die besinnungslose Ziska. Rebecca bemerkte: „Mann, das war wirklich fast wie eine Neuauflage von Manningtree."

„Nur mit umgekehrten Vorzeichen. Ich hätte sie einfach springen lassen können. Sie war völlig von Sinnen; das hätte sie nie im Leben geschafft. Und mit der DLRG ist es hier bestimmt auch nicht weit her, wenn es darum geht, Leute aus einem reißenden Fluss zu fischen." Tamara setzte sich mit angezogenen Knien auf den Steg und verbarg ihr Gesicht in ihren übereinander geschlagenen Armen.

Rebecca streichelte ihr sanft über den Rücken, während Sven, Hannes und Thorsten die anderen Wächter zurück hielten und ihnen die Hintergründe erklärten.

„He, komm schon, Mädchen, es ist vorbei. Alles ist gut, okay?"

„Ich... ich weiß nicht." Während der Regen inzwischen mit voller Wucht auf sie hernieder prasselte und die Fähre schon auf der Mitte des Flusses war, schniefte Tamara und verbarg noch immer ihr Gesicht. „Ich habe es wirklich einen Moment lang zulassen wollen, dass sie springt. Ich habe es mir *gewünscht*, Beckie. Was geschieht nur mit mir?"

„Komm schon, das ist nur menschlich. Entscheidend ist doch, dass du es nicht getan hast. Du hast ihr sogar das Leben gerettet, indem du sie daran gehindert hast."

Auch Nick kümmerte sich nun um sie.

„Oh Gott, ja! Was habe ich nur getan? Das ist das Verrückteste, was mir je passiert ist. Ein Teil vom mir hasst mich jetzt dafür, dass ich es getan habe, und ein anderer... ach, ich weiß es doch auch nicht."

Sven schob sich zwischen sie und hob sie auf, als sie immer stärker schluchzte. „Lasst mich durch, seht ihr nicht, dass sie unter Schock steht? Wir müssen sie schnell ins Trockene bringen. Gibt es hier irgendwo einen Unterstand?"

Einer der Wächter meinte perplex: „Nein, aber wir haben hier ein paar Decken in dieser Vorratskiste für Notfälle."

„Na also, dann gebt mir eine und noch eine für die da..." Er deutete auf den Steg, wo die immer noch ohnmächtige Ziska lag. „Dann steht hier nicht so 'rum und tragt sie ebenfalls zurück zum Zentralkomplex. Na, macht schon!"

Dankbar dafür, dass jemand in dieser außergewöhnlichen Lage die Führung übernommen hatte, führten sie alle seine Anweisungen aus. Sven wickelte mit Hilfe von Rebecca und Teresa eine Decke um die inzwischen apathische, fast hyperventilierende Tamara und trug sie dann in seinen Armen bis zurück zum Tor, ohne sich einmal von Rebecca, Teresa, Nick oder sonst jemandem ablösen zu lassen. Während er starr nach vorne sah, um auch nicht eine einzige Unebenheit auf dem Weg zu übersehen und zu stolpern, sah sie auf halbem Weg staunend wie ein Kind hoch zu ihm, als sie allmählich weniger schluchzte und begann, wieder etwas von ihrer Umwelt wahrzunehmen.

„Wieso tust du das?", fragte sie kurz vor dem Tor, als sie sich wieder etwas gefangen hatte.

„Weil du etwas sehr Mutiges getan hast und psychisch fast daran zerbrochen bist. Ich war auch dabei in England und ich kann mir nicht mal ansatzweise vorstellen, was jetzt gerade in dir vorgehen muss. Du bist eine Heldin, Tamara. Deine Entscheidung macht dich zu einer lupenreinen Heldin, da gibt es kein Wenn und Aber."

Sie sagte nichts, aber hob einen Arm und strich ihm sanft über die Wange.

„Ich habe mich in dir geirrt, schon wieder. Und jetzt tut es mir noch mehr Leid als vorhin. Ich wollte dich nicht ärgern auf dem Hinflug."

Er lächelte und sah nun doch kurz auf sie hinab, als sie am schweren Außentor ankamen. „Das macht doch nichts. Du hast eine Menge zu verarbeiten gehabt bis heute und jeder hat eine andere Art, das zu tun. Manche verbergen sich hinter Scherzen, andere gehen grundlos auf andere los und wieder andere machen sich selbst fertig."

„Jetzt bist du auch ein Held. Du hast mich ganz alleine zurück gebracht. Danke." Sie lächelte schwach.

„Wenn mich das zu einem Helden macht, was sind dann die Typen, die Ziska zurück tragen?"

Sie kicherte leise. „Jetzt versteckst *du* dich hinter Scherzen."

„Du hast mich erwischt." Er zog einen Mundwinkel hoch.

Sie begann plötzlich wieder zu weinen, ohne erkennbaren Grund. Vielleicht hatte die Erwähnung von Ziskas Namen dafür schon ausgereicht. Sven wusste es nicht, doch da sie wohl noch immer unter leichtem Schock stand, konnte man das nicht so einfach sagen.

Tamara wurde in der Krankenstation des Gefängnisses versorgt und auch Ziska, die eine Weile nach ihr eintraf, wurde stationär aufgenommen. Sie hatte noch verbunden werden müssen, da sie eine Platzwunde am Hinterkopf hatte und wohl auch eine Gehirnerschütterung von ihrem Sturz auf den Steg. Ferner diagnostizierte man bei ihr noch eine schwere Prellung des Solarplexus, eine weitere an der rechten Schulter und eine ausgerenkte Kniescheibe. Das waren die Spuren des kurzen, ungleichen Kampfes mit Tamara.

Prekärerweise lagen beide auf der recht kleinen Station in nebeneinander liegenden Betten, nur durch einen schweren hellblauen Vorhang blickdicht getrennt, der von der Decke bis zum Boden herab reichte. Sven, der sie hergebracht hatte, sagte zu ihr: „Mir ist gerade gesagt worden, dass ich zu einer Art Nachbesprechung muss. Der Arzt sollte gleich zu dir kommen. Du wirst sicher bald wieder entlassen werden. Ich komme nachher gleich wieder vorbei und bringe dir noch Besuch mit; du weißt schon, unser Traumpaar."

Sie lächelte schwach. „Toll, ich freue mich auf euch. Bis nachher."

Sven nahm ihre Hand und drückte sie, dann verließ er sie. Tamara sah ihm nach und kam ein wenig ins Grübeln. Sie musste so etwas wie einen extremen Beschützerinstinkt bei ihm ausgelöst haben, dachte sie. Oder war es etwas anderes? Sie war noch immer schwer beeindruckt von dem, was er vor der Landung in der Fähre zu ihr gesagt hatte. Er war damit tatsächlich zu ihr durchgedrungen, wie es nicht einmal Rebecca oder Nick vermocht hatten. Das musste etwas zu bedeuten haben. Der Anfang einer neuen Freundschaft?

Der behandelnde Arzt erschien bei ihr, ein Mann um die sechzig, groß und hager mit schneeweißen, wirren Haaren und rabenschwarzen Augen in einem schmalen Gesicht mit einer Hakennase. Er zog den schweren Vorhang um die Ecke herum komplett zu, sodass sie vom Rest der Station abgeschirmt waren, dann sprach er sie auf Esperanto an: „Ich grüße Sie, Tamara Schnyder vom Volk der Helveten. Ich bin Professor Remaan Wittigg vom Volk der Langobarden. Wie fühlen Sie sich?"

Sie überging die für sie seltsame Begrüßung und antwortete pflichtschuldig: „Ein wenig schwach noch, aber ansonsten wieder ganz gut."

„Das liegt bestimmt an dem Beruhigungsmittel, das Sie erhalten haben. Ein feines Zeug, das Sie auf Ihrer Filiale nicht bekommen. Ein Jammer, es wirkt wahre Wunder bei allen seinen Indikationen."

Sie nickte verstehend. „Deshalb fühle ich mich so sorglos und beschwingt."

Er nickte und fuhr dann fort, den Blick auf ein Tablet in seiner Hand gerichtet. „Ich habe Ihre Akte kurz überflogen und als ich damit fertig war, habe ich einige Passagen doch noch genauer studieren müssen. Sie haben da einiges mit sich herum zu tragen, wenn ich das richtig sehe. Zu dumm, dass Sie für diesen Transport zugelassen wurden, auf dem sich sowohl Frau Herrschel als auch Herr Hirtenstock als Gefangener befanden.

Ich vertrete schon lange die Meinung, dass bei allen diesen Unternehmungen, wo Beteiligte aus verschiedenen Filialen zusammengewürfelt werden, gründliche Hintergrundchecks auf Querverweise gemacht werden sollten, um solche Situationen gar nicht erst herauszufordern. Ich bin sicher, dass aufgrund dieser Episode im Zusammenhang mit den letzten beiden Begegnungen zwischen Frau Herrschel und Ihnen nun das finale Element in meiner Argumentation vorliegt, um diese Maßnahme endlich umzusetzen. Ihnen nützt das zwar auch nichts mehr..."

„Sie irren Sich, Herr Professor. Alleine schon die Genugtuung, dass dadurch die Prozesse bei TransDime verbessert werden können, ist mir das wert, auch wenn mir das alles doch schwer zu schaffen gemacht hat. Und auch wenn dadurch ein Mensch einen völlig sinnlosen Tod sterben musste, der unschuldig war und fast sein ganzes Leben noch vor sich hatte." Sie sah mit getrübtem Blick aus dem Fenster.

Der Mediziner nickte mit wissendem Blick, nachdem er auf die Akte gesehen hatte. „Herr Mitrand. Ja, das war tragisch. Sind Sie inzwischen imstande, mir eine ehrliche Einschätzung darüber geben zu können, wie Sie das verarbeitet haben? Nach dem zweiten Stalking-Vorfall in Filiale 64, meine ich."

„Wie hoch sind wir eigentlich hier? Wie viele Etagen hat dieser wahnsinnige Riesenturm überhaupt?" Sie schien total gefangen von der Aussicht und war in Gedanken völlig abgeschweift.

Wittigg räusperte sich übertrieben laut, worauf sie wieder zu sich kam. Sie sah ihn fragend an und er seufzte. „Also gut: dies ist die 101. Etage und diese Anlage hat 386 Ebenen. Jetzt aber bitte zu meiner Frage."

Tamara nickte und sammelte sich kurz. „Oh ja, bitte entschuldigen Sie. In der Therapie wurde mir klar, was ich da getan hatte, oder besser gesagt mir selbst angetan hatte. Ich habe diese kurze Begegnung mit Pierre, die auf mich so intensiv gewirkt hat, sicher wegen der außergewöhnlichen Umstände, über jedes gesunde Maß hinaus idealisiert. Ich habe mich ständig gefragt, was hätte sein können, wenn Frau Herrschel ihn nicht getötet hätte. In diese Idee habe ich mich immer stärker verrannt, ohne die Personen, die mir wichtig sind, in diese Überlegungen mit einzubeziehen, aus Scham und Angst, dass ich falsch läge. Zurecht, wie sich später herausstellte.

Nach meiner ersten Dummheit in meiner Heimatfiliale musste ich erkennen, dass ich nicht einfach den toten Pierre aus Filiale 127 durch eines seiner Pendants ersetzen kann. Diese Einsicht hat mich schwer erschüttert, doch ich fand wenigstens ein wenig Trost bei meinen engsten Freunden. Die aufgestaute, unterdrückte Wut und die Rachegedanken bezüglich Frau Herrschel hat das dennoch nicht abgemildert."

Der Arzt nickte verständnisvoll, den Blick auf ihre Akte gerichtet, die er auf dem Tablet-PC ablas. „Was sich dann bei Ihrer Begegnung auf Filiale 37 Bahn gebrochen hat. Dennoch haben Sie Frau Herrschel nicht wie zuvor angekündigt getötet. Was haben Sie denn, Frau Schnyder?"

Der Arzt hatte bemerkt, dass Tamara immer nervöser geworden war und ständig zum Trennvorhang hinüber sah. Mit gedämpfter Stimme wollte sie wissen: „Sollten wir das wirklich hier direkt neben ihr besprechen? Sie kann uns vielleicht hören und Details aufschnappen, die man ihr unter großem Aufwand aus dem Gedächtnis entfernt hat. Das wäre einer mentalen Genesung von ihr sicher abträglich, oder nicht?"

Er sah sie einen Moment lang fragend an, dann erhellte sich sein Gesicht. „Ach ja; sehr umsichtig von Ihnen, daran zu denken. Nein, keine Sorge, diese Art von Vorhang ist absolut blick- und schalldicht sowie kugel- und splittersicher. Wir könnten eine Schockgranate der Stufe acht hier drin zünden und alles was man nebenan davon bemerken würde, wäre, dass sich der Vorhang ein wenig bewegen würde wie Seide bei einem leichten Windhauch."

Sie schluckte und meinte daraufhin beruhigt, sich die Frage verkneifend, was das für eine Granate sein sollte: „Gut, dann weiter. Ich konnte sie nicht töten, weil ich gleich gemerkt hatte, dass etwas nicht stimmte. Die Frau, die ich dort beim Goldbarren Aufsammeln attackiert hatte, war keinesfalls diejenige, die ich zuvor auf Filiale 127 kennengelernt und mehrere Tage lang bei unserem Feldtrip erlebt hatte. Etwas an ihr war anders, und zwar gravierend. Im Nachhinein erfuhren wir von ihrer Therapie, wie auch immer die ausgesehen hat."

Professor Wittigg stimmte ihr zu: „Allerdings. Das, was dieser Hirtenstock mit ihr getrieben hat, im wörtlichen wie übertragenen Sinn, war eines der moralisch verwerflichsten Dinge, die mir in meinen sechzig Jahren des Praktizierens untergekommen sind. Er hat sich ungefähr Folgendes gedacht: oh, sieh mal an, zur Abwechslung schicken sie mir endlich mal ein hübsches, verkorkstes und verletzliches junges Ding. Das könnte ich mir doch mal zunutze machen; meine beiden Söhne sind aus dem Haus und meine gute Frau bekommt das ohnehin nicht mit. Ich werde ein gutes Werk verrichten und dabei auch noch eine Menge Spaß haben. Warum sehen Sie mich denn so entgeistert an?"

Tamara brauchte einen Moment, um sich zu fassen: „Na ja, zum einen finde ich das sehr extrem, was Sie diesem Hirtenstock in den Mund legen. Einem Mann Ihres Formates hätte ich solche unprofessionellen Unterstellungen nicht zugetraut, auch wenn sie sicher zu neunzig Prozent wahr und wirklich abscheulich sind."

Wittigg lachte zu ihrer Verblüffung auf: „Ach, ich kann Ihre Verwirrung gut verstehen, Frau Schnyder. Nun, ich kann Ihnen versichern, dass diese Aussagen von mir nicht zu neunzig, sondern zu einhundert Komma null Prozent Wahrscheinlichkeit von unserem kleinen korpulenten Gigolo so gemacht wurden. Ich zitiere nicht wörtlich, aber durchaus sinngemäß aus seinem Verhörprotokoll. Wir haben ihn nicht drangsaliert oder gefoltert, wie es auf Ihrer Filiale in solchen Fällen üblich ist. Bei uns haben wir andere Möglichkeiten, an Wahrheiten heranzukommen, wenn jemand sich solcher Taten schuldig gemacht hat, die es rechtfertigen, seine Privatsphäre zum Zwecke der Wahrheitsfindung aufzuheben."

„Okay, das ist zwar gruselig, aber ich glaube Ihnen das. Zum anderen: Sie sagten gerade, Sie praktizieren seit sechzig Jahren? Ich dachte, Sie *seien* etwa sechzig Jahre alt!" Gespannt sah sie den Arzt an.

Der räusperte sich und sah unangenehm berührt aus. „Das habe ich gesagt? Mir entfällt immer wieder einmal, aus welcher Filiale meine Patienten sind. Vergessen Sie das einfach wieder, ich habe mich versprochen."

„Nie im Leben!", rutschte es ihr heraus.

„Können wir es bitte jetzt dabei belassen? Sie bringen mich in Verlegenheit. Nun, wo waren wir? Ich glaube, den Rest sollten wir uns zu dritt vornehmen, dann muss ich das alles nicht zweimal hintereinander durchgehen. Wäre es für Sie vertretbar, wenn ich den Vorhang zwischen Ihrem und Frau Herrschels Bett öffne und ihr den Rest der Fakten darlege, sodass auch Sie das mithören können?" Er sah sie fragend an.

Zögerlich meinte sie: „Ich denke schon. Glauben Sie denn, das ist wirklich eine so gute Idee? Von meiner Seite aus ist es okay, aber für Ziska?"

„Vertrauen Sie mir; die Gute hat die dreifache Dosis von dem intus, was Sie bekommen haben. Im Moment bräuchte es so Einiges, um sie aus der Bahn zu werfen." Er grinste fast ein wenig spitzbübisch.

„Sie sind ein wahrer Schulmediziner, wie er im Buche steht. Dann wollen wir mal." Sie gestikulierte ihm, er könne beginnen mit dem Vorhang.

Er sah über die Schulter: „Mir fehlt wohl der Kontext, um diese Äußerung zu verstehen, daher wollen wir mal nicht so sein. Gut, los geht's."

Er zog den offenbar schweren, himmelblauen Vorhang zur Seite und trat an Ziskas Bett. Diese sah träge zu ihm auf und murmelte mit leiser Stimme: „Ja, bitte?"

„Frau Franziska Herrschel vom Stamm der Alemannen, ich grüße Sie. Ich bin Professor Remaan Wittigg vom Stamm der Langobarden. Ich bin Ihr behandelnder Arzt und möchte Sie gerne über das aufklären, was geschehen ist. Fühlen Sie sich dazu in der Lage?"

„Na klar, viel verkorkster kann mein Leben ja nicht mehr werden. Was war bloß los mit mir dort unten am Fluss? Sobald ich diesen Kerl, diesen Professor Doktor Hirtenstock gesehen habe, bin ich völlig ausgerastet. Ich habe mir praktisch selbst über die Schulter gesehen dabei, wie ich mich völlig irrsinnig verhalten habe angesichts seiner Anwesenheit." Sie schien wirklich mit sich selbst zu hadern, mit Tränen des Zorns über sich selbst in den blauen Augen.

„Zunächst einmal kann ich Ihnen versichern, dass dieser Mann keinerlei Titel mehr trägt, außer einer Häftlingsnummer. Nach dem, was er Ihnen angetan hat – und übrigens nicht nur Ihnen im Laufe seiner Karriere – verdient er meiner Meinung nach nicht nur den leichten Vollzug hier auf Filiale 666. Er sollte unter die Kuppel, aber es geht ja leider nicht nach mir.

Sie sind nach einer fehlerhaften Konditionierung während der Ausbildung zur Missionsspezialistin vor etwa anderthalb Jahren in seine Obhut gekommen und damit in seine Fänge geraten. Er hat die Möglichkeiten von TransDime zur Therapierung missbraucht, um eine Fixierung auf ihn bei Ihnen zu implantieren und Sie ihm so zu Willen zu machen. Ich möchte nicht auf Details eingehen, das erspare ich uns an dieser Stelle. Wichtig ist, dass vor etwa einem Jahr durch einen dummen Zufall heraus gekommen ist, was er da so trieb, als Sie mit Frau Schnyder zusammengetroffen sind und diese ihm damit drohte, ihn den zuständigen Stellen von TransDime zu melden. Was Frau Schnyder nicht wusste, war die Tatsache, dass er befürchtete, bei einer Untersuchung könnte Licht hinter seine üblen Machenschaften gebracht werden.

Da er dieses Risiko nicht eingehen konnte, missbrauchte er seine Funktionsstufe, um einen Killer auf Frau Schnyder anzusetzen. Das Attentat misslang zum Glück und als der Attentäter gestand, wurde bei den anschließenden Sondierungen von Hirtenstock das ganze Ausmaß seiner Abscheulichkeiten sichtbar. Somit sitzt er nun hier ein."

Er unterbrach sich, als Ziska mit entsetzter Miene nachhakte: „Dieser... dieser Mann hat ein halbes Jahr lang..."

„Es tut mir Leid, ja. Der einzige dürftige Trost ist, dass Sie sich nach der darauf erfolgten, diesmal korrekten Therapie nicht mehr daran erinnern dürften. Ist das korrekt?"

Sie hatte ihr Gesicht von ihm weggedreht und damit zu Tamaras Seite hin. „Ja, ich weiß nichts mehr von alledem. Aber mir wurde gesagt, dass er schlimme Dinge mit mir und meiner Wahrnehmung getan hat."

Ihre Blicke trafen sich, doch Ziska reagierte nur mit einem schmerzlichen Gesichtsausdruck, was Mitleid in Tamara auslöste. Sie konnte sich nicht einmal ansatzweise vorstellen, was nun in der Frau neben ihr vorgehen mochte. Und Tamara hatte eine Menge Phantasie.

„Er hat offenbar gezielt Erinnerungen ausgelöscht, die über den fraglichen Zeitraum

Ihrer fehlgeschlagenen Ausbildung und ihres Dienstjahres als Korrektur-Agent hinausgingen. Alles, was ihm während der Sitzungen und der Engrammaufzeichnungen als Hindernis erschien, Ihre Fixierung auf ihn zu manifestieren, fiel seinen Löschungen zum Opfer."

„Ich kann mir gar nicht vorstellen, was das alles gewesen sein könnte." Sie schniefte ein wenig.

„Du hattest einen Freund, dem du sehr viel bedeutet hast", sagte Tamara leise. „Lothar. Er hat dir auch eine Menge bedeutet, bis du befördert wurdest und aus der WG ausgezogen bist, in der außer Rebecca, Nick und dir auch er wohnte. Du wolltest zwar Kontakt mit ihm halten, doch das haben sie dir wohl recht schnell während der Ausbildung ausgetrieben. Alleine das schon sollte ein Warnsignal gewesen sein, dass da was schiefgelaufen ist bei der Ausbildung und Konditionierung."

Der Arzt drehte sich um. „Frau Schnyder, bitte!"

„Nein, sie hat recht. Lassen Sie sie ruhig zuhören und zu Wort kommen, wenn sie etwas dazu beitragen kann." Schwach winkte Ziska vor ihrem Gesicht herum, was bereits eine starke Geste war, wenn man ihren Zustand bedachte.

Wittigg seufzte: „schön, dann weiter im Text. Die zweite Therapie war wie gesagt erfolgreich, doch die Fixierungsautomatismen von Hirtenstock waren offenbar so tief verankert, dass sie nicht erkannt und behandelt, geschweige denn entfernt wurden. Das muss bestimmt noch korrigiert werden. Jetzt, da man weiß, wonach man suchen muss, wird das kein Problem sein."

„Wie weit wird mich das verändern? Ich meine, noch zusätzlich zu dem, was bereits mit mir geschehen ist?" Sie klang nun ängstlich.

„Du musst dir keine Sorgen machen, Ziska. Ich kenne dich nicht von früher, aber ich habe dich vor deiner Zeit bei Hirtenstock bereits erlebt und kann dir sagen, dass du auf einem guten Weg bist. Das, was mit dir gemacht wird, kann nicht völlig falsch sein. Warte noch ein wenig, dann kommen Nick und Rebecca noch vorbei, ebenso wie Sven. Sie alle kennen dich von deinem ersten Tag bei TransDime an und können viel mehr dazu sagen."

Wittigg gebot: „Aber übertreiben Sie es nicht. Maximal drei Besucher! Und Sie,

Frau Herrschel, gehen sowieso nirgends hin. Sie haben eine schwere Gehirnerschütterung und eine tiefe Platzwunde am Hinterkopf, neben den diversen Kampfspuren, die Frau Schnyder Ihnen zugefügt hat, als sie Sie davon abhielt, in den Fluss und somit in den sicheren Tod zu springen. Wenn Sie in diesem Zustand aufstehen, endet das erste Dutzend Schritte mit dem Erbrechen Ihres Mageninhaltes, darauf gebe ich Ihnen mein Wort als Mediziner. Sie werden uns demnach noch ein wenig erhalten bleiben.

Was Sie angeht, Frau Schnyder: Sie werden noch eine Stunde auf Station bleiben, dann ebbt die Wirkung Ihres Beruhigungsmittels ab und Sie können entlassen werden. Melden Sie sich einfach beizeiten beim Personal hier."

Ziska fragte zaghaft: „Ich muss noch hier bleiben? Aber..."

„Keine Angst, ich komme nachher nochmal zu Ihnen. Sie werden wohl ein paar Tage stationär bleiben und dann sehen wir weiter."

Damit verabschiedete sich der Arzt und zog den Isolationsvorhang hinter sich wieder zu.

Tamara stand vorsichtig auf und ging ganz langsam, Schritt für Schritt, hinüber zu Ziskas Bett. Sie setzte sich auf den einzigen Besucherstuhl neben ihrem Bett und sagte: „Na?"

„Was für ein Riesenhaufen Scheiße. Damit meine ich mein ganzes Leben. Oh Gott, was dieser Typ mir angetan hat... ich darf gar nicht daran denken." Sie wandte sich ab.

Zu ihrer eigenen Verblüffung legte Tamara ihr die Hand beruhigend auf die Schulter. „Das kannst du auch nicht mehr, TransDimes fortschrittlicher Technik sei Dank."

Sie wandte ihr Gesicht wieder zu Tamara und sagte widerwillig mit gerunzelter Stirn: „Ja, echt *super*. Und jetzt wird noch ein drittes Mal an meiner Psyche rumgebastelt. Am Ende komme ich als hirnlose, singende Hupfdohle aus ihrer Hirnklempnerei heraus getanzt."

Wider Willen musste die junge Schweizerin lachen. „Was für eine Vorstellung."

Der Vorhang wurde aufgezogen und ihre drei Kollegen stießen zu ihnen. Sie sahen überrascht Tamara neben Ziskas Bett sitzen und erkundigten sich nach dem neuesten Stand der Dinge. Nachdem sie in alles eingeweiht wurden, meinte Ziska dann mit zaghaftem Tonfall: „Ihr drei, ihr kennt mich am längsten. Was glaubt ihr, warum konnte all das passieren? Bin ich so ein schlechter Mensch, dass ich das alles verdient habe?"

Nick meinte vorsichtig: „So darfst du das nicht sehen. Alles, was dir im Leben widerfährt, trägt zu deiner Entwicklung bei, wie bei allen Menschen. Ich bin auch kein Profi, was das angeht, aber es kann sein, dass TransDime gezielt ausnutzen wollte, dass es dir ein Stück weit an Mitgefühl für andere gefehlt hat. Bei deiner Ausbildung zur Scharfschützin sind sie aber klar übers Ziel hinaus geschossen und haben übertrieben bei deinem Drill. Du warst danach nicht mehr die Person, die wir vorher gekannt haben und mit der wir unter dem selben Dach gelebt haben."

Rebecca fügte hinzu: „Ja, du warst zwar vorher eine schwierige Persönlichkeit, aber dennoch jemand, mit dem man auskommen konnte. Und Lothar hat dich fast schon angebetet, also musst du doch etwas an dir gehabt haben, was in ihm Vertrauen und Zuneigung für dich erzeugt hat."

Ziska lächelte schwermütig. „Lothar... so sehr ich mich bemühe, ich kann mich nicht an ihn erinnern. Dabei war er damals wohl der wichtigste Mensch in meinem Leben, nach dem, was ihr erzählt. Was für ein Monster muss man sein, um jemand anderem die Erinnerungen an einen geliebten Menschen zu rauben, nur für seine eigenen Zwecke?"

Rebecca legte ihr eine Hand auf den Arm. „Du darfst nicht so denken, das macht dich nur verrückt. Dieser Schaden ist offenbar nicht mehr zu beheben, daher ist es für dich tatsächlich so, als hättest du ihn nie gekannt. Und auch wenn andere Leute wie wir dir jetzt davon erzählen, dann nicht um dich zu quälen, sondern um dir zu sagen, dass in jedem Menschen Gutes und Schlechtes ist. Auch ich habe mir Dinge geleistet, auf die ich heute nicht stolz bin, auch mir dir. Aber all das ist Schnee von gestern. Du musst jetzt nach vorne sehen, sonst wirst du nie zur Ruhe kommen und es wird dich womöglich eines Tages in den Wahnsinn treiben."

„Genau. Ich würde mich jedenfalls freuen, wenn wir hier und heute das Kriegsbeil begraben könnten und einen Neuanfang machen. Das würde mir persönlich auch enorm helfen, glaube mir." Tamara verblüffte alle mit diesem Angebot an ihre Erzfeindin, wenn man das so nennen wollte.

„Soll mir recht sein. Was habt ihr im Moment denn für einen Eindruck von mir?" Sie sah ihre alten Bekannten bange an.

Sven meinte diplomatisch. „Ich finde, du hast dich verbessert gegenüber früher. Es kann ja sogar sein, dass während der Therapie durch ihre High-Tech-Methoden etwas behoben werden konnte, was dich früher oft ungenießbar gemacht hat. Auch wenn der Gedanke für uns erschreckend ist und ein grober Eingriff in die Persönlichkeitsrechte, so kann es dennoch möglich sein, dass man mit dem Wissen der höchstentwickelten Filialen tatsächlich Korrekturen vornehmen kann, die medizinische oder allgemein physiologische Ursachen für charakterlich schwierige Menschen möglich machen. So wie ein hoher Blutzuckerstand bei Diabetes üble Stimmungsschwankungen hervorruft, könnte es eine Reihe uns völlig unbekannter Ursachen für alle möglichen Defizite beim Menschen geben, die inzwischen sozusagen heilbar sind. Nur weil wir mit unserem im Vergleich zu Filiale 1 eher beschränkten Schulwissen das nicht kennen, heißt es nicht, dass es nicht möglich ist."

Tamara sah Sven mit großen Augen an und sagte bewundernd: „Du hast mir eben geradewegs aus der Seele gesprochen. Wow, das ist mir erst einmal passiert in meinem Leben, dass jemand anderes solche tiefgründigen Einsichten mit mir teilt."

Als sie Nick kaum merklich zuzwinkerte, wusste er, dass sie ihn meinte, als sie bei ihrer ersten gemeinsamen Dienstreise in Bremen während ihrer Affäre über Gott und die Welt philosophiert hatten.

Ziska ließ sich hintenüber sinken und zog Bilanz: „Demnach werde ich erst mal wieder gesund, lasse mich kurieren und den Mist, den Hirtenstock in mich implantiert hat, entfernen. Ich hoffe inständig, du hast recht, Sven. Wer will schon notorisch missmutig, besserwisserisch und abweisend sein? Ich weiß jetzt in der Rückschau, dass diese Eigenschaften bei mir vorhanden sind, doch das habe ich mir nicht ausgesucht. Vielleicht schaffen sie es in der Tat, aus mir einen besseren Menschen zu machen, in welcher Hinsicht immer. Vielleicht werde ich danach nicht mehr das Zeug dazu haben, als Scharfschützin zu arbeiten, aber vielleicht bleibt mir das doch erhalten. Ich glaube immer noch, mir könnte das Spaß machen."

Nick lachte kurz auf. „So gefällst du mir. Genug von der guten alten Ziska, um dich wiederzuerkennen, aber doch ein gewisser Grad der Einsicht und Wille zur Besserung."

„Freut euch nur nicht zu früh. Vielleicht kommt der Tag, wo sie an allen Stewards und Assistants gleich nach der Einstellung die geistigen Stellschrauben anziehen, wann immer sie es für nötig halten." Mit dieser Aussage traf Ziska ungewollt derart ins Schwarze, dass Rebecca und Nick sich schockiert ansahen.

Er konnte nicht anders, als zu sagen: „Du meinst, dass wir bereits seit Jahren insgeheim von der Firma indoktriniert und gehirngewaschen werden?"

Rebecca hatte den Braten gerochen und stieg sofort ein: „Nein, das wäre doch paranoid! Nur, weil sie die Möglichkeiten dazu haben..."

Sie ließ den Satz im Raum stehen und sah alle nacheinander mit bedeutungsvollem Blick an. Alle versanken in tiefes Schweigen.

Sven meinte gedankenversunken: „Das würde jedenfalls einige Ungereimtheiten erklären."

Tamara fügte hinzu: „*Viele* Ungereimtheiten."

„*Richtig* viele Ungereimtheiten. Viel Seltsames und Unerklärliches." Rebecca sah Nick mit einem Blick an, den Bogen nicht zu überspannen, als sie das noch zum Besten gab.

„Selbst wenn es so wäre, dann wäre es jetzt schon viel zu spät für uns, noch etwas dagegen unternehmen zu wollen. Sie hätten uns im Sack... wenn es so wäre." Nach Nicks letzten Worten sagte für eine ganze Weile keiner mehr etwas. Tief in ihrem Unterbewusstsein ahnten vielleicht auch die nicht Eingeweihten hier, dass das doch die Wahrheit sein konnte und sie alle unter dem unterschwelligen Einfluss ihrer Firma stehen konnten.

Der Vorhang wurde zur Seite gerissen und Teresa steckte ihren Kopf ins Krankenabteil. „Also doch, hier seid ihr ja. Kommt, wir müssen los, sie wollen gleich starten!"

Ziska sah sie erschrocken an. „Aber... was wird denn dann aus mir?"

Ein Pfleger, der gerade im Flur vor der Station vorbeilief, meinte lapidar: „Sie müssen leider noch ein paar Tage bleiben. Sie werden wohl erst mit dem nächsten Transport zurück können."

„Oh nein!" Ziska sah entsetzt aus, was alle verwunderte.

Tamara sagte beruhigend: „Komm schon, so übel ist das doch gar nicht. Du erholst dich erst mal und siehst zu, dass du mit der nächsten Fähre zurückfliegen kannst. Dann heißt es Therapie für dich und gute Besserung. Das wünsche ich dir jedenfalls."

Sie merkten bei der Verabschiedung, dass Ziska mit sich haderte und sich zurückgelassen fühlte. Nick konnte nicht umhin, Mitleid für sie zu empfinden. Andererseits war es hier oben in den Wärterebenen nicht so furchtbar, wie man annehmen konnte. Hier hatte man Tageslicht, keinen Kontakt mit Sträflingen und ausreichend Raum und Möglichkeiten, sich in der Freizeit zu beschäftigen. Den Wachmannschaften musste nämlich auch ein gewisser Lebensstandard und auch ein Hauch Luxus geboten werden, sonst würde hier bestimmt niemand freiwillig Dienst verrichten. Diese Infrastruktur konnte Ziska selbstredend mitnutzen. Der nächste Transport würde zwar erst in sechs Wochen ankommen, wie sie erfuhren, aber bis dahin würde Ziska es wohl aushalten können auf der Filiale 666. Schließlich war sie keine Insassin, sondern ein Gast der Wachen. Es hätte im Laufe ihrer Karriere durchaus auch anders kommen können. Und wenn Herr Smithers, der Leiter des Gefängnisses, erst von ihrem Aufenthalt hier erfahren würde, konnte ohnehin niemand sagen, was dann geschehen würde.

Und schon wieder tat Ziska ihnen beinahe Leid bei dieser Vorstellung.

Da die Crew der Dimensionsfähre nicht noch länger im Freien in luftiger Höhe neben dem Turmausleger schweben wollte, während das Unwetter um sie herum tobte, wurde Tamara aus der Krankenstation entlassen und sie machten sich auf zur Fähre.

Als sie einstiegen und die grausame Gefängniseinrichtung unter sich zurückließen, meinte Nick dann auch philosophisch: „Wer weiß, vielleicht hat Ziska jetzt mal einen Eindruck davon bekommen, was sie erwartet, wenn sie wieder anfangen sollte, durchzudrehen. Also, mich würde das von allem abhalten, was mich jemals hierhin bringen könnte."

Rebecca sah ihn mit bedeutungsvoller Miene an, wusste sie doch ebenso gut wie er, dass wenn sie von diesem ominösen Widerstand angeworben würden und das herauskäme, sie beide genau hier den Rest ihres Lebens verbringen würden, wenn auch bestimmt nicht unter der Kuppel, sondern im Exil in einer der Siedlungen am Fluss. Sven bekräftigte indes Nicks Aussage: „Da hast du mal ein wahres Wort gesagt, Mann. Stell' dir mal vor, du musst für den Rest deines Lebens unter dieser Kuppel in völliger Dunkelheit hausen."

Hannes erwiderte: „Mir hat ein Wächter dort erzählt, dass die schweren Jungs – und Mädels – einen Tag pro Woche in einem der 'Turmzimmer' oberhalb der Kuppel mit Tageslicht und gratis Aussicht verbringen. Dann geht es wieder nach unten und andere haben für einen Tag die Ehre. So verhindern sie wohl, dass die Schwerkriminellen vollends durchdrehen. Und egal, was die bösen Buben im Knast selbst anstellen, der Tag im Turm ist unantastbar, nicht einmal als Strafmaßnahme darf er den Häftlingen verwehrt werden."

„Hm, dennoch finde ich es hart genug. Der härteste Knast im Universum." Rebecca schauderte bei der Vorstellung an die Haftbedingungen.

„Immerhin haben die Wärter ihre Stuben alle oberhalb der Kuppel. Das lässt sich schon besser aushalten." Thorsten kratzte sich am Kopf. „Aber da man ja ohnehin aus diesem Universum sein muss, fällt die Wärterkarriere für uns alle ohnehin flach."

Tamara ulkte: „Ja, schon wieder eine Option weniger für uns. Zum Glück zieht es mich in ein anderes Berufsfeld."

„Schon gut, wir wissen es allmählich, die große Forscherin aus der kleinen Schweiz." Miriam verdrehte die Augen.

„Was ist gegen ein Ziel im Leben einzuwenden? Außerdem ziehe ich meine beiden besten Freunde im Fahrwasser auch an Bord." Sie zwinkerte Rebecca und Nick zu.

„Schönen Dank auch, aber das sollten wir auch noch alleine hinbekommen, würde ich mal behaupten." Nick gab sich beleidigt, worauf alle wieder lachten. „Außerdem ist das noch nicht in Stein gemeißelt. Wer kann schon wissen, was noch alles passiert, bis uns diese Entscheidung bevorstehen könnte?"

Nach und nach schlenderten alle zu den Nahrungsverteilern, um sich mit etwas Essbarem zu versorgen. Der Aufenthalt auf der Gefängniswelt selbst war zwar nicht lange gewesen, aber die Reise an sich zog sich doch gewaltig in die Länge für sie. Zudem hatten sie hier nur ein Kurzstreckendeck zur Verfügung, obwohl sie von der Reisezeit her locker auf die sonst üblichen Langstrecken kamen.

Beim Essen fragte Sven nochmals Tamara, die hinter ihm saß. „Und wie geht's dir inzwischen?"

„Ich bin zäh, das weißt du doch. Mich Ziska zu stellen und die Sache so abzuschließen, hat mir im Nachhinein gesehen vielleicht mehr gebracht als alle Therapien, um meinen Seelenfrieden wieder herzustellen. Und der kleine Bonus, dem fiesen alten Hirtenstock mit dem Betäubungsgewehr eins auf den Pelz zu brennen, hat sicher auch nicht geschadet."

Alle lachten und Nick fragte dann: „Was war das wohl für ein Strahl, der da aus dem Gewehr verschossen wurde?"

Tamara seufzte: „Das bereitet mir mit am meisten Kopfschmerzen. Bei der Übergabe dachte ich noch, es verschießt Betäubungspfeile. Mann, komm' ich mir jetzt blöd vor! Es war ein ganz dünner, feiner Strahl, orange in der Farbe und es hat nur leise gezischt beim Abfeuern. Es war wie eine Art anhaltender Energieimpuls. Als ihn der Strahl getroffen hat, ist er sofort umgekippt wie ein Sack Kartoffeln. Was zum Henker kann so etwas bewirken?"

„Ein Star-Trek-Phaser, auf schwere Betäubung eingestellt, vielleicht?", neckte Rebecca sie, doch Tamara sprang nicht darauf an.

„Nein, ernsthaft. Nach unserem Wissensstand ist ein Phasergewehr doch noch reine Theorie. In entsprechenden technischen Handbüchern wird der schnelle Nadion-Effekt zwar beschrieben, eine pulsierende protonische Ladung von subatomaren Teilchen in einem supraleitfähigen Lithium-Kupfer-Kristall, der bei entsprechender Stärke eine Beeinträchtigung des zentralen Nervensystems mit einer Ohnmacht des Getroffenen zur Folge hat. Aber das ist nicht real, diese Waffe hingegen war es. Wenn es tatsächlich eine Möglichkeit gibt, eine Form von elektromagnetischer oder Partikelenergie in gerichteter Form und Dosierung abzugeben, um Menschen gezielt zu betäuben... was schaust du mich so komisch an, Beckie?"

„Du kennst eine technische theoretische Beschreibung von der Funktionsweise einer Strahlenkanone? Mann, bist du ein *Nerd*!"

Mit wichtigtuerischer Miene entgegnete Tamara: „Tja, manche von uns haben vor dem Schlafengehen im Bett eben die *Connie* gelesen und vom Reiterhof geträumt, andere *Die Technik der U.S.S. Enterprise*. Mann, wenn ich jemals so ein Betäubungsgewehr in die Hände bekommen und auseinandernehmen könnte..."

Nick schlug zwinkernd vor: „Versuch's doch mal auf der unteren Ebene. Die Zellen sind ja jetzt leer und der Bubi von der Waffenausgabe würde sicher nicht nein sagen zu einem kleinen... Handel mit dir."

Während einige lachten, erwiderte Tamara erbost: „Das ist unerhört, skandalös... und absolut wahr."

Als sie unter noch lauterem Gelächter aufstand, drückte Sven sie zurück in den Sitz. „Hiergeblieben, Heldin. Du musst jetzt noch ein weiteres Mal das Richtige tun und das schön sein lassen."

„Mist, mein gutes Gewissen hat gesprochen." Sie ließ sich grinsend zurück in die bequemen Polster des Sitzes sinken. „Wenn auch nicht ganz uneigennützig."

„Kein Kommentar." Damit zwinkerte er ihr zu, worauf Nick und Rebecca sich erstaunt ansahen. Lag da etwa ein kleiner Flirt zur Aufarbeitung des gemeinsam Erlebten an? Aber wer konnte es Tamara verdenken? Schließlich war Oliver es gewesen, der ihre Beziehung auf Eis gelegt hatte. Er konnte nicht von ihr erwarten, dass sie aufhörte zu leben.

Dieser Einsatz war im Fazit eine bedrückende und ernüchternde Erfahrung gewesen für sie alle, jetzt da sie wussten, was mit denen geschah, die TransDime in die Quere kamen. Nicht nur Verbrecher und konzerninterne Systemgegner fanden ihre letzte Station auf Filiale 666 oder seinem Pendant in einem anderen Universum, sondern auch Individuen, die den von TransDime angestrebten Zielen in Politik und Wirtschaft zu stark entgegenwirkten. Nick fragte sich, wen man da so alles an prominenten Personen aus besagter Politik und Wirtschaft finden konnte, die alle irgendwann auf mysteriöse Weise eines Tages spurlos verschwunden waren, um mutmaßlich dort im Exil zu enden. Ihm fiel spontan nur Jimmy Hoffa ein, aber diese Liste würde sicher lang werden, wenn er nur ein wenig länger darüber nachdachte.

Sie kannten damit jetzt das Risiko, das sie erwartete, wenn sie sich wirklich bei der Resistance einschreiben würden. Darüber würde Nick mehr als nur eine Nacht schlafen müssen, ob es dieses Risiko wert wäre.

< 20 >

Frankfurt am Main, Filiale 88 - Monat 23

Beim Aussteigen aus der Gefängnisfähre fragte Tamara wie beiläufig Nick und Rebecca: „Und, was macht ihr zwei denn heute Abend noch so?"

Rebecca meinte zwinkernd: „Wir wollten einen gemütlichen Abend zu zweit verbringen, wenn du verstehst. Wie geht es dir, Tammy? Können wir dich alleine ziehen lassen?"

Die Gefragte schluckte ihren Kloß im Hals rasch herunter: „Na klar. Lothar und Barbara sind doch sowieso im Moment zu Hause bei euch, habt ihr vor der Abreise gesagt; da wäre das Risiko zu hoch."

Nick schlug vor: „Willst du morgen bei uns vorbei kommen? Die Beiden wollten dann wegfahren, dann wäre das kein Problem mehr, wenn du bei uns bleibst."

Tamara machte gute Miene zum bösen Spiel und sagte tapfer: „Ja, gerne. Dann einen schönen Abend."

Als sich Rebecca und Nick von der Landeplattform in den Transferbereich begaben, blieb Tamara ein wenig verloren zurück und überlegte, ob sie ab jetzt scheibchenweise immer mehr abgehängt werden würde, da die Beiden nun verlobt waren und irgendwann in absehbarer Zeit sogar heiraten mochten.

Eine große Hand legte sich schwer auf ihre Schulter. „Nimm's nicht so schwer, das Leben geht weiter. Manche Dinge verändern sich eben, aber eure Freundschaft kann nichts zerstören, da bin ich mir sicher."

Sie drehte sich langsam um und blickte zu Sven auf, der ihr kurzes Gespräch wohl mitbekommen und erstaunlich gut erraten hatte, was sich im Moment in ihr abspielte.

Sie seufzte und legte ihre Hand auf seine, ohne den Blick von den Türen abzuwenden, durch die ihre beiden besten Freunde eben die Abflughalle verlassen hatten.

„Ich wünsche mir wirklich, dass du damit recht hast. Solche Menschen wie sie sind selten."

„Und, was machst du jetzt? Geht's direkt nach Hause?", wollte er so beiläufig wie möglich wissen. Der Versuch, den Schein zu wahren, misslang ihm gründlich.

Sie überlegte kurz, die Stimmung auffassend und die Gelegenheit wahrnehmend. „Ich weiß nicht. Mich hat die ganze Sache doch mehr mitgenommen, als ich gedacht habe. Wenn ich nach so einer Mission heimkomme und dann alleine bin, fängt die Grübelei erst richtig an. Das möchte ich momentan eigentlich lieber vermeiden… oder zumindest hinauszögern."

Als sie über die Schulter nach hinten sah, war es, als sähe sie ihn erst jetzt zum ersten Mal richtig. Zögernd fragte sie: „Was machst du denn noch heute Abend?"

„Ich wäre jetzt eigentlich auch direkt nach Hause gefahren. Willst du mir noch etwas Gesellschaft leisten? Ich habe eine gut sortierte Hausbar in meiner Männerhöhle." Er hob mehrfach vielsagend die Augenbrauen.

Sie konnte nicht anders, als loszulachen. „Mit Subtilität hattest du noch nie Probleme, oder?"

Er fiel in ihre heitere Stimmung ein, froh, dass sich die schwarze Wolke über ihrem Gemüt allmählich verzog. „Subtili… was? Noch nie gehört. Was ist denn schon dabei, schöne Frauen zu sich in die Wohnung zu locken und in bester Absicht mit erlesenen Spirituosen in gelöstere Stimmung zu bringen?"

„Du spielst schon wieder meinen Helden. Genau das brauche ich nämlich jetzt, glaube ich." Diesmal kam ihr Lächeln von Herzen und ließ ihn förmlich dahinschmelzen.

Danach mussten sie nicht mehr lange um den heißen Brei herumreden. Sie fuhren mit seinem Dienstwagen an diesem späten Freitagabend zu ihm nach Hause und er gab den perfekten Gentleman für sie. Sie musste ungewollt lachen, als er sie auf der Couch platzierte, die Beleuchtung dimmte und für Kerzenlicht sorgte, bevor er Knabbereien und Antipasti auf den Couchtisch vor ihr platzierte und dezente Hintergrundmusik von Laura Pausini auflegte.

„So sieht also ein gemütlicher Abend für dich plus einer geladenen Dame aus. Klischeehaft, aber wirkungsvoll." Mit gespielt scheuem Augenaufschlag, aber lächelnd klopfte sie lockend auf den Platz neben sich.

Er blieb indes noch neben der Bar stehen: „Was darf ich dir bringen?"

Sie warf einen Blick in den Barschrank mit Schwenktür nach unten, die er nun weit geöffnet hatte. „Hm, womit fangen wir denn an...?"

Am nächsten Morgen brummte Tamara der Schädel, als sie durch helles Tageslicht erwachte, das zwischen den Ritzen von herabgelassenen Jalousien ins Zimmer fiel. Oh je, sie hatte sich total gehen lassen letzten Abend und die angenehme Stimmung auf sich wirken lassen. Sven und sie hatten bestimmt die halbe Bar durchprobiert.

Sie drehte sich um und wurde sich gewahr, dass sie in einem breiten Doppelbett unter einem dünnen Laken direkt neben Sven lag, der tief und fest schlief, mit dem Rücken zu ihr und seiner Bettdecke bis über die Ohren hochgezogen.

Und natürlich war sie nackt, wie sie jetzt auch noch registrierte. Sie seufzte, denn an irgendwelche amouröse Episoden fehlte ihr jegliche Erinnerung. Sie hatten sich beide ziemlich abgeschossen und dann hatte er ihr die ausgezogene Couch zurechtgemacht, soviel wusste sie noch schemenhaft. Eigentlich passierte ihr das selten, dass sie so viel trank, dass sie am nächsten Morgen einen Filmriß hatte.

Von ihm unbemerkt hob sie ihre Bettdecke, konnte ihre Unterwäsche jedoch nirgends finden, auch nicht auf seiner Seite des Bettes. Sie ließ seine Bettdecke einen Moment länger angehoben, als für diese Feststellung nötig gewesen wäre. Mit beeindruckter Miene zog sie eine Augenbraue hoch. Er war also auch ein Nacktschläfer. Entweder das oder...

Nein, so sehr konnte sie nicht weggetreten gewesen sein, dass sie sich an gar nichts mehr erinnern könnte, wenn etwas zwischen ihnen gewesen wäre. Sie schlich auf Zehenspitzen ins Bad, doch auch dort blieb ihre Suche erfolglos. Mit gerunzelter Stirn betrat sie dann das Wohnzimmer und erspähte sofort die zart rosafarbene Unterwäsche, die sie gestern getragen hatte.

Das konnte nur eines bedeuten: sie musste sich in Unterwäsche gekleidet auf seine Gästecouch gelegt haben und dann irgendwann nachts hatte sie sich wohl ausgezogen und im Halbschlaf zu Sven ins Bett gelegt, weil sie seine Nähe gesucht hatte. Die Initiative war demnach von ihr ausgegangen; er hingegen war der perfekte Gentleman gewesen, schon wieder.

Sie beschloss, den Faden an der Stelle aufzunehmen, wo sie ihn nach dem übermäßigen Alkoholkonsum verloren hatte. Leise schlich sie sich zurück ins Bett und legte sich mit dem Rücken zu ihm wieder auf ihre Seite.

Unversehens fiel sie wieder in tiefen Schlaf, da sie sich hier bei ihm erstaunlich sicher und geborgen fühlte.

Als sie eine Weile später wieder erwachte, merkte sie gleich, dass er im Schlaf einen Arm um sie gelegt hatte. Er hatte sich umgedreht und lag nun dicht hinter ihr an sie geschmiegt. Obwohl sie ihn noch nicht so gut kannte, war es dennoch ein angenehmes Gefühl, beschloss sie und ließ ihn gewähren.

„Guten Morgen, mein Engel." sie zuckte ein wenig erschrocken zusammen, als sie seine Stimme mit sanftem Tonfall hinter sich hörte.

„Oh, du bist wach. Guten Morgen." Sie drehte sich zu ihm um und sah sein Gesicht dicht vor ihrem. Er lächelte noch ein wenig schlaftrunken und betrachtete sie dann bewundernd. Die Situation schien ihm überhaupt nicht peinlich zu sein, geschweige denn unangenehm.

„An diesen Anblick könnte ich mich beim Aufwachen gewöhnen. Du bist traumhaft schön, Tammy." Zu ihrer Verblüffung gab er ihr lediglich ein kurzes Bussi auf die Nasenspitze und schwang sich dann aus dem Bett. „Soll ich Frühstück machen? Du kannst noch ein wenig liegen bleiben, wenn du magst."

Sie richtete sich halb auf und stützte sich seitlich auf einen Ellenbogen. „Moment mal, Sven. Kannst du mich vorher noch kurz aufklären, was letzte Nacht geschehen ist? Nur so aus Spaß, fürs Protokoll."

Er hielt inne, setzte sich dann auf die Bettkante und machte ein verzücktes Gesicht, als er rekapitulierte: „Kein Problem. Wir haben uns lange und angeregt unterhalten, über Gott und die Welt und haben viele Gedanken, Meinungen, Geheimnisse und Sehnsüchte miteinander geteilt. Dann hat dir der Alkohol so zugesetzt, dass ich dir die Couch zum Übernachten gerichtet habe. Mitten in der Nacht bist du dann zu mir ins Bett gekommen und hast dich an mich geschmust wie ein liebebedürftiges Kätzchen. Ich habe dir ein wenig gut zugeredet und wir haben es bei ein paar Streicheleinheiten belassen, bevor wir friedlich nebeneinander eingeschlafen sind."

„Das war alles? Mehr haben wir nicht... zusammen, meine ich..." Sie sah nun doch ein wenig peinlich berührt aus der Wäsche.

„Du warst so süß, aber auch echt hinüber von unserer Durcheinander-Sauferei. Ich fand, dass es schade wäre, wenn wir uns unter diesen Umständen näher kommen und du hast gesagt, okay, aber Fortsetzung folgt. So was in der Art jedenfalls." Er konnte nicht anders, als breit zu grinsen.

Sie überlegte kurz und auch auf ihrem Gesicht machte sich ein Lächeln breit. „Ja, ich kann mich noch ganz dunkel erinnern. Ich sollte dir dankbar sein, glaube ich."

„Dann kann ich dir jetzt doch noch Frühstück im Bett servieren?"

Sie nickte eifrig und verzog dann das Gesicht. „Und vergiss nicht eine Kopfschmerztablette."

„Einmal Katerfrühstück, kommt sofort!"

Beim Frühstücken von einem breiten Tableau, das mittels hoher Stützen auf der richtigen Höhe über ihrem Schoß thronte, unterhielten sie sich nochmals eingehender in gelöster Stimmung. Dabei ging Tamara eine Sache nicht mehr aus dem Hinterkopf, während sie ihr erstes Brötchen vertilgte.

„Du hast vorhin erwähnt, dass wir auch Geheimnisse miteinander geteilt haben. Ist da etwas Brisantes dabei gewesen, von dem ich wissen sollte, dass ich dich darin eingeweiht habe?" Sie rückte einen ihrer BH-Träger zurecht und nahm einen großen Schluck Kaffee.

Er erwiderte im Plauderton: „Ach, nichts weiter. Nur deine Dreiecksbeziehung mit Rebecca und Nick."

Sie prustete die volle Ladung Kaffee vor Schreck quer übers Deckbett, worauf Sven in schallendes Gelächter ausbrach. Sie starrte ihn entsetzt an: „*Das* habe ich dir erzählt? Oh nein!"

Er kriegte sich kaum noch ein: „Mann, das war echt filmreif! Tut mir Leid, dass ich diese Bombe so habe platzen lassen, die Versuchung war einfach zu groß."

„Jetzt möchte ich am liebsten im Boden versinken vor Scham." Sie starrte auf ihre Hände.

„Aber warum denn? Erklär' es mir doch einfach; letzte Nacht warst du dazu ja nicht so richtig in der Lage. Du warst sehr emotional und hast die selben Sachen immer wiederholt. Aber alleine die Erwähnung dieser Tatsache hat für mich so einiges erklärt, was ich mich immer gefragt hatte, was euch drei angeht. Die Sache zwischen euch ist nicht nur so eine flüchtige Tagträumerei, oder?" Interessiert beobachtete er sie.

Tamara seufzte leise und sammelte sich dann: „Nein, auf keinen Fall. Gut, ich packe aus, obwohl ich diesen Tag gefürchtet habe, seitdem die Geschichte begann. Wie erklärt man so etwas einem Außenstehenden?

Es begann in meinem ersten Jahr bei TransDime, kurz vor Weihnachten. Wir hatten eine kleine Hausparty bei Nick und Rebecca gemacht. Nein, warte, ich muss weiter ausholen.

Ich hatte in meinen ersten Monaten als Steward auf meiner ersten gemeinsamen Reise mit Nick... nein, ich muss ganz vorne anfangen, am ersten Tag bei TransDime. Als ich dem wundervollsten Menschen der Welt begegnen durfte. Ich kann noch heute nicht glauben, dass ich dieses Glück hatte und womit ich das verdient habe."

Sven nickte versonnen ins Leere starrend. „Du redest natürlich von Rebecca. Ich weiß genau, was du meinst. Gott, wenn dieser elende Hund namens Dominik Geiger mir nicht in die Quere gekommen wäre, ich hätte Himmel und Hölle in Bewegung gesetzt, um sie für mich zu interessieren."

Völlig verdattert sah sie auf. „Wow, ich wusste nicht, dass du sie so sehr anhimmelst."

„Nein, mir bleibt nur noch, sie zu verehren, so wie es sich gehört für Traumfrauen, die nicht mehr erreichbar sind. Ich bin vielleicht ein wenig altmodisch gestrickt, was das angeht. Was soll's, auf einigen Filialen wird das wohl hoch geschätzt." Nun musste er wieder sein verschmitztes Grinsen aufsetzen, das sie an ihm richtig sympathisch fand.

„Du hast es nicht mehr miterleben können, weil du bereits auf Stufe Eins befördert worden warst, aber Rebecca und ich haben uns vom ersten Moment an gefunden. Wir sind wirklich so etwas wie Seelenverwandte, so wie wir auch 'Augenzwillinge' sind. Diesen Ausdruck hast du bestimmt inzwischen schon mal gehört, was den Vergleich zwischen uns angeht." Sie blinzelte, wie um ihre Aussage zu bekräftigen, dann fuhr sie fort.

„Wir konnten uns sofort alles anvertrauen, wirklich alles. Nur die Sache in Berlin, die Rebecca so mitgenommen hat damals, die war natürlich geheim und sie hat nie auch nur ein Wort darüber verraten. Aber wir waren damals alle sehr locker drauf und sie war noch im Stadium einer offenen Beziehung mit Nick. Dann hatte sich meine gemeinsame Reise mit Nick angekündigt und Beckie kam in einem schwachen Moment auf die Idee, dass sie mir praktisch den Segen geben wollte für eine kleine Affäre mit ihm. Sie war wirklich kein bisschen eifersüchtig in diesem Moment. Eine Frau mit solch einer weltoffenen Haltung und so toleranten Ansichten findest du nicht jeden Tag.

Nick und ich haben das auch tatsächlich ausgekostet, aber erst nachdem sie ihm praktisch wortwörtlich über eine Textnachricht grünes Licht gegeben hatte. Er dachte tatsächlich, meine Avancen seien ein fingierter Treuetest von mir und Rebecca."

Sven lachte ungewollt. „Das sieht ihm ähnlich! Er ist so ein *beschissener* Saubermann!"

Sie grinste. „Er war sehr lieb und zärtlich zu mir. Als Frau konnte man Rebecca nur beneiden. Doch direkt danach hatten Nick und ich unser eigenes Horrorerlebnis, das im Nachhinein noch schlimmer wurde von den Konsequenzen her. Als Rebecca und ich zusammen auf einer Dienstreise waren, war ich am Tiefpunkt angelangt. Sie hat mich eines Nachts sehr fürsorglich getröstet, wobei wir beide unversehens übers Ziel hinaus geschossen sind... weit übers Ziel hinaus. Oh, so weit... es war fast, als ob ich nochmal meine Unschuld verloren hätte..."

„Jetzt hör schon auf, sonst muss ich noch im Bad verschwinden bei dieser Vorstellung! Weißt du eigentlich, was sich bei mir im Kopfkino gerade abspielt?" Empört warf er ihr einen kurzen Seitenblick zu.

Sie erwiderte diesen, senkte ihren Blick auf seine Körpermitte und meinte dann trocken: „Ich kann mir eine ungefähre Vorstellung davon machen, was sich da unter der Bettdecke gerade abspielt. Willst du demnächst noch in See stechen, dass du da mittschiffs einen Mast errichtest?"

Nun schlug er sich die flache Hand vor den Kopf und gestand ihr zu: „Okay, der war gut. Genial daneben, sozusagen. Aber lass dich nicht von meinen Gemütszuständen ablenken. Fahre fort, aber bitte ohne zu viele Details. Du weißt schon."

Tamara räusperte sich. „Okay. Als Rebecca und ich nach vielen langen Gesprächen und einigen zärtlichen Schäferstündchen realisierten, dass wir das einmal ausprobieren wollten und Nick der ideale Mann dafür war, haben wir unseren kleinen Plan ausgeheckt, um ihn ins Boot zu holen.

Es ist kurz vor Weihnachten passiert, wie ich schon vorher angedeutet hatte. Nach einer Racletteparty in ihrer Haus-WG haben wir Nick kurz aus dem Weg gehabt und uns dann in verführerischer Reizwäsche und Zipfelmützen in Rebeccas Bett platziert. Als er dazukam, durfte er seine verfrühten Weihnachtsgeschenke gleich auspacken. Er hatte fast Freudentränen in den Augen.

Mann, war das ein Durcheinander bei diesem ersten Mal! Wir sind vor Lachen kaum zur Sache gekommen, aber dann wurde es doch sehr schön. Und wir haben alle drei gemerkt, dass das für uns eine tolle und natürliche Sache war, die uns allen gefiel und die wir ausleben wollten. Es war vor allem auch auf der emotionalen Ebene eine Annäherung an die Perfektion, wie man es sich kaum besser wünschen könnte.

Wir haben dann immer wieder mal zueinander gefunden, wann immer die Arbeit und der Terminkalender es zugelassen haben und wir ungestört waren. Denn mit unserer Ménage à trois wollten wir sicher nicht hausieren gehen. Es war unser süßes kleines Geheimnis und es hat lange funktioniert. Wir haben die Sache bisher auch noch nicht in dem Sinne aufgelöst, dass wir uns zusammengesetzt haben und gesagt haben, so, es ist aus."

„Aber Rebecca und Nick sind ja schon seit Längerem ein festes Paar und jetzt haben sie sich auch noch verlobt. Wie passt du da dazu? Schließlich hast du ja auch schon eine Weile was mit Oliver." Sven musterte sie leicht ratlos.

Sie schluckte kurz, als ob ihr die nächsten Worte schwerfallen würden. „Im Moment ist das schwer zu sagen. Wir sind immer seltener zu dritt intim zusammengekommen, obwohl es immer, wenn es mal wieder passiert, so schön ist wie am ersten Tag. Es gibt da nichts Peinliches oder Unangenehmes zwischen uns. Dieses Band ist etwas ganz Besonderes und das Beste, was ich je hatte. Vielleicht macht mir das deshalb auch so sehr zu schaffen, weil ich nun versucht habe, in einer Phase der emotionalen Schwäche mit einer normalen Beziehung glücklich zu werden, aber ich empfinde für Oliver nicht so stark wie er mich. Das ist auch ihm gegenüber unfair, glaube ich.

Ich wollte mich nie wie das fünfte Rad am Wagen fühlen, verstehst du? Wir waren immer mehr wie ein Motorrad mit Beiwagen, wobei ich natürlich der Beiwagen bin. Zu dritt haben wir mehr Stabilität, wir können mehr an Lasten schultern und schneller um die Kurven brausen. Ohne mich können Nick und Rebecca zwar auch noch fahren, aber ich hingegen bleibe ohne die beiden antriebslos am Straßenrand zurück."

„Das ist ein starkes Bild, das du da zeichnest, sehr treffend." Sven konnte nicht anders, als ihr tröstend über die Schulter zu streicheln. „Aber was ist denn nun mit Oliver?"

Sie senkte den Kopf. „Er hat unsere Beziehung auf Eis gelegt, nachdem er live miterleben durfte, wie ich aus dem Gefängnis einer anderen Filiale geholt werden musste, weil ich dort der hiesigen Version von Pierre Mitrand nachspioniert habe. Zu allem Überfluss hat er dann auch noch erfahren, dass ich das Gleiche auch schon mit dessen Pendant hier auf Filiale 88 gemacht hatte."

„Oh, Tammy, das ist wirklich an Tragik nicht mehr zu überbieten." Er schüttelte den Kopf. „Wie hast du das verarbeitet?"

Sie sah ihn nun mit festem Blick ernst an. „Ich habe mir eingestanden, dass ich ein schwerwiegendes Problem habe und Hilfe brauche, auch wenn das hart war. Die Hilfe habe ich bekommen und inzwischen geht es mir wieder viel besser. Die Geschichte mit Ziska auf dem Flusssteg hat bei mir so etwas wie einen seelischen Abschluss der ganzen leidigen Geschichte bewirkt. Ich denke, ich kann jetzt mein Leben auf eine gesunde und normale Weise weiterleben, sofern das hier in diesem Job überhaupt möglich ist."

„Deine letzte Bemerkung trifft mal wieder den Nagel auf den Kopf. Mit wem sollen wir uns denn inzwischen noch austauschen? Wir sind wie einsame Inseln im weiten Ozean der Menschen, die keine Ahnung von TransDime und dem Multiversum haben. Wir können über viele Dinge nur noch mit anderen TransDime Mitarbeitern reden, die auf Stufe Eins oder höher sind. Da bleiben nicht mehr viele Alternativen."

Man konnte anhand seines leidenschaftlichen Tonfalls genau hören, dass ihn das stark umtrieb, was er da gerade gesagt hatte.

Sie stutze und stellte dann das Tablett zur Seite. Dann wandte sie sich ihm zu und fragte ihn ganz unverblümt: „Fühlst du dich auch oft einsam und allein gelassen mit dem, was du hier im Job erlebst?"

Sven sah sie mit großen Augen an und flüsterte: „Oh Gott, ja. Du ahnst nicht, wie sehr. Das muss doch den härtesten Hund irgendwann fertigmachen."

Dann fielen sie sich in die Arme und verharrten lange in dieser Stellung, ohne den anderen jemals wieder loslassen zu wollen.

Sie beendete nach einer ganzen Weile die Vertrautheit und legte sich dann an seine Seite. Ohne ihn anzusehen, meinte sie: „Wir sind schon zwei traurige Gestalten, oder? Du bis in die Grundfesten erschüttert, ich nur noch ein Anhängsel, ein Trostpreis..."

Er versteifte sich und fuhr ihr fast erbost über den Mund: „So darfst du nicht über dich reden, Tammy. Das ist einfach nicht wahr, denn du bist einer der außergewöhnlichsten Menschen, die ich kenne. Du bist ein Hauptgewinn in jeder Hinsicht, nie im Leben ein Trostpreis. Auch Rebecca und Nick wissen das, denn sie preisen dich immer nur in den höchsten Tönen und schätzen dich über alle Maßen. Das muss dir doch klar sein!"

Sie sah auf zu ihm und fragte zögerlich: „Meinst du wirklich?"

„Wir haben beide gerade einen schwachen Moment gehabt, aber ich würde mir wünschen, dass wir das jetzt vergessen. Wir sollten uns bewusst sein, dass wir zwei besondere Menschen sind, die für große Dinge ausersehen sind. Und wenn jemals einer dieser Anforderung gerecht wird, dann bist du das. Du, Tamara Schnyder, aus der kleinen, schönen Schweiz, wirst es allen zeigen. Und ich würde mich freuen, wenn ich an dem Tag dabei bin und das miterlebe. Das ist mein voller Ernst." Seine Stimme klang beinahe schon feierlich bei diesem Bekenntnis.

Sie sah ihn verwirrt an. „Das... das ist wunderschön, was du da gesagt hast. Ich dachte immer, du machst dir nicht viel aus mir. Bisher waren unsere Begegnungen nicht sehr herzlich oder vertraut."

„Jetzt tust du mir ein wenig unrecht. Dabei war ich vom ersten Moment an hin und weg, als ich dich getroffen habe. Aber ich hatte ja nie eine Gelegenheit, dich kennenzulernen vor der unglückseligen Schnitzeljagd durch halb Mitteleuropa in Filiale 127. Dort hast du dann das Trauma mit Pierre erlitten. Danach ergab sich auch keine große Gelegenheit für mich, sich weitergehend mit dir zu befassen. Ich habe immer nur über andere und aus der Entfernung mitbekommen, was bei dir so vorgeht.

Und jetzt hatte ich so unverhofft die Gelegenheit, das nachzuholen. Ich wäre ein Vollidiot, wenn ich diese Chance nicht genutzt hätte, Oliver hin oder her." Seine Stimme brach fast bei den letzten Worten.

„Wow, heute ist wohl der Tag der großen Bekenntnisse." Sie schwang ein Bein herum über seine, setzte sich in die Hocke rittlings auf seine Oberschenkel, die noch unter der Bettdecke steckten, und legte die Hände der ausgestreckten Arme locker um seinen Nacken. „Dann muss ich dir auch noch etwas gestehen, was mir gerade in diesem Moment klargeworden ist. Seitdem ich zu deiner Tür hereingekommen bin bis zu dem Zeitpunkt gerade, an dem wir angefangen haben, darüber zu reden, habe ich keine Sekunde lang bewusst an Rebecca, Nick, Oliver oder sogar Pierre gedacht. Das ist mit Sicherheit die längste Zeit, seitdem ich damals mit Nick und Rebecca zusammen gekommen bin. Und das liegt allein an dir."

„Oh Mann, jetzt wird mir ganz anders. Tamara, ich glaube, in mir geht gerade etwas vor, dass sich nur mit Erfüllung eines Wunschtraumes beschreiben lässt. Wie schade, dass es so lange gedauert hat, bis wir uns so nahe kommen konnten." Er sah ihr tief in die Augen.

„Wie hätte ich auch jemals ahnen können, das du auch nur die kleinste Spur an Interesse an mir hast?"

Sven legte seine Hände auf ihre Hüften. „Wie könnte ich das nicht haben? Bei so einem zauberhaften Wesen wir dir, das sogar aus der Ferne noch so eine Lebenslust und Sympathie verströmt und so bildschön und attraktiv ist?"

Sie rutschte nun nach vorne und legte die Arme auf seine Schultern, die Hände umfassten seinen Hinterkopf und streichelten durch sein Haar. „Ich hatte wirklich keine Ahnung. Wer weiß, wenn du mich früher angesprochen hättest... doch das ist vorbei, man kann die Zeit nicht zurückdrehen. Aber jetzt bin ich hier. Was tun wir also mit dieser neuen Gelegenheit?" Ein kleines schelmisches Lächeln umspielte ihre Mundwinkel.

Er erwiderte ihr Lächeln und zog sie langsam an sich. „Das muss ein Traum sein..." Dann versanken beide in einem leidenschaftlichen Kuss, von dem sie erst nach langer Zeit atemlos abließen. Sie zog ihm sofort sein Shirt über den Kopf, worauf er sie anstarrte wie das Kaninchen die Schlange.

„Was hast du jetzt vor mit mir?"

„Ich muss noch immer den Beweis antreten, dass du mich nicht in zwei Teile zerbrechen kannst." Sie lachte fröhlich, worauf bei ihm der Bann gebrochen war. Er hob sie hoch von sich und warf sie mit dem Rücken aufs Bett, was sie mit einem vergnügten Kreischen quittierte.

Als sie später völlig ausgepumpt und ermattet nebeneinander lagen, war die Welt für sie wieder in Ordnung. Sie sahen sich an und konnten nicht anders, als sich glücklich anzulachen.

Tamara hatte gerade erst wieder zu Atem gefunden und meinte stockend: „Wow, das war einfach... ich meine, wow! Wenn ich das geahnt hätte, was mich bei dir erwartet, hätte ich schon vor langer Zeit an deine Tür geklopft."

Er streichelte mit liebevollem Blick sanft mit den Fingerspitzen über ihren nackten Körper. „Das war der absolute Wahnsinn. Könnte ich das bitte jeden Tag bis zu meinem fernen Ende haben? Dann wäre ich wunschlos glücklich. Du bist die Wucht, Tammy! Das hätte ich dir nie zugetraut."

Sie erwiderte seine Liebkosungen und strahlte ihn an. „Und ich bin nicht mal in der Mitte auseinandergebrochen. Obwohl du dir alle Mühe gegeben hast, das zu schaffen."

Er kicherte wie ein Schuljunge. „Das war jetzt sehr bildhaft gesprochen. Aber ich war nicht zu grob, oder? Du musst das sagen, wenn ich..."

„Nein, nein," beruhigte sie ihn schnell. „Es war sehr schön, dass du so zärtlich und vorsichtig begonnen hast. Wir haben uns ja gut verstanden und als ich ein wenig mehr Gas gegeben habe, hast du nicht den Eindruck gemacht, dass dir das nicht gefallen hätte. Es war einfach nur schön und ich bin sehr glücklich, dass wir so unvermutet zusammengefunden haben."

„Und ich erst mal!" Er sah sie mit einer Zuneigung an, dass es Tamara ganz anders wurde.

„Es ist wohl zu spät, jetzt noch zu fragen, ob wir es langsam angehen wollen." Sie legte sich an seine Brust, was er gerne geschehen ließ.

„Für mich hat das alles zusammengepasst, wie wir jetzt schlussendlich miteinander über alles geredet und uns unsere Herzen ausgeschüttet haben. Welche bessere Grundlage für ein tieferes Verständnis kann es geben für eine tolle Beziehung?" Er sah sie gespannt an, als befürchte er, dass sie nun doch noch einen Rückzieher machen wollte.

Sie erklärte beinahe feierlich: „Du hast recht. Ich habe schon wieder Bedenken bekommen, dass wir es viel zu schnell und unüberlegt angegangen sind, aber diesmal fühlt es sich anders an, besser und so, als ob es einfach richtig ist. Ich muss das erst einmal verdauen, weil ich es noch gar nicht fassen kann, dass ich auch einmal in Beziehungsdingen solch ein Glück haben sollte. Und dann noch mit einem Bären von einem Mann, der jahrelang praktisch vor meiner Nase herumgelaufen ist."

Sven lachte und echote: „Ein *Bär* von einem Mann?"

„Du hast schon richtig gehört, du bist mein Bär. Oder ist es noch zu früh für bildhafte Kosenamen?"

„Dann bist du mein Rofüchs'chen."

Tamara schüttelte den Kopf: „Jetzt musst du mir kulturell ein wenig entgegen kommen. Rotfüchsli lasse ich mir noch gefallen."

Er stöhnte auf. „Na gut, solange ich nicht auch noch Schwyzrdüütsch lernen muss..."

„Das kommt dann später. Ach ja, erinnere mich daran, dass ich noch Oliver schreibe und ihn freigebe. Das wollte er ja so, dann soll er es auch haben." Sie schmiegte sich an ihn und genoss den Moment.

„Tamara?"

„Ja?" Sie sah auf.

„Bitte verschwinde nicht mehr aus meinem Leben. Das hier ist zu gut, um es jemals wieder vermissen zu können. *Du* bist zu gut."

„Wow, du verstehst es wirklich, Erwartungsdruck aufzubauen." Sie wollte instinktiv hochschnellen, doch er hielt sie mit festem Griff an seine Brust gedrückt.

„Nein, so meine ich das gar nicht. Ich wollte dir einfach nur danken dafür, dass du in mein Leben getreten bist." Sie merkte, was er ihr vermitteln wollte und entspannte sich wieder. Sein fester Griff eben hatte sich wider Erwarten gut angefühlt, auch wenn sie sich für einen Moment unwohl vorkam. Dann war ihr aufgegangen, dass keine Absicht des körperlichen Zwanges von ihm ausgegangen war.

Er war einfach nur ihr Bär und sie sein 'Rotfüchsli'. Sie beschloss, das ganze Wochenende bei ihm zu bleiben, wenn auch er das wollte. Daran zweifelte sie nicht. Nick und Rebecca würden ohne sie auskommen müssen.

Tief in Tamara regte sich etwas, das sie noch nicht vollkommen verstand, aber das sich gut anfühlte und sie vieles in einem neuen Licht sehen ließ. Sie konnte nur vermuten, dass die Vereinigung mit Sven damit zu tun haben konnte. Vielleicht war er wirklich ein derart besonderer Mensch in ihrem Leben, dass diese Beziehung mit ihm das gewesen war, was ihr noch gefehlt hatte.

Dieser Mann tat ihr gut, was sie eigentlich schon bei ihrem ersten Zusammentreffen hätte erkennen können. Durch viele verschiedene widrige Umstände hatte das zu lange gedauert, bis ihr das endlich klar geworden war. Dafür wollte sie ab jetzt die gemeinsame Zeit mit ihm umso mehr genießen.

Frankfurt am Main, Filiale 88 - Monat 24

Nick betrat das Vorzimmer von Herrn Kardon und begrüßte erst einmal dessen Sekretär Ingo Willfehr. Als er eintrat, erkannte er, dass Rebecca, Tamara, Thorsten und Oliver bereits da waren. Somit waren das bis auf Hannes Hender alle Assistenten der Funktionsstufe Eins, die zeitgleich mit ihm damals vor zwei Jahren befördert worden waren.

Das zweite Jahr in Funktionsstufe Eins war im Rückblick ebenso ereignisreich wie das erste gewesen in der Summe. Sie hatten ihr Handwerk als Assistants so weit verfeinert, dass diese Bezeichnung nun gar nicht mehr auf sie zutreffen mochte. Sie waren inzwischen so erfahren darin, Missionen zu begleiten und Agenten aus anderen Realitätsebenen zu unterstützen, dass sie selbst ohne Probleme solche Missionen durchführen können würden und vereinzelt auch schon durchgeführt hatten. Für sie interessant war dabei, dass sie sowohl alleine als auch zu zweit eingesetzt worden waren, je nach den Erfordernissen der Mission. Manchmal war es für Rebecca und Nick sogar von Vorteil gewesen, dass sie glaubhaft als liiertes Paar hatten auftreten können, wie beim inzwischen berüchtigten Tango von Paris.

Rebecca und Nick fühlten sich jetzt in der zweiten Hälfte ihrer Zwanziger so gereift und bereit, echte Verantwortung zu übernehmen, wie noch nie zuvor in ihrem Leben. Auch ihre anderen drei Kollegen hier im Zimmer strahlten inzwischen eine Gelassenheit und Souveränität aus, wie man sie nur durch langes Training und die harte Schule des Lebens erwerben konnte. Jeder von ihnen war seit ihrer Einsetzung in dieser Funktionsstufe um die zehnmal in einer anderen Filiale gewesen. Sie hatten viel gesehen und gelernt über das Multiversum und wie man sich in ihm zurecht fand.

„Na, worum geht es denn? Habt ihr schon etwas erfahren?" Er setzte sich neben Rebecca und gab ihr einen flüchtigen Begrüßungskuss.

„Nein, bisher noch nichts. Weiß einer, ob Hannes auch kommt?"

Ohne von seinem Bildschirm aufzusehen, informierte Willfehr sie mit desinteressiertem Tonfall: „Herr Hender wird bei Ihrer Unterredung nicht anwesend sein. Er hat sich in einem Einzelgespräch von sich aus für einen anderen Weg entschieden als den, der Ihnen allen zugedacht ist."

Alle sahen sich etwas unwohl an. Das klang nicht unbedingt Vertrauen einflößend, musste aber nichts heißen. Willfehr hatte bereits mehrfach den Hang zum Dramatischen bewiesen.

„Meint ihr, das hat etwas mit der ärztlichen Untersuchung zu tun, die wir alle gestern gehabt haben? Die war ja äußerst gründlich." Nick sah sich in der kleinen Runde um.

Tamara bestätigte: „Ja, ich bin mir wieder vorgekommen, wie bei den Einstellungstests. Eigentlich hatte ich sogar das Gefühl, dass diese Tests noch umfangreicher waren als damals. Ich wage sogar zu behaupten, dass das die genaueste und gründlichste medizinische Untersuchung war, die ich in meinem ganzen Leben durchlaufen habe."

Alle mussten ihr zustimmen. Thorsten mutmaßte: „Da wieder ein Dienstjahr voll ist, kann das vielleicht bedeuten..."

„Sie können dann, meine Damen und Herren", beendete Willfehr ihre Spekulationen vorzeitig.

Als sie eintraten, erwartete sie wie gewohnt die exakte Anzahl an für dieses Meeting benötigten Stühlen in der Besprechungsecke, worüber sie sich inzwischen aber nicht mehr weiter wunderten. Sie nahmen alle nach Aufforderung ihres Chefs Platz. Als erstes erkundigte er sich nach ihrem letzten Einsatz, dem alljährlichen

Ausräumen der Tresore in der menschenleeren Filiale 37, das sie gerade eben zum zweiten Mal hinter sich gebracht hatten.

Tamara fasste stellvertretend für alle zusammen: „Eigentlich war es diesmal ganz gut. Wir waren in Rom, da Paris bereits komplett geplündert worden war. Das Schöne daran war, dass das Wetter sehr gut war und die Banca D'Italia keine hundert Meter Luftlinie von den antiken Mercati di Traiao gelegen war. Die Fähre hat ihren Landeplatz genau in der Mitte zwischen den Märkten und der Nationalbank gehabt, wieder auf einem kleinen Platz mit ehemaligem Kreisverkehr. Kurios, genau wie in Paris. Und diesmal war es noch viel gespenstischer als letztes Jahr, in einer Stadt wie Rom ganz ohne Menschen zu sein..."

„Das hört sich für mich hoch interessant an. Ich selbst war noch nie auf Filiale 37, muss ich zugeben. Aber es klingt auf jeden Fall faszinierend. Ich habe sogar schon von Interessenten gehört, die eine Art Abenteuerurlaub dort machen wollen und sich Plätze auf den Fähren sichern wollen, die zu den Bergungseinsätzen in den Zentralbanken fliegen. Wenn Sie mich fragen, werden das jedoch eher Einzelfälle bleiben, falls das überhaupt erlaubt werden sollte." Kardon sah reihum in ihre erwartungsvollen und ungeduldigen Gesichter.

„Aber ich sehe schon, Sie sind nicht zum Plaudern über das Ausräumen herrenloser Goldtresore hier. Ich habe Sie alle aus einem bestimmten Grund einbestellt. Sie alle haben sich auf verschiedene Weise sehr gut als Assistenten der Funktionsstufe Eins eingebracht. In den vergangenen zwei Jahren haben Sie sich durch Kreativität, Engagement und Einsatz für TransDime verdient gemacht.

Dadurch rückt eine Beförderung in die Funktionsstufe Zwei für Sie alle in greifbare Nähe. Wenn Sie diese zusätzliche Verantwortung und Erweiterung Ihres Aufgabenbereiches annehmen wollen, steht diesem Schritt nicht mehr viel im Wege.

Ihnen muss klar sein, dass das nicht auf ewig in diesem Tempo so weitergehen wird. Die Luft wird nach oben hin ab jetzt sehr viel schneller dünner werden, um diesen trivialen Vergleich zu bemühen.

Herr Hender hat sich zum Beispiel dafür entschieden, zunächst noch mit diesem Schritt zu warten, weil er noch zusätzliche Routine im Dienst der Funktionsstufe

Eins sammeln will. Durch die Beförderung von Frau Mattis sowie der Herren Baker und Ahlers zu Stufe Eins verfügen wir nun auch in dieser Funktionsstufe wieder über genügend Personal hier am Standort. Zudem haben wir auch kontinuierlich neue Stewards eingestellt, um die Reihen mit qualifiziertem und hoch motiviertem Nachwuchs zu füllen. Mit dem einen oder anderen Steward der neuen Jahrgänge haben auch Sie hin und wieder eine Dienstreise unternommen, wie ich in den Berichten gelesen habe.

Sie haben sich nunmehr als überaus qualifiziert für den nächsten Schritt erwiesen. Es gibt nur noch in der Anfangszeit dieser neuen Funktionsstufe Zwei so etwas wie Dienst nach Vorschrift. Sie werden in den kommenden Jahren verschiedene Aufgaben annehmen und vieles erleben. Als Resultat dieses Prozesses werden manche von Ihnen sich für eine bestimmte Tätigkeit entscheiden, die sie vielleicht für den Rest ihres Berufslebens ausführen werden. Andere werden Gefallen am Posten eines Springers finden, der immer dort eingesetzt wird, wo Not am Mann ist. Auch diese Positionen sind sehr begehrt, weil sie sehr abwechslungsreich und anspruchsvoll sind. Als Springer verbringt man normalerweise weniger Zeit in der Stufe Zwei, bevor es weiter nach oben geht.

Die meisten von Ihnen werden jetzt erst richtig aufblühen und vielleicht schon bald ihre endgültige Bestimmung gefunden haben. Mich würde es jedenfalls nicht wundern. Die Möglichkeit, keine Urlaube mehr einzureichen, die länger als zwei Wochen am Stück sind, ist dabei hoffentlich kein Hinderungsgrund für Sie, hoffe ich.

Sind Sie alle somit bereit für diese neue Herausforderung?"

Alle bejahen die Frage ihres Chefs begeistert.

Herr Kardon nickte zufrieden. „Ich möchte Ihnen auch nicht verschweigen, dass mit diesem Schritt weitere Privilegien einhergehen. Zum Beispiel werden Sie Filialen mit tieferen Nummern im Zuge Ihrer regulären Einsetzbarkeit aufsuchen dürfen, bis hin zur Filiale 30. Bei Bedarf können Sie auch für Einsätze in anderen Universen angefordert werden, wenn die Personalsituation dies erfordern sollte. Und das ist oft genug der Fall, wie Sie alle aus Ihrer Zeit als Steward wissen. Diesmal werden Sie es sein, der den 'Inspektor' gibt, wenn sie eine solche Mission annehmen."

Alle sahen sich mit großen Augen an. Sie durften in andere Universen auf Missionen gehen!

Kardon fuhr fort, die Veränderungen aufzuzählen: „Sie werden in unserer eigenen Filiale vielseitiger eingesetzt werden, sicher auch ab und zu bei heikleren Einsätzen. Die Aufträge in anderen Filialen werden aber anteilsmäßig zunehmen, da Sie bei künftigen Missionen öfters Aufgaben übernehmen werden, nach denen Ihr Verschwinden aus der betreffenden Filiale von taktischem Vorteil von uns ist.

Und einer der angenehmeren Aspekte: Sie haben erweiterte Reisebefugnisse zu bestimmten anderen Filialen in unserem eigenen Universum, um dort Urlaub machen zu können. Das alles natürlich unter stark reglementierten Auflagen wie beim Programm für traumatisierte TransDime Mitarbeiter. Ich kenne allerdings kaum jemanden, den das bisher davon abgehalten hat, von dieser Option Gebrauch zu machen. Für meinen Geschmack ist dies einer der besten Vorzüge, die das Leben als Agent der Stufe Zwei bietet, was Ihre neue Bezeichnung sein wird."

Die kleine Gruppe redete aufgeregt durcheinander angesichts dieser phantastischen Aussicht. Sie würden in Parallelwelten Erholungsurlaub machen dürfen! Kardon lächelte nachsichtig angesichts ihrer hellen Aufregung; er war diese Situation sicher gewohnt.

„Davon abgesehen wird Ihre Gehaltssumme den gleichen Sprung machen wie bei Ihrer ersten Beförderung auf Stufe Eins. Das heißt, Sie verdienen nun exakt dreimal so viel wie zum Zeitpunkt Ihrer Einstellung. Keine schlechte Lohnentwicklung, wenn Sie mich fragen." Bescheiden lächelnd faltete Kardon seine Hände im Schoß. Nun stand allen der Mund offen vor Staunen. Rebecca stammelte: „Das... das ist überaus großzügig von TransDime, Herr Kardon..."

„Stimmt, Frau Paulenssen. Ihnen allen muss auch klar sein, dass Ihre Arbeit für TransDime vor allem im Feldeinsatz außerordentlich wertvoll ist. Diesen Wert drücken wir mit der Ausbezahlung solcher Lohnsummen aus. Und uns ist bewusst, dass Sie diese Art der Arbeit, die zudem nicht immer ganz risikolos ist, nicht bis zum Erreichen des hier üblichen Rentenalters werden machen können. Das werden

Sie auch nicht müssen, wenn Sie nicht in Saus und Braus leben und Ihren Lohn kopf- und sinnlos verprassen.

Es wird für Sie alle der Tag kommen, da werden Sie entweder nur noch Verwaltungs- oder Ausbildungstätigkeiten ausüben oder sich vorzeitig in den Ruhestand begeben. Je nach Ansprüchen und Lebenssituation kann das früher oder später sein. Wir hatten schon Agenten, die sich mit einem relativ bescheidenen Lebensstil zufrieden gegeben haben und vor dem fünfzigsten Geburtstag in den entspannenden Lebensabend eingetreten sind. Nun, auch die Auslieferung des Bonus hilft da selbstverständlich, wenn man sich die Wertentwicklung der Edelmetalle in den letzten Jahrzehnten betrachtet." Kardon konnte sich ein breites Grinsen nun nicht mehr verkneifen.

„Das klingt alles sehr gut für mich. Ich freue mich bereits auf unsere neuen Aufgaben." Nick konnte nur für sich selbst sprechen, aber alle stimmten ihm vorbehaltlos zu.

Er sah Rebecca an und fragte sich, warum diese ein so verkniffenes Gesicht machte. Er musste jedoch nicht lange herum raten, da diese sich gleich darauf an Herrn Kardon wandte: „Ich habe noch eine Frage."

„Ja, bitte?" Ihr Chef sah auf und wappnete sich für das, was da kommen mochte.

„Wie steht es mit der Tolerierung von Verhältnissen zwischen Arbeitskollegen in dieser neuen Position?"

Kardon bemerkte, dass er nun die ungeteilte Aufmerksamkeit aller im Raum hatte. „Es ist bemerkenswert, dass Sie das fragen, Frau Paulenssen. Sie haben sicher immer noch die Gerüchte über die TransDime Prämisse im Hinterkopf, dass wir nur Kandidaten bei den Einstellungstests genommen haben, die vom Charakter her keine große Neigung zu festen Beziehungen haben. Auch bei Ihnen allen wurde das damals derart festgestellt, sodass wir uns anfangs nicht viel dabei dachten, als sich aller Erwartung zum Trotz gewisse Paarbildungstendenzen heraus zu stellen schienen. Gleich mehrere Experten haben mir damals versichert, dass sich das beizeiten in den üblichen Bäumchen-wechsel-Dich-Spielen zwischen den Stewards wieder verlieren würde. Diese sogenannten Experten lagen falsch.

Die Algorithmen für diesen Aspekt Ihrer Charaktere scheinen stärkere Abweichungen zur Realität ausgebildet zu haben. Das mag mit gesellschaftlichen Veränderungen im Lauf der letzten Jahre zu tun haben oder andere Ursachen haben, die wir erst noch eruieren müssen. Es sind bereits einige helle Köpfe mit der Sache beschäftigt, soviel kann ich Ihnen verraten.
Indes begrüßen wir die persönlichen Entwicklungen bei unseren Mitarbeitern, sofern sie die Leistungen nicht beeinträchtigt. Bei den in den letzten paar Jahren aufgetretenen Fällen wie den Ihren scheinen diese Beziehungen Ihre Leistungen in keinster Weise negativ beeinflusst zu haben. In manchen Fällen im letzten Jahr hat sich Ihre Vertrautheit sogar als vorteilhaft erwiesen, wenn ich mir die Bemerkung im Zug der jüngsten Entwicklungen erlauben darf. Daher werde ich der Letzte sein, der dagegen Einwände erhebt, solange dies so bleibt. Und solange Sie beide dabei nicht wieder über das Ziel hinausschießen wie neulich."
Oliver bemerkte trocken: „Geschossen hat eigentlich nur..."
Ein herzhafter Tritt ans Schienbein unter dem Tisch, begleitet von einem finstern Blick von Nick, beendete den ungehobelten Einwurf ihres Kollegen.
Rebecca ließ nicht locker. „Das ist eine sehr tolerante Einstellung. Dafür möchte ich mich bedanken. Aber heißt das dann auch, dass wir uns für ein gemeinsames Einsatzgebiet entscheiden können, wenn dies im Bereich des Möglichen liegt?"
„Ich denke, es wird weder eine Bevorzugung noch Benachteiligung daraus hervorgehen. Wenn Sie beide für ein bestimmtes Einsatzgebiet geeignet sind, sehe ich keinen Grund, warum Sie dieses nicht auch beide ausüben dürften. Für manche Aufträge im Feld kann das wie gesagt sogar von Vorteil sein, ein echtes Paar einsetzen zu können." Ihr Vorgesetzter schien das relativ entspannt zu sehen.
Hoffentlich behielt er auch recht damit.
Und wenn Nick und Rebecca gar nicht dasselbe tun wollten in Zukunft? Wie würde sich eine derartige räumliche Trennung auf ihre Beziehung auswirken? Konnte und wollte er überhaupt schon so weit voraus denken?
Er sah ihr in die Augen und wusste in diesem Moment, dass es für ihn nichts Schöneres geben würde, als nicht nur sein Privat-, sondern auch weiterhin sein Berufsle-

ben gemeinsam mit ihr zu verbringen.

Komme, was wolle.

„Ich möchte Sie hiermit aus diesem Meeting entlassen, bis auf die beiden Damen und Herrn Geiger." Bei dieser Ankündigung sahen sich alle überrascht und unsicher an, leisteten ihr aber Folge.

Als Thorsten und Oliver gegangen waren, strich sich Herr Kardon über seinen dunklen Bart, unschlüssig darüber, wie er das Folgende vermitteln sollte.

„Ich habe Ihnen allen doch vorhin über die Position eines Springers in Funktionsstufe Zwei erzählt. Dabei bin ich absichtlich ein wenig vage mit meiner Umschreibung gewesen. Dies aus dem Grund, weil ich Ihnen Dreien diese Position anbieten werde. Die anderen beiden Herren sind zwar ebenfalls gute Assistants, aber haben im Gegensatz zu Ihnen nicht die nötigen Fertigkeiten und Bewertungen dafür, unter anderem auch in medizinischer Hinsicht. Genauer gesagt haben nur wenige die nötigen Voraussetzungen dafür."

„Chef, ich würde mir wünschen, Sie würden nicht immer um alles ein so großes Geheimnis machen. Das musste ich jetzt einfach mal loswerden." Kaum hatte Nick dies angemerkt, wurde er von Tamara und Rebecca mit fast schon entsetzten Mienen angestarrt.

Abwehrend hob ihr Vorgesetzter die Hände und gestand ein: „Ich verstehe, warum Sie das sagen. Sie haben bei verschiedenen Gelegenheiten den Nachteil gehabt, sich ohne jede Vorkenntnis in Extremsituationen wiederzufinden. Das war nicht immer zur Gänze notwendig, das will ich gerne zugeben. Vor allem bei Ihrer Beförderung auf Funktionsstufe Eins und der Art, wie ich Sie und Frau Paulenssen damals auf Reisen geschickt habe, kann ich Ihren Unmut nachvollziehen. Und deshalb möchte ich mit diesem Missstand auch aufräumen."

„Dann beginnen Sie doch bitte damit, uns zu sagen, was genau es mit diesen Springern auf sich hat." Rebecca hatte unter den damaligen Erlebnissen noch stärker als Nick gelitten und schwelgte dementsprechend ebenfalls nicht gerade nur in rosigen Erinnerungen.

„Um es kurz zu machen: die Springer sind eine Art Task Force, eine Eingreiftruppe, die in der Regel vor allem dort eingesetzt wird, wo Not am Mann ist. Da diese Tätigkeit extreme Einsatzbereitschaft und Aufopferung von Ihnen abverlangt, wird sie bewusst in einem begrenzten zeitlichen Rahmen gehalten. Nur die besten Ihrer Zunft aus allen Filialen werden dazu aufgeboten und drei Monate lang ausgebildet. Und diese Ausbildung hat es derart in sich, dass Sie nach Abschluss dieses Trainings mit so ziemlich allem fertig werden, mit dem Sie konfrontiert werden.

Sie werden sowohl körperlich als auch mental auf einem völlig neuen Level stehen, wenn dieses Vierteljahr der Ausbildung vergangen ist. Bei Weitem nicht alle Anwärter stehen diese Ausbildung durch, aber diejenigen, die bestehen, stehen sozusagen neben ihren sonstigen regulären Tätigkeiten als Assistants oder Agents der Stufe Zwei auf Abrufbereitschaft für ebendiese Springereinsätze.

Im Falle eines auftretenden Krisenszenarios in einer Filiale, das sofortiges Handeln in großem Maßstab von TransDime erfordert, werden Sie als Springer aufgeboten und in diese Filialen entsandt. Das können Rettungs- und Bergungsmissionen sein, Extraktionen von Mitarbeitern und Schutz von wichtigen Aktiva oder Passiva der Firma, vereinzelt auch andere Aufgaben.

Diese Einsatzbereitschaft erstreckt sich über zwei Jahre, zusätzlich zu den drei Monaten Ihrer Ausbildung. Nach Ablauf dieser zwei Jahre endet die Tätigkeit als Springer automatisch, denn wir wollen unsere besten Leute nicht in diesem Job verheizen, bis sie ausgebrannt sind und womöglich in einer kritischen Situation einen verheerenden Fehler machen. Das können Sie mir unbesehen glauben.

Nach Ablauf dieser Zeit werden Sie zum Dank für die geleisteten Dienste automatisch in die Funktionsstufe Drei befördert und haben praktisch freie Hand bei der Wahl Ihrer restlichen Berufskarriere. Ich glaube mich erinnern zu können, dass Sie erwähnt hatten, Sie würden gerne bei einem interdimensionalen Forschungsschiff anheuern? Andere verbringen bis zu sechs Jahren in der Stufe Zwei, bevor sich Ihnen solch eine Chance überhaupt bietet."

Rebecca hob die Hand, während Tamaras Augen bereits glänzten angesichts dieser Chance, welche sie hier angeboten bekamen. „Dazu habe ich ein paar Fragen, damit wir nicht die Katze im Sack kaufen."

„Fragen Sie, was immer Sie wollen. Ich habe es Ihnen versprochen, dass dieses Mal keine unnötigen Heimlichkeiten im Spiel sind." Offenbar war es Herrn Kardon tatsächlich ernst mit seiner Zusicherung.

„Sie haben von einer Spezialausbildung gesprochen. Wie muss man sich das vorstellen? So eine Art militärisches Elitetraining wie Speznaz, SAS oder Navy-Seals? Sollen wir zu eiskalten Killermaschinen umfunktioniert werden?" Rebecca sah todernst aus bei dieser Frage.

„Als Erstes muss ich Sie alle drei daran erinnern, dass diese Ausbildung nichts damit zu tun hat, was Sie sich von Ihrer Filiale her vorstellen können. Sie werden gemeinsam mit den anderen Spitzenkräften von allen möglichen Realitätsebenen aus diesem Universum zum Training in einer Einrichtung auf Filiale 32 antreten. Und bevor Sie anfangen, im Dreieck zu springen vor freudiger Erregung, kann ich Ihnen versichern, von dieser Filiale werden Sie bis auf den Transferbahnhof und den Flug von und zur Trainingseinrichtung nichts zu sehen bekommen. Abgesehen von der Trainingseinrichtung selbst natürlich.

Der zweite Teil des Trainings findet dann auf einer anderen Filiale teil, doch das darf Ihnen erst mitgeteilt werden, wenn Sie den ersten Teil bewältigt haben. Sogar der Transferflug zur anderen Einrichtung ist Teil des Trainings. Sie werden buchstäblich keine freie Minute haben in diesen drei Monaten und körperlich bis an Ihre äußersten Grenzen herangeführt werden. Die meisten der Anwärter scheitern an der physischen Belastung während des Trainings, wenn sich gegen alle Erwartungen und Erfahrungen mit diesen herausstellt, dass sie den enormen Anforderungen doch nicht gewachsen sein sollten.

Jetzt zu Ihrer eigentlichen Frage. Sie werden keine Ausbildung darin bekommen, wie man am effektivsten andere Menschen tötet. Für diese Art der unerfreulichen Notwendigkeiten haben wir das Ressort der Korrektoren, das sich aber von den Fähigkeiten oder der Breite Ihres Einsatzspektrums in keiner Weise mit Ihnen wird messen können, wenn Sie diese Ausbildung abgeschlossen haben. Wie gesagt, in dieser Ausbildung werden Sie von Hilfsmitteln und Methoden profitieren können, die aus den am höchsten entwickelten Filialen überhaupt zur Verfügung gestellt werden. Das dürfte Ihre Vorstellungskraft bei Weitem übersteigen, denn Sie werden zu Dingen fähig sein, die Sie nie für möglich gehalten hätten. Und mit diesem Training wird auch eine Gelassenheit und innere Ruhe einhergehen, wie sie eben nur jemand hat, der in dem Bewusstsein handelt, dass er mit nahezu jeder erdenklichen Aufgabe fertig werden kann."

Tamara stutzte angesichts dieser Anpreisung, wollte dann aber noch wissen: „Das klingt ja fast zu schön, um wahr zu sein. Und wie oft wird man dann tatsächlich eingesetzt?"

Bewundernd nickte Kardon: „Wie erwartet sehen Sie bereits schon wieder die größeren Zusammenhänge, Frau Schnyder. Nun, es kommt ganz darauf an, ob und wie oft sich in der einen oder anderen Filiale eine Gesamtsituation entwickelt, die Ihren Einsatz nötig macht. Wir hatten schon Springer, die kein einziges Mal in ihrer Dienstzeit auf Bereitschaft abgerufen werden mussten, einfach weil sie nirgends gebraucht worden waren. Andere hatten in diesen knapp zwei Jahren vier oder fünf Einsätze, mit unterschiedlichsten Aufgabenstellungen und Schwierigkeitsgraden, die bei deren Bewältigung aufgetreten waren. Mit jeder absolvierten Mission steigt das Ansehen und die Möglichkeiten, die sich für Sie in TransDimes hierarchischer Struktur bieten, weiter an.

Nach jedem absolvierten Einsatz bekommen Sie automatisch eine volle Woche Erholungsurlaub, unabhängig von der Länge und der Art des Einsatzes, plus An- und Abreise. Der Urlaub ist an einem Ort Ihrer Wahl zu verbringen und geht komplett auf Geschäftskosten, im Rahmen des Programms für 'traumatisierte Mitarbeiter', wie Sie es sicher schon erraten haben. Ab dem dritten Einsatz wird dieser Urlaub mit ihrem Jahresurlaub verrechnet; bleiben Sie darunter, zählt die angeordnete Erholung nicht dazu. Wir hatten schon Einsätze, die alles zusammengenommen nicht einmal drei oder vier Tage dauerten und einige wenige, die sich über mehrere Wochen erstreckten. Das waren allerdings Katastrophen oder Ereignisse von historischer Tragweite, wie sie in der jahrhundertelangen Geschichte des Springercorps nur einmal in einer Lebensspanne auftraten."

Rebecca sah verblüfft auf. „Haben Sie gerade 'Jahrhunderte' gesagt? Wie lange gibt es diese Institution denn schon?"

„Diese Information ist geheim. Aber ich habe Ihnen ja schon bei diversen Gelegenheiten gesagt, dass die Firmengeschichte weitaus älter ist, als Sie annehmen würden. Sie haben doch sicher schon von den Ninja gehört?"

Tamara fiel aus allen Wolken: „Das können Sie unmöglich ernst meinen! Die Herkunft der Shinobi und Kunoichi liegt im Dunkeln der Geschichte, da ihre Haupttätigkeit aus... oh! ...Spionage, Aufklärung, Sabotage und Attentaten bestand."

Sie hielt inne und sah nun noch verdutzter aus. „Ich glaube, ich habe mir meine Frage gerade selbst beantwortet."

Nick raunte ihr zu: „Was ist ein Kunoichi?"

„Ein weiblicher Ninja. Allmählich macht mir das ein wenig Sorge. Immer mehr der alten und für völlig abwegig geltenden Verschwörungstheorien und Legenden stellen sich als Machwerk von TransDime heraus. Inzwischen bin ich mir fast sicher, dass die Firma in früheren Zeiten noch nicht unter diesem Namen agierte, nicht wahr?"

Kardon schüttelte den Kopf zum Zeichen, dass auch diese Information nicht für sie gedacht war.

„Ist das denn nicht sehr kostspielig für TransDime, mit so hohem Aufwand jedes Jahr aufs Neue eine große Anzahl an Springern auszubilden, nur um sie nach nur zwei Jahren bereits wieder aus dem Dienst zu entlassen? Das muss doch Unsummen kosten!"

„Zum einen wird sogar viermal im Jahr ausgebildet und zum anderen fallen sehr viele während des Trainings durchs Raster, sodass stets nur eine gewisse Anzahl an Springern auch tatsächlich zur Dienstreife gelangt. Und zum anderen werden Sie dann auch tatsächlich nur dann eingesetzt, wenn alle anderen Maßnahmen versagen oder die Lage wirklich derart prekär ist, dass sich die Firma nicht anders zu helfen weiß, als Springer einzusetzen. Manchmal steht auf einer Filiale die Lage auf der Kippe und die Springer werden präventiv dorthin versetzt, nur um dann unverrichteter Dinge wieder abzuziehen. Auch das ist schon ein paarmal vorgekommen, wird aber dennoch als Einsatz gewertet.

Und was man nicht vergessen darf: wer einmal Springer war, profitiert für den Rest seines Lebens davon. Nicht nur, dass man fast überall in der Firma mit Kusshand genommen wird, man sieht auch jeder Herausforderung mit einer größeren Gelassenheit und Ruhe entgegen. Jeder bei TransDime hat gerne einen Springer im Team. Daher sieht die Firma die Ausbildungen auch als eine Investition an, die sich langfristig bezahlt macht.

Und bei Bedarf werden Sie vielleicht auch nach Ihrer Bereitschaftszeit noch angefragt werden, ob Sie eine Mission übernehmen wollen, die Ihrer besonderen Fähigkeiten bedarf. In diesem Fall können Sie allerdings frei entscheiden, ob sie das tun wollen. Bei einer Absage drohen Ihnen keinerlei Nachteile, bei einem solchen freiwilligen Einspringen allerdings sämtliche Vorteile, von denen Sie noch erfahren werden. Der zusätzliche Urlaub ist nur einer davon."

„Ich verstehe." Zufriedengestellt mit dieser Antwort, sah Rebecca ihren Freund an. Kardon hingegen hob nun eine Hand, um ihrem Strom an Fragen Einhalt zu gebieten.

„Ich sehe schon, dass Sie noch etwa hundert Fragen an mich haben, möchte mich aber auf das Training und die Einsatzmöglichkeiten als Springer beschränken. Darf ich daher vorschlagen, das Ganze etwas abzukürzen? Da Sie nun in der Stufe Zwei eine viel höhere Freigabestufe für vertrauliche Informationen haben als zuvor, kann ich Ihnen direkt einen kleinen Demo-Film über die Aufgaben und Tätigkeitsfelder des Springers zeigen. Wenn Sie jetzt noch Interesse bekunden, meine ich."

Nachdem alle drei bejaht hatten, verbrachten sie die nächste Viertelstunde damit, Dinge zu erfahren, die sie trotz ihrer bisherigen Erfahrungen in der Firma nicht für möglich gehalten hatten. Unter anderem war Bildmaterial aus dem Ausbildungslager dabei, aber auch von zwei realen Einsätzen, aufgenommen von Helmkameras diverser Springer. Ihnen allen begann zu dämmern, dass sie noch immer nicht viel mehr getan hatten, als an der Oberfläche zu kratzen von all dem, was sie noch bei TransDime an Unglaublichem und Schrecklichem, Wunderbarem und Grausamem erwarten würde.

Keiner von ihnen lehnte ab. Allein die Chance, diese Lebensphase zusammen durchzustehen und danach sozusagen Narrenfreiheit zu haben auf dem größten Spielplatz des Multiversums, war zu verlockend, um auch nur an eine Ablehnung zu denken. Und wenn auch nur die Hälfte von dem, was sie in dem Informationsvideo gehört und gesehen hatten, der Wahrheit entsprach, so dachte Nick überzeugt, dann erwartete sie das größte Abenteuer ihres Lebens, nach dem eine Steigerung kaum noch vorstellbar war.

Wie sehr er sich dabei irrte, konnte er nicht wissen. Das Abenteuer würde nun in eine neue Runde gehen, aber wie viel sie von der wahren Natur ihres Arbeitgebers noch immer nicht wussten, blieb Nick dabei verborgen.

Da sie den Rest des Tages frei hatten, fuhren sie nach Hause. Sie hatten sich mit den anderen aus Tamaras WG für den Abend in der Stadt verabredet, um ihrer aller Beförderung zu feiern. Ihre neue Berufung mussten sie allerdings für sich behalten, da die Identität als Springer zum eigenen Schutz nicht gegenüber anderen offenbart werden durfte. Das zumindest erinnerte Nick an gewisse deutsche Spezialkommandos, die man auch stets nur mit Sturmhaube sah, um ihre Gesichter nicht erkennen zu können.

Oder eben an Ninjas, welche ebenfalls stets verhüllt und unerkannt blieben.

Ausgerechnet Tamara hatte ihnen für heute abgesagt, da sie bereits etwas anderes vorhatte, was ihr sehr wichtig war, wie sie betonte. Was das war, hatte sie allerdings nicht verraten. Im letzten Monat hatte sie sich öfters rar gemacht, schien allerdings stets gutgelaunt zu sein, wenn sie sich trafen.

Als sie die Tür ihres Hauses aufschlossen, meinte Nick versonnen: „Wir sollten uns gleich einen Termin suchen, an dem wir beide Urlaub bekommen und eine andere Filiale besuchen können."

Rebecca nickte zustimmend, als sie beide den Wohnraum betraten: „Ich bin schon so gespannt auf das, was uns erwarten wird. Was für ein verrücktes Leben wir führen, Nick! Und was wir für Dinge bewegen können. Wir können wirklich etwas tun, zum Besseren verändern."

„Du hast ja gar keine Ahnung." Beide zuckten zusammen, als aus der Küche aus dem toten Winkel diese vertraute Stimme erklang.

Sie sahen um die Ecke und erblickten Jessica, ihre blonde Kollegin, nur sehr extravagant gekleidet für ihren sonstigen Geschmack. Und mit nur schulterlangen Haaren. „Hallo, ihr Beiden. Wir müssen uns unterhalten."

„Das... du... was tust du denn hier? Bist du Jessica oder...?" Als Nick die Sinnlosigkeit seiner Frage aufging, ließ er den Satz unvollendet und sah sich nur bange um. Sie hatten zwar damals nach dem Zwischenfall mit Tamara alle Überwachungsgeräte entfernt, aber wer konnte schon wissen, ob nicht statt der Standardausrüstugg inzwischen irgend welches High-Tech-Equipment aus einer höher entwickelten Filiale nachgerüstet worden war, das für sie keinesfalls zu entdecken war?

Jessica folgte seinem Rundumblick und deutete diesen auch gleich richtig. „Keine Sorge, wir sind sicher; ich habe alles durchgecheckt."

Rebecca sah die junge Blondine eindringlich an. „Ihr habt demnach von unserer Beförderung erfahren, nehme ich an?"

„Ganz recht. Und einige Leute in unserer Organisation haben sich gedacht, es wäre angesichts der neuesten Entwicklungen eurer Karrieren vielleicht allmählich an der Zeit, nochmals bei euch anzuklopfen. Was sagt ihr dazu?" Gespannt musterte das Jessica-Pendent ihre Reaktionen.

„Nicht so schnell", bremste Nick sie ein. „Wie soll das denn ablaufen, wenn wir tatsächlich zusagen würden? Wie müssen wir uns das vorstellen?"

„Eure Mitarbeit kann ganz verschiedene Formen annehmen, abhängig davon, wo ihr künftig eingesetzt werdet. Es kann zum Beispiel sein, dass wir nur Informationen brauchen, die ihr auf einer Mission in Erfahrung bringt oder solche, auf die ihr in eurer zukünftigen Stellung Zugriff habt. Oder dass ihr etwas in Erfahrung bringt, von dem ihr glaubt, dass wir unbedingt Kenntnis davon haben sollten.

Eventuell werdet ihr auch einst für uns aktiv tätig werden, vielleicht sogar während einer Mission auf einer anderen Filiale. Das wird dann aber eine länger vorbereitete Aktion sein, unter Mitwirkung und Austausch eurer Doubles von einer der anderen Filialen. Ob es jemals dazu kommen wird, wissen wir natürlich jetzt noch nicht, aber unmöglich wird es nicht sein.

Das Wahrscheinlichste aber wird doch eher die Weitergabe von Interna sein, so wie wir eben gerade eure Beförderungen gemeldet bekommen haben. Glückwunsch dazu, übrigens. Ihr werdet nicht die Einzigen bleiben, die derzeit dieses Angebot von uns bekommen, ich möchte euer Gewissen allerdings nicht mit Details oder Namen belasten.

Sind das nun ausreichend Informationen für euch, um euch zu einer Entscheidung zu bringen?"

Bevor Nick noch etwas sagen konnte, meinte Rebecca: „Du weißt es vielleicht nicht, aber ich habe ein ausgeprägtes Unrechtsbewusstsein. Und ich bin davon überzeugt, dass mir übel mitgespielt wurde und ich ausgenutzt worden bin von der Firma. Speziell am Anfang hatte ich unter meinen Erlebnissen bei TransDime ziemlich zu leiden; keiner weiß das besser als du, Nick." Sie sah ihn mit einer Intensität an, dass er schlucken musste. „Wenn ich auch nur *ein klein wenig* Licht ins Dunkel bringen kann, was hinter diesem ganzen Apparat steckt, bin ich dazu bereit. Das Risiko ist es wert."

„Sehr schön, dann heiße ich dich schon mal willkommen in der Organisation. Was ist mit dir, Nick?" Die Nicht-Jessica schien sich ihrer Sache sehr sicher zu sein, wohl aufgrund dessen, was sie an seiner Miene ablesen konnte.

Grimmig meinte er deshalb: „Du kannst mich dazu zählen. Ich hätte ebenfalls gerne ein paar Antworten und denke, auch ihr verdient diese."

„Wunderbar. Dann werde ich das so weiterleiten und jemand aus dem Widerstand wird demnächst mit euch Kontakt aufnehmen und euch weitergehend instruieren. Ihr könnt praktischerweise die gewonnenen Informationen direkt durch das Trans-Dime Drohnen-Netzwerk in andere Realitätsebenen versenden. Eure Botschaften werden dabei so verschlüsselt, dass sie praktisch huckepack als blinder Passagier auf Routine-Datenpaketen mitreisen. Aber die Details brauchen euch nicht zu kümmern. Dass die Methode zu einhundert Prozent sicher ist und schon zigtausendmal ohne einen einzigen Entdeckungsfall praktiziert wurde, sollte euch wohl genügen."

„Ihr habt euch wirklich die richtigen Leute geangelt, um TransDime ausreichend sicher zu unterwandern, stimmt's?" Ungewollt zog Rebecca einen Mundwinkel hoch.

„Da kannst du dir aber sicher sein." Sie zwinkerte ihr zu. „Ich hoffe, ihr seid nicht allzu schockiert, wenn ihr dann in mehreren Wochen oder Monaten angesprochen werdet, wahrscheinlich erst nach eurer Spezialausbildung. Ich kann euch nicht versprechen, dass ihr gemeinsam an die Reihe kommt. Wahrscheinlicher sind einzelne Kontaktaufnahmen, vielleicht sogar von zwei verschiedenen Personen. Absolute Diskretion ist dennoch unabdingbar, das ist euch hoffentlich klar?"

„Selbstredend. Noch etwas?" Nick wollte ihre Anwerberin so schnell wie möglich aus dem Haus haben, jetzt wo die Situation ernst zu werden begann. „Hast du eigentlich das ganze Haus nach Wanzen abgecheckt oder nur den Raum hier unten?"

„Bei der Leistungsfähigkeit der heutigen Geräte musste ich sicher sein, dass nirgends hier Abhörgeräte oder Kameras sind. Offenbar hat man keinen weiteren Versuch unternommen, euch auszuspionieren, seitdem sie dabei so kläglich aufgeflogen sind." Jessica wandte sich zum Gehen.

< Epilog >

Frankfurt am Main, Filiale 88 - Monat 24

Mit einem mulmigen Gefühl im Bauch öffnete Tamara die Tür und ließ Sven herein in ihre WG-Wohnung. Sie hatte ihn zum Abendessen eingeladen, gleich nachdem sie aus dem Büro von Herrn Kardon gekommen war. Da alle anderen heute Abend unterwegs waren, um ihre Beförderungen zu feiern, hatten sie die Wohnung für sich.

„Hallo, mein Rotfüchsli." Er begrüßte sie mit einem leidenschaftlichen Kuss, unter dem sie förmlich dahinschmolz. Sogar unter Berücksichtigung der Tatsache, dass ihre Beziehung noch frisch und intim war, war diese Geste der Zuneigung sehr intensiv gewesen. Als er dann auch noch eine langstielige rote Rose hinter seinem Rücken hervor zauberte, wurde ihr ganz schwermütig ums Herz. Sie durfte gar nicht daran denken, was sie ihm gleich würde beibringen müssen.

Tamara versuchte sich selbst von dem Gedanken abzulenken: „Hallo, mein Bärli. Ein Casablanca-Humphrey-Bogart-Kuss und eine rote Rose? Bist du etwa schon fremdgegangen?"

Er grinste schief. „Wenn's nur *das* wäre!"

„Das klingt aber ernst." Sie seufzte und schlang ihre Arme um seine Hüften, um sich an ihn zu drücken, was er ebenso innig erwiderte. „Bei mir gibt es auch Neuigkeiten, aber eigentlich wollte ich zuerst essen, bevor es kalt wird. Da ich weiß, wie viel Wert du auf Pünktlichkeit legst, habe ich exakt auf den Punkt gekocht und alles steht parat."

Er sah auf und bemerkte am Ende des langen Flures auf dem Esstisch zwei Gedecke und Kerzenlicht. „Oh, wie romantisch! Gut, verschieben wir die guten und schlechten Nachrichten auf später. Ich habe nämlich einen Bärenhunger."

„Du bist ja auch ein Bär." Tamara streckte sich und strubbelte ihm über die braunen

.ch und er pfiff anerkennend durch die Zähne. „Wow, Schweinemedail-
Kartoffeln und Mischgemüse. Was ist das für eine Soße?"

„ .rersoße. Ich konnte dich einmal in der Kantine dabei beobachten, wie du dieses Gericht in Rekordzeit inhaliert hast, da dachte ich mir, damit kann ich nichts falsch machen." Sie zuckte nur mit den Achseln, während sie ihnen ein Glas Wein einschenkte.

Sven lachte auf. „Inhaliert?"

„Na ja, essen konnte man das nicht mehr nennen." Sie grinste ihn frech an.

„Na, dann lass uns mal inhalieren." Er stieß mit ihr an und sie ließen es sich schmecken.

Sie unterhielten sich während des Mahles über diverse belanglose Dinge, doch beide merkten, dass der Andere mit den Gedanken woanders war. Irgendwann hielt Sven es nicht mehr aus. „Okay, wir müssen uns unterhalten. Du scheinst ja wirklich auf glühenden Kohlen zu sitzen. Was ist denn los?"

Tamara sah ihn erstaunt an. „Du hast es bemerkt, nicht wahr? Ja, es stimmt, ich bin innerlich zerrissen und ziemlich unglücklich darüber."

Er meinte nur kryptisch: „Dann sind wir ja schon zwei, aber erzähl' erst mal du, danach bin ich an der Reihe."

„Bei mir hat sich etwas getan, Sven. Ich bin heute mit einer ganzen Reihe von anderen aus meiner Dienstaltergruppe auf Funktionsstufe Zwei befördert worden."

Er nickte. „Ja, das ist mir bekannt. Herr Kardon hat das erwähnt. Bei meinem Jahrgang waren es Teresa und ich, Miriam hat von sich aus gesagt, dass sie noch in Stufe Eins bleiben möchte."

Überrascht starrte sie ihn an: „Du auch? Aber... das ist ja toll! Ich gratuliere dir!"

„Und ich dir! In Rekordzeit auf Stufe Zwei, Tamara. Du erfüllst alle Erwartungen, die in dich gesetzt werden, trotz all der Knüppel, die dir das Schicksal bisher zwischen die Beine geworfen hat. Komm her!" Er umrundete spontan den Tisch und umarmte sie herzlich, bevor er sie küsste.

„Ja, das ist ja alles schön und gut, aber die Sache hat auch einen Haken bei mir." Sie zögerte und gab sich unsicher.

Sven wurde ganz still und ernst, worauf sie ihn neugierig ansah: „Was hast du denn?"

„Ich... ich muss dir etwas sagen. Ich bin für eine Spezialausbildung ausgewählt worden, über die ich nicht reden darf. Aber ich werde in Kürze aufbrechen müssen und für drei Monate am Stück weg sein. Das macht mir zu schaffen, wo wir doch gerade erst zusammen gekommen sind. Der Gedanke, so lange von dir getrennt zu werden, macht mich echt fertig." Er hielt inne, als er ihre perplexe Miene bemerkte.

Bevor er noch irgendetwas sagen konnte, klärte sie ihn grinsend auf. „Ich fürchte, so schnell wirst du mich nicht los. Jedenfalls nicht, wenn du auf Filiale 32 ausgebildet wirst. Denn rein zufällig wird es TransDimes Geheimwaffe ebenfalls dorthin verschlagen."

„Du nimmst mich auf den Arm, oder?" Er sah sie mit aufgerissenen Augen an, während sie ihn fröhlich anlachte. Dann riss er sie an sich, hob sie hoch und wirbelte sie herum, während er sie lachend an sich drückte.

„Damit hast du nicht gerechnet, was? Ich werde es aber nicht aussprechen, ich sage nur, ich muss schon sehr bald aufbrechen und werde die wahrscheinlich intensivste Ausbildung im Multiversum durchlaufen. Dass sie auch dich dafür nehmen, wundert mich aber schon."

„He, du Frechdachs! Sieh mich doch an. Ich bin ein Bär, schon vergessen?" In gespielter Empörung ließ er sie wieder zu Boden.

„Tja, dann können wir demnächst Fabeln erzählen vom Springer-Bär und der Springer-Füchsin. Das kann ja was werden! Und Teresa ist auch dabei? Das ist doch toll!" Sie hielt inne. „Ich weiß nicht, ob ich dir diese Information mitteilen darf, aber auch Rebecca und Nick sind aufgenommen worden ins Springer-Programm. Wir werden demnach alle gemeinsam ausgebildet."

Sven strahlte: „Das ist ja *genial*! Da können wir ja was erleben demnächst. Ich kann mir noch gar nicht so richtig vorstellen, was uns da erwarten wird. So ein kurzer Demonstrationsfilm ist ja ganz nett, aber ansonsten..."

„Wir werden sehen. Aber wir werden unsere Beziehung nicht an die große Glocke hängen, oder? Eventuell könnten wir dadurch Nachteile haben." Tamara sah ihn ein wenig unsicher an.

„Ja, lass uns vorerst mit niemandem darüber reden. Wir werden dann ja sehen, ob und ab wann wir das publik machen können. Für mich ist das Wichtigste, dass wir nicht getrennt werden. Der Gedanke hat mich schon den ganzen Tag über fast wahnsinnig gemacht." Sven hob sie überschwänglich hoch und trug sie zur Treppe des Lofts hinüber.

Sie lächelte ihn selig an und sagte erleichtert: „Ja, ich war auch die ganze Zeit schon hin- und hergerissen. Ich wusste gar nicht, wie ich es dir am Besten hätte beibringen sollen, dass wir uns ein Vierteljahr lang nicht mehr gesehen hätten. Gott sei Dank wird das nicht der Fall sein."

Als er begann, sie Stufe für Stufe empor zu tragen, meinte er: „Da wir schon bald aufbrechen müssen, würde ich sagen, wir kommen direkt zum Nachtisch, bevor deine WG-Genossen wieder vom Feiern heimkommen. Lass uns auch nochmal feiern."

Tamara stimmte ihm zu: „Ja, das sollten wir unbedingt machen. Die Küche räume ich später auf. Jetzt kommt erst einmal der Nachtisch."

Er hielt vor ihrer Zimmertür inne und ließ sie hinab, als sie oben angekommen waren. „Tamara, ich kann dir gar nicht sagen, wie glücklich ich im Moment bin, dass alles so gekommen ist. Jetzt freue ich mich doch sehr auf das, was wir demnächst erleben werden. Was auch immer kommen mag, wir stehen das zusammen durch."

Sie nahm ihn an der Hand und zog ihn sanft zu ihrer Zimmertür. Über die Schulter lächelnd sagte sie: „Ja, was auch immer kommen mag, wir haben uns und wir haben gute Freunde und Kollegen um uns herum. Gemeinsam können wir alles schaffen."

Wenn sie geahnt hätte, was sie noch alles erwarten würde... und welche Verantwortung sie würde schultern müssen...